国家级精品课程教材

北京市高等教育精品教材立项项目

新编21世纪中国语言文学系列教材

西方文论概览

第二版

杨慧林　耿幼壮　著

An Introduction to the Western Literary Theory

中国人民大学出版社
·北京·

内容简介

本书以西方文论的发展和演变为历史线索，介绍和分析古希腊至20世纪的各种学说，着重梳理其中的基本观念、理论形态、共同规律，探寻可能存在的普遍性问题，力图打通西方古典文论与现代文论、狭义的文学理论与广义的人文学术，追踪西方思想与文化的整体线索，并使“诗性”的价值在这一线索中得以展示。书中的“插文”多为重要经典的摘选，或者后世就相关问题的论说，以帮助学习者建立必要的比较和参照。各章所附的思考题、书后以中英文对照方式提供的“相关批评术语”及简要释义，也是为了读者的学习和检索之便。本次修订除去调整文字、订正错漏，还新增了一百多处重要文献，希望更好地帮助读者回归原典阅读。

作者简介

杨慧林　中国人民大学大华讲席教授，博士生导师，中国人民大学学术委员会副主任，高校哲学社会科学（马工程）专家委员会成员，国际比较文学学会副主席，中国宗教学会副会长。代表性著作有《神学诠释学》（增订版2018）、《在文学与神学的边界》（2012）、《意义》（2013）、*China, Christianity and the Question of Culture*（2014）等。主讲的“西方文艺理论史”入选国家级精品课程，个人被评为北京市高等学校教学名师，教学团队则被评为国家级教学团队。

耿幼壮　中国人民大学文学院教授，博士生导师，美国俄亥俄大学哲学博士，杭州师范大学外国语学院特聘教授，英国剑桥大学克莱尔学院终身研究员，国家社科基金外国文学学科专家评审组成员。代表性著作有《破碎的痕迹：重读西方艺术史》（2005）、《书写的神话：西方文化中的文学》（2006）、《圣痕：基督教与西方艺术》（2009）、《倾听：后形而上学时代的感知范式》（2013）、《敞开的世界：跨学科与跨文化视野下的文学研究》（2016）等。

前　言

“西方文论”是中文系本科生、研究生的必修课程或选修课程之一，以西方相关理论的发展和演变为历史线索，概括性地介绍和分析古希腊至20世纪的各种学说，梳理其中的基本观念及其理论形态，借此帮助学生了解西方文艺理论的经验和规律，探寻可能存在的普遍性问题，从而更深入地把握西方文化的内在精神，为进一步的学术思考建立必要的基础和参照。

自缪朗山先生1960年开始在中国人民大学语言文学系讲授“西方文艺理论史”，至今已有70多年。后来缪先生的弟子章安祺教授在20世纪80年代整理相关文献，分别编订了《西方文艺理论史纲》（中国人民大学出版社，1982）和四卷本《缪灵珠美学译文集》（中国人民大学出版社，1998年新版）。以此为基础，“西方文论”这一课程始终是中国人民大学长期建设的重点项目，并出版过多种相关教材，比如张秉真、章安祺、杨慧林《西方文艺理论史》（1994），杨慧林《西方文论概要》（2003），章安祺、黄克剑、杨慧林《西方文艺理论史：从柏拉图到尼采》（2007），以及2013年出版的本书；近十余年来该课程又先后获得北京市优秀教学成果一等奖、国家级优秀教学成果二等奖，并被评为国家级精品课程，教学团队则被评为国家级教学团队。

然而“文艺理论”究竟何谓，未必能在学人中达成共识，在当今的学术语境中更是如此。因此或可含糊其词，姑妄以“西方文论”称之，从而为一些“越界”的讨论留出余地。西人惯用的“批评理论”（critical theory）、“文学研究”（literary studies）等，恰好可以为此提供些许托词。而罗兰·巴特所谓的“文论”或“文本理论”（la théorie du texte）①，多少也能有所关联。

沿此思路，本教材将所述内容上溯到古希腊早期的文艺思想和“前柏拉图美学”，重点增补了中世纪的欧洲文论、“神学美学”的人文学意蕴以及由此展开的“意义”问题，同时还将20世纪西方文论归纳为三种主要的范式延伸及其对古典文论的回应，力图寻索当代西方文论与古典西方文论的完整脉络和逻辑联系。而打通西方古典文论与现代文论、打通狭义的文学理论与广义的人文学术，无非是希望在有限的篇幅内，尽可能还原西方思想与文化的整体线索，并使“诗性”的价值在这一线索中得以展示。

对中国人而言，学习西方文论的关键还特别在于对其所以然的追问、对其针对性的探究、对其概念工具的把握、对其理论框架的解析，从而思想差异和文化间距才能成全独特的视角和问题意识，不同的思想资源才得以相互激活。这应该是我们对中国语境中的西学之可能期待。

---

① 巴特．文之悦．屠友祥，译．上海：上海人民出版社，2002：114，90－96．

需要特别指出的是，本教材始终思考并探究马克思主义理论与方法对于西方文论研究的根本启发，引导读者客观、辩证地看待西方文论的学术贡献及其局限性。

本教材主要以《西方文艺理论史精读文献》（修订本）（章安祺编，中国人民大学出版社，2003）作为配套参考书，其中汇集了西方文论史上最具代表性的经典，查考便捷。可供参阅的英文资料包括《柏拉图以来的批评理论》（*Critical Theory since Plato*，edited by Hazard Adams，New York：Harcourt Breace Jovanovich，Inc.，1971）、《1965年以来的批评理论》（*Critical Theory since* 1965，edited by Hazard Adams and Leroy Searle，Tallahassee：Florida Sate University Press，1986）、《文学研究》（*Studying Literature*：*The Essential Companion*，by Paul Goring，Jeremy Hawthorn and Domhnall Mitchell，London：Arnold，2001）等。另外一些基本文献则被列入书后所附的“阅读书目”。

本教材间或编入的“插文”，多为重要参考书的摘选或翻译，特别着重于后世就相关问题的论说，以帮助读者建立思想的关联并拓展可能的阅读。“插文”附有提示性的小标题，如果确实在阅读中影响到正文的连贯，跳过即可；不过，这些“插文”对于真正深入的学习其实非常重要，而且均注明了详细的出处，当有较高的参考价值。本教材还以中英文对照的方式添加了“相关批评术语”及简要释义，亦是为读者之便。所附“自测练习”则是为了满足自学者的要求，不过“标准化”的自测切不可当真，至少须以各章之后的“非标准化”思考题与之互补。如若不然，则离“文论”之要旨远矣。

本书上一版的部分章节可能因为拼合过不同的讲稿，尚有错漏或颠三倒四，重读时颇感汗颜。此次修订不仅认真调整了文字，还增补了一百多处重要文献，希望能对“西方文论”这门课程及其修习者有所交代。

作　者

2005年2月9日初稿

2012年9月18日修订

2021年2月26日再修订

目录

第一编

古希腊至新古典主义时代

第二编

启蒙主义至现实主义时代

第三编

20 世纪的西方文论

第一编

古希腊至新古典主义时代

第一章
古希腊早期的文艺思想

本章分为两节，第一节以“美”“艺术”“摹仿”“净化”“宣泄”等古希腊早期文艺思想中的重要概念为线索，帮助学习者了解古典西方文论之问题领域的由来。

第二节的基本知识点则包括毕达哥拉斯学派基于宇宙观念的文论思想，赫拉克利特“对立产生和谐”的学说，德谟克里特对于“摹仿”概念的重构，智者学派关于“美的相对性”和“艺术幻觉”的论述，苏格拉底对美的普遍性、美的目的性等问题的影响，小苏格拉底学派的三种延伸及其文论意味。

第一节 古希腊早期文艺思想中的重要概念

一、关于“美”

柏拉图《理想国》当中的一个著名论题，是要将诗歌“从我们的城邦里驱逐出去”。而为了不让诗人责怪哲学家“过于简单粗暴”，他承认“哲学和诗歌之间的争吵古已有之”①。就其要里，文学与哲学之所以有此一争，是因为诗人和哲学家都相信唯有自己才能解释世界、把握真理。可见，从最古老的意义上说，文学并不只是要提供审美的享受，古希腊文学犹如希伯来人的《圣经》一样，包含着远古初民全部的历史、伦理、教化，包含着他们对于世界的全部想象和认识。也许只有在这时，诗人才可能像雪莱《诗之辩护》所说，兼具先知和立法者的职能②。

---

① 柏拉图．国家篇//柏拉图全集：第二卷．王晓朝，译．北京：人民出版社，2003：630. 本书所引论著，有些字句略做调整，以下不一一赘述。

② 雪莱．诗之辩护．缪朗山，译//章安祺，编订．缪灵珠美学译文集：第三卷．北京：中国人民大学出版社，1998：138.

雪莱《诗之辩护》

英国作家皮科克（Thomas Peacock）曾发表《诗的四个时代》一文，对当时浪漫主义诗歌的堕落提出了尖刻的批评，甚至认为“诗歌的堕落……不是由于智力和学识之衰落，而是因为智力和学识已经转入其他更有益的途径……在他们的广大视野中，诗坛只占据……渺小的地方”。

于是雪莱以《诗之辩护》作为回应。他提出：“在较古的时代，诗人都被称为立法者或先知；一位诗人本质上就包含并且综合这两种特性。因为他不仅明察客观的现在……还能从现在看到未来……我并不断言诗人就是广义的先知，我也不承认诗人能预言未来之事的情况，像他能预见未来之事的精神一样的准确；这类见解是迷信的托词，硬说诗是预言的属性，预言反不是诗的属性。”

——雪莱．诗之辩护．缪朗山，译//章安祺，编订．缪灵珠美学译文集：第三卷．北京：中国人民大学出版社，1998：138.

乃至后世有许多学者认为：西方的美学和文论，就产生于诗歌与哲学之争；而“文学批评在西方诞生之时”，甚至可能是“希望文学消失”，正如“柏拉图对荷马的最大不满，就是荷马的存在”①。基于这样的背景，早期希腊人对“美”的界说，是相当宽泛的。

“美”的概念演变

“美”，希腊人称之为 καλόυ，而罗马人则称之为 pulchrum。拉丁文的这个单词在古代与中古时代一直是有人使用的，只是到了文艺复兴时期才……被一个新的单词（bellum）所代替。这个新的术语……源于 bonum，经其指示词 bonellum 而缩写成 bellum。……随着早期的 pulchrum 一词的消失……许多语言……接受了 bellum 一词：意大利语和西班牙语是 bello，法语是 beau，英语是 beautiful。……在古代语言和近代语言中，都至少有这样两个词根相同的名词和形容词：κάλλs 和 κάλos……beauty 和 beautiful，bellezza 和 bello。……一个是指美的抽象属性，另一个则涉及美的特殊事物。希腊人为了满足这一要求，便把形容词用作名词——即 το κάλου，而将 κάλλου 一词保留下来表示抽象的意义。

简而言之，“美”这个术语的词义演变经历了这样的过程：希腊的美的概念与我们的概念相比，在含义上要广泛一些，这个概念不仅触及美的事物……而且也延伸到美的思想与习惯之中。柏拉图在《大希庇阿斯篇》中列举了美的品格和美的法律，作为美的实例；在《会饮篇》中，他所称作美的理念的东西，同样也可以被称作善的理念，因为他在那里所关心的并不是视觉和听觉的美。

——塔达基维奇．西方美学概念史．褚朔维，译．北京：学苑出版社，1990：163，16.

公元前 6 世纪就有西奥尼格斯的诗句：“宙斯的女儿……唱着优美的歌：‘美的是使人愉快的，丑的是使人不愉快的。’”② 就所谓“美的本质”等问题而言，这种诗意的思考其实已经可

① 爱德蒙森．文学对抗哲学：从柏拉图到德里达．王柏华，等译．北京：中央编译出版社，2000：1.

② 塔塔科维兹．古代美学．杨力，耿幼壮，等译．北京：中国社会科学出版社，1990：57.

以联系到后世关于“美感”的种种论说。

德尔斐神庙的预言者则提出：“最多的正是最美的。”这也许同古希腊“一是一切、一切是一”的思辨相应，暗示着西方人由“多”而“一”的总体思路。

女诗人萨福的名句也常常被人引用：“长得美只是外表美，而品德出众也是美的。”① 研究者认为这代表了希腊人对“美”和“善”的典型看法，由此引申出的内在美德之观念，最终使美与善合一。

在这些理解的基础上，逐渐出现了专指艺术的美。它在诗歌的意义上可以翻译为魅力（charities），在造型艺术的领域就成为对称（symmetry），从修辞学的角度则被称作和谐（harmony）。

因此可以说，希腊人后来对文学艺术之美的不同讨论，都已经潜在于他们最初的“美”的概念之中。

二、关于“艺术”

希腊文的“艺术”（τεχνη），显然含有“技术”（technique）的意味，它泛指人类的创造活动，所以建筑、木工、纺织等等本来就是“艺术”的一部分；而现代意义上的“艺术”，在欧洲语言中常常要以“美的艺术”来表达（比如英文的 fine arts）。与之相应，我们可以发现，直至亚里士多德关于“技术摹仿自然”的讨论，其对“技术”的具体例证其实是“绘画”、“音乐”和“文法”。②

“艺术”的概念演变

“艺术”这个表述源出于拉丁文的 ars，而拉丁文这个词则是希腊文 τεχνη 一词的翻译。……希腊文的 τεχνη——罗马时代、中世纪，甚至直到近代初期文艺复兴的 ars——是表示一种“技艺”，亦即制作某个对象。

……在文艺复兴时期，美开始得到较高的评价……画家、雕塑家、建筑家也得到了较高的评价，他们将自己看作是超出匠人之上的……他们出人意料地在经济形势恶化时得到了帮助：晚期的中世纪曾经繁荣一时的商业与工业在这时开始凋敝，由于以往所有的投资形式都已不再那么可靠……艺术作品也就被视为……更为保险的一种投资形式。这便改善了艺术家的经济状况与社会地位，从而他们有了更高的愿望……要被看作是“自由艺术”的代表。

……15 世纪中期，佛罗伦萨的人文主义学者……曾将 artes ingenuae 从技艺之中独立出来，这可以译作……“睿智的艺术”……这些艺术是心灵的产物，是诉诸心灵的。

……卡布里亚诺在他 1555 年的《诗学》中，又将“高雅的艺术”……独立出来，认为这一名称……只属于那些直接以永恒为特征的艺术，亦即诗、绘画、雕塑。

……16 世纪和 17 世纪……“诗意的”是指比喻、隐喻而言。……比喻、隐喻乃是构成

---

① 塔塔科维兹．古代美学．杨力，耿幼壮，等译．北京：中国社会科学出版社，1990：50.

② 亚里士多德．论宇宙．徐开来，译//苗力田，主编．亚里士多德全集：第二卷．北京：中国人民大学出版社，1991：618.

高雅的、非工艺性的艺术的真正共同性因素。……泰索罗在1658年的《亚里士多德诠释》中对此作了说明。

……布隆德尔1675年出版的《论建筑》……连同建筑一起列举了诗、论辩术、喜剧、绘画与雕塑（以后还加上了音乐和舞蹈）……认为各种艺术都是通过美来发挥作用的，而将这些艺术联系在一起的也是美。

……1744年，维科的《新科学》……建议将这些艺术称作“愉悦的艺术”。同一年，詹姆斯·哈里斯的《三论集》又提出了“优雅的艺术”。……1747年，查里斯·巴托《论美的艺术的界限与共性原理》则将这些艺术命名为“美的艺术”。

……到了18世纪末，席勒在《美育书简》的第三封信中……提出这样的断言：“艺术，亦即那种为自己制定了法则的东西。”

——塔达基维奇．西方美学概念史．褚朔维，译．北京：学苑出版社，1990：14－29.

因此，据说古希腊人是根据耗费体力的程度来分别艺术高下的。比如耗费体力较少的音乐，被认为是“自由的艺术”；多受劳役之苦的雕塑、建筑（起初甚至包括绘画），则属于“奴隶的艺术”。后来普罗提诺和黑格尔都曾以“理性投入”的多少来评价艺术，与此一脉相承。

值得注意的是，希腊人创造了辉煌的艺术，却并没有创造出足以概括其艺术活动的完备概念。比如掌管艺术的九位缪斯女神，分别代表喜剧、悲剧、哀歌、抒情诗、雄辩术和英雄诗、音乐、舞蹈、历史、天文学。历史和天文学被缪斯所接纳，绘画、雕塑却被排除；喜剧、悲剧被“分而治之”，哀歌、抒情诗、英雄诗也居然不能推导出一个统一的“诗歌”概念。

在早期希腊人的观念中，雕塑家属于工匠，而诗人是预言者。雕塑靠的是家传的技巧，写诗则要靠得之于神的灵感。技巧是可以学的，灵感却只能靠神灵的赐予。所以后来柏拉图所说的“迷狂”“神灵凭附”等，在希腊人看来应当是很自然的。这样，雕塑家的地位就要低于诗人；因为在他们的创作之中，材料由大自然所提供，知识来自传统，雕塑家所能付出的只是劳役。

与“艺术”相关的重要概念

Art现在普遍与creative（具创造力的）和imaginative（具想象力的）有关，确实可以追溯到18世纪末与19世纪初。Artistic（艺术家的、艺术的）这个重要形容词的出现……可以追溯到19世纪中叶，而artistic temperament（艺术家的气质）与artistic sensibility（艺术家的感触）……也可以追溯到同一时期。

……观察在不同时期有哪些字汇与art这个字成为对比或有所区分，是一件很有趣的事情。在17世纪中叶以前，artless这个字就已意指“没有技能”（unskilled或devoid of skill），而这个意涵至今依然存在。但是在更早之前，art是以nature作为对比，art意指人类技能下的产物，而nature意指人类天生内在本质下所产生的东西。自从17世纪中叶以后，更确切地说应该是18世纪末，artless已经有正面的意涵，意指spontaneity（自发性），甚至是指在art（艺术）里的“自发性”。……自从19世纪中叶……art变成与imagination（想象力）有关。

——威廉士．关键词：文化与社会的词汇．刘建基，译．台北：巨流图书公司，2003：15.

早期希腊人另一种衡量艺术的标准也很奇特。比如他们认为音乐高于诗歌，原因在于：当时没有供人阅读的诗歌，诗歌只是用来朗诵或演唱的，所以只作用于听觉；而当时的音乐离不开舞蹈，所以音乐同时作用于听觉和视觉。

三、关于“摹仿”

在古希腊的思辨哲学肇始之时，宇宙论、心理学以及对人类创造活动的研究被认为是三大分支。其中的核心问题，就是试图描述一种包罗万象的统一秩序。一切都应当是这一秩序的体现。于是人类社会的基本要素（人性、理想、道德），也被对应于宇宙元素的活动和规则。这也许就是赫拉克利特所说的“人要按照自然而生活”。德谟克里特则将人类称为“小宇宙”（microcosm）。文论意义上的摹仿说，显然深深植根于这种宇宙学说和信念。直到德里达，曾经被湮没的“摹仿”又被再度提起。他认为文学的问题实际上是文学与真理的关系问题，因此西方人关于这一问题的思索最集中地凝聚在“摹仿”的概念当中。

文学意义上的摹仿（mimesis），最初是指宗教祭祀活动中的一种激情表达。在古代的希腊，诗歌、音乐和舞蹈曾经是三位一体的，其中又常常以舞蹈为核心。所以希腊文“舞蹈”（choreia）是从“歌队”（chorus）衍生而来的。

原始音乐、歌词和舞蹈之间的关系

原始文学的表现形式往往……伴随某些形体的动作，也就是说，某些特定的动作可以用来表达一定的含义，而这些含义是用歌曲或词句来表现的，人们用身体的动作和口头的言辞表达某些强烈而有节制的感情……也就形成一定的形体动作。人们经常把歌曲和舞蹈、歌曲和游戏、某种手势和生动的语言结合在一起。

——博厄斯．原始艺术．金辉，译．上海：上海文艺出版社，1989：284.

而当诗歌（语言）、音乐（旋律）和舞蹈（动作）合为一体的时候，为什么以舞蹈为核心？这可能正是由于宗教祭祀活动中的“摹仿”。

早期希腊的宗教祭祀仪式

最早的宗教文献是在洞穴里发现的。跟地中海其他地区一样，克里特岛上的洞穴是人们居住的地方……还有很多洞穴是用来祭祀诸神。许多仪式、神话和传说，都和某些著名的洞穴有关，后来还融入希腊人的宗教传统里。……狄克提山的洞穴，曾保护过婴孩时的宙斯……当时婴儿的啼哭声是被古瑞特人的盾牌撞击声掩盖过去；古瑞特人的战舞可能是最早的入会礼。……从旧石器时代开始，洞穴就扮演着宗教的角色。迷宫接替这角色且尤有甚之：进入洞穴或迷宫，有如下地狱一般，换言之，也就是类似入会礼的仪式性死亡。

……这些仪式有许多超乎想象的发展，合唱的诗歌、悲剧、讽刺剧，多少都和酒神崇拜有关。他们把“酒神祭的合唱”（其中包括出神的疯狂）放到舞台以及文学里。……酒神祭的合唱正是“献祭后的舞蹈，借着旋律的运动和仪式的欢呼，达到集体出神的状态，正值西元前六七世纪希腊合唱诗歌的巅峰时期，领唱者所吟唱的诗歌发展成文学形式，穿插描述狄奥尼索斯的故事和性格的诗段”。

——埃里亚德．世界宗教理念史：第一卷．吴静宜，等译．台北：商周出版，2001：154，384.

早期的希腊人相信：灵魂由于罪孽而被肉体所束缚，只有在神秘的祭祀仪式中投入歌、舞、乐合一的热烈表演，才能将内心的情绪摹仿出来，使灵魂在最激情的瞬间离开肉体、获得解脱。一些当代批评家之所以认为流行音乐的形式带有某种宗教意味，正在于其中的激烈、震撼和互动性。

现代艺术的宗教意味

圣西门知道人是需要灵感的，基督教的影响衰退时，新的崇拜便应运而生。他在对艺术本身的崇拜中发现了这种新的崇拜。……通过一位艺术家和一位科学家的对话，圣西门为“先锋派”的概念赋予了一种现代的文化意义：“正是我们这些艺术家，在作为先锋派为您服务。艺术的力量实际上最直接、最迅速。我们想在人群之中传播新的观念时，我们会将这观念体现于雕塑或者画布……从而成功地施加影响。我们诉诸人类的想象和情感，因此永远都应当投入最活跃、最具决定性的行为……有如牧师一般为社会提供积极的力量……这是多么美丽的艺术宿命！这是艺术家的职责，是他们的使命。……”

如今已经没有重要的先锋派，震撼性的新艺术和被震撼的社会之间也不再有激烈的张力，这的确是事实，不过它恰好说明先锋派已经获得了成功。

——Daniel Bell. The Cultural Contradictions of Capitalism. New York：Basic Books Publishers，1976：35.

随着时代向前发展，呈现出一种关注静物的明显趋势。最现代的艺术将一切实在都转换成静物的形式……这意味着什么？意味着有机的形式已经消失，始终与描绘有机形式相关的理想主义也随之消失。我们的存在不再是有机的，而是原子论的、分裂的。现代艺术家视这些分裂的存在形式为显示的真正因素，并对此采取了惊人的举动。他们将以往印象派画家和理想主义者的丰富多彩的世界化为愈益立体的形式，这种处理方法始于塞尚。立体形式是构建世界的非有机形式，然而艺术家并不承认这些形式仅仅是非有机的，认为生存力量本身也包含在这种非有机的形式之中。……立体主义和未来主义之所以突出这种分裂性，无非是为了透过表层……透过有机的统一体，去窥视深层的实在。

——蒂利希．现代艺术的存在主义方向//塞尔．宗教与当代西方文化．衣俊卿，译．台北：桂冠图书股份有限公司，1995：252-253.

需要指出的是：如果在上述意义上讨论“摹仿”，那么这似乎正是后世所说的“表现”。可见“摹仿”与“表现”的对立在古希腊本来并不存在，而用“摹仿”特指“摹仿自然”“摹仿外物”甚至“传移摹写”，可能是在德谟克里特以后逐渐演变的结果。

四、关于“净化”或者“宣泄”

“净化”（katharsis 或者 catharsis）又译“卡塔西斯”，亦即后来弗洛伊德所用的“宣泄”。净化也是指上述宗教祭祀活动所导致的一种情感作用：通过热烈的歌、舞、乐将内心的激情摹仿出来，灵魂得到解脱，便也得到了净化。灵魂的净化和解脱，被古希腊人视为最重要的生活目的。

净化的含义

奥斐斯原本是阿波罗的狂热信徒，甚至在某个传说里，他还是阿波罗和卡丽欧普仙子之子。……他的乐器里拉琴，也正是阿波罗的七弦琴。身为“入会礼的创建者”，奥斐斯认为洁净礼相当重要，而“涤净”（katharsis）仪式，更是阿波罗崇拜的特殊仪轨。[Katharsis 原意为清洁，在宗教意义上是指“去除污染”（miasma），在隐血上则是“去除对身体有害的物质”。亚里士多德曾在《诗学》中提及：悲剧有心理治疗的效果，此即为“涤净”，这是希腊秘教盛行的一种仪式，涤净的方式包括水洗、敷油礼等。]

——埃里亚德．世界宗教理念史：第二卷．廖素霞，等译．台北：商周出版，2001：181.

问题在于，净化究竟是情感的升华、纯化、完善，还是指情感的释放、排解即宣泄？至少从词源上看，catharsis 具有较多的宣泄之意，与其同根的 cathartic，甚至就是指通便用的泻药。正如公元 3 至 4 世纪的阿里斯提德所说：“祭祀……所表演的舞蹈和歌唱具有一种安慰作用。”① 亚里士多德《政治学》第 8 卷也谈到“音乐的一个益处”就是“情感的释放”：“（我们观察到某些人）受到宗教旋律的影响，……仿佛经历了一场医学的治疗与疏泄（katharsis）。同样的影响效果也会（即通过适当的音乐）产生在那些特别容易遭受恐惧和怜悯的感情、或任何一种感情的人身上。”② 这后来成为亚里士多德解说悲剧的重要概念。

第二节
前柏拉图时代的美学和文论

一、毕达哥拉斯学派

毕达哥拉斯学派（the Pythagoreans）大约在公元前 6 世纪兴起，公元前 5 世纪至公元前 4 世纪得到一些继承发展。据说在希腊萨摩斯岛曾经出土一枚古代钱币，钱币上刻有毕达哥拉斯（Pythagoras）的雕像，他一手指向前方的星球，一手拿着君主的节杖。这可能恰好体现了古希腊人的理想：智慧与权力应当合一。由此我们可以知道为什么在柏拉图以后古希腊人总想培养“哲学之王”。

毕达哥拉斯和早期毕达哥拉斯学派

有关早期毕达哥拉斯学派活动的真实可靠的证据是如此稀少，以至最初的某种怀疑论把毕达哥拉斯看成一位通常意义上的哲学家，或者一位伊奥尼亚风格的“自然哲学家”。零星

① 塔塔科维兹．古代美学．杨力，耿幼壮，等译．北京：中国社会科学出版社，1990：25.

② 比厄斯利．美学史：从古希腊到当代．高建平，译．北京：高等教育出版社，2018：95.

的早期记载把毕达哥拉斯描述为……一位巫师和奇迹制造者。……一些后来被当作是“毕达哥拉斯学派”的学说，大约在同一时期就已经在被归于奥菲斯（Orpheus）的神学和宇宙论诗歌中流行了。柏拉图只提到毕达哥拉斯的名字，但在他的一些神话中加入了很可能是真正毕达哥拉斯学派的材料。柏拉图之后，由哲学所激起的对毕达哥拉斯的重构开始出现，在其中，他或者被描绘为一个固定学派的首脑，促进了对哲学和数学科学的研究，或者被描绘为一位开明的政治家和政治生活的教导者。

……一些公元前5世纪晚期的思想家被称为“毕达哥拉斯学派”这一事实，间接地指明了有哪些理论兴趣在当时曾被归属于毕达哥拉斯。巴门尼德的宇宙论和恩培多克勒的诗歌具有一种观念的基质……在灵感上是属于毕达哥拉斯学派的。总之，存在着一个出现在公元前5世纪中期前……的一般观念体，它……在公元前4世纪首先对柏拉图发生影响。这些观念也许可以在“灵魂轮回说”（metempsychosis）和“数学”的标题下集合在一起。

——胡塞．毕达哥拉斯学派和埃利亚学派．聂敏里，译//泰勒，主编．劳特利奇哲学史：第一卷：从开端到柏拉图．韩东晖，等译．北京：中国人民大学出版社，2003：145-146.

毕达哥拉斯学派将宇宙和世界都简化为数字的秩序，所谓宇宙（kosmos）最初就是指秩序；或者按照维柯的说法，即是从丑恶的混沌（chaos）中创作出来的美好的秩序。[①] 在发现了宇宙秩序之后，便是按照宇宙的秩序建立起人间的规则，人类社会的基本要素诸如人性和道德等，也都被对应于宇宙元素的活动和法则。世间万物乃至人本身，也都成为这一秩序的体现。在毕达哥拉斯学派看来，同音乐中的音阶一样，人的身体也具有一些不同的、经常是相反的因素，诸如热与冷、湿与干等，需要进行协调。柏拉图在《斐多篇》中就曾提到：毕达哥拉斯学派认为，人们可以像调乐器一样调节身体和生活。一旦人类能够以宇宙的秩序为规范，按照和谐的比例安排生活，就能够求得心灵的净化，最终得到不朽的归宿。后来德谟克里特首次使用“小宇宙”（microcosm）指代“人”，从而“小宇宙”成为文艺复兴时期人文主义思想的核心概念。

毕达哥拉斯学派的美学和文论思想，与其哲学的基础和道德的目的直接相关。就哲学意义而言，毕达哥拉斯学派最著名的命题就是“数即宇宙”，即所谓：“万物的本原是一，……一是点，二是线，三是面，四是体；……点的并置产生线，线的并置产生面，不同的面组合为体，……所有的物体都由此得到表达。”[②] 而1、2、3、4从上至下的依次排列，成为一个正三角形[③]，与“太极生两仪”的图形不无相似。

毕达哥拉斯的数学形而上学（mathematico-metaphysical philosophy）

毕达哥拉斯本人是一位毫无创造的数学家，没有任何可靠的证据表明他曾经证明过任何数学定理（甚至是“毕达哥拉斯定理”）。证据倒是表明：毕达哥拉斯的注意力集中在一种运

① 英译者的引论//维科．新科学．朱光潜，译．北京：人民文学出版社，1986：15.

② Frederick Copleston，S. J. A History of Philosophy：Greece & Rome：part I. New York：Image Books，1962：50-51.

③ 同②50.

用于宇宙的数字学（例如善恶二元论被比附于奇数偶数二元论，并且也许想由之而被解释，等等）。……从这里……一种思想出现了：首先，数学不只是一种有用的实践手段，而是揭示着事物中的一种数学结构；其次，这一抽象结构也许是解开事物根本性质的关键。

——胡塞．毕达哥拉斯学派和埃利亚学派．聂敏里，译//泰勒，主编．劳特利奇哲学史：第一卷：从开端到柏拉图．韩东晖，等译．北京：中国人民大学出版社，2003：147.

与毕达哥拉斯"数即宇宙"的表述相应，中国古人确实有类似的论说。比如《老子·第四十二章》"道生一，一生二，二生三，三生万物"①；又如《易·系辞上》"易有太极，是生两仪，两仪生四象，四象生八卦"②。徐梵澄《老子臆解》则称："'易'之'太极'，即老子之'道'也。曰'道生一'，谓'道'，一而已，非另有某物曰'一'者自道而生也。"③ 然而如果这样，《老子》《易经》之"生"就只能解作"呈现"或者"显示"，而并非"产生"。与"数即宇宙"的逻辑相比，这里已经有一层不同。

另外，将"生"与"产生"相分别，似乎可以使《老子》《易经》之"道"等同于毕达哥拉斯学派的"一"。但是周敦颐《太极图说》又以"无极"解释"太极"，"无极而太极"之说，正合于老子"天下万物生于有，有生于无"的思想。"无"当然不是实体性的，所以中国古人加在"数目"之前的"道"，恐怕还并不就是"'一'而已"。至少可以说，《周易》和《道德经》的"有无相生""相反相成"，并非生成于任何单向的"一"。

从总体上说，毕达哥拉斯从"数"推导出"物"，"数"是寓于实体的"有"，其中最根本的思路是"万物生于有"。中国古人则要从"数"回溯出"道"，"道"不是一种物质性的"有"，其中的独特逻辑在于"有无相生"。大而言之，寓于实体的"数"与西方式的渐进认识有关，因此他们比较强调主体与客体的关系，比较强调对象描述的精确性。非物质性的"道"则可能与中国式的终极体悟有关，从而由此通向了"物"与"我"的神合。

就道德的目的而言，毕达哥拉斯学派将世界化约为数字的秩序，又使这种秩序与人类自身相关联。人类一旦以主宰宇宙的秩序为规范，一旦按照和谐的比例安排生活，也就能够净化心灵，最终求得不朽。一般认为，毕达哥拉斯学派的这种信念与他们受到奥尔菲斯（Orpheus 又译"奥斐斯"）教"灵魂轮回说"（metempsychosis）的影响有关。

至于数字秩序与人类心性的对应，他们不仅从奇与偶、一与多、静与动、直与曲关联到人类的善恶观念，而且认为"一"可以代表理性，"二"可以代表意见，"四"可以代表正义，"八"可以代表爱情等等。所以亚里士多德在《形而上学》当中这样描述毕达哥拉斯学派："他们认为在整个自然中数目是最初的，数目的元素也就是所有存在物的元素。整个的天是和谐的，是数目。……天内的各种现象……在数目中，在和声中都有一致之处。"④

---

① 王弼，注．楼宇烈，校释．老子道德经注校释．北京：中华书局，2008：117.

② 朱熹．廖名春，点校．周易本义．北京：中华书局，2009：240.

③ 徐梵澄．老子臆解．北京：中华书局，1988：62-63.

④ 亚里士多德．形而上学．苗力田，译//苗力田，主编．亚里士多德全集：第七卷，北京：中国人民大学出版社，1993：39-40.

亚里士多德论毕达哥拉斯学派

有一些被称为毕达哥拉斯学派的人们投身于数学研究，并最先推进了这门科学。经过一番研究，他们认为，数学上的本原也就是一切存在的本原。既然在各种本原中，数目……是最初的，他们认为，在数目中可以观察到比火、土、水中更多的与存在着和生成着的东西的相似之点。像公正、灵魂和理智等等都不过是数目的某种属性，机遇是另一种属性……此外……和声的比例和属性是在数目之中……

……他们说本原有十对，并且按照顺序排列出来：有限与无限，奇数与偶数，单一与众多，右方与左方，雄性与雌性，静止与运动，直线与曲线，光明与黑暗，善良与邪恶，正方与长方。

……他们认为有限和无限并不是另外的本性，如火、土以及诸如此类的东西，而无限自身和一自身就是它们所陈述的事物的实体。由此，数目就是万物的实体。

……柏拉图……把这些非感性的东西称为理念……感性的东西全都处于它们之外，并靠它们来说明。由于分有，众多和理念同名的事物才得以存在。（分有只不过是名称的改变，因为毕达哥拉斯学派的人们也说，存在物摹仿数目而存在。柏拉图的分有，仅是名词的改变。至于分有或者摹仿什么，还是让大家讨论去罢。）……柏拉图主张数目在感性事物之外，毕达哥拉斯学派则主张数目和事物是同一回事，并且不把数学对象当作它们的居间者。和毕达哥拉斯学派不同，他（柏拉图）把一和数目放在事物之外，并且……引进了形式。

——亚里士多德．形而上学．苗力田，译//苗力田，主编．亚里士多德全集：第七卷．北京：中国人民大学出版社，1993：39－44.

根据宇宙的数字秩序建立人间的道德规范，又以此比之于最能体现数字秩序的艺术形式——音乐，从而“数即宇宙”就成为人类全部精神活动的共同基础。按照亚里士多德《形而上学》的说法：“音阶（musical scales）的属性和比例是用数字表达，万物的全部性质都是以数字为模型，……整个天体也就是一个音阶、一个数字”。[①] 古希腊的“四艺”之所以由几何、算术、天文和音乐组成，显然与毕达哥拉斯学派对于这种数字关系的揣测有关；古希腊人的“和谐”观念，也可以由此找到依据。

将和谐看作数的安排，即取决于数、尺度以及比例，这种看法深刻地影响了古希腊的艺术实践和理论，除了毕达哥拉斯学派自己的音乐理论，所谓黄金分割率（0.618∶0.382 的比例关系）、毕达哥拉斯三角（边长的 3∶4∶5 的比例），也都被认为出自毕达哥拉斯学派。所以，建立在数字之上的和谐思想对希腊绘画、雕刻和建筑等造型艺术都产生了巨大影响，乃至对悲剧和修辞学也产生了间接的影响。

在这方面，希腊古典时期的一部重要著作，即著名雕刻家波利克里图斯（Polyclitus）的《法典》（*Kanon*/*Canon*）起了关键性的中介作用。在这部著作中，毕达哥拉斯学派的数的和谐理论被运用于雕刻艺术，并基于其上给出了完美人体比例的各种数据。波利克里图斯还依据《法典》中的数据创作了一座雕像来说明他的理论，那就是著名的《持矛者》。如前所述，希腊造型艺术在公元前 7 世纪时还不是很发达，其雕刻作品大多还是僵死的观念主义表现。而在公元前 5 世纪时，希腊的造型艺术突然发生了一个飞跃，出现了建立在有机和谐之上的逼真的现

① Frederick Copleston, S. J. A History of Philosophy: Greece & Rome: part I. New York: Image Books, 1962: 49.

实主义表现，被后人称作“伟大的觉醒”和“希腊革命”。这显然同毕达哥拉斯学派的数字理论有关。可惜《法典》这部作品已经失传，现在我们只能从公元前3世纪时的注释者加兰那里，以及古罗马建筑学家维特鲁威（Marcus Vitruvius Pollio）的《建筑十书》中，看到《法典》的一些片段。幸运的是，维特鲁威偶然为我们记载下了某些准则。在《建筑十书》第三书中讨论神庙的规则时，他突然转向对于一个男子躯体比例的讨论，其依据的应该就是《法典》中的数据。他写道：

人体是由自然这样设计的：从下颌到前额顶部和头发最低根部的面部是整个躯体高度的十分之一；张开的手掌从手腕到中指尖也恰好如此；从下颌到头顶是躯体的八分之一……脚的长度是躯体高度的六分之一；前臂是躯体高度的四分之一；胸部的宽度也是躯体高度的四分之一。其他数字也有各自对称的比例，古代著名画家和雕刻家即是运用它们获得伟大的名声。

因此，神庙的数字中也必须有一种最高的和谐，它是由不同部分与整体的一般长度之间的对称关系获得的。同样，在人体中，中心点自然是肚脐。因为如果一个人直立在那里，手脚伸开，以肚脐为中心用圆规画一个圆，其手指尖和脚趾尖将会触到那个圆圈。而且，正因为人体产生了一个圆形的轮廓，从中也可发现一个方形。因为如果我们测量一下从脚到头顶的距离，然后再量一下伸直的双臂，就会发现宽度与高度正好一样。[①]

达·芬奇正是根据维特鲁威的这段文字，画出了男子人体的完美比例，即著名的素描《维特鲁威男子》。《法典》曾广为流传，柏拉图使用过波利克里图斯的一些术语，亚里士多德在讨论悲剧时也提到过《法典》，维特鲁威不仅记载下《法典》中的一些数据，而且将它们直接用于建筑；后来昆体良（Quintilianus）在词组和文本整体结构之间发现了相应的联系，卢西安（Lucian of Samosata）甚至认为理想的舞蹈者的动作也应该符合数的和谐关系。

演说术原理

在昆体良看来，艺术是自然的一个方面，同时又揭示自然。因此尽管语言的准确性是以常规的语言为基础，却并不仅仅局限于此——因为常规的语言本身就不够充分，还需要为着艺术的目的而加以升华。修辞和比喻如果能得到适当的应用，当然就恰好具有这种升华的作用。构成比喻的，是“一个词语从其妥帖的意义到另一个妥帖意义的艺术性的转变”。

——霍克斯．隐喻．穆南，译．太原：北岳文艺出版社，1990：22.

吹笛子的哈蒙尼德

承蒙指点，……我有了准确辨音的耳朵，……也学会把握节奏的效果、音乐与舞蹈的搭配、以及不同情绪的真正特质。

——Lucian of Samosata. Harmonides//The Works of Lucian of Samosata：Vol. Ⅱ. H. W. Fowler，F. G. Fowler，tr. Oxford：The Clarendon Press，1905：99.

“数即宇宙”的信念，使得“数学上的恰当排列”被理解为主宰宇宙的法则。这种“恰当

① 维特鲁威．建筑十书．高履泰，译．北京：知识产权出版社，2001：71－72. 译文有较大改动。

排列”亦即一定的比例或者对称，亦即古希腊人的审美理想——和谐。这是肇始于毕达哥拉斯学派的最根本的美学命题。它对古希腊的绘画、建筑、雕塑等等产生了明显的影响，尤其是通过古希腊最早的声学理论，它也影响到一般的美学问题。

按照毕达哥拉斯学派的看法，宇宙有如一个“神奇的八音盒”，每一种运动都会产生一个和谐的声音，这声音“由天体运动的速度所决定，这速度又是以各天体之间的距离为转移；这些天体之间的距离……与八度音程之间间隔的比率相一致”①。所以人类的心灵也体现着宇宙的和谐，也同样存在着以数字关系为基础的感应能力。这样，人所创造的艺术，应当摹仿着宇宙的和谐，应当是对宇宙秩序的呼应和共鸣。

从“天体音乐”到“灵魂音乐”的学说，有两点特别值得注意：

第一，心灵秩序与宇宙秩序的对应，往往被后世用于解释艺术活动中的审美愉悦。人们之所以从某些艺术活动中得到特殊的快感，是因为其中所及的对象符合人们内心的节奏和期待。比如在音乐之中，人们总是普遍地接受某些和谐的声音而排斥某些不和谐的声音。如果接受毕达哥拉斯学派的理论，这就并不仅仅是艺术传统和审美习惯的问题，而是深深植根于人类被宇宙秩序所决定的生理—心理结构。而人类的生理—心理结构不可能从根本上被改变，所以人类所能产生的审美感受应当是相对稳定和普遍的。从这一意义上说，某些现代艺术试图颠覆原有的一切艺术规则和阅读习惯，恐怕更多的是具有理论上的价值而不是欣赏上的价值。

第二，人类心灵对宇宙和谐的感应能力，或许可以说明人类为什么能够摹仿宇宙的和谐。与摹仿说最古老的形态相应，人类心灵对宇宙的感应能力，最终使艺术摹仿的直接对象并不在于宇宙，而是在于人类心灵本身。这同后世“摹仿自然”的理论有很大区别。因此毕达哥拉斯对于音乐的讨论又转向“音乐的精神气质”，这是“音乐净化灵魂”的缘起，也通过柏拉图的讨论逐渐汇入后来的“寓教于乐”传统。

总之，“数即宇宙”的观念使宇宙的和谐延展为道德的和谐、艺术的和谐，从而“美在于和谐”得到了理论的说明，成为古希腊美学和文论的奠基性概念。

二、赫拉克利特

赫拉克利特（Heraclitus，约公元前 540—约前 480 与 470 之间）的著作只有一些残篇传世，可以参阅商务印书馆《古希腊罗马哲学》（1961）一书。他对美学和文论的最主要贡献，就在于从一种独特的角度深化了毕达哥拉斯学派的和谐说，强调“对立产生和谐”。

亚里士多德论赫拉克利特的“对立产生和谐”

自然喜爱相反的东西，且正是从它们中，而不是从相同的东西中，才求得了和谐，就像自然把雌与雄结合在一起，而不是使每对相同性别的东西结合一样……这大体上是赫拉克利特说法的意思，他说：“组合是整体又不是整体，是聚集又是分散，是协调也相抵触。一出于一切，一切出于一。”

——亚里士多德．论宇宙．徐开来，译//苗力田，主编．亚里士多德全集：第二卷．北京：中国人民大学出版社，1991：618.

① 塔塔科维兹．古代美学．杨力，耿幼壮，等译．北京：中国社会科学出版社，1990：115.

西方学者将赫拉克利特的著作残篇整理为12组，其中至少有7组与对立统一的思想有关，直接涉及美学和文论问题的主要有如下论述：

对立的事物是协调的。不同的事物产生最美的和谐。

人们不理解不同的东西是自身同一的，相反的力量造成和谐，就像弓与琴一样。

自然实际上偏爱对立……是从对立的事物中而不是从相同的事物中创造和谐……看来艺术也是在摹仿自然中创造和谐的。[①]

作为一项重要的美学命题，“对立产生和谐”的思想对后世影响极大。但是赫拉克利特的“对立统一”既成为古希腊“和谐说”的基础，又暗示出一条通向相对主义的思路。比如赫拉克利特认为：“生和死、醒和睡、少和老都是同一的，因为这个变成那个，那个又变成这个”；“上升的路和下降的路是同一的”；“在圆周上，起点和终点是同一的”等等，乃至他的名言“我们踏进又不踏进同一条河流”[②]，被他的继承者克拉底鲁引申为“即使踏进一次也不可能”。这样，可以感知到的变化，就否定了存在本身。由于在任何一种言说之时，言说的对象都已经改变，所以人的任何言说都不可能正确，最终则根本不能言说。

赫拉克利特关于对立统一的另一类讨论，实际上是强调“主体决定标准”。比如“海水既清洁又肮脏；对于鱼……有益；对于人……有害”，“驴子宁愿要草料，而不要黄金”[③]。直接承袭这一思路的，也许就是智者学派的相对主义和怀疑论态度；普罗塔哥拉斯“人是万物的尺度”之命题，只能在这样的思路中得到解释。

赫拉克利特的“残篇”

赫拉克利特的著作没有一篇是直接以他的名义保存下来的……我们拥有的原文是从后来作者们的引文中汇编起来的。……尽管我们拥有这些“残篇”……但是有两个因素令赫拉克利特的著作重构起来特别困难。(1) 赫拉克利特似乎是以简短的格言形式表达他的观点，它们大多是不相连贯的，运用了散文体而非诗歌体。这些格言式的、不相连贯的简洁性，也许真是他的思想的原始风貌，或许也许是以后历代对值得记忆的引文摘引的结果。就我们的研究……而言……要决定怎样把这些“残篇”联结在一起，甚而怎样判定哪些词在引文出处中是属于赫拉克利特的……是困难的。(2) 因为赫拉克利特对以后从柏拉图到海德格尔的历代思想家一直都是一个格外丰富的灵感源泉，所以怀疑论（sceptic）、斯多亚（Stoic）、基督教和柏拉图主义（Platonist）各派的思想家对他的利用已经歪曲了那些我们必须据之以重构他的思想的资料。……所有那些版本都……带有从以后的思想家而来的一些先入之见和兴趣爱好。

——奥斯本．赫拉克利特．聂敏里，译//泰勒，主编．劳特利奇哲学史：第一卷：从开端到柏拉图．韩东晖，等译．北京：中国人民大学出版社，2003：100.

赫拉克利特的另一个重要概念是“逻各斯”（logos）。在古代希腊哲学中，始终存在着一种“究元”的冲动，比如泰勒斯（Thales）追溯到“水”、赫拉克利特追溯到“火”等等。但是正如尼采《希腊悲剧时代的哲学》所说：这种“究元”包含着一种“形而上的直觉”，其实质是

① 塔塔科维兹．古代美学．杨力，耿幼壮，等译．北京：中国社会科学出版社，1990：116－117.

② 北京大学哲学系外国哲学史教研室，编译．古希腊罗马哲学．北京：三联书店，1957：27，24，27，28.

③ 同②19.

要表达“一切是一”的形而上学命题；如果没有这一点，泰勒斯以来的所有追溯都“只是错误的假设”。[①] 在这样的意义上，赫拉克利特的“逻各斯”便是根本性的：“那些不听从我而是听从了这逻各斯、同意一切是一的人，是明智的，赫拉克利特说。”[②]

巴门尼德论思想、言说和存在

……对于思想（thinking）和对于存在（being）是一回事。（DK28 B3）……那对于言说（saying）和对于思想（thinking）存在的东西一定存在；因为它对于存在（being）存在，而不存在者［对于存在（being）］不存在……（DK28 B6. 1～2）

——胡塞．毕达哥拉斯学派和埃利亚学派．聂敏里，译//泰勒，主编．劳特利奇哲学史：第一卷：从开端到柏拉图．韩东晖，等译．北京：中国人民大学出版社，2003：154.

逻各斯在希腊文当中，含有“思想”和“语言”的双重意义。因此古希腊关于“人是逻各斯的动物”之说，既可以译为“人是理性的动物”，也可以译为“人是语言的动物”[③]。逻各斯所涵纳的“思”与“言”，对于理解20世纪的西方文论仍然非常重要。

赫拉克利特的“语言”

赫拉克利特没有以一个现代语言哲学家可能被期望的方式来清楚地讨论语言是如何在语境中获得意义的。但是，他对语言的处理，他对在人类实践和社会习俗这更为普遍的领域之中的意义所下的论断，表明他意识到了语言没有独立于它所运用于其中的具体语境之外的意义……确实，当同一语境中的同样的词，以多种不同的方式或者被不同的读者以不同的观点阅读时，会具有多种多样的意义。意义并不会被单个的语词所固定，但它却受到了一个系统或原理的控制，这个系统或原理说明它怎么能够对多样或对立的意义是开放的，而不会成为一种不确定含义的无意义之流。

“在德尔斐神庙发布神谕的那位主神既不说话，也不掩藏，而只象征。”（赫拉克利特“残篇”B93）

……“主神”是阿波罗，他的神谕是这样的：普西亚（Pythia），一个处于迷狂状态的女预言者，把神的回答传达给祈愿者。神不直接对祈愿者说话，也不把他的回答完全对自己保留或者有意误导，但他通过普西亚所给予的回答并不总是容易解释的。

——奥斯本．赫拉克利特．聂敏里，译//泰勒，主编．劳特利奇哲学史：第一卷：从开端到柏拉图．韩东晖，等译．北京：中国人民大学出版社，2003：131.

另外，赫拉克利特最早提出“艺术像是人的自然”之说，其后继者还谈到“艺术通过摹仿自然而实现其职责”等等。以至到了德谟克里特那里，早期希腊人的“摹仿内心激情”、毕达

① Frederick Copleston, S. J. A History of Philosophy: Greece & Rome: part Ⅰ. New York: Image Books, 1962: 93.

② 赫拉克利特．残篇：B50//泰勒，主编．劳特利奇哲学史：第一卷．韩东晖，等译．北京：中国人民大学出版社，2003：111.

③ 亚里士多德：“人是唯一具有语言（logos）的动物。”亚里士多德．政治学．颜一等，译//苗力田，主编．亚里士多德全集：第九卷．北京：中国人民大学出版社，1994：6.

哥拉斯学派的“摹仿灵魂音乐”，逐渐向“摹仿自然”的后世意义转化。

三、德谟克里特

德谟克里特（Democritus，约公元前460—约前370）的著作在公元1世纪曾被编为四部，其中有一些直接涉及美学和文论的文字，比如《论节奏与和谐》《论诗》《论好的和坏的发音字母》等等，但是这些作品均已散失。德谟克里特著作的散失可能与柏拉图对他的态度有一定的关系。柏拉图在自己的著作中称引过许多前人的著述，但是绝口不提德谟克里特，据说还曾打算将他所能收集到的德谟克里特著作全部烧光。

德谟克里特

德谟克里特……来自爱琴海北岸的阿布德拉（这里也是普罗塔哥拉斯的出生地）……传统的说法是他极为高龄（某些解释说他超过了百岁），因此可推想他大概从公元前5世纪一直活到公元前4世纪的大部分岁月……据说他还与苏格拉底略有接触。至于他的著作，根据保存在狄奥根尼·拉尔修的《名哲言行录》中的目录来看，可谓著述宏富、涉猎广泛，其中包括对宇宙自然的完整解释以及关于天文学、数学、文学、认识论和伦理学等主题的作品，现皆已不存。古代的文献资料保存了将近300条引文，据称是他的残篇，其中绝大部分是关于伦理学的。……几乎可以肯定的是，德谟克里特把原子论发展为一个普遍性的体系。

——泰勒．阿那克萨戈拉与原子论．韩东晖，译//泰勒，主编．劳特利奇哲学史：第一卷：从开端到柏拉图．韩东晖，等译．北京：中国人民大学出版社，2003：252-253.

尽管如此，古罗马时代的普鲁塔克、西塞罗、贺拉斯等人的著作都引用过德谟克里特的言论。由于德谟克里特较多地涉及了具体的艺术问题，所以后世常常将他视为古希腊美学的创立者。

德谟克里特在西方文论史上的意义之一，在于他的理论标志着“摹仿”概念的一种根本转变。也许可以说，自德谟克里特以后，西方人所讨论的“摹仿”才越来越多地是以“自然”为对象。《古希腊罗马哲学》一书收录了德谟克里特的著名论述：“在许多事情上，我们是摹仿禽兽，做禽兽的小学生。从蜘蛛我们学会了织布和缝补，从燕子学会了造房子，从天鹅和黄莺等歌唱的鸟学会了唱歌。”[①]

德谟克里特所谈论的“摹仿”同样是mimesis，但是这里已经没有古代祭祀活动中的“宣泄”意义，也不同于毕达哥拉斯学派对“灵魂音乐”的摹仿，而是在赫拉克利特以“人的自然”界说“艺术”的基础上，更直接地使“摹仿”转向“追随自然”的意义。

与此相应，古希腊人所热衷的“神赐灵感”之说，在德谟克里特这里也变成了一种以“经验”为依据的创作论。比如古希腊诗人品达认为：诗人是“天性中就有知识的人”，“神告诉诗人的事情是凡人所不能发现的”[②]。这与柏拉图后来所说的“神灵凭附”和诗人的“迷狂”一

---

① 北京大学哲学系外国哲学史教研室，编译．古希腊罗马哲学．北京：三联书店，1957：112.

② 塔塔科维兹．古代美学．杨力，耿幼壮，等译．北京：中国社会科学出版社，1990：47.

脉相承，后世的西方文论在总体上也始终强调“天才”和“灵感”。其实德谟克里特也说过一些与柏拉图相似的话，比如“不为激情所燃烧，不为疯狂一样的东西赋予灵感的人，就不可能成为优秀的诗人”[①] 等等。

柏拉图论“迷狂”与“神灵凭附”

最大的赐福也是通过迷狂的方式降临的，迷狂确实是上苍的恩赐。……古人并不把迷狂视为羞耻和丢脸，否则的话他们就不会把这种预见未来的伟大技艺与“迷狂”这个词联系在一起，并把这种技艺称为迷狂术了。……神灵附体或迷狂还有第三种形式，源于诗神。……若是没有这种缪斯的迷狂，无论谁去敲诗歌的大门，……都是不可能的。与那些迷狂的诗人和诗歌相比，他和他神志清醒时的作品都黯然无光。……源于诸神的神圣迷狂及其带来的功效我就说到这里，……聚精会神地观照神明，他也就不可避免地要受到公众的谴责，被当作疯子，因为公众并不知道他其实是由神凭附着。

——柏拉图．斐德罗篇//柏拉图全集：第二卷．王晓朝，译，北京：人民出版社，2003：157－163.

但是对德谟克里特而言，“灵感”只是一种特殊的心理状态，“灵感”同样是一种“自然物”，却并非神灵所赐。乃至有研究者认为，德谟克里特是第一个否定“神赐灵感”的人。

据罗素说，德谟克里特同洛克一样，也认为有些性质（如温暖、美味、颜色）实际上并不存在于客体之内，而只是由于我们感官的作用而存在，但有些性质（如重量、密度和硬度）则是存在与客体之内的。[②] 在这方面，他与亚里士多德更为接近，这也许就是他受到柏拉图排斥的一个原因。

正因为如此，德谟克里特开始较多涉及艺术创作的手法和技巧等。他曾讨论过艺术的变形、舞台布景和绘画中的透视，以及原色问题。据说，德谟克里特区分出的四种原色为白、黑、红、黄，虽然这在科学上并不正确，但与当时画家的调色板或许却是一致的。

不管怎样，德谟克里特为古希腊的美学和文论开拓了一个经验主义的新方向。正是由于从经验主义的立场出发，德谟克里特才更关心具体的艺术创作，而非抽象的美学思考，更强调描述性和归纳式的分析，而不是评判式和演绎式的推理。尽管这与古希腊重视艺术目的和艺术本质的美学和文论倾向有所不同，但是毕竟最早代表了古希腊哲学与具体艺术理论的更直接关联。

四、智者学派

智者学派（the sophists）活跃于公元前 5 世纪中叶。他们所关注的最主要问题已经不是宇宙的秩序，而是更直接的人类生存和精神活动，所以他们较多地探讨了道德、法律、宗教和艺术问题。智者是当时人们对于那些以教育为生的教师和职业哲学家的称呼。在这一点上，他们类似于中世纪的经院学者。但与经院学者潜心学术不同，智者们的一个主要工作是教授人们如

① 塔塔科维兹．古代美学．杨力，耿幼壮，等译．北京：中国社会科学出版社，1990：123.

② 罗素．西方哲学史：上卷．何兆武，李约瑟，译．北京：商务印书馆，1981：105－106.

何在打官司时为自己辩护，这就是他们长于演说和辩论术的原因。当时的法庭有法官和陪审团，没有律师，但允许被审判者自己为自己辩护。智者就成为教授人们为自己辩护的人，也可以说是最早的不出庭的律师。其实，智者的相对主义哲学倾向与此也有关系。作为“律师”，他们主要关心的不是被审判者在道德上是否站得住脚，而首先是如何通过论辩，使其在法理上得到依据。

后世认为，智者学派是古希腊学术从自然哲学转向人类哲学的起点。由于智者学派对人本身的偏重，其美学和文论更强调主观的、相对的、感觉的审美体验。但也正是其“相对化”的基本思路，使智者学派成为古希腊形而上价值观的解构者。这或许在20世纪可以找到诸多呼应，在当时却遭到了严厉的批评。

苏格拉底对智者学派的批评

苏格拉底：我只知道智者中有一位普罗塔哥拉斯，他当智者挣到的钱比一个像斐狄亚斯这样杰出的建筑师再加10个雕刻匠挣到的钱还要多。修鞋匠和裁缝如果过了一个月还不能补好鞋子和衣服上的洞，甚至把它们弄得更破了，那么他很快就得饿死。而普罗塔哥拉斯在整个希腊招收学生40年，腐蚀他们，学生离开他的时候比刚来的时候还要坏，这确实令人难以置信。……除了普罗塔哥拉斯以外还有许多智者……他们……发疯了吗？

阿尼图斯：并非如此，苏格拉底。发疯的不是他们，而是那些向他们付钱的青年，还有那些对青年负有责任的人。……最坏的是那些允许智者来到而不把他们赶走的城邦……

——柏拉图．美诺篇：91d-92b//柏拉图全集：第一卷．王晓朝，译．北京：人民出版社，2003：524-525.

普罗塔哥拉斯（Protagoras，公元前481—约前441，又译普罗泰戈拉）是智者学派的主要代表。他的主要观点在于对“美”的相对性之论述。在智者学派看来，人类社会中的一切价值、制度和信仰都是约定俗成的，“真”和“善”都是相对的，“美”也不例外。《古希腊罗马哲学》收有“普罗塔哥拉斯著作残篇”，其中有他的名言：“人是万物的尺度，是存在的事物存在的尺度，也是不存在的事物不存在的尺度。”柏拉图《泰阿泰德篇》对此的解释一针见血，认为普罗塔哥拉斯的意思是说：“事物对于你是它向你呈现的样子，对于我就是它向我呈现的样子。”

智者学派的相对论

泰阿泰德：某人知道某事就是觉察到他知道的事情，因此，就我现在的理解来说，知识无非就是感觉。

苏格拉底：你说，知识就是感觉？

泰阿泰德：是的。

苏格拉底：你提出的关于知识性质的解释无论如何都不会被轻视。你的解释与普罗泰戈拉的解释是一样的，只不过叙述方式有些不同。他说，你要记住：“人是万物的尺度，是存在的事物存在的尺度，也是不存在的事物不存在的尺度。”无疑，你读过这段话。

泰阿泰德：是的，读过好几遍。

苏格拉底：他的意思岂不是在说，你我都是人，因此事物“对于我就是它向我呈现的样子，对于你就是它向你呈现的样子”，对吗？

泰阿泰德：对，他就是这个意思。

…………

苏格拉底：我感到奇怪的是，他（普罗泰戈拉）竟然没有在他的《真理》一文的开头说，万物的尺度是猪、狒狒，或某些非常陌生的有感觉的生灵。……如此倨傲不恭的开场白一定非常伟大，我们由于他的智慧超越凡人而尊敬他，但实际上他并不比一只蝌蚪更聪明，更不要说比其他人更聪明了。……如果每个人相信的东西作为感觉的结果对他来说确实是真的，如果无人可以比他人更有资格思考别人所想是真是假……如果每个人都有自己独有的信念，而它们又全都是正确的、真实的，那么，我的朋友，普罗泰戈拉的智慧在哪里？……如果我们每个人都是自己的智慧的尺度，我们相对的无知又在哪里？……如果普罗泰戈拉的《真理》确实是在宣布真理，而不是……在每个人的观点都正确的时候对各自的观点进行详细考察，那么哲学对话的整个事业只不过是在冗长而又可怕地展示愚蠢。……突然明白自己与其他所有人，甚至任何神，一样聪明，你难道不感到惊讶吗？或者你会说，普罗泰戈拉关于尺度的箴言不能像用于人那样用于神？……看来我们必须用另一种方式……看知识与感觉到底是相同的还是不同的。

——柏拉图．泰阿泰德篇：151e-152a，161c-163a//柏拉图全集：第二卷．王晓朝，译．北京：人民出版社，2003：664，679-681.

这样，“人是万物的尺度”实际上是说“我（审美主体）是万物的尺度”。正如智者学派的《论辩集》所提到的一种证明：如果让人们在一块地毯上取走他们认为美的东西、留下他们认为丑的东西，那么最后地毯上会什么也不剩，因为所有的人的看法都不会相同。“没有任何东西是完全美的或者完全丑的，只是那些掌握并区分它们的准则使得一些丑、一些美。”①

亚里士多德对“人是万物的尺度”之批评

普罗泰戈拉……说人是万物的尺度，这话的意思只不过是，事物在每个人所看来的样子肯定就是这个样子。事情如若这样，那么同一个东西就要既存在又不存在，既是坏又是好，其他相互对立的说法都是对的，一个东西经常在一些人看来是美好的，在另一些人看来却恰恰相反，而对每个人所表现的即是尺度。

——亚里士多德．形而上学．苗力田，译//苗力田，主编．亚里士多德全集：第七卷．北京：中国人民大学出版社，1993：249.

另一位智者也曾说：“我们……能够为自身提供愉悦，并把自己视作大自然的完美作品，这并没有什么奇怪。同样，对狗来说狗似乎也很漂亮，对牛来说牛如此，对驴来说驴如此，甚至对猪来说也莫不如此。”② 通过这样的转换，“人是万物的尺度”就等于说“美的尺度，各从其类”。“类”的相对性，亦即“主体”的相对性，从而“美”只能是相对的。这种相对主义的态度，对后世西方关于“美感”甚至“文本接受”的分析都有巨大影响。

高尔吉亚（Gorgias，约公元前483—约前375）是智者学派的另一位代表，也是西方文论

① 塔塔科维兹．古代美学．杨力，耿幼壮，等译．北京：中国社会科学出版社，1990：140.

② 同①140-141.

史上第一个讨论“艺术幻觉”问题的人。高尔吉亚的“艺术幻觉说”来自他的三个著名的认识论命题。第一，任何事物都不存在。因为“本生的”即无限的存在应该无始无终、无穷无尽，应该不是开始于任何一点，而不开始于任何一点的存在是不可想象的，所以没有“本生的”存在；“派生的”即有限的存在不可能从“不存在”中派生，只能从“存在”中派生，所以需要证明的还是“本生的”存在——如果它不能被证明，就意味着没有存在。第二，即使有事物存在也是不可认识的。因为认识是思想，能够被想到的东西并不一定是真实的，所以即使真实存在的东西也不能被思想。第三，即使有可以认识的事物也是不可传达的。因为认识一种存在是靠感觉，传达一种认识则是靠语言。同属于“感觉”的视觉、听觉尚不能互相替换，语言当然更不能正确地传达感觉。基于这样的认识，艺术只能被认为是“制造幻觉”甚至“欺骗”。①

高尔吉亚

高尔吉亚……寿命长于死于公元前399年的苏格拉底。我们知道的唯一一件生平大事是他于公元前427年访问雅典，其时林地尼正与叙拉古开战，他率故乡的使节团向雅典寻求支持。在雅典大会上，他的修辞雄辩令雅典人为之一震，盟约遂成。

……柏拉图用了整整一部对话录《高尔吉亚篇》讨论了高尔吉亚的修辞术思想……《论自然》这部著作使他（高尔吉亚）在哲学史上享有重要地位。……《论自然》本身被分为三个部分。第一部分主张无物存在……“非存在”（not-being）不存在，“存在”也不存在，这与巴门尼德“只有存在存在”的论点针锋相对。

……我们现在也熟悉了如下观点：为了理解语言的功能，必须注意区别两种东西，即词语的意义是什么，它们指称的对象又是什么。如果从……这种起点开始讨论的话，高尔吉亚或许正是在利用这种区分。他所关心的正是词与物的关系。不能认为这一点出现在高尔吉亚论著的第二和第三部分，因为在那里他认为，由于我们只是通过感知或描述性语词间接地与客观事物发生接触，故人们不可能知道某物。同样，关于事物的知识或理解也不可能传达给另一个人，因为唯一的传达方式是借助语词。语词只能传达它们本身，而不能传达它们所指称的事物。……词与物之间的鸿沟也被高尔吉亚明显地暴露出来。

——克费德．智者派．韩东晖，译//泰勒，主编．劳特利奇哲学史：第一卷：从开端到柏拉图．韩东晖，等译．北京：中国人民大学出版社，2003：289－291.

不过应当注意，高尔吉亚并不是要通过“幻觉”和“欺骗”来否定艺术，而且恰好相反，他相信艺术的价值就在这里。普鲁塔克曾转述高尔吉亚的一段话：“借助传奇和情感，悲剧制造一种欺骗，（但是）在这种欺骗中，骗人者比不骗人者更诚实，受骗者比不受骗者更聪明。”② 骗人者更诚实，大概是因为本来就不存在任何真实的事物；受骗者更聪明，则是如高尔吉亚所说：一旦进入这样的艺术幻觉，观赏者就可以“像感受自身的情感一样，感受到其他人的行为和生活所激起的情感”，从而实现艺术“安慰人、诱导人、转移人的情绪”之作用。《论辩集》中的说法与此相似：“在悲剧和绘画中，最易于被类似真实的虚构事实引入迷误的

---

① 亚里士多德．论麦里梭、克塞诺芬和高尔吉亚．颜一，译//苗力田，主编．亚里士多德全集：第七卷．北京：中国人民大学出版社，1993：18－23.

② 塔塔科维兹．古代美学．杨力，耿幼壮，等译．北京：中国社会科学出版社，1990：132.

人，才是最好的观赏者。”①

小说和虚构

fiction 具有……双重意义。一方面是想象的（imaginative），另一方面是纯然的虚构，有时候是刻意欺骗的虚构。……这个字出现在 14 世纪，最接近的字源为法文 fiction，拉丁文 fictionem；可追溯的最早字源为拉丁文 fingere，其意为 fashion 或 form（制作、形成）。Fingere 这个拉丁字同时也是英文 feign 的字根。Feign 这个字自 13 世纪以来便具有虚构或伪造之意涵。……poetical fiction（诗的创作）及 ancient fiction（古代创作）之用语于 16 世纪末出现。……文学意涵的演变始于 18 世纪末期：dramatic fiction（戏剧创作）（1780 年）；works of fiction（小说类作品）；一直到 19 世纪，fiction 与 novel（小说）几乎成为同义。

——威廉士．关键词：文化与社会的词汇．刘建基，译．台北：巨流图书公司，2003：141.

虚构符号与“仿佛结构”

就文学而言，字面意义与隐喻意义之间的区别是非常重要的……在迪伦马特看来，戏剧是靠虚构符号来演绎故事的，它所表现的那个悲欢离合的人生舞台，其实就是一个由“仿佛结构（as-if）”支撑着的艺术世界。……这些虚构符号，实际上强调的是一种特殊的真实，一种演员和观众能够在其经验世界中找到证据的真实。

——伊瑟尔．虚构与想象．陈定家，等译．长春：吉林人民出版社，2003：29.

在后世的西方文论中，我们可以看到 19 世纪英国浪漫主义诗人华兹华斯关于“诗人的虚构能力”“被不在眼前的虚构事物感动”等等相关论说，还可以看到 20 世纪苏珊·朗格对“戏剧幻觉”问题的引申。

五、苏格拉底

智者学派的后期，思辨中的修辞技巧被发展到极致，却并不太在乎思辨的内容究竟是什么。所以柏拉图批评智者学派是“出售……知识的商人……贩卖……商品的小贩”，“智者对一切主题拥有用于争论的、表面的知识，而非真实的知识”②。亚里士多德也认为“智者的学说是一种貌似哲学而又并不是哲学的东西……智者就是靠这种似是而非的智慧赚钱的人”。在这样的背景下，苏格拉底（Socrates，公元前 469—前 399）的学说恰好成为一道分界线。他一方面沿着智者学派的思路，使哲学的兴趣从宇宙、自然更多地转向社会、人生；另一方面又通过对“普遍性”的追索，否定了智者学派极端的感觉主义和相对主义。吉尔伯特和库恩所著的《美学史》就此做出如下评说：“苏格拉底既是最大的智者，又是智者的天敌。如果没有苏格拉底的帮助，就很难想象哲学能够从智者学派……的新思想和新态度中得到任何裨益。”③

---

① 塔塔科维兹．古代美学．杨力，耿幼壮，等译．北京：中国社会科学出版社，1990：142.

② 柏拉图．智者篇：231d，233e//柏拉图全集：第三卷．王晓朝，译．北京：人民出版社，2003：23，26.

③ 吉尔伯特，库恩．美学史：上卷．夏乾丰，译．上海：上海译文出版社，1989：25.

柏拉图和色诺芬笔下的苏格拉底

柏拉图的“对话”中所描述的有关苏格拉底的事件、会话和言论不是历史的、精确的记载。尽管如此，这些描述也并非纯属虚构。柏拉图的创作是以现实为基础的，这一现实是这位无与伦比的神秘思想家的事实，所展开的各个部分的描述是对事实的理想化。

……色诺芬的简单描述与这种美化有着天壤之别，可在本质上并无抵触。色诺芬看到的是细枝末节和无系统的概念……他公开寻找苏格拉底的优缺点，可在缺点方面一无所获。柏拉图探索了苏格拉底思想的真正的本质，但是这种思想的本质只能作形而上学的阐明……柏拉图和色诺芬都把苏格拉底看成人，而不是奉为神。所不同的是：色诺芬认为虽然苏格拉底本人并非完全正确，但他有理性、讲道德，人们可以全面了解他、完全理解他；而柏拉图则认为苏格拉底的话高深莫测，他来世时莫名其妙，去世时令人费解。

——雅斯贝尔斯．苏格拉底、佛陀、孔子和耶稣．李瑜青，等译．合肥：安徽文艺出版社，1991：19，25.

哲罗姆笔下的苏格拉底

哲罗姆在他的第一卷驳维努斯的书中写到苏格拉底时，是这么描述……的：“一次，当他正默默领受赞提比（Xantippe，苏格拉底的妻子，传说为人泼辣，乃至这个名字在英文中已成为‘泼妇’的代称）从楼上抛下来的一通暴骂时，突然一桶污水把他浇了个通透。他擦着脑袋，只说了句：‘我料到了，雷声过后必有暴雨。’”

——麦格拉思，编．基督教文学经典选读．苏欲晓，等译．北京：北京大学出版社，2004：217－218.

柏拉图《苏格拉底的申辩》（《申辩篇》）中记载着一个著名的传说：有人去德尔斐神庙求神谕，他的问题是：“有没有比苏格拉底更聪明的人？”而得到的回答是：“没有。”苏格拉底知道这件事以后颇感困惑，于是到处寻访政治家、诗人、工匠等各种“拥有知识名望的人”，以便“成功地否认那个神谕”。当然，最后他没有找到更聪明的人，从而他得出了一个结论：神说他是最聪明的人，并不是因为他有更多的知识，乃是因为他“自知我无知”。值得注意的是，“自知我无知”的命题可能与“知之为知之，不知为不知”有所不同，“无知”并不意味着缺乏知识，英文版的“无知”被译为 ignorance，意思是对某种更高的“知”有所忽略。[①] 因此苏格拉底认为自己的责任就是去寻找确定的真理和真正的智慧。

苏格拉底的申辩

你们当然认识凯勒丰。他自幼便是我的朋友，也是一位优秀的民主派……有一天，他竟然去了德尔斐……他问神，是否有人比我（苏格拉底）更聪明。女祭司回答说没有。……听到这个神谕，我对自己说，神说这话是什么意思？他为什么不明明白白地把他的意思讲出来呢？我非常明白我是没有智慧的，无论大小都没有。那么，神为什么要说我是世上最聪明的人呢？神不可能撒谎，否则便与其本性不合。

困惑了很长时间，我最后终于勉强决定用这样的方法去试探这个神谕的真意。我去拜访

① Plato. Apology. Benjamin Jowett，tr//The Dialogues of Plato. New York：Bantam Books，1986：6－9.

一位有着极高智慧声望的人……当我服从神的命令进行考察的时候，我看到那些有着极大声望的人几乎全都是有缺陷的，而那些被认为低劣的人在实际的理智方面倒比他们要好得多。……先生们，真正的智慧是神的财产，而我们人的智慧是很少的或是没有价值的……在我看来，神并不是真的在说苏格拉底，而只是在以我的名字为例，他就好像在对我们说，你们人中间最聪明的是像苏格拉底一样明白自己的智慧实际上毫无价值的人。

——柏拉图．申辩篇：21a－23b//柏拉图全集：第一卷．王晓朝，译．北京：人民出版社，2003：6－9.

苏格拉底求“知”的出发点，就是确认一种被智者学派所排斥的“普遍性”。这一点以及苏格拉底的论辩方法，被亚里士多德称为“苏格拉底的主要贡献”[①]。

“普遍性”的问题对于“美”乃至一般人类价值的讨论，都是非常重要的。苏格拉底认为：“当然，如果我们假定自己知道美的标准，这可能是错误的。但是当我们说某物更美或者某物不那么美的时候，已经暗示出存在着一个标准。……完美的线和完美的圆在我们经验的范围内是找不到的，最多只是接近于线或者圆的定义而已。因此一方面是我们日常经验当中不完美的、可变的对象，另一方面则是……普遍的概念。”[②]

智者学派关注人本身的生存问题，但是按照他们的相对化辩难，“正义”之类的基本价值在不同城邦、不同群体中都可以有不同的解释。苏格拉底所要揭示的，就是在种种可变的解释背后可能存在的某种确定性。也许我们永远无法从肯定的方面把握和实现这种确定性，但是我们可以通过对“不完美”“不确定”的感受，用否定的方式体悟“完美”和“确定”。应当说，这正是后世西方区分“渐进的存在”（becoming）与“存在本身”（being）的逻辑方法。至柏拉图，苏格拉底的“普遍概念”则被命名为“理念”。

亚里士多德认为苏格拉底的另一贡献，在于他的论辩方法。这常常包括四个环节：反问、归纳、诱导和定义。

“反问”即抓住对方谈话中的矛盾，迫使对方承认自己对原以为熟悉的事物一无所知。比如柏拉图《伊安篇》描写苏格拉底与伊安的谈话。伊安本来是获得了诵诗比赛的头奖，认为自己比任何人都更了解荷马，结果经过苏格拉底的追问，伊安只好承认自己不仅不懂得荷马，而且根本就不懂诗。

“归纳”亦即“归谬”或者“证伪”，即对片面的见解层层否定，以接近真理。

“诱导”也称“助产”，即通过启发和比喻，使对方说出潜藏于内心的想法，从自己心里唤起一种道德意识。据说苏格拉底的母亲是接生婆，他自称是从母亲的职业中体会到“诱导”的方法的。

“定义”就是谈话最后的概括性说明。

苏格拉底的“助产术”

我的助产术与她们的助产术总的说来是相同的，唯一的区别在于我的病人是男人而不是女人，我关心的不是处在分娩剧痛中的身体，而是灵魂。我的技艺最高明的地方就是通过各

---

① Frederick Copleston，S. J. A History of Philosophy：Greece & Rome：part Ⅰ，New York：Image Books，1962：125.

② 同①126.

种考察，证明一位青年的思想产物是一个虚假的怪胎，还是包含生命和真理的直觉。就我本人不能产生出智慧来说，我和产婆是一样的，人们对我的普遍责备是对的，说我只管向别人提问，但自己却由于没有智慧而不能做出任何回答。这里的原因就在于上苍强逼我接生，但禁止我生育。……别人……从来没有向我学到过什么东西。由他们生育出来的许多奇妙的真理都是由他们自己从内心发现的，但接生是上苍的安排和我的工作。

——柏拉图．泰阿泰德篇：150b－150c//柏拉图全集：第二卷．王晓朝，译．北京：人民出版社，2003：662－663.

亚里士多德将苏格拉底的谈话称作"一个推论过程"（a process of induction）。这一过程"是将不明确的定义引向明确的定义，或者将个别事例引向对普遍性的关注"。但是就一些可能达至极致状态的价值性概念而言，这种推论常常并没有明确的结果，比如"敬虔"（piety）、"节制"（temperance）、"友谊"，也包括"美"。

苏格拉底的论辩是要揭示真理，而最终的真理则在于"善本身"（goodness）。他与古希腊早期的宇宙论哲学家完全不同，认为人类不必为了认识自身而去研究宇宙天体；对世界原因的真正探究，并不在于找到某一种物质本原，而在于发现主宰万物、使世界井然有序的力量。在苏格拉底看来，这力量就是"善本身"。

而"善本身"在社会人生之中的落实，则是"道德"。"道德"从哪里来？道德来自对道德的认知，因为"知识是伦理行为的手段"，"知道什么是正确的人就会有正确的行为，没有人会有意作恶"，"明确地认识真理，是正确地把握生活的基础"。这样，以"善"为世界的本原，从"道德"指向现世人生，又用"知识"解释"道德"，最终构成了苏格拉底的"三个乐观主义公式"：知识即道德，无知即罪恶，道德即幸福。在尼采看来，这是"用认识和实用的利己主义取代形而上的慰藉；它相信知识能改造世界，科学能指导人生……把个人引诱到可以解决的任务——这个最狭窄的范围内"，从而就"包含了悲剧的必然灭亡"[①]。

尼采论苏格拉底的"乐观主义公式"

苏格拉底，柏拉图戏剧中的辩证法英雄……用理由和反驳来维护自己的行为，所以往往有丧失我们的悲剧同情之危险……辩证法本质中的乐观成分……一旦侵入悲剧中……必然迫使悲剧自趋灭亡——直至它跳入资产阶级戏剧的深渊而丧命。我们只需看看苏格拉底格言的恶果，他说："德即是知，犯罪是由于无知，有德的人定是快乐的人。"悲剧的灭亡就是由于这三个乐观主义基本公式。因为，现在有德的英雄必须是个辩证法者；现在德与知之间，信仰与德性之间，必须有必然的明显的结合；现在，埃斯库罗斯的先验的正义观，业已沦为……浮浅狂妄的原则……

——尼采．悲剧的诞生．缪朗山，译//章安祺，编订．缪灵珠美学译文集：第四卷．北京：中国人民大学出版社，1998：56.

其实苏格拉底之所以能从"知识"而至"道德"、从"道德"而至"善"，也许首先就是因

① 尼采．悲剧的诞生．缪朗山，译//章安祺，编订．缪灵珠美学译文集：第四卷．北京：中国人民大学出版社，1998：72.

为他的“知”从来不等于尼采所谓的“知识”和“科学”，这样才会有“自知我无知”之说，也才可以解释苏格拉底在柏拉图《美诺篇》中的“美德”与“知识”之辨。应当说，隐含在苏格拉底的“知”当中的，恰好正是“形而上的慰藉”。正如亚里士多德《形而上学》所言：“苏格拉底……对‘完善人格’的关注，最先产生了普遍性的问题。”

尼采论“苏格拉底问题”

由于苏格拉底，希腊人的趣味转而热衷于辩证法……一种高贵的趣味借此而被战胜了；贱民凭借辩证法占了上风。在苏格拉底之前，辩证法是被“好人社会”拒斥的，它被视为邪门歪道，它使人出丑。……拼命炫耀理由是不体面的。凡必须先加证明的东西都没有多少价值。

……一个人只有在别无办法之时，才选择辩证法。

……辩证法家手持一件无情的工具……将对手激怒，又使对手绝望。辩证法家扣留他对手的理智。

……整个希腊思想都狂热地诉诸理性，这表明了一种困境；人们已陷于危险，只有一个选择：或者毁灭，或者成为荒谬的有理性的人。……自柏拉图以来的希腊哲学家的道德主义是有病理学根源的；他们对辩证法的重视也是如此。“理性＝美德＝幸福”仅仅意味着：人们必须仿效苏格拉底，制造一个永恒的白昼——理性的白昼——以对抗黑暗的欲望。

……哲学家和道德家以为，他们与颓废作战，便是摆脱了颓废，这乃是一种自欺。摆脱颓废是他们力不能及的……苏格拉底是一个误会：整个劝善的道德，包括基督教道德，都是一个误会……耀眼的白昼、绝对的理性、清醒、冷静、审慎、自觉、排斥本能、反对本能的生活，本身仅是一种疾病……

这个一切自欺者中最聪明的人，他自己也领悟这个道理了吗？……苏格拉底但求一死：并非雅典人而是他自己给自己下毒的。他向雅典人强索鸩毒……他轻轻对自己说：“苏格拉底不是医生，在这里死亡才是医生……苏格拉底自己只是一个久病者。”

——尼采．偶像的黄昏．周国平，译．北京：光明日报出版社，1996：15－19.

不过无论如何，将“知识”与“道德”相并列，确实引出了道德是否可以教导给人的问题(the teachability of virtue)。苏格拉底认为：“伦理要求所直接引向的，是揭示普遍、稳定的道德法则。”由此关联到文学艺术，则被认为是一种典型的功用论。

苏格拉底的“美德”与“知识”之辨

实际上，我根本不知道美德是否能教或如何获取美德，也不知道美德本身是什么。……我从来没有碰到过知道什么是美德的人。

……如果美德是知识，那么它一定可教……但就美德是知识而言，请看我的怀疑是否有理。……如果我们想使美诺成为一名好医生，难道我们不应该把他送到医生那里去接受教育吗？……如果我们想使他成为一名鞋匠，那么送他去见鞋匠？……其他行业也一样吗？……但是……那些自称为美德教师的人……没有人会去向这些人学习，免得被他们腐蚀了……无论谁与他们打交道，都肯定会被他们带坏。……如果智者和那些自身具有优秀品质的人都不是美德的教师，我敢肯定其他人也不是；如果连教师都没有，那么也不会有学生。……一个既无教师又无学生的科目不是能教的科目……所以美德似乎是不可教的。……正确的意见和知识可以用来指导我们正确行事，拥有它们的人可以成为真正的向导。……由于美德不可教，我们无法再相信它是知识，所以……知识并非公共生活的向导。

……美德既不是天生的又不是靠教育得来的。拥有美德的人通过神的恩赐得到美德而无须思索。

——柏拉图．美诺篇：71a－71c，89d－99b，100a//柏拉图全集：第一卷．王晓朝，译．北京：人民出版社，2003：492，522－534，535－536.

根据各种转述，我们知道苏格拉底论及“美”的时候不断提到“善”的问题，因为他相信“美”必定蕴涵着“善”的目的。如果说智者学派是从审美判断的不同论证主体趣味的相对性，那么苏格拉底则指出这“相对性”在于对象功用的不同。比如：“美的角斗者不同于美的赛跑者，因防御而美的盾牌不同于因速度和力量而美的投枪。……对赛跑来说是美的东西，对角斗来说往往是丑的。”“即使一面金盾也可能是丑的——如果粪筐制作良好而金盾制作粗糙的话。”总之，“所有的东西对于它们不能适合的目的来说都是坏的和丑的”①。

蒲柏论“认识你自己”

蒲柏（Alexander Pope）的《论批评》（*Essays on Criticism*）……回应了苏格拉底的“认识你自己”，并用更为优雅的词句表达了同样的意思：

“要了解你自己和你所能知，

要了解你的才华、趣味和学识所能及，

而不要僭越你的限度……”（诗行48～50）

——Edward H. Strauch. Beyond Literary Theory：Literature as a Search for the Meaning of Human Destiny. New York：University Press of America，2001：12－13.

福柯论“认识你自己”

gnōthi seauton得到庄严辉煌的表达并被镌刻在神庙的石头上，但是它本来并不具有后世的含义，……并不意味着哲学意义上的“认识你自己”。……德尔斐神庙的三条铭文（Delphic precepts）都是对求神谕者的告诫，第一条mēden agan（not too much，戒多）意思是不要提过多的问题；第二条有关egguē（the pledges，然诺），是劝人切勿许下不能兑现的诺言；第三条gnōthi seauton（认识你自己）则是说求神谕者应该想清楚自己究竟要问什么，也有研究者认为这是要我们谨记自己只是凡人。

——Michel Foucault. The Hermeneutics of the Subject：Lectures at the Collège de France. Graham Burchell，tr. New York：Palgrave Macmillan，2005：3－4.

这样，传统的“和谐”被苏格拉底分作两种不同的标准。第一种是一般而言的合适比例，这是抽象意义上的美，是客观的和谐；第二种才是针对一个具体对象及其特定功用而言的合适

① 塔塔科维兹．古代美学．杨力，耿幼壮，等译．北京：中国社会科学出版社，1990：144－145.

比例，这是具体的美的对象，是主观的和谐。第一种和谐写作 symmetria，即“对称”；第二种和谐写作 eurhythmia，意思是不合客观比例但是能满足主体的需求。至古罗马时期，前者主要被理解为形式的美（pulchrum）；后者则是指目的的美，即后来贺拉斯所使用的重要概念“合式”（decorum）。后来康德在《判断力批判》中也试图区分“主观普遍性”与“客观普遍性”、“主观目的性”与“客观目的性”，或许可以令我们重新想到苏格拉底。

另外，苏格拉底也讨论到“摹仿”。但是在德谟克里特转换以后，苏格拉底的“摹仿”基本上是以“自然”为对象，间或提到“高于自然”、摹仿精神的内在品质而已。

六、小苏格拉底学派

小苏格拉底学派（Minor Socratic Schools）是后世对麦加拉学派（the School of Megara）、库兰尼学派（the Cyrenaic School）、犬儒学派（the Disciples of the Dog）的称谓。其意思并不是说这些后继者承袭了苏格拉底学说，而是说他们各自都是将苏格拉底的思想在某一特定的方向上加以延伸。

苏格拉底的弟子

苏格拉底没有建立形而上学体系，也没有提供认识论和关于行为的理论。这有待于他的弟子在他所奠定的基础上来建立。有的以他的方法所提示的逻辑问题作为研究课题，有的重视伦理问题。……欧几里得所建立的麦加拉学派，把苏格拉底德性即知识的论点同……存在为一统一体的学说结合起来……夸大苏格拉底学说中辩证法的一面，喜欢研究各种隐晦的微末细节。……还有两个伦理学派兴起，各以苏格拉底的某些学说为基础。这就是由阿里斯提普斯所建立的……快乐学派，和有安提斯泰奈斯……所建立的犬儒学派。快乐学派以快乐为至善的理论，由伊壁鸠鲁学派继承和完成；而犬儒学派反对快乐论，提出为德性而有德性作为座右铭，由斯多葛学派发展了这种学说。

——梯利．西方哲学史：上册．葛力，译．北京：商务印书馆，1975：70－71.

麦加拉学派从纯粹思辨的角度延伸苏格拉底的“善”，所以其命题往往由于过分执着于逻辑而近似诡辩。比如著名的“秃头之辩”和“谷堆之辩”，还有关于“只有现实的才是可能的”之论证，以及“Electra does not know what she knows”等等。通过他们的讨论，“善”的目的不能被感知，只能被论说，从而无法得到真正的落实。当“善”仅仅成为思辨对象的时候，也许必然会丢弃实际的道德。

“只有现实的才是可能的”

只有现实的（actual）才是可能的（possible）。其论证如下：“可能”不可能成为“不可能”。如果这矛盾的两方中有一方成为现实，则另一方就是不可能的。因此如果本来是可能的，那么“不可能”当是出自“可能”。因此“不可能”原来不是可能的，只是它的现实使它成为可能。

——Frederick Copleston，S. J. A History of Philosophy：Greece & Rome：part Ⅰ. New York：Image Books，1962：138.

如果说“善”的思辨导致了“道德”的丢弃，那么这恰好是库兰尼学派“善即快乐”原则的出发点。他们的推论是：知识来自感觉；而如果我个人的感觉是我实际行为的准则，那么行为的结果就应当是获得快乐的感觉；所以“快乐就是生活的目的”，快乐就是“善”。后来库兰尼学派发展出两种极端。前者强调完全的个人快感，乃至任何行为的道德与否都以个人的利害为依据。后者则认为真正的快乐不可能获得，所谓的快乐只是“没有悲苦”（absence of pain and sorrow）；而事实上生活中又不可能“没有悲苦”。所以据西塞罗记载，库兰尼学派的一位学者在亚历山大城发表演讲，导致许多人自杀。

犬儒学派对“善”的解释，似乎又回到苏格拉底的人间道德，但是他们寻求道德的途径不是“知识”，而是极端的自我限制。他们提出：“美德就是没有欲望、摆脱欲求，全然无待（independence）。”因此最大的智慧就是放弃人世间一切虚伪的标志，通过禁欲来保持道德。与苏格拉底相比，也许可以说：当个人对社会的崇高目的尚存信念时，人们总会相信“善”可以建立普遍的秩序；但是“精神”一旦疲惫，伦理规范则更容易退回到个人的慰藉和灵修。

从小苏格拉底学派各自选择的路径来看，纯粹思辨、感官快乐或者修身禁欲都不能将他们带往苏格拉底的“至善”。“善”能否落实于现世，“善”的脆弱究竟如何解决，这成为柏拉图所要处理的问题。

在思想脉络上，小苏格拉底学派的如上探讨通过晚期希腊的怀疑主义、伊壁鸠鲁主义、斯多葛主义，与后来的基督教观念达成了某种衔接。就文论方面的意义而言，麦加拉学派的“思辨论”同智者学派的相对主义美学观相联系，甚至在20世纪的阅读理论中仍然可以找到某些逻辑痕迹。库兰尼学派的“感觉论”主要关联于后世种种强调审美快适的学说。犬儒学派的“无待论”则可以视为艺术教化、艺术救世等观念的先声。

【关键概念】

对称、和谐、摹仿、净化、宣泄、数即宇宙、灵魂音乐、对立产生和谐、逻各斯、人的自然、摹仿自然、美的相对性、人是万物的尺度、艺术幻觉、普遍性、善本身

【思考题】

1. 毕达哥拉斯学派的“数即宇宙”与《老子》《易经》的相似论说，区别何在？
2. “人是万物的尺度”能否被理解为对主体力量的肯定？
3. Catharsis 究竟应该理解为“净化”还是“宣泄”？

第二章

古希腊文化的鼎盛至古罗马时代

本章分为三节。第一节主要追溯柏拉图在“理念论”基础上的一整套美学和文学观念，包括他对以往“美”的定义的批判、对世俗艺术的批判，以及他关于“摹仿”、“功用”和“创造”等问题的论说。

第二节是从亚里士多德的“四因说”出发，介绍他在文学艺术方面不同于柏拉图的一系列看法。其中最重要的，是亚里士多德从“摹仿说”的角度述说艺术的真实，从“净化说”的角度论证理性的快感，又用“过失说”建立最早的悲剧人物论。

第三节主要涉及西方文论史对于古罗马或者“希腊化”时期的不同评价，并介绍贺拉斯的古典主义原则、朗吉努斯的《论崇高》及其与后世的关联。

第一节 柏拉图

一、对以往“美”的定义之批判

柏拉图（Plato，公元前427—前347）自20岁结识苏格拉底，随苏格拉底做了8年学生。苏格拉底被处死以后，他开始漫游，其间有培养“哲王”（Philosopher King）的传说。40岁时回到雅典，在一座纪念希腊英雄阿卡德穆（Akademos，或Hekademos）的花园里教授学生。所谓“学园”（Academy）即因阿卡德穆而得名，而这座花园的建筑者，正是常常出现在柏拉图对话之中的希庇阿斯（Hippias）。柏拉图学园在前387年创立，并由于新柏拉图主义的兴起而名声远扬，一直到526（529?）年，罗马皇帝查士丁尼（Justinian）才下令关闭了学园。

柏拉图《书信·第7封》

我花费时间第一次去访问西西里，并在那里逗留。后来我又应狄奥尼修的紧急邀请再次访问西西里。……当我到达那里的时候，我想自己首先要寻找证据，看狄奥尼修是否真的热衷于哲学。……有些人稍加指导就能独立地发现真理，而对其他人来说，……只能以一种冒犯的方式去进行不恰当的尝试，……只是一种高尚而又空洞的希望。

——柏拉图．柏拉图全集：第四卷．王晓朝，译．北京：人民出版社，2003：84－97.

希腊文的“真实”（aletheia）一词被释为“敞开”“不再遮蔽”；按照海德格尔的说法，这个词就是“遮蔽”（letheia）加上否定性的前缀“a”而成为“无蔽”。也就是说，真实并不是现成放在那里的，而是需要发现或者“去蔽”（aletheuein）。这也正是亚里士多德所说：techne（技艺）是一种通过在 poetike（做什么或制造什么）中运用 logos（语言）而达成的 aletheuein（真实的显露）。①

海德格尔论“艺术作品的本源”

世界要将大地带向意义之光，而大地要将世界拉向它自身，……正是在这种争执中，真理“发生”（happens），或者“成真”（comes to be-truth）——按照海德格尔的说法，亦即对于“是什么”（what *is*）的揭示或“去蔽”（revelation or unconcealment）。艺术的功能，就是打开“是其所是”（being）的“遮蔽”（hiddeness）。

——比厄斯利．美学史：从古希腊到当代．高建平，译．北京：高等教育出版社，2018：637.

注：此处的译文根据英文本稍做改动。

如果技艺对真实的揭示是通过语言得以表达的，那么人们当然可以通过语言，间接地理解自己未必直接经验过的事物和世界。从今天的意义上说，希腊人可能从一开始就意识到：要“回到事物自身”，只能通过“回到语言自身”；因为只有凭借语言，才可能以有限的存在方式获取无限的知识。

在柏拉图看来，依据其时代和地方（polis）的主导性语言而生活的大部分人，在一生的大部分时间都远离真实；只有那些运用语言寻求真实的人（也就是哲学家），才可能接近真实。当然，智者、政治家和诗人等并不这样认为，他们相信自己也是运用语言寻求真实的人。于是就有了柏拉图与智者、与诗人的争论。

也许可以总括地说：柏拉图美学和文论的根本，在于他的形而上学和伦理学。在形而上学的方面，他关于“存在”的理念论、关于“认识”的先验论直接与“美”的观念相联系。在伦理学方面，他关于“人”的唯灵论、关于“生活”的道德论则决定了他对艺术的理解。

柏拉图《会饮篇》有一句名言：“如果有任何值得为之而生存的东西，那就是观照美。”②这一说法也被译为“美是唯一值得为之生存的东西”，并不断被后世所援引。但是要了解柏拉图所说的“美”究竟是什么，还应当首先阅读《大希庇阿斯篇》（或译《大希庇亚篇》）。这篇

① 相关讨论可参阅：亚里士多德．尼各马科伦理学．苗力田，译//亚里士多德全集：第八卷．北京：中国人民大学出版社，1994：123－124.

② 塔塔科维兹．古代美学．杨力，耿幼壮，等译．北京：中国社会科学出版社，1990：149－150.

对话集中体现了柏拉图对以往“美”的定义之批判。

柏拉图在其论著中常常以他的老师苏格拉底作为对话的一方，但一般认为这些对话大都不是转述苏格拉底的言论，而是表达了柏拉图自己的思想。《大希庇阿斯篇》就是苏格拉底与大希庇阿斯的对话。这篇对话的内容主要是清理和批判以往关于“美”的各种定义，其形式则生动地展示了苏格拉底反问、归纳、诱导、定义的对话风格，读起来颇为有趣。

柏拉图著作中的苏格拉底

根据弗拉斯托斯的看法……在柏拉图的对话录中至少有两个不同的苏格拉底形象，一个是在早期对话中的，另一个是中期和晚期对话中的。……他详细考察了10个论题，每一个论题都分为两个部分：一部分包含了被归于早期对话中的苏格拉底的特征或观点；另一部分包含了与前一部分相冲突的特征或观点，可归于中期对话中的苏格拉底。……柏拉图早期对话录中的苏格拉底完全是一个道德哲学家，而中期对话录中的却是一位“道德哲学家、形而上学家、认识论者、科学哲学家、宗教哲学家、教育哲学家和艺术哲学家”。……在柏拉图的对话录中，苏格拉底坚持两种哲学观点，“而它们相去甚远……在内容上大相径庭，在方法上彼此尖锐对立”。……弗拉斯托斯认为，柏拉图在写作对话录时，无论是早期的还是中后期的，最优先考虑的一直是哲学，因此“无论在哪一篇对话中，柏拉图只会允许出场的苏格拉底言说他（柏拉图）认为真的东西”。

——本逊．苏格拉道德哲学的发展．韩东晖，译//泰勒，主编．劳特利奇哲学史：第一卷：从开端到柏拉图．韩东晖，等译．北京：中国人民大学出版社，2003：371.

《大希庇阿斯篇》首先借苏格拉底之口，提出“什么是美”和“什么东西是美的”之区别，这也就是西方美学史上最早提出的“美本身”与“美的对象”之区别。希庇阿斯看不出二者有什么不同，认为美就是一位漂亮的小姐。

随着苏格拉底的层层设问，希庇阿斯不得不承认漂亮的母马、美的竖琴、美的汤罐均为美。但汤罐显然属于“不三不四的东西”，不能与小姐和母马相提并论。于是苏格拉底引出赫拉克利特的名言“最美的猴子比起人来还是丑”，并推而言之：“最美的汤罐比起小姐来还是丑。”希庇阿斯说：“一点不错，答得好。”但是如果沿着这样的思路，那么“最美的小姐比起女神来还是丑”。可见相对而言的美的对象，并不是该对象之所以美的根本。

于是希庇阿斯又提出：如果一定要问“凡是……加上了它就显得美”的东西，那就应当是“黄金”。因为丑的东西加上黄金装饰便会美了。苏格拉底提出：那么大雕塑家菲狄阿斯为雅典娜塑像时并未用黄金，却用了象牙，难道说他不懂美吗？希庇阿斯承认“象牙也美”。苏格拉底又提出“塑像的眼珠连象牙也没有用，却是用石头”。希庇阿斯只好说：“如果使用得恰当，石头当然也美。”由此，苏格拉底“诱导”着希庇阿斯推出了结论：“使每件东西美的就是恰当。”

然而苏格拉底还是不依不饶。他又追问：“对喝汤而言，木制汤匙可以增加香味，而且不至打破汤罐，所以比金汤匙恰当，那么是不是木匙更美？”希庇阿斯同意这一说法，于是苏格拉底说：“那么黄金究竟是不是美呢？”

希庇阿斯在追问之下说道：“一个凡人所能有的最高的美，就是家里钱多、身体好、全希腊人都尊敬、长命到老、自己替父母举行过隆重丧礼、死后子女又替自己举行隆重的丧礼。”

苏格拉底挖苦说："希庇阿斯，这番话真高妙，非你说不出来。"

接着，苏格拉底又回到"美是恰当"的命题，并追问："什么才是恰当?"事物有了"恰当"的特质，是真正美（实际美），还是外表美?

希庇阿斯："是外表美。比如丑人穿上合适的衣服，就显得好看了。"

苏格拉底："如果只是外表美，则属于错觉的美。"

希庇阿斯又改口说"恰当"使事物不但外表美，实际也美。

苏格拉底则继续追问："实际的美是无论何时何地都被人公认的，还是各人各时各地都有不同认识呢?"

希庇阿斯承认后者，因为他想起了希腊的谚语"美最不容易被赏识"。

但是也许如苏格拉底所说：如果恰当能使事物在外表和实际上都美，就不应当不容易被赏识。况且，一因不能生二果，所以恰当只能产生一种美（或者"外表美"，或者"实际美"）。

这样，希庇阿斯只好选择了"外表美"（因为"美不容易被赏识"）。苏格拉底则说："哎哟，美又从我们手里溜脱了（因为'外表美'只是'错觉的美'——引者注）。恰当并不就是美。"

"恰当"被否定以后，苏格拉底诱导希庇阿斯注意到"美在于有用"的命题。比如眼睛的用处就是"看"。"一匹马、一只公鸡、器皿、交通工具……说它美只是看它有用。"希庇阿斯同意"美在于有用"的说法。而苏格拉底又引申出"知识是美的"，希庇阿斯也表示同意。但是按照苏格拉底的推论，"知识"导致"有益的目的"的实现，所以如果说"知识是美的"，就等于说"美即有益"。而"有益"是什么?"有益的产生好结果"，所以"有益"是"好"的原因。如果"有益"等于"美"，"有益"又是"好"的原因（"好"即是"善"），那么就意味着"美是善的原因"。

因此苏格拉底说："我们的结论——美是善的父亲。"

希庇阿斯："说得真好。"

但是苏格拉底立刻就提出："父亲不是儿子，儿子不是父亲；原因不是结果，结果不是原因——美不是善，善不是美。"如果不甘心承认"美而不善、善而不美"，那么"美即有用、有益"的命题也是错误的。

希庇阿斯无话可说，苏格拉底又提出"美就是由视觉和听觉产生的快感"。希庇阿斯认为这也是一个很好的定义。

但是苏格拉底的问题是：为什么视觉、听觉的快感才是美，食与色的快感中是否就没有美？如果唯独视觉、听觉的快感为美，食与色的快感不是美，那么就不能说美的原因在于"快感"，而应该找到视觉和听觉所共有的另一种性质。然而究竟是不是存在一种分开时各自没有，而合在一起才共同具有的性质呢？希庇阿斯被绕得糊里糊涂。

于是苏格拉底又推出了一连串的妙论："美究竟属于哪一类？你说过，如果我强壮你也强壮，我们俩就都强壮；如果你公正我也公正，我们俩就都公正；如果我们俩都公正，就是你公正我也公正。同理，如果你美我也美，我们俩就都美；如果我们俩都美，就是你美我也美。但是此外还有另一个可能：美可能像数目……全体是双，部分可成双可不成双；反之，部分是分数，全体可以是分数可以是整数。由此类推，我想到许多其他事例。在这两类事例中我们把美放在哪一类呢？如果说我们俩都美而两人之中却有一个不美，或是说你也美我也美，而我们俩却不美……未免太荒谬了。你的看法如何?"

被逼之下，希庇阿斯不得不说："我的看法就是你的看法，苏格拉底。"[①]

苏格拉底："那就更好了，因为我们用不着再讨论下去了。"

最后希庇阿斯回到他原来的想法："美没有什么别的，只要能在法院、议事会或（要办交涉的）大官员之前，发出一篇美妙的、能说服人的议论，到退席时赚了一大笔钱，既可以自己享受又可以周济亲友，那就是美。"

苏格拉底也不再追问，而是以一个意味深长的句子作结："至少……我得到了一个益处，那就是更清楚地了解了一句谚语——美是难的。"

在《大希庇阿斯篇》，柏拉图似乎未能在自己的哲学体系之中提出完整的美学理论，但是一些重要的原理已具雏形。在哲学研究领域，关于这一篇章的真伪素有争议[②]；文学研究者则通常对之有所偏爱，吉尔伯特和库恩的《美学史》甚至称此篇为《会饮篇》《理想国》所阐扬的美学思想之导言。

从柏拉图此后的一系列论述看，美之于他，既不限于感觉的对象；也不限于人的主观反应，而是具有一种内在于美的对象；又体现着人的道德要求的属性。这已不可能在以往的感觉主义、相对主义或功用主义的概念范畴里探讨。因此在其更成熟的对话中，柏拉图创立了自己的理念说。

二、以理念论为基础的"摹仿说"

苏格拉底曾经力图在伦理问题的探求中寻求"善"的普遍定义和绝对本质，但是小苏格拉底学派在三个方面上的追寻，都并不能通向"至善"。为了解决这样的问题，柏拉图需要再前进一步，使"善"的普遍定义和绝对本质与个别的伦理对象相分离，并视之为独立存在的"理念"。就此而言，"理念"亦即"善本身"或者"美本身"。

从赫拉克利特以来，希腊人已逐渐接受了永恒的物质运动的思想，即一切具体事物均永恒地处于从"不在"（无）到"在"（有）、从"在"（有）到"不在"（无）的生灭运动当中。这样，不断运动的具体事物既非"不在"（无），也非"在"（有）。这种既在又不在，处于有无之间的东西，即所谓现象界（phenomenon），亦即后世基督教观念中的"渐进的存在"（becoming）。而现象界的相对性、不稳定性和暂时性，使人们猜想在它背后必定潜藏着一个绝对、稳定、永恒的目的，即所谓"存在界"（noumenon），亦即后世基督教观念中的"存在本身"（being）。

德里达对柏拉图的"解构式读解"

……1968年，德里达……发表长文《柏拉图的药》。……德里达……一开始就从文本中拈出基本的二元对立：逻各斯与神话，自以为由此发现了柏拉图的一个矛盾：靠一个异国神话来解释为什么"书写"会威胁到道德和真理——换言之，柏拉图本来想要证明言语……对

---

① 在柏拉图的《会饮篇》之中，悲剧诗人阿伽通也被苏格拉底逼出了相似的话，而柏拉图笔下的苏格拉底则更进一步说："亲爱的朋友……你不能反驳的是真理，反驳苏格拉底其实很容易。" Symposium. Seth Benardete，tr; Apology. Benjamin Jowett，tr//The Dialogues of Plato. New York：Bantam Books，1986：263.

② 王晓朝．大希庇亚篇译者提要//柏拉图．柏拉图全集：第四卷．北京：人民出版社，2003：24.

书写的优先性，但证明要靠说理（理性的言说＝逻各斯），而柏拉图最后靠的却是神话（隐喻），而非逻各斯。由此，德里达……看到：词语的双关性在《斐德诺》中随处可见，最明显的是“药”＝良药/毒药；进而德里达发现，逻各斯中心主义的理性话语具有二元性（言语/书写、在场/缺席、源头/重复、内部/外部），它必须通过划分（好/坏、对/错）来建立自己的权威……在言语的两面性（比如“药”＝良药/毒药）面前，逻各斯中心主义显得没法应付。……正如柏拉图最后要靠神话来论证逻各斯一样，逻各斯最终并不能靠自己来证明自己……德里达……是要从二元性的逻各斯中心主义的理性话语……中解放出来……基于一种更为激进的“历史意识”来拆毁柏拉图。

——刘小枫．什么是《斐德诺》中的神//道风：基督教文化评论：第22期．香港：道风书社，2005：166-170.

柏拉图《斐多篇》（又译《斐德若篇》）以等式关系为例进行了分析，他认为等号两端的内容可以随意替换，但是在可以替换的东西之上，还有一种超越任何对象的“相等本身”。“美”也应当如此。“砖头、石头”或者任何一种“美的对象”均属于现象界，而“＝”本身、“美”本身，则属永恒的存在。由此，本质与现象合一的世界被分割为二，可感世界之外，又有了独立存在的、由普遍本质所构成的理念世界。这种理念自身的统一体，被称为真正的实在。

柏拉图论“不证自明”的“绝对”

……假定我们承认有这么个事物叫相等，不是砖头与砖头、石头与石头的相等，而是没有任何差别的绝对相等。……相等的砖头、相等的石头或其他相等的东西与这个相等是不一样的……它们在我们看来是绝对相等意义上的相等吗？或者说它们缺乏绝对相等，因为它们只是接近相等？……

……在我们开始看和听，以及使用其他感官之前，我们必定在别的地方获得过这种知识，即有绝对相等这么一个事物。否则我们就决不会明白一切相等的感性物体都想要与绝对相等相同，用绝对相等作标准来比较，这些感性物体只是不完善的摹仿。

……我们现在的论证不仅适用于相等，而且也适用于绝对的美、善、正直、神圣，以及所有在我们的讨论中可以冠以“绝对”这个术语的事物。

——柏拉图．斐多篇：74a-75d//柏拉图全集：第一卷．王晓朝，译．北京：人民出版社，2003：74-77.

谈柏拉图的理念论，常常从《理想国》开始，即关于三种床的讨论。但是要了解理念论，最需要细读的还是《会饮篇》，《会饮篇》的写作也早于《理想国》。虽然这篇对话的主题是爱与欲望，但其中涉及了柏拉图哲学的许多重要论题，诸如哲学与诗、灵魂回忆、至善、绝对美以及观照美的阶梯等，同时用极为优美的语言、严谨的结构和戏剧化的方式阐释了理念论本身。

“爱欲”、“美”与“智慧”

最完整的人是真正知道自己不完整，并能在这一事实前提下生活的人。……智慧算是最美的东西之一，Eros就是对美的爱欲，所以Eros必定是爱智慧的人（哲人）。

——柏拉图．会饮．刘小枫，译．北京：华夏出版社，2001：78.

柏拉图在《蒂迈欧篇》中讨论神（Demiurge）创世时，对于理念问题也有详细的讨论："首先，依我看来，我们必须做出下述区别，并且要问：什么是永恒存在没有生成的东西，什么是永恒生成无时存在的东西？那可由思想以推理来把握的是永恒自持的东西，而那作为意见之对象以非推理的感性来揣测的则是变动不居、无时真正存在的东西。我们知道，凡是生成的东西必定由于某种原因方才产生，因为若无原因，没有任何东西能被创造出来。造物主用他的眼光注视永恒自持者，并且用它作为模型，构造出事物的外形和性质，凡是这样完成的作品必定是完美的，但若他注视的东西是被造的，他所使用的模型也是被造的，那么他的作品就不完美。"①

需要注意的是：柏拉图著作中表示"理念"的两个希腊文词语是可以互换的，即 idea 和 eídos。前者后来被西文直接接受，后者则成为拉丁文的 forma，即"形式"。其关键的意义在于：第一，无论"理念"还是这一意义上的"形式"，都是作为超越具体可感物的"存在"，是衍生对象世界的"原型"，所以"形式"在这里并没有"外在形式""表现形式"的含义；由此也可以理解为什么亚里士多德"四因说"的"形式因"被解释为"本质"。第二，idea 和 eídos 在希腊文中都是指形式、图形、基本性质等。因此柏拉图的"理念"只能是一种"存在的抽象"，而不是"观念的抽象"，与现代人所谓的"主观""个人心灵"式的理念完全不同。朱光潜先生主张将 idea 和 eídos 译为"理式"，正是要突出这样的意思。②

海德格尔对柏拉图的读解

海德格尔将柏拉图……对理式的解释，变成用理性……对存在者所作的歪曲，而那是对存在的遮蔽的决定性步骤。正如他（海德格尔）所说，原本的、真正的希腊教诲是：存在作为可见性的呈现被理解……存在者在存在的敞开性中的表露（或"在场"），是一个过程、一个事件……在这个过程中的（存在者意义上的）事件（happenings or events），又使我们的注意力离开……过程本身；我们被诱导着以异质性和特定性描绘存在……存在因而也就被设想为存在者的一般性质，而非其基础或来源。结果，我们就不能看到存在与存在者的区别，存在不是按其自身来被思考，而是从存在者中被抽象或派生出来。柏拉图通过将自然（physis）与逻各斯（logos）分开，并创造出超感觉的领域和现象的领域，来道出不可见的存在。……在海德格尔看来，理式在主观投射而非存在者的呈现这个意义上是"表象"，那是并非随意的、具有"泰然任之"（gelassenheit）标志的"思"所允许的。这是海德格尔那里传统的正统观点的残余……

……也许正如海德格尔和他的追随者所说，他避免了主-客关系潜在的相对主义。但就我所知，在他存在的肖像中，依然还有浓重的、必须被称为"人类中心说"的因素。

——罗森．诗与哲学之争．张辉，译．北京：华夏出版社，2004：139-140，146.

按照柏拉图的看法，从感觉而获得的知识是非常靠不住的，而且不同人的感觉判断永远也不可能完全一致。所以他认为感觉所派生的并不是"知识"，而只是"见解"。真正的知识不是

① 柏拉图．蒂迈欧篇：27d-28b//柏拉图全集：第三卷．王晓朝，译．北京：人民出版社，2003：279.

② 王晓朝译本将此概念分别译作"型"或"相"。相关辨析可参见：柏拉图全集：第一卷．王晓朝，译．北京：人民出版社，2003：112"注释".

去认识某一匹马（a horse），而是通过具体的马去体会抽象的“马本身”（horseness）。有人批评说：“我只能看见具体的马，却看不见抽象的马。”柏拉图的回答则是：“那是因为你只有视力而没有智力。”①

柏拉图所论说的“理念”，是要为一种完整的实在论提供新的基础，以便终结苏格拉底的“至善”问题。但是亚里士多德对此提出了尖锐的批评。他在《形而上学》之中写道：“苏格拉底……并没有把‘普遍’和‘个别’相分离”；“他的继承者（指柏拉图）却认为若要在……感觉本体以外建立任何本体，就必须把普遍理念脱出感觉事物，而使这些……普遍性的……本体独立存在。”②

在苏格拉底的“普遍性”命题之后，柏拉图和亚里士多德代表了两种不同的思路。柏拉图是将“理念”悬设在不稳定的对象世界之外，从而使“理念”具有一般意义上的“普遍”所不能包含的意义。亚里士多德则重新强调“普遍性”并非与“个别”相分离，却正是从个别的对象归纳而来。在谈及这两种思维方式时，英国诗人柯尔律治曾经说过：“西方人生来只有两种可能，或者是一个柏拉图主义者，或者是一个亚里士多德主义者。”③

在《理想国》（又译《国家篇》）讨论洞穴隐喻之前，柏拉图还给出了两个隐喻，一个是日喻，另一个是线喻。只有将这三个隐喻放在一起，才能完整地理解《理想国》中关于理念的思想。关于日喻，柏拉图提出：“尽管眼睛里面有视觉能力，视觉的拥有者也企图使用它，并且有颜色呈现，但若没有专门适合这一目的的第三种东西出现，那么你明白，视力仍旧什么也看不到，而颜色也仍然是不可见的。”那么这第三种东西是什么呢？“就是（你）称作光的东西。”于是有所谓“向光性”（heliotropism）的讨论，即如同植物总是寻找阳光一样，哲学总是追寻非直接呈现的事物实质。具体来说，“当事物的颜色不再被白天的阳光所照耀，而只是被夜晚的微光所照着的时候，物体就会变得轮廓模糊……这个时候眼睛几乎像瞎了一样……当眼睛被引导着朝向那些阳光照耀着的物体时……好像视力又恢复了似的。”柏拉图的结论是：“让我们以这种方式把人的灵魂比作眼睛。当灵魂凝视着真理与实在所照耀的区域时，灵魂就能够认识和理解，好像拥有理智似的，但当它转向那个黑暗的区域，那个有生有灭的世界时，物体便模糊起来，只能产生动荡不定的意见，又显得好像没有理智了。”④ 而对于柏拉图来说，日喻的另外一层含义就是，眼睛和太阳具有相似性。他明确指出：“在所有感觉器官中，眼睛最像太阳。”当然，他也做了区分和限定，称“视力本身也好，视力所在的那个被我们称作眼睛的器官也好，都不等于太阳”⑤。在他看来，知识和真理并不等同于善的“型”，那是理念的最高形式，更不用说美和善的事物了，“就好像我们刚才在比喻中提到光和很像太阳的视力，但绝不能认为它们就是太阳”。不过，眼睛是最高贵的感官。从此，眼睛和太阳、知识、理性、逻各斯等之间的相似关系得到了不断的强调。这就是为什么德里达在反对西方形而上学传统的基础“逻各斯中心论”（logocentrism）时，又在其后找到了一个“视觉中心论”（ocularcentrism）。

---

① Frederick Copleston，S. J. A History of Philosophy：Greece & Rome：part Ⅰ. New York：Image Books，1962：140.

② 亚里士多德．形而上学．苗力田，译//苗力田，主编．亚里士多德全集：第七卷．北京：中国人民大学出版社，1993：317，297. 此处译文根据英译本略做调整。

③ 霍克斯．隐喻．穆南，译．太原：北岳文艺出版社，1990：59.

④ 柏拉图．国家篇：508d－508e//柏拉图全集：第二卷．王晓朝，译．北京：人民出版社，2003：506.

⑤ 同④505.

在随后提出的线喻中，柏拉图在可见事物和可知事物之间做了一个区分："我说过有两样真实存在的东西，一个统治着理智的秩序和区域，另一个统治着眼球的世界……"然后，画一条线，将其分成不等的两部分，一部分是可见世界（现象世界），一部分是可知世界（理念世界）。

如果再分，"你会看到可见世界的一部分表示影像。所谓影像我指的首先是阴影，其次是在水里或表面光滑的物体上反射出来的影子或其他类似的东西。……第二部分表示的是实际的东西，即我们周围的动物和植物，以及一切自然物和人造物。"随后柏拉图设问："你是否愿意说可见世界的这两个部分的不同比例相当于不同程度的真实性，因而其中的摹本与原本之比正如意见世界与知识世界之比呢？"进而他对理念世界也予以再分。这部分的解说比较复杂。

柏拉图先说的是："把这个世界分成两部分，在一个部分中，人的灵魂被迫把可见世界中那些本身也有自己影子的实际事物作为影像，从假设出发进行考察，但不是从假设上升到原则，而是从假设下降到结论；而在另一个部分中，人的灵魂朝着另一方面前进，从假设上升到非假设的原则，并且不用在前一部分中所使用的影像，而只用'类型'。"[①] 随后，他又用几何学作为第一部分认识的例子，辩证法作为第二部分认识的例子。前者，几何、算术以及其他科学，虽然在思考时用理智而不使用感觉，但只是从假设出发而不回到真正的起点上来；而后者则是从假设上升到一个不是假设的地方，以此为起点，把握了第一原理后，再回过头来把握那些依赖这个原理的东西。这个第一原理，就是绝对理念。这样，我们实际有了影像（感觉世界）、实际事物（客观世界）、几何（数理理念世界）和辩证法所研究的实在（绝对理念世界）这样四层的关系。最后的结论是："现在我们假定灵魂相应于这四个部分有四种状态：最高一部分是理性，第二部分是理智，第三部分是信念，最后一部分是借助图形来思考或猜测（猜测或想象）。你可以考虑到它们的清晰程度和精确性，以及它们的对象分有真理和实在的程度。"[②]（在后面，柏拉图还总结道：可以把第三和第四部分结合起来称作意见，把第一和第二部分结合起来称作理性或知识。意见所处理的是生成，而理性处理的是本质。）由此，也就可以理解柏拉图为什么说艺术家的床和真理隔着三层了。

在日喻和线喻之后，才是《理想国》第七卷的洞喻。对于柏拉图来说，不能认识善和美的型的人，就是因为拘泥于相，未能在真实和表象之间，在感官领域和超验领域之间做出区分。在讨论洞穴隐喻的结尾处，柏拉图特别讨论了灵魂的眼睛，称"灵魂的这种内在力量是我们每个人用来理解事物的器官，确实可以比做灵魂的眼睛，但若整个身子不转过来，眼睛是无法离开黑暗转向光明的。同理，这个思想的器官必须和整个灵魂一道转离这个变化的世界"。如果做不到这一点，则如柏拉图所说："如果有人认识许多美丽的事物，但他既不认识美本身，又不能追随他人的引导去认识美本身，那么你认为他的一生是在做梦还是清醒的呢？请你想想看，一个人无论是睡还是醒，只要他把相似的东西当成了事物本身，那不就等于是在梦中吗？"[③]

总之在柏拉图看来，可感事物是相对的，美中有丑、善亦为恶，只有理念才可能是单一的、绝对的。可感世界是"可见不可知"的，因为它并不通向本质；而理念世界则是"可知不可见"的，因为它不能"对象化"。前者的主宰是太阳（或可说是"自然"），而后者的主宰则是"善"的理念。

---

① 柏拉图．国家篇：510b－510c//柏拉图全集：第二卷．王晓朝，译．北京：人民出版社，2003：508.

② 柏拉图．国家篇：533a－534b//柏拉图全集：第二卷．王晓朝，译．北京：人民出版社，2003：510.

③ 柏拉图．国家篇：508d－508e//柏拉图全集：第二卷．王晓朝，译．北京：人民出版社，2003：515，465－466.

就此，柏拉图的“可感世界”（“可见的”或“幻想的世界”）和“理念世界”（“可理解的”或“思想的世界”）可归纳如下[①]：

（1）影像，即事物的影子。（艺术作品就是这样一种只能表达“影像”的摹仿。）

（2）具象，即“我们周围的……一切自然物和人造物”。（它是艺术摹仿的原本，同时其自身又是对“理念”的摹仿。）

（3）借助“假设”的“技艺和科学的对象”，即“只有通过心灵才能‘看到’的那些实在”，比如奇数与偶数，或者“正方形本身”“对角线本身”等几何学的图形关系（或可称“数理理念”）。可惜在柏拉图看来，这种借助假设的考察“不是从假设上升到原则，而是从假设下降到结论”。

（4）最后才是“理性凭着辩证法的力量可以把握的东西”，即从“假设”这一“暂时的起点”，“一直上升到”真正的起点，并“从中获得第一原理”。这种“不使用任何感性事物”，只使用“理念”的境界，亦即人类的道德理想（比如健全、正义、节制、美，其终极即是“善”），或可称“伦理理念”。

人类灵魂与此相应，也被分为“四种状态”：

（1）想象（或译“摹写”），它以“影像”为对象，只能产生错觉和偏见。

（2）认识（或译“信念”），它以“具象”为对象，能够带来并确认感性知识。

（3）理智，它以“数理理念”为对象，借假设和推理而求真，但是假设又可能非真，所以“理解”不可能导致“至善”。

（4）理性，它以“伦理理念”为对象，不凭借可感事物作媒介，纯粹是从理念到理念的认识，因此只有“理性”可以认识“至善”。这一能力也是“哲王”所独有的。

柏拉图对“意见的世界”和“知识的世界”之分析

ἐπιοτήμη 知识	νόησις 理性	ἀρχατ 理式	νοητά 思想的世界
	διάνοια 理智	μαθηματικά 数理理念*	
δσξα 意见	πίστις 信念	ζωα，κ. τ. λ. 自然	ὁρατά 幻想的世界
	εἰκασία 摹写	εἰκονες 影像	

——Frederick Copleston，S. J. A History of Philosophy：Greece & Rome：part Ⅰ. New York：Image Books，1962：176.

*为了与作为“理性”对象的“理式”（forms）相区别，研究者将柏拉图所使用的 μαθηματικά 解释为“理智化的个别”（intelligible particulars）或者“理想的量值”（ideal spatial magnitudes），见：Frederick Copleston，S. J. A History of Philosophy：Greece & Rome：part Ⅰ. New York：Image Books，1962：181－182.

通过柏拉图的上述分析，实际上可以推出与康德后来的论说极为相似的两点结论：

---

① 柏拉图．国家篇：509c－511e//柏拉图全集：第二卷，王晓朝，译．北京：人民出版社，2003：507－510.

（1）理念作为一切存在的原型，既规定了万物也规定了人的心灵结构，使人具有一种“先验理性形式”（如大、小、相等之类的数理概念，美、善、正义等伦理概念），从而认识才成为可能。

（2）在“可知”但“不可见”的理念世界，大概唯有“美”带有可见的形态；而“美”又正是趋向于“善”的理念，因此有理由对“美”怀有较高的期望，使之成为连接可感界和理念界的桥梁。当然，柏拉图所说的“美”并不等于世俗的艺术，而且也许正是由于他对“美”怀有这样的期待，才导致他对世俗艺术进行了格外尖刻的批评。

既然理念是可感世界的根源，后者当然是由前者派生的。柏拉图认为，理念派生万物的途径有两种，即分有（methexis，英译本常作 participation）和摹仿（mimesis），“美”也是同样。

柏拉图在《斐多篇》中写道：“绝对的美之外的任何美的事物之所以是美的，那是因为它们分有绝对的美，而不是因为别的原因。……如果有人对我说，某个特定事物之所以是美的，是因为它有绚丽的色彩、形状或其他属性，我都将置之不理。……某事物之所以是美的，乃是因为绝对的美出现于它之上……依靠美本身，美的事物才成为美的。”①

《会饮篇》也有一段著名的描写：“一个人……按既定的次序看到了所有这些美的方面，也就最后接近了终极启示。……美的灵魂会突然涌现出神奇的美景，这种美是永恒的，无始无终，不生不灭，不增不减……它自存自在，是永恒的一，而其他一切美好的事物都是对它的分有。……从个别的美开始探求一般的美……一定能找到登天之梯……也就是说，从一个美的形体到两个美的形体，从两个美的形体到所有美的形体，从形体之美到体制之美，从体制之美到知识之美，最后再从知识之美进到以美本身为对象的那种学问，最终明白什么是美。……如果说人的生活值得过，那么全在于他的灵魂在这种时候能够观照到美本身。”②

总之，美的对象是由于分有了美的理念。广而言之，可感事物“之所以存在……只能是由于分有了它的同名理念”。相对而言，也许可以说“分有”是指对象获得理念的状态，“摹仿”是指对象获得理念的过程。

“摹仿”与“分有”

这些“相”（理念）就好像是确定在事物本性中的类型，其他事物按照这个类型的形象制造出来，与这个模型相似，所谓事物对“相”的分有，无非就是按照“相”的形象把事物制造出来。……就其摹仿而言……这个相似的事物必定要与那个与它相似的事物分享一个相同的事物（性质）……相似的事物分有的东西……不就是你说的那个“相”本身吗？

——柏拉图．巴门尼德篇：132d-132e//柏拉图全集：第二卷．王晓朝，译．北京：人民出版社，2003：764.

如果任何事物的存在都是因为它“分有”或者“摹仿”了一个同名的理念，那么任何事物似乎都应该有一种与之对应的“理念”，这显然是不可思议的。“分有”和“摹仿”引出的这类问题，常被认为是“理念说”的尴尬，也是它最易受到批评之处。但是柏拉图可能并不是这样的意思。在《巴门尼德篇》中，他肯定了两种理念，即属于“价值伦理”的公正、善、美等理念，以及属于“数理关系”的相似、大小、一与多等理念。另外也有两种理念实际上被他所否

① 柏拉图．斐多篇：100c-100e//柏拉图全集：第一卷．王晓朝，译．北京：人民出版社，2003：109-110.

② 柏拉图．会饮篇：210e-211d//柏拉图全集：第二卷．王晓朝，译．北京：人民出版社，2003：254.

定，比如：属于纯自然物的水、火或者木棍、石头是否有理念？一些“微不足道的、卑贱的事物”（如头发、泥土、污垢）是否有理念？柏拉图写道：“在这些事例中，事物就是我们所能看见的事物，如果假定这样的事物也有理念，那就太荒谬了。”①

由此可见，“理念”之于柏拉图，并不是与各种存在物一一对应的，而更多地是指一种向人的世界显示意义、使人的认识成为可能的价值和关系。简而言之，我们也许只能将“理念”理解为一种可以祈想和追摹的理想，一种无限圆满的极致状态。那些无从设想其极致状态的存在物（比如头发、泥土、污垢之类），也就无所谓“理念”。

与美学和艺术相关的摹仿，见于他在《理想国》所提出的“三种床”之比喻。第一种是“床之所以为床”的理念，它由“自然的创造者”所造，是“自然中本有的床”“床的真实体”，亦即“床本身”；第二种是“制造者”摹仿理念制作出的“个别的床”，它只是“近似真实体的东西”；第三种才是“摹仿者”按照个别的床画出的作品，它只得到了床的外形，只是床的“影像”。

在柏拉图看来，世俗艺术“表面上像能制造一切事物，是因为它只抓住每件事物的一小部分，而那一小部分还只是一种影像。……画家……能画出鞋匠木匠之类工匠，尽管他对于这些手艺毫无知识。可他如果有本领，就可以画出一个木匠的像，把它放在某种距离以外去看，可以欺哄小孩子和愚笨人们，以为它真正是一个木匠。……以为那人（指画家）有全知全能……分不清有知、无知和摹仿三件事”。

即使“悲剧大师荷马”，其实也同这样的画家无异。“他如果对于所摹仿的事物有真知识，他就不愿摹仿它们，宁愿制造它们……他会宁愿做诗人歌颂的英雄，不愿做歌颂英雄的诗人。”②

在理念论基础上对“摹仿”的解说，引出了柏拉图关于世俗艺术只是“影子的影子”“不能表现真理”“与自然隔着三层”的批评。

三、对世俗艺术的批评与艺术的功用论

对“美”的理念论解释，以及关于对象“分有”或者“摹仿”理念的学说，决定了柏拉图在艺术问题上的一系列观点。从总体上说，他并不是在艺术当中，而是在宇宙秩序和伦理理想中找到最高的美。所以他对世俗艺术的批评并不奇怪。

在柏拉图的观念里，“艺术”的含义与其同代人所理解的一样，不仅包括“美的艺术”，也包括人类运用技艺、有目的地生产出来的一切。所以当他论及“艺术”之起源时，提出：人类由于大自然没有提供足够的保护，所以需要一些技艺手段来满足基本需求，从而才有了艺术。普罗塔哥拉斯通过这位智者的陈述，讲到神赋予动物的毛皮和利爪，能用来御寒和生存，但是人类在此原始分配中被遗忘了。于是关心人类的普罗米修斯为无法御寒、无力自卫的人盗来

---

① 柏拉图．巴门尼德篇：129c－130e//柏拉图全集：第二卷．王晓朝，译．北京：人民出版社，2003：759－761.

② 以上主要采用朱光潜译文。参见：章安祺，编．西方文艺理论史精读文献．修订本．北京：中国人民大学出版社，2003：9－21. 另可参见：柏拉图．国家篇：596e－599c//柏拉图全集：第二卷．王晓朝，译．北京：人民出版社，2003：614－619.

火，又从智慧女神和冶炼之神那里盗来纺织和冶炼技术。这样，人就可以为了舒适和便利，运用这些技术手段加工自然。显然，柏拉图所谓的“艺术”，首先是指纺织、建筑等，而不是指绘画、雕塑、音乐、文学。同早期和同时代希腊人一样，柏拉图所使用的“艺术”一词也有着宽泛的含义，即也是所谓 techne。这也就是说，不仅包括我们今天说的美的艺术，也包括人类运用技艺，有目的地生产出来的一切。为了对 techne 这一宽泛的概念进行区分，柏拉图许多对话中都讨论了分类问题，其中也涉及了艺术的性质和地位。在《欧绪德谟篇》中讨论能够给人以幸福的技艺时，柏拉图曾以竖琴为例区分了制造的技艺和使用的技艺。他认为：“制造的技艺是一回事，使用的技艺则完全是另一回事。”二者必须结合起来，仅仅知道制造而不会使用是不能得到幸福的。这甚至同样适用于语言的技艺，因为“有些言语制造者并不懂得如何使用他们自己制造出来的言语，就像那些竖琴制造者对待他们制造的竖琴一样；不过也有其他一些人能够使用别人制造的言语，而自己不能制造。可见在言语方面也一样，制造是一门技艺，使用是另一门技艺”①。在这里，柏拉图还说：“不需要再提到制造笛子，这是另一个相似的例子。”这个关于笛子的例子出现在《理想国》中，并且得到了进一步的展开。柏拉图提出：“有三种技艺和每一事物相关：使用者的技艺、制造者的技艺和摹仿者的技术（艺）。”②

为了对这一宽泛的概念进行区分，柏拉图在《理想国》中提出三层标准：“运用对象的艺术、制造对象的艺术和再现对象的艺术”。在《智者》一篇则提到“农业、畜牧业”、“与采集或铸造（器皿）有关的艺术”以及“摹仿的艺术”。柏拉图指出，存在“农艺、畜牧、制造或塑造器皿的技艺，还有仿制的技艺”这样两种技艺。区别在于，一种是生产的或创造的技艺，一种是获取的或摹仿的技艺。这种分类，实际上继承了苏格拉底的观点，即在不同意义的艺术之间，首要区别在于是制造事物还是复制事物。但两人之间的不同在于：苏格拉底认为，美的艺术是复制自然，所以是摹仿的；生产的艺术是制造自然所未曾制造过的东西，并没有明确的高下之分。而在柏拉图的理念论体系内，虽然艺术也可以被看作生产性艺术，但这种活动可能产生两种产物，一种是真实的事物，另一种是形象，而二者之间是有明确的高下之分的。技艺可以是摹仿，但摹仿的终极对象已不是自然，而是理念。在《智者篇》中，他还对“制造形象的技艺进行划分”，区别出制造相同的东西和制造相似的东西这样两种技艺，并将所有“不按照实际比例而是按照那些会显得美的比例来构想”的艺术都称作“制造幻象……的艺术”③。所以，不能摹仿这一终极对象，也不能摹仿实际事物，而只能摹仿影像的艺术，肯定会受到这种柏拉图的摹仿说的批判。

不过由此出发，柏拉图还是用“摹仿性艺术”区别了美学讨论之外的“生产性艺术”。各种“美的艺术”，都被归入“摹仿的艺术”。比如：“节奏和音乐一般是表现或好人或坏人的情绪的复制品”（《法篇》）；“合唱表演是对所有不同的行为和命运的细致呈现”（《法篇》）；“画家……再现表演者或者制造者所制造的事物”（《理想国》）；“悲剧诗人同样是一个再现事物的艺术家”（《理想国》）；等等。

无论如何，柏拉图的确用“摹仿性艺术”概括了我们今天所说的各种美的艺术，将它们从远为宽泛的技艺，即“生产性艺术”中区分了出来。但是，柏拉图并没有提供一份完整的摹仿

---

① 柏拉图．欧绪德谟篇．289b-289d//柏拉图全集：第二卷．王晓朝，译．北京：人民出版社，2003：28.

② 柏拉图．理想国：卷十：601d//柏拉图全集：第二卷．王晓朝，译．北京：人民出版社，2003：622.

③ 塔塔科维兹．古代美学．杨力，耿幼壮，等译．北京：中国社会科学出版社，1990：176.

性艺术种类表之类的东西，只是在不同的场合提到了音乐、戏剧和绘画等。而且，在不同的情况下，柏拉图本人的说法也多有自相矛盾的地方。一个最明显的例子是，诗有时被纳入摹仿技艺，有时又与摹仿技艺相对立。“我们这个国家要拒绝接受大部分诗歌，因为它们是摹仿性的。”① 为了在这里做出区别，柏拉图在《智者》中曾经使用了两个概念来区分摹仿，即所谓“恣意的摹仿”和“熟知后的摹仿”。前者指受意见引导的摹仿，后者指受知识引导的摹仿。他特别指出：“智者的技艺是制造矛盾的技艺，来自一种不诚实的恣意的摹仿，属于制造相似的东西那个种类，派生于制造形象的技艺。作为一个部分它不是神的生产，而是人的生产，表现为玩弄辞藻。”② 由此，我们也许可以明白何以柏拉图本人对诗歌这一技艺持矛盾的态度，那就是诗人的技艺可能是人的生产，也可能是神的生产。

具体到文学创作，柏拉图又分出三种叙述方式：（1）从头到尾的摹仿叫做“摹仿叙述”，如喜剧和悲剧的对白；（2）只有诗人在独白被称为“单纯叙述”，如颂歌；（3）对白与独白的综合则是“混合叙述”，如史诗。③ 三者之中，只有颂歌最少摹仿的成分，所以从《法篇》可以看出，这一“非摹仿性的艺术”可能是唯一未遭禁止的文学形式。④ 三种叙述方式是在《理想国》中讨论诗人的摹仿时提出的，虽然本意并不在于文学的形式问题，但实实在在地涉及了文学叙事的理论。柏拉图区分了诗人通过人物之口说话和自己站出来说话的不同。前者，即对白，属于摹仿叙事，如悲剧和喜剧中的人物对白；后者，连接对白与对白之间的那些话，即诗人的独白，属于纯粹或单独叙事，如颂诗。如果把两者综合在一起，就是混合叙事，史诗是最好的例证。在这里，纯粹叙事或单纯叙事是最少摹仿成分的叙事，实际上就是诗人自己站出来讲话，也就是第一人称叙事，在今天的叙事理论中，这并不是最好的叙事方式，但对于柏拉图来说，则因其可以直接表达理念而被加以称许。用柏拉图自己的话来说就是：“但若诗人处处出现，从不隐藏自己，那么他完成整个诗篇和叙述就用不着摹仿了。”⑤ 这也同样是由于他那“理念论”的核心所致。

“非摹仿性叙述”，可以更直接地表达“理念”。这也许会令人联想到黑格尔从象征型、古典型、浪漫型艺术到哲学取代艺术的描述。而所谓的“最后一种艺术形式”——喜剧，在黑格尔看来也恰好是最多地诉诸人的理性。

如柏拉图对“理念”的分析所示：万物之存在皆由于“分有”或“摹仿”理念，艺术的摹仿，又仅仅是影子的影子、摹仿的摹仿，所以它不可能反映真理。《法篇》甚至说：“所有最崇高的和最美好的事物都是自然和偶然的产物，只有没有什么价值的事物才是艺术的产品。艺术从自然手中接过已经构成的全部原始作品，然后铸造和形成无价值的东西。……艺术作为这些原始作品的后续产品，本身就像它的创造者一样不能经久……”⑥ 所以柏拉图在为各行各业排座次时，认为艺术家和诗人只能排到第六等，在他们前面是智慧和美的追随者、君主和战士、商人、体育家和医生、预言者或宗教祭司；在他们后面则是工人、农民和妖言惑众者等等。总之，“美的艺术”，也就是“假的艺术”。

---

① 柏拉图．国家篇：595b//柏拉图全集：第二卷．王晓朝，译．北京：人民出版社，2003：612.
② 柏拉图．智者篇：268c－268d//柏拉图全集：第三卷．王晓朝，译．北京：人民出版社，2003：82.
③ 柏拉图．国家篇：396c－398b//柏拉图全集：第二卷．王晓朝，译．北京：人民出版社，2003：361－364.
④ 柏拉图．法篇：799a－801a//柏拉图全集：第三卷．王晓朝，译．北京：人民出版社，2003：555－557.
⑤ 柏拉图．国家篇：393d//柏拉图全集：第二卷．王晓朝，译．北京：人民出版社，2003：358.
⑥ 塔塔科维兹．古代美学．杨力，耿幼壮，等译．北京：中国社会科学出版社，1990：178－179.

柏拉图论九类灵魂

在第一次再生时……那些看见了大多数真实存在的灵魂会进入婴儿体内，婴儿长大以后注定会成为智慧或美的追求者，或者说成为缪斯的追随者和热爱者。这是第一类灵魂。第二类灵魂看到的要少些，投生为人后会成为守法的国王，或者成为勇士和统治者。第三类灵魂投生为政治家、商人或生意人。第四类投生为运动员、教练或医生。第五类会过一种预言家或秘仪祭司的生活。第六类最适合成为诗人或其他摹仿性的艺术家。第七类将会过一种匠人或农人的生活。第八类成为智者或蛊惑民众的政客。第九类则成为僭主。

——柏拉图．斐德罗篇：248d－248e//柏拉图全集：第二卷．王晓朝，译．北京：人民出版社，2003：162－163.

柏拉图对于艺术的批评建立在两个基础上：一个是他的认识论，是理念论的批评；一个是他的伦理学，是道德论的批评。前者主要针对视觉艺术，即作为不忠实的摹仿，与真理隔着三层，实际上是欺骗。后者主要针对文学和音乐，即使是忠实的摹仿，也可能摹仿了不该摹仿的东西，从而败坏读者和听众。前者更多地涉及艺术的形式，后者则主要针对艺术的内容。

关于“艺术不反映真理”，柏拉图还提到“欺骗”“制造幻象”等说法。就造型艺术而言，柏拉图特别提出，这种不反映真理的艺术实际上是欺骗和幻觉。前面提到，在《智者篇》中，他对“制造形象的技艺进行划分”，区别出“制造相同的东西”和“制造相似的东西”这样两种技艺，“凡是在长度、宽度、深度方面遵循原物的比例，并给各部分以恰当的色彩所产生的摹仿物，都属于制造相像的摹仿。……但是制造者往往不按照实际比例而是按照那些会显得美的比例来构想……应该称为……制造幻象……的艺术”[①]。《斐利布斯》也将制造“快感”的世俗艺术称为“最大骗子”。在这里，他甚至还具体谈到了透视问题，他提出的问题是：如果画家呈现了美的物体的实际可度量比例，是否因为上部离观者远就一定要小一些，而下部离观者近就一定要大一些？柏拉图的答案是：这样，艺术家就与真实相离了，而他们所呈现的不是真的可度量的比例，只是看起来似乎是美的事物。柏拉图明确表明，这样的幻觉主义绘画企图“迷惑”人和使人“中魔”，因而是欺骗的艺术。这同高尔吉亚的言论形成了鲜明的对比，后者曾说道：通过制造幻觉，“雕刻的创造和造型作用向眼睛提供了一种神性的甜美”，从而产生一种诱人的魔力。

“欺骗”和“幻觉”，本来是被智者学派的高尔吉亚所肯定的艺术特征；即使在苏格拉底那里，“实际的比例”和“显得美的比例”也可以同属于“和谐”。而柏拉图却认为这种不真实的、“制造幻象的艺术”是“低劣”的。《理想国》中说：“绘画和艺术品都普遍地远离现实，而我们天性中易受艺术影响的……因素，同样是远离理智。……建立在没有真实的或可靠的基础之上的……产物，必定像其父母一样低劣。”[②] 在这里，柏拉图实际上坚持的是他自己基于理念论之上的毕达哥拉斯的数的和谐思想。即普遍和绝对的数理理念是永恒不变的，现实中的变形现象只是由感官判断的多变而造成的幻觉。在《法篇》中，柏拉图甚至赞美古埃及人的雕刻历经千年而不变，因而是理想的形式。“如果你观察他们各处的绘画和雕刻，你会发现一万年以前的作品……既不比今天的作品好，也不比今天的作品差，二者表现出同样的风格。”[③]

---

① 塔塔科维兹．古代美学．杨力，耿幼壮，等译．北京：中国社会科学出版社，1990：176.

② 同①178.

③ 柏拉图．法篇：656e－657a//柏拉图全集：第三卷．王晓朝，译．北京：人民出版社，2003：403.

这似乎表明，柏拉图反对艺术形式的演化。但实际上，这只是从维持政治稳定的角度而言。在描述了古埃及人的艺术形式后，柏拉图得出的结论是：这是一种出色的管理制度。在那里，柏拉图看到了“一种无与伦比的培养品性的技艺……政治家的技艺”①。

后世一般认为：柏拉图在对话中总是就主题和内容论诗，却很少提到诗的形式因素。从以上的讨论可以看出，即使与形式因素相关，他也往往会从道德功用的角度着眼。在柏拉图之前，就已经有过根据道德标准评判艺术的说法，如喜剧家阿里斯多芬就这样做过；但把这样的观点纳入一个完整的思想体系，一种普遍的艺术哲学，柏拉图则是第一人。正是在这一意义上，柏拉图才被视为“道德批评的肇始者”。

柏拉图论音乐调式的道德意味

有哪些曲调是柔软的靡靡之音呢？

某些伊奥尼亚调，还有吕底亚调，都可以称得上是靡靡之音。

你会拿它们来给战士使用吗？

绝对不会，但是看起来你忘了多利亚调和弗里基亚调了。

我说，我不懂曲调，但希望我们保留下来的曲调有一种可以适当地摹仿勇敢者的言行……我还希望有一种曲调能够摹仿从事和平工作的人的言行……就让我们保留这两种曲调吧，它们一刚一柔，能恰当地摹仿人们的成功或失败、节制或勇敢……

……我们不一定要追求复杂的节奏与多变的旋律，我们应当考虑什么是有秩序的、勇敢的生活节奏，进而使节拍和曲调与生活的步调和言行一致，而不是让这种生活的步调和言行去适应音乐的节拍和曲调。

——柏拉图．国家篇：398e－400a//柏拉图全集：第二卷．王晓朝，译．北京：人民出版社，2003：365－366.

亚里士多德论音乐调式的道德意味

旋律自身就是对性情的摹仿……各种曲调本性迥异，人们在欣赏每一支乐曲时的心境也就迥然不同。有一些曲调令人悲郁，例如所说的吕底亚混合调；有一些令人心旌摇曳，例如轻松的曲调；另有一些令人神凝气和，似乎只有多利亚调才有这样的效果；弗利吉亚调则令人热情勃发。……关于节奏的道理也是一样，有的节奏习于沉静，有的习于轻捷，后者中又有一些较为粗俗，有一些较为高雅。……因此一些有智慧的人说灵魂就是一支旋律，另一些则说灵魂蕴藏着旋律。

……人的灵魂之中有着强烈的激情，诸如怜悯和恐惧，还有热情，其实所有人都有这些激情，只是强弱不等。一些人很容易产生狂热的冲动……只要……乐曲使用了亢奋灵魂的旋律，我们将会看到他们如疯似狂，不能自制，仿佛得到了医治和净化……

——亚里士多德．政治学．颜一，等译//苗力田，主编．亚里士多德全集：第九卷．北京：中国人民大学出版社，2003：280－281，284－285.

如果说不真实的摹仿是“远离真理”，那么忠实于现实的摹仿是否就可以接近真理呢？柏拉图的看法并非如此。在他心目中，忠实于现实的摹仿未必符合真正的“真实”，反而可能是

① 柏拉图．法篇：889d//柏拉图全集：第三卷．王晓朝，译．北京：人民出版社，2003：650.

迎合了公众的低级趣味而导致“伤风败俗”。因此“忠实于现实摹仿”同样“远离真理”，同样要受到批评。

《理想国》中说：人性之中“最便于各种各样摹仿的就是……无理性的部分”，理性的部分则“不易摹仿”，“纵然摹仿出来，也不易欣赏”——尤其是“对于挤在戏院里的那些嘈杂的听众”，因为他们的趣味是很低下的。所以“摹仿诗人既然要讨好群众，显然就不会费心思来摹仿人性中理性的部分”，而只能“逢迎人性中低劣的部分……逢迎人心的无理性部分”。

如果“摹仿诗人”只是“培养发育人性中低劣的部分，摧残理性的部分”，那么他们所“制造的……影像”不仅“与真理相隔甚远”，而且还“种下了恶因”。因为“摹仿这玩意儿如果从小就开始，一直继续下去，就会变成习惯，成为第二天性，影响到身体、声音和心理方面”。基于这样的理由，奴隶、坏人、懦夫、手艺人，还包括女性，都不应该去摹仿，免得习以为常，导致伤风败俗。①

在这些讨论中，柏拉图对世俗艺术的批评始终同他的艺术功用观联系在一起。在他看来，艺术最重要的使命就是培养“城邦的保卫者”，所以“如果他们要摹仿，也只能从小就摹仿适合保卫者事业的一些性格，摹仿勇敢……节制、虔敬、宽宏之类品德”。出于同样的原因，柏拉图在《理想国》里甚至对音乐的调式也进行了规定和限制，从道德的角度为艺术全面立法。

道德论作为柏拉图界定艺术和艺术摹仿的基本要素，与苏格拉底寻求永恒道德的思想相通，也与柏拉图本人以“善”为理念世界之终极点的思想相通。与此相应，道德功用当然被他视为艺术的理想和目的。因此在批评世俗艺术的同时，柏拉图还特别强调理想的艺术所应承担的道德功用。从《法篇》等一些篇章中可以发现：摹仿的真实与否只是研究“摹仿艺术”的一个方面，而优秀的艺术家和批评家，首先要关注“真理”和“善德”。

柏拉图认为，艺术为人们提供的常常是一种无理性的快感，即并不会带来“善德”的快感。比如：演说术“制造一种喜悦和欢乐的习惯”，“迎合人们不能自持的欲望”；戏剧培养人的“感伤癖”和“哀怜癖”；“绘画、音乐”等只是为了快感而制造快感。总之，这些艺术与理性的、有价值的、有目的的活动不同，常常是消遣的、无益的、滑稽可笑的。它们不加区别地向“儿童、妇女、男子、奴隶以及自由人混合而成的社会”献殷勤，激起无理性的快感。这种快感如不能被智慧和道德所控制，不能包含真和善，不能兼具认识和伦理的功能，就会滋养人们的低下的冲动，导致天性中高尚的部分枯萎乃至死亡。因此“快感”在柏拉图的艺术理想中至多只是一种补充，而绝不是艺术的目的和价值标准。

但是另一方面，他又意识到艺术快感之于道德教化的重要。如果说《斐德若篇》还将理性比作马车的驾驭者，那么到了《法篇》，这驾马车还需要另一根“快感的拉绳”（pleasure cord）。不过这根拉绳之所以重要，仍然是指艺术的从属性作用；它为之服务的，仍然是“理想国”里的道德秩序。

柏拉图对诗的态度

在《理想国》第十卷，柏拉图将诗逐出了理想的城邦，因为诗放纵人的低级欲求。然而这种严厉的批评又无法抵消诗之美，所以后来柏拉图的批评有所减弱，宣称可以让诗歌回到

① 以上采用朱光潜译文。参见：章安祺，编．西方文艺理论史精读文献．修订本．北京：中国人民大学出版社，2003：27－28.

理想国，只要诗歌证明其魅力与美妙是有用的。尽管柏拉图的哲学未能详细描述文学之美，但是他显然被文学的力量所吸引。柏拉图的立场实际上带有一种反讽的意味，因为他本人的哲学著作正是所有哲学家当中最具诗性的。

——Edward H. Strauch. Beyond Literary Theory：Literature as a Search for the Meaning of Human Destiny. New York：University Press of America，2001：5.

因此柏拉图在《法篇》中讲到如何判定“优秀艺术”的问题。他设想，如果采用竞赛形式，那么小孩会把锦标判给木偶戏，更大一点的小孩会拥护喜剧，受过教育的妇女、年轻人以及一般人会喜欢悲剧，而老年人则愿意听荷马史诗。他的结论是：应当以老年人的评判为准，因为他们最富于智慧和德行。经过这样的调整，美的趣味必然从属于道德规范，快感必然统一于“善”的前提。而一切地方“让全体观众举手表决”以裁定艺术的优劣，这样就会使诗人“为迎合裁判人的低级趣味而写作”，最终必然“导致诗人的毁灭”和“戏剧的衰败”。这与柏拉图对艺术的否定相似，实际上否定的是世俗艺术的世俗标准，其核心在于“敌视一切迎合观众趣味”的“勾当”。

为了更充分地发挥艺术的教化作用，柏拉图甚至要通过一种诗歌检查制度对艺术进行道德筛选（《法篇》）。从今天的角度看，其中的一些描述既耸人听闻又可资回味。

柏拉图论艺术审查制度

任何诗人不得创作违反法律规定的、不符合公共标准的作品……也不得在将其作品送交负责审查的官员和执法官审查并得到批准之前，就随意向他人表演。这些审查官实际上是我们在选举负责音乐的官员和教育总监时任命的。

……有关歌舞的法规应以下列方式决定：较早时代的音乐在古代诗歌中有非常丰富的内容，古代的形体舞蹈也有很丰富的内容，从中我们可以非常自由地选择与我们正在建构的这个社会相适应的东西。应当任命一些不小于50岁的人来进行选择，由他们决定哪些令人满意的古诗可以接受，而那些被认为有缺陷的或完全不适用的诗歌，有些可以完全排除，有些则可以按照诗歌和音乐专家们的建议作某些修改。我们应当充分利用这些专家的诗歌才能，不过，除了少数情况外，我们不能相信他们的嗜好或喜爱，而要抱着立法者的目的，使我们自己成为解释者，制定舞蹈、歌曲、歌舞活动的整个规划，使之与我们的目的尽可能吻合。

——柏拉图．法篇：801d－802c//柏拉图全集：第三卷．王晓朝，译．北京：人民出版社，2003：558－559.

《理想国》则主张由统治者修订荷马史诗，删除描写诸神奸诈、哀叹的不健康成分。“不要相信，而且不能准人说，忒修斯是海神波塞冬的儿子、庇里托俄斯是宙斯的儿子，但曾经犯过可怕的强奸罪……我们要强迫我们的诗人作一个声明，说英雄们没有做过这类事情，否则就说他们并不是神的子孙。我们不能让诗人使我们的青年人相信：神可以造祸害，英雄并不比普通人好。”他的理由是：如果“英雄们也做过同样的坏事，谁不自宽自解，以为自己的坏事可以原谅呢？所以我们必须禁止这类故事，免得年轻人听到容易做坏事”。另外也不能写诸神送礼请客，以免“保卫者爱财或者受贿”。

柏拉图对世俗艺术的严厉批判及其对艺术之道德功用的讨论，体现着古代希腊特定的道德理想，体现着人类与自然、个人与群体、自我意志与国家制度之间的独特的“和谐”关系。如果脱离具体的语境，将柏拉图的“道德批评”移位于后世，其结果会是非常荒唐的。比如曾有一位名叫鲍德勒（Thomas Bowdler，1754—1825）的好事者，就是按照柏拉图的标准，将莎士比亚的作品重新编定为《家庭莎士比亚》（*The Family Shakespere*）。其中删除了一切“不雅”的言辞，以便“一位绅士可以当着儿童和淑女的面高声朗诵而不必脸红”。结果这部书并没有流传下来，Bowdler的名字却衍生出一个新的术语“Bowdlerize”，即为了道德的目的而删诗。

另外值得注意的是：正是在强调艺术的道德功用以及对摹仿艺术的批评中，柏拉图提出了最早的悲剧和喜剧的理论。他认为，悲剧诗人是用悲哀的剧情来打动人们的“感伤癖”，而观众又是用别人的痛苦取乐，培养自己的“哀怜癖”。[1] 喜剧诗人则是用可耻的事情和低级的人物满足观众的一种“粗俗的快感”。

德莱顿（John Dryden）论“恶意的欢乐”

喜剧只是在制造“恶意的欢乐”……喜剧的主要目的，是消遣与取悦，取悦于观众是其第一目标，第二目标才是教训。……喜剧不同于悲剧，不一定要惩罚剧中的恶人。因为喜剧人物的品质较低，情节单薄，所表现的差错与罪过，只是青年人的孟浪、人性的脆弱面，并非蓄意预谋的犯罪。

——卫姆塞特，布鲁克斯．西洋文学批评史．颜元叔，译．北京：中国人民大学出版社，1987：183-184.

柏拉图论悲剧和喜剧

……在现实生活中……这种品行我们非但不会接受，而且还会感到可耻；然而在剧场里我们非但不厌恶这种表演，而且还要以此为乐，批准它上演。……在这个时候，我们本性中的最优秀的成分……会放松……警惕……不会嫌它粗俗，反而觉得非常快乐，这和怜悯别人的痛苦不是一回事吗？

——柏拉图．国家篇：605d-606c//柏拉图全集：第二卷．王晓朝，译．北京：人民出版社，2003：628-629.

前一种理论后来被亚里士多德大大地深化为“恐惧和怜悯产生净化”的学说，后者则逐渐发展为西方喜剧观念的主流。比如亚里士多德谈到喜剧“所摹仿的人物比我们今天的人差一些”[2]，阿里斯托芬的政治喜剧、普劳图斯和泰伦斯的世态喜剧也都与此相应。

四、天才与艺术的创造

柏拉图对于艺术创造问题的探讨主要集中在诗人和诗歌方面，这主要是因为，在他看来，画家与雕塑家的活动至多和匠人没有什么不同，而诗人则具有类似神性的创造力量。所以，在涉及艺术创造活动时，诗歌成为艺术的代称。《会饮篇》（205b～205c）提到：“无论什么东西从无到有中间所经过的程序都是创作（poesis，即诗）。所以一切技艺的创造都是创作（诗），

① “感伤癖”和“哀怜癖”的概念出自朱光潜译本。见：章安祺，编．西方文艺理论史精读文献．修订本．北京：中国人民大学出版社，2003：28-29.

② 亚里士多德．论诗．崔延强，译//苗力田，主编．亚里士多德全集：第九卷．北京：中国人民大学出版社，1993：644.

一切手艺人都是创作家（诗人）。……可是，我们并不把一切手艺人都叫作创作家（诗人），却给他们各种不同的名称；我们在全体创作范围之中，单提出有关音律的一种出来，把它叫作'创作'或'诗'。"[①] 柏拉图实际上发现，所有美的艺术都处在音乐的领域内，都从属于诗。

具体到艺术创作的心理过程，柏拉图提出过著名的"神力凭附""迷狂"等论说。对于柏拉图本人以及后世，用"天才""灵感"来解释艺术创造的种种理论都是以此为契机，这可能是西方文学理论中对创作的非理性主义性质的最早系统阐述。但是也有越来越多的学者认为："灵感说"恰恰是对诗人之无知的讽刺，因为如果诗人只是凭借神赐的灵感，那么他自身就并不具备城邦教育者的资格。[②] 例如，在《申辩篇》中，苏格拉底就已经表示，诗人可能并不知道自己在写什么，因为他们是凭借灵感而不是知识进行创造。就是在讨论"自知我无知"时，他讲述了向诗人求教的一段："我曾经挑出某些我认为是他们最完美的作品，问他们写的到底是什么意思，心里希望他们会扩大我的知识。先生们，我很犹豫是否要把真相告诉你们，但我必须说出来。我毫不夸张地说，当时在场的人没有一个能够比诗歌的真正作家更好地解释这些诗歌。所以我也马上就有了对诗人的看法。我确定使他们能够写诗的不是智慧，而是某种天才或灵感，就好像你在占卜家和先知身上看到的情况。"[③]

这种"神力凭附"体现在诗人身上，也就是所谓的"迷狂"状态。如柏拉图所说：在原始的祭祀活动中，"巫师们在舞蹈时……都受一种迷狂的支配；抒情诗人们在作诗时也是如此。他们一旦受到音乐和韵节力量的支配，就感到酒神的狂欢……这是……神志清醒时所不能做的事。……诗人是一种轻飘的长着羽翼的神明的东西，不得到灵感，不失去平常理智而陷入迷狂，就没有能力创造，就不能作诗或代神说话。"[④]

至于灵感到来的过程到底是一种什么样的状态，何以说诗人是一种"长着羽翼的神明的东西"，柏拉图在《斐德若篇》中讨论对美的观照时所做的描述可能是最好的说明。这篇对话的主要发言人还是苏格拉底，他在诵读自己的文章时表示："那么就请你静静地听。这个地方真的好像有神临在，如果我说话的样子好像有神灵附体，那么请你别感到奇怪，我的文风已经和酒神歌差不多了。"[⑤] 随后是一篇优美的爱神颂歌，接着便是对于迷狂的讨论。

首先，他指出一般的迷狂有三种形式，分别为赐福（"赐福也是通过迷狂的方式降临的"）、预见（预言家"经常在神灵的感召下正确预见未来"）、诗歌创造（"神灵附体或迷狂还有第三种形式，源于诗神"）。迷狂中的诗人才能创造出优秀的作品，而最高的迷狂是第四种，即哲学家对美的观照。

美的观照

这样的人一见到尘世的美，就回忆起上界真正的美，他的羽翼就开始生长，急于远走高飞；可是这时候他还是心有余而力不足，无法展翅高飞，于是他就像鸟儿一样，昂首向高处

① 柏拉图．柏拉图文艺对话集．朱光潜，译．北京：人民文学出版社，1963：262－263.

② 参见中国人民大学王双洪博士学位论文：《苏格拉底与城邦诗人：柏拉图的〈伊翁〉解读》，2005，未刊稿。

③ 柏拉图．申辩篇：22b－22c//柏拉图全集：第一卷．王晓朝，译．北京：人民出版社，2003：8.

④ 柏拉图．伊安篇．朱光潜，译//章安祺，编．西方文艺理论史精读文献．修订本．北京：中国人民大学出版社，2003：5－6.

⑤ 柏拉图．斐德罗篇：238d//柏拉图全集：第二卷．王晓朝，译．北京：人民出版社，2003：150.

凝望，把下界一切置之度外，因此被人指为疯狂……每个人的灵魂由于其本性使然都天然地观照过真正的存在，否则它就决不可能进入人体，但要通过观看尘世间的事物来引发对上界事物的回忆，这对灵魂来说却不是一件易事。……

当他看到真正美丽的、神明一样的面孔或身体时，首先他会打寒战，仿佛从前在上界挣扎时的惶恐又来侵袭他。他凝视着美丽的形象，心里产生一种诚敬感，敬美如敬神……其次，寒战过去以后，他会奇怪地发高烧，浑身冒汗。因为美发射出来的东西穿过他的眼睛在他体内产生热量，他的灵魂的羽翼也就因此而得到养育。受热以后，久经闭塞的羽翼又开始生长。……在这个过程中，灵魂周身沸腾跳动，正如婴儿出齿时牙根感到又痒又疼，灵魂初生羽翼时也是这样。……痛苦与欢乐这两种感觉的混合使灵魂处于一种奇异的状态下，它感到彷徨不知所措，又深恨无法解脱，于是就陷入迷狂，夜不能寐，日不能坐，带着焦急的神情在那美的处所周围徘徊，渴望能见到那美。

——柏拉图．斐德罗篇：244a－251e//柏拉图全集：第二卷．王晓朝，译．北京：人民出版社，2003：164，165－166.

柏拉图对于灵感的认识其实也与当时的医学知识有关，这特别见之于灵感与胆汁的关系。在《蒂迈欧篇》中，柏拉图曾讨论过体液与疾病的关系，同当时的科学见解一样，他也区分了四种体液，即胆汁、浆液、黏液和血液。并且明确指出，胆汁有许多种类，可以按照颜色来加以区分。其中，他特别谈到，黑胆汁是有害的。因为，“当有较多的胆汁进入血液时，胆汁可以凭借它的热量征服血纤维，并在胆汁的沸腾中使血纤维陷入混乱；如果胆汁有足够的力量继续保持这种优势，它就能渗入髓内，把那拴住灵魂的缆绳烧毁，犹如解开船缆一般，让灵魂自由离去”①。显然，这是关于四种体液说的解释，即人体由宇宙中四种元素（土、火、水、气）的素质（冷、热、干、湿）的不同组合而形成四种体液，它们分别决定着人的不同性情。在这里，黑胆汁与忧郁、灵感和天才的关系实际上已经被涉及了。

柏拉图论“最高的艺术”与“通俗的艺术”

苏格拉底说：“……我创作诗歌并不是去与他或与他的诗歌竞争……我这样做是为了发现某些梦的意义，借此纯洁我的良心，我总是得到告诫要实施这种技艺。……在我的生命历程中，我经常做相同的梦……‘苏格拉底，实施和培养这些技艺吧。’……这是要驱使和鼓励我做我实际上正在做的事；我的意思是……我正在实践的哲学是各种技艺中最伟大的。但是……我感到那个梦要我实施的技艺可能是指写诗这种通俗的技艺……我想一个诗人要配得上这个名称，必须写想象性的主题，而不是描述性的主题，而我并不擅长虚构故事。……”

——柏拉图．斐多篇：60e－61b//柏拉图全集：第一卷．王晓朝，译．北京：人民出版社，2003：55－56.

“迷狂”在英文中译作 divine madness，即“神圣的疯狂”。对柏拉图而言，“代神说话”也许才是其价值所在。柏拉图关于“神力凭附”和“迷狂”的讨论，既是在“灵感”的意义上肯定天才的诗人，其实也是对世俗艺术的一种限定。因为如果没有“神力凭附”，“摹仿的诗人”就没有任何真正的创造；而进入了“迷狂”状态，诗人所说的已经不再是世俗之言。这样，才

① 柏拉图．蒂迈欧篇：85e//柏拉图全集：第三卷．王晓朝，译．北京：人民出版社，2003：338.

能理解柏拉图对世俗艺术的批判及其对诗人灵感的高度评价之间的关联。

福柯论艺术与“疯癫”

古希腊人与他们称之为“张狂”的东西有某种关系，这……并不仅仅是一种谴责关系。……“张狂”的威胁在某种程度上促成了苏格拉底式理性者的“明智”。……理性—疯癫关系构成了西方文化的一个独特向度……它早已伴随着西方文化，而在尼采（Nietzsche）和阿尔托（Artaud）之后仍将长久地与西方文化形影不离。

……塔索（Tasso）的疯癫、斯威夫特（Swift）的忧郁、卢梭的谵妄都表现在他们的作品中……自荷尔德林和奈瓦尔的时代起，被疯癫“征服”的作家、画家和音乐家的人数不断增多。……尼采的疯癫、梵·高或阿尔托的疯癫都表现在他们的作品中……

……在萨德（Sade）和戈雅（Goya）之后，而且从他们开始，非理性一直属于现代世界任何艺术作品中的决定因素……由此提出了一个关于艺术作品的真实性问题：它是疯癫，还是一部艺术作品？是灵感，还是幻觉？是不由自主的胡言乱语，还是语言的纯净来源？

……通过疯癫的中介，在艺术作品的范围内，世界……第一次成为有罪者……受到艺术作品的指控，被迫按照艺术作品的语言来规范自己，在艺术作品的压力下承担起认罪和补救的工作，承担起从非理性中恢复理性，再把理性交还给非理性的任务。吞没了艺术作品的疯癫正是我们活动的空间。它是一条无止境的追求道路。……凡是有艺术作品的地方，就不会有疯癫。但是，疯癫又是与艺术作品共始终的，因为疯癫使艺术作品的真实性开始出现。艺术作品与疯癫共同诞生和变成现实的时刻，也就是世界开始发现自己受到那个艺术作品的指责，并对那个作品的性质负有责任的时候。

——福柯．疯癫与文明．刘北成，等译．北京：三联书店，1999：3，266－269.

因此柏拉图说：“神对于诗人们像对于占卜家和预言家一样，夺去他们的平常理智，用他们做代言人……诗人并非借着自己的力量在无知无觉中说出那些珍贵的词句，而是由神凭附着来向人说话。……优美的诗歌本质上不是人的而是神的，不是人的制作而是神的诏语；诗人只是神的代言人，由神凭附着。最平庸的诗人也有时唱出最美妙的诗歌，神不是有意借此教训这个道理吗？”①

柏拉图所说的天才和灵感，并不与“摹仿”相对立，这与后世的一些讨论有所不同。通过“神力凭附”而进入“迷狂”，得到“灵感”的诗人，从根本上说仍然是在“摹仿”的活动之中。这一活动的结果之所以能得到柏拉图的肯定，乃是因为它所摹仿的对象以及功能改变，它已经凭借神力唤起了“灵魂回忆”。从这样的意义上评价艺术创造，显然是将理想的艺术与世俗的艺术置于不同的层次。

其实，正是在柏拉图的诗歌理论中，其思想的内在矛盾清楚地显露出来。出于其哲学体系的要求，他对于艺术持极为否定的态度。就超验理念的真而言，艺术只能是摹仿的摹仿，因而与真理隔着三层，无法接近真实；就绝对理念的善而言，艺术只能诉诸情感，摹仿人性中低劣的部分，对于道德伦理的建设毫无用处，因此无法实现善的最高要求。但是，柏拉图本人实在

---

①　柏拉图．伊安篇．朱光潜，译//章安祺，编．西方文艺理论史精读文献．修订本．北京：中国人民大学出版社，2003：6.

是一个艺术家，据说他本人作画也作诗，对于美有着敏锐的感觉，他的对话本身其实就是艺术品，就是诗。有人说，对艺术的否定并不只是出于他自己的观点，而是反映了希腊人在哲学与诗歌之间的古老冲突。如同罗森（Stanley Rosen）所言："我们会在（希腊人）关于神话和逻各斯的含混意识中，发现哲学与诗纷争的根源。无疑，哲学与逻各斯有关联。在最宽泛的意义上，逻各斯是一种理性的说法。但它究竟何谓？难道在任何情况下，神话都不合理？难道这两个词的区分不是后来才有的？"① 实际上，这可能也就是柏拉图向自己提出的问题。因而，柏拉图本人实在就是哲学与诗歌之间的冲突的一个例证。所以，有的时候，他贬低诗人，要把诗人驱逐出理想国；有时候他又赋予诗人极高的地位，认为诗人有一种类似神性的力量。最终，这种无法调和的内心冲突使柏拉图走向了神秘主义，走向了灵魂与肉体的二元论。

对于柏拉图来说，肉体连同感知并不是人能够与外部世界相接触、相联系的东西；相反，它具有双重的罪恶，一是它扭曲了我们对外部世界的认识，一是它引起种种欲望的根源，使我们无法追求知识和认识真理。在《斐德若篇》中讨论诗人的迷狂时，柏拉图对于灵魂不朽发表了长篇意见，他指出：只有在摆脱了肉体的愚蠢后，我们才会是纯洁的，并与一切纯洁的事物相同，我们自身才会知道到处都是光明，这种光明不是别的，就是真理的光。而纯洁化不就是灵魂和肉体的分离吗？这种灵魂与肉体的分离与解脱，就叫作死。而真正的哲学家，且唯有真正的哲学家，才永远都在寻求灵魂的解脱。毫不奇怪，柏拉图对于理念与光之间的分析，后来成为新柏拉图主义和中世纪神学美学之间的一个桥梁。但是，他本人思想中的这一部分，以及其中所包含的这种灵气或鬼气，很快就被他的学生们抛弃了，其中也包括他最好的学生——亚里士多德。

第二节
亚里士多德

一、亚里士多德的理论出发点

亚里士多德（Aristotle，公元前 384—前 322）出生在马其顿一个名为 Stageria 的城市，其父尼克马克（Nicomachus）曾任马其顿国王的御医，这可能让人联想到亚里士多德所遗传的科学基因。还有说法称，尼克马克曾经给儿子亚里士多德讲授过解剖学。不管此说是否可靠，我们的确可以在亚里士多德身上看到一种与柏拉图截然不同的哲学精神。对亚里士多德个人来说，不幸的是在其早年便父母双亡，他是由姐姐抚养成人的。更不幸的是，在亚里士多德的时代希腊古典文明即将走向衰落，这使他成为希腊古典哲学传统的最后一位伟人。

---

① 罗森．诗与哲学之争：从柏拉图到尼采、海德格尔．张辉，译．北京：华夏出版社，2004：4.

亚里士多德所处的时代，正值雅典和斯巴达两大城邦在伯罗奔尼撒战争后两败俱伤，而北方部落马其顿却悄悄发展起来。亚里士多德本人的一生，与马其顿王国的兴衰有着不同寻常的关系。

亚里士多德 17 岁时进入柏拉图的雅典学园，在学园中学习并任教达 20 年，直至柏拉图去世。后接受马其顿国王的邀请，担任 13 岁的王子亚历山大的教师。7 年以后，亚历山大继任王位，在短短的几年当中东征西讨，使马其顿成为新兴霸主。但是亚历山大大帝 33 岁便染病去世，继而在希腊各地出现反马其顿的风潮。亚里士多德受到株连，于是他又一次离开雅典，不久便去世。

亚里士多德历来被视为最博学的天才，据说有过 1 000 多卷著作，但多已散失。如果了解亚里士多德的著作情况，可能会产生一个疑问：作为柏拉图最好的学生，亚里士多德为什么没有使用柏拉图的对话体？其实，亚里士多德也曾撰写过 27 篇对话。据认为他在古代世界的声誉正是由于这些对话，而不是我们今天所看到的那些著作。遗憾的是，这些对话一篇也没有流传下来。我们今天所见到的亚里士多德著作仍然不少，通行的十卷本《亚里士多德全集》（苗力田等译，中国人民大学出版社）收有著作 48 种和一个《残篇选辑》，主要是依据哈佛大学出版社“洛布古典丛书”的古希腊文和英文对照本。不过，这仅是其全部著述的四分之一。流传下来的著作大多是亚里士多德的讲稿，由他自己或学生编辑，而且基本上出自其生命的最后 12 年。亚里士多德的大部分著作在公元前 1 世纪时由罗德的安德洛尼克（Andronicus of Rhodes）整理出版，但很快就因战乱而散失，只有部分保存在拜占庭的阿拉伯人手中，直到 1 000 年后才又回到欧洲，这就是又一个 1 000 年后的我们在今天看到的这些后期著作了。换句话说，亚里士多德的早期著作基本上都散失了。

亚里士多德的《诗学》（又译《论诗》）比较集中地体现了他的美学和文论思想，《修辞学》和《政治学》也可以见到有关论述。散见于《形而上学》和《物理学》的一些词句，同样常常被后世的美学和文论所援引。一般认为：亚里士多德对人类知识进行了比较系统的分类，以理论的、实践的和创造的三种知识构成了理论思维的基本框架。

理论的知识，是为了知识自身而追求的知识，包括形而上学、数学和物理学；实践的知识，是为了指导行为而追求的知识，包括伦理学和政治学；创造的知识，则是为了创造自然中不存在的对象和产品而追求的知识，在古希腊比较宽泛的“美”和“艺术”的意义上，这被称为“诗学”（poetics）。

古希腊人对知识的分类，在公元前 6 世纪曾被西格尼（Theagenes of Rheqium）表述为自然的、伦理的、宗教的三种。后来在公元 4 世纪又有马可比乌（Macrobius）做出总结：“在哲学的整个领域中有三个分支——道德的、物理的、理性的。道德哲学是对道德实践之最高境界的指导；物理哲学关心的是神圣秩序的物理部分；理性哲学则讨论非物质的、纯精神的事物。”①

几种知识分类的方式相近，但是对后人影响最大的可能还是亚里士多德的分类。直到康德以“纯粹理性”、“实践理性”和“判断力”来构筑他的“批判哲学”时，我们仍然可以感受到亚里士多德对人类知识的基本看法。

① O. B. Hardison, Jr., ed. Medieval Literary Criticism: Translations and Interpretations. New York: Frederick Ungar Publishing Co., 1974: 7.

罗素论亚里士多德与西方思想传统

阅读任何一个重要的哲学家，而尤其是阅读亚里士多德，我们有必要从两个方面来研究他：参考他的前人和参考他的后人。就前一方面来说，亚里士多德的优点是极其巨大的；就后一方面来说，则他的缺点同样是极其巨大的。然而对于他的缺点，他的后人要比他负更大的责任。他生当希腊思想创造时期的末叶；而他死后一直过了两千年，世界才产生出来任何可以认为是大致能和他匹敌的哲学家。直迄这个漫长时代的末尾，他的权威性差不多始终是和基督教会的权威性一样地不容置疑，而且在科学方面也正如在哲学方面一样，始终是进步的一个严重障碍。自从17世纪开始，几乎每种认真的知识进步都必定是从攻击某种亚里士多德的学说而开始的。

——罗素．西方哲学史：上册．何兆武，等译．北京：商务印书馆，1982：208－209.

罗森谈亚里士多德的“触觉类比”

通过考察思维与感觉的类似，亚里士多德用触觉做类比来定义思维，而触觉是最基本的感觉，它界定了生命本身。是触觉的性质决定了人具有好的还是坏的精神自然。所有感觉中，是触觉在直接接触中得到感知。这样，不管《形而上学》开头怎么说，我们都可以认为是触觉而不是视觉，是最具理性的感觉，因为触觉在先，也比视觉与对象有更普遍、更密切的联系。“看”不过是“触”的一种。我们把握事物的形式，并知道它们：触觉是形式的分化，对了解是必需的。知道就是触知（knowing is touching）。

——罗森．诗与哲学之争．张辉，译．北京：华夏出版社，2004：128.

如果说“理念论”是柏拉图的思想基础，那么亚里士多德一切论说的出发点就是“四因说”。在亚里士多德看来，无论以物质还是理念为依托，人们其实都是要寻找一种感性世界得以生成和存在的条件。而这种条件被他界定为四种相互关联的原因。

亚里士多德论“四种原因”

所谓的原因之一，是那事物由之生成并继续存留其中的东西，如青铜对雕像、白银对酒杯……另一种原因是形式和模型，亦即“是其所是”的原理及它们的种，如八音度中二与一的比例。……再一个就是运动或静止由以开始的本原，如策划者是行动的原因……制作者是被制作物的原因。……最后一个原因是作为目的，它就是“所为的东西”，例如健康是散步的原因……成为达到目的的中介。

——亚里士多德．物理学．徐开来，译//苗力田，主编．亚里士多德全集：第二卷．北京：中国人民大学出版社，1991：37－38.

简言之，事物构成的基础后来通常被称为“质料因”，其中含有一种向其目的和性质发展的“潜能”。①

一事物之所以成为该事物的本质属性被称为“形式因”，即“是其所是”的原理。这与柏

① 亚里士多德．物理学．徐开来，译//苗力田，主编．亚里士多德全集：第二卷．北京：中国人民大学出版社，1991：59，75.

拉图用来表达“理念”的 eídos 相关，并非指外部形式。

“动力因”是一事物得以生成和变化的外部条件。

“目的因”则是一事物的生成和变化所要达到的终点，这由该事物的本质属性所决定，也是其本质属性所能期待的最高目标。

亚里士多德“四因说”中的“因”

我们有很多理由斟酌能否把亚里士多德的 aition 或 aitia 译成“原因”。没有一种译法能够恰当地表示这四个所谓的“原因”。……基本的原则，就是要把在事物形成过程中起作用的那些东西区别开来。在这四种“原因”中……最接近现代意义上的“原因”之意的是第三种，即动力因。在雕塑活动中，它指的就是雕塑者。……形式的作用比质料重要得多；但仅仅有形式仍然是不充分的，还必须说明是什么把这种形式给予这种质料的——动力因。……我们还需要知道形式的拥有者把形式给予质料的目的何在。正是这种素朴的构想支配着亚里士多德对自然的研究。

——福莱．亚里士多德的自然哲学．杨洪江，译//福莱，主编．劳特利奇哲学史：第二卷：从亚里士多德到奥古斯丁．冯俊，等译．北京：中国人民大学出版社，2004：32－33.

其中，“动力”的根源又取决于本质的“形式”和一定的“目的”，实现了“目的”也就是最终获得了自己的“形式”。所以形式因、动力因和目的因又被统称为“形式因”，“四因”由此分作“质料”和“形式”两个部分。

“质料因”和“形式因”也是相互依存、相互转化的。比如对较低级事物而言的“形式”，又可能是较高级事物的“质料”；“质料”所包含的“潜能”，则是通过获得“形式”而得以实现。20 世纪的批评家韦勒克曾主张以“材料”和“结构”的对应取代“内容”和“形式”的二元模式；在一定程度上说，其“结构”恰好表达了亚里士多德原本赋予“形式”的某些含义。另一位可能与“四因说”相关的批评家是罗兰·巴特，他的“能指”与“所指”构成的“一级符号”，正如亚里士多德“质料”与“形式”的转换一样，又可以成为“二级符号”的“能指”。

韦勒克的“材料-结构”论

“内容对形式”（content versus form）的传统二分法……把一件艺术品分割成两半：粗糙的内容和附加于其上的、纯粹的外在形式。显然一件艺术品的美学效果并非存在于它所谓的内容中，几乎没有什么艺术品的梗概不是可笑的或者无意义的。……但是若把形式作为一个积极的美学因素，而把内容作为一个与美学无关的因素加以区别，就会遇到难以克服的困难。……德国人提出并广泛采用的补救办法是引进“内在形式”（inner form）这一概念……如果把所有一切与美学没有什么关系的因素称为“材料”（material），而把一切需要美学效果的因素称为“结构”（structure），可能要好一些。这绝不是给旧的一对概念即内容与形式重新命名，而是恰当地沟通了它们之间的边界线。“材料”包括了原先认为是内容的部分，也包括了原先认为是形式的一些部分。“结构”这一概念也同样包括了原先的内容和形式中依审美目的组织起来的部分。这样，艺术品就被看成是一个为某种特别的审美目的服务的完整的符号体系或者符号结构。

——韦勒克，等．文学理论．刘象愚，等译．北京：三联书店，1983：146－147.

罗兰·巴特论“意指过程”

“文”是一种“意指实践”（pratiques signifiantes）……它首先是已具差别的“能指方式”。……譬如作者和/或读者开始玩“能指”的游戏……“文”的作者不曾预料到……读者也能创造出游戏的意义来，“能指”归大家所有。……不懈地工作的其实不是艺术家或消费者，而是“文”。

……诠释批评力图显示，“文”具有一个“所指”，总括一切，呈隐秘状态，随不同学说而变化：对精神分析说来，有传记意义；对存在主义批评说来，有设想的意义；对马克思主义批评说来，具社会历史意义，等等。人们谈论“文”，仿佛它是某个客观的“意指结果”（signification）的保管者。……“文”被阅读（或书写），是作为诸“能指”的变幻不定的运作过程，与一个或多个固定的“所指”毫无可能的指物关系……“意指作用”（意指结果）属产物、发话内容、传播（交流）的层面，“能指变化”属生产、发话行为、象征化的层面：正是这个变化，我们称之为“意指过程”（signifiance）。……无穷无尽的“意指过程”，其实是经由某个偶然存在的作品而展演出来的。

……“意指过程”需要……无穷无尽之作用的观念……“意指过程”是处在工作中的“文”……“意指过程”是无限之群体语言的隐约不定的显现，模糊地存在于作品的每一个层面：它在声音里，那声音不再被看做适宜于确定意义（音素）的单位……它在符素里，符素不是语义单位，而是联想树……它在句段（意群）里，句段（意群）的重要性逾于业经确认的意义……最后，它在话语里……越出或超过了话语的“清楚明白”的限度。

——巴特．文之悦．屠友祥，译．上海：上海人民出版社，2002：90－98.

从亚里士多德的“四因说”出发，则古希腊自然哲学家的原子说和柏拉图的理念说，都显示出一定的片面性；因为对亚里士多德而言，无论是“物质”还是“形式”都不再能单独成为事物生成和存在的条件。

在泰勒斯、赫拉克利特那里，希腊哲人对于“一切是一”的“形而上的直觉”落实在某种具有物质形态的“本原”。

苏格拉底不再去关注这类“本原”，而是要追索“使世界井然有序的力量”，于是他以“善”作为“一”。

柏拉图要拯救被“对象化”的“善”所消解的“善本身”，所以他看到了“理念”。

而亚里士多德的“四因”只是要去把握动态过程中的一种关系。从这样的线索看，或许可以说：古希腊哲人已经越来越多地注意到人类认识的限度和弹性。而随着亚里士多德对“过程”和“关系”的强调，古希腊美学和文论的传统命题也都会得到不同的解释。

尽管人们常常认为亚里士多德所论述的大部分美学问题，在柏拉图那里早有论述，但是一旦进入具体的讨论，就会感到一种完全不同的境界，乃至后人实际上是更多地从他们的理论中看到各自的不同。所以吉尔伯特和库恩在《美学史》中提出：柏拉图与亚里士多德的最大区别，就在于前者使我们通过艺术知道什么是艺术，后者则使我们通过科学知道什么是艺术。两个人在气质上不同，许多人更喜欢柏拉图。

也许可以说，在柏拉图的理论中存在着一种明显的矛盾，那就是对美的推崇和热爱与对艺术的贬低和排斥。这来自其哲学体系和政治理想的要求与其个人艺术修养和艺术家气质之间的冲突，正是这种无法解决的矛盾将他导向了神秘主义和宗教感。结果，在柏拉图的美学思想中充满了诗意的和神秘的寓言化叙述（《会饮篇》和《斐德若篇》是最好的例证），为后人留下了极大的阐释空间。与此同时，他的艺术思想却显得相对苍白和无力，充满了陈腐、干瘪的说教。特别令人遗憾的是，他生当希腊艺术的黄金时代，又具有那样敏锐的艺术感受力，却没有留下任何对于具体艺术作品的分析和评论，他甚至几乎从不提及与他同时代的那些伟大艺术家的名字。亚里士多德则不同，他的科学家气质（据说他本人就是一个医生）使他异常冷静和客观地对待和耐心细致地研究一切事物，其中也包括美和艺术。结果，亚里士多德的艺术思想连同他的叙述方式都平淡无奇，缺少引人入胜的东西，但却条理清楚，逻辑严密。不仅如此，他的艺术思想完全基于其时代的艺术活动之上，悲剧家索福克勒斯和欧里庇得斯、画家波吕格诺托斯和宙克西斯以及稍早一点的雕刻家菲底亚斯和波利克里图斯等，这些古典希腊最伟大艺术家的名字，连同许多不那么显赫的艺术家的名字不断出现在他的论述中。这不但使他的艺术理论较为系统和清晰，同时也为后人了解希腊的伟大艺术留下许多可靠的根据。这些，都是他的老师柏拉图所不具有的。

简言之，在亚里士多德的理论中有一种柏拉图所缺乏的冷静、细致的分析，柏拉图则更多地具有苏格拉底式的热情和信念。还有论者认为：就荷马“艺术地表达谎言”来说，柏拉图强调的是名词“谎言”，而亚里士多德着眼的是副词“艺术地”。不过，两个人之间在性格上的不同造成了一个极为有趣的现象：柏拉图在对话中谴责艺术，但他的对话本身就是诗，就像艺术品一样。亚里士多德为艺术进行辩护，但他的《诗学》读起来却像一本科学著作，甚至是技术说明。其实，也正是因此，他们才各有各的价值。

二、亚里士多德的“摹仿说”

摹仿是古希腊思想中的老问题，几乎所有哲学家都对这个问题发表过自己的看法。前文已经谈及关于摹仿的种种理解，比如毕达格拉斯的摹仿宇宙、德谟克里特的摹仿自然、柏拉图的摹仿理念；到亚里士多德再论摹仿时，这一概念得到了最为深入的探讨和说明，同时也被赋予极高的地位。摹仿构成了亚里士多德认识论的基本原理及其艺术思想的主要基石。

如果说柏拉图是以“理念”论“摹仿”，因而“摹仿”既说明了艺术，又排斥了经验性的艺术，那么亚里士多德的“摹仿说”则是在“自然过程”的基础上探究艺术，所以艺术在他看来只是一种从“质料”发展为“形式”的有机过程。

根据其“四因说”，如果“质料”包含着“潜能”，那么这种“潜能”的实现和完成即成为“形式”。自然界的创造，实际上就是促使一切质料充分实现其潜在能量；艺术家的创造，也同样是在某种“质料”内部培育自我完善的意向。因此从根本上看，亚里士多德与柏拉图所说的“摹仿”完全不同。

亚里士多德批评柏拉图关于“艺术起源于大自然对人的忽视”之说，认为大自然对万物的等级排列是有利于人的，因为只有人才具有能掌握和制造出一系列工具的手，“正是人类有手才使自己成为最有智慧的动物”①。而“手”的技巧与人类的“摹仿”本能相结合，就产生了

---

① 亚里士多德．论动物部分．崔延强，译//苗力田，主编．亚里士多德全集：第五卷．北京：中国人民大学出版社，1997：131.

艺术。如他在《诗学》中所说：“从童年时代起，人就具有摹仿的禀赋。人是最富有摹仿能力的动物……正是在这一点上，人与其他动物区别开来。而且人类还具有一种来自摹仿的快感。”①

而这种“摹仿的本能”发展为“摹仿的艺术”，是与认识发展的过程和特性相一致的。比如：人类天性中还有一些本能的冲动，这些天性成为最初的感觉，而后被记忆所保存。这种被记忆下来的感觉如果符合人类普遍的经验，并被理性所整理和完善，就有了存在于心灵之中的普遍概念，从而通过“感官知觉的……固定……获得一种道理（logos）”。这意味着“原始的冲动”得到了“理性的形式”②。

亚里士多德认为：认识之所以是这样一种过程，乃是由于自然界本身就是一种“有目的的能量”不断自我实现的过程。他在《形而上学》和《物理学》中都曾指出：运动是万物存在的重要特征，组成世界的并不是某种特定的物，而是具有充分存在理由的一系列过程。因此“认识”就是对这一系列过程的认识，“摹仿”也首先是对这种运动过程本身的摹仿。

所以《物理学》谈“摹仿”，认为其根本意义就在于摹仿“大自然的方法”，质言之，这当是“有目的性的发展的方法”。亚里士多德虽然还是在谈“摹仿自然”，但是这样的摹仿显然已不是着眼于“自然对象”，而是要摹仿“自然的过程”。

亚里士多德论“合乎自然”和“摹仿自然”

“合乎自然”不仅指……自然事物，而且也指那些……属于自然的属性……因为它不是自然，也不是具有自然，而是由于自然和合乎自然。……例如木料是床榻的自然……如果某人埋一张床，并且如果腐烂后的木头能够长出幼芽的话，那么，长出的东西就不会再是床而是树木。因为根据习惯规定和技术所做的安排都是偶然的东西，实体的自然性质则是那贯穿在过程中始终存在着的另外的东西。

……另一种说法则是把自然视为依据理性的东西（kata ton logon）的形状和形式。因为正像把由于技术的东西和工艺制品称为技术一样，合乎自然的东西和自然产物也被称为自然。如果仅仅潜在地是一张床而还没有床的形式，我们就不应当说……它是工艺制品；在由于自然的事物中的情形也是这样。……（由质料和形式构成的东西不是自然，而是由于自然……）而且形式比质料更是自然，因为每一事物在其现实地存在时而不是潜在地存在时被说成是这个事物更为恰当些。……技术是摹仿自然……

……假若一幢房子是由于自然而生成的，那么它也应该像……由技术制作的一样生成；假若由于自然的那些事物不仅是由于自然，也是由于技术生成，那么它们也就会像自然地生成一样。因此，先行的是为了后继的。……不论是在按照技术的产品里还是在按照自然的产物里，后继阶段对先行阶段的关系都是一样的。

——亚里士多德．物理学．徐开来，译//苗力田，主编．亚里士多德全集：第二卷．北京：中国人民大学出版社，1991：31-35，52.

---

① 亚里士多德．论诗．崔延强，译//苗力田，主编．亚里士多德全集：第九卷．北京：中国人民大学出版社，1994：645.

② 亚里士多德．后分析篇．余纪元，译//苗力田，主编．亚里士多德全集：第一卷．北京：中国人民大学出版社，1990：347-348.

所以“摹仿艺术”的首要条件，在亚里士多德看来就是“把部分综合成整体”。于是研究者常常化用《政治学》中的一个意思：“美的事物有别于不美的事物，艺术作品有别于现实，原因就在于：在美的事物和艺术作品中，散乱的成分被综合在一起了。”①

从古希腊早期“摹仿内心的激情”、德谟克里特“摹仿自然的对象”、柏拉图“摹仿理念”，到亚里士多德“摹仿自然的过程”，“摹仿说”的不同侧重是非常值得注意的。后来在古罗马时期，贺拉斯一度将“摹仿”解释为“借鉴”；到了中世纪，神学家则是以艺术创造比之于“对上帝创世的摹仿”。如果不加以细致的辨析，大而言之的“摹仿说”并不能让我们真正理解任何一种关于“摹仿”的思想。

从“质料”的方面看，艺术的“摹仿”自然需要色彩、线条、音符、词语、思想、情感、素材等等因素的存在。以一定的理性规范（如比例、取舍）对这些因素的综合，构成了艺术摹仿的第一阶段。这与认识的过程是一致的。

从“形式”的方面看，正如自然界是从矛盾中（而不是从相似中）形成“和谐”一样，绘画有不同色彩的交织，音乐有不同音调的交织，诗歌有元音、辅音的交织，戏剧有不同情感和命运的交织。因此，艺术活动实际上是对自然本身的一种深层的摹仿。

亚里士多德论“艺术摹仿自然”

自然喜爱相反的东西……最初的和谐一致是由于相反，不是由于相同。在这方面，技术似乎也摹仿自然。例如，绘画就是把白与黑、黄与红混合起来，才创造出与自然物一致的作品；音乐是糅合了高音与低音、长音与短音，才谱写出一曲不同音调的悦耳乐章；文法也是把母音与子音结合在一起，才从中形成了这门整体的艺术。

——亚里士多德．论宇宙．徐开来，译//苗力田，主编．亚里士多德全集：第二卷．北京：中国人民大学出版社，1991：618.

表面看来，亚里士多德的摹仿说似乎回到了德谟克里特的思想，但实际上两者有着极大的不同。不同于德谟克里特的摹仿自然对象，或某些自然对象的行为，亚里士多德所说的“摹仿自然”是指摹仿“自然的过程”，即自然的自身发展和生成。亚里士多德认为，自然本身也是按照一种不断重复的模式进行创造，即把质料发展为形式的模式。根据四因说，质料包含着潜能，潜能的实现即为形式。亚里士多德把未实现潜能的质料称为“沉睡”，将实现了的形式称作“苏醒”。自然的过程就是这样一个不断从沉睡到苏醒的过程，它通过促使一切事物充分实现它们的潜能来进行创造。人类的发展也遵循着同样的途径，摹仿着自然的这一发展过程，以实现自己的潜能并达到自我完善。

既然“摹仿”与认识的过程相同，又在深层上与自然本身的过程同构，亚里士多德便从“摹仿”得出了不同于柏拉图的关键性结论：艺术不仅可以表现真理，而且“诗比历史更富有哲理、更富有严肃性”②。这样，摹仿不仅是艺术的创造的必要手段，同时也成为艺术活动的目的。艺术家不仅为了创造美的作品而摹仿自然，他的创造目的也是摹仿，正是摹仿本身使一位诗人成为诗人。

---

① 吉尔伯特，库恩．美学史：上卷．夏乾丰，译．上海：上海译文出版社，1989：87.

② 亚里士多德．论诗．崔延强，译//苗力田，主编．亚里士多德全集：第九卷．北京：中国人民大学出版社，1994：654.

《形而上学》还写道："认识和技能更多地属于艺术（技术）而不是经验……有技术的人（艺术家）比有经验的人更加智慧，因为智慧总是伴随着认识。其所以如此，是因为有技术的人（艺术家）知道原因，有经验的人却不知道。有经验的人只知道其然，而不知道其所以然；有技术的人（艺术家）则知道其所以然，知道原因。"[①]

亚里士多德之所以得出这样的判断，是因为他认为与"认识"过程相平行的艺术摹仿，并不是像历史学家那样"叙述已经发生的事情"，而是"叙述可能发生的事情"。这就是《诗学》所说的"按照或然律或必然律（probable or necessary）可能发生的事情"。相对而言，"已经发生的事情"多半只是"个别的、偶然的"，"或然发生"或"必然发生"的事情，才更具普遍性。所以亚里士多德认为"诗偏重于叙述一般，历史则偏重于叙述个别"；即使诗人选用历史题材，也会从中挖掘"符合或然律或必然律的事情"——只有这样，才成其为诗人或者"创造者"。[②] 仅仅摹仿事物的"原本的样子"，只是"形似"的低级的真实；按照事物"应当如此"的样子去描写，才是高级的真实。据说，这正是索福克勒斯与欧里庇得斯的区别。[③]

总之，在艺术的领地里，"一个似乎可信的不可能的事较之一个似乎不可信的可能的事更可取"。这样，"或然律"和"必然律"就成为艺术真实的两大标准。而可以超越历史陈述的不仅有哲学的思辨，也包括了艺术的创造。

在有关"摹仿"的问题上，亚里士多德完全抛开了柏拉图以理念为核心的逻辑结构，而是将"理念"化解为"普遍""一般"等概念。同时他又指明：这种所谓的"普遍""一般"并不是"先验的"，而是就在于感性的个别之中，就在于"艺术"的创造之中。他对摹仿艺术的高度评价，正是由于这种认识论的基础。由于艺术的摹仿不是仅仅照抄外部自然现象，而是努力仿效自然过程的深层结构，即事物的最终实现，这一过程同时又与人类的认识过程相似，艺术家便不是在摹仿个别影像的影像，即只是呈现个别事物的摹本，而完全可能通过自己的作品呈现出普遍性的认识。在这一点上，亚里士多德同柏拉图的确存在着较大的分歧。在柏拉图那里，艺术家的摹仿不管是不忠实的还是忠实的，都没有价值，因为前者是欺骗，后者则可能摹仿了不应该摹仿的东西。在亚里士多德那里，摹仿可能是忠实的，也可能是不忠实的，但它们都有价值，因为它们都可能表现了普遍的东西。

这样，至亚里士多德，希腊人的摹仿思想的发展以及这个概念的演变基本上就结束了。在以后的两千年历史中，摹仿连同再现仍然是西方文学艺术创作的一个基石，但在理论上似乎已经没有什么再讨论的必要了。在古罗马时期，贺拉斯曾在借鉴的意义上涉及此问题，后来的中世纪神学家曾将艺术创造比之为对于上帝自由创造及过程的摹仿。在那之后，直至20世纪，摹仿问题才重新被提了出来。不过，那大多是在否定的意义上加以谈论。例如，罗兰·巴特称摹仿这个词让他反胃，德鲁兹（Gilles Deleuze）认为摹仿本质上就是坏的，保罗·德曼（Paul de Man）将摹仿视为一个需要解构的文学术语，德里达也曾将柏拉图的《斐利布斯》与马拉美（Stéphane

---

① 亚里士多德．形而上学．苗力田，译//苗力田，主编．亚里士多德全集：第七卷．北京：中国人民大学出版社，1993：28.

② 此部分主要采用缪朗山译文。参见：章安祺，编订．缪灵珠美学译文集：第一卷．北京：中国人民大学出版社，1998：11－12.

③ 亚里士多德．论诗．崔延强，译//苗力田，主编．亚里士多德全集：第九卷．北京：中国人民大学出版社，1994：683.

Mallarmé）的短文《摹仿》并置，质疑“关于摹仿概念的某种解说”所注定的真理观。[①]

德里达《第一部讨论》

最为有趣的……是马拉美《摹仿》中的重述方式，即：那里的摹仿者最终没有被摹仿的对象，能指最终没有所指，符号最终没有参照；它们的作用已经不是在真理的过程中被理解，反而是去解说真理的过程，亦即解说本原、终末、终极目的等形而上学追索的最终存在。

——Jacques Derrida. Acts of Literature. New York and London：Routledge，1992：159.

也许正如弗莱（Northrop Frye）所说：“从柏拉图和亚里士多德开始，传统的批评理论，都是在摹仿的背景中看待文学，……然而朗吉努斯的论说……启发了摹仿的另一个维度，乃至……随着浪漫主义运动的到来，诗人作品与神性创造的隐喻之间有了极大联系。”[②] 总之，摹仿的概念始终存在，后世思想家和批评家仍然试图发掘摹仿的内在意味，但那已经完全是在一个新的理论框架之内了。

三、亚里士多德的“净化说”

在《修辞学》中，亚里士多德曾强调“美”与“善”的不可分：“道德……和高尚……由于其自身的原因为人向往，同时那也是可赞美的；或者说，其为善，是因为善令人愉悦。”在《政治学》中，他又提出艺术的多重目的，即“教育、娱乐和消遣”。而古希腊早期和毕达哥拉斯学派思想中的“净化”（catharsis）观念，是实现各种艺术目的的根本。

“净化”可见于亚里士多德《诗学》对“悲剧”的定义：“悲剧是对一种严肃（又译‘重要’）、完整而且有一定长度的（又译‘颇有规模的’）行动的摹仿……它采用的摹仿形式是人物的表演而不是叙述，并通过怜悯和恐惧造成这些感情的恰当的净化。”[③]

《诗学》中的喜剧理论残篇甚短。据说亚里士多德在《诗学》第二卷专门讨论了喜剧，而该卷散佚后，人们对他究竟如何看待喜剧有颇多猜测，乃至在当代意大利符号学家艾柯（Umberto Eco）的著名小说《玫瑰的名字》中，居然还引出一段凶案。而10世纪时确实传有多种亚里士多德《诗学》的提要或者诠释，其中有一种仿照亚里士多德悲剧定义的喜剧定义，其中的关键词同样是“净化”：“喜剧是对一种滑稽的、不完整的行动的摹仿……它通过愉悦和笑声造成这些感情的净化。”

关于《诗学》第二卷的公案

亚里士多德宣称：“嘲弄比打诨更适合于自由人的身份，因为嘲弄者是为了自己开心而取笑的，打诨者是为了别人开心而逗笑的。”……《诗学》……一开始就承诺要深入考察笑

---

① Jacques Derrida. Acts of Literature. New York and London：Routledge，1992：129.

② Northrop Frye. Words with Power. Markham of Ontario：Penguin Books Canada Ltd.，1990：114－115.

③ 此处主要采用缪朗山译文。见：章安祺，编订．缪灵珠美学译文集：第一卷．北京：中国人民大学出版社，1998：8.

的现象。正是从《诗学》开始，悲剧和喜剧得到了同样重要的论述。

……不过……在14世纪初期的……一座本笃会修道院……年迈失明的图书馆馆长守护着藏书楼。……他反对亚里士多德："耶稣基督从来就没笑过。……我主耶稣从来不说喜剧或寓言，只是用比喻清楚地说教，此乃讽喻。……如此而已。"……这位修士想要阻止别人发现……亚里士多德专论喜剧的《诗学》第二卷。……为什么在一本关于笑的著作上花费如此多的……精力？因为这时的亚里士多德并非等闲之辈，在14世纪初……亚里士多德已是基督教的权威；如果这位权威人物曾把整整一本书献给了笑，那么笑在道德上就不能受到指责！

——Karl-Josef Kuschel. Laughter. John Bowden, trans. New York: The Continuum Publishing Company, 1994: 19 - 20, 22 - 30.

关于"净化"有过歧义性理解：究竟是感情的陶冶、升华还是释放、宣泄？但是无论如何，"净化"既是通过"怜悯和恐惧"，也是要排除"怜悯和恐惧"，最终求得新的和谐。

要辨析亚里士多德所说的"净化"，应当回溯到古希腊早期与舞蹈合一的音乐形式。亚里士多德显然也受到这种传统的影响，把音乐调式分为"道德情操型的、行为型的和激发型的"三种，后两种可以起到宣泄感情、净化灵魂的作用，亦即他在《政治学》中谈到的"医治和净化"[①]。

在他看来，音乐似乎可以直接宣泄和摹仿人的情感，而且无须理性的逻辑推理，就可以使欣赏者直接感受其中的道德内容。但是也正是因此，尽管音乐自身同样包含了道德内容，但可以从音乐中获得的"净化"是比较低级的。《政治学》中甚至提到有人把"解除忧虑"的"音乐"与"睡眠和酣饮"相并论[②]，而悲剧所导致的净化才更符合理性的价值。

如果说，音乐所能净化的主要是"亢奋灵魂"的"热情"和"冲动"，那么悲剧的净化才首先是"怜悯和恐惧"[③]。那么什么是"怜悯和恐惧"？

《修辞学》作了非常有趣的解释：看到某种毁灭性的或者痛苦的灾祸降临在一位不应遭难的人身上，所产生的痛苦情感是怜悯；看到足以招致毁灭的灾祸降临到自己头上，所产生的就是恐惧。

二者的区分在于：怜悯的对象是我们所认识的人，但又不是密切相关的人；如果与我们的关系极为密切或者就是我们自己，则无所谓怜悯，只能产生恐惧。（比如：看到自己儿子临刑的人哭不出来，是因为恐惧；看到朋友讨饭会流下眼泪，那才是怜悯。）总之，发生在自己身上的事情如果能引起恐惧，发生在别人身上时便会引起怜悯。反之亦然。[④]

就思想—文化的意义而言，"怜悯"与"恐惧"的不同，在一定程度上与柏拉图的"感伤癖"和"哀怜癖"相似，显然含有一种对于人性的恶意推测。但是在文论方面，这被视为后世

---

① 亚里士多德．政治学．颜一，等译//苗力田，主编．亚里士多德全集：第九卷．北京：中国人民大学出版社，1994：284 - 285.

② 同①277.

③ 音乐净化的对象当然也包括"怜悯和恐惧"。参见：亚里士多德．政治学．颜一，等译//苗力田．主编．亚里士多德全集：第九卷．北京：中国人民大学出版社，1994：280 - 281，284 - 285.

④ 亚里士多德．修辞术．颜一，译//苗力田，主编．亚里士多德全集：第九卷．北京：中国人民大学出版社，1994：435 - 438.

"心理距离说"或者"审美距离说"的古代根源。

俄国形式主义论"怜悯与恐惧"

……把观众聚集在剧场，整晚地在他们面前扮演着各种角色，而这不过是为了使他们感到恐惧和唤起他们的怜悯，这不是很可笑、很粗野吗？……关于这些，席勒思考了许多，并写了许多。……席勒所提出的悲剧定义几乎是亚里士多德的翻版，但是在定义中也有一种有趣的、与众不同的说法："只有那种认为自己的主要目的是用同情达到愉悦的艺术，才可以称之为悲剧。"——不是畏惧……也不是简单的怜悯，而是一种由怜悯而来的愉悦，这不是矛盾吗？这不是文字游戏吗？

……观众的同情不是事件本身的结果，而是程序的……错综结合……同情变成形式的——不是形式的"体验"，不是形式的"情感"，而是形式的直观。……艺术的成功在于观众宁静地坐在沙发上，并用望远镜观看，享受着怜悯的情感。这是因为形式消灭内容。怜悯被作为一种感觉的形式而利用……通过它，观众去了解艺术的联结的广大迷宫。

——艾亨鲍姆．论悲剧和悲剧性．方珊，译//程正民，等主编．20世纪外国文论经典．北京：北京师范大学出版社，2004：5-10.

柏拉图的"感伤癖"和"哀怜癖"，通过亚里士多德的"怜悯与恐惧"导致了"净化"的理论。这也许是亚里士多德试图从正面解决柏拉图对世俗艺术的非难，同时这也在"理性快感"的意义上肯定了艺术的社会功用。较之于柏拉图将其艺术理想极端化、道德化，从而在实际上否定艺术的思路，亚里士多德的理论形态确实是截然相反的。

四、亚里士多德的"过失说"

亚里士多德的"过失说"，亦即他对悲剧人物的界定。[①]

在对悲剧进行具体论述时，亚里士多德谈到六种要素，即情节、性格、措辞、才智、情景、歌曲。其中最重要的，他认为是"情节"，因为只有情节才能呈现人类命运的"所以然"和因果关系。

所以亚里士多德明确提出："最重要的是剧情的安排；因为悲剧所摹拟的不是人，而是行为，是生活与悲欢，（而悲欢）寓于行为中……目的不在于摹拟某种品质，而在于摹拟某一行为；品质系乎性格，悲欢则系乎行为……悲剧的表演不是为了摹拟性格，而是通过一些行为把性格一起表现出来。……无行为则不成为悲剧，无性格却不失为悲剧，其实许多……诗人所作的悲剧都是无性格的。"因此，情节被亚里士多德视为"悲剧的灵魂"，较多地讨论了情节的"逆转"、"认识"（或译"发现"）、"苦情"等。在悲剧中，情节就像一根命运的曲线，由一系列个别的事件和人物组成，并根据所以然的逻辑向前发展。情节中的惊奇、发现、反复等，都是组成命运的一系列事件的必要环节。所以，当亚里士多德将悲剧比作"活的有机体"时，情

① 以下部分主要采用缪朗山译文。见：章安祺，编订．缪灵珠美学译文集：第一卷．北京：中国人民大学出版社，1998：8-39.

节自然也就成为灵魂。

在《诗学》中，亚里士多德把《俄狄浦斯王》视作最好悲剧情节的范式。这是一个比较令人困惑的问题，因为亚里士多德本人对此并没有予以明确的解释。事实上，他也看到了《俄狄浦斯王》在情节上所存在的缺陷，比如俄狄浦斯不应该在长达20年的时间里不去了解拉伊俄斯被杀的情况。亚里士多德所做的唯一解释是："情节中最好不要有不近情理的事，如果有了不近情理的事，也应该把它摆在布局之外（例如在《俄狄浦斯王》中，俄狄浦斯不知道拉伊俄斯是怎么死的），而不应把它摆在剧内。"不过，这个解释似乎并不令人信服。因此，就是这一点，后来被新古典主义者视作《俄狄浦斯王》的一个主要缺陷。

不过，亚里士多德最为赞赏的还是《俄狄浦斯王》中情节的发现与突转。他认为："一切'发现'中最好的是从情节本身产生的、通过合乎可然律的事件引起观众的惊奇的发现，例如索福克勒斯的《俄狄浦斯王》。"而《俄狄浦斯王》中的"发现"是所有悲剧中最好的，原因就在于它与"突转"是同时发生的。他强调指出："'发现'如与'突转'同时出现（例如《俄狄浦斯王》剧中的'发现'），为最好的'发现'。"对此，塞加尔的解释是，亚里士多德"想到的也许是，当观众同时体验到发现的理性过程和突转的情感冲击时，悲剧的怜悯与恐惧效果便得到了加强"。虽然亚里士多德本人的确这样说过，但考虑到古希腊思想的一般倾向，特别是亚里士多德本人对于文艺的基本认识，重视情节显然是为了强调戏剧的认识作用。就《俄狄浦斯王》来说，其情节就是对于知识的寻求，这一情节的高潮就是获取了真实的认识。在这里，亚里士多德的《诗学》已经为后世所有从哲学认识角度探讨《俄狄浦斯王》的批评奠定了基础。

尽管性格被置于第二位，但亚里士多德还是对人物性格作了不少论述，较重要的就是"悲剧人物的四要素"和"过失说"。

悲剧人物的四要素，是指人物的性格必须"善良"，必须"相称"（即"适合人物的身份"），必须"逼真"，必须"一贯"（即"首尾一致"）。"善良"大约是因为悲剧要摹仿"比实际生活中的人更好的人"，否则就谈不上什么怜悯。"逼真"是因为接近于常人才容易使人与自己发生联想，从而产生恐惧。"相称"和"一贯"则主要是从创作效果和逻辑力量着眼的。

但是仅仅满足上述四点，还不是理想的悲剧人物。所以亚里士多德又提出"过失说"，认为理想的悲剧人物应该是犯错误、有弱点的好人："他不以美德或正义著称"，但是"他之所以陷入否运（即厄运），并非因其邪德败行，而是由于'错误'（即过失）"。他甚至认为悲剧描写"穷凶极恶的人由泰运陷入否运"也是不恰当的，因为"穷凶极恶的人"本来就应该受到惩罚，难以唤起观众的怜悯和恐惧。

具体地说，亚里士多德认为人的"过失"可以包括两种：一是判断不明的错误，即所谓"不知而犯，事后发觉"，比如俄狄浦斯或伊菲革涅亚；二是道德选择的错误，即"出于有意，明知故犯"，比如欧里庇得斯笔下的美狄亚。不过以后世的标准而论，如果说俄狄浦斯的行为是一种无意之间的"失误"，那么美狄亚的行为其实是故意选择的"罪过"。因此至黑格尔《美学》的相关讨论，这两种处境实际上被合成一种更加理想的冲突，即一方面是"自觉的选择"而并非"无意"，另一方面必须是有足够理由的"失误"而不是完全的错误。

梅特林克论古希腊悲剧

我不知道，那种认为静止的戏剧是不可能成功的观点对不对。在我看来，这种戏剧其实已经存在了。埃斯库罗斯的大多数悲剧都是没有动作的悲剧，《普罗米修斯》和《乞怜人》

都没有事件；而且《奠酒人》的整个悲剧……仅仅是像噩梦一样地围绕着阿伽门农的坟茔而展开……试看在精彩的古代悲剧中有多少这样的情况：《报仇神》《安提戈涅》《伊列克特拉》《在科罗耐斯的俄狄浦斯》。……你可以发现……甚至是心理活动也在一种真正奇异的方式下受到了抑制，至少是大幅度地减少了；结果兴趣单一地完全集中于个人，他和宇宙面面相觑地对视着。

——梅特林克．日常生活中的悲剧//外国现代剧作家论剧作．北京：中国社会科学出版社，1982：36－37.

古希腊传统的“命运悲剧”经亚里士多德的解说而倾向于“过失悲剧”，这在西方戏剧史上是非常重要的。命运悲剧的核心是“不可知的力量”，而“不可知的力量”是不可抗拒的，因此悲剧并不能归咎于人本身。亚里士多德的“过失说”，在中世纪恰好与神学家的“上帝惩罚的悲剧”相应和，“惩罚”的根本原因在于人要为自己的罪过负责、要为悲剧负责。同一条思路上的黑格尔，则一方面让受惩罚者同样成为某种“普遍力量”和“片面正义”的代表，另一方面则不再为悲剧主人公留下任何推卸责任的余地。在这一演变中，亚里士多德的“过失说”是第一个重大的转折点。

亚里士多德的《诗学》还根据摹仿的媒介、对象和方式提出了艺术分类的原则，对后世产生了很大影响；《修辞学》则就“隐喻”进行了详尽分析①，成为后世文论的一个长久的话题。

五、亚里士多德文艺理论中的语言学研究

吉尔伯特和库恩在讨论亚里士多德的美学思想时曾指出：“要严格考察亚里士多德的艺术理论和柏拉图艺术理论之间的关系，主要方法是比较他们两人对修辞学的态度。”② 这实在是很有见地的看法。

斯坦利·费什（Stanley Fish）论亚里士多德的《修辞学》

在《修辞学》中，亚里士多德对修辞术做出了两点辩护，首先，他认为修辞术是一种能力或者艺术，可以帮助我们发现“在每一事例中可行的说服方式”（1355b）。……亚里士多德的第二点辩护更为积极，也是直接针对修辞术最受诟病的问题：“我们应该从一个问题的正反两面进行说服，这并不意味着首鼠两端（因为我们不能劝人相信错误的事物），而是为了看清事实”（1355a）。……这是亚里士多德为修辞术辩护的力量所在，也是其弱点所在，因为他在其中强调的正是修辞术始终被质疑的假设，这一假设肯定了一个独立的现实界，而足够敏锐的观察者即可感知其轮廓并通过明晰的语言媒介加以表达。

——Stanley Fish. Rhetoric//Frank Lentricchia，Thomas MaLaughlin，ed. Critical Terms for Literary Study. Chicago：The University of Chicargo Press，1990：206.

---

① 关于亚里士多德对隐喻的论说及其与后世的关联，参见：霍克斯．隐喻．穆南，译．太原：北岳文艺出版社，1990：10－26.

② 吉尔伯特，库恩．美学史．夏乾丰，译．上海：上海译文出版社，1989：108.

希腊修辞学在智者学派手中已经发展到极为成熟的程度，在苏格拉底那里达到了高峰。但是，许多哲学家不喜欢智者学派的诡辩式论说方式，柏拉图对于智者学派更是深恶痛绝。虽然亚里士多德也对智者学派颇有微词，但与柏拉图不同，亚里士多德除了批评，还试图恢复修辞学应有的科学地位。更重要的是，对待修辞学的态度，清楚显示出了柏拉图和亚里士多德对待艺术真实的不同看法。亚里士多德曾表示："并非所有的陈述句都是判断，我们只把那些在其中含有真实或虚假的陈述句称作判断。例如，一个愿望的表达是一个句子，但它既不真也不假。"这样的语言形式，"更恰当地属于修辞学和诗学的领域"[①]。这似乎是说，诗所涉及的是这样一种陈述：从认识论的观点来看，它既不真又不假，而且它的作用也不同于认识。因此，人们不能在纯粹认识论的意义上谈论艺术的正确与错误、真实与虚假。

克里斯蒂娃《词语、对话和小说》

在文本内部（within the interior space of the text）和文本之间（withinthe space of *texts*），诗歌语言是"双重性"的。……定义（definition）、规定性（determination）、具体的符号＝（the sign ＝）、以及被认为在能指和所指之间提供纵向（层级）划分的符号概念（the very concept of sign which presupposed a vertical [hierarchical] division between signifier and signified），都不适用于诗歌语言。……符号的观念是科学抽象的结果（即印欧句式中的同一、本体、原因、目的），成为一套纵向、有层级的线性划分；而双重性的观念，则来自对诗歌语言（而非科学语言）的思考，表明了文学（语言学）序列的"空间化"和关联性。……基于真—假、虚无—存有的任何逻辑系统，都无法解说诗歌的语言作用。……在20世纪小说的叙述结构中，……同一（identity）、本体（substance）、因果（causality）和定义（defination）被超越，并替换为类比（analogy）、关系（relation）和对立（opposition）。

——Julia Kristeva. Desire in Language：A Semiotic Approach to Literature and Art. Thomas Gora，Alice Jardine，Leon S. Roudiez，tr. New york：Columbia University Press，1980：69 - 70，86.

亚里士多德认为，人们可能在五个方面对诗歌提出批评：（1）在题材上不可能的；（2）不合情理的；（3）有害的；（4）矛盾的；（5）违反艺术规律的。它们又可归并为三种：不合情理、不合道德、不合艺术规则。这三种批评相应于判定一件艺术作品的三条标准：逻辑的标准、伦理的标准以及艺术的标准。显然，柏拉图只强调前两条标准，而那又可以归结为一条标准，即符合理念的真实。但亚里士多德同时承认三条标准，而且似乎将艺术的标准置于首要地位。前面已经提到，他认为如果作品需要，描写不可能的事物也是允许的。他明确写道：在一部诗学作品中最好不要犯逻辑错误，但后面紧接着的条件是："如果这是可能的话。"

在对悲剧进行具体论述时，亚里士多德谈到悲剧的六种要素，即情节、人物（性格）、思想（才智）、台词（措辞）、音乐（歌曲、颂诗）、场景（情景）。前三种是摹仿的对象，后三种是摹仿的媒介。在后三种中，最重要的当然是所谓台词，即语言，它是一切文学的基础。而对于文学批评来说，语言也就成为一个主要对象。在古代，这样的研究就叫作修辞学。值得注意的是，从公元前5世纪到基督教诞生的最初几个世纪，修辞学都被认为是一门实用艺术，主要用于法律的和政治的目的，前者如智者们，后者如基督教早期教父们。因此，在早期，修辞学

① 塔塔科维兹．古代美学．杨力，耿幼壮，等译．北京：中国社会科学出版社，1990：213.

与诗学没有什么关系。

在《斐德若篇》中，苏格拉底对于修辞学做了清楚的论述。在那里，我们可以读到对修辞学的定义："从总体上来说，修辞的技艺是一种用词语来影响人心的技艺，不仅在法庭或其他公共场所，而且在私人场合也是如此，这样说不对吗？涉及的问题不论大小，重要与否，只要正确运用，都一样可敬，对吗？"在遭到斐德若质疑后，苏格拉底又明确表示："那么，用语言进行争论是一种实践活动，不仅在法庭和公共集会中可以看到，而且可以在任何需要讲话的地方看到这门技艺——如果说它算得上一门技艺——它使人们能在可以比较的限度内，把某个事物说得和其他事物相似。"① 还有，"修辞学和医学是同一类技艺……我们必须知道它们都要研究事物的本性。若要进行科学研究，而不仅仅满足于经验，那么我们可以说，医学研究身体的本性，修辞学研究灵魂的本性，我们用医学和节食来保持健康和增强体力，我们也用语言和行为规则来培养信念和我们所向往的美德。"②

至此，我们看到的似乎都是对于修辞学的赞扬，但实际并非如此，柏拉图是反对修辞学的。更重要的是，他反对的是那种相对于言语而言的书写。因为，相对于"活生生的话语，它是更加本原的，而书面文字只不过是它的影像"③。

柏拉图的看法当然深刻影响了亚里士多德。在《论解释》的一开头，就有了那段著名的话："声音（言语）是心境的符号，而书写文字是声音的符号。正如文字因人而异一样，声音（言语）也因人而异。但是，由符号直接表达的心境，在所有人那里都是相同的。同样，我们的心境所反映的那些事物在所有人那里也都是相同的。"④

以上这几句话被认为是语义学历史上最有影响的文字，其中包含的两个观点连同对这两个观点的阐释长久统治了西方的语义思想和符号思想的历史。它们分别是：语言的约定俗成性和符号的次生性。前者指语言更像法律和时装这样的文化现象［亚里士多德后来将名词或名字（onoma）称为"依据惯例说出的声音意指"］；后者指符号之间总有一个从属关系，言语先于书写，意象先于言语，事物先于意象。

不管怎样，亚里士多德对于修辞学做了更为细致的研究，就逻辑学、修辞学和诗学这三种语言艺术做了深入的比较和分析。亚里士多德认为，出于目的的不同，它们在运用语言上各有侧重。在他看来，逻辑和修辞使用的是常规的或者说是散文的语言，诗学使用的则是独特的或诗意的语言，前者追求的是明晰和雄辩，后者追求的则是隐晦和歧义。亚里士多德力图说明，修辞学是一种艺术，不应该蒙受诡辩和阿谀奉承的恶名。他的主要论据是修辞学和逻辑学十分相似，但上面所引述的那段话表明，他也在修辞学和诗学中看到了二者的相似之处。其实，亚里士多德的确是将逻辑学、修辞学和诗学纳入了他所认为的语言艺术之内。

"述谓"与"是其所是"

亚里士多德……否定了"刹那间"真理的存在，……这就是说，在A是x的时候，不存在第一个和最后一个瞬间或点，瞬间或点只是不停变化的实在之物的标记。……如果克里底

---

① 柏拉图．斐德罗篇：261b－261e//柏拉图全集：第二卷．王晓朝，译．北京：人民出版社，2003：177－178.

② 柏拉图．斐德罗篇：270b//柏拉图全集：第二卷．王晓朝，译．北京：人民出版社，2003：191.

③ 柏拉图．斐德罗篇：276a//柏拉图全集：第二卷．王晓朝，译．北京：人民出版社，2003：199.

④ 亚里士多德．解释篇．秦典华，译//苗力田，主编．亚里士多德全集：第一卷．北京：中国人民大学出版社，1994：49.

亚现在能够作为克里底亚而存在，而不会转瞬即逝，这只能视因为“克里底亚的是其所是”……性质是对真实实体的述谓，但实体的本质却是由基础性的质料来述谓的。……纯然的实体是一切述谓的终极主词，拥有一切性质，但实际上却是无。它是容器，是无所是（unbeing），是无，但却被赋予了生命的形式。而且，正因为它在述谓上是任何东西，也就没有让它去成为的任何东西……

——肯尼，编．牛津西方哲学史．韩东晖，译．北京：中国人民大学出版社，2008：48－50.

亚里士多德对于诗学语言的贡献，主要见之于他对于隐喻概念（metaphor）的提出和分析。他认为，诗歌多用隐喻，是因为它包含着摹仿的过程，它特别追求表达的特殊性。在《诗学》和《修辞学》中，亚里士多德对于隐喻进行了详尽的分析。他对隐喻的基本定义为：“隐喻就是为一事物借用属于另一事物的名称。”① 例如，酒杯之于狄奥尼索斯，有如盾牌之于阿瑞斯，这样，酒杯可以叫作“狄奥尼索斯的盾牌”，盾牌也可以叫作“阿瑞斯的酒杯”。又如，晚年之于生命，有如黄昏之如白天，因此可以把黄昏称为“白昼的晚年”，也可以把晚年称为“生命的黄昏”。亚里士多德还对隐喻的种类进行了区分，但不管怎样区分，可以明确的是：就本质而言，隐喻是作为语言的一种修饰性附加成分，在特定的时间和地点、通过特定的方式加以使用。作为常规语言的一种变异，它使人们熟悉的语言产生陌生的效果。

亚里士多德赋予隐喻极高的地位，他在《诗学》中说：“此中的奥妙无法从别人那里领教，善于运用隐喻是一种极有天赋的标志；因为，能够出色地运用隐喻，意味着具有观察事物相似点的知觉力。”② 在《修辞学》中又说：“怪异的词语只能使我们迷惑不解；常规的词语只能传达我们已知的东西；而正是通过隐喻，我们才能更好地把握一些新鲜事物。”③

不过亚里士多德也特别强调了：过多的隐喻会使常规的语言太像诗歌，因此隐喻不可滥用。隐喻的适当运用，必定要遵守“合适的原则”。隐喻必须恰到好处，即与主题或意趣相一致。它们绝不能过于冷僻、陌生，而应当运用那些本身就很美的词汇。在亚里士多德之后，特别是罗马时期的思想家们，如西塞罗、贺拉斯、朗吉努斯、昆体良等，都在完善亚里士多德这类分析的结果，都越来越多地强调一种“合适的原则”。也就是力求隐喻诸因素之间的和谐一致，谴责混杂的隐喻，以保证文体的有力、恰当和崇高。

至亚里士多德，希腊古典时期便告终结，而以亚里士多德哲学体系中的语言学研究作为其美学与艺术思想的最后部分，也并非偶然。因为，正是从亚里士多德的这一部分论述中，我们已经可以窥见希腊伟大思辨哲学传统的衰落。虽然亚里士多德本人对于语言学的研究还有一些形而上的内容，但过于烦琐细致、流于形式的倾向已经展现出来。在亚里士多德之后的几个世纪，即所谓希腊化时期，修辞学研究成为学术的主要方向，热情的形而上学思辨消失不见了，带有科学特征的形式主义研究盛行一时。对于这一现象的产生，除了政治、文化和社会生活方面的变化，亚里士多德或许多少要负一点责任。

---

① 霍克斯．隐喻．穆南，译．太原：北岳文艺出版社，1990：12.

② 同①18.

③ 同②.

第三节 古罗马时代的美学和文论

一、“希腊化”时期的哲学和美学思想

如果将希腊自由城邦时期的开始确定在公元前 9 世纪（亦即统一的希腊语形成时期），那么到公元前 4 世纪大约是 600 年；而希腊化时期和罗马鼎盛时期加起来，正好也是 600 年。这后一个 600 年恰好可以一分为二，希腊化时期和罗马鼎盛时期各占三个世纪。① 这两个时期之所以可以放在一起讨论，是因为伴随着希腊文化的扩张，逐渐出现了希腊精神的衰落。至罗马帝国解体时，欧洲人所面对的已经是一个全然不同的基督教世界了。

罗素论古代希腊语世界的历史

古代希腊语世界的历史可以分为三个时期：自由城邦时期，因亚历山大征服希腊而告终；马其顿统治时期，在罗马吞并埃及后结束；罗马帝国时期。“在这三个时期中，第一个时期的特点是自由与混乱，第二个时期的特点是屈服与混乱，第三个时期的特点是屈服与秩序。这第二个时期，即所谓屈服与混乱的时期，就是所谓希腊化时期（Hellenistic）。”

——罗素．西方哲学史：上册．何兆武，李约瑟，译．北京：商务印书馆，1982：279.

在希腊化时期，尽管希腊城邦制度（polis/city-state）已经消亡，但希腊哲学还在继续发展。在此时期出现了三个主要哲学学派或思潮，即怀疑主义（skepticism）、伊壁鸠鲁主义（Epicureanism）和斯多葛主义（Stoicism）。它们并不是对于柏拉图和亚里士多德哲学的继承，却与三个所谓的“小苏格拉底学派”有着直接的思想联系。一般而言，这三个学派都受到了当时严酷政治生活和日常生活的影响，都主张逃离现实世界，都倡导一种出世的思想。由于这三个学派在罗马时期都有延续发展，从而为罗马帝国迎接基督教的胜利做好了思想和心理的准备。

确如罗素所说：“基督教出世精神的心理准备开始于希腊化时期，并且是与城邦的衰颓相联系着的。”② 希腊的哲学家们虽然常常怨天尤人，对世界却并不绝望，甚至认为可以在政治上有所施展。就连毕达哥拉斯或者柏拉图这样似乎鄙视现象世界的哲学家，也都有将统治者培养为“哲人之王”的期待。可惜的是，亚历山大大帝短促而辉煌的功业突然之间就改变了世界。在希腊城邦制度解体后，希腊哲学家自然也就远离了政治，转而关注个人德行的完善和现实苦难的解脱。许多哲学家不再探寻宇宙的奥秘和事物的本质，也不再追问如何建立好的国家

---

① 严格意义上的希腊化时期通常认为是公元前 323 年至公元前 31 年。其中公元前 146 年—公元前 31 年为罗马共和时期；公元前 31 年以后则是罗马帝国时期。

② 罗素．西方哲学史：上册．何兆武，李约瑟，译．北京：商务印书馆，1982：292.

或制度，甚至也不再考虑美和艺术问题。因此罗素将亚里士多德称作“欢乐地正视世界的最后一个希腊哲学家”[①]；而即便是亚里士多德，人类生存以及现世幸福的萦怀于心，可能已经开始多于形而上的价值关怀了。

理解希腊化时期的这种总体精神和心理倾向，对于理解这个时期的美学和艺术理论极为重要。如果说丧失了家园的希腊人已经无法延续古代的思辨传统和创造精神，那么希腊化时期三个哲学派可能都带有这样的特征。

上文在苏格拉底的部分已经提及“小苏格拉底学派”，其所及问题大体相似，各自的侧重又略有不同。在一定意义上说，正是这些问题的延续，在希腊化时期形成了与之相应的怀疑主义、伊壁鸠鲁主义和斯多葛主义。

就思想倾向而言，怀疑主义与麦加拉学派接近。不过怀疑主义本身是一个很含糊的名称，在古希腊哲学传统中许多哲学家都表示过对感官认识的怀疑，特别是智者学派的普罗塔哥拉斯和高尔吉亚都由此走向相对主义。麦加拉学派从对善的追求走向纯粹的思辨乃至诡辩，主要就是由于其成员对于感官的极端不信任。但是无论智者学派还是麦加拉学派，怀疑的对象还只是感官，他们仍然试图通过思辨达到对于逻辑和道德的认识。在怀疑主义出现以后，不仅感官认识是不可靠的，连来自思辨的逻辑和道德本身也变成不可靠的了。职是之故，据说怀疑主义学派的创立者皮罗（Pyrrho，又译皮浪，约公元前360—前270）从来不对事物做任何判断，也决不著书立说。还有记载称，皮罗将自己的哲学思想也贯彻到日常生活中，在出行时不注意任何事物，也不躲避任何危险，不管是迎面而来的车子，地上的大坑，还是扑来的恶狗，因为他根本不相信自己的感官判断。为此，他的学生们总是跟着他，以便随时把他从危险中救出来。尽管有此传说，皮罗毕竟活了90岁，相信他还是很在意自己的。

另据罗素《西方哲学史》的描述，相信怀疑主义学说的柏拉图学派弟子卡尔内亚德曾在罗马讲学，他第一次讲的是亚里士多德和柏拉图关于正义的观点，第二次则是反驳上一次说过的一切。虽然其目的是为了证明每一种结论都是不可靠的，但其论题并非完全没有意义。对于普遍正义的怀疑，对于世俗政治的厌恶，以及对于极端利己主义的弱肉强食理论的颂扬，正是那个时代社会心理的反映。

怀疑主义当然也不相信美和艺术有意义或有价值了，皮罗本人就说过：“没有任何事物是美的或丑的，正当的或不正当的。”[②] 怀疑主义甚至认为诗没有任何用处，甚至会导致人的精神错乱；曾经被希腊人看作最高艺术形式的音乐，也被认为是没有意义的，因为音乐在人的心理中所产生的作用，不管是情绪的净化还是道德的教化，都是暂时性的，并不能从根本上改变任何东西。

怀疑主义作为一个哲学学派，本身存在的时间并不长，但是由于希腊化时期的社会现实，它一度产生了相当大的影响。这或许是因为怀疑主义在一个绝望的时代为人们提供了精神安慰，同时，它也暗示了通向基督教世界的途径。

伊壁鸠鲁主义被认为是对于库兰尼学派的直接继承和必然发展。当亚里士多德还在世的时候，伊壁鸠鲁就来到了雅典，并创立了自己的学派。只是由于希腊伟大哲学传统尚有一丝余绪，伊壁鸠鲁主义同库兰尼学派一样，当时还不能产生太大的影响；直到希腊化时期，伊壁鸠

① 罗素．西方哲学史：上册．何兆武，李约瑟，译．北京：商务印书馆，1982：292.

② 北京大学哲学系外国哲学教研室，编译．古希腊罗马哲学．北京：三联书店，1957：342.

鲁主义才能够成为显学。伊壁鸠鲁主义的节制，在一定程度上又与犬儒学派和斯多葛学派的禁欲主义相通，进而连接到基督教思想。事实上，最早提出一个人在被鞭挞时也可以幸福的人，正是伊壁鸠鲁，而不是基督徒。伊壁鸠鲁对于美持有消极的态度，对于艺术更是加以排斥。根据其学生的记载，他曾说："假如美、善行和诸如此类的事物给了我们愉悦，我们就珍视它们，否则，我们就唾弃它们。"① 初看起来，这似乎应该导向类似智者学派的享乐主义美学和艺术理论，但实际并非如此，因为在伊壁鸠鲁看来，美和艺术都不可能真正激起愉悦，也不是审慎生活所必需的东西，甚至是背离这种生活的要求和本意的。

在伊壁鸠鲁的后学中，有两个人值得一提。一是公元前1世纪的哲学家卢克莱修（Lucretius），其长诗《物性论》（*On the Nature of Things*）提出了艺术形式起源于自然的说法。由于马克思的引用，卢克莱修广为人知，《物性论》也早就有了中译本。另外一个人就是公元1世纪的大诗人贺拉斯（Horatius），下文有贺拉斯的专节，但是知道贺拉斯是一个伊壁鸠鲁主义者并非没有意义，其"中庸"思想和"合式"原则的理论基础有所了然。

卢克莱修的《物性论》

对于伊壁鸠鲁主义的认识，我们在很大程度上依赖于其他古典作家。有幸的是这些古典作家中最为杰出的一位就是伊壁鸠鲁的虔诚的信徒——拉丁诗人卢克莱修。在伊壁鸠鲁逝世后两个世纪，卢克莱修写出了他的史诗《物性论》，……为我们理解伊壁鸠鲁的认识论和道德哲学提供了可靠的验证和扩展。……伊壁鸠鲁的快乐论和唯物主义，以及他对灵魂不朽的否认、对神圣天意的拒斥，所有这些使他和基督教的传统相对立。……即使如此，《物性论》也仅仅是保存下来，在基督教的中世纪很少被人知道，直到15世纪初《物性论》的手稿被……发现、传抄，因此才被佛罗伦萨的学者们知道。

——福莱．《劳特利奇哲学史》导言//福莱，主编．劳特利奇哲学史：第二卷：从亚里士多德到奥古斯丁．冯俊，等译．北京：中国人民大学出版社，2004：6-7.

斯多葛主义在希腊化时期三个哲学派别中影响最大，延续的时间也最长。哲学家芝诺（Zeno）被认为是斯多葛学派的创立者，据说他们经常在雅典广场的彩绘廊柱（Painted Portico，即Stoa）讨论学问，所谓斯多葛（Stoics）就得名于此。在亚里士多德死后几年，出生于腓尼基的芝诺来到雅典，据说最初是想做生意，但后来迷上了哲学并创立了自己的学派。的确，相较其他两个学派及其前身犬儒主义，斯多葛学派可以说是古代诸哲学学派中最不具有希腊性的。早期斯多葛主义者大多来自腓尼基等地；而晚期斯多葛主义者大都是罗马人，包括戏剧家塞内加（Seneca）、哲学家爱比克泰德（Epictetus）以及罗马皇帝奥勒留（Marcus Aurelius）。不仅如此，西塞罗虽然不完全是斯多葛主义者，但也受到这种思想的很大影响。

对于芝诺和早期斯多葛主义者来说，犬儒学派的观点最合他们的胃口。如前所述，犬儒学派认为善即德行，而德行的本质即自制、禁欲，感官享受、爱情生活等皆为愚蠢的行为。在该学派最著名的人物第欧根尼（即那个决心像狗一样生活的人）那里②，对于德行的追求还是极为真诚的。但是在芝诺生活的时代，犬儒主义已经有点变味，增加了我们今天说

① 塔塔科维兹．古代美学．杨力，耿幼壮，等译．北京：中国社会科学出版社，1990：179.

② 第欧根尼"自称为犬"，可参阅：Frederick Copleston，S. J. A History of Philosophy：Greece & Rome：part Ⅰ. New York：Image Books，1962：141.

的玩世不恭的含义。不管芝诺最初的本意如何，犬儒学派的真诚和虚无都被斯多葛主义继承下来了。

马克思引用“第欧根尼的灯笼”

唯一还有充满生机的精神在跃动的领域——**哲学领域**，已不再说德语，因为德语已不再是思想的语言。至于莱茵省……即使打着第欧根尼的灯笼走遍五个行政区恐怕也找不到“这样一个人”了。

——中共中央马克思恩格斯列宁斯大林著作编译局，编译．马克思恩格斯全集：第一卷．北京：人民出版社，1971：141.

注：省略号为引者所加。

简单来说，斯多葛主义相信只有德行才是唯一的善，才是生命中唯一重要的东西；相对而言，健康、幸福、财富等都是微不足道的。德行的获得在于自身的意志，所以，穷困、监禁乃至死刑都不能剥夺一个人的德行。而一个人只要能够把自己从世俗的欲望中解脱出来，便获得了完全的自由。因此，从积极的方面来说，斯多葛主义强调了个人意志的重要性；但其消极意义更为明显，如果德行是唯一的善，坚忍是最高的德行，就没有理由去反对残酷与不正义了。这就是何以斯多葛主义不断指出，苦难与不正义为受难者提供了最好的磨炼机会。与此同时，斯多葛主义中必然掺杂了一些玩世不恭甚至冷漠无情的成分。这对受苦受难的希腊人以及后来受迫害的基督徒来说，或许曾是一种安慰，但是当它们被罗马时期的统治者接受以后，却变成了冷酷和残忍的理论依据。

黑格尔对斯多葛学派的评价

但斯多葛主义的自由却不是这样，这种自由是直接从奴隶意识超脱出来，已经返回到思想的纯粹普遍性，并且作为世界精神的普遍形式，它只有在存在着普遍的恐惧和奴役的时代才能够出现，而且也要在一个有普遍教养——而且这教养已经提高到思想的水平——的时代才能够出现。

——黑格尔．精神现象学：上卷．贺麟，王玖兴，译．北京：商务印书馆，1981：134.

较之怀疑主义学派和伊壁鸠鲁学派而言，斯多葛学派在美学上有较大的贡献；甚至有研究者认为：如果有希腊化美学，那就是指斯多葛主义美学。这不仅在于斯多葛主义者对于美学和艺术发表了较多的看法，更重要的是他们的一些观点对罗马时期的艺术实践和理论产生了直接影响，并且为基督教所接受，成为中世纪美学的艺术理论的组成部分。其核心在于精神美高于物质美，道德美高于躯体美。

从斯多葛主义者的一般哲学倾向而言，可以说他们试图将美从属于德行，将艺术从属于道德秩序。他们在道德美和躯体美之间做了一个区分，虽然他们并不否认躯体的美，但他们坚持认为躯体的美处于一个较低的位置。在斯多葛主义者的言论中，我们可以读到：形体美在于很匀称的部分，在于美丽的肤色和发达的肌体……而心灵美在于信条的和谐和美德的一致。德行赋予形体真正的美，并使它变得神圣。即使形体本身不美，如果能使心灵变得美，形体也可以随之而变美。

“个人的逻各斯”与“普遍的逻各斯”

根据斯多葛学派的基本教义，正确的行动在于个人的逻各斯（individual reason，*logos*）符合自然的普遍逻各斯（universal *logos* of nature），从而……将事物的美或有规则的安排比作灵魂的理性秩序，……美的快乐是与在有秩序的生活中表现自身的美德联系在一起。

——比厄斯利．美学史：从古希腊到当代．高建平，译．北京：高等教育出版社，2018：103.

斯多葛学派对于美学理论的最大贡献可能是对“合式”（得体）的阐述和强调。这一概念在希腊文中写作“to prepon”，在拉丁文中写作“decorum”，主要是指事物各个部分与整体之间的和谐关系。在斯多葛主义看来，“对称”是客观的、绝对的美，而“合式”或者“得体”属于主观的、相对的美。因此，“对称”是思考、推理和计算的问题，而“合式”或者“得体”则更多涉及人的禀赋、情感和趣味。显然，这种区分源出于苏格拉底对于客观和谐和主观和谐的区分。其实，“合式”或者“得体”本来是一个伦理学概念，只是到了斯多葛主义手中，才进入美学和艺术领域。

“合式”或“得体”

审美和谐的观念与有关“得体”的道德教义联系在一起（the notion ofaesthetic harmony is bound up with the moral doctrine of decorum [to prepon],），从而在斯多葛的框架中找到了诗的快感的理由（and a justification found，with the Stoic framework，for the pleasure of poetry）。

——比厄斯利．美学史：从古希腊到当代．高建平，译．北京：高等教育出版社，2018：103.

这一概念后来成为罗马时期美学和文艺理论的一个核心。比如狄奥尼索斯称“得体”是最高的德行；西塞罗说要坚持和遵循“适合”的原则；昆体良说一个人应该坚持“适宜”的事情；维特鲁威在讨论建筑时，也使用了“合适”的概念。贺拉斯主张的“合式”原则便是源出于此。

对于后来的罗马人来说，这一原则规定了人的行动，所以特别重要。而由于“合式”或者“得体”主要适合于与人的气质相关的艺术，它又特别适用于诗学、修辞学和讲演术；而诗学、修辞学和讲演术正是罗马艺术理论的主要部分。事实上，斯多葛主义者在文学理论方面的主要贡献，就在语法学理论和寓意阐释；对于想象的强调和分析也通过西塞罗的阐发得到清楚的说明。

另外，在希腊化时期还出现了一位值得注意的学者，即亚历山大里亚的斐洛·朱达乌斯（Philo Judaeus）。作为一位犹太-希腊思想家，斐洛同时受到斯多葛主义和柏拉图主义的影响，并试图将希伯来思想和希腊思想融合起来。在他的思想中，希腊人的逻各斯占据了中心位置，是了解宇宙秩序和认识神的中介。而解读文本的寓意性批评（Allegorical criticism），也被认为是以这位斐洛为代表。

斯多葛学派与寓意批评

早在公元前6世纪，荷马和赫西俄德就被寓意化了（allegorizing），尽管柏拉图和其他一些人反对，晚期斯多葛学派仍然继承了这种思想。犹太拉比们也用这种方法来释读他们的经书，而在斐洛（Philo Judaeus）那里，犹太与希腊传统结合起来了。他的部分目的是释读《旧约》，以与他的柏拉图主义因素协调一致；另一部分目的是通过将这些精神上的真理从其具体的历史情境中抽离出来，以实现其普遍化。

——比厄斯利．美学史：从古希腊到当代．高建平，译．北京：高等教育出版社，2018：169.

这对后来基督教思想的形成以及中世纪文学理论的发展，都产生了极大影响。根据后世的梳理："奥利金（Origen）……从斐洛那里接过了寓意的方法（allegorical method），而安布罗斯（Ambrose）和普瓦蒂埃的奚拉里（Hillary of Poitiers）则将之从亚历山大里亚介绍到西方。哲罗姆（Jerome）、奥古斯丁（Augustine）和格里高里（Gregory）以他们自己的方式来使用它，最后，这种方法在中世纪被接受，成为《圣经》注释的标准方法。"① 与此同时，同样是在亚历山大里亚，古代修辞学获得了长足的发展，并一直延伸到罗马帝国时期。

这样，虽然希腊化时期的哲学流派在许多方面各不相同，但在本质上似乎都带有逃离现实、拒绝现世的色彩。对他们来说，幸福生活的获得、平静心灵的达至，可能仅仅在于一种与世界保持距离的精神态度。因此，怀疑主义、伊壁鸠鲁主义和斯多葛主义在精神实质上都与基督教有着某种内在联系，最终为基督教神学铺平道路的，则是斐洛以及更晚一些的普罗提诺。

二、"古罗马"时期的美学与艺术理论

古希腊人和古罗马人之间，存在着一种复杂和有趣的悖论式关系。简而言之，希腊人对罗马人的鄙视中似乎夹杂着恐惧，而罗马人对希腊人则既有自卑又是趾高气扬的。据说亚里士多德曾经说过："北方种族是精力旺盛的，南方种族是文质彬彬的，而唯有希腊人才既是精力旺盛的又是文质彬彬的。"② 这种文明的优越感使希腊人一直看不起野蛮的罗马人，而充分意识到自己的粗鲁的罗马人也始终对希腊人心存倾慕。结果，尽管罗马人在军事上征服了希腊人，但在文化上却被希腊人所同化。在哲学、艺术、建筑乃至举止和谈吐上，罗马人很长时间以来都在摹仿希腊人。结果用罗素的话说："罗马人没有创造过任何的艺术形式，没有形成过任何有创见的哲学体系，也没有做出过任何科学的发明。他们修筑过很好的道路，有过系统的法典以及有效率的军队。但此外的一切，他们都唯希腊马首是瞻。"③

其实罗马人并非毫无成就。在建筑方面，罗马人的壮丽恢宏是希腊人无法相比的，尽管那里面难免有一些浮华虚饰的成分。奥古斯都曾声称："我来到一个砖石的罗马，不过我会留下一个大理石的罗马。"此话并非虚言，直至今天我们还可以看到那个时代留下来的许多建筑。在雕刻，特别是绘画方面，罗马人在技法上更为成熟，也更为写实。从庞贝古城出土的绘画作品，可以看到日常生活场景已经成为绘画的常见主题。在文学方面，罗马人创造了一系列新的文学形式，诸如田园诗、教喻诗、讽刺诗、传奇和小说。经由泰伦斯和塞内加之手，罗马悲剧虽然无法与古希腊悲剧相比，但毕竟也出现过自己的繁荣。特别值得留意的是，正是在罗马时期，戏剧形式本身出现了较为严格的程式，诸如五幕结构，这对后来的新古典主义戏剧有很大的影响；而另一方面，罗马戏剧在人物心理的表现上有所探索，这也直接影响到伊丽莎白时期的悲剧，包括莎士比亚的戏剧。特别是在罗马的古典时期，即所谓罗马共和国的最后年代和罗马帝国的最初年代（前者通常被称作西塞罗时代，后者即为奥古斯都时代，加起来不到 100 年

---

① 比厄斯利．美学史：从古希腊到当代．高建平，译．北京：高等教育出版社，2018：169.

② 罗素．西方哲学史：上册．何兆武，李约瑟，译．北京：商务印书馆，1982：281.

③ 同②281，351.

时间），罗马文学创作和理论都达到了较高的水平。

但是无论如何，罗马时期的文化成就无法同希腊时期相比。就哲学、美学和文艺理论来说，罗马人显然缺少希腊人的形而上热情和思辨精神，这使他们的成果既缺乏创造的激情又没有理论的深度。希腊人建立在对智慧的热爱之上的学术传统到了罗马人手中，变成了实用的知识梳理或者烦琐、迂腐的学究式活动。从积极的方面说，这可能导致了对于艺术（特别是语言）的分类，对于艺术风格的区别，对于艺术技巧的辨析，对于创作规则的制定，对于批评词汇的创造，对于版本的校勘、评注和保存等。罗马人引以为傲的四部著作，即贺拉斯的《诗学》、阿里斯多克申的《和声学》、维特鲁威的《建筑十书》和昆体良的《演说术原理》，都是以创作规则和技法的分析为主要内容。在罗马人的大量著作中，我们会看到从《论风格》《论崇高》《论表现》，一直到《论词语的安排》《论声音》《论词及词的意义》《论元音字母和辅音字母》等，仅仅标题便可以反映当时理论研究的一般趋势和特征。

因此在理解罗马时期的文艺思想时，有可能需要注意以下几点。

第一，罗马文艺思想趋向实证主义和形式主义，日益变得烦琐、迂腐，随之而来的则是文风的柔弱和绮靡。然而这也许不全是罗马人的责任，因为在亚里士多德那里就已出现了这种苗头。比如除去我们已经讨论过的亚里士多德在诗学研究中所表现出的语言学兴趣，他在其他研究中也开始使用烦琐细致的论证方法（如《动物学》）。

第二，罗马时期的文艺思想与当时的社会现实和哲学倾向有着密切联系，而在一个混乱和失去希望的时代，很难出现对于形而上问题的关怀和和宏大的理论气象。加之罗马人在文化上先天的自卑心理，更无法产生所谓崇高的风格和超越性的理论。事实上，西塞罗本质上就是一个斯多葛主义者，而贺拉斯则是一个名副其实的伊壁鸠鲁主义者。如果连那个时代最出色的思想家都在追求逃避主义的个人内心宁静，又遑论其他人。也许唯一的例外是普罗提诺，但也正是因此，他成为在思想史上终结罗马时代的人物。

第三，罗马时期的文艺思想虽然存在着诸多问题，但是从这些更具实用性、操作性和技术性的研究中，可能也产生了严格意义上的文艺理论和文艺批评。与此同时，随着对于前人思想的整理和前人作品的编辑，文学史和艺术史的观念在罗马时期开始形成，尽管最初它们似乎都被包括在《自然史》之中。这些，应当说是罗马人对于文艺理论的独特贡献。

西方人梳理的相关历史，比如塔塔科维兹《古代美学》，未必有“古罗马”的位置，却只有“希腊化”（Hellenistic）时代。而“希腊化”也只是非常简单地提到贺拉斯（Horatius，公元前65—公元8）的《诗艺》，《致奥古斯都书》则较少涉及。朗吉努斯（Longinus，？—约273）及其《论崇高》更是被认定为“伪托”，远不及西塞罗（Cicero，公元前106—前43）、昆体良（Quintilian，约35—95）的地位。

由此可以想到：西方人所谓的“希腊化”，也许暗示着“古罗马”时代并没有独立的美学和文论形态；而他们之所以更重视西塞罗和昆体良，似乎说明他们认为西塞罗、昆体良的“演说术”和修辞学就代表着“古罗马”时代的理论兴趣。与之相应，中国学界关于古罗马时代的文献翻译和文论研究似乎占有相当重要的地位，而其中最主要的代表始终被认为是贺拉斯和朗吉努斯。那么究竟是“古罗马”还是“希腊化”？是贺拉斯、朗吉努斯，还是西塞罗、昆体良堪为代表或者堪称“正典”（canon）？不同语境中的“正典化”（canonizition）过程，构成了有关这一时期西方文论研究的特殊背景。

巴赫金论“经典化”

在巴赫金看来，“经典化”（canonization）是一个所有的文学类型都向其归依的过程，从中某些暂时的标准和惯例被普遍化，乃至文学评价也是依据普遍的价值，而不是由文化或者时代所规定的价值。

——Paul Goring，Jeremy Hawthorn，Domhnall Mitchell，ed. Studying Literature：The Essential Companion. London：Arnold，2001：211.

希腊化和罗马时期甚为复杂，由于紧随灿烂的希腊古典时期之后，似乎注定只能作为一个衰败时期而被后人论说。就美学和文论而言，到底应该强调希腊化还是罗马，本来不应该成为一个问题。如果着重那个时期的哲学思想，则往往用“希腊化”；如果着重于文艺思想，则可能多谈“罗马”。至于西塞罗、昆体良，还是贺拉斯、朗吉努斯，中国学界比较侧重后者，可能与对于古典主义的偏爱有关。其实这两个方面都值得关注，因为不了解这段历史的哲学倾向和文艺理论特征，就无法了解西方美学和文艺理论何以会从古希腊进入面貌完全不同的中世纪时期。

“希腊化”与罗马传统

“希腊化”（Hellenistic）这个词系指希腊文化传播到非希腊地区，它源自“海伦人”（Hellenes）——希腊人就是以此称呼自己的，……它用来表示晚期希腊艺术时期，也就是从公元前323年亚历山大大帝去世，到罗马的政治军事力量征服了希腊的独立为止的那段时期。这个时期结束于何时，至今尚存争论，但我们将遵从传统的看法，将之定在大约公元前1世纪开始的时候。事实上，希腊化时期艺术的很多方面，都被吸收进了罗马传统中。……说罗马人创造了罗马艺术是不够准确的，因为它们常常并不是去创造，……然而在几乎所有那些对希腊杰作的缺乏原创性的模仿品中，我们都可以发现……罗马艺术的主题或手法方面的特性。

——雷梅治，等．罗马艺术：从罗慕路斯到君士坦丁．郭长刚，等译．桂林：广西师范大学出版社，2005：19，5.

虑及于此，希腊化和罗马时期被分列为各自独立的单元。本节是从罗马时期最早和最高的文化权威西塞罗开始，经由不能不说的贺拉斯和朗吉努斯，最后涉及既代表古代之终结又标志中世纪开始的普罗提诺。

西塞罗（Marcus Tullius Cicero，前106—前43）生逢希腊化晚期和古典罗马早期，被认为是那个时代最有学问的人。西塞罗是一个雄辩的演说家，他在修辞学方面的造诣当时无人可以相比。作为一位作家，他的文体在文艺复兴时期以后成为拉丁文文体的最高典范。就修辞学和文体学来说，即使在今天他仍然享有很高的地位。他不仅在年代上早于贺拉斯和朗吉努斯，而且可以算是一个真正承前启后的人物。在对此前希腊人的思想进行了一个总结后，他为罗马时期的哲学思考和学术研究确定了新的方向。

西塞罗与罗马艺术

对于罗马人来说，艺术和政治是紧密联系在一起的。……不论是在共和时期还是帝国时期，那些公民领袖们都非常清楚艺术在充当他们达到个人政治目的的手段方面所具有的潜在作用。……大约公元前500年的青铜制母狼雕像，……常被与著名的“罗慕路斯和勒莫斯”

(Romulus and Remus) 的传说联系起来。这座雕像是否原本就是用来表现这个故事的，对此我们不得而知，因为那两个吃狼奶的小孩是文艺复兴时期后加的，经过后人不断添枝加叶，这个故事深受罗马人的喜爱。哺乳孪生兄弟的母狼成为罗马的象征。……西塞罗在他的一篇演讲中（西塞罗《反喀提林的演说》Ⅲ.8.19)，说罗马人的母狼与孪生子雕像是电闪雷击的产物。

——雷梅治，等．罗马艺术：从罗慕路斯到君士坦丁．郭长刚，等译．桂林：广西师范大学出版社，2005：11，23－37.

如果说有一种独特的古罗马美学，那应该就是以西塞罗为代表的折中主义（eclectics）美学。所谓“折中”，是将柏拉图、亚里士多德和斯多葛的学说调和在一起，“从所有的来源中选择最好的东西”。由这一原则出发，折中主义美学的内容也就不言自明了。事实上，它可能的确将以往各种观点全部包容在内。就西塞罗来说，他既同意柏拉图、亚里士多德和斯多葛学派的看法，承认美的客观属性，又认为智者学派和伊壁鸠鲁学派有一定道理，因而赞同美主要针对人的理解和感受而言，同时也接受了苏格拉底的功用主义思想并把有用的即是美的这一观点运用于自然和人的艺术。他在接受希腊人共同拥有的和谐观念时，又特别强调了在希腊化时期流行的“得体”概念。据认为唯一属于西塞罗自己的观点，是他区分了男性和女性的美、威严的和优雅的美，亦即后人所说的壮美和秀美。除此之外，西塞罗和折中主义的美学思想基本上是对以往观点的综合和总结。

西塞罗对前人思想的综合

西塞罗……的著作总是被看作一种核心教育的工具，……他在哲学史上的价值是毫无疑问的，但是这种价值不是来源于他的独创性和他自己的哲学体系，而是来源于他对早期哲学家的广博的知识以及他的拉丁文翻译和评注的惊人的丰富。……西塞罗的许多哲学著作都是采取对话的形式，对话者都是各个不同学派的代表。

——福莱．《劳特利奇哲学史》导言//福莱，主编．劳特利奇哲学史：第二卷：从亚里士多德到奥古斯丁．冯俊，等译．北京：中国人民大学出版社，2004：7－8.

如果说西塞罗的美学和艺术思想有什么不同以往的特点，那么一是对美和艺术的分类更为科学和精细，二是在研究上更加重视实证主义和形式主义。比如他区别了自然美和艺术美、理智的美和感觉的美、和谐的美和“合式”的美、有用的美和装饰的美、男性的美和女性的美；具体到艺术的分类，他甚至要区分创造事物的艺术和研究事物的艺术、实用的艺术和娱乐的艺术、自由的艺术和附属的艺术、耳朵的艺术和眼睛的艺术或者说有声的艺术和无声的艺术等等。

西塞罗关于文论的最主要著作是《论演说家》。前文谈及亚里士多德的《诗学》和《修辞学》曾经显示出一种语言学的兴趣，并把文学的“隐喻”分解为四种语言类型，从而“隐喻”成为“特殊的语言效果”。西塞罗则沿着这样的思路，进一步将隐喻视为“使演说增添妥帖效果的手段”。对他来说，诗学问题在相当程度上可以简化为表达方式和修辞技巧的问题，因此“隐喻”在文学中的作用，就在于“对‘常规’语言的修饰”，它是“为风格增添色彩的一种最佳方法”①。

西塞罗论喜剧的讽刺功能及其对喜剧的限制

如果喜剧（所表现的情节）没有为日常生活习惯所接受，它便不可能以自己可耻的表演博得观众的赞赏。

……有谁没有受过喜剧的攻击，或者更确切地说是凌辱？有谁得到过它的宽恕？……我们暂且容许这样做，尽管……这类抨击……最好来自监察官，而不是诗人。但是对伯里克利（Pericles）这样一位……享有无比崇高的威望……的人，（如果）用诗歌进行嘲讽并且在舞台上表演，这样做并不……合适。……要知道，我们应该让我们的生活接受长官的审判和法律的裁断，而不是由诗人来评判……

——西塞罗．论共和国//奥古斯丁．上帝之城：上册．王晓朝，译．香港：道风书社，2003：63－64.

作为一位作家、修辞学家和演说家，西塞罗给予语言艺术重要地位并不奇怪。就修辞学来说，他不仅在继承前人的基础上全面整理了修辞学的内容，而且赋予修辞学这门艺术极高的地位。不同于柏拉图将修辞学家（智者）看作哲学家的对立面，西塞罗认为修辞学和哲学是可以互补的。同亚里士多德一样，西塞罗也认为修辞学是一门艺术，他甚至认为，正是修辞学这门艺术才使人不同于动物；而在亚里士多德那里，本来是摹仿将人同动物区别开来。这样，修辞学对于西塞罗来说就不仅仅是玩弄辞藻，而是可以帮助哲学认识并改善社会的工具。他在《论演说家》中表示，他不能同意苏格拉底的那种简单的单一精神，即仅教导人们去思考内容，却置形式于不顾。他认为：即使讲话者对于所讲的主题十分了解，如果不懂得怎样组织自己的语言，不知如何加以润色，不会使用雄辩的语言和技巧，就不能出色地表达自己的思想。他坚信，怎样表达和表达什么一样重要。没有语言的光辉，也就没有思想的光辉。

雄辩术的时代场景

罗马护民官黎恩济（the tribune Rienzi）……受到的自由教育……正是其荣耀和兴衰的原因。在西塞罗、塞内加、李维、恺撒和马克西穆斯（Valerius Maximus）的著述亦即关于历史与雄辩的研究中，这位年轻的平民才俊远远超过他的同辈：他孜孜不倦地研读古代的手稿和铭文，用平实的语言传播知识，还会在激愤时发出感叹：“真正的罗马人到哪里去了？他们的美德、正义和力量到哪里去了？为什么我没有出生在那个幸福的时代？”……黎恩济的雄辩既机敏又令人信服，……丰富的寓意在他的演说和布道中变幻万千；伴随着民众的瞩目，这位大胆而胸有成竹的演说家揭示意义、针砭时弊、点燃他们的激情，进而宣告一个终得安慰和解脱的遥远希望。……这位演说家有幸向教宗克莱门六世进言，也曾与志趣相投的彼得拉克交谈，但他的雄心被羞辱和贫穷所扼杀，这位爱国者最后只剩下一件外套和医院的救济。

——Edward Gibbon. The Decline and Fall of the Roman Empire：Volume Ⅲ：1185—1453. New York：Random House Inc.，2000：825－826.

与西塞罗相似，昆体良的代表作是《演说术原理》。在他看来，艺术是自然的一个方面，

① 霍克斯．隐喻．穆南，译．太原：北岳文艺出版社，1990：19－22.

同时它又“提示”着自然。因此，语言的准确性是以“常规”语言为基础，但是“不够充分”的常规语言还需要“为着艺术的目的而加以升华”。于是就有了“修辞”和“比喻”。

昆体良的相关论述与亚里士多德大致相仿，只是离开了古希腊哲人那种宏大的理论气象和形而上的关怀，通篇讨论具体的修辞方式，使人感到更趋技术化。

在西塞罗的影响下，罗马时期对风格和文体方面的研究评论变得极为精细。据说，在西塞罗的时代就出现了 33 种新的批评术语，其中许多就是来自他本人。例如在《论演说家》中，西塞罗曾谈到伊索克拉特的优美，李西阿斯的细腻，海佩里特斯的尖锐，艾斯奇纳斯的稳健，狄摩西尼的有力，阿弗里卡纽斯的分量，利里乌斯的平稳，加尔巴的尖刻，卡博的流畅等；其中“反映的不是一种观点，而是多种不同的观点”。[①] 后来，在昆体良和朗吉努斯等人那里，这种倾向得到了进一步的发展。可见中世纪的所谓“品藻作者”式的批评，在西塞罗这里就已经开始了。

与此同时，艺术创作中主观的、心理的和气质的方面也开始得到重视，西塞罗做出了较为详细的论述。首先，他在讨论摹仿概念时指出：真实毫无疑问会战胜摹仿；他甚至认为古代人并不把摹仿看作对现实的忠实复制，而是对现实的自由表现。

西塞罗的“看似合理”

怀疑论者将听从“看似合理的东西”(pithanon)，而不给予同意。西塞罗把 pithanon 翻译为 probalile，……因为他自己相信，如果印象有某种看似合理性（plausibility），……只要人们记住它们是否为真还尚未确定就行了。西塞罗这样想的理由是，他也认为我们建立在对事物正当考虑基础上的印象，在更可能为真的意义上更可能。但是……我们应当假定……“看似合理的”这个词并不表示“某物可能为真”。……明证是一回事，真理又是另一回事。

——弗雷德．怀疑派．孟彦文，译//福莱，主编．劳特利奇哲学史：第二卷：从亚里士多德到奥古斯丁．冯俊，等译．北京：中国人民大学出版社，2004：321

至于柏拉图的理念，西塞罗似乎不再将其视为抽象的精神形式，而是看作具体的感受形式。这样，美的外在形式和艺术家的心理形象固然有所混淆，却使艺术家的想象（phantasia/imagination）得到了依据。直到塞内加谈论创作的因素时，还在艺术家、艺术家的意图、媒介和形式之外，加上了内在模式，这个内在模式其实正是西塞罗所理解的理念。不管怎样，在西塞罗和其他罗马斯多葛主义者那里，想象实际上已被视为一种较摹仿更高的创造过程和创造能力。因为在他们看来，纯粹的摹仿只能再现能够看见的东西，而想象却能够创造出此前没有被看到的东西。与之相应，与艺术家的心理和气质相关的批评术语开始出现，诸如幻想、激情、崇高、魅力等。

西塞罗和塞内加的“文体”

根据西塞罗和其他古典修辞学家的标准理论，文体（style）通常分为三个层次：高雅文体（high or grand），平庸文体（middle or mean）和低劣文体（low or plain）。……研究 17、

① 王焕生．译本前言//西塞罗．论演说家．王焕生，译．北京：中国政法大学出版社，2003：12.

18世纪英国散文文体的史学家，还区分了当时流行的“西塞罗式文体”和与之对峙的“阿提卡”或“塞内加式文体”（因古罗马作家塞内加的实践而得名）。“西塞罗式”文体布局结构靖巧，多用尾重句（highly periodic），其典型特点在于渐次达到高潮。“塞内加式文体”则采用省略、简洁、准确、重音一致的句式。

——艾布拉姆斯．文学术语词典．吴松江，等编译．北京：北京大学出版社，2009：607－609.

同样的问题在贺拉斯的《诗艺》和朗吉努斯的《论崇高》当中也有所体现。比如贺拉斯主张“作家……在选词上下工夫……不妨创新立异，造一个古罗马人闻所未闻的新字”①；他的“合式的原则”，也包括关于“风格应当信守为之适当规定的职能”等等。朗吉努斯甚至还讨论过“同一个段落里同时使用的隐喻不能超过两个，或者最多三个”② 等具体的规范。这样一种普遍的修辞学兴趣，也许使古罗马人的美学和文论更多地转向操作性的问题。被我们所特别关注的贺拉斯和朗吉努斯，其实也是如此。

修辞学批评的潜在意味

贺拉斯在他的韵文体著作《诗艺》（公元前1世纪）中声称，诗人的目的或是为了对读者说教，或是让读者得到乐趣，最好是二者兼有。这种观点将诗歌视为经过精心构思并对读者产生影响的一种手段，从而打破了亚里士多德对摹仿性诗歌（imitative poetry）与劝说性修辞（persuasive rhetoric）之间的区别。

——艾布拉姆斯．文学术语词典．吴松江，等编译．北京：北京大学出版社，2009：539.

除去“古典主义的三原则”以及“寓教于乐”等著名的命题，贺拉斯还提出过一些值得注意的说法。比如：“我对从事摹仿的诗人奉劝一件事：向生活寻找典型，向习俗汲取言词”；“……词汇……因习惯而定，习惯的势力是语言的标准和法令”。他还要求诗人应该“鼓舞着人心向武……指示人生的道路……博得帝王的眷顾……安慰劳人的辛苦”。另外他在强调“借鉴希腊人”以及“遵循传统”的同时，也主张“创新要贯彻始终”等等。③ 我们也许可以感觉到：这些原则在许多时代都是一致的，而且也并非不合理，甚至很容易得到世俗权力的直接支持；事实上，贺拉斯的文论不仅代表着当时的主流思想，而且当时的罗马皇帝恰好是一位相当开明的统治者。但是与古希腊时代相比，为什么古罗马人的艺术成就似乎略逊一筹？贺拉斯式的理论方式及其倡导的艺术原则，在其中的实际作用究竟如何？

朗吉努斯关于“崇高”的论述，通常被认为是针对古罗马时代的精神萎缩和缺少崇高感。但是尽管他认为“思想”和“热情”主要“依赖天赋”，却通过相当具体地引证希腊作家（如柏拉图、荷马），使人感到这种“崇高”似乎是可以“习得”的，似乎可以被分解为一些具体的技巧。

---

① 贺拉斯．诗艺．缪朗山，译//章安祺，编订．缪灵珠美学译文集：第一卷．北京：中国人民大学出版社，1998：41.

② 霍克斯．隐喻．穆南，译．太原：北岳文艺出版社，1990：21.

③ 同①53，42，57，44.

“崇高”的例证

朗吉努斯在诗歌中选取的崇高篇章的范例是从荷马史诗、埃斯库罗斯的悲剧到萨福的爱情抒情诗。他选取的散文范例则来源于哲学家柏拉图、雄辩家狄摩西尼、历史学家希罗多德的作品。尤其值得注意的是，他援引了……《创世记》中的一段篇章作为崇高的主要例子：“神说‘要有光’，就有了光；‘要有地’，就有了地。”

——艾布拉姆斯．文学术语词典．吴松江，等编译．北京：北京大学出版社，2009：617.

那么，朗吉努斯在多大程度上可以被视为后世“崇高”命题的源头？

黑格尔论“崇高”

只有当作全体宇宙的真正意义来理解的唯一实体，才是真理；只有……摆脱在幻变的现象世界中的实际存在、作为纯然内在的实体性力量而返回到精神本身，（并）因此摆脱有限世界而获得独立，它才能被看作真正的实体。只有认识到……神在本质上纯粹是精神性的、无形的……精神才能完全从感性事物和自然状态中解脱出来。……所以世界被看作神的一种显现……在神的面前，被创造的事物是……无能力的……正是（造物主与被创造的事物之间的）这种关系被艺术用作内容和形式的基础，才使艺术类型具有真正的崇高性格。理想的美和崇高当然是应该区分开来的。在理想（的美）里，内在因素渗透到外在现实里，成为这外在现实的内在生命，使内外两方面显得互相适合，因而也互相渗透。在崇高里却不然……崇高需假定意义处在独立状态，而和意义对立的外在事物则显得只是隶属的或次要的，因为内在意义并不能在外在事物里显现出来，而是要溢出外在事物之外，所以达到表现的只不过是这种溢出或超越。

——黑格尔．美学：第二卷．朱光潜，译．北京：商务印书馆，1979：90－91.

另外，如果从古罗马连及后世的“新古典主义”，我们还应该注意到一些共同的思路。从贺拉斯提出“借鉴的原则”（即借鉴古希腊的典范）以后，“古典主义”便用以指称“学习古代”的各种主张。从这一意义上说。贺拉斯的“借鉴”，文艺复兴对中世纪的反拨，以及17世纪法国文坛的“崇尚理性”“摹仿自然”，都是“古典主义”。而历来的“古典主义”者，其实都是借助古人的思想遗产，力图以“复古”解决现实的弊端。

贺拉斯处于罗马最辉煌的奥古斯都时代——这是一个独裁代替了民主，但是又相对安定、繁荣的时代。也许并非巧合，莎士比亚所处的伊丽莎白时代和布瓦洛所处的路易十四时代都与此相似。所以，在这些时代被统治者认可的文艺主张，常常是力图以文艺作品歌颂时代、教育大众。从好的方面说，这类时代的文学艺术有着广阔的消费市场；但是从另一方面看，迎合大众趣味、依附于世俗权力并导致文风的堕落，可能也是这类时代的文学艺术不得不共同面对的问题。

三、贺拉斯

贺拉斯生逢盛世，是罗马黄金时代的主要诗人和文艺批评家。就是在他生活的时期，罗马由寡头政治（即由议员和执政官们共同统治）的共和国转变为一个由君主统治的帝国。公元前

42 年，贺拉斯曾站在共和派布鲁图斯和卡西乌斯一边，与企图称帝的屋大维和安东尼作战，但是后又转而拥护帝制。在屋大维称帝后，贺拉斯得到赦免，并由诗人维吉尔引荐给当时最富有的艺术赞助人梅赛纳斯（Gaius Maecenas），后来甚至直接得到屋大维的支持。在哲学上，贺拉斯被认为是斯多葛主义者兼伊壁鸠鲁主义者，信奉"合理享乐"的理论，认同中庸的生活哲学和闲适的田园之乐。与此同时，他的著作中也常常流露出一种嘲讽的怀疑主义。贺拉斯被后人视为古典主义思想的奠基者，主要是由于一部《诗艺》（*Ars Poetica*）的传世。

从表面上看，《诗艺》好像并没有太大的价值，它虽然效仿亚里士多德的《诗学》的体例和形式，但远远比不上亚里士多德的理论气象和挥洒自如。《诗艺》既没有严密的体系，也没有深刻的理论，只是阐述了一些具体的文学主张和创作法则。但是不同于亚里士多德的《诗学》，贺拉斯《诗艺》中的原则都来自具体的经验，而非抽象的推论。因此，恰恰是这部贺拉斯在其晚年撰写的《诗艺》对于西方文化施加了深远的影响；如果仅就文学理论而言，它在一些时期甚至超过了柏拉图和亚里士多德的影响。

《诗艺》也开创了西方"以诗论诗"的传统。它采用书信体，向"希望成为诗人的罗马市民皮索父子"提供忠告，却以诗歌的形式书写，具有诗歌的结构和韵律。所以《诗艺》被认为是"一首讨论诗学的诗歌"（a poem about poetics）。在贺拉斯之后，许多人都摹仿这种做法。例如，中世纪作家杰弗里（Geoffrey de Vinsauf）、文艺复兴作家龙萨（Pierre de Ronsard）、新古典主义诗人布瓦洛（Nicolas Boileau-Despréaux）和蒲柏（Alexander Pope）、浪漫主义诗人拜伦（Lord Byron）、20 世纪诗人史蒂文斯（Wallace Stevens）等，都有这样的作品。

贺拉斯迷恋于古希腊的文学艺术，但是他显然对实际的问题更有兴趣。西方人认为他不大留意"文学的本质"等传统命题，而是关注"诗人如何才能感染有教养的读者"。

他以一种优雅的诗体，广泛讨论了各种文学创作的问题，并且喜欢对作家提出"忠告"。在西方文论史上，贺拉斯的一些警句和短语（catch-phrase）尤其著名，对法国和英国的新古典主义思潮产生了很大影响。一般认为，贺拉斯所讨论的主要问题可以归结为"摹仿""诗如画""合式""新诗派""寓教于乐"等关键词。

贺拉斯认为，"摹仿"是古已有之的，"一首值得称赞的诗究竟是自然的产物还是艺术的产物，这是一个古老的问题。"但是与以往任何一种关于"摹仿"的解释相比，他所谓的"摹仿"都有不同。他一方面承认"摹仿自然"的重要性，另一方面则更加强调"摹仿前人的创作"。因此，当他讨论"借鉴的原则"之时，"摹仿"其实也就是"借鉴"，"摹仿自然"实际上已经转换为"摹仿古人"。这一层意思得到了布瓦洛、蒲柏等新古典主义者的直接呼应。20 世纪的 T. S. 艾略特和 N. 弗莱"对文学传统之延续性的关注"，也被认为与之相关。[①]

贺拉斯的目的论与规则论

贺拉斯为后人提供了著名的格言：作家的目的在于教导和娱乐大众。换言之，文学作品既要娱乐读者，又要指点生活。为此，作家……必须选择适合目的的主题，并运用适合主题的风格。

——Edward H. Strauch. Beyond Literary Theory: Literature as a Search for the Meaning of Human Destiny. New York: University Press of America, 2001: 11.

---

① Hazard Adams, ed. Critical Theory since Plato. New York: Harcourt Breace Jovanovich, Inc., 1971: 67.

“诗如画”的观念见于贺拉斯对“ut pictura poesis”之说的解释。但是西方学者认为，这并非源于贺拉斯，而是可以追溯到公元前5世纪的古希腊诗人西蒙尼德（Simonides of Ceos）。

亚里士多德也曾在诗歌和绘画之间做过比较，比如：“假如有人用最鲜艳的颜色随意涂抹，这样的作品还不如黑白两色的人物素描使人愉悦。”[①] 这好像与孔子所说的“绘事后素”（《论语·八佾》）不无相似，但希腊人的主要关注未必在此。而贺拉斯所谓的“诗如画”，可能也并非后世所理解的两种艺术形式之间的渗透和转化。

贺拉斯论“诗如画”

画如此，诗亦然：有些画要放在眼前，
有些画要在远处才能使你一见倾心，
有些宜在暗处看，有些不怕强光线，
任批评家的锐利眼光扫过千百遍，
有些只堪看一次，有些却百看不厌。

——贺拉斯．诗艺．缪朗山，译//章安祺，编订．缪灵珠美学译文集：第一卷．北京：中国人民大学出版社，1998：55.

通过以上引文可以看出：贺拉斯关于诗与画的讨论，其实只是强调诗与画在一点上相似，即欣赏作品时的明暗光线、近看或远观，要求有所不同，效果也有所不同。因此我们只能据此判断：他要说明的是诗的多样性，而并不是要求文学作品去追求绘画的意境。在这样的讨论中，贺拉斯确实涉及诗与画的相似性，甚至也试图以空间的形象去思考诗的问题，但是从总体上说，“诗是有声画，画是无声诗”的类比以及后世关于诗-画关系的演绎，都与贺拉斯无关。其实，《诗艺》的开篇就是用绘画作例证来谈论诗歌。也许，这在当时也算是一种风尚吧。

不过后世对贺拉斯的理解始终有所不同，比如柏克在关于“崇高”的讨论中谈及“文字是传达情感的最佳方式，……能用文字唤起一种比用最好的绘画所能唤起的情感还要强烈的情感”，而他的反证正是贺拉斯：“贺拉斯《诗艺》当中的两行诗句似乎与这种观点相左，……那句诗是：传达情感，听觉为慢；不及视觉，忠实而直观。”[②] 及至浪漫主义者和象征主义者开始探讨和追求诗歌与绘画乃至各门不同艺术形式之间的渗透和转化时，贺拉斯的“诗如画”自然又成为最有力和最恰当的旗号了。

诗与画的“通感”

“无声诗”即“有形诗”和“有声画”即“无形画”的对比，和西洋传统的诗画对比，用意差不多。古希腊诗人Simonides of Ceos早说：“画为不语诗，诗是能言画。”嫁名于西塞罗的一部修辞学里，论“互换句法”的第四例就是：“正如诗是能说话的画，画该是静默的诗。”达·芬奇干脆说画是“嘴巴哑的诗”，而诗是“眼睛瞎的画”。莱辛在他反对“诗画一律”的名著里，引了“哪个希腊伏尔泰的使人眼花缭乱的对照”，也正是那句希腊古诗，顺

① 亚里士多德．论诗．崔延强，译//苗力田，主编．亚里士多德全集：第九卷．北京：中国人民大学出版社，1994：651.

② 柏克．自由与传统．蒋庆，等译．北京：商务印书馆，2001：314-315.

手又把他所敌视的伏尔泰扫上一笔。……古罗马诗人贺拉斯的名句“诗亦犹画”，经后人断章取义，理解作“诗原通画”，仿佛苏轼《书鄢陵王主簿所画折枝》所谓“诗画本一律”。诗、画作为西方古代文艺理论的一块基石，也就是莱辛所要扫除的一块绊脚石，因为由他看来，诗、画各有各的面貌衣饰，是“绝不争风吃醋的姊妹”。

——钱钟书．中国诗与中国画//七缀集．北京：三联书店，2001：7－8.

“合式的原则”与“借鉴的原则”、“合理的原则”相并列，被后人称为贺拉斯的“古典主义三原则”。其中“借鉴的原则”即如前所述的“借鉴古希腊典范”。“合理的原则”主要是指内容、情节的安排要恰如其分，包括“一部剧应该恰好有五幕，不少也不多”等等。[①] 后来新古典主义文艺创作中的“规则”要求（如五幕剧、演员人员、性格类型）乃至“三一律”(three unities)，应该说都与此相关。“合式”（decorum）的概念可以导源于苏格拉底对两种“和谐”的区分，即符合主观目的性的和谐。

贺拉斯的“合式”，主要是指艺术作品的各个部分要同整体构成“恰当”“得体”的对应关系，以保持内在的秩序（internal order）和结构的整一（organic unity）。亦即贺拉斯在《诗艺》中不断强调的“统一”、“适当”、“前后一致”、持守“限度”等等。在“合式”的问题上，贺拉斯并不排斥艺术的创造和虚构。后世的新古典主义者常常使“合式的原则”成为一种僵死的法则，而有研究者认为贺拉斯的“合式”主要是强调艺术创作中的“节制感”（sense of restraint)。因此他认为“合式”或者“虚构”都有一定的限度，这限度就是欣赏者的“高雅的趣味”(good taste)。[②] 从 20 世纪的角度看，“高雅的趣味”不仅表达了古典主义的艺术态度，也暗示着文论开始关注诗与读者的关系。有人认为，贺拉斯的“合式”实际上是强调艺术创作中的“节制感”，特别是如果考虑到贺拉斯是一个伊壁鸠鲁主义者，就更能够说明问题了。所以，“合式”说到底是指一种中庸、节制和适度。

合理原则是合式原则的进一步说明和落实，即在内容上和形式上都要恰如其分，合情合理。与亚里士多德的建立在事物内在本质和发展规律上的或然律或必然律相比，贺拉斯的合情合理不过是要艺术家遵守社会伦理和人之常情而已。

“新诗派”的提出，是针对当时古罗马诗坛上“复古派”和“亚历山大里亚派”的两种不同主张。“复古派”主张不要希腊传统，而以罗马本民族的古拉丁语诗歌为典范；“亚大山大里亚派”倾向于阴柔、感伤，表现个人的私情，迎合大众的趣味。贺拉斯力图进行文风的改革，主张学习古希腊的艺术形式，创造出一种健康的新诗。有趣的是：他所提倡的“古希腊文化典范”比“复古派”的“拉丁语传统”更古老，形成的却是所谓的“新诗派”。为此，贺拉斯写了《致奥古斯都书》（又译《诗话》）。这封诗体信批评了罗马诗坛的弊端，呼吁统治者支持“歌颂英雄、歌颂时代”的“新诗派”。贺拉斯的批评和呼吁首先都是就诗歌的内容和道德倾向而言的，而很少涉及形式。如：他认为罗马喜剧“迎合罗马人的低级趣味”和世俗心理，罗马

① 贺拉斯．诗艺．缪朗山，译//章安祺，编订．缪灵珠美学译文集：第一卷．北京：中国人民大学出版社，1998：47.

② 参见：贺拉斯．诗艺．缪朗山，译//章安祺，编订．缪灵珠美学译文集：第一卷．北京：中国人民大学出版社，1998：39－50. 另参：Hazard Adams，ed. Critical Theory since Plato. New York：Harcourt Brace Jovanovich，Inc.，1971：67.

诗坛“诗风堕落”，而“复古派”其实是“对时代不满”等等。

“寓教于乐”见于贺拉斯的《诗艺》。《诗艺》包括三个部分：诗意篇（poesis），是关于诗的内容和一般原则；诗法篇（poema），是关于诗的体裁、技巧和创作规律；诗人篇（poeta），是关于诗人的修养和责任。即使只从形式上看，《诗艺》对后世新古典主义的影响也是一目了然的。比如布瓦洛的《诗的艺术》也取类似的结构：“总论”即文学的一般原则；第二、第三两章实际上是将“诗法”分作两个部分：“各种‘次要’诗体及其创作规律”“‘主要’诗体（悲剧、喜剧）及其创作规律”；“诗人的修养”也就相当于贺拉斯的“诗人篇”。贺拉斯的“寓教于乐”是《诗艺》“诗人篇”最突出的内容。他明确提出：“诗人的目的在于教益或在于娱乐，或者在诗中使娱乐和教益相结合”；但是唯有“寓教于乐的诗人才博得人人称可，既予读者以快感，又使他获益良多。这样的作品可以使书商腰囊饱和，使作者扬名海外，流芳后世不湮没”①。

同时，他对相关思想的表述也相当有趣，这本身也许就是要“寓教于乐”。比如贺拉斯这样描写罗马的“铜臭”氛围：“罗马青年……自少学会了计较锱铢，养成了把一单元分成百份的兴趣。‘小阿，你说五两减一两有多少剩余?’‘三分之一斤。’‘对，五两加一两是几许?’‘半斤。’‘答得好，你将来懂得理财规矩。’”

至于那些自以为潇洒的“诗人”，贺拉斯也是极尽挖苦：“不少诗人居然不剪指甲不修容貌，流连于幽僻之地，回避浴场的尘嚣，仿佛只要他永远不请理发匠代劳，给他剃光三剂妙药治不好的头脑，他就必定赢得诗人的光荣和雅号。”

为了表示他对这种“诗人”的不齿，贺拉斯还声称要把那些诗人及其诗做“一起放在书篮，卖给市场上出售香料胡椒的小贩，让他当作废纸来包裹生姜和葱蒜”②。

贺拉斯的文论思想也许是被后来的新古典主义“抽象”得过于干瘪，所以常给人比较枯燥的印象。但是如果不去理会后人对他的解说，其实还是可以读出许多趣味的。

由此三原则出发，贺拉斯对于艺术必定持有一种极端功利主义的态度。体现在《诗艺》中，就是所谓寓教于乐的理论。我们知道，希腊人对于艺术的目的何在曾持有不同看法，主要的两极就是智者的快感说和柏拉图的教化说；但是至亚里士多德，这二者基本上已经统一起来了。贺拉斯的意义只是在于，他用最为简洁的语言将其加以明确概括。由于言简意赅，便于记忆和使用，才为后世经常引用。其实，贺拉斯的许多理论观点都具有这样的特点，即本身未必深刻，也无新意，却用有力的警句和短语表述出来，因而得以流传下来和发挥影响。在很大程度上，这可能也是罗马时期思想的一个普遍特征。

就《诗艺》来说，除了上面谈的古典主义三原则、寓教于乐、诗如画这三个主要问题，还有一些思想值得重视。例如，艺术中的主观内容或主体性问题。据上文所及，希腊不重视艺术的主观内容，不谈论艺术家和接受者的主体性问题；因此在柏拉图那里，诗人只是神的代言人而已。在亚里士多德那里，特别是在他的悲剧理论中，观众反应这样的主观因素得到了强调，然而不同观众的反应却被设定为同一的，于是也就谈不上什么主观性。直至贺拉斯的《诗艺》，对于艺术的界定才真正包括了主观的或主体的因素，而且在创作者和接受者两方面都给予了充

---

① 贺拉斯．诗艺．缪朗山，译//章安祺，编订．缪灵珠美学译文集：第一卷．北京：中国人民大学出版社，1998：54.

② 以上几段均引自：贺拉斯．诗艺．缪朗山，译//章安祺，编订．缪灵珠美学译文集：第一卷．北京：中国人民大学出版社，1998：52－53，73.

分的强调。

再者，关于艺术创作特别是诗歌创作，究竟有赖于天才还是技艺，贺拉斯也有不同于希腊人的明确看法。他写道："有人问，写一首好诗，是靠天才呢，还是靠艺术？我的看法是：苦学而没有丰富的天才，有天才而没有训练，都归无用；两者应该相互为用，相互结合。"①

要把握贺拉斯的政治倾向和文艺思想，也许还可以将他与同时代的另外两位大诗人加以比较，即维吉尔（Vergil，公元前70—公元19）和奥维德（Ovid，约公元前43—公元17）。维吉尔是奥古斯都的支持者，其代表作《埃涅阿斯纪》（*Aeneid*）建立在斯多葛主义的理想上，宣扬责任、自制和牺牲精神，从而表达了对罗马帝国、特别是奥古斯都时代的赞美与歌颂。与维吉尔形成鲜明对照，奥维德更多受到犬儒主义和怀疑主义的影响，更多强调个人主义和自我精神；其《爱情的艺术》（*Ars Amoris*）一书恰恰是得罪了奥古斯都，因此奥维德才遭到流放。奥维德的《变形记》更是与维吉尔的《埃涅阿斯纪》完全不同，或可说是一部充满了对于帝国讽刺的"反史诗"之作。相对于维吉尔和奥维德的两极，贺拉斯将自己置于一个中庸、适当、节制、"合式"的位置上。但是这样的"合式"真的能为贺拉斯带来愉悦吗？

就此，我们可以看到贺拉斯在《诗艺》的结尾大谈"诗人的疯狂"："懂道理的人遇上了疯癫的诗人是不敢去沾染的，连忙逃避……只有孩子们才冒冒失失地去逗他，追他。这位癫诗人两眼朝天，口中吐出些不三不四的诗句，东游西荡。他像个捕鸟人两眼盯住了一群八哥鸟，不提防跌进了一口井里，或一个陷坑里，尽管他高声喊道：'公民们，救命啊！'但是谁也不高兴拉他出来。万一有人高兴去帮他，悬一根绳子下去，那我便会（对那多事的人）说：'你怎么知道他不是故意落进去，不愿让人帮忙呢？'而且，我还要和他讲讲一位西西里的诗人如何毁灭的故事。（这位西西里诗人）恩帕多克利希望人们把他看作是不朽的天神，很冷静地跳进了喷火的埃特那火山口。让诗人们去享受自我毁灭的权利吧。勉强救人无异于杀人。他自杀已不止一次，你把他救出来，他也不会立即成为正常的人，抛弃死爱名声的念头。谁也不明白他为什么要写诗。也许因为他在祖坟上撒过一泡尿，也许因为他……亵渎了神明。总之，他发了疯，像一头狗熊，如果他能够冲破拘束他的笼子的栏杆，他一定朗诵他的歪诗，把内行人和外行人统统吓跑。的确，谁若被他捉住，他一定不放，念到你死为止，像条血吸虫，不喝饱血，决不放松你的皮肉。"②

这段话表面上是在批评诗人，但实在透露出不少讯息。早就有批评家指出，贺拉斯在政治上的转变未必是真心实意的，因为在他的著作里常常可以读到一些讽刺性的言语。但是，读一读贺拉斯晚年的这段言论，也许没有什么更能说明诗人对自己的认识了。

四、朗吉努斯

在罗马帝国时期，学术思想的发展出现了两种主要倾向，一是所谓第二代智者的理论，二是所谓新柏拉图主义。朗吉努斯和普罗提诺，就是这两种倾向的代表。

---

① 贺拉斯．诗艺．杨周翰，译//亚里士多德，贺拉斯．诗学·诗艺．罗念生，杨周翰，译．北京：人民文学出版社，1962：158.

② 同①161.

同贺拉斯的《诗艺》一样，朗吉努斯的《论崇高》对17世纪以来的西方美学和艺术思想影响深远。希腊文版的《论崇高》(*Peri hypsous*) 于1554年出版，1572年被译为拉丁文 (*De sublimitate*)，1652年由霍尔 (John Hall) 翻译为英文 (*On the Sublime*)，在1652年由法国新古典主义代表人物布瓦洛亲自动手翻译为法文，中文则有缪朗山的译文。

不管《论崇高》的作者到底是谁，有一点是可以确定的：此人学识渊博，而且非常熟悉希腊-罗马的文艺创作情况。他在书中旁征博引，一共引证了51位作家，其中涉及欧里庇得斯的作品就有8部。《论崇高》整部著作没有多少抽象的概念演绎，大多是对实践经验的归纳和总结，这明显带有罗马时期文艺思想的特征。

至于朗吉努斯所说的“崇高”到底是指什么，可能会有不同的认识。简单说，分歧主要集中在这里的“崇高”是否与当时罗马文艺思想的倾向相一致，也就是说，朗吉努斯是否真的在强调相对于外在形式的内在激情。

一般而言，朗吉努斯所说的“崇高”首先是指一种文体和表达的风格，更多地涉及艺术的（具体来说就是演说的）形式方面，但至少对于近代西方人来说，这部著作的价值其实是在于将崇高看作一种灵魂的状态，而并非纯粹的形式和技巧。因此，这当然关系到更为普遍的审美感受。实际上，朗吉努斯的“崇高”也是一种类似于“合式”或“得体”的概念。在谈及荷马的一些诗篇时他就明确说过：“这些诗篇是惊心动魄的，但是除非当作讽喻看，否则它们全是渎神的，毫不顾及是否得体。”这也就是说，我们对于“合式”或“得体”的理解也适用于朗吉努斯；即：虽然这一概念重在文体或演说的形式方面，但由于其本身与人的气质有关，也就具有了较为明显的主观色彩和精神内容。

柏拉图强调诗人的灵感和“迷狂”，朗吉努斯则认为仅凭“灵感的喷发”和“自然的写作”是远远不够的，他要追问诗人的灵感如何才能得到最好的运用。这一基本的思路，与古罗马时代对实际问题的关注一脉相承。朗吉努斯关于“崇高”的论述，实际上也是要找到“灵感”与“修辞”之间的一种平衡。

朗吉努斯及古希腊罗马修辞学的基本模式

希腊罗马的修辞学到朗吉努斯的时代，形式上已经规格化了。而希腊罗马修辞学的历史，又与贺拉斯的文学类型史互相平行地发展。……修辞学的胜利，是付出了极大代价的成果，这便促成了高度发展的修辞学规格。伊索克雷第斯要求（亚里士多德勉强接受了）一篇演说辞有四大部分：绪言、叙述、证实、结论。西塞罗年轻时所著的《发明》(*De Inventione*) 一书，总结后期希腊修辞学的原则，要求按照规格写成的演说辞必须包括下面五部分：绪言、叙述、辩论、反驳、结论。亚里士多德曾随意地将修辞学的艺术分为：发掘辩论主题、结构、语言体裁、表演或演说方式。西塞罗继承其后，在《发明》一书中订定了划分尤清晰的四部：发现课题、结构、文体、陈述法，再加完全主观的第五部——记忆，插在文体与陈述法之间。亚里士多德使用的技术名词（如子句平衡、子句首尾用相同字音、对比、模棱两可、譬喻等）以及他的分析兴趣，到贺拉斯时代开花结果，成为非常丰富的各类语象与思象 (figures of speech and figures of thought)。不少修辞学家继承这些语象与思象，更从各自的岗位，做精确的界说与应用，如西塞罗及其《论演说家》，如……昆体良 *Institutio Oratorio* (《论演说》) 的第八卷与第九卷。最后，贺拉斯与西塞罗确立了三（或四）种文体……壮烈式、温和式、诡谲式（《演说家》第21章）。

……西塞罗把自订的三种演说文体配合着三种演说目的：求证（低级文体）、娱乐（中级文体）、感动或劝说（高级或强劲文体）。……以后数世纪的学者……将这三种演说文体与三种类型的诗正式结合起来：牧歌与低级文体，田园诗与中级文体，史诗与高级文体。贺拉斯死后约一个世纪，昆体良……写成长达12卷的《演说术原理》，可说是一部政客与律师的百科全书。

……朗吉努斯毕竟是一特出的修辞学家，他将一个问题的两面……统一起来。一面是当时流行的修辞学的各种技巧与定义；另一方面则……触及难以界说的成分，即其雄伟文体（崇高）所本的伟大灵魂及其思情。这些性质是存在于诗中、可资观察，抑或存在于诗外、胎生于诗，或为诗所引起的读者反应？朗吉努斯皆无说明。因此，有时情感与修辞的相等公式可能变成一条直路，或者……变成一种对角线的逃避——逃避于诡谲的技巧与热情的灵感之间……朗吉努斯处理词汇与语象的泛滥现象时，便暴露了这个弱点。

——卫姆塞特，布鲁克斯．西洋文学批评史．颜元叔，译．北京：中国人民大学出版社，1987：89-91.

一般认为，朗吉努斯一方面沿袭了古罗马修辞学“以修辞助雄辩”的传统，用大量篇幅讨论各种修辞方法和修辞手段；另一方面也主张不仅要学习修辞技巧，还要摹仿那些具有伟大心灵的古代作家。

从“摹仿”的意义上看，这与贺拉斯“借鉴古人”的解释相通；但是“崇高的精神”或者“伟大的心灵”能否超越形式和技巧，似乎还值得怀疑。因为在朗吉努斯看来，自然本身自有其秩序，听凭灵感的无序的“崇高”则“缺乏效果”。这在他的《论崇高》中，直接体现为对于崇高的“五种因素”或“五个源泉”的论说。

朗吉努斯对于“崇高”没有给出一个清楚的定义或者界说，常常是用比喻性的语言加以描述，或者是用具体的作家作品加以说明。《论崇高》一开篇就写道：“一个崇高的思想，在恰到好处时出现，宛如电光一闪，照彻长空，显出雄辩家的全部威力。”“雄辩家”之谓，正是朗吉努斯对古罗马修辞学的承袭；从“雄辩家”的角度论“崇高”，似乎本身就有一层“技巧”的含义。因此朗吉努斯提出“崇高在于措辞的高明和美妙”，认为“最伟大的诗人和散文家之所以不同凡响、流芳百世，全靠这点”①。在对崇高风格进行分析时，他也使用了一些含糊的批评术语。例如，他这样写道：“就风格来说，这位雄辩家（狄摩西尼）较为热情，有许多如火如荼热情磅礴的焕发，而柏拉图则稳健，颇有富丽堂皇的尊严，虽然不是冷淡，可就不是这样光辉四射了。……西塞罗在雄浑方面与狄摩西尼有所不同……狄摩西尼的风格大抵是在粗豪的崇高，西塞罗则如瀑流急湍。我们的这位同胞（狄摩西尼）凭借他的勇猛、他的急进、他的力量和惊心动魄的辞令，把一切燃烧起来，散之四方，可以比拟疾雷闪电。……西塞罗则如野火燎原，席卷一切，扫荡一切。”② 这类言论，在《论崇高》中随处可见。类似这样的评论，我们在西塞罗那里已经看到过了，不同之处只是分析得更为细致一些罢了。

接下来，朗吉努斯肯定有一种“使文章崇高或渊深的技巧”，他特别指出：“激昂的情绪若不以理性控制，任其盲目冲动、随波逐流……必定更加危险。……天才需要刺激，也常常需要

---

① 朗吉努斯．论崇高．缪朗山，译//章安祺，编订．缪灵珠美学译文集：第一卷．北京：中国人民大学出版社，1998：77-124.

② 同①91.

羁縻。”柏拉图的“迷狂”在后世被称为“危险的迷狂”（dangerous divine madness），这或许同古罗马时代对“激昂情绪”的“控制”有关。

那么“崇高”与“技巧”、“刺激”和“羁縻”的关系究竟如何？朗吉努斯于是推出他的“五种因素”。属于“天赋”的因素有二，即庄严伟大的思想、慷慨激昂的热情；属于“技巧”的因素有三：构想辞格的藻饰（包括思想和语言），使用高雅的措辞，还有尊严、高雅的结构。缪朗山先生翻译《论崇高》之时，将其以后的论述据此分为“思想论”、“辞格论”、“措词论”、“结构论”和“感情论”。

但是问题在于，“思想论”只是在开头的部分讨论了“思想的雄浑”，论及“崇高的风格是一颗伟大心灵的回声”，“一个朴素不文的思想即使不形之于言，也往往仅凭它本身固有的崇高精神而使人赞叹”，“一个真正的演讲家绝不应有卑鄙龌龊的心灵……一个终生墨守着狭隘、奴从思想和习惯的人，绝不可能说出令人击节称赏和永垂不朽的言词”等等；总之，“雄伟的风格乃是重大的思想之自然结果”。而此后的各个部分，都是讨论“题材的组织和选择”“铺张的手法”“借鉴古人”“论想象”等。朗吉努斯最后的归纳在于：所有的一切，都是在讨论“如何借助心灵的伟大品质，凭借摹仿或想象而产生思想的崇高”。

除去“思想论”之外的其他各“论”，更是从形式和技巧的方面展开。他甚至说：“在文学方面有些仅凭天分的效果，我们也只能从技巧上学来。”如果这样理解朗吉努斯的“崇高”，则可以说他所侧重的实际内容与一般而言的“崇高”概念有很大区别。

“崇高”的概念在18世纪以后得以流行，通常被认为是与朗吉努斯的《论崇高》有关。但是柏克、康德、叔本华等人关于“崇高”的界说，基本上都是关注欣赏者所产生的“崇高感”；而只有朗吉努斯是从作品本身以及作者的方面分析如何创造出“崇高”。

“崇高”概念的演变

崇高的概念形成在古代的修辞学之中……被认为是雄辩术三种风格之中最高雅的一种，而秀美则被认为是最低等的一种。……崇高在古代曾被认为就是雄浑与庄重。古代的修辞学、文体学与诗学经常讨论到雄浑的风格。而塞西留斯的著作则专门讨论过这种风格，但很可惜，这部著作却未能流传下来。而另外一部……著作倒流传下来了，时间是在公元1世纪，书名即《论崇高》。长期以来，这部著作一直被认为是……朗吉努斯所著……这并不正确，尽管如此，这部著作仍然以他的名义流传了几个世纪……这部著作的手稿只是……于1554年在巴塞尔出版……拉丁文译则出版于1572年。然而只是在一个世纪以后，即1627年，由著名的……布瓦洛译成近代语言……的译本才出版问世①。……也只是自此以后，传为朗吉努斯所著的这部著作才得以闻名并得到传播，而这是在17世纪，而且特别是在英国。……此书将崇高的概念带到美学中来，并且使崇高的美学带了一种修辞学的味道。……18世纪，随着浪漫派与艺术和诗相接近，在美学之中，诱人的而又令人畏惧的东西（如寂静、幽暗和恐怖）则与崇高一起表现出来。在18世纪的艺术与诗之中，出现了前所未有的两重美，即崇高与优美。

---

① 布瓦洛翻译朗吉努斯的时间说法不一，艾布拉姆斯《文学术语词典》所注时间是1674年，另有考证是1652年。本节出现的不同时间均是以具体引用的文献为据。

……“美与崇高”成为启蒙运动时期英国美学的一般用语。……柏克曾将这两种性质并列地作为他1757年那部著作的标题和内容：《关于我们的崇高与美的观念根源的哲学考察》……柏克曾写道：崇高与美乃是“一种值得注意的对比”。

……在19世纪，崇高却被看作美的范畴。……这一变化起端于约翰·罗斯金。然而在欧洲大陆，争论却早已销声匿迹。……费希纳对此曾有过如下的论述：“……霍尔巴特、赫尔德……莱辛都曾相信，崇高是美的一种特殊限定……依照柏克、康德和索尔格的看法，崇高与美又是相互排斥的……”

——塔塔科维兹．古代美学．杨力，耿幼壮，等译．北京：中国社会科学出版社，1990：231-234.

与上述讨论相应，朗吉努斯还将“崇高”引申到文学与社会生活的关系。在他看来，罗马社会流行着三种“伪崇高”，即“浮夸”（无病呻吟、言不由衷）、“幼稚”（过于雕琢、想入非非）、“矫情”（感情使用不当、该抑制时不懂得抑制）。这三种“伪崇高”的根源，都在于“标新立异”的流俗，所以罗马社会必定缺少崇高和天才。

席勒论罗马的堕落及艺术家的角色

艺术家虽然是他的时代的儿子，但如果他同时是时代的门徒甚至是时代的宠臣，那对他就不幸了。……公元1世纪的罗马，当神的石像还竖立在那里的时候，人们已经长期屈从于他们的皇帝；当神灵早已成为笑柄时，寺庙在人们眼里依然是神圣的。尼禄和康茂德的丑行使得为他们提供了遮盖的建筑物的高雅风格也感到羞辱。人性失去了尊严，但是艺术拯救了它，并把它保存在有意义的石料中。真理在虚构中永生，……正如高贵的艺术比高贵的自然活得更久……

艺术家怎样在包围他的时代的堕落面前保护自己呢？那就要蔑视时代的判断。……你应该同自己的世纪一起生活，但不要成为它的产物。给予你的同时代人以他们所需要的东西，而不要给予他们所赞赏的东西。

——席勒．美育书简．徐恒醇，译．北京：中国文联出版公司，1984：62-64.

至于“缺少崇高和天才”的原因，有两种一般的看法也被朗吉努斯视为“流俗”，即认为原因在于罗马帝国缺少民主和自由。“据说民主制度是伟大天才的好保姆，卓越的文才一般是与民主同盛衰”；“据说自由能培养……智者，能感发他们的高尚的希望……”不过朗吉努斯并不这样看。他认为：外在的民主和自由是没有意义的，“天才的败坏……应归咎于我们内心的……祸乱，尤其是利欲。……利欲是我们今日人人都受其害的痼疾，况且奢欲奴役着我们……陷我们的身心于深渊中。爱金钱是一种使人萎靡不振的疾病，爱享乐又是最卑鄙龌龊的。真的，我考虑过了，却找不出挽救之法”。

现存《论崇高》的结尾部分的一段论述可能更清楚地说明了这些可能的影响。在这一部分中，作者讨论了文学和社会生活的关系，并针对为什么这个时代没有伟大的文学和崇高的风格进行了深入而有趣的分析。首先，朗吉努斯通过一位哲学家之口以雄辩的语言提出了问题：“我觉得奇怪，无疑许多人也觉得如此。当今这个时代固然颇有些人才，他们极有说服力和政治才能，聪明而又多能，尤其富于文学的感染力，可是，为什么真正崇高和极其伟大的天才，除了绝少的例外，如今却没有出现呢？举世茫茫，众生芸芸，唯独无伟大的文学。”① 这位哲学家给出了一个理由：罗马帝国缺少民主和自由，而朗吉努斯对此是不赞成的：如果说文学的败坏的确存在，那到底是始于何时？人们很容易想到希腊城邦制度的消亡、民主制度让位于奴隶制度，而随着罗马共和国转变为罗马帝国，自由被独裁所取代，于是伟大的文学和崇高的风格便失去了产生的土壤。可是《论崇高》几次提到作者本身是（亡国的）希腊人，他实际上是要说：文学的衰败正是始于那些生活在最为民主和自由状况下的希腊人。

由此，才有了下面那个属于作者自己的看法：“我的良友，常常挑剔当前的现实是十分容易的，也是人情之常。然而，可以考虑一下，天才的败坏也许不应归咎于天下太平，而是更应归咎于我们内心的无穷无尽的祸乱，尤其是那些今日占据着蹂躏着我们生活的利欲。因为利欲是我们今日人人都受其害的痼病，况且奢侈奴役着我们，不妨说，陷我们的身心于深渊中。”② 也就是说，外在的自由并不能保证天才、伟大文学和崇高风格的存在，普遍的道德败坏和追求享乐才是真正的问题所在。这样的思想，完全是斯多葛主义的。

不仅如此，我们在这里还可以看到新柏拉图主义乃至基督教思想的影响，那就是对于灵魂高于身体的重申：“于是人再也不向上看了，再也不关心自己的名誉，生活的堕落在恶性循环中逐步完成，他们灵魂中的伟大品质开始衰退、凋萎而枯槁，因为他们只重视必腐必朽的肉体，而不珍惜不朽的灵魂的发展。”③ 由此而言，在一定程度上《论崇高》是对重建以精神性为主导的生活倾向、摆脱功利性的理性主义和纯粹技术能力的一种呼吁。而这些东西，的确多少反映了当时社会生活和学术思想的总体精神。

梁启超论“文明自由”与“野蛮自由”

……野蛮时代，个人之自由胜，而团体之自由亡；文明时代，团体之自由强，而个人之自由减。……使其以个人之自由为自由也，则天下享自由之福者，宜莫今日之中国人若也。绅士武断于乡曲，受鱼肉者莫能抗也；驵商逋债而不偿，受欺骗者莫能责也。……不宁唯是，首善之区，而男妇以官道为圊厕，何其自由也；市邑之间，而老稚以鸦片为菽粟，何其自由也。若在文明国，轻则罚锾，重则输城旦矣。……由是言之，中国人自由乎？他国人自由乎？……今世少年，莫不嚣嚣言自由矣，其言之者固自谓有文明思想矣，曾不审夫泰西之所谓自由者……绝非一私人之放恣桀骜者所可托以藏身也。……吾惧乎“自由”二字……实为中国前途之公敌也！

——梁启超．新民说·论自由//林志钧，编．饮冰室合集：第4卷．北京：中华书局，1989.

文明程度越高者，其法律常越繁密，而其服从法律之义务亦常越严整，几于见有制裁不见有自由。而不知其一群之中，无一能侵他人自由之人，即无一被人侵我自由之人，是乃所谓真自由也。不然者……自由之祸，将烈于洪水猛兽矣。

——梁启超．十种德性相反相成义//沙莲香，主编．中国民族性：一．北京：中国人民大学出版社，1989：59.

通过朗吉努斯的生动描绘，我们可以看到：“财富”很容易就敲开了城邦的大门，然后与

① 朗吉努斯．论崇高．缪朗山，译//章安祺，编订．缪灵珠美学译文集：第一卷．北京：中国人民大学出版社，1998：122.

② 同①123.

③ 同②.

主人同居，生育出“浮夸、虚荣、奢侈”等“嫡亲的儿女”；三个儿女长大成人，又会在人们心中滋生“骄横、枉法和无耻”。于是人们“只重视必朽的肉体，却不珍惜不朽的灵魂”。朗吉努斯以法官为例：“一个受贿……的判官，再也不能对公正清廉的行为做出正直无私的判断。……既然今日……我们人人都作了奢侈的奴隶……又安能希望尚有一个不偏不倚、不受贿赂的判官，来评判一切伟大的、永垂不朽的事物呢？”所以他的结论是：“像我们这种人，受人奴役倒比获得自由更好些。若果我们完全获得自由，我们会像越狱的囚徒那样……如洪水泛滥，流毒于全世界了。”① 朗吉努斯的这些说法，可以让我们联想到席勒《美育书简》关于感性的人成为理性的存在之论述。

另外值得一提的是，《论崇高》引用了《圣经·旧约》的文字，这是希伯来文学作品首次出现在希腊人的作品中。有研究者认为朗吉努斯是普罗提诺的学生，甚至还受到早期基督教思想的影响。而他对自然的强调，诸如“技巧唯有在似乎是自然时才臻于完美，自然唯有在含有不露痕迹的技巧时才得到成功”，“唯有听众不觉得你的辞格是个辞格时，那个辞格似乎最妙”，“最妙的夸饰，无疑是使人不觉得它是夸饰的那种”② 等，确实说明他不仅受到斯多葛主义的影响，可能也受到了新柏拉图主义的影响。

“崇高”的意义转换

18世纪出现的一种重要现象，是崇高定位的转变，从源自作家心灵影响力的语言话语品质（quality of linguistic discourse）转向外部客体（quality inherent in external objects），特别是自然世界的情景与事件（the scenes and occurrences of the natural world）所固有的品质。1757年，埃德蒙·伯克出版了影响极为深远的《崇高与美的理念之起源的哲学探索》一书，认为……只要观察者处于远离危险的安全情境下，他就能将其他情境下的痛苦的惊骇，体验为“愉快的恐惧”。

——艾布拉姆斯．文学术语词典．吴松江，等编译．北京：北京大学出版社，2009：539.

朗吉努斯的著作在17世纪才真正流传于欧洲，可以说在古罗马时代没有产生任何影响。不过就整体的文论史而言，《论崇高》还是具有一定价值的。

五、普罗提诺

普罗提诺（Plotinus，205—270）是古代世界，亦即希腊-罗马时期的最后一位伟大哲学家。从某种意义上说，由于他的出现，希腊思辨哲学的传统才得以延续，而罗马也才可以同希腊并称为一个时代。但同样是因为他的出现，古代思想不可避免地宣告终结，西方世界开始进入了一个基督教的中世纪。

普罗提诺的一生，适逢罗马历史上最为多灾多难、暗淡无光的时期，内忧外患从未间断，

---

① 朗吉努斯．论崇高．缪朗山，译．章安祺，编订．缪灵珠美学译文集：第一卷．北京：中国人民大学出版社，1998：124.

② 同①99，116.

日耳曼人和波斯人的不断骚扰和入侵，造成了罗马帝国人口减少、国势衰微。而现实生活中发生的这一切，并没有出现在普罗提诺的著作中。也许就如罗素所说：他摆脱了现实世界中的毁灭与悲惨的景象，转而观照一个善与美的永恒世界。他将希腊唯心主义哲学、东方神秘主义信仰和早期基督教观念糅合为一，发展出对于后世影响极大的新柏拉图主义，试图借此使分裂的灵魂重新统一；但由于那只能在彼岸世界实现，其学说往往被视为一种准宗教，而不完全是哲学了。[①] 这样，普罗提诺成为为中世纪基督教哲学和美学铺平道路的第一人。

当然，柏拉图主义同基督教的结合并不是仅凭某一人之力，其中必有更深刻的原因。柏拉图思想本身的神秘和灵性色彩，在汤因比《历史研究》中已有论及。在他看来，柏拉图的《理想国》从一开始便弥漫着宗教气息。伽达默尔也就此将柏拉图与普罗提诺相关联："柏拉图被称为一个本质上属于基督教的灵魂。这种描述对于普罗提诺也许更为恰切，因为他一生的现实与精神追求反映出古罗马晚期和早期基督教世界的独特气质：向往彼岸世界，严肃对待感官和精神，超脱现世，对宗教充满热情。"[②]

虽然普罗提诺对于柏拉图极为尊重，并且继承和发展了其理念论，但就美学和文艺思想而言，普罗提诺的学说却彻底颠覆了包括柏拉图思想在内的希腊传统的理论基础，从而开启了一种全新的思考方向。

同柏拉图一样，普罗提诺也将存在划分为可感的现象世界和理念的本体世界。他坚信，一切物质事物的存在及其意义，都出自一个无限、绝对、超验的本原，都是这个本原渐次"流溢"（emanation）的结果。在这里，除了"流溢"与"分有"（participation）在用词上的不同，普罗提诺与柏拉图几乎没有任何分歧。不过，他进而对于理念论做了完全是他个人的解释，把理念世界进一步区分为三个层次。

在这三个层次中，第一个层次称作"太一"（the One）。它是最高的、第一性的存在，超越了存在的行为本身，因为它既不存在于任何地方，又无所不在。作为最高的理念，它不能被人的理性所认识，也不能用语言来言说，当然也就不能成为人类知识的对象。对于这种终极性的"太一"，普罗提诺借用希腊人的概念称之为"至善"或"绝对的善"（the perfectly Good），又借用基督教的概念称之为上帝（the God）。第二个层次，即太一通过流溢所产生的第一个结果称作"努斯"（Nous）。努斯是很难翻译的一个词，可以说是精神、心智、理性原则（intellectual principle）或理智直觉（intellectual intuition），亦即一切理念的合一形式。不可见的太一，只有通过努斯才能被理性所观照。努斯的存在，就是使太一得到显现。如果说努斯是影子，太一就是光，柏拉图所说的那种理念之光在这里进一步被神化。理念世界的第三个层次是整体灵魂（All-Soul/World），也可称为世界精神或宇宙灵魂。作为太一进一步流溢的结果，整体灵魂的出现使努斯也有了自己的映像。整体灵魂虽然低于努斯，却是一切有形事物的创造者，它创造了物质世界上可见的一切。这样，人就处于理念世界和现象世界之间的位置上，因为，人的灵魂属于整体灵魂的更高领域，但人的身体处在物质、感觉和延展的时空世界中。这样，人的灵魂本身也是双重的，当其向上运动时，便见到努斯，当其向下运动时，便产生了自己的影像，那就是自然万物和感觉世界。而哲学的

---

① 罗素．西方哲学史：上册．何兆武，李约瑟，译．北京：商务印书馆，1982：358-375.

② Gadamer，Hermeneutic. Religion and Ethics. Joel Weinsheimer，tr. New Haven：Yale University Press，2011：78.

任务不过就是推动灵魂对于物质世界的超越，以达到理智的直觉，并最终获得一种与太一的神秘结合。

普罗提诺论“至善/太一”的“是其所是”

思是从他者产生出来的事物的属性，是一种对它的实体、它的自我、对创造它的源头的追寻；……他是自足的，……他本身就是超越一切的至高者，……他是其所是，因此他拥有自己的所是以及其他一切。他甚至不是这个“是”，……用他是“善”这样的句子描述他也是不恰当的，因为这个句子意含着“是”。……即使我们用这个“是”来谈论他，也不是表示说他是另外的事物，只是表示他就是他的所是。但我们用“至善”来谈论他，并不是说他是他自己，也不是说善属于他，而是说这两者是同一的。

——普洛提诺．论自然、凝视和太一：《九章集》选译本．石敏敏，译．北京：中国社会科学出版社，2004：306－307.

其实，后来文艺复兴时期建立在新柏拉图主义哲学基础上的人文主义不过就是重申了人的存在的独特位置。所谓人处于宇宙的中心位置，就是指人处于理念世界和现象世界的临界点上。他既分有较高的精神，又分有较低的感觉，所以费奇诺说人是以身体介入神圣精神的理性存在。

普罗提诺论“高于一切的美”

美主要是诉诸视觉……听觉……从感觉逐步上升，就有美的事业、美的行为、美的学问以及道德品质的美。……为什么凡是直接接触到心灵的一切都是美的？

……最高的美……不是视觉所能见到的，而是要心灵不凭借感官去观照它……在观照时，心灵升到上界，把感觉留在下界。

……心灵的伟大就在于对尘世事物的鄙视。慎重就是有意避开下界而引导心灵升入上界的一种明智。心灵一旦经过净化，就变成一种理念或理性，变成毫无形体、纯粹理性、完全属于神明的东西，而神就是美的源泉，是一切和美同类的事物的源泉。所以心灵一旦化为理性就显得更加美。……心灵也因理性而美……行为和事业之类的事物之所以美，是由于心灵所授予它们的形式；而物体之所以能称为美，也是心灵所使然。因为心灵既然是一种神圣的东西，而且是美的一部分，凡是它所能控制和统辖的一切东西，心灵都使之美乎其美，尽可能参与了美。

……无论何人，如果有心要观照神和美，都要首先自己是神圣的和美的。在上升之时，他首先达到理性，看到在理性里一切理念都是美的……一切事物之所以美，是由于理念。而理念是由理性的本质产生的。

……一切神都是庄严的、美丽的，神的美不可言状。但是神之所以庄严美丽是由于什么呢？显然是由于理性，毋宁说，是由于神这种充沛于内而显露于外的理性。神之所以为神，不是因为神有美丽的肉体……而是因为神有理性。……神知道一切，但是神要认识的不是人间的事物，而是神界的以及理性所观照的东西。诸神中的天神，因为逍遥自在，所以常常观照天国的事物……那儿一切是云海苍茫，大地是苍天，海洋也是苍天，动物、植物、人类，凡是彼岸的一切，无非天国之物。所以天国的神灵并不藐视人类，也不藐视彼岸的任何事物，因为它们都是彼岸的。

——普洛提洛斯．九章集．缪灵珠，译//章安祺，编订．缪灵珠美学译文集：第一卷．北京：中国人民大学出版社，1998：235，238，241，244，249-250.

在考虑美的问题时，普罗提诺与包括柏拉图在内的希腊思想传统也产生了分歧。他明确反对美是基于比例和对称的和谐：第一，如果这种理论成立，那么就只有复杂的事物才是美的，而简单的事物却被排除在外；而且似乎等于说只有由各个部分构成的整体才美，各个部分本身并不美，这显然是荒谬的。第二，美并不只是符合固定的比例关系，就好比一张美的面庞，尽管比例不变，其美却可能因为是否有生气而变化。第三，对称和比例只适用于可感的物质对象，但世界上还存在着精神对象，后者可以表现为理性美，它高于感性美，却与对称比例等客观属性无关。第四，仅以对称、比例、和谐来考量，就无法区分对象的善与恶，因为有一些丑恶的事物也可能具有和谐的特征，但它们不可能是真正美的。

这样，普罗提诺实际上认为美不可能在于比例关系，而应该在于一种绝对和永恒的性质，这种性质存在于事物的精神方面；物质和感官世界显露这种理念和精神世界的美，也就可能是美的。

普罗提诺论“美”与“相”

普罗提诺也像柏拉图一样从有形世界具体的美开始，追问它们之所以美的原因。有人回答说，原因就在于各部分与整体之间的和谐，然而普罗提诺认为这种答案是不充分的，并拒斥了这个观点。正确的答案要通过区分有形世界的美与理智或神圣世界的美才能找到。有形世界的事物是“因他物而美”，而理智或神圣世界的事物是“因自身而美”。理智活动属于后者，进而言之，普罗提诺的“相”，即有形事物的形式也属于后者。事实上，美的理智活动是通过凝视“相”实现的。“相”以及它们之上的至善/太一的“相”是美的范型，是美的原因，在灵魂的德行中、进而在身体上产生出它的摹本。

——塞德尔．中译本导言//普洛提诺．论自然、凝视和太一：《九章集》选译本．石敏敏，译．北京：中国社会科学出版社，2004：9.

总而言之，美不在于形式，美的根源只能是精神，只在于精神世界而不在于对象世界。因此，只有灵魂才能认识美。只是由于人们习惯于用感官去感知美，才容易离开理性的内容，只注意对象的形式。实际上，正是在理念进入对象时，也就是对象分有理念时，普遍的理念才使本来无条理的个别事物成为和谐的整体，成为美的对象。归根到底，美是属于彼岸世界的。

这样，艺术就不是对于外部世界的摹仿，而是精神通过形式在物质中的显现。这实际上已经否定了柏拉图对艺术摹仿的非难。普罗提诺明确表示：“假如有人贬低艺术，说艺术的创造不过是摹仿自然，我们要首先回答：即使自然的造物也是摹仿另一种存在；再则，应该知道，艺术也绝不是单纯摹仿肉眼可见的事物，而必须回溯到自然事物所从出的理念这根源。”[①] 在

① 普洛提诺斯．九章集．缪灵珠，译//章安祺，编订．缪灵珠美学译文集：第一卷．北京：中国人民大学出版社，1998：247.

这里，自然所抄袭的蓝本正是上一层次的理念；造成自然的那些原则，正是“宇宙理性”的普遍原则。在普罗提诺看来，艺术创造的根本并不在于摹仿外在的物质对象，而在于按照理念将形式赋予物质材料，而理念的载体就是人的心灵。他以两块石头为例做了说明：“试假定两块石头，并排放着，一块参差不整，未经艺术加工，另一块经过艺术降伏，成为神像或人像……这块由艺术加工而造成形式美的石头之所以美，并不因为它是石头……而是由于艺术所放进去的理式。然而，这种理式不是石头的自然物质原有的，而是在进入石头之前早已存在于那构思者的心灵中。”① 这种通过心灵贯注到形式中的理念，就是在事物上面闪耀的光，其实也就是后人所说的生命力或表现力。所以，一座雕像如果只是表现了外部的形状，如嘴、鼻子、眼睛等，当然是柏拉图所说的摹仿，而且可能无法达到真实的要求。但是现在，它表现出了超出外部特征的东西，就可能使人回想起遥远的和永恒的理念。这在一定程度上涉及了抽象美问题，而普罗提诺本人的确对于抽象美有着异乎寻常的敏锐感受力。

普罗提诺本人不是基督徒，甚至对基督教持反对态度，但是他的大部分思想都为后来的基督教所接受。这也许是因为除了他对彼岸世界的赞美、对精神高于感性的坚持，及其理论背后隐含的思维方式，确实与基督教神学极为相似。

普罗提诺论“迷狂”

如果每种知识都必须参考某种经验，那么对形而上学直观知识的适当经验，……就是宗教经验，也是神秘的狂喜经验。因而普罗提诺……论到他自己所经历的与神圣实在的神秘联合，……而且对它做了哲学上的阐释。在看者与被看的神圣实体合一的神秘经验中，……看的理智模糊了自身与神之间、主体与客体之间的距离。这是因为神不再是其他事物中的一个客体，而是一切客体的第一因，就是主体本身。理智凝视这一原理，完全被它吸引，失去了自我意识。因此与神圣太一的合一（看者处于迷狂的极乐状态）不是本体论上的，而只是灵智论上（gnoselogical）或者操作上的（operational）。

——塞德尔．中译本导言//普洛提诺．论自然、凝视和太一：《九章集》选译本．石敏敏，译．北京：中国社会科学出版社，2004：14.

普罗提诺鼓励人们去观看内心而不去观看外部世界，如他所说：“心灵的伟大就在于对尘世事物的鄙视。……心灵一旦经过净化，就变成一种理念或理性……完全属于神；不正直的心灵，满腔是无数的欲望……一心一意只想到尘世的东西……这种心灵就不再是心灵……在看到自己的内在美时，我们所感受到的……是对自己的心醉神迷……是要和自己契合为一体，把自己从肉体中解放出来的欲望。”②

如此的追寻、契合和解放，到了中世纪神学便直接导向了宗教体验；从而艺术和美的价值，成为人对自身的救赎。

① 普洛提诺斯．九章集．缪灵珠，译//章安祺，编订．缪灵珠美学译文集：第一卷．北京：中国人民大学出版社，1998：246.

② 同①.

【关键概念】

功利、恰当、理念、形式、分有、摹仿、感伤癖与哀怜癖、迷狂、神力凭附、四因说、或然律、必然律、怜悯与恐惧、净化、过失、希腊化、借鉴、合式、寓教于乐、崇高

【思考题】

1. 柏拉图的“理念”与亚里士多德的“普遍性”究竟有何区别？
2. 亚里士多德的“过失说”与西方悲剧的整体观念有何联系？
3. 是否可以说朗吉努斯的《论崇高》是后世关于“崇高”之讨论的源头？

第三章
中世纪

本章分为三节。第一节是从文化观念上界说中世纪的精神特征，然后根据当时与古典文化关联最密切的语法学、修辞学和逻辑学等三种人文学科，分别讨论其中引申出来的批评模式和文论意义，特别是希腊思想影响下的讽喻批评传统。

第二节以中世纪前期教父哲学的最主要代表圣奥古斯丁为例，介绍其融合了柏拉图思想和基督教神学的美学观念。

第三节以中世纪经院哲学的最主要代表托马斯·阿奎那为例，介绍其借助亚里士多德思想对基督教神学的重释，以及其中的美学和文论意义。

第一节 中世纪文论与中古人文学科的发展

通常认为“中世纪”之说来自意大利人文主义思想家，用以区分他们自己的时代（文艺复兴）和此前的时代。比如彼得拉克称之为“黑暗时代”（Dark Ages），后人则多用 Medieval Times 来描述这个特定的“时间段”（not a century but a series of centuries）。后来新教改革者也使用这个词，因为他们认为自己才与真正的信仰传统直接相连，宗教改革之前则只是过渡性的阶段。但是据研究者考证：这一概念其实是源于中世纪神学家德尔图良（Tertullian），在他看来相对于“来世”的“此世”都是暂时的“中间时代”（*tempus medium*），于是才有“中世纪”之谓。无论如何，中世纪本身并非忽视古希腊罗马的传统，而文艺复兴的思想和文化在很大程度上也是对于中世纪的继承和发展。

中世纪文论比较复杂，与基督教神学有着千丝万缕的联系。或可将其分为两个方面加以讨论：一方面是中世纪神学背景下的世俗文学批评；另一方面是中世纪哲学—神学的美学思想。

一、中世纪文学批评与基督教的核心观念

在基督教的主导地位逐渐确立、神学思想不断发展、欧洲各民族语言日益成熟的过程中，

一种与基督教学说相关联并带有明显神学特色的中世纪文学批评，缓慢地呈现出大致模样。同时，古希腊典籍的佚失及其借助东方文献的再度引入，又同中世纪的人文研究相汇合，使神学之外的世俗批评得到了一定程度的延续。

“欧洲”、“传统”、“异教”以及“中世纪”的称谓

“欧洲”这个概念是在罗马帝国后期的帝国东部开始形成的。最初，它只是用以表明一种区别……来自帝国西部的“欧罗巴人”与东方的“叙利亚人”。……“欧罗巴”的含义是指军队和稳固的政治结构；“东方”则被用以形容各种宗教运动、哲学思想、政治试验、民族特点的辐辏、涡动，时而融合、时而分离的那种状态。

……“传统”这个词的原意，是指东方秘密宗教社团里的秘传。当保罗把古代神秘宗教的语言引用到基督教中去……他势必要采纳一些异教的仪式和礼文。……《启示录》中描绘基督第二次降临时的形象，是一个得胜的君王……《启示录》第九章描绘的马队和四个骑士披挂着四种不同颜色的铠甲，这正是帝国圆形剧场演出时四队人马的颜色。

……德尔图良（Tertullian）特别强调灵性，他由于强调未来的圣灵的国度，因而认为现在是罪恶和平庸的中间时代（tempus medium），由此，他首创了“中世纪”这个历史观念。在不少方面，他成为帕斯卡尔（Blaise Pascal）和祁克果（Soren Kierkegaard）的悲怆情调的先驱。

——希尔．欧洲思想史．赵复三，译．香港：香港中文大学出版社，2003：1，2-3，9.

但是包括西方在内的学术界，在相当长的一段时间里并未对中世纪的文学批评给予足够的重视。有人甚至认为这里是一片空白。直到 1974 年出版的《中世纪文学批评：译文与诠释》一书，作者仍然认为：“关于中世纪的文学批评，目前还没有权威著作。”①

艾柯对克罗齐和鲍姆加登的批评

1931 年克罗齐（Benedetto Croce）曾经写道：“实际上托马斯·阿奎那关于艺术和美的观念……是极端宽泛的。在一定程度上说，这些观念正是因此才会永远都被视为正确。……无论对于整个中世纪还是对于托马斯·阿奎那，美学问题都不是真正的兴趣所在。”……当克罗齐的观点还在意大利举足轻重的时候，这一判断足以断送关于中世纪美学的任何研究。

……鲍姆加登（Baumgarten）用这样的方式描述美学：感性知识的科学，文学的理论，较低层次知识的认识论，审美思维的规则，通过类比来判断的规则。……如果美学果真如此，那么除去可能的个别例子之外，中世纪确实没有美学理论。进而言之，如果美学只是克罗齐所谓的“情感的抒情性直觉”等等哲学讨论，那么中世纪对此毫无兴趣。

但是如果换一种思路，让美学指向关涉到美的全部问题领域——美的定义、美的功能、创造美和欣赏美的途径，那么中世纪当然有它的美学理论。不错，这些理论是同中世纪的神学、哲学相互纠缠的；但是要解开其间的纠缠，只需要用哲学的方式阅读神学即可。

——Umberto Eco. The Aesthetics of Thomas Aquinas. Hugh Bredin，tr. Cambridge：Harvard University Press，1988：1-2.

① O. B. Hardison，Jr.，ed. Medieval Literary Criticism：Translations and Interpretations. New York：Frederick Ungar Publishing Co.，1974：3.

相对而言，中世纪文学作品的读者确实比较少，遑论其文学批评。但是这并非对中世纪文论研究不够的主要原因。真正的原因在于：当民族国家的观念成为现代文学研究的基本坐标之后，中世纪的文学和文学批评变得越发难以界说。从欧洲主要语言在中世纪的形成过程中可以看出：中世纪的文学、文学批评乃至整个文化，都与后世以民族为主体的文化模式明显不同。正如研究者所说："中世纪文学是国际的，而不是民族的。"（Medieval Literature is international, not national.）但是按照民族和国别的线索进行文学分类，已成现代人的积习。

20世纪80年代以前，西方的有关研究不仅较少，而且大都不能尽如人意。如1952年出版的中世纪文论研究名著《英语文学批评：中世纪时期》(*English Literary Criticism*: *The Medieval Phase*, by I. W. H. Atkins)，忽略了英语文献之外的大量线索。1969年出版的英译本《中世纪美学》(*The Esthetics of the Middle Ages*, by Edgar de Bruyne)，只着力于中世纪的建筑、雕塑、音乐和绘画，与民族观念更多联系的文学研究则付之阙如。另外，1963年还出版过分析中世纪诗歌词语结构的《文体学》(*Stylistics*, by Hans Glunz)，更早的则有1928年出版的《中世纪修辞学与诗学》(*Medieval Rhetoric and Poetics*, by C. S. Baldwin)；但是对中世纪文学理念的核心似乎都欠恰当的把握。[①]

直到近十几年，才有越来越多的学者注意到中世纪文论的重要性及其价值。他们发现中世纪文论研究中最基本的问题还从来没有被提出过，即"中世纪的"(medieval)与"古典的"(classical)之间究竟有何区别？比如，讽喻批评（allegorical criticism，又译"寓意批评"）常被视为典型的中世纪批评类型，但其实它在柏拉图之前就普遍存在，而且一直未曾中断，直到公元前1世纪至公元2世纪的菲洛、克莱门（Clement）、奥利金（Origen）等等。而这些人既属早期的基督教教父，在时间上又正值古罗马文学的黄金时代、白银时代。那么，什么是让他们有所归属的依据呢？由此西方研究者注意到：所谓的"古典"和"中世纪"并不是时间上的概念，而是指两种不同的文化观（cultural perspective）。了解这一点，应当是研究中世纪文论的基础[②]。

早期基督教教父们的护教活动，对于树立新的中世纪文化观念起到了重要的作用。为了使基督教成为合法的存在并且得到统治阶层和罗马民众的认同，他们大体采取过两种有效的策略。其一是论证基督教与罗马政体的共同点，求得国家机器的保护；其二是寻找基督教与希腊哲学的相通处，借助严谨的哲学观念丰富和传播自己的信仰。

教父们多少有些言不由衷地发扬着保罗的学说："在上有权柄的，人人当顺服他……抗拒掌权的，就是抗拒神的命……当得粮的，给他纳粮；当得税的，给他上税；当惧怕的，惧怕他；当恭敬的，恭敬他。"（《罗马书》13：1～7）希腊教父的代表查斯丁（Justinus，？—165）最终由于为基督教辩护而被处死，他却始终申明基督教并不触及现存制度，并不反对罗马帝国："我们单把崇拜献给上帝，但在其他的事上，我们很乐意侍奉你们。"

查斯丁论希腊哲学与基督教神学

基督……是各个种族的人共同拥有的。就算是被人视为无神论者，凡按照"道"生活的，都是基督徒，例如苏格拉底、赫拉克利特及希腊人中像他们一样的人。律法师或哲学家

---

① 中世纪欧洲文学研究文献述要//杨慧林，黄晋凯．欧洲中世纪文学史．南京：译林出版社，2001：364－378.

② 近年有教材根据作者生卒年与历史事件的生硬对照，甚至将奥古斯丁也归入"古罗马时代"。可见如何在文化观念的意义上区分"古典"和"中世纪"，应该是最为基本的问题起点。

不论有什么精辟的言论，都是因为对“道”的某些层面有所领悟而得到的洞见。……所有的作者都能够隐约见到真理，因为真理的种子已扎根在他们心里。这个种子及其翻版（mimēma），乃是按照人所能理解及容纳的赐给各人，与“道”本身不同。我们按照神的恩典，领受“道”的翻版。

——麦葛福，编．基督教神学原典菁华．杨长慧，译．台北：校园书房出版社，1998：16.

拉丁教父的代表德尔图良用他的《护教篇》继承查斯丁的呼告，声称基督教之所以崇拜上帝，是因为上帝能比罗马的守护神更加有效地保佑罗马皇帝。亚历山大教理学派的代表奥利金自己逃避兵役，竟也能引为基督教有利于罗马帝国的例证：因为一个基督徒祈祷帝国的成功，要比他亲自参加军队更有价值。

但是，这一切只是寻求生存的权宜之计和苟且之辞，显然有悖于基督教的真正追求。所以一旦立足，这些便不再是教父们的话题。

德尔图良论希腊哲学与基督教神学

哲学所提供的是世俗智慧的资料……是神圣自然及神的作为的诠释者。异端人士将哲学当作他们的武器。柏拉图的一位弟子……便是由哲学得到灵感，产生有关……“三一人性论”（trinity of humanity）的理论；马吉安（Marcion）也是由哲学找到他的神……凡是说灵魂会死亡的，是受到伊壁鸠鲁（Epicurus）的影响；否定身体会复活的理论，则出现于所有哲学家的著作中；凡认为物质等于神的，是受到芝诺（Zeno）的影响；若相信火神，是源于赫拉克利特。这些都是异端及哲学家们共同的论题。罪恶来自何处？为何如此？人性来自何处？如何而来？雅典和耶路撒冷之间有何相通之处？学院和教会之间有何相通之处？……人必须用单纯的心寻求神，那些追求“斯多亚化”（stoic，禁欲主义）、柏拉图化（platonic）或是“辩证法化”（dialectic）的基督教的人，更是等而下之。我们只要有耶稣基督，便已无须好奇地探求其他。我们除福音以外，也别无所需。……当我们相信的时候，便不再需要其他的信念。因为除了“没有其他必须相信的”以外，我们已无须相信其他事物。

——麦葛福，编．基督教神学原典菁华．杨长慧，译．台北：校园书房出版社，1998：17－18.

基督教的与世无争，其实是一首彻底征服西方人的前奏曲。如果说，希伯来人还只是力图颠倒希腊文化的价值系统，那么基督教对于犹太教的改造，则蕴藏着更大的野心。尽管它最早的成员不过是几个渔夫、税吏、引车卖浆之徒，耶稣却使他们坚信：人既有肉身也有灵魂，既有短暂的存在也有永恒的本质。

当耶稣申明“恺撒的物当归给恺撒，上帝的物当归给上帝”（《路得记》20：25）时，他绝不仅仅是在巧言答对“文士和祭司长”的刁难，而是暗示着一种入世而出世、功利而理想的价值取向，暗示着一种新型的、基督教式的人生态度。那就是：在肯定现实利益的同时否定一切世俗权威，用一种设定的存在弥合肉身与灵魂的裂痕。这正是中世纪的欧洲人身处俗世而无视世俗权威、顺应环境却向往精神超越的力量所在，这也是所谓基督教文化观念的核心。

二、语法学与诗学

中世纪文学批评不仅与神学密切关联，它还有另一条线索，而那是同人文学科在中世纪的发展以及早期欧洲大学的创办分不开的。其中影响最大的学科，是得益于罗马人的语法学、修辞学和逻辑学。中世纪文学批评的三条主要线索，即语法学与诗学、修辞学与诗学、逻辑学与诗学。语法、修辞和逻辑或辩证法这三种学科在中世纪构成了人文科学中涉及语言艺术知识的主要内容，被称为“三艺”（或“三科”，trivium，原意为三条道路）。除了这“三艺”，还有沿自古希腊的“四艺”（quadrivium），即天文学、几何学、算术学和音乐学。在阿尔昆（Alcuin of York，730—804）受查理曼大帝之托编撰教材后，这“七艺”（自由七艺，septem artes liberales）成为学校的必修课程。

事实上，所谓自由艺术（七艺）的概念可以追溯到古代时期，在智者希庇阿斯（Hippias of Elis）和修辞学家艾索克拉特（Isocrates）那里就已经有了讨论。而所谓自由艺术（artes liberals）这个词，一般认为是由罗马哲学家和戏剧家塞内加首次使用的，他称这些艺术是自由的，因为自由的人去追求它们并非为了赚钱。“七艺”在中世纪的确立，也是同基督教的学校和教育思想紧密联系在一起的。起源于修院的基督教教育并不是要培养某种专门技能，而是要塑造整体的心智；但没有整体的知识，也就没有整体的心智。所以这种后来被译为“博雅”的教育方式，在中世纪成为一种实在的制度。

最早将诗歌与语法学相联系的，是古罗马的修辞学家昆体良。他将“语法”定义为“正确言谈和解读诗人的学问”（the science of correct speaking and the reading of the poets）。后来，公元 4 世纪的语法学家维多里诺（Victorinus）更明确地说：语法即“解释诗人与史家的科学，以及正确地言说和书写的方法”（the science of interpreting the poets and historians and the method of correct speaking and writing）。所以 12 世纪的经院传统似乎认同这样一种结论：“诗歌属于语法，语法是诗歌研究之母及其源泉。”（Poetry belongs to grammar，which is the mother and source of its study.）[①] 至 13 世纪，语法曾一度遭到冷落，而在 14—15 世纪，它又重新受到人文学者的重视并一直延续到宗教改革时期；后来在马丁·路德贴出《九十五条论纲》的 1517 年，伊拉斯谟（Erasmus）来到比利时，在鲁汶大学创办了专事拉丁语、希腊语和希伯来语的“三语学院”，使“读解诗人”的语言研究成为人文课程的基础。

伊拉斯谟与宗教改革

伊拉斯谟本人与基督教新教并无牵连，但是他……编辑了……第一本希腊文《新约》……使神学家得以直接接触到《圣经》原文，导致爆炸性的影响。

……他以《基督精兵手册》（*Handbook of the Christian Soldier*）开宗教书籍出版的先河。此书于 1503 年初版，1509 年再版，1515 年三版问世后……受到各方推崇，在随后的 6

① O. B. Hardison，Jr.，ed. Medieval Literary Criticism：Translations and Interpretations. New York：Frederick Ungar Publishing Co.，1974：7.

年连续出了 23 版。……《手册》变成畅销书没有多久，改革之声就在苏黎世和维登堡响起。

……伊拉斯谟为当时教会改革提出一套革命性的理念，那就是整体回归至教父遗著和《圣经》经文。……伊拉斯谟……是典型的人文主义者，强调内心的宗教信仰，认为读经可变化气质，带给读者新的动力……

……伊拉斯谟看到未来基督教的火力不在教士，而在一般信徒。……伊拉斯谟心中的基督教没有教会、仪式、神职人员或机构。他的问题是：人既然可以直接向神认罪，又何必只因他是神职人员就向他告解认罪？

——麦葛福，编．基督教神学原典菁华．杨长慧，译．台北：校园书房出版社，1998：63.

诗歌与语法学的联系，在中世纪形成了三种各具特色的文学批评。

首先是评注或集注式批评（commentary or gloss）。这种评注或集注，通常是评论作品的形式和风格，甚至专门针对个别的词句。其中比较著名的有多纳托（Donatus，4 世纪末）对泰伦斯的评论、赛维（Servius，4 世纪末）对维吉尔的解说以及波菲利（Porphyry）对贺拉斯的注释。据说这类批评家读诗的目的并不在于欣赏，而是要锻炼口才，或者是为了“解经”做准备。后来他们的评注被称为“语法注释”（grammatical commentary），就是因为其主要内容只是“解说不常用的词语、复杂的句型并指出优美的修辞”，有时再加上一点道德教训或者寓意。这种批评产生于古罗马晚期，集中于加洛林王朝之前的 5—8 世纪，至 11—12 世纪转化为对《圣经》的注释。

贝特森的《英诗与英语》

一首诗中的时代特征不应去诗人那儿寻找，而应去诗的语言中寻找。我相信，真正的诗歌史是语言的变化史，诗歌正是从这种不断变化的语言中产生的。而语言的变化是社会和文化的各种倾向所产生的压力造成的。

——韦勒克，等．文学理论．刘象愚，等译．北京：三联书店，1984：186.

其次是诗法批评（versification）。希腊、罗马的古典语法包括三个基本内容：拼写方法（spelling）、音节划分（syllabification）以及“元音音步”（vowel quantities）。而音步后来又成为对诗韵（prosody）的讨论，所以语法似乎也是读诗的一种准备。诗法批评就是以此为基础的。根据其理论，诗歌的实质性问题在于作诗之法，从而与“诗”相对应的不是“历史”而是“散文”。比如所谓的“英雄诗”，不仅在于它描写英雄，更是因为它使用“英雄诗体”（heroic verse）。

《英吉利教会史》（*The Ecclesiastical History of the English People*）的作者比德（Bede）曾是最有影响的作家，西方甚至有人将格利高里一世至查理曼之间的 604—800 年统统称为“比德时代”（The Age of Bede）。他的著作《论诗法》，被视为诗法批评的奠基之作。其中关于“重音”（accentual prosody）的讨论是最早的同类论述之一。他认为：“诗韵之组成并不在于韵律本身，而是由音节的数量决定，这正如在游吟诗人的吟诵中，诗韵由他们的声音所决定。”直到 19 世纪的英国浪漫主义诗论，我们似乎仍然可以见到诗法批评的某些影响。也许可以说：关于诗法的研究，实际上是一种中世纪的“形式批评”。

比德关于早期英语诗歌的记载

比德把凯德蒙（Caedmon）的诗歌视为基督教化的口头诗的源泉，他不是从北欧神话中获取灵感，而是受《圣经》本身的启示。……在比德《英吉利教会史》现存的拉丁文手稿中，有17页记录了凯德蒙第一首诗歌的盎格鲁-撒克逊原文。在原文中我们可以看到，凯德蒙不仅在语言上，而且在诗歌形式和韵律上都遵循北欧诗歌模式。然而他并没有让异教英雄成为诗歌的主人公，《圣经》中的上帝取而代之。

……如同大多数文化形态一样，盎格鲁-撒克逊文化里也有与《圣经》中有关上帝、人类和世界的看法相通的一些观念可以移用。……但是……英语诗从一开始就是赞美神主而不是人中之主。赞美神的创造而不是人造成的毁灭，并且从一开始它的主题就是来自《圣经》。……这第一首英文诗虽然以后成为英语文学传统的一部分，但它依然明显地摹仿长期的口头传统……本土的（传教士到来之前的）诗歌风格在这首诗中依然清晰可辨。……“英国诗歌之父”凯德蒙是第一个运用他刚刚获得的读写能力从《圣经》中取材作诗的人。

——谢大卫．圣书的子民．李毅，译．北京：中国人民大学出版社，2005：104－106.

另外一种是诗人研究（list of authors）。其实从古罗马时代开始，对诗人的研究就含有某种“比较”的成分。如普鲁塔克曾对泰伦斯和米南德（Menander）加以比较、对维吉尔和品达加以比较，等等。公元4—5世纪时的哲学家和语法学家马可比乌（Macrobius Ambrosius Theodosius）继此思路，提出了一种与修辞学比较相区别的、最细致的诗学比较，其内容仍是将希腊、罗马的文学相对应。这一传统还被中世纪批评家运用于希腊文本与希伯来文本的比较。如哲罗姆（Jerome）曾说：“大卫便是我们的西摩尼得斯，我们的品达，我们的贺拉斯。”他还根据希腊传统的概念，将《约伯记》视为悲剧、《传道书》视为哀歌、摩西五经视为英雄诗。比德也与之相似，认为《约伯记》是英雄诗，《申命记》和《诗篇》第118、119首是哀歌，《雅歌》是圣剧（biblical drama）；他还将《约伯记》称赞为“荷马之《伊利亚特》、维吉尔之《埃涅阿斯纪》”，是所谓“混合叙述”（mixed form）的范例。①

大约到11世纪，“品藻作者”的传统趋于规范化。我们可以看到的最为完整的文献，是本尼狄克修院的康拉德（Conrad）所著的《前贤集》（*Dialogus Super Acturs*）。其中提到“古人读书时的七个主题”，即作者、题目、诗歌类型、作者意图、条理、韵律，以及对文本的解释。康拉德所谓的“古人”，据研究者认为就是4世纪的拉丁语法学家、《维吉尔评注》的作者赛维，以及影响过赛维的智者学派修辞学家。

康拉德根据上述七个主题，梳理了古希腊文论中关于散文与韵律、诗人与文体的论述，区分了悲剧诗、喜剧诗、讽刺诗、田园诗的各自特色，同时还生发出一种对于“诗人”的定义：“诗人被称为创造者，是因为他说假话而不说真话，或者将假话混之于真话。”② 这一定义似乎包含着智者学派，特别是高吉亚斯的明显痕迹。

---

① O. B. Hardison，Jr.，ed. Medieval Literary Criticism：Translations and Interpretations. New York：Frederick Ungar Publishing Co.，1974：9.

② 同①.

“形式”到“结构”的转换

在许多现代理论中，“结构”的概念取代了古老的“形式”概念。卡西尔（Ernst Cassirer）的《象征形式的哲学》（*Philosophy of Symbolic Forms*）直到20世纪50年代才被译为英文出版，其实这部著作的第三卷《知识现象学》（*The Phenomenology of Knowledge*）早在1929年就已完成。对于现实何以由精神的象征形式所构成，卡西尔进行了新康德主义的论证，这常常被视为欧洲形式主义的先驱。……在20世纪的前20年，哲学家、语言学家、文学批评家普遍使用的是“形式”的概念，其中的含义后来被赋予于“结构”。

在哲学的意义上，“形式”首先是指精神的能力及其过程。结构主义者放弃“形式”的概念，是为了使自己区别于哲学家，尤其是理性主义者。形式主义者们还特别发现：“形式”所具有的两种含义是相互冲突的。其一，“形式”是指一种超验的本质，有如柏拉图的“理智”（希腊文的*nous*，亦即“心智”“思想”），这通常被界定为“根本形式”“首要形式”，是统辖现象的。我们可以看出，欧洲形式主义是要使精神过程及其认知的实体（思想）从属于语言的过程及其实体（语法和符号）。因此结构主义者认为“形式”这一词语带有某种从柏拉图到康德的形而上学和本体论的不适当联想。他们还发现“形式”具有更近的历史（从康德到卡西尔），即对知识进行“理性主义”的分析，将知识视为一种内在精神过程和能力的产物。在这样的“形式主义者”看来，思想是优先于语言的，从而语言就成了思想的工具或者工具性。由于这种明显的共识性前提，形式主义者和理性主义者便专注于个人的主体性，由此“思想”的性质也就得以论证。这样，从胡塞尔（Edmund Husserl）到梅洛-庞蒂（Maurice Merleau-Ponty）的20世纪现象学者，都宣称要从哲学家个人的思想入手并作为反思和研究的对象，从中演绎出人类认识的普遍特征。

从“思想”（以及哲学的主体）到“语言”的焦点转换，产生了一种整体效果，即哲学的主体仅仅成为某种语言之可能性的结果，这可以被证明是超越任何个人和特定历史情境的。

——John Carlos Rowe. Structure//Frank Lentricchia，Thomas McLaughlin，ed. Critical Terms for Literary Study. Chicago：The University of Chicago Press，1990：25 - 26.

康拉德对诗人本身的讨论，也最为典型地体现着一种西方的“品藻作者”传统。他按照昆体良以来的方式，将一些重要的作家从易到难地排出座次，而完全不论时间顺序。比如从4世纪末的多纳托开始，随后分别是公元前234年至公元前149年的大加图（Cato，曾任罗马执政官，并反对希腊化），公元前6世纪的伊索，4世纪的罗马寓言作家阿维亚纳（Avianus），公元前106年至公元前42年的罗马演说家、作家西塞罗，公元39年至65年的罗马诗人卢坎（M. A. Lucanus，即塞内加的侄子，推翻尼禄未遂而自杀），以及贺拉斯、奥维德和维吉尔，最后则是《圣经》。[①] 这一座次既反映着康拉德对于文学本身的看法，又体现着明确的神学意图，即研究世俗文学最终是为了理解和阐释《圣经》。而或许正是由于维吉尔的地位如此接近《圣经》，他才可以成为但丁《神曲》中漫游三界的引导者。

如果说中世纪的欧洲面临着语言的再发展、族群的再组合、文学的再建构，那么从语法分

① O. B. Hardison，Jr.，ed. Medieval Literary Criticism：Translations and Interpretations. New York：Frederick Ungar Publishing Co.，1974：12.

析到人物品藻，似乎已经预示了其文学的进程，即从民族语言的形成到文学的本土化，进而产生更为更成熟的文人化文学。

上述的“语法学批评”大约是在12世纪曾经再度繁荣，不过这时的“语法学批评”其实也带有浓厚的新柏拉图主义味道。比如杰弗里（Geoffrey of Vinsauf）的《新诗学》，被视为新柏拉图主义影响“语法学批评”的一个例证。

杰弗里是12世纪末至13世纪初的英格兰诗人和修辞学教师。他最重要的著作就是这部《新诗学》，大约在1200年前后用诗体写成，共2 100行。杰弗里显然更重视诗人的后天训练和正确的鉴赏，所以书中将近三分之二的篇幅都是在讨论诗歌语言的表现方式、辞藻色彩以及选材（invention）、布局（disposition）、风格（style）等。但是它所蕴涵的艺术观念，却似乎是在重述柏拉图的学说：“如果有人要建造一座房子，他不会立即着手去做，而会先在头脑中设计出这项工程……在肉体的手建造房子之前，心灵之手已确定了整座房子的形状。……诗人应掌握的诗艺规则，也许可以从这个例子中找到。……首先让心灵……环绕全部的素材……在心灵隐蔽的角落里按一定顺序安排好素材，然后再运用诗的艺术为它穿上语言的外衣。”① 根据这种总体的观念，修辞手段的运用也就必须适当，因为它只是作者内在意象的外化。杰弗里著作的手抄本大约存有200多种，同时还可以见到13—15世纪的人们对他的评价。根据这些材料可以了解到，他对中世纪欧洲拉丁语和民族俗语文学的发展可能产生过较大的影响。

三、修辞学与诗学

相对而言，中世纪语法学批评的线索比较清晰，而修辞学批评则不然。西方学者认为：在古希腊、罗马的“古典时期”，修辞学与诗学的相互联系比中世纪更为密切。在整个古典时期的文献中，只有亚里士多德的《诗学》使诗学独立于修辞学。而狄米特利乌（Demetrius，约公元前1世纪）的《论风格》（*On Style*）、朗吉努斯的《论崇高》，实际上多被视为“对于诗歌的修辞批评”或者“雄辩术、演说术式的批评”。贺拉斯的《诗艺》也深受修辞学的影响，其中关于摹仿、诗人的训练、才能与经验和学识的对应、性格的“合式”、诗歌的寓教于乐等等话题，都与西塞罗式的修辞学研究相合。另一方面，修辞学著作也常常引用诗歌，以说明比喻和形容的效用，正如欧洲古代的语法研究主要是教人了解修辞的方法，以便日后在言谈中运用。一般认为：直到16世纪，西方的诗学与修辞学才成为两个完全独立的学科。

从昆体良到《赫瑞尼斯修辞学》

昆体良的《演说术原理》……是“古典派思想的重申”。……他的方法与亚里士多德大致相仿，只是思路略有不同。……昆体良始终被认为是这些观点的代表。……然而……也许在同类论述中最为完备的，实际上是大大早于昆体良的一本无名氏著作——《赫瑞尼斯修辞学》，其作者曾被误认为是西塞罗。……该书第四卷精心分析了为风格增添光彩的辞令藻饰

① O. B. Hardison, Jr., ed. Medieval Literary Criticism: Translations and Interpretations. New York: Frederick Ungar Publishing Co., 1974: 30.

和思想藻饰。也许可以说，它代表着亚里士多德所开创的这类分析的最高水平。它列举了45种辞令藻饰……还有19种思想藻饰……这本书的部分内容，被当作纯粹的西塞罗的学说引入了一些英语著作，比如威尔逊的《修辞艺术》(1553)。……而昆体良的著作本身，也当然深受它的影响。

——霍克斯．隐喻．穆南，译．太原：北岳文艺出版社，1990：22-25.

在整个中世纪，修辞学理论都影响着文艺批评。最明显的例子如多纳托讨论修辞文采的著作《语法艺术》(*De Arte Grammatica*)。另外比德等人纯粹讨论修辞学问题的一些著作，也被认为“为文学研究注入了某种光彩、提供了新的角度”。

韦勒克论文体学研究与传统的修辞学研究

文体学研究一切能够获得某种特别表达力的语言手段，因此比文学甚至修辞学的研究范围更广大。所有能够使语言获得强调和清晰的手段均可置于文体学的研究范围内：一切语言中……充满的隐喻，一切修辞手段，一切句法结构模式。

……在传统的文体学中……修辞手段一般分为强化式和减弱式两类。强化式的修辞手段包括诸如重复法、累积法、夸张法和高潮法等，与“崇高的”文体联系在一起。……但是要证明特别的修辞手段在任何情况下都一定有特别效果或者“表达力的价值”似乎是不可能的。在《圣经》和编年史中，并列的句子结构……有一种从容不迫的叙述效果；而在浪漫主义的诗歌里，一连串地使用连词……会一步一步地把人引向上气不接下气的激动状态。夸张法可能会是悲剧性的或感伤性的，但也可能是古怪滑稽和喜剧性的。……

但是……我们还应该看到，建立文体特点与表达效果之间的特别关系并不是不可能的。……人们不应满足于遵循古典的理论，把文体分为高级的和低级的、亚洲的和雅典的等类型……根据词汇与对其要表达的事物间的关系，文体可以分成概念的、感觉的、简洁的、冗长的或者简练的和夸大的、明确的、模糊的、沉静的和激昂的、低级的和高级的、纯朴的和修饰的之类；根据词汇对整个语言系统的关系，文体则可以分作口语的、书面的、陈腐的、个性化的之类；根据词汇对作者的关系，文体则可以分成客观的和主观的。……由此观之，文体学似乎在以修辞学分类为基础的古老理论与华而不实的现代风格……之间找到了一条中庸之道。

——韦勒克，等．文学理论．刘象愚，等译．北京：三联书店，1984：191-193.

还有的西方研究者提出：贺拉斯的《诗艺》是中世纪修辞学批评的基本依据，而朗吉努斯的《论崇高》也包含着浓厚的修辞学兴趣。不过《论崇高》在这一方面的内容贺拉斯已经有所涉及，况且《论崇高》直至16世纪才被译为拉丁文，在中世纪似乎没什么影响。

中世纪人确实可以读到的两种修辞学批评，是4世纪末多纳托的《释维吉尔》(*Interpretation Vergicianae*)，以及5世纪的马可比乌的《农神节》(*Saturnalia*)第五、第六两卷关于维吉尔的长篇讨论。

《释维吉尔》的序曲，是多纳托写给儿子的一封信。他在信中抱怨说：语法学家根本不能欣赏维吉尔，因为维吉尔是修辞学方面的大师，只有研究修辞才能欣赏他的成就。多纳托在这本书中既指出了维吉尔运用的修辞手段，又力图避免仅仅解释修辞色彩的局限，从而这本书与语法式批评的评注不同，成为对《埃涅阿斯纪》十二卷的完整评述。

马可比乌所涉及的，是在古罗马“白银时代”的学者中常常讨论的一个多少有些奇怪的问题：“维吉尔究竟是演说家还是诗人？”① 他以长篇对话的形式讨论了维吉尔使用的修辞格，继而指出维吉尔具有运用四种演说风格的能力，综合了十位演说家之所长。而其中最重要的问题，是要从修辞的角度讨论维吉尔对前贤的摹仿。其中第一例当然是摹仿荷马，同时还有另外一些罗马作家，尤其是号称“拉丁诗歌之父”的恩尼乌斯（Ennius，公元前 239—前 169）。他以大量修辞实例论证维吉尔之创作的直接来源，而关于这一意义上的摹仿，在此前其他人的文论著作中似乎还从未如此充分地讨论过。

从 5 世纪开始，能征善战的日耳曼人开始南侵，476 年西罗马帝国亡于他们的铁蹄之下，已有一定模样的中世纪文学批评几近中断。与此同时，这也使基督教被迫经历了一个重建阶段。如果说君士坦丁大帝支持下的早期基督教基本上已经被“罗马化”，那么此时的困境才促使它向罗马帝国的边缘地带拓展。从而在爱尔兰、苏格兰、威尔士、布列塔尼半岛等凯尔特地区，逐渐发展出一种“凯尔特化”的基督教。② 而不久以后，古代日耳曼人的盎格鲁、撒克逊等部落入侵不列颠群岛，最终结合为盎格鲁-撒克逊人（Anglo-Saxons），征服并同化了凯尔特人，使“凯尔特化”的基督教被新的“本地化”所取代。盎格鲁-撒克逊文学与基督教的结合，也是从这时开始的。

盎格鲁-撒克逊文学与基督教的结合

撒克逊入侵英格兰后，当地文化发生了重大改变，凯尔特文化日趋淡漠，凯尔特基督教特有的方式也随之隐退。然而，换个角度审视这一事件，它标志着英国基督教内部的一个重大改变——本地的盎格鲁-撒克逊文学，尤其是诗歌，开始兴起，服务于宗教信仰。

……我们首先必须理解日耳曼文化中的诗歌的重要性。罗马历史学家塔西陀（Tacitus）指出，对于日耳曼人而言，编纂历史的重大责任很大程度上是由诗人完成的。随着大批盎格鲁-撒克逊移民迁入英格兰，诗人的重要性也日益提高。这些诗人实际上成为盎格鲁-撒克逊文化的保护人，他们在移居的陌生土地上，使家乡的文化得以存活。

……盎格鲁-撒克逊时期，隐修院是文化的中心，修道士们独占宝贵的资源，唯有他们识文断字、通晓文化。隐修院迅速成为学者的聚集地和编辑、生产、传播作品的中心。

……隐修院推动了文化交融的复杂进程：将盎格鲁-撒克逊人民的英雄文化传统，创造性地以基督教教会的新价值观……再现于世。诗歌《贝奥武甫》(*Beowulf*) 便是一例。作品试图消除传统的盎格鲁-撒克逊文化观与基督教价值观之间的冲突。英雄主义倾向被普遍视为基督教传入前盎格鲁-撒克逊传统诗歌的典型特征，其起源可以追溯到日耳曼部落民族时期的神秘世代。英雄的意象和理想被保留，方式上稍做改变，以适应福音事工的需要。诗篇“十字架之梦”* 可以解读为“基督的英雄传奇”。

---

① O. B. Hardison, Jr., ed. Medieval Literary Criticism: Translations and Interpretations. New York: Frederick Ungar Publishing Co., 1974: 12.

② 麦格拉思，编. 基督教文学经典选读：上. 苏欲晓，等译. 北京：北京大学出版社，2004：143.

这种尝试的结果是使盎格鲁-撒克逊诗歌成为宣传基督教信仰的媒介，而非异教徒的文化遗迹。……基督徒可以使用本地语写作，不必非用西方长期认可的官方语言——拉丁语。盎格鲁-撒克逊……留传于世的三万多行诗歌中，绝大部分都详尽展现了基督教的各种主题。

——麦格拉思，编．基督教文学经典选读：上．苏欲晓，等译．北京：北京大学出版社，2004：146－147.

*《十字架之梦》(*The Dream of the Rood*) 是8世纪重要的古英语诗歌，阐述十字架的意义。全诗共10段75行，中译文可参见：麦格拉思，编．基督教文学经典选读：上．苏欲晓，等译．北京：北京大学出版社，2004：160－163.

直到公元768年，查理曼登上法兰克国王的宝座，加洛林王朝的统治宣告开始，文化传统又得到一定程度的恢复，史称“加洛林文艺复兴”

加洛林文艺复兴

到这时候，高等教育制度已经形成，其中包含三科（trivium）：文法、修辞和辩证法，以及四艺（quadrivium）：算术、几何、天文和音乐。……帝国宫廷学校成为此后若干世纪西欧各地设立学校的模式。这些学校是欧洲文化的真正中心。教育发展的一个结果便是：拉丁语迅速成为欧洲的普世语言，促进了“西方世界”学者间的沟通，使这个地区得以发展了文明的某些共同形式。

人们通常把查理曼时代称为“第一次文艺复兴”，其中多少有些误解。它在表面上看来，似乎是更新古罗马帝国的文化，而它实际的目的，只是为了建立基督教法兰克帝国的基础。由于这个方针是基督教神职人员提出的，从中自然谈不到有对古代异教文化的真正欣赏。

……在加洛林帝国（即查理曼帝国）里，大部分人民是日耳曼人，因此基督教的“日耳曼化”是必然的。……而许多文化现象也被基督教化了，如：日耳曼人在冬季中间有一个节日，庆祝昼夜更替，从日短夜长转为日长夜短；这个节日和基督教关于耶稣诞生的故事结合起来，发展出12月25日庆祝圣诞节。……这样，多元的地区文化传统和一元的基督教文化得以结合起来，一些牵动人民大众思想感情最深的传统，曾长期被社会上层认为是“异教”，现在也被教会所接纳。

——李伯赓．欧洲文化史：上册．赵复三，译．香港：明报出版社，2003：138－139.

在加洛林王朝时代，修辞学批评一度消失，取而代之的又是语法学批评，然而此时的语法学批评被认为从修辞学之中汲取了许多内容。以至在12—13世纪的“诗艺”“诗法”研究中，大都会包含几项相似的内容：布局、叙述、文体、摹仿、艺术与才能等。一些研究者认为：这些正是修辞学批评的基本内容，也正是中世纪的修辞学与诗学相混杂之处。但是索里兹伯里的约翰（John of Salisbury）则指出：从修辞学探及诗学，恰恰是要昭示诗歌艺术对于语法的独立性。因为“诗歌与自然事物如此相近，人们才认为诗歌不能属于语法，而相信诗歌是一种独立的艺术”①。他还进而主张：天主教教会学校（Cathedral schools）不应要求学生按照“诗人研究”所排的座次被动地阅读，而应指导学生进行马可比乌所说的那种“摹仿”。因而，“诗艺”

① O. B. Hardison, Jr., ed. Medieval Literary Criticism: Translations and Interpretations. New York: Frederick Ungar Publishing Co., 1974: 13.

也就成为这类课程的教科书。

据说查理曼也对“加洛林文艺复兴”起到重要作用。他虽然目不识丁，却将大批学者召集到加洛林宫廷，兴办修院学校和图书馆，组织人力抄录古典文献。有研究者称：查理曼的文化顾问阿尔昆（Alcuin of York）根据5世纪修辞学家马提努斯·卡佩拉的记载，使这位皇帝了解到罗马时代的“七艺”之说：关于“语言”的语法学、逻辑学、修辞学（即中世纪从古罗马承袭下来的三种人文学科），和关于“事物”的天文、几何、算术、音乐（即古希腊的“四艺”）。从此“七艺”便成为学校必设的课程。

作为两组不同的技艺，“三艺”旨在教导心智和与心智相关的东西，即那些在思考和表达时所应遵从的规律和法则，以使人能够正确地思维和表达。因此，它们与解释和意义直接相关，由与语言密切相关的形式上的、抽象的、推理的东西构成。所以被称作“交谈技艺或交流技艺”，或统称为“逻辑学”。相反，“四艺”包括的都是与事物相关的知识，目的是使人对外在现实的和主宰这些外在现实的规律和法则有所理解和认识。天文学、几何学、算术学和音乐学各自涉及的是星宿的法则、空间的法则、数字的法则和声音的法则；因此，其所包含的技艺被称作“实际技艺或实践技艺”或者就称为“物理学”。这样，我们可以清楚地看到，“三艺”和“四艺”有不同的取向：前者面对人的心智，后者面对实在世界中的事物。由此我们也可以看出，现代西方教育的一些特征的来源。比如，被称作古典教育和专科教育的两大分支，以及由涉及人的真理的人文科学和涉及事物的规律的自然科学所构成的两大学科，以及二者为争取主导地位而展开的竞争。[①] 值得注意的是，对于中世纪人来说，“三艺”是从罗马人继承来的，“四艺”则是希腊人的思想。这样，当希腊人的“四艺”得到恢复时，后来人们所说的文艺复兴便已经开始了。

查理曼《论知识培养》

兹特晓谕尔等……在我们管辖下的主教区和修道院，不仅应该按圣洁的规章过修道的生活，还应该向……年轻人进行与他们程度相当的语文教育。服从一项规定就令人懂得秩序和高尚行为。努力教、认真学，就可以使人言语得体。这样，凡热心敬神、虔诚生活的人，都可以学会怎样说话得体。

虽然品行端正比学识更为重要，但学识比行为要先行一步。……凡学习不好的青年，他们也不可能虔诚。凡不读书识字的，也不可能懂得《圣经》的智慧。为此特请尔等注意……切勿忽略语文。

——李伯赓．欧洲文化史：上册．赵复三，译．香港：明报出版社，2003：134－135.

在加洛林王朝时期，阿尔昆的《修辞学》总结了以往的修辞学理论，以矫正对雄辩技巧和“修辞色彩”的过分追求；爱留根纳《论自然的区分》等著作，则包含着前所未有的理性精神，并且可能算是同时期最能启发文学批评的一种思想。但是，阿尔昆的主要兴趣并不在此，而爱留根纳直到12世纪才为人所知，因而他们的影响都不很大。事实上，西方研究者在这一时期发现的文学批评只有一部作品，即《〈诗艺〉集注》，其作者已不可考。这是一部对贺拉斯《诗艺》的详细注释，据认为其批评形式是语法学的，但讨论的重点却在于修辞学的内容。作者特

① 涂尔干．教育思想的演进．李康，译．上海：上海人民出版社，2003：61－65.

别强调“风格的节制”（stylistic restrain）和戏剧情节的“逼真性”（verisimilitude），同时他也肯定贺拉斯“学养重于天才”的观点，并同意诗歌具有道德教化和娱乐消遣两方面的功用。有人认为：这部著作可能是为语法课上阅读贺拉斯的学生们所写的辅助性教材，所论范围比较狭窄，没有涉及讽喻传统。

四、逻辑学与诗学

将诗歌与逻辑相联系的，始于亚里士多德著作的一些评注者。最著名的如公元3世纪的哲学家亚历山大（Alexander）。另外，马修（Matthew of Vendome）大约写于1175年的《论散文艺术》、杰维斯（Gervase of Melcheley）大约写于1215年的《诗艺》，也受到一些研究者的注意。马修是伯纳德（Bernard of Silvestris）的学生，杰维斯也多次引用伯纳德的著作，因而他们的观点在许多方面都与伯纳德相近。但是据认为这两部作品所透露出来的逻辑学兴趣，标志着逻辑学批评成为13世纪欧洲文学研究方法的主流。自此以后，经院主义的文学批评便根据亚里士多德逻辑学的体系来划分修辞格，而不再注重辞藻的色彩本身。

《埃克塞特书》中的“谜语诗”

《埃克塞特书》（*Exeter Book*）是公元10世纪的一部作品集，因藏于埃克塞特教堂图书馆而得名。该书收录了95篇谜语，均采用自由体诗歌的形式。其中第47首的谜底是“书虫”，全文如下：

一只蛾子吃了文字，对我那似乎
是疑惑的命运，当我知道那个奇迹，
虫子可以吞掉人的歌词，
黑暗中的贼子，奇妙的话语，
强者的支持。奇怪的贼人，
吃了字词，并没有增长资智。

——麦格拉思，编．基督教文学经典选读：上．苏欲晓，等译．北京：北京大学出版社，2004：174.

但是中世纪早期的人们似乎对此不感兴趣，到12—13世纪，本尼狄克修院的康拉德才论及此义，接着便有著名的“七艺之争”（the war of liberal arts）。以奥尔良为中心的教会学校强调语法，以巴黎为中心的新兴大学则坚持“逻辑才是学术的皇后”。1732年前后，法国诗人Henri d' Andeli写下的《七艺之战》（*The Battle of the Seven Arts*），刻薄地描述了当时的情形：

巴黎和奥尔良乱作一团，
大大的遗憾、大大的悲哀，
因为他们无法和谈。
你可知分歧的由来？

那乃是关于学问的争端。①

当时在巴黎的新兴大学中，逻辑学和辩证法逐渐成为主要课程，也成为经院主义思想家所依据的基本的方法论。他们嘲笑以奥尔良为首的旧式教会学校，嘲笑它们陈旧琐碎的语法学课程，并主张逻辑学应该成为语法、逻辑和修辞“三学科”之首。按照他们的看法，诗学也应当成为逻辑学的一部分——这甚至被认为是亚里士多德的思想。

亚里士多德的著作散佚已久，当时的学者正从阿拉伯文的文献中重新将它们译为拉丁文，这本来是希腊哲学在中世纪得以复兴的前提条件。而作为逻辑学之一部分的诗学概念也随之而来，并且显然被视为亚里士多德的观点。诗学成为逻辑学的一部分，也就等于说诗亦是一种手段，一种如同论辩逻辑甚至诡辩术一样的技巧，而不是像政治学、天文学那样的“科学”。这一类理论，在阿拉伯哲学家和神学家关于亚里士多德的评注中颇为常见，比如以“亚里士多德评注者”著称的阿威洛伊（Averroe，即伊本·路西德 Ibn Rushd）。

梯利笔下的阿威洛伊

阿威洛伊……是医生，又是哲学家。……他使阿拉伯思想达于顶峰，他的思想对基督教学者也有影响。

……阿威洛伊……的主要雄心是如实地表述真实的亚里士多德，可是……他不可能完成这项工作，一部分是因为他用新柏拉图主义先入的思想来解释亚里士多德学说，一部分是因为具有作为中世纪所有哲学家特征的、要把亚里士多德的理论同宗教要求调和起来的欲望。……阿威洛伊同他那学派所有的阿拉伯哲学家一样，认为普通人不能把握全部真理；在宗教中，人通过象征来领悟真理，对于那种象征，哲学家作譬喻的解释，而普通人则追求字面上的意义。因此，在哲学上为真者，在神学上则不真；反之亦然。阿威洛伊肯定他依靠理性必然可以推导出智慧的统一性，但根据信仰，他坚持相反的观点。阿威洛伊是宫廷医生，晚年被指控宣扬有害于伊斯兰教的学说，被逐出科尔瓦多的国王的宫廷。

不难看出，基督教教会为什么以怀疑的态度接受阿拉伯人的哲学礼物。基督教教会已经要同原有的多神论的异端进行斗争，不愿意再对异教徒的异端开放门户。

——梯利．西方哲学史：上册．葛力，译．北京：商务印书馆，1975：213-215.

其实正是在那些深受亚里士多德哲学影响的新兴大学之中，集中着经院主义时期最虔诚的神学思想家。经教皇批准并且托庇于罗马教廷的早期大学，开设了神学、逻辑学、辩证法、艺术、法学以及医学、数学等课程，同时以一种自由辩论的学术氛围成为经院主义的主要阵地。而经院的哲学家多为天主教修会的修士，他们首先关心的当然是神学问题，比如上帝的存在、三位一体、信仰与理性的关系、圣事的内容和意义等等。这些问题在教父时代的神学思想中都已涉及，但是经院哲学家们思考这些问题的方式，确实更多地带有亚里士多德逻辑学的色彩。他们相信逻辑论证是解决神学问题的最佳途径。因此安瑟伦（Anselmus）关于上帝存在的“本体论”证明以及后来托马斯·阿奎那的“宇宙论”和“目的论”证明才格外引人注目。在经院哲学家看来，13世纪知识分子的使命，就是用逻辑学的新方法解决基督信仰和人类存在的基本问题。

① O.B. Hardison，Jr.，ed. Medieval Literary Criticism：Translations and Interpretations. New York：Frederick Ungar Publishing Co.，1974：14.

安瑟伦的“本体论”证明

《论证》（*Proslogion*）一书约于1079年以拉丁文写成，书中安瑟伦提出神的定义为：“无法想象有比之更伟大的那一位。”他认为，若这个神的定义是正确的，自然指向神的存在。原因如下：若神不存在，则有关神的想法存在，但神的本体却不存在。然而神的本体比有关神的想法更大，因此假设神是“无法想象有比之更伟大的那一位”，则有关神的思想必定导致人接受神的本体。若非如此，则有关神的思想便成为人想得出的最大的思想，这与神的定义本身相抵触。既然有关神的思想存在，若接受“无法想象有比之更伟大的那一位”为神的定义，则神的存在是必然的结论。

如安瑟伦所说：这“无法想象有比之更伟大的那一位”，若我们能够想得出它的不存在，“无法想象有比之更伟大的那一位”便已经不是“无法想象有比之更伟大的那一位”。这是一个矛盾。因此却有“无法想象有比之更伟大的那一位”的存在，其不存在是不可想象的。

——麦葛福，编．基督教神学原典菁华．杨长慧，译．台北：校园书房出版社，1998：21－22.

康德对安瑟伦的批判

“存有”肯定不是一项真正的属性，亦即“存有”不是可以用来加之于某一件东西的观念，而只是对一件东西的断定或一种肯定，而其本身是已经存在的。……例如“神是全能的”这一命题中有两个观念，两个都有其受词：神及全能。“是”并没有添加新的属性，只不过断定了这属性与主词的关系。“神”是主词，有许多的受词（“全能”便为其中之一）。若我们根据这主词及其所有的受词，便说“神存在”或“有神”，这实际上并没有在有关神的观念上加上任何新的属性，我们只不过是将主词本身连接到已有的属性上。……即使我对其受词的理解是绝对的，这观念仍然不过指向一种可能性。……一张真实的百元大钞，其价值不会超过可能性的一百元；后者为此观念的本身，前者为受词及受词的肯定。在此情况中，我的观念不能够整全地表达受词……真实的一百元却比有关一百元的观念（亦即有关可能性的观念），对我的财务状况产生很不一样的影响。就受词而言，我的观念并不分析性地包括在其是否实际地存在上，而是综合性地纳入我主观性的观念之中。虽然我的观念中纳入了这一百元，但实际上在我观念以外，并没有实质地增加一百元。

——麦葛福，编．基督教神学原典菁华．杨长慧，译．台北：校园书房出版社，1998：36－37.

这一背景也决定了他们对于文学的基本态度。比如在“七艺之争”中与教会学校派对垒的代表人物阿伯拉尔（Petrus Abelard）给女友爱洛绮丝写信时曾说：“我对理论学说的关心，更胜过对雄辩口才的关心；我专心致志于描述的清晰，而不是滔滔不绝的辞藻堆砌；注重词语的意义，而不是修辞的华丽。”① 阿伯拉尔大约是当时最负盛名的诗人，他尚且如此看重“清晰”的“意义”，逻辑学对于其他经院学者的魅力就更是无可替代。

---

① 有研究者认为这些书信并非出自阿伯拉尔，而是由爱洛绮丝自己所写的。

阿伯拉尔的《是与非》和《苦难情史》

对基督教文学的发展，阿伯拉尔做出的最为卓越的贡献是他发表的《是与非》（*Sic et Non*）一书。该书采取一种罗列问题的形式，共列出158个众说纷纭的哲学和神学问题。对于这些显然有矛盾的问题，阿伯拉尔自己承担起辨析解答的任务。他采用了一种日后很盛行的说理方式……将各方意见进行综合，从而使显然对立的权威取得和解，这种知性思考的辨证方法成为日后西方教育的一个重要特征。

今天阿伯拉尔最为人乐道的，很可能是他与情人爱洛绮丝（Heloise）之间的恋情及其灾难性的后果。先是爱洛绮丝生了一个儿子，接着阿伯拉尔被爱洛绮丝愤怒的亲属阉割，最后两人退出尘世，到隐修生活中寻求庇护与慰藉。……阿伯拉尔和爱洛绮丝的墓可以在巴黎拉雪兹（Lachaise）神甫公墓找到。

……《苦难情史》（*History of Calamities*）采用书信体形式……是当时流传下来的可读性最强的作品之一；它除了是对巴黎大学正式成立前夕那段巴黎知识界生活的珍贵记录之外，还可看作是一幅异常坦诚的自画像，其中对爱情故事的叙述已成为西方文学的典范。

——麦格拉思，编．基督教文学经典选读：上．苏欲晓，等译．北京：北京大学出版社，2004：210－211.

不过我们可以从中世纪后期看到：神秘主义解经理论对于“逻辑”的最终冲击是致命的。尽管阿伯拉尔自幼师从名家——比如洛色林（Roscelin of Compiegne）和威廉（William of Champeaux），熟谙唯名论（Nominalism）和唯实论（Realism）两家的学说，但是他的逻辑论说确实不如那些神秘主义者的体悟更接近文学本身。

唯名论与唯实论

早期的经院学派（约1200—1350）是唯实论的天下，到了晚期（约1350—1500），唯名论接手。其区别可见于两者对两个白色石块的诠释。唯实论者认为，两个白石头中含有“白色”的共相观念，或者说“白色”的共相特征。这两个石头存在于时间和空间当中；共相的“白色”则在另一个形而上（metaphysical）的世界。唯名论者对于“白色”的共相之说不以为然，主张应将注意力放在个体——两块白色石头上，所谓“白色共相观念”是多余的。

此处，“共相”（universal）一词需要多加解释。比如……人，一直举例下去，我们可以看到一个共同的模式：所有被提到名字的人都是人类的实例。唯实论者于是声称，一个抽象的“人类”观念，亦即共相，其实存在。每一个个体……都是这个共相的个别实例……而共有的人类特点，本身是独立的。

——麦葛福，著．基督教神学手册．刘良淑，等译．台北：校园书房出版社，1998：52－53.

根据以“逻辑”论诗的思路，诗所能蕴涵的意义和道德教训，当然不如直接的神学阐释。所以热衷于知识秩序化的经院哲学家，在学科体系的分类中把诗歌和诗学归入逻辑学，认为文学的独特方法也不过是“想象性的推理”。一旦对“诗学”做出这样的界定，也就否认了诗歌历来被宣称的“既提供快感又提供教益”的功能。而在整个中世纪，“读诗”的主要理由就是从中得到有益的“教训”；与逻辑学过多联系的诗学，虽然可能在客观上削弱基督教文学的说教意味，但同时也会在一定程度上排斥诗歌的人文价值。

这样，可能我们通常的印象恰好相反：当中世纪的新兴大学强调逻辑学，并似乎由此才能让诗歌和诗学在“人文学科”中占有一席之地时，后世却有研究者指出，经院主义的“人文学科”观念使文学蜕变为“工具”或“能力”，其中可能恰恰暗含着反人文主义的因素。

后来亚里士多德著作的主要译者阿维洛伊，更为完整和客观地将《诗学》介绍给西方世界，乃至有的研究者认为：典型的“阿维洛伊主义”倾向就是对文学的逻辑意义和伦理价值并重。不过也有人指出：阿维洛伊主义对亚里士多德学说采取了一种比较激进的引申，同阿维洛伊本人的观点并无多大关系。

经院哲学与中世纪以降的人文教育

天主教会对世俗学问与异端议会的态度……经历了重要的改变。……由于大部分欧洲大陆现在已是基督教的天下，教会的精神与理智权威是至高无上的。知识与文化的其他渊源不再对它构成威胁，尤其当教会能够把它们结合进包含一切的自身结构时。……七种人文学术（liberal art）包括“三法”（trivium，文法、修辞学和辩证法）和“四艺”（quadrivium，算术、音乐、几何与天文学）……这种教育观念成为欧洲各种大学的发展基础。……古希腊的教育体系再一次以新的形式出现。

……耶稣会承担了教育年轻人，尤其是统治阶级中的年轻人的责任。……他们的教育策略不仅包括天主教信仰与神学，而且包括……完全人文主义的项目：拉丁与希腊文学、修辞学、逻辑与形而上学、伦理学、科学与数学、音乐甚至绅士的表演与击剑艺术。……这样一种人文教育规范……在受教育的欧洲人当中必然出现一种明确非正统的，走向多元论、怀疑论甚至革命的理智倾向。伽利略与笛卡尔、伏尔泰与狄德罗全都受过耶稣会的教育，并不是偶然的。

——塔那斯．西方心灵的激情．王又如，译．台北：正中书局，1993：205-206，289-290.

后来，托马斯·阿奎那和罗吉尔·培根（Roger Bacon，1214—1294）都转而肯定诗歌在科学体系中的双重地位：从技艺的方面说，它是逻辑学的一部分；作为一种活动，它又是一种伦理教训或者树立道德范式的方法。但丁在《致斯加拉亲王书》中更明确地宣称：《神曲》就是一种道德哲学。意大利作家默萨托（Albertino Mussato，1261—1329）和薄伽丘都同意但丁的看法，认为“诗歌教人以美德”，并且还引证亚里士多德《形而上学》的观点，认为“诗歌与神学同源”。这样，中世纪文论与中古人文学科的关联及互动，最终既提高了基督教文学的地位，又从不同的方向上丰富或改造了神学批评的主流。

五、希腊思想影响下的讽喻批评传统

公元 313 年君士坦丁和李锡尼共同签署《米兰赦令》以确认基督教的合法地位之后，基督教思想家开始更自觉地将古老的“二希”文明熔铸在一起。希伯来文明和希腊文明相互竞争和影响的结果当然是文化融合，但是即使在今天，这两种文化精神之间的差异仍然存在，也仍然在共同影响着西方的文明。这也就是为什么舍斯托夫（Lev Shestov）、斯特劳斯（Leo Strauss）等后世思想家都会以“雅典还是耶路撒冷”来讨论哲学还是神学、信仰还是理性的问题。

事实上，所谓“雅典还是耶路撒冷”这个问题就是出自生活在 2 世纪的早期神父、拉丁语神学家德尔图良，他以一贯雄辩的语言提出那著名的质疑："耶路撒冷和雅典有何相干？教会又和学园有何相干？"（What indeed has Athens to do with Jerusalem? What concord is there between the Academy and the Church?）[①] 这也是对于《新约·哥林多前书》的呼应："十字架的道理，在那灭亡的人为愚拙；在我们得救的人却为神的大能。就如经上所记：'我要灭绝智慧人的智慧，废弃聪明人的聪明。'智慧人在哪里？文士在哪里？这世上的辩士在哪里？……犹太人是要神迹，希腊人是求智慧。"（《哥林多前书》，1：18～22）然而十字架上的道理最终还是需要用希腊人的智慧加以说明的，这就是何以后来新柏拉图主义和新亚里士多德主义成为中世纪基督教思想之组成部分的重要原因。

以哲罗姆和奥古斯丁等人为代表的早期教父，被认为是这一次大规模文化融合的奠基者。在这个时期，基督教早期神父中出现了几位出色的人物，即所谓的拉丁教会四博士：圣哲罗姆、圣安布罗修、圣奥古斯丁和圣格利高里。他们不仅为基督教与古典思想的融合奠定了基础，而且在美学和文艺理论方面也都做出了一定的贡献。

首先值得注意的就是圣哲罗姆，他是拉丁文《圣经》的译者，其译本的权威性至今仍然被天主教会所认可。作为博学的教会学者，圣哲罗姆将一生大部分精力花在学习《圣经》语言（即希腊语、希伯来语、古叙利亚语等上）；作为罗马人，他对于其生活时代的堕落深恶痛绝；作为基督教徒，他又反对纯粹的美学和世俗的艺术。不过，他所受的教育和他本人的学识和修养，使他无法放弃对于古代学术和文学的迷恋。他曾表示，为了那些珍藏的书籍，他很容易放弃自己的财富，但要把对基督的虔诚置于对藏书的珍爱之上，却不是那么容易。为此，圣哲罗姆曾经陷入精神危机，据说后来是在梦境中幡然醒悟："贺拉斯同《诗篇》有什么关系？维吉尔同福音书有什么关系？西塞罗同使徒有什么关系？……尽管'在洁净的人，凡物都洁净'，并且'凡神所造的物都是好的，若感受着领受，就没有一样是可弃的'，我们却不可同时从基督的杯中和魔鬼的杯中饮酒。"尽管如此，圣哲罗姆实际上还是同时饮了两个杯子中的酒。他为自己找出的理由是：只要将手段和目的加以区别，异教的古典作品就有助于追求基督教智慧。为此，他列举了大量例证，例如《圣经》中大卫是用歌利亚的刀砍下了哥利亚的头，俘虏的妇女也可以"给她剃发，剃眉，修指甲，然后娶她为妻"。圣哲罗姆借此发展出一种寓意的解经方法："如果我倾慕虏来做使女的妇人（她象征世俗智慧）言谈的优雅，我为什么不能让她成为合乎规矩的、真正的以色列女人呢?"在写给年轻的罗马女贵族尤斯特修慕的书信中，他还流露出某种性爱神秘主义的思想，虽然《雅歌》中已有"修女是基督的新娘"之寓意，但通常认为真正对此加以神秘主义解释和实践的，可能始于哲罗姆和他的女弟子。到了中世纪晚期，这种神秘主义思想成为一种潮流。

基督教作为新的主流信仰，一方面深深影响了希腊-罗马的古典传统，一方面又从古典文化中汲取了大量养分。在加洛林王朝建立前的5—8世纪之间，已有一些涉及文学批评的文字明显带有了这一特色。其主要的模式既是以古典传统为根基，又毫不掩饰基督教自身的信念和趣味，甚至有些批评直接服务于神学的目的。

这一时期基督教对古典批评传统的影响，首先是在于基督徒对希腊-罗马文学的读解和取舍。例如被称为"最后一个罗马人"的波爱修（Boethius，480—524），在皈依基督教信仰的时

① Colin Brown. Christianity & Western Thought: A History of Philosophers, Ideas and Movements: Vol. I. Downers Grove, Illinois: InterVarsity Press, 1990: 91.

候“从毕达哥拉斯学派和柏拉图那里分别汲取了数学和精神的因素”，并且使“这两者都投合了中世纪的需要”①。

波爱修其人其说

波爱修成功地翻译了亚里士多德的《范畴篇》，并译出波菲利的《亚里士多德〈范畴篇〉导论》作为序言。他还写了几篇注释和逻辑论文。这些著作成为中世纪欧洲逻辑学的基础。……由于被控谋反，他被投入监狱，饱受折磨之后被处死。在监狱中他写下了名著《论哲学的慰藉》(*On the Consolation of Philosophy*)。……引人注目的是，在波爱修一生最艰难的时刻，他求助的是哲学而不是他的天主教信仰。

……对波爱修而论，唯一、单纯的上帝不仅是至高的存在、至高的善和至高的动力，上帝还是事物自身，其他事物只能靠分有上帝或作为上帝的影响而获得其自身。不仅如此，善与存在完全是一回事，恶和存在的缺乏（lack of being）也是一回事。(《慰藉》第三章第12节，该节标题为“当实体的存在缺乏实质性的善时怎么可能是善的?”)

——埃米尔森．新柏拉图主义．宣方，张雪松，译//福莱，主编．劳特利奇哲学史：第二卷：从亚里士多德到奥古斯丁．冯俊，等译．北京：中国人民大学出版社，2004：451.

圣奥古斯丁通过《忏悔录》追悔自己早年对古典文化的痴迷，也是从中体悟着新的启示。而还有更多的基督教思想者致力于古典文化的重新阐释，使得上一节所述的评注式批评、诗人批评等不仅形成风气，而且直接成为“解经”的铺垫。从而维吉尔、奥维德、贺拉斯、泰伦斯等古代作家的著作可以在中世纪的基督教读者中广为传诵，并已经通过这一类批评或重述多少带有基督教的寓意和教训。后来拉班·马罗（Rabanus Maurus）在《论教士的培养》中，十分形象地总结了异教文学被基督教文化吸收的过程：“如果我们想阅读异教徒雄辩而华丽的诗篇和著作，我们必须像《申命记》中对待被俘的妇女一样去对待它。……如果发现有用的东西，就把它吸取到我们的教义中来；如果其中充斥着有关偶像、爱或世俗的内容，就拒绝它。我们应该为一些书修理容貌，对另一些书则要用锋利的剪刀剪掉它的指甲。”②

另外，基督教信仰的确立，使西方人不得不接受《圣经》所提供的一套始于“创世”的历史纪年体系，而这与古罗马希罗多德和修昔底德对历史的描述大不相同。因为在基督教的纪年体系中，希伯来文化早于希腊文化，因而希伯来的文学应当首先影响了希腊文学。哲罗姆和伊西多尔（Isidore）都持此种看法，认为希伯来人的诗歌及其研究要比希腊人要早得多。《旧约》是希伯来文学的代表作，基督教批评家们相信：希伯来文学影响希腊文学的证据就在其中。比如伊西多尔提出：“远在荷马之前，摩西就在《申命记》中使用了英雄诗体。”这基本上代表着中世纪前期形式批评和比较研究的主调。上一节述及的马可比乌、哲罗姆、比德、康拉德等人的论述，均属此类。

如前所述，中世纪早期文学批评中的实用主义原则比较明显，因而文学作品首先被视为语言分析的样本，以培养人们更好地理解《圣经》和布道。贺拉斯的《诗艺》、维吉尔的《牧歌

---

① 塔塔科维兹．中世纪美学．褚朔维，等译．北京：中国社会科学出版社，1991：101.

② O. B. Hardison, Jr., ed. Medieval Literary Criticism: Translations and Interpretations. New York: Frederick Ungar Publishing Co., 1974: 5.

集》、泰伦斯的喜剧，在当时都是语法课的常规教材。而新柏拉图主义及其影响下的“讽喻说”，则从另一个方面构成了这一时期最为重要的批评传统。

一般认为，新柏拉图主义的主要代表普罗提诺，将柏拉图的客观唯心主义哲学、基督教神学观念与东方神秘主义等思想熔为一炉，从而为基督教文论的基本取向和奥古斯丁等人的思考铺平了道路。所以人们将他视为教父哲学的鼻祖。与柏拉图的“理念”相似，普罗提诺也将美的根源归结到彼岸世界，并对有别于世俗艺术的“美”的追求本身怀有极高的期待。这一方面使西方人借助艺术寻求超越的冲动得以传递，另一方面也必然要求批评去揭示文学背后所隐喻着的永恒真理甚至信仰的启示。这一思路在客观上又与古老的讽喻批评传统自然相接。因此从教父时代开始，讽喻批评就在中世纪不断地延续。

西方文学的讽喻传统，在希伯来文化和希腊文化中都可以找到深刻的根基。早期的基督教解经学者不仅看到《圣经》本身的丰富寓意，也知道古希腊文学包含着“宗教上的启示录”。比如赫西俄德的教诲诗，俄耳甫斯的宗教诗、伊索的寓言都必然引出讽喻性的解释。并且早在古希腊晚期，斯多葛学派的创始人芝诺就曾以讽喻证明神话中的哲学真理，他的后继者克利安西和克吕西波对这种批评方法的运用更为广泛。而中世纪前期的这一类代表作，当属马可比乌的《〈斯齐皮奥之梦〉注》和富尔根蒂（Fabius Planciades Fulgentius，约6世纪）的《维吉尔思想的道德哲学说明》等。富尔根蒂甚至把维吉尔的作品视为道德哲学寓言，并认为他的田园诗《救世主》是对基督诞生的预言。这种对异教文学的讽喻式读解，后来在整个中世纪都非常流行。

与此同时，世俗的文学批评也受到了讽喻传统的影响，并沿着类似的途径向前发展。由新柏拉图主义衍生出来的讽喻性文学解释，还有伯纳德（Bernard of Silvestris）的《〈埃涅阿斯纪〉前六卷评注》留下的一定影响。伯纳德在《〈埃涅阿斯纪〉前六卷评注》的开篇即写道：维吉尔“关心着两种原则……他既揭示哲学的真理，又没有忽视诗人的虚构”。史诗中埃涅阿斯的遭遇，被解释为“关于智者探索人类经验的寓言”，“他可以关注更高的事物（不可见的事物），并从万物中更容易地认识造物主”①。因此，在创作中，诗人遵循着两种秩序；一种是虚构的，一种是自然的。“作为诗人，他遵循的是虚构的秩序，作为哲学家，他遵循的是自然的秩序。”按照这种解释，《埃涅阿斯纪》的全部六卷都有了寓意，按顺序分别对应于人的婴儿、童年、少年、青年、成年和成熟的智者。因此，史诗所描写的不仅是埃涅阿斯个人的生活事件，同时也是人类的成长过程。

关于这一位伯纳德的生平，几乎找不到文献记载。他的其他一些有案可查的著作是《论宇宙的起源》（*Cosmographia*）、《论命运》（*Mathematicus*）以及两首短诗。他好像特别关注宇宙的问题和人类在其中的位置，所以对柏拉图《蒂迈欧篇》之类的著作显得比较熟悉。西方的研究者认为：甚至他对《埃涅阿斯纪》的评注也不仅继承了马可比乌和富尔根蒂的批评思想，而且还借鉴了波爱修的《哲学的慰藉》和卡西第乌的《柏拉图〈蒂迈欧篇〉注》。

对中世纪文论影响最大的“讽喻说”，以亚历山大教理学派为代表。而犹太教的《圣经》观和释经学，又可以被视为“讽喻说”的先声。

根据犹太教经学学校（rabbinic schools）、库姆兰宗团（Qumran community）和哲学家菲

---

① O. B. Hardison，Jr.，ed. Medieval Literary Criticism：Translations and Interpretations. New York：Frederick Ungar Publishing Co.，1974：20-21.

洛的文献，西方学者将犹太教的释经活动归纳为四种基本方法，即文字的诠释（literalist interpretation）、经学的诠释（midrashic interpretation，又译“米德拉西”、“米大示”、“米德辣市”或“旧约注释”①）、神秘的诠释（pesher interpretation，即古代叙利亚文《圣经》的注释）和寓意的诠释（allegorical interpretation，或译“讽喻的诠释”）。②

文字诠释的方法，被认为主要来自《旧约·申命记》中的律法诠释。律法需要比较严格的文字规定，然而如果认定上帝与其“选民”之间有一层特殊的关系，纯粹的文字诠释有时还缺乏必要的弹性。所以拉比学者实际上常常将文字的释经转换为具体的经文注释。这就是经学诠释的方法。

经学诠释最典型的例子是产生于公元 2 世纪的《米德拉西书》。该书逐一讲解犹太教《圣经》的各个篇章，在 6—10 世纪最终成书后被基督教称为《旧约注释》。经学诠释试图更深入地读解文本，以揭示字面意义背后的真正内容。但是释经者显然也担心“启示性的诠释”会导致有意或无意的误读，因此从公元 1—2 世纪开始，就有一套具体的规则随之产生，并且不断被完善。这些规则主要强调文本语境的重要性以及相似文本之间的关联，以便通过各段经文的“对观”达成更准确的诠释。这条线索至 12 世纪又有迈蒙尼德的《迷途指津》一书③，而当代学者列奥·斯特劳斯（Leo Strauss）④ 对该书的毕生研究，则使犹太教释经学成为“隐微写作”（esoteric writing）之诠释学命题的重要资源。⑤

神秘的诠释特别体现于库姆兰宗团。他们认为“神圣的神秘”需要严格的会规、富于暗示性的经典以及专门释经的“诲道者”。这样，库姆兰宗团不仅保存了大量的宗教文献，而且也通过他们庄严的诠释活动，使《圣经·旧约》中的预言同当时甚至后世的真实事件联系起来。⑥ 就此而论，《死海古卷》虽然包含了《旧约》绝大部分篇章的抄本以及一些“次经”和“伪经”，昆兰社团对这些经文的理解却是相当独特的。这种以真实事件来印证神秘意义的诠释方式，不仅不能说对后世毫无影响，甚至可以说是一种神秘信仰的滥觞。乃至直到当代社会，仍然有人在总结《圣经》中的哪些预言已经应验。

寓意的诠释是用象征的方式理解《圣经》文本，从而指向更深层的意义。犹太哲学家菲洛被认为是此种方法的肇始者。据说，他“通过寓意诠释可能贬低上帝启示之尊严的一切经文，比如创世记载中的荒谬部分，律法中的不合理内容，或者摩西五经之历史叙述中的枝节琐事”⑦。总之，一旦释经者发现《圣经》文本以拟人的方式谈论上帝，大概就需要用象征性的释义来维护上帝的超越意义。这恐怕也是后来各种寓意批评的相似立场，至于如何判断“上帝的超越意义”被忽略、如何确定寓意批评的正当起点，则是始终被搁置的另外一些问题。

基督教思想的发展从一开始就是建立在对于《圣经》特别是《新约》文字的阅读、理解与

---

① 宗座圣经委员会文告．教会内的圣经诠释．冼嘉仪，译．香港：思高圣经学会，1995：32.

② 关于犹太教释经学的四种方法，主要参考了：Werner G. Jeanrond. Theological Hermeneutics: Development and Significance. London: Macmillan, 1991：15－22。

③ 迈蒙尼德．迷途指津．傅有德，等译．济南：山东大学出版社，1996.

④ 伽达默尔提到斯特劳斯“一系列关于政治哲学的卓绝书籍”，认为他“以一种间接的方法对诠释学理论做出了……重要的贡献”。可参见加达默尔．真理与方法．洪汉鼎，译．上海：上海译文出版社，1999：702－713.

⑤ 坎特．施特劳斯与当代解释学．第五节．程志敏，译//香港汉语基督教文化研究所《道风》未刊稿．

⑥ 杨朝辉．《死海古卷》和库兰宗团//基督教文化学刊：第 2 辑．北京：人民日报出版社，1999：168－197.

⑦ Richard N. Longenecker. Biblical Exegesis in the Apostolic Period. Michigan: Eerdmans, 1975：46.；Werner G. Jeanrond. Theological Hermeneutics: Development and Significance. London: Macmillan, 1991：17.

阐释之上的。正是在释经的活动中，产生了对于世俗文学艺术有极大影响的讽喻（寓意）批评传统（allegorical criticism）。事实上，在圣保罗的书信中，我们就可以看到讽喻批评的最早理论雏形。

保罗论“字句”和“精意”

你们明显是基督的信，藉着我们修成的。不是墨写的，乃是用永生神的灵写的。不是写在石版上，乃是写在心版上。我们因基督，所以在神面前才有这样的信心。并不是我们凭自己能承担什么事，我们所能承担的，乃是出于神。他叫我们能承当这新约的执事。不是凭着字句，乃是凭着精意。因为那字句是叫人死，精意是叫人活。

——新约·哥林多后书．3：3-6．

从总体上看，尽管基督教及其《新约》的诞生都以脱离犹太教为前提，但是早期基督教释经学基本上还是沿袭了犹太教的释经原则。比如当时最系统地发展了基督教释经理论的亚历山大学派和安提阿学派。

安提阿学派比较重视文字的诠释，因为象征、寓意都可能忽略《圣经》的真实性。其中最重要的证据，就是耶稣基督的实际降临。他们认为《旧约》先知们对耶稣的描述并不是象征性的，而是真实的。有研究者指出：安提阿学派同亚历山大学派的方法论分歧，在于前者更倾向于亚里士多德，而后者较多柏拉图的色彩。①

亚历山大学派主要是指先后担任亚历山大教理学校校长的克莱门和奥利金。他们的释经学思想都比较明显地体现着菲洛哲学的影响。阅读的目的是理解文本的精神实质，而不仅仅是字面意义。文字作为符号，并没有持久不变的意义，其作用是以寓言的形式传达文字所包含的精义，即精神实质。由此，便产生了以克莱门和奥利金为首的亚历山大学派的寓言式解经方法。其中克莱门的象征和寓意式释经方式虽然尚不完整，却也为后来的寓意批评提供了一些有趣的实例。

克莱门论“解经”的四种方法

律法的意义应当按四种方法来理解（除了字义法以外）：表达一个标记、建立一个正确行为的命令、彰显一个预言。

——麦葛福，编．基督教神学原典菁华．杨长慧，译．台北：校园书房出版社，1998：65．

克莱门在他的《杂记》之中，就提及了《圣经》字面意义和历史意义之外的潜在内容。但是他做出的一些寓意性解释及其赋予其间的微言大义，有时实在难免使人感到牵强。比如《旧约·箴言》有“要喜悦你幼年所娶的妻……为何抱外女的胸怀”一句，克莱门将“外女”解释为“俗世文化”，并认为这一箴言乃是“教我们固然可以使用俗世文化，但不得与之常常同在”。另外亚伯拉罕的妻子撒拉起初不能生育，克莱门从中读出的意义是：“与相信的人同住的智慧……和美德，在那世代是不育无子的。”后来撒拉为了传宗接代而让埃及使女夏甲与亚伯拉罕“同寝”，克莱门认为这意味着“先与俗世文化接触”，因为“埃及就象征着世界”。而到夏甲生子得宠，撒拉心生嫉妒的时候，亚伯拉罕曾说：“使女在你手下，你可以随意待她”

① Werner G. Jeanrond. Theological Hermeneutics：Development and Significance. London：Macmillan，1991：21.

(《创世记》，16：6)；这又被克莱门大大引申：“……意思显然是说：‘我把俗世文化怀抱为年轻的使女，但我把你尊重为真实的妻子……’”他甚至相信，夏甲服侍撒拉，正等于“哲学为神学的婢女”①。这类寓意批评在公元2世纪还有所谓的“巴拿巴书信”（the Letter of Barnaba)②，其中居然将《旧约》提及的“禁食猪肉”诠释为“人们不应当与像猪那样的人为伍”，乃至被当代神学家艾伯林称为“寓意解经方式……的荒诞实例”③。

克莱门的学生奥利金在这种过于具体的寓意性解释方面似乎有所节制，但是强调寓意意义的释经学理论却通过他而更趋完备。他的主要神学著作《基督教原理》（*On First Principles*，又译《第一原则》）将《圣经》诠释的问题放在最后一部分，据信是要通过上帝、宇宙和人类拯救问题的相关讨论，最终形成自己的诠释学方法。④

人们通常将《圣经》的四重意义之说归于奥利金的名下，即字面的意义旨在记述历史，象征的意义可以昭示信仰，比喻的意义是为了指导行为，神秘的意义是要透露希望。伽达默尔也曾沿用类似的归纳：“奥利金和奥古斯丁总结的诠释学，在中世纪被卡西安加以系统化，并进一步发展成为四种字义的方法。”⑤ 实际上奥利金在其著作中只提到了文字的（literal，“体”)、道德的（moral，“魂”）和精神的（spiritual，“灵”）三重意义；其神学诠释的实践，则主要是围绕文字的意义和精神的意义而展开。

奥利金的“读经三法”

《圣经》的意义按照三种不同的方式，被铭刻在每个基督徒的“灵”里。首先，最简单的一种，是人受到《圣经》“体”的熏陶，这是指立即接受。其次，那些有长进的人则受到《圣经》“魂”的熏陶。第三，完全的人则受到《圣经》“灵”的律法的熏陶……

有些经文没有“体”，我们只能从中汲取“魂”及“灵”。或许这便是《约翰福音》中所描写的水缸：“照犹太人洁净的规矩，有六口水缸摆在那里，每口可以盛两三桶水。”(《约翰福音》，2：6)《圣经》在此暗示，使徒呼召犹太人藉着《圣经》的话语得到洁净，而《圣经》有时包含两桶水，亦即“魂”及“灵”，有时包含三桶水，亦即包括“体”在内。……那些能够解释“属肉体的以色列人”(《哥林多前书》，10：18）的敬拜的意象、“天上事的形状和影像”(《希伯来书》，8：5）以及“律法即是将来美事的影儿”(《希伯来书》，10：1)的人，便是能以“灵”去解释《圣经》的人。

——麦葛福，编．基督教神学原典菁华．杨长慧，译．台北：校园书房出版社，1998：67-68.

“寓意”的诠释理论，无疑被他视作打开精神之门的钥匙。⑥ 因此奥利金相当坦率地说：

---

① 克莱门．杂记//罗竹风，主编．宗教经籍选编．上海：华东师范大学出版社，1992.

② 巴拿巴是早期教会所拣选的使徒之一，可见于《新约·使徒行传》第15章。

③ 艾伯林．神学研究：一种百科全书式的定位．李秋零，译．香港：汉语基督教文化研究所，1999：40.

④ Werner G. Jeanrond. Theological Hermeneutics：Development and Significance. London：Macmillan，1991：20. 马有藻《基督教神学思想史导论》将这四部分分别译为“论神与天使”“论世界与人”“论自主权与影响”“论圣经”，见该书47页（香港：天道书楼，1995)。赵敦华《基督教哲学1500年》则译为“上帝”“世界与人”“自由意志”“《圣经》解释原则”，见该书97页（北京：人民出版社，1995)。

⑤ 加达默尔．真理与方法．洪汉鼎，译．上海：上海译文出版社，1999：716.

⑥ 关于这一点，伽达默尔已注意到“古代诠释学的核心问题乃是寓意解释”。加达默尔．真理与方法．洪汉鼎，译．上海：上海译文出版社，1999：715.

“圣灵解释者的主要目标，是保留精神意义在应当做的或已经做的事情中的一致性。如果他发现历史中发生的事件可以适合一个精神意义，他就以叙事的风格组合这两者，把精神意义隐藏在事件深层；在历史传说不能与精神一致性相适合的地方，他有时会插入没有发生或不会发生的事件以及可能发生但未发生的事件……”① 既然《圣经》当中可以“插入没有发生或不会发生的事件”，“文字的意义”就更是不足为训。

圣伯纳德论“寓意解经法”

“房屋”应指基督徒群体大众，“栋梁”是指教会及国家中有权势、有尊严的统治者，他们藉着明智和坚定的法律，将基督徒群体“团结”在一起。……“椽子”是指紧紧地附在“栋梁”之上，以王室的风格装饰房屋，这应当是指出任圣职者善良而井然有序的生活，以及教会适当地执行教会的圣礼。

——麦葛福，编．基督教神学原典菁华．杨长慧，译．台北：校园书房出版社，1998：73.

始于犹太教释经学的四种方法和四重意义，在奥利金以后（特别是经过托马斯·阿奎那的重述）基本上被明确地归为“文字的”和“寓意的”两种，而追寻言外之意的努力始终体现在奥利金式的释经活动之中。

托马斯·阿奎那论词语的“单一意义”、“双关意义”和“类比意义”

我们不可能用任何“单一意义”的用语来形容神及受造物。原因在于，所有小于其成因的成果，都不足以充分地代表其成因。成因或是单一的，但产生的成果却会有多种不同的形式。

……当“智慧”被用来指人类时，已经为其所象征的人类的某一特性界定，但当此词被用来指神时，情况却截然不同。当此词被用来指神时，其意义不但不受我们对此词定义的限制，反而更是超越我们对此词的定义。由此显而易见，“智慧”一词用来形容神与形容人类，具有不同的意义；其他的用词也是一样，形容神及受造物的字并非具有“单一意义”。

有些人说，形容神及受造物的字词只不过是“双关意义”，但事实并非如此。若事实是如此，则我们永远无法用有关人的陈述来论证有关神的陈述。……由……保罗的话，可知此点：“虽是眼不能见，但藉着所造之物，就可以晓得。”（《罗马书》，1：20）因此我们必然要做出的结论，便是以内感以形容神以及受造物的字词，乃是根据类比的原则，亦即二者之间有某些程度的相似。

……形容神及受造物的字不是“单一意义”，也不全是“双关意义”，而是“类比的意义”。我们若不以造物为基础，根本无法论及任何有关神的事。

……一个字词可以有几个不同的“类比的意义”，象征与某物不同的关系。

——麦葛福，编．基督教神学原典菁华．杨长慧，译．台北：校园书房出版社，1998：27－28.

犹太教的释经学方法经过克莱门、奥利金等人的传递，在中世纪可以追寻到极为久远的痕迹。比如除去奥古斯丁、托马斯·阿奎那都进行过相关的讨论之外，至13世纪有丹麦的奥古

① 赵敦华．基督教哲学1500年．北京：人民出版社，1995：98.

斯丁（Augustine of Denmark）将寓意说概括为两行著名的诗句："文字告诉你情节，寓意点拨你信仰；道德指导你行为，比喻留给你希望。"① 14 世纪又有尼古拉（Nicholas of Lyra）的双行诗："文字告诉我们天父上帝的作为，寓意告诉我们隐秘信仰的所在，道德意义规范我们的日常生活，神秘的意义揭示我们奋斗的目的。"②

马丁·路德论《圣经》的四重意义

"我要用灵歌唱，也要用悟性歌唱。"（《哥林多前书》，14：15）"用灵歌唱"是指用属灵的热情和感受来歌唱；与此相反的，是那些只用肉体来歌唱的人……那些对诗篇只有属肉体的理解的人。例如犹太人，只将这些经文指向古代历史，而与基督无关。但基督却已经开启了属他之人的心智，让他们能够明白《圣经》。……

	锡安山	
	字句是叫人死	精意是叫人活，指巴比伦的教会而言
历史 historical	按历史而言，是指迦南地	按历史而言，是指居住于锡安的人
寓意 allegorical	按寓意而言，是指会堂或其中一些重要人物	按寓意而言，是指教会，或指教会中的博士、主教或其他重要人物
比喻 tropological	按比喻而言，是指法利赛人或律法上的义	按比喻而言，是指因信而得的义，或某种其他更出色的义
类比 analogical	按类比而言，是指肉体将来会得荣耀	按类比而言，是指在天上永恒的荣耀

但是……在《圣经》中，除非别处按历史明文记载相同的真理……不能够用寓意、比喻或类比的方法来解释。否则，《圣经》将会变成一场闹剧。

——麦葛福，编．基督教神学原典菁华．杨长慧，译．台北：校园书房出版社，1998：78－79.

当代美国批评家詹姆逊（F. Jameson）的《政治无意识》一书，将奥利金的"四重意义说"称为"西方传统中第一个伟大的阐释系统"。同时他用"政治"代替"神学"，认为字面的意义即是历史和文本的指涉，寓意的意义可以被理解为阐释符号，道德的意义是个体对文本的读解，神秘的意义则是历史当中的"集体无意识"。

詹姆逊论"四重意义系统"

神秘阐释的——————————政治的解读（历史的"集体"意义）
道德的————————————心理的解读（个别主体）
寓言的————————————寓言手段或阐释符码
直义的————————————历史或文本指涉

① 宗座圣经委员会文告．教会内的圣经诠释．冼嘉仪，译．香港：思高圣经学会，1995：61. 译文略有调整。

② 此处提及的两种"双行诗"，在英文中通常都译作四行，拉丁文原文则为两行。比如：Littera gesta docet，quid credas allegori；Moralis quid agas，quo tendas anagogia. 见：Werner G. Jeanrond. Theological Hermeneutics：Development and Significance. London：Macmillan，1991：27. 前一种双行诗的拉丁文与此相差无几。

这个四层面或四重意义系统尤其具有启示意义，它给阐释困境提供了解决办法。……这个方案的整体封闭性……是有意义的，尤其是在当代美国“多元主义”的意识形态氛围中。……多元主义表示多种方法和阐释在知识和学术市场上的共存是一回事；而将其作为关于意义和方法的无限生成及其与这些意义和方法的相互替代性最终相等的命题时，却完全是另一回事。……在特定文本语境中的确只有有限的可能阐释，而多元主义……最紧密依附的方案却大部分是消极的：预先阻止阐释结果的系统表达和总体化……只能引起关于它们之间关系的令人难解的问题，尤其是关于历史地位以及叙事和文本生产的终极基础的问题。

……弗莱对传统中世纪意义阐释的四个层面的重构……是有意义的和表征的：人们想起他的“符号理论”把古老的四重图式重写成四个“方面”（phases）：直义的和描写的方面、形式的方面、神话的或原型的方面以及神秘解释的方面。弗莱所说的“方面”，并非完全意指独特的阐释符码，而是一种专注——我们……称之为阅读心灵趋于文本现象的特定秩序的“视域”或“组合”，“可以将整个文学艺术作品置于其中的一系列语境或关系”，以至使这个特定的语境决定特定类型的阐释。

——詹姆逊．政治无意识．王逢振，等译．北京：中国社会科学出版社，1999：22，59.

圣维克多学派的雨果（Hugh of St. Victor）的出生时间和地点都没有记载，后人只知道他大约是在1125年同叔叔一起进入圣维克多修道院。但是，他的博学与神学造诣在中世纪获得了极高的评价，有“第二个圣奥古斯丁”的美称。波拿文都拉在品藻基督教神学家时甚至认为：奥古斯丁和安瑟伦、格利高里与伯尔拿、伪狄奥尼索斯与里查德分别代表了三类不同的贡献，而唯独雨果兼有三家之长。雨果试图完成而且也的确大都完成了的，是一系列承前启后的工作。例如，他要将哲学的思辨转化为对神秘智慧的宗教追求，他要充分解释宗教语言的象征性质以达成对《圣经》的神秘感悟，他还要将伪狄奥尼索斯的宗教冥思融入自己的哲学思考。

因此，雨果首先将当时现有的21种知识归纳为四类：导致真理的理论知识，带来美德的实践知识，概括了中世纪大学人文三学科（语法、逻辑和修辞）的语言艺术，包括医学、纺织等在内的操作艺术，然后分门别类加以考虑。他甚至还写出了一部当时绝无仅有的美学专著，将神学美学进一步系统化。在《训诲集》的1～3卷中，雨果介绍了研读经典作家的一些方法，在4～6卷中则详细展开了他自己的解经理论。他将奥利金以来为人普遍接受的“四重意义”简化为注释经典的三条有效原则：历史的（history）、寓言的（allegory）和比喻的（tropology）。雨果认为，历史的方法是一切经典阐释的基础，它不仅关系到《圣经》中的文字，也关系到上帝的整个创造活动。因此，他极其重视历史编年问题，力图通过注解和阐释来首先理解希伯来《旧约》文本的意义，然后据此进行文字的解读。他本人曾根据这样的原则注释“摩西五经”，同时也将历史的原则运用于各种神秘意义的阐释。这样，《圣经》的文字可能具有三种意义，即历史的意义、寓言的意义、引申的意义。雨果所说的寓言式解经方法，根本在于将神学研究作为一切解释的基础。他认为，《圣经》中的意义不仅在于词语，而且在于其中的全部事件。思辨只能透析词语的意义，而上帝的事件则在于它们的“运用”。

直到中世纪与新时代的相交之际，诗人但丁仍在《致斯加拉亲王书》中沿用克莱门和奥利金的解经理论，提出“诗歌的四重意义说”，并将神学家的象征理论移植到文学作品的解读中，用以解释《神曲》的主题。但丁写道：

> 我这作品的意义不是简单的，反之，可以说是多义的……第一种意义是照文字上的意义；第二种意义是照文字所表示的事物的意义。……为了更好地阐明这种说法，可以把它应用到如下的诗句：
>
> “以色列出了埃及，雅各家离开说异语之民，那时犹太是主的圣所，以色列是他的领土。”
>
> 如果只看字义，这句诗对我们说的是在摩西时代以色列的儿女离开埃及；如果看它的讽喻意义，它说的是基督为我们赎罪；如果看它的道德意义，它说的是灵魂从罪恶的哀伤悲惨中转入蒙恩的状态；如果看它的神秘意义，它说的是神圣的灵魂摆脱尘躯的奴役而享得永光的自由。这些神秘的意义虽则有种种名称，但这一切一般可以称作讽喻的，因为它们和字面的或历史的意义有所不同。……
>
> 既然明白了这点，显而易见，各种意义所涉及而予以发挥的主题，也应该有两种。所以，我们必须看看全书的主题，首先按照字义来了解，然后再从讽喻方面来解释。那么，全书的主题，仅就字面来说，不外是“灵魂在死后的情况”，因为整部作品是针对着和环绕着它而发挥的。但是，若从讽喻方面来了解这作品，它的主题便是：“人，由他自由意志之选择，照其功或过，应得到正义的赏或罚。”①

所谓“人，由他自由意志之选择，照其功或过，应得到正义的赏或罚”，敏锐地抓住了基督教神学对于文学观念的一种最重要的启发：上帝赏罚的根据在于人的功过，人的功过又只能是其“自由意志”的选择结果，因此人对命运的责任是无可推脱的。古希腊文学中至关重要的“命运说”，由此发生了根本性的变化，以至最终在黑格尔那里发展为一种充满现代意识的悲剧观。

中世纪的讽喻批评传统，在加洛林王朝主要表现为对《圣经》和圣餐仪式的讽喻性解释。当时的修士们普遍相信：《圣经》中的每一句话都隐含着上帝的启示，而自己所领的“圣餐”则象征着基督的血肉。因此世俗文学在他们看来同样隐喻和印证着神秘的真理。奥尔良的狄奥多尔夫（Theodolph of Orleans）这样评价维吉尔、奥维德等古代作家：“尽管他们的作品中有许多无稽之谈，但在谎言的背后隐藏着许多真相。诗人之笔带给我们谎言，斯多葛主义带给我们真理，但诗人常常能把谎言变成真理。因此普洛透斯象征着真理，圣女②象征着正义，海格立斯象征着美德……”③

由此，中世纪的讽喻批评始终与神学美学的线索密切关联。而后者最重要的代表，是教父时代的奥古斯丁和经院时代的托马斯·阿奎那。在圣奥古斯丁那里，新柏拉图主义得到进一步的发展；在托马斯·阿奎那那里，则发展出一种新亚里士多德主义。

---

① 章安祺，编订．缪灵珠美学译文集：第一卷．北京：中国人民大学出版社，1998：308－309.

② 即 Virgo Lactans，指哺育幼年耶稣的圣女形象。在文学艺术作品中，她通常是将耶稣放在膝头或抱在怀里。据考证这一形象取自埃及传说。

③ O. B. Hardison，Jr.，ed. Medieval Literary Criticism：Translations and Interpretations. New York：Frederick Ungar Publishing Co.，1974：20.

第二节 奥古斯丁

一、从世俗之城到上帝之城

从教父时代到经院时代，从新柏拉图主义滥觞到亚里士多德的著作被重新发现，中世纪基督教思想发展的最重要阶段是以两个人的名字为标志的。经院时代的代表是托马斯·阿奎那；而在中世纪前期，奥古斯丁则是教父时代神学思想的集大成者，新柏拉图主义的主要人物和中世纪神学美学的奠基者。就对基督教思想和一般哲学思想的贡献来说，无人能出其右。

奥古斯丁在青年时代曾醉心于古希腊的文学艺术，并研习语法学、修辞学和哲学。为了探究"一种不受信仰驾驭的自由哲学"、探究"自然及其奥秘"，特别是探究"邪恶的源起"①，他曾信奉主张善恶二元的摩尼教（Manichaeism）长达9年。他也曾在求学时代结交恶少，偷窃邻舍；随后与情人同居，却又始乱终弃。直至在米兰听安布罗修（Ambrose，340？—397）讲道，才受到感动，最终通过研究新柏拉图主义而转向基督教，在33岁的时候（公元387年）受洗，42岁被封为主教。皈依基督教以后，据说奥古斯丁"放弃了修辞学教授的职业，离开了情妇，与未婚妻解除婚约……将父亲所留的微薄遗产变卖，周济穷人，与友人共同自甘贫穷，以祈祷、读经、研讨、著述度日"②。

公元410年，罗马城被哥特人攻陷并遭到洗劫。这一事件引起了强烈的震动，许多人认为这是罗马人背叛本民族传统而改奉基督教的结果。的确，自从公元313年罗马帝国皇帝颁布"米兰敕令"，基督教逐渐成为罗马帝国的国教，而罗马人原本的信仰却成为"异教"。至公元390年，据说罗马元老院已有600多名成员皈依了基督教，绝大多数行省的中产阶级也已成为基督徒。③ 为了回应人们对基督教的责难，奥古斯丁用了14年的时间写下22卷的《上帝之城》。其中第二卷关于希腊人与罗马人的对比，已经不仅仅是"护教"性的文字，也表达了他对古代艺术活动的一系列看法。

奥古斯丁的总体思路，是论证罗马的毁灭纯属咎由自取。在文化渊源上，这不能不说是与希腊神话一脉相承，但是罗马人的风尚更是等而下之。

首先，奥古斯丁认为希腊—罗马诸神的崇拜者"从来没有从诸神那里接受过任何健康的道德诫命，而是在崇拜中……举行各种不洁的仪式"④。比如"希腊人与罗马人共同崇拜的诸神允许特洛伊遭到毁灭是否公正"？诸神是否真的对"帕里斯的奸情"表示愤怒？神话传说中的

---

① 奥古斯丁选集．汤清，等译．香港：基督教文艺出版社，1989：12.

② 汤清．奥古斯丁的生平著述及影响//奥古斯丁选集．汤清，等译．香港：基督教文艺出版社，1989：9-18.

③ 王晓朝．《上帝之城》中译本序言//奥古斯丁．上帝之城：上册．王晓朝，译．香港：道风书社，2003：xxxi.

④ 奥古斯丁．上帝之城：上册．王晓朝，译．香港：道风书社，2003：57.

罗马城是由罗莫洛兄弟创建的，结果哥哥杀死了弟弟，为什么也没有遭神惩罚?①

问题还在于：神话故事并不仅仅是“诗人的虚构”，而是“诸神本身”要求人们用相关的戏剧表演和崇拜祭典来“荣耀诸神”；因此“戏剧的娱乐首先是在罗马发生瘟疫的时候开始的，是由大祭司批准的”②。这样，缺少“健康的道德诫命”的诸神，便通过艺术的传播而成为恶劣的摹仿对象。比如朱庇特（希腊神话中的宙斯）为了诱奸达那厄（Danae）而化作金雨落入她的怀里，到了泰伦斯（Terence）的《阉人》之中，就成了一位年轻人的榜样：“用他的霹雳震撼着最雄伟的神庙的大神，他能这样做，我这个凡人就不能这样做吗?”③

希腊人与罗马人拥有同样的神话传统，但是不同之处在于：希腊人“还保存着某些合理的演出许可制度……无论什么喜剧若要提到任何人，都必须指名道姓”④。这意味着戏剧的渎神成全了其讽刺功能的正当性，戏剧不仅可以表现缺少“健康的道德诫命”的诸神，而且可以将批判更直接地指向真实的人世。所以希腊人的艺术也是其政治生活的一部分，“希腊人赋予戏剧演员以巨大的国家荣誉”，悲剧演员可能成为政治家、外交使节，可以“承担国务活动”⑤。

罗马人则是“对人的重视胜过对神灵的重视”，因而“拒绝诗人对他们的……名声进行攻击和污蔑；如果有人胆敢写出这样的诗句……就会成为一桩大罪；只要与他们自己有关，他们就会庄严地诉诸法律”。总之，罗马人知道“神灵不仅容忍……攻击和污蔑，而且喜欢人们这样做，诗人们的伤害性的语言会使他们感到快乐”，但是“罗马人自己却不能忍受这样的行为；他们的祭神仪式是诸神能够接受的，而他们的法律却禁止以类似的形式伤害他们自己”⑥。

奥古斯丁关于希腊与罗马的比较

罗马人的法律与柏拉图的思辨有相同之处。后者对诗人的虚构发出全面的谴责，而前者不允许进行讽刺，至少不能以人为讽刺对象；柏拉图不能容忍诗人在他的城邦中居住，罗马的法律禁止演员注册为公民；如果他们不怕冒犯那些要求这种演出的诸神，那么他们同样也会把诸神全部驱逐出去。……因为（罗马人认为）他们自己实施的法律超过诸神的道德……

诸神要求用戏剧表演来荣耀他们，罗马人则把演员排斥在所有国家荣誉之外。前者下令要用戏剧表演他们自己的可耻，以此来庆祝；而后者下令没有一位诗人可以损害任何公民的名声。……

——奥古斯丁．上帝之城：上册．王晓朝，译．香港：道风书社，2003：71.

经过这样的比较，奥古斯丁认为柏拉图要把诗人从城邦中驱逐出去，是为了避免人们摹仿诗人笔下的神灵、避免由此导致的伤风败俗，“使公民不受伤害”；而罗马人对艺术的限制并不

① 奥古斯丁．上帝之城：上册．王晓朝，译．香港：道风书社，2003：101-106.

② 同①63.

③ 同①62.

④ 同①63-64. 比如阿里斯托芬的喜剧《云》，对于苏格拉底就是指名道姓的。苏格拉底不无抱怨地为自己申辩：“阿里斯托芬的喜剧……描写了一个名叫苏格拉底的人，那人四处游荡、云山雾罩，就一些我从来不假装略知一二的问题喷出一堆废话。” Plato. Apology. Benjamin Jowett，tr//The Dialogues of Plato. New York：Bantam Books，1986：5.

⑤ 同①66.

⑥ 同①67.

在乎神灵的形象，却要禁止诗人侮辱现世的“公民”和他们的“元老院”。① 二者看上去有几分相似，根底里却是南辕北辙。按照奥古斯丁的说法：柏拉图的建议只是“因为缺乏神圣的权威”才“没有任何道德效果”，“精明的罗马人”则一面享受“低级、肮脏”的快感，一面又满足着自己“尊严与美德”的“虚荣”。② 这种“世俗之城”的没落，也通向了“上帝之城”的期盼。奥古斯丁关于美与艺术的一切论说，都可以由此得到总结。

二、艺术“摹仿”上帝式的自由创造

奥古斯丁是中世纪基督教教父中著作最多的一位，据他自己说，早年还写过《论美与适宜》《论音乐》《论秩序》等直接讨论美和艺术的作品。但是当他开始忏悔那种对于世俗艺术和感性美的迷恋时，便不再关心这些著述，任其散失。因此后人主要是通过他的《忏悔录》《上帝之城》《论自由意志》《论基督教教义》等，发掘其间接论及的一些美学观点。

奥古斯丁论美

我当时并不知道，我所爱的只是低级的美，我走向深渊，我对朋友们说：“除了美，我们能爱什么？什么东西是美？美究竟是什么？什么会吸引我们使我们对爱好的东西依依不舍？这些东西如果没有美丽动人之处，便绝不会吸引我们。”我观察到，一种是事物本身和谐的美，另一种是配合其他事物的适宜，犹如物体的部分适合于整体，或如鞋子的适合于双足。这些见解在我思想中，在我心中酝酿着，我便写了《论美与适宜》一书，大概有两三卷。

——奥古斯丁．忏悔录．周士良，译．北京：商务印书馆，1996：64.

虽说他在开始忏悔早年对于世俗艺术和感性美的迷恋后，就不再关心这类著述，但即使在那以后，他也仍然对美学问题感兴趣。不仅如此，如前面已经提及的，此时的基督教思想家面临的首要任务就是融合希腊罗马古典思想和犹太—基督教思想。而在这方面，奥古斯丁在世俗知识方面的训练极有帮助。所以，他不但并未真正抛弃其过去，而且通过《忏悔录》而重现了维吉尔的《埃涅阿斯纪》，通过《论音乐》复述了贺拉斯的美学，通过《论基督教教义》再度提出了西塞罗的修辞学，就是在晚年的《上帝之城》中，也可以看到古代思想和语言的不断出现。

奥古斯丁与基督教的文本理论

奥古斯丁的著作……发展了理解《圣经》文本和语言的理论基础……成为中世纪更广义的文本理论的基石。在讨论文本如何起作用方面，奥古斯丁最重要的著作是《论基督教教义》(427 年)。准确地说，这本书讨论的是释经学，或者说是有关细读《圣经》需要了解的语言属性和题材的“规则”，而不是一本神学论文或对《圣经》中某些部分的解说。

① 奥古斯丁．上帝之城：上册．王晓朝，译．香港：道风书社，2003：69－71.

② 同①61－62，69－69，72.

……一些读者希望圣灵能揭示《圣经》文本的真义，无须人费尽脑汁去揣测，就像某些奇迹的意义自行显现一样。对这种过分的奢望，奥古斯丁回答说：援引……奇迹的事例……并把它作为拒绝……释经技巧的借口，是不恰当的。相反……在最基本的层次上，存在着一种解读“科学”，也存在着一种规范的、可以掌握的诠释“科学”，那些愿意接受《圣经》中上帝的教诲和《圣经》作者们的话语的人，应当谦卑地培养自己更深层次的理解力……

……奥古斯丁明确表示关注的只是语言作为手段，作为传授教义的工具。……他的构想是：“我们使用的语言，是为了以语言指代某一事物。从这一点，我们可以理解被称为‘符号’的东西；它们用来指代某一事物。因此每个符号也是一事物，因为凡不是一事物的，就什么都不是；但并非每一事物都是符号。”（《论基督教教义》1.22）

各种交流都有赖于某种符号理论，因为它决定了诠释的方向。但是奥古斯丁对符号指代的……最重要看法是：尽管符号因为源出于和依赖于约定俗成的习惯，其形式可以显得任意多变，但是运用符号指代本身却不是如此。符号是工具，可以有不同的方向，并且它们本来意味着某一事物，人们可能会误认为意味的是另一事物。因此，奥古斯丁规定了使用和享有两者之间的基本区别……“享有某物就是出于对事物本身的爱而依恋于它。使用某物则是运用它去获得你所爱之物……”（《论基督教教义》1.4）

……在奥古斯丁看来，甚至符号理论的终极基础也应该是对意图的考虑和对价值的规定。也就是说：他相信，要清楚地阐释一种符号理论，就必须首先考虑伦理方面的问题。如果运用符号的动机是以自我为中心或以谋取私利（更不用说以符号指代自我）为目的，就不可能有手段和目的之间的恰当关系。那样的话，符号的运用就会是不正当的、扭曲的，并且会妨碍爱的发展。

——谢大卫．圣书的子民．李毅，译．北京：中国人民大学出版社，2005：74－77.

其实，也正是由于奥古斯丁身处的文化新旧交替时代，以及他本人前后期思想的巨大变化，他的思想才融合了两个时代、两种哲学以及两种不同的美学体系。结果，在奥古斯丁的思想中既可看到古代美学的全部线索，又可看到中世纪美学的基本轮廓。

奥古斯丁的美学思想内容很多，人们讨论的侧重点也各不相同。艺术“摹仿”与上帝式的自由创造，美在于杂多的统一，诉诸心灵的审美观照，这三个问题大致概括了其思想的主要方面，但次序应该倒一下，即以美在于杂多的统一为开始，然后再谈艺术“摹仿”与上帝式的自由创造，然后是诉诸心灵的审美观照。这主要在于，在美在于杂多的统一这个问题上，奥古斯丁实际上更多地接受了希腊人的思想，并由此出发开始加以批评和引申，逐渐展现出他个人所代表的中世纪神学美学思想。至于创造的思想，不仅是对于希腊人摹仿说的一个彻底清算，而且通过作为其哲学基础的时间论，进而导向了一种强调思维的主观主义。诉诸心灵的审美观照正是这种主观主义哲学在美学领域的必然结果。

“摹仿”是西方文论史上的重要概念。而在中世纪的基督教思想家之前，对于“摹仿”的界说早已几经转换。在奥古斯丁这里，艺术“摹仿”的对象，被认为是“上帝式的自由创造”。

在早期希腊的祭祀活动中，人们是要通过歌、舞、乐合一的祭祀艺术形式，摹仿进而宣泄内心的感受和激情，以求灵魂在瞬间摆脱肉体的束缚。毕达哥拉斯学派则是将人类心灵对应于宇宙的结构和秩序，从而如果说艺术最终摹仿着宇宙中的数字关系，其直接摹仿的对象也只是与之相应的心灵。

至德谟克里特，摹仿的对象被重新解释为自然或者外物。但是柏拉图在自己的著述中绝口不提德谟克里特，却强调摹仿的终极对象在于理念的世界；正因为世俗艺术远离理念，而似乎只能摹仿一张“木匠的床”，才遭到他的激烈批判。亚里士多德以所谓的“四因说”立论，显然包含着对德谟克里特和柏拉图的双重否定。依照“四因”的逻辑，对象世界的根本既不在于某种原初的物质，也不在于抽象的理念；真正重要的，是世界在“四因”的内在关系中自我发展、自我完善的过程。艺术的过程也是如此。因而，“艺术的摹仿”首先是指它在深层上与自然同构。

“摹仿”的概念被罗马人承袭时，其中的思想力度和气象已经无法同古代希腊相比，所以在贺拉斯、朗吉努斯等人的论说中，“摹仿”实际上被置换为“借鉴”，即摹仿古希腊的艺术典范。这在中世纪的语法学、修辞学和逻辑学批评中也有所体现，并成为后世古典主义主张的共同根基。

在这样的背景下，为中世纪基督教神学和美学铺平道路的新柏拉图主义者，特别是其代表人物普罗提诺，便显得尤为重要。英国美学史家鲍桑葵在评价普罗提诺的时候，对古希腊美学的三大特征做出过一种极有意义的概括：道德主义原则导致艺术评判受制于生活评判的价值标准；形而上学原则导致艺术被视为自然的摹本、“较低一级的……摹仿性再现”；审美主义原则又导致“美在于形式的对称、比例、和谐”等观念。[①] 或许可以说，普罗提诺的全部讨论，都是针对着这样一些传统的美学原则。

普罗提诺与柏拉图相似，认为“理念”是“美”的核心，艺术要摹仿的并不是距理念较远的对象世界；但是他又与柏拉图不同，他所说的“理念”以人的心灵为载体：“理念先存在于艺术家的心里”，“各种艺术并不只是抄袭肉眼可见的事物，而是要回溯到自然所由造成的那些原则”，所以艺术的摹仿“并不按照肉眼可见的蓝本，而是按照艺术家的理解”[②]。同时，普罗提诺“神是美的源泉”“高于一切的美”等命题，则暗示了人类从有形的美来观照无限的神、从艺术寻求拯救的可能性。这一切，都成为奥古斯丁讨论艺术摹仿与上帝创造问题的铺垫。

奥古斯丁的理论前提，是基督教关于“上帝……从空无所有之中创造天地”[③] 的信念。这样的创造不仅没有先在的根据，甚至也没有先在的空间和时间；上帝在创造世界的同时，也创造了世界存在的形式。当奥古斯丁强调创世之前并没有时间，进而指出“创世之前”这一概念的荒谬性时，他是在“世界变化不定”的意义上肯定时间可以“觉察”和“度量”。而这种“觉察”和“度量”的体现，则是他对时间的三层划分：“或许说，时间分为过去的现在、现在的现在和将来的现在三类……过去事物的现在便是记忆，现在事物的现在便是直接感觉，将来事物的现在便是期望。”[④] 这样，奥古斯丁实际上已经把时间转化为人的三种主观思维能力。上帝创世的神学论证，由此也自然可以同人的创造行为以及人的精神活动相沟通。

奥古斯丁的创世说排除了上帝创造的一切质料根据，显示出一种与古希腊传统截然相反的美学态度：真正的创造，并不是对于先在物的摹仿，而是创造者自身意志的结果。因此，尽管奥古斯丁声称最高的美在于上帝，又自上而下地推导出“美善的天主创造美善的事物，世间的事物……和天上的美好一比较，就显得微贱不足道”[⑤] 等等，他传递给后人的却已经不仅是神

---

① 鲍桑葵．美学史．张今，译．北京：商务印书馆，1985：150.

② 缪朗山．西方文艺理论史纲．北京：中国人民大学出版社，1987：206，204，211.

③ 奥古斯丁．忏悔录．周士良，译．北京：商务印书馆，1996：263.

④ 同③264，247.

⑤ 同③118.

学的信息，也隐含了某种美学的期待。欧洲中世纪的文学艺术之所以没有“摹仿”的位置，却通过“象征”为心灵的自由和艺术的想象留下了较多的余地，应当说与奥古斯丁的这种阐释有关。他一再说明艺术创造与上帝创造的不同，甚至为了赞美上帝而贬低人为的艺术①，但是我们仍然可以从后世的“艺术表现说”当中隐约看到他的理论痕迹。质言之，对表现艺术而言的“摹仿”，似乎就在于摹仿上帝式的、无拘无束的自由创造。

三、美在于“杂多的统一”

希腊哲人所热衷的“从杂多到统一”的思辨，也是奥古斯丁的理论核心之一。他认为上帝体现着最高的统一性，被上帝所统摄的多样性，则造成了宇宙的自然对称，从而在杂多之中反映出统一的美。这一问题又连及奥古斯丁在三个方面的思考：美与和谐的关系、美与数字的关系以及美与丑的关系。

奥古斯丁论异教文化对基督教之用

若是那些被称为哲学家的人，特别是柏拉图学派，曾说过任何与我们信仰相符的真理，我们不可加以否认，反该取为己用。……异教徒的学问并非全为错误及迷信，其中亦包含某些出色的教导，适合真理使用，此外还包含一些出色的道德原则。实际上，异教徒的教导中还包含有某些敬拜一神的真理。……神最忠心的仆人摩西……有相同的经历，圣经说他“学了埃及人一切的学问”(《使徒行传》，7：22)。

——麦葛福，编．基督教神学原典菁华．杨长慧，译．台北：校园书房出版社，1998：18-19.

研读“非基督教”诗人和哲学家时，如果其目的是使自己的才智更加敏锐、更适合领悟上帝话语的奥秘，那就无异于夺取了埃及人的财富去装饰上帝的殿堂。

——谢大卫．圣书的子民．李毅，译．北京：中国人民大学出版社，2005：101.

奥古斯丁的《论美与适宜》，是他在早年迷恋“低级的美”的时候写下的。后来他怀着追悔的心情回忆了当时曾吸引他的两种美：“我观察到，一种是事物本身和谐的美，另一种是配合其他事物的适宜，犹如物体的部分适合于整体，或如鞋子适合于双足。”他为这两种美分别下了定义：“美是事物本身使人喜爱，而适宜是此一事物对另一事物的和谐……”②这些观点显然并未超出希腊人对美的认识。即使他又在《上帝之城》第十一卷十八章的论题中，将宇宙对称的美寓于矛盾双方的对立，我们也会感到那只是在重复赫拉克利特的观点而已。奥古斯丁说：“当事物的各部分彼此相似并处于一种和谐的关联之中”，它们就是美的，因为“美取决于形状，形状取决于比例，比例又取决于数”。他还谈到“整一是一切美的形式”，“物体的一切美不外乎与某种给人以快感的色彩相连的各部分的和谐”以及“任何事物的美都来自对立或对比”等。这些看法显然都属于希腊人所有。而且，奥古斯丁也不否认世界是美的，他曾谈论过现实世界和物质世界的种种美的事物，甚至将世界称为一首“美丽的诗”。不过，这种看法的

① 吉尔伯特，库恩．美学史：上卷．夏乾丰，译．上海：上海译文出版社，1989：208-209.

② 奥古斯丁．忏悔录．周士良，译．北京：商务印书馆，1963：64-66.

根源却在于：世界只能是美的，因为世界是上帝的创造物。在对于自己早年对尘世美和世俗艺术的迷恋痛加追悔后，奥古斯丁终于领悟到："一个人的灵魂不论转向哪一面，除非投入上帝的怀抱，否则即使倾心于你以外和身外美丽的事物，也只能陷入痛苦之中。"这重申了圣保罗的训示：尘世美并没有自身的价值，它的价值只在于可以使我们领会到上帝的伟大，整个世界不过是一首上帝的创造的赞美诗。这样，在物质美之上，还有一种精神的美。在相对的美之上，还有一种绝对美。就此本身而言，我们在柏拉图和普罗提诺那里，已经看到类似的思想了。不过，奥古斯丁明确将这种精神美和绝对美归之于上帝的神性美。在他看来，上帝就是"美本身"。同柏拉图和普罗提诺一样，奥古斯丁也认为这种"美本身"是不能通过感官来感知的，只能以心灵来观照。

较有意义的，是奥古斯丁后来由此引申出的另一个美的定义："……美在于各部分的适当比例，加上一种悦目的颜色。"① 尽管他保留了普罗提诺所不以为然的"比例"，实际上却通过"悦目的颜色"第一次提出了对中世纪美学影响巨大的"光"的概念。

在基督教主宰的那个特定的时代，"光"已经不仅是感性美的一个属性，而是指一种能使人的理性与上帝相通的"内在之光""超自然之光"。因此所谓"悦目的颜色"，也超出希腊、罗马的美学范畴，具有了形式之外的意义。关于"光"，奥古斯丁充满激情地写下了一段近似布道的文字："我用我灵魂的眼睛……瞻望着在我灵魂的眼睛之上的、在我思想之上的永定之光。这光，不是肉眼可见的、普通的光，也不是同一类型而比较强烈的、发射更清晰的光芒普照四方的光。……这光在我思想上也不似油浮于水，天覆于地；这光在我之上，因为它创造了我；我在其下，因为我是它创造的。谁认识真理，即认识这光；谁认识这光，也就认识永恒。"②

虽然不能说光的概念是奥古斯丁首次提出的，但他的确首次把光与上帝明确联系在一起，作为神性美的属性提了出来。从奥古斯丁以后，光这一概念便成为中世纪美学乃至艺术实践中的一个极为重要的概念而发挥作用。在整个中世纪，光和相关的光辉、灿烂、鲜明、明晰等概念获得了重要的地位。

奥古斯丁从"和谐"、"比例"到"悦目"的思路，在爱留根纳、波拿文都拉等人的讨论中有所延续，并着力强调视觉之美的特殊地位及其对理性灵魂乃至上帝的依赖关系。比如波拿文都拉认为"光是物质事物中最美、最令人愉悦和最好的"；大阿尔伯特（Albertus Magnus，约1200—1280）也把美的原因归于尺度、数字、色彩和光；直到托马斯·阿奎那所说的美的三要素，最后一个"色彩的鲜明"实际上也是指光。甚至诗人但丁的《论俗语》也提到"语言的光辉"等等。整个中世纪艺术，对于光的理解可以说是同上帝之光和精神之光的显现紧密联系在一起。光从空间形式中独立出来，从物质的限制中解脱出来，使眼不能见的东西变得清晰可见，于是为不可见的精神提供了可以感知的象征形式。

这亦如伪狄奥尼索斯所说：在理智的宇宙中存在着一个等级序列，在可感的宇宙中存在着另一个等级序列。两个不同的等级世界由一种和谐的关系连接起来，从而得以感知无法被直接认识的神圣之光。进而对照托马斯·阿奎那的名言"人体美在于四肢五官端正匀称，再加上鲜明的色泽"③，则几乎就是照抄奥古斯丁的上述定义了。

---

① 北京大学哲学系美学教研室，编．西方美学家论美和美感．北京：商务印书馆，1980：64.

② 奥古斯丁．忏悔录．周士良，译．北京：商务印书馆，1963：126.

③ 同①65.

杂多到统一的和谐，又涉及了美与数字的关系。古老的毕达哥拉斯学派曾以数字关系解释宇宙天体，并从“宇宙的音乐”推及“灵魂的音乐”，将数字关系视为一切事物的原则。这一学说通过柏拉图的《蒂迈欧篇》，深深地影响到奥古斯丁。他一方面接受了许多毕达哥拉斯学派的观点（比如身体的美在于各部分之间的比例对称、和谐在于杂多的统一、球形和圆形是最美的等等），另一方面又效仿普罗提诺的“太一”，从上帝的基点上把一切数字秩序变作神学的证明。他在《论音乐》中写道：“数始于一。数以其相等和相似而为美，数为秩序之组合。……（一切事物之形成）初皆有赖于与数相等和相似之形式，有赖于这种形式美之硕果。……自一而始，一一相加，增殖不已。”① 这种从“一”到“多”的繁衍，使上帝的恩泽遍及万物，成为“美”的最终根源。反过来推导，越是接近“一”的，就越是接近上帝、接近“美”的本质。

所以奥古斯丁在《论秩序》中说：“理性注意到：在世界上，美是悦目的；在美中，形象是悦目的；在形象中，量度是悦目的；在量度中，数是悦目的。”② 这样，他对数字的兴趣再次导致了一种与希腊人完全不同的结论：一切数字关系的美，都是由于它摹仿或者贴近着上帝自身的形式。与此相应，中世纪艺术中的对称和均衡，常常不可避免地带有神秘的含义。比如度量、数量、重量等存在形式，被认为与圣父、圣子、圣灵的“三位一体”相符；又如但丁《神曲》的严整规格，也是要“遵循一种……使宇宙和上帝相似的形式”③。而令奥古斯丁最为迷恋的几个数字——1、3、4、7等等，其实早在《圣经》当中就已形成比较固定的象征意义。④

奥古斯丁还进一步讨论了美与丑的关系。既然杂多都是“一”的“增殖”，既然“美善的天主创造美善的事物”，那么就不可能有绝对的丑。因此奥古斯丁根据“对立的和谐显示出美”的观点，将丑视为美的构成因素，从而使丑第一次在美学的领域里得到了位置。他认为：只看局部不看整体，是感受不到美的，“在一首诗里，一个富于生命和感情的音节……见不出全诗的美”，而有了起伏顿挫，才能“使讲演词优美”；同样，“阴影在一幅画中也有其作用”⑤。丑也是如此，从对象意义上讲，它只是相对远离本原的不完善的形式，只是较低层次的美；就艺术的整体结构而言，它的衬托作用则使它成为美的积极成分。尽管这种对“丑”的认识还不完全具备现代的美学意味，但是与雨果的所谓“对照原则”相比，确实已有不少相似之处。

四、诉诸心灵的审美观照

中世纪欧洲的一些具有较高哲学意识的基督教神学家，似乎总是在高扬上帝的同时，有意无意地论述着主体之于客体、理性之于感性的优越。因此当宗教改革运动呼唤出西方近代的理性精神时，我们常常感到那不仅是对中世纪教会规范的反拨，又在一定意义上成为对中世纪神学思辨的延续。奥古斯丁关于“心灵”和“审美观照”的思想，就是一个典型的例子。

既然人们最终要从相对的、不完善的美最终上升到绝对的、完善的美，就必须攀登美的阶

① 吉尔伯特，库恩．美学史：上卷．夏乾丰，译．上海：上海译文出版社，1989：173.

② 同①174－175.

③ 但丁．神曲．朱维基，译．上海：上海文艺出版社，1962：8.

④ 杨慧林，等主编．基督教文化百科全书．济南：济南出版社，1991：463－464.

⑤ 缪朗山．西方文艺理论史纲．北京：中国人民大学出版社，1987：217.

梯，从单纯的感官印象达到理性的认识，从理性的认识达到心灵的观照。这种美的阶梯，我们在柏拉图和普罗提诺那里已都见到过了。奥古斯丁同样也将美划分为各种阶梯，他曾将它们称作兴奋美、感觉美、艺术美、忠贞美、安宁美、入神美、静观美，或者是肉体美、经由肉体之美、趋向灵魂之美、灵魂内在之美、趋向上帝之美、与上帝共存之美等等。他继承普罗提诺的传统，将美划分为从感性到理性、从低级到高级、从物理到心理、从此岸到彼岸的若干阶梯。在任何一种划分下，最低级的美总是指没有完美秩序的、外部物体刺激的美，而美的上升运动总是把观赏者带到更为有序和统一、更富有道德性和更为内在的美，最终的目的则是同上帝的统一性结合为一，融为一体。正是在这个意义上，或许可以说美学和宗教的界限已经不复存在。

这一划分的终极目的固然在于推论上帝的至善至美，但是也不可避免地导致了对于审美主体和心灵力量的肯定。按照美的阶梯，所谓“审美观照”实际上包括两种：一种依赖感觉器官，另一种则依赖心灵的活动。前者造成直接的感受，只能涉及表面的美；后者却可以通过理性的作用，曲折地了解美的本质。从一些间接的材料来看，奥古斯丁还在《论音乐》中明确地将“节奏”与主体的心理能力相结合，区分为声音的节奏、知觉的节奏、记忆的节奏、行为的节奏以及心灵自身的内在节奏。较之希腊传统在文艺复兴、古典主义乃至整个18世纪的强大余绪，奥古斯丁对于感觉的、生理的、心理的节奏层次之认识，显示出一种超前的性质。其中，心灵之于整个审美过程的决定性作用似已无可置疑。

奥古斯丁的审美观照之所以导向了心灵，既是出于宗教信念，也最终归于宗教信念。他认为：人可以凭借感官认识外部的美，却常常会囿于感性本能而贪恋这种低级的形式，离弃了美的根本。因此世俗艺术一方面最容易感染人、引起人的共鸣，另一方面又常常与美的终极目的背道而驰。这就是为什么他要推己及人，那样真诚地检讨艺术中的“世俗的狂流”。在他看来，如果艺术的虚构不能帮助人们用心灵去体味超越感性的美，那么“画家、塑像家、雕刻家、作家、诗人、演员、歌者、舞蹈者”就会流于“模拟宙斯的淫乱”。而“既是雷神又是奸夫……的宙斯”，则只是在“鼓励……帮助……现世的奸淫”①。这样，世俗艺术的感染力越强，受到感染的人就越是远离真正的美；只有让艺术活动更多地回到内心，对“美”的凝神观照才能表达审美体认的本质，即从对象的美回归上帝的美，从艺术走向宗教。也许正是在这一意义上，奥古斯丁才倾向于较多心灵因素的“书面文字”，而不赞成在更具感性意味的“壁画”之中寻找基督。②

“偶像”与“象征”

偶像（eidôlon）和神像（eikôn）是不同的，“因为它们构成了不同的再现方式”。eidôlon是敏感的表面的一种简单拷贝，是对眼前提供之物的一种移印，而eikôn是一种本质的搬移。在eidôlon和它的模本之间，同一性在于整个的表面；在eikôn和它所反映的东西之间，关系是“在深层结构和所指（signifié）的层面上”连结成的。作为偶像，eidôlon针对的只是目光……作为象征，eikôn……所建立的关系并不是一种外在的相似性，而是……本质上的、品质上的、价值上的。……通过在异质的种种因素之间建立一种暗在的相同性，让精神得到理解。

——韦尔南．神话与政治之间．余中先，译．北京：三联书店，2001：369.

---

① 缪朗山．西方文艺理论史纲．北京：中国人民大学出版社，1987：220－223.

② 鲍桑葵．美学史．张今，译．北京：商务印书馆，1985：177注释1.

奥古斯丁的“审美观照”是直接从属于基督教神学的，甚至成为后来“破坏偶像”、否定世俗艺术的理论依据。然而在客观上，这种以理性体悟取代感性经验的神学论证，又包含着对于人的意识和思维能力的强烈肯定。与这样的观念相呼应，他在《独语录》《论三位一体》《论真正的宗教》中，用人们对自身的“怀疑”和思维所可能产生的“错误”来证明人类思维的确定性。其中“我疑”“我错”的神学初衷，是要通过“我”的精神性存在证实经验范围之外的上帝的存在。但是正如它在哲学上最终成为笛卡尔学说的出发点，在美学和文艺学方面，它实际上意味着审美客体的中心开始向审美主体转移，从而审美感知、审美体验和审美态度等问题，逐步得到了更多的关注。

奥古斯丁论“时间”

谁会对我说时间并无这三类，仅有现在，过去和将来都不存在？是否过去和将来也都存在？将来成为现在时，是否从某一个隐秘的处所脱身而出；现在成为过去时，是否又进入了隐秘的处所？将来既未存在，预言将来的人从何处看到将来？不存在的东西谁也看不到。讲述往事的人心中如果没有看到，所讲述的不会真实；如果过去不留一些踪迹，便绝不能看到。据此而言，过去和将来都存在。

有一点已经非常明显，即将来和过去并不存在。说时间分过去、现在和将来三类是不确当的。或许说时间分过去的现在、现在的现在和将来的现在三类，比较确当。这三类存在我们心中，别处找不到：过去事物的现在便是记忆，现在事物的现在便是直接感觉，将来事物的现在便是期望。

——奥古斯丁．忏悔录．周士良，译．北京：商务印书馆，1996：245－247.

在奥古斯丁那里，似乎是没有主体的地位的，因为一切都来自上帝。不过，这清楚地表现在对时间和叙事的认识上。特别是《忏悔录》第十一卷的第十七和二十节的两段论述，它们集中讨论了现在、过去与将来这三种时间模式的关系。奥古斯丁在《忏悔录》中说：“我把亲身体验到的或根据体验而推定的事物形象，加以组合，或和过去联系，或计划将来的行动、遭遇和希望，而且不论瞻前顾后，都和在目前一样。”这也就是说，过去与现在的存在以及它们与现在的不可分割性只是出现在心中或灵魂中。在这个问题上，奥古斯丁显然继承了古代思想，将记忆看作一种“影像”，因此称“如果没有这些影像，我将无法说话”①。在这个意义上，奥古斯丁在《忏悔录》中所说的话都是记忆的影像。但是，记忆或者“影像”又是从哪里来的呢？它们如何能够在外在的或者说物质的世界中加以呈现和把握呢？奥古斯丁并不能给出答案。而且，较之记忆更为难以解释的是遗忘，如奥古斯丁所言：“但遗忘是什么？只是缺乏记忆。既然遗忘，便不能记忆，那末遗忘怎会在我心中使我想见它呢？我们凭记忆来记住事物，如果我们不记住遗忘，那末听到遗忘二字，便不能知道二字的意义，因此记忆记着遗忘。这样遗忘一定在场，否则我们便会忘掉，但有遗忘在场，我们便不能记忆了。”②

我们知道，面对这些无法理解和说明的疑问，奥古斯丁最后的解决是转向上帝。可是，这种对上帝的吁求不应该被看作没有解决的解决。正如保罗·利科（Paul Ricoeur）就此作出的

① 奥古斯丁．忏悔录．周士良，译．北京：商务印书馆，1996：193.
② 同①200.

解释：通过向无限完满的上帝发出吁求，奥古斯丁实际上表明了人在时间中的存在是一种不完满的存在；因为“正是从我们对于时间体验的洞见中产生了我们对于永恒的渴望，也正是由于对受造物和造物主之间不同的认识，我们才可能将后者看作我们最亲近和最疏远的他者”①。在这里，奥古斯丁隐约提出了一个非常现代的问题，即自我与他者之间的关系。奥古斯丁的自我就是一种作为他者的自我，即只能通过他者来显现和实现的自我。

奥古斯丁关于符号和文本的思考也值得关注，这同世俗文艺有着更为紧密的联系，但其基础仍然是基督教神学。奥古斯丁在《论基督教教义》中明确指出：“所有的教导或者是关于事物的，或者是关于符号的，但是认识事物要借助于符号。这里我是在严格的意义上使用‘事物’这个词，也就是说……只是事物本身，比如木头、石头、牲畜，诸如此类。不是我们读到的摩西扔进苦水里使其变成甜水的那个木头，也不是雅各用来当枕头的石头，不是亚伯拉罕代替他儿子献给神的山羊。这些东西虽然是事物，但也是别的事物的符号。此外还有另一类符号，只用作符号不用作别的，比如话语。我们使用话语总是意指另外的东西，……由此可以明白我说的‘符号’是指什么，就是用来意指别的事物的事物。可以说，每一个符号都是一种事物，……但是并非每一样事物都是符号。”②

在这里，我们甚至可以看到一种类似索绪尔的符号学思想，即包括语言在内的符号都是约定俗成的，它们本身并没有意义，只是指代事物的工具或手段。当然，对于奥古斯丁来说，符号从属于事物，但事物都是上帝的创造物，或者说上帝是一切事物之上的终极事物，所以如果说事物中寓有意义，那终极的意义也来自上帝。不仅如此，奥古斯丁还就通过符号使用事物和享有事物予以区分：“享有事物就是出于对事物本身的爱而依恋于它，使用某物则是运用它去获得你所爱之物。”由此可以理解，为什么奥古斯丁在《忏悔录》中对于早年追求感官享乐和欣赏艺术品悔恨不已，并把那称为“眼睛的误用”。后来在《论基督教教义》中他再次表示：“灵魂把符号误解为事物，不能把心眼从有形的、受造的东西上抬升起来、沐浴永恒之光，这就是一种可悲的奴役。”③

尽管奥古斯丁的符号和文本思想都建立在基督教的信仰之上，但显然也为世俗文艺留下了余地。假如一个人能够正确区别目的和手段，享有而不是使用符号或事物，那么异教思想和艺术中的符号和事物也就不一定要完全排斥：“埃及人不只有以色列人所恨厌并唯恐避之不及的偶像和重担，还有金器、银器、饰品和衣裳……同样，异教的各种知识并不都是虚假、迷信的幻想，……也包含大量可以很好地适用于真理的知识，还有一些极为杰出的道德律令；甚至还能发现关于敬拜一位神的一些真理。”④

更重要的是，如果我们明白符号和事物、事物和意义之间的复杂关系，就不会过于拘泥于事物、语言或符号的表面，而会寻找那背后可能具有的寓意。在《忏悔录》中，奥古斯丁曾谈到聆听安布罗修讲道时的情形，或可引以为证：起初，他并不注意安布罗修所谈论的内容，只

---

① Richard Kearney. Time, Evil, and Narrative: Ricoeur on Augustine//John D. Caputo, Michael Michael J. Scanlon, ed. Augustine and Postmodernism. Bloomington: Indiana University Press, 2005: 149.

② 奥古斯丁．论灵魂及其起源．石敏敏，译．北京：国社会科学出版社，2004：16.；另参：St. Augustine. St. Augustin's City of God and Christian Doctrine. Rev. Professor J. F. Shaw, tr. New York: The Christian Literature Publishing Co, 1890: 827.

③ 奥古斯丁．论灵魂及其起源．石敏敏，译．北京：国社会科学出版社，2004：97.

④ 同③86－87.

是注意他论述的方式，但在听到安布罗修解答《旧约》的疑难文字之后，特别是听到安布罗修从文字的精神来诠释《旧约》中的许多记载，他终于明白自己过去是拘泥于字面而走入死路。

第三节 托马斯·阿奎那

一、托马斯·阿奎那论“艺术家的观念”

托马斯·阿奎那（Thomas Aquinas，约 1225—1274）是中世纪欧洲经院哲学最重要的代表，14 世纪以后享有“天使博士”之称。他出生于意大利那不勒斯的一个贵族之家，“阿奎那”是其父亲兰道尔夫公爵（Count Landulf）的封地，位于罗马和那不勒斯之间。托马斯·阿奎那自幼进入多明我会的修道院，但据说他的父母并不赞同他的选择。后来托马斯·阿奎那赴巴黎、科隆等地求学，受业于著名的经院哲学家、亚里士多德著作的注释者大阿尔伯特。后来，他连续在巴黎大学以及意大利各地教授神学；自 1259 年起被几任教皇聘为罗马教廷的神学顾问，还担任过法兰西国王路易九世的神学顾问。托马斯·阿奎那追随大阿尔伯特多年，比老师更完整地研究和介绍了亚里士多德的思想，并与排斥亚里士多德学说的经院保守派以及将亚里士多德学说视为最高真理的阿维洛伊派进行了激烈的争辩，终于使亚里士多德哲学被用于神学的阐释。1274 年，托马斯·阿奎那应召参加里昂宗教会议，在路途中去世。

托马斯·阿奎那的主要贡献

1273 年 12 月 6 日，托马斯·阿奎那宣布封笔。他说：“过去我写的，对我而言不值一文。”……他的精神出现崩溃的现象，于 1274 年 3 月 7 日去世。

托马斯·阿奎那对于神学贡献良多，最重要的如下：

用“五法”证明上帝的存在（“五法”即托马斯·阿奎那关于上帝存在的五种证明）；

用“类比”（analogy）的原则，提供借创造而认识上帝的神学基础（托马斯·阿奎那认为上帝既然是造物主，就会与世界具有一种“类比”关系，从而可以通过受造之物来类比上帝）；

论证信仰与理性的关系。

——麦葛福．刘良淑，等译．基督教神学手册．台北：校园书房出版社，1998：61.

托马斯·阿奎那著作等身，并多次被后人整理出版。1882—1948 年间，由教皇利奥十三世主持编辑了其全集的权威版本，共计 61 册。1965 年中文版“基督教历代名著集成”的《圣多默的神学》收入其《神学大全》《反异教大全》《“本是”与“本质”》等篇章；前附“导言”中，列出托马斯·阿奎那的各种著作，凡 7 类 49 种。与美学相关的一些论说，可见于《神学大全》和《反异教大全》的某些篇章，一般被认为代表着经院时期的正统文艺观念。

亚里士多德思想的传播，使中世纪神学得到了新的活力。在此基础上，托马斯·阿奎那将人的认识视为一种与客体相对应、与知觉相联系的过程，从而得出了一系列更为严谨的结论。他的美学和文艺学思想，便是以此为出发点。

在中世纪的欧洲，理性与信仰的关系始终是基督教神学讨论中的焦点。从德尔图良到奥古斯丁，“信仰先于理性”的命题似乎没有改变，但是其中却隐含着“信仰”对于“理性”的层层退让。

斯宾诺莎论“信仰与理性”

真理和智慧属于理性的范围，敬虔和顺服属于神学的范围。

——Colin Brown. Christianity & Western Thought：A History of Philosophers，Ideas and Movements：Vol. I. Downers Grove，Illinois：InterVarsity Press，1990：187.

至托马斯·阿奎那，从这一命题的神学意义上看，“信仰”的方面再次被强化，他明确打出了“信仰高于理性”、“神学高于其他科学”以及“理性应该侍奉信仰”的旗号。如他所说：神学“所关切的……主要为超越理性之上的事，而其他学问只处理那些理性限度以内的事而已”；一般的实践性科学，其“高贵的程度”就在于是否能“通向一个更根本的目的”，“神学的目的……则是永恒的幸福，这永恒的幸福是一切实践科学作为最后的目的而趋向的目的”。因此，“神学比其他任何的学问都更高贵”①。但是这里又不能不包含了另一层逻辑的意义，即神学的高贵性和其他学科的从属性，实际上取决于它们各自的对象以及不同的认识过程。在托马斯·阿奎那看来，“从不同的方面认识事物……就可以得出不同的学问”；无论“人类理性所发见的哲理诸学”还是“受神默示的学问”，同样源于此。②

托马斯·阿奎那论“灵魂中的最高能力”

“心”……是灵魂的本质，抑或只是它的一种资能？……我今置答：心（mens）的名词是由“度量”（mensurate）而出，那么……正如（亚里士多德）《形而上学》十卷所说……“心”这一词之用于灵魂，正与理智相同。因为理智获得事物的知识，好像是单凭它自己的原则去度量它们。但所谓理智……乃是灵魂的一种资能；而凡是资能的，都是介乎本体与活动之间。……可见，所谓“心”乃指我们灵魂中的最高能力……而上帝的形象之属于灵魂的本质，必是由于那个本质有“心”作为其最高能力……“心能”是因本质而来。

……感觉器官所接受的，并不是物料（质料）的真相，却只是与其有关的某种现象。……灵魂的活动越过物料（质料）和其现象，这就是灵魂的理智活动。

……生活比之存在，为一较高的活动；理解又比之生活，为一更高的活动。

——阿奎那．圣多默的神学．谢扶雅，等译．香港：基督教文艺出版社，1965：585－590.

这样，托马斯·阿奎那仍然像传统的基督教神学一样，首先是从维护信仰的立场上区分

① 阿奎那．圣多默的神学：第一部．谢扶雅，等译．香港：基督教文艺出版社，1965：11－12. 译文略有修改。
② 同①6－9. 译文略有不同。

“理性”与“信仰”，但是由于他使“认识”的“不同方面”和“不同对象”成为一个更加明确的坐标，实际上就不可避免地要将“信仰”和“理性”同时加以肯定。尤其值得注意的是，托马斯·阿奎那在“我今置答”之前所提出的种种“疑问”，都是将“理性”而不是“信仰”作为人的前提。其设问，往往是首先诉诸一些他并不同意却反映着“常理”的表述，比如“除去哲理诸学，似乎不需要任何别的学理了，人不应该求知那超乎理性之上的事”，又如“神学似乎不比其他学问更高贵”，“一门学问只处理一种主题……可见神学不是一门单独的学问”① 等等。甚至“信仰”本身，也被他论断于“理性”之中。②

所以尽管他强调“神学之所以要利用……其他学问，并非因其本身有何缺陷或者不足，而是由于我们理解力的限制”，他却不能不肯定“理性的推证”，肯定“诗词的象征”、“隐喻的意义”等等中世纪美学最核心的命题。③ 因为“世人天性爱看图画……通过感性的事物进达智性的事物，合乎人的本性……我们比较容易跟随自然理性的指引，进入神学所教导的超乎理性以上的事”④。这一前提，使“理性的证明”与“上帝的证明”在托马斯·阿奎那的学说中具有了同等的重要性。

托马斯·阿奎那并不认为上帝的存在是不言自明或者不可言说的。⑤ 作为人的对象，至少对于大部分凡俗的世人而言，上帝必须得到理性的证明——虽然在他看来，这并不是“证明”，而只是“利用人类理性……来澄清教义的某些要点”⑥。在《神学大全》中，他为“上帝”提出的恰恰是能被理性接受的五种证明方式，而且其中充满了亚里士多德式的概念和逻辑。这五种证明可以被简略地概括为：根据事物的运动或变化来论证，根据“动力因”的性质来论证，根据“可能性”和“必然性”来论证，根据事物真实性的等级来论证，根据世界的秩序或“目的因”来论证。⑦ 伴随着对上帝的证明，托马斯·阿奎那也对人的理性能力进行了证明，这就是他提出的“灵魂的五种形式”和“认识的四个阶段”。

所谓“灵魂的五种形式”，既与亚里士多德的“四因说”等理论一脉相承，又会使人联想到后世关于人类不同的生存层次的种种论证。按照托马斯·阿奎那对亚里士多德的读解，“灵魂”是一切生命所共有的，其五种形式反映着生命从低级向高级的渐进：营养能力、感觉能力、意欲能力、运动能力和理性能力。其中感觉能力又分为“外感觉”和“内感觉”，前者即视觉、听觉、嗅觉、味觉和触觉，而后者所包括的想象、判断、记忆等等，实际上与理性能力一样，为人类所独有。这样，上述五种形式“依照其活动的性质”，又可以被视为三种：营养的、感觉的和理性的。而人类所体现的最完整的灵魂力量，只能在人的认识过程中得到充分的说明。⑧

---

① 阿奎那．圣多默的神学：第一部．谢扶雅，等译．香港：基督教文艺出版社，1965：6-11页。译文略有不同。

② 关于信仰属于思辨理性，又延伸于实践理性的讨论，参见：阿奎那．圣多默的神学．谢扶雅，等译．香港：基督教文艺出版社，1965：286-287.

③ 同①18-22.

④ 同①19，12. 译文略有不同。

⑤ 同①23-25.

⑥ 同①18.

⑦ 同①28-30.

⑧ 阿奎那．圣多默的神学：第三部．谢扶雅，等译．香港：基督教文艺出版社，1965：585-592.

托马斯·阿奎那论词语的指代

上帝是《圣经》的作者，他不仅具有赋予词语以意义的能力（我们也这样做），而且还能赋予事物以意义。《圣经》特殊的一点就是以词语指代的事物又可以转而指代其他的事物。第一层指代，也就是以词语指代事实，被称为历史的或字面的意义；第二层指代，即以词语指代的事实又指代其他的事实，被称为精意。精意是以字面意义为基础和前提的。

——谢大卫．圣书的子民．李毅，译．北京：中国人民大学出版社，2005：139-140.

相对于中世纪的“唯名”与“唯实”之争，托马斯·阿奎那对认识过程的分析颇为独特。他认为：认识是从感性开始的，但是“感觉器官所接受的，并不是（物料）质料的真相，却只是与其有关的某种现象。……灵魂的活动越过物料（质料）和其现象，这就是灵魂的理智活动”①。因此“经验的知识”有待于进深为“先验的知识”，即所谓“从‘本是’的意义推进到‘本质’的意义”②。在与此相关的“质料”和“形式”③中，托马斯·阿奎那则特别强调“理性形式……采用抽象的方法”对经验材料予以加工，即使这种理性形式并不具有真正的普遍性，而“只是按着它指及事物的一种类似而已”④。对于认识过程的这种分析，为托马斯·阿奎那带来了一个结论：“理性形式是不能在现实中得到理解的”，其实质仅仅在于“灵智实体接受并处理它们的能力”；这就是说，人类对于经验性“质料”的认识，必须凭借某种先验的“理性形式”，“质料与形式的关系……即是形式使质料得以存在……质料不可能没有形式，但形式却可能不需质料而自在”⑤。500年后，康德提出了“先验理性形式”的12对范畴，既承认“一切知识都从经验开始”，又否认“一切知识都源于经验”；其中关于先验理性的思辨，与托马斯·阿奎那的认识论证明多有相似之处。康德与托马斯·阿奎那的相似，还在于托马斯也是从肯定“理性”开始，进而与艺术创造中的“观念”相联系。

前辈学者缪朗山，甚至完全用现代的观念翻译托马斯·阿奎那对艺术的论说，而这样的理解并非没有道理：“艺术家的观念来自他的理性。……上帝的……知识对于世界的关系，正如艺术家的观念对艺术作品的关系。因为艺术家的观念就是艺术作品的最后原因。艺术家凭他心中的观念从无创造出有来，因为这个观念不须依存于现实事物，而是艺术家可以任意构想的。”

托马斯·阿奎那论艺术

艺术乃是制造者心里有关制造事物的思想，至于对艺术的掌握，则以上帝为最确实。（I《反异教大全》，93）

一个艺术家可以通过他的艺术，知道他还没有创造出来的东西。艺术的形式从他的知识流出，注入外在的材料之中，从而构成艺术作品。没有任何东西可以阻止他去想到那些还没有作外在表现的形式。（I《反异教大全》，66）

——章安祺，编．西方文艺理论史精读文献．修订本．北京：中国人民大学出版社，2003：121，120.

---

① 阿奎那．圣多默的神学：第三部．谢扶雅，等译．香港：基督教文艺出版社，1965：589. 译文略有不同。

② 阿奎那．圣多默的神学：第四部．谢扶雅，等译．香港：基督教文艺出版社，1965：594. 译文略有不同。

③ 《圣多默的神学》将这两个概念译作“格式”和“材料”。实际上托马斯·阿奎那所指的正是亚里士多德“四因说”中的“形式”和“质料”，故从通译。参见：阿奎那．圣多默的神学：第四部．谢扶雅，等译．香港：基督教文艺出版社，1965：34，596，617.

④ 同②605.

⑤ 同②607-608. 译文略有不同。

就这种将“艺术创造”比之于“上帝创造”的表述本身而言，并没有超出普罗提诺以来的基督教传统，也仍然是基于“分有”“流溢”的神学信念。然而托马斯·阿奎那为上帝寻找理性的证明、对理性能力进行同样的分析以及他直言“艺术家的观念……不须依存于现实事物”“可以任意构想”等等，毕竟更多地启发着自觉的理性意识。正是这种意识，最终使人的理性与它所“分有”的渊源相脱离，使创造的主体成为艺术活动中的独立因素。

托马斯·阿奎那论象征

信仰的真理包含于《圣经》之中，但是却以各种形式散布于书中各处，有时甚至晦涩不明。……并非所有想要信仰真理的人都有能力去认识真理。……象征符号不是加进《圣经》里去的，而是从《圣经》中撷取而来的。

——谢大卫．圣书的子民．李毅，译．北京：中国人民大学出版社，2005：223.

当然，这一终极的任务还不可能由笃信上帝的神学家完成，但是当浪漫主义的诗人声称他们“只服从自己的意志”时，我们却不能不联想到托马斯·阿奎那的思考以及他所代表的那些神学家。

二、托马斯·阿奎那论“摹仿自然”

从普罗提诺开始，“摹仿自然”就很难在中世纪的艺术观念中找到自己的位置。奥古斯丁关于上帝“从空无所有中创造天地”的解说，更是彻底排除了“摹仿”的物质前提。而托马斯·阿奎那既然将感性知觉视为认识的第一阶段，既然认为理智中的真理就是“认识对应于客体的确定性”①，则必然要回到希腊哲学的轨迹，重新提出“摹仿自然”的问题。不过无论是“摹仿”还是“自然”，在托马斯的论述中都包含着不同的意义。

基督教关于“知识”的象征及其“象征的象征”

在中世纪以来的基督教艺术中，可信赖的作者或传授者首先必须是虔诚的读者。……用《圣经》的语言来说，先知预言的权威性，就寓于他首先是律法书的虔诚读者这一事实。……在丢勒1498年所作的一幅描绘……使徒约翰……的作品中……约翰……动笔之前真正是在吃上帝的书。……据说奥古斯丁讲道时有意摆出读者的姿态——他坐在听众前面，膝上放着打开的《圣经》。这姿势同早期表现大卫的绘画很相似：在那些画中，大卫把摩西的法版放在膝上。在中世纪全盛时期……作为虔诚读者和《圣经》传播者的根本价值，有时是以书房中的读者形象来象征性地加以表现的……

……作为《圣经》读者……力求准确细致的精神，显然是丢勒……着力表现的主题。在……内容丰富的构图中，宠犬浓浓的睡意和狮子松弛的姿态，同被神圣化的读者的专注形成了对比。……狮子……是比喻基督警惕的保护（这正如通常以狗比喻虔诚）。

……另一个经典的例子……是描绘……伊拉斯谟对圣保罗的《罗马书》进行释义。……伊拉斯谟在他的书房里，手放在他编辑的圣哲罗姆的文集上。

① 阿奎那．圣多默的神学：第一部．谢扶雅，等译．香港：基督教文艺出版社，1965：11. 译文略有不同。

……在《道德语言画集》中，我们可以看见作为认真读经象征的圣哲罗姆在书房中的画像……公鸡代表的是认真读书的渴望和敏感……同书房中……的狮子相类似。

……同中世纪基督教的任何象征一样，这种画像中的完美的读者和他的《圣经》，正符合“象征”（symbol）这个词的神学意义。正如基督教的神学家们喜欢评论的那样，希腊词“sumballein”的意思是“汇集在一起”；名词“symbolon”通常表示誓约或契约的“信物”或“标志”。但是在基督教神学中，“象征”（symbol）一词首先让人想起基督教信仰最重要的教义——道成肉身，这也就使象征实际上与“信条”同义。……若干世纪以后，托马斯·阿奎那依然这样事业能够这个词：“‘象征’一词的词义是从‘信仰的真教义汇集一起’这一意义派生而来。”……他认为……道成肉身首先是以道成肉身这一事实为基础，其次才是语言或形象在我们的想象中加以描述……因此这“道”就是解释一切象征的象征。

……作为有形之书……的《圣经》……是从真理衍生而来的，因此（它）本身不是象征，而是一个符号。……如托马斯·阿奎那所说：“《圣经》的精意，是真实事物在其进程中预设的象征”，或者说“精意限于真实事物和事件的象征，当这些事物或事件被用来预示基督时，精意就出现了，显示着他的精神实质”。因此《圣经》与道成肉身不同，前者本身并不是象征（只是符号），而后者则是象征。……在实际情形中，“汇集在一起”或虔诚的读者和《圣经》文本的“契合”，构成了一个有效的象征关系。

——谢大卫．圣书的子民．李毅，译．北京：中国人民大学出版社，2005：212－214，219，222－224.

神学家的“上帝”，实际上常常可以被理解为一切论说所必须设定的逻辑上的起点。凭借这一起点，才能在关于“存在”的溯源中避免“无限后退”的尴尬。托马斯·阿奎那的理论也并非不能作如是观。当神学家把一切物质和精神的存在统统归于“上帝”这个最初的“动力”和“原因”时，直接的结果并不是以“上帝”来否定他的对象世界，而是以全部对象世界来证实上帝的存在及其力量。这样，在“上帝创造”的意义上，物质和精神、对象和心灵是由于同属“受造之物”而同时得到肯定的。基于这一点，“摹仿自然”便自然地与托马斯·阿奎那的神学论证结为一体。只是这里的“自然”已经隐含着一个存而不论的“上帝”的前提。

另一方面，托马斯·阿奎那所谓的“摹仿”，从根本上说并不是对自然物本身的描摹，而是要摹仿“自然的过程。”在逻辑上，这与亚里士多德关于“摹仿”的解释非常相似；亚里士多德对经院神学的特殊影响，由此也可见一斑。

从神学的角度看，“自然的过程”当然就是上帝创造自然的方式。正如托马斯·阿奎那所说：“学生进行学习，必须仔细观察老师怎样做成某种事物，自己才能以同样的技巧来工作。与此相同，人的心灵着手创造某种东西之前，也须受到神的心灵的启发，也须学习自然的过程，以求与之相一致。”① 总之，“艺术的过程必须摹仿自然的过程。”如果说，奥古斯丁对先在质料和先在形式的否定使“自由”成为上帝式创造的根本属性，那么托马斯·阿奎那将“摹仿自然”转换为“摹仿自然的过程”，则更为明确地昭示了艺术创造与上帝创造的相似性。②

---

① 章安祺，编．西方文艺理论史精读文献．修订本．北京：中国人民大学出版社，2003：122.

② 当然，托马斯·阿奎那本人对“摹仿”的认可是有限度的：“受造物摹仿上帝……不能十足摹仿到他。”参见：阿奎那．圣多默的神学：第一部．谢扶雅，等译．香港：基督教文艺出版社，1965：52－53.

托马斯·阿奎那论“摹仿”

那些符合自然的事物是由神的理性所指定的，而人的理性必须摹仿神的理性。

——《神学大全》*Summa Theologiae* Ⅱ，Ⅱ，130，1

……恩典和美德都效法自然的秩序（naturae ordinem），而这个秩序是由神圣的智慧指定的。

——《神学大全》*Summa Theologiae* Ⅱ，Ⅱ，31，3

一切事物的存在都摹仿神的本质，但不是以同样的方式摹仿它，而是以不同的方式并在不同的程度摹仿它。

——《诸问题答疑》*Quodlibetales* 4，1

对“摹仿”和“自然”这两个传统概念及其指向的重新解释，也使托马斯·阿奎那为“摹仿艺术”的真实性树立了相应的标准。这种标准，是与他用理性论证上帝，从上帝推及灵魂，又从灵魂走向理性观念的神学认识论相联系的。因此，尽管对象与心灵在“受造”的意义上同样真实，要“摹仿自然的过程”却必须跨越“真实”的外表而深入其根本：“我们不妨说大自然的事物是真实的，如果它们能够表现储存在于神的理性中的形式。……我们说一块石头之所以是真实的……是由于它具有上帝在创造石头之前所预定下的石头的自然性。由此可见，真理首先存在于理性之中，其次存在于事物中。”

托马斯·阿奎那论“艺术摹仿自然的过程”

一件装置的摹仿对象，乃是制作者心灵中的观念，而非工具本身。(《神学大全》，3a，ixii. 1)

……艺术所以摹仿自然，其根据在于万物的起源都是互相关联的，从而它们的活动和结果也是如此的。但是艺术作品起源于人的心灵，后者又为上帝的形象和创造物，而上帝的心灵则是自然万物的源泉。因此，艺术的过程必须摹仿自然的过程，艺术的产品必得仿照自然的产品。……所以亚里士多德说，如果艺术能够造成自然事物，它就一定要像自然那样来活动，反过来讲，如果自然能够造成艺术的东西，它就必得像艺术那样来活动。

可是自然并不制成艺术作品，而只准备好各种要素，并且在一定程度上提供若干范例，以便艺术家比拟。艺术本身能鉴赏自然的产品，却不能制造自然的产品。关于自然的事物，人的心灵只能加以沉思默想，而关于人为的东西，人的心灵还具有制造的能力。（注释，I《政治学》，第一课）

——章安祺，编．西方文艺理论史精读文献．修订本．北京：中国人民大学出版社，2003：121－122.

这样，“绝对符合理性的事物”才是真实的，“因为真理依赖理性的判断”。按照他的标准，“凡是同我们的理性相符的艺术作品，都可以称为真实的。譬如，一间房子如果能够完全体现建筑师的思想，它是真实的。一篇演讲词如果能够很好地表达出演讲家的意思，它是真实的。”

托马斯·阿奎那的层层论证，最终使希腊人的“摹仿自然”被纳入了基督教神学的传统。即“自然”的真实，在于其“受造过程”的真实，“事物的真实”在于它反映着“理性形式”的真实，因而艺术创造中的真实，在于真实地体现创造者的观念。从神学自身的意义上看，这当然还是在证明上帝的第一性，然而一旦抛开这种宗教信念，便会感到其中已经为独立的理性留出了相当大的余地，已经为后世文艺观念的演变埋下了一颗重要的种子。

三、托马斯·阿奎那论“美”与“善”

在中世纪欧洲的基督教美学和文论中，是爱留根纳最先将审美的观照与感性的欲望相对立，提出了“圣人的态度”和“守财奴的态度”之区别。而托马斯·阿奎那进一步论述了认识的对象与欲念的对象、愉悦的满足与目的的满足等问题，比较细致地分析了“美”与“善”的异同。这在西方美学史上也是极有意义的。

托马斯·阿奎那论“美”与“善”的同一

善和美在本质上是同样的东西，因为二者都建立在同一个真实的形式上面；但它们的意义却不相同，因为善与欲望相对应，其作用恰如“最后因”（“一切因的因，最高因，不复为因的因”），而美则与知识相对应，其作用有如“形式因”。（《神学大全》，1a. v. 4，*ad*1）

——章安祺，编．西方文艺理论史精读文献．修订本．北京：中国人民大学出版社，2003：118.

托马斯·阿奎那对“美”与“善”的区分，同他所谓的“美的要素”直接相连。他认为：“美有三个要素：第一是一种完整或完美……其次是适当的比例或和谐；第三是（色彩的）鲜明。”从形式上看，这似乎是对古希腊美学原则的重复，而实际上托马斯·阿奎那却像奥古斯丁一样，为之加上了一条定义性的注脚：“神是一切事物的协调和鲜明的原因……鲜明和比例都植根于心灵，心灵的功能就在于把一种比例对称安排好，并且使它显得明亮。”尤其值得注意的是，托马斯·阿奎那在这里使“美”与“善”相联系：“优美的道德品质由于有理智的秩序在它们上面照耀着，就有美在它们上面照耀着，特别是把蒙蔽理智光辉的淫欲清洗去的节制”；所以“人们通常把善的东西也称为美的”。至于“美”与“善”之间的区别，则不是它们的来源，而是它们的不同去向。

他明确地提出：“善涉及欲念，是人都对它起欲念的对象，所以善是作为一种目的去看待的，所谓欲念就是迫向某种目的的冲动。美却涉及认识功能，因为凡是人一眼见到就使人愉快的东西才叫作美的。……善应使欲念得到满足，但是根据美的定义，见到美或认识到美，这见或认识本身就可以使人满足。……凡是只为满足欲念的东西叫作善，凡是单靠认识到就立刻使人愉快的东西就叫作美。”总之，“美向我们的认识功能所提供的，是一种见出秩序的东西，一种在善之外和善之上的东西。”

托马斯·阿奎那论“美”与“善”的区别

美与善是同样的东西，尽管重点不同。善为一切人所希冀想望的东西；而美的本质就在于只需知道它和看到它，便可满足这种要求。最接近于心灵的感觉，即视觉和听觉，也最能为美所吸引。……善是能使欲望要求得到满足的东西，而美的事物一被察觉即能予人以快感。（《神学大全》，1a～2ae. xxvii. 1，*ad*3）

——章安祺，编．西方文艺理论史精读文献．修订本．北京：中国人民大学出版社，2003：119.

托马斯·阿奎那用“一眼见到就使人愉快”以及“见或认识本身就可以使人满足”来说明

“美”的认识特性，一向被认为影响到西方的“艺术直觉说”。而他以“迫向某种目的的冲动”界定“欲念”，并且因此使其被“美”所排斥，已经为后来声势浩大的“非功利说”勾画出比较清晰的轮廓。在这一线索上，所谓“美在本质上是不关欲念的”，始终是一个最响亮的命题。

【关键概念】

中世纪的三种人文学科、新柏拉图主义、讽喻批评、艺术创造与上帝式创造、自然的过程、神秘主义、诗歌的四重意义、受造与创造

【思考题】

1. 中世纪究竟应该如何界定？
2. 讽喻批评的根本意义何在？
3. 什么是新柏拉图主义？

第四章

文艺复兴至新古典主义时代

本章分为两节。第一节主要讨论中世纪晚期的神秘主义如何在文艺复兴时期向近代理性精神过渡，并以意大利人对古希腊诗学的沿袭以及本·琼生、卡斯特尔维特罗和锡德尼为例，介绍文艺复兴时期的古典主义总体倾向。

第二节是从布瓦洛所代表的新古典主义文论主张入手，概括其性质、源流及其在欧洲各国的不同表现；并试图借助笛卡尔基于内在观念的理性之思，把握17世纪新古典主义精神的总体特征。

第一节 文艺复兴时期的过渡

一、从基督教神秘主义到近代理性精神

一般认为，西方的文艺复兴是人类历史上第一次大规模批判封建主义和教会权威的思想解放运动。在它之后，一系列资产阶级革命和文化思潮才相继产生，资本主义文明从而逐步确立和发展。因此，尽管在历史分期上“文艺复兴”当属中世纪的一部分，在习惯上人们却常常将它视为一个独立的阶段、一个连接中古与近代的枢纽。

“文艺复兴”与中世纪的文化关联

在15和16世纪，学者、艺术家、建筑师、音乐家和作家等塑造人文主义文化的人都逐渐感到，社会在进入一个新时代，它是在先前那个黑暗时代之后的新生，它是“复兴”。如果就这个时代的思想究竟“新”到什么程度和当时的物质文明水平来看，认为它是全新的，未免有夸张的成分，但是不可否认的是，这一时期的确形成了一种对人（包括妇女）的新看

法。这种“新人”被认为是世界的主人，他有理性和创造性，有能力参透任何奥秘，创造出新的东西。

……具体来说，中世纪雕刻的人像都是头小身体长，不符合人的正常身体比例。而考古发掘出的古代希腊罗马雕刻的人体比例都非常匀称，例如“投枪的人”和“受伤的武士”。此后，画家、雕刻家都制作出体态完美的人形，代表一种新“理想”的新人类。这是自此以后西方人梦寐以求的“新人类”。他不仅仅是纳粹德国生育计划的目标，也支持了好莱坞的明星崇拜和时装行业。

……新的理想往往成为一种时尚，那些希望画家表现自己的人，也希望把自己表现成“理想的人”。当时佛罗伦萨的统治者、美第奇家族的劳伦佐，是一切艺术的保护人……自己还是一个诗人，或者也能算作一个思想家；他要求米开朗基罗表现他的脸，而米开朗基罗把他的身体也按照希腊神祇的理想形体比例去表现了。

但是我们也不要像20世纪初期的一些艺术史家那样，把15世纪的佛罗伦萨过分理想化。文艺复兴运动中的意大利城邦，的确比过去的世代有更多的现实主义色彩，但无论雕刻或者绘画，还有它的一套规则。这套规则和过去教会制订的规则不同，却仍然是强制性的。它强调几何比例与和谐。……因此艺术并不是现实的再现，而要比现实更和谐。

我们也不能忘记，当时绝大多数绘画和雕刻还是出自宗教的感情，也是为了引起观众崇敬的感情；无论是挂在私人房间里的拉斐尔的《圣母和圣婴》，还是教堂里的大幅壁画、碎石砌画和雕像、教堂天花板或小圆顶的布满天使的天堂景象，都是如此。

——李伯赓．欧洲文化史：上册．赵复三，译．香港：明报出版社，2003：272-275.

“文艺复兴”一词最早是在19世纪上半期出现于法国，写作la renaissance；在英语中的首次出现时间是1845年，阿诺德（Matthew Arnold）将这个法文词英语化，写作renascence。不过，人们通常还是使用renaissance。在西方，文艺复兴有着明确的所指，按照汤因比在《历史研究》中的说法，它是指已死的（或者已衰败的）希腊文明在中世纪晚期对于西方基督教社会（特别是北部和中部意大利）所产生的影响。

恩格斯关于文艺复兴的论述

现代自然科学，和整个近代史一样，是从这样一个伟大的时代算起，这个时代，我们德国人由于当时我们所遭遇的民族不幸而称之为宗教改革，法国人称之为文艺复兴，而意大利人则称之为五百年代，但这些名称没有一个能把这个时代充分地表达出来。这是从十五世纪下半叶开始的时代。国王的政权依靠市民打垮了封建贵族的权力，建立了巨大的、实质上以民族为基础的君主国，而现代的欧洲国家和现代的资产阶级社会就在这种君主国里发展起来；当市民和贵族还在互相格斗时，德国农民战争却预言式地提示了未来的阶级斗争……拜占庭灭亡时抢救出来的手抄本，罗马废墟中发掘出来的古代雕像，在惊讶的西方面前展示了一个新世界——希腊的古代；在它的光辉的形象面前，中世纪的幽灵消逝了；意大利出现了前所未有的艺术繁荣，这种艺术繁荣好象是古典古代的反照，以后就再也不曾达到了。在意大利、法国、德国都产生了新的文学，即最初的现代文学；英国和西班牙跟着很快达到了自己的古典文学时代。旧的orbis terrarum的界限被打破了；只是在这个时候才真正发现了地球，奠定了以后的世界贸易以及从手工业过渡到工场手工业的基础，而工场手工业又是现代大工业的出发点。教会的精神独裁被摧毁了，德意志诸民族大部分都直截了当地抛弃了它，接受了新教，同时，在罗曼语诸民族那里，一种从阿拉伯人那里吸收过来并从新发现的希腊哲学那里得到营养的明快的自由思想，愈来愈根深蒂固，为十八世纪的唯物主义作了准备。

——中共中央马克思恩格斯列宁斯大林著作编译局，编译．马克思恩格斯全集：第二十卷．北京：人民出版社，1971：360－361.

注：文中省略号为引者所加。

恩格斯在《自然辩证法》中，详尽地评述了文艺复兴的历史作用。他认为：这场运动在政体形式、政治力量、文学、经济、思想等方面，都是导向现代资本主义的直接桥梁。伴随着现代国家和社会形成的，是民族语言和现代文学的出现；由于古代典籍的返回欧洲和考古学的发现，在造型艺术方面出现前所未有的艺术繁荣；经由阿拉伯而传来的希腊哲学的自由思想，特别是亚里士多德的重新发现，使科学的理性精神再度占据了西方思想的主导地位，等等。在这个意义上，文艺复兴的确成为如恩格斯所说的："这是一次人类从来没有经历过的最伟大的、进步的变革，是一个需要巨人而且产生了巨人——在思维能力、热情和性格方面，在多才多艺和学识渊博方面的巨人的时代。"[①]而"热情和性格"恰恰界定了一种充满感性色彩的"思维能力"。所以，在恩格斯列举的巨人中，"达·芬奇不仅是大画家，而且也是大数学家、力学家和工程师，他在物理学的各种不同部门中都有重要的发现"；丢勒"是画家、铜版雕刻家、雕刻家、建筑师，此外还发明了一种筑城学体系"；马基雅弗利是政治家，也是"历史家、诗人"和"值得一提的近代军事著作家"；路德是宗教思想家，是宗教改革的主要代表人物，也"创造了现代德国散文"。

在这里，我们没有看到思辨意义上的哲学家（包括美学家）和科学家，而是具有艺术家特性的思想家。所以尽管意大利文艺复兴明确选择了科学作为其时代的基本精神，那却是一种充满了"符号性孕义"（symbolic pregnance）[②] 的科学。及至后世，狄尔泰曾谈论文艺复兴科学中的"艺术想象"问题；阿诺德·豪塞尔则明确指出："15 世纪绘画中的透视法是一个科学概念，但开普勒和伽利略的宇宙学说在本质上则是一种审美的幻想。"[③] 总之，人文主义的基本内核是一种感性的光辉，文艺复兴的文化统一性就在于诗意的形象，乃至文艺复兴似乎始终没能形成自己的完整哲学论述体系。就如卡西尔所说："即使在那些好像已经使其摆脱了经院哲学束缚的方面，早期文艺复兴哲学仍然依附于经院哲学思想的那些普遍形式。"[④] 因此，如果说意大利文艺复兴的感性精神是对中世纪的一种反抗，其理性精神却似乎是对于中世纪的继承。在这个意义上，文艺复兴虽然在历史分期上仍然属于中世纪，却又常常被视作一个独立的时代，是欧洲社会和文化走向现代的过渡阶段。

① 中共中央马克思恩格斯列宁斯大林著作编译局，编译．马克思恩格斯全集：第二十卷．北京：人民出版社，1971：361.

② 石福祁．"符号性孕义"与卡西尔的符号形式哲学．北京：人民出版社，2016.

③ Arnold Hauser. The Social History of Art：Vol. 2. New York：Vintage Books，1957：75.

④ Ernst Cassirer. The Individual and the Cosmos in Renaissance Philosophy. Mario Domandi，tr. New York：Barnes & Noble. Inc.，1963：1.

巴赫金论教堂戏剧向民间戏剧的过渡

民间的……仪式—演出形式……作为……亵渎神灵的诙谐性仪式游戏……是一种戏仿宗教祭祀活动的……狂欢节仪式。……它暂时取消一切等级关系、特权、规范和禁令。……但是这种……狂欢节式的戏仿……又并非纯否定性的讽刺，也不是纯消遣性的诙谐。……狂欢节式的戏仿在否定的同时还有再生和更新，一般说来，赤裸裸的否定是与民间文化完全格格不入的。

……疯人节（愚人节）……是在节日的屋檐下筑起非官方的但几乎是合法的巢，使神明……哪怕一年只有一次自由地成为无用之物。……比如为纪念玛利亚携带圣子耶稣骑驴逃亡埃及而设立的“驴节”……中心角色并不是玛利亚或者耶稣，却是那头驴：在“驴弥撒”上……每个部分都伴随着可笑的驴叫声……弥撒结束时神父学三声驴叫，以代替以往的祝福，学三声驴叫，代替“阿门”，回答他的也是这样的驴叫声。

——巴赫金．拉伯雷的创作与中世纪和文艺复兴时期的民间文化．李兆林，等译．巴赫金全集：第六卷．石家庄：河北教育出版社，1998：6-15，90-91.

另一方面，如果我们把视野集中于“文艺复兴”时期西方文艺理论的发展，必然还要面对这样几个无可回避的事实。

第一，文艺复兴对教会权威的最有力的批判，首先并不是来自希腊传统、希腊哲学或者希腊精神的“复兴”，而是来自基督教自身的改革及其信仰从原始形态向近代形态的过渡。与这种改革和过渡相联系的所谓“世俗化”，也并不仅仅意味着希腊人的“此岸”意识对于基督教“来世”观念的反拨：一方面，源于中世纪下层的、教堂戏剧式的世俗化气氛，与文艺复兴的世俗艺术自然地融为一体；另一方面，宗教改革家力图以更为纯粹的精神信念所取代的，恰恰又正是传统教会日趋世俗化的统治方式。因而简单地描述古代文化与中世纪文化的对立，或者“世俗追求”与“宗教禁欲”的对立，都不足以说明该时期的思想。

巴赫金论教堂戏剧向民间戏剧的过渡

如果说，在过去的40年里没有智慧的显示，没有各个领域的创造性研究……那么眼前的状况更为糟糕。因为现在的罪恶比那时更多地支配着世界，而罪恶与真知水火不容。……人们的生活与智慧的法则相悖，就不可能懂得智慧，尽管嘴上可以挂着浮华的词句，就像小孩子死记硬背《圣经》中的诗篇，就像教士和乡村神甫照猫画虎地主持教堂仪式，却并不大理解，甚至根本不知道自己所说的是什么。

——Roger Bacon. Compendium of the Study of Philosophy.；G. G. Coulton. Ten Medieval Studies. Cambridge：Cambridge University Press，1930：72.

第二，就其总体观念而言，文艺复兴时期的西方文艺理论，实际上只是贺拉斯的古典主义与布瓦洛的新古典主义之间的中介。它本身其实谈不上多少创新，甚至未必达到了中世纪基督教文论的深度。

第三，与文艺实践方面的巨大成就相比，文艺复兴时期的西方文艺理论难免显得过于苍白。不仅如此，该时期最有成就的艺术家，常常还是与当时处于主导地位的理论相背离的（比如莎士比亚）。

为了便于勾勒这样一种文艺理论的大致模样，应当对以上的特定情况进行更细致的探讨。首先要探讨的问题，则是基督教神秘主义向近代理性精神的过渡。

“理性”之于西方文化的意义前提，并不在于它被肯定或否定、被承认或不被承认，而在于它的多元性。历史的发展已经无数次地展示过这样的事实：理性与非理性的抗争，实际上常常是外化的理性与个体的理性之间的抗争。理性一旦外化为某种得到认同的结果，也就变成了人类精神的束缚；而历代非理性主义者所使用的思想武器，往往最富于个体理性的色彩。基督教本身的历史，正是这样一部多元理性相互作用的实录。

伯林（Isaiah Berlin）所描述的“理性”悖论

阅读柏拉图的哲学，你会发现他被一种几何学或者数学的模式所统辖。很明显，其思想前提是认为存在着某种自明的（axiomatic）、不变的、颠扑不破的真理，由此便可以通过严格的逻辑推演出绝对无误的结论。他认为借助他所推荐的特殊方法，可以获得这种绝对的智慧。他认为世界上存在着可以获得的绝对知识，而只要我们能获得这种绝对知识（几何学、当然通常也包括数学，正是现成的例子和最为完美的范式），我们就能运用知识和真理……一劳永逸地安顿我们的生活，从而一切苦难、疑虑、无知等等人类的恶习和愚蠢，都有望远离人间。

……上述观念影响到柏拉图以后的许多思想者，这当然包括文艺复兴时代——其思想基础如出一辙；当然也包括斯宾诺莎和18—19世纪的思想家——他们都相信可以获得某种……近乎绝对的知识，可以据此规范世界，建立某种理性的秩序，而通过认真地获取知识并诉之于普遍适用的理性，至少可以避免……以往的诸多毁灭。

……上述模式显然都是要拯救人们脱离错误和迷惘……但是几乎不可避免的结果，必是要奴役本拟拯救的人们……这正是始于拯救而终于暴政。

——Isaiah Berlin. The Roots of Romanticism. Princeton：Princeton University Press，1999：2-3.

所有的基督教原理的前提，都是人类获得理性，并且放弃原始状态的无知。没有这一点，也就谈不上原罪、救赎和审判。因此正如我们已经看到的：即使是那些早期的教父和中世纪的经院哲学家，也并不否认理性，并不否认人是理性的动物。他们所高扬的，只是“信仰先于理性”而已。奥古斯丁之所以说“我们是要理解我们所相信的”，安瑟伦之所以说“我决不是理解了才能信仰，而是信仰了才能理解”，是因为他们认为人的理性是有限的，而上帝是一种无限的、不可定义、不可想象的超越性存在。对于可以理喻的对象，理性是认识的手段；而对不可理喻的对象，只能凭借信仰。托马斯·阿奎那把“理性”区分为“人的理性”和“神的理性”，也是因为有些领域是人的理性所不可企及的。

但是同样在中世纪，同样以人类理性的有限说为基础，邓斯·司各特和威廉·奥卡姆却推导出完全不同的逻辑结论。他们提出：有限的人类理性不能证明信仰，那么信仰也不能干涉理性，哲学应与神学各自分有一定的领域。德国14世纪的神秘主义者艾克哈特进而强调人的获救在于人与上帝的直接的“灵交”，无须教会的中介，无须外在权威为人规范行为准则。①

① Colin Brown. Christianity & Western Thought：A History of Philosophers，Ideas and Movements：Vol. I. Downers Grove，Illinois：InterVarsity Press，1990：111-118，136.

这样，承认不可理喻的对象的存在、承认理性之外的一些神秘的精神活动的存在，就在中世纪为西方近代意义上的理性精神埋下了第一颗种子。这也是人类第一次以非理性形式向个体理性的呼唤。

"理性主义"的三个命题及其走向的反面

如果可以做简要的概括，那么……理性主义的……三个命题是整个西方传统赖以维系的三个支撑点。……第一，一切真正的问题都是可以回答的，如果一个问题不能回答，就根本不成其为问题。也许我们不知道答案，但是总会有人知道。也许我们过于弱小、愚钝、无知，所以无法找到答案；而某些比我们聪明的人，某些专家、精英却能找到答案。……总之，答案是可知的，即使不能为人所知晓，也可以为某种全知全能者（比如上帝）所知晓。如果答案根本不可知，如果答案总是……向我们遮蔽，那一定是问题本身出了问题。

……第二个命题是：一切答案都是可知的，而发现答案的方法又是可以学习和传授的；这些可以学习和传授的方法，有助于我们发现世界的构成、我们在世界上的位置、我们与他人的关系、我们与万物的关系、什么是真正的价值，以及关于任何其他真正的、可回答之问题的答案。

第三个命题是：一切答案都是彼此协调的。……很明显，关于一个问题的真正答案，不可能与关于另一个问题的真正答案不相协调。从逻辑上说，一个真正的命题不可能与另一个真正的命题相矛盾。如果对一切问题的回答都被表达为命题，如果一切真实的命题最终都是可以被发现的，那么就一定会导致一种对于理想世界的描述（比如你可以称之为乌托邦）；理想世界实际上是由对于一切真正问题的真正答案而构成的。

……人们以为……发现真正答案的唯一方法，就是正确地运用理性——如数理科学一般演绎，如自然科学一般归纳。……既然这些答案已经在物理和化学的世界中取得了令人骄傲的结果，就没有理由不将其运用于更为复杂的领域，比如政治学、伦理学和美学。

……然而这种被高度赞扬的理性，这种带有普遍、无误、确定、自明等特征的理性，究竟是什么呢？它有如一个被做成标本的人体模型，其中最为非理性的迷信却被赋予了神圣的属性。

——Isaiah Berlin. The Roots of Romanticism. Princeton：Princeton University Press，1999：21－22，44.

至宗教改革时期，马丁·路德（Martin Luther）、加尔文（John Calvin）、茨温利（Ulrich Zwingli）等人一方面继承了中世纪神秘主义者的成果，另一方面又通过确立《圣经》的权威来进一步否定外化理性的象征——教皇的权威。在中世纪，教皇、教会法规等等都与《圣经》一样，被认为是鉴别信仰的权威，同时，《圣经》和种种法规的解释权都在于教皇，因此教皇实际上是鉴别信仰的最高权威。而路德提出——上帝之道（或译"逻各斯"）只有三种层次：（1）内在的、隐秘的道，亦即上帝意志的自我显现；（2）成为肉身的道，即上帝意志在耶稣身上的显现；（3）成为文字的道，即《圣经》。路德认为：耶稣升天以后，人们只能通过《圣经》来了解上帝之道；"当教皇的行为违反《圣经》时，我们的职责就是要依靠《圣经》来责备他、约束他。"这样，新教渐渐使人们相信：耶稣是上帝派往人类的唯一代理者，《圣经》是了解上帝之道的唯一途径，而教皇和教廷不再是神圣的。

马丁·路德论“字句”(letter) 与“精意”(spirit)

“精意”在于上帝通过耶稣基督的自我彰显，但是“精意”必须被《圣经》的字面意义或者历史意义所唤起；所以“上帝之言”需要在阅读或者传道的活动中有一个中介，这中介则是“怀有信仰的诠释者或者倾听者”。

——Werner G. Jeanrond，Theological Hermeneutics：Development and Significance. London：Macmillan，1991：32-33.

马丁·路德“焚烧教宗及其党徒书的宣言”

我马丁·路德，愿通告所有人士：在1520年圣尼古拉日后的星期一（1520年12月10日），由于我的意志、忠告和协助，已经把罗马教宗以及他的一些党徒的书籍当众销毁了。……销毁毒害人的邪书，这是古代传统之做法……教宗及其党徒们的教唆荒唐至极……只有这样，那些高贵的头衔、名号，那种教宗制度下的等级尊严以及教会律例，才不会再迷惑大众……人们完全无必要遇事首先去查找或听从教宗所作的解释和训导。在那些所谓神圣的法令和教会律例中，的确含有毒害人的、令人生畏的教义，但是直到现今，我们有人仍然不顾真理，而对那些可憎的内容进行崇拜；此后人们也可以自由地进行评判：我烧掉这些书籍是正义的还是不义的。

——路德文集中文版编辑委员会，编．路德文集：第一卷．上海：上海三联书店，2005：432-434.

宗教改革的思想家显然通过欧洲的“俗语化”看到了语言对信仰的诠释功能，或者说语言对思想的制约作用。因此宗教改革中最引人注目的事件之一，便是大量的“译经”，从而使普通百姓能够凭借本民族的语言直接阅读《圣经》。比如马丁·路德在1532年完成了整部《圣经》的德文翻译，并于1534年出版。加尔文的表兄弟在1535年推出《圣经》的法文译本，加尔文还为之作序。英文方面除去1526年丁道尔翻译的《新约》，还有1538年亨利八世下令制作的“大圣经”，最著名的则是1611年英王詹姆士一世亲自审定的“King James Version”（通常译作“《圣经》钦定本”）。[①]“译经”作为“俗语化”的最终结果，不仅标志着欧洲各民族语言的近代形态（比如《圣经》钦定本之于英语发展的作用），也意味着《圣经》意义被新的语言载体重新诠释。

本来，《圣经》的特质之一就在于翻译。非但“圣言”要被“翻译”成“人言”，即使在直接的“翻译”意义上，“讲传耶稣”的《新约》其实也并不是用耶稣的母语写成的。[②]但是由于罗马帝国以拉丁文为官方语言，所以在公元2世纪以后，《圣经》拉丁文“武加大”（the Vulgata）译本逐渐成为教会的标准文本。中世纪欧洲的“俗语化”虽然使布道的语言各有所异，但是教士们的依据仍然是同样的拉丁文《圣经》文本。通常，人们认为这主要体现着教会对《圣经》翻译的抵制；不过从另一方面看，传播媒介的限制或许是一个更为内在的原因。

中世纪的“抄经”曾经是一项艰巨的工程，这种手抄本根本不可能提供给诸多的信众，因

---

① 关于《圣经》翻译的历史及版本，参见：许牧世．经与释经．香港：基督教文艺出版社，1983.

② 据考证，整部《圣经》当中的耶稣母语只有4处。“我们所拥有的耶稣之言，都只是译文。”钟鸣旦（Nicholas Standaert）．本地化：谈福音与文化．陈宽薇，译．台北：光启出版社，1993：58.

此教士们的"讲传"确实是人们接触《圣经》的普遍途径。信众对《圣经》意义的理解，基本上是凭借"听"，却不是"读"，这就使"理解"成为一种群体式的活动，只有神职人员才可能进行"私人"阅读。从而"抄经"也含有某种"代神立言"的意味；更重要的是，"抄经"的作用并不在于直接传播，而是要通过传教士"讲"给众人"听"。

直至15世纪中期，德国印刷商谷登堡（Johann Gutenberg）开始采用活版印刷书籍，使大量的印刷品传播成为可能，这才为欧洲人的阅读方式带来质的变化。由印刷品所实现的传播手段，实际上是使理解活动"私人化"。在比较容易统一复制的书籍之冲击下，原本的"讲传"与"倾听"更多地成为一种宗教仪式，真正的"私人"阅读则取而代之。在这样的意义上，传播媒介极大地影响了人类理解本身。所以尽管谷登堡印行的第一部书是拉丁文《圣经》而并非其他的任何俗物或者《圣经》的"俗语"译本，它仍然引起了《圣经》诠释的一次根本转向。从这里开始，个体性的思考获得了物质的载体，宗教改革家们所张扬的"理性权利"也才能进入真实的空间。

阅读方式的改变，使基督教新教的改革家对"诠释者"的角色做出了完全不同的理解，中世纪"信仰"与"理性"的相对平衡也随之发生了戏剧性的倾斜。在奥古斯丁所代表的教父时代，《圣经》诠释最终只关乎教会；但是在马丁·路德等宗教改革家那里，《圣经》诠释越来越成为一种决定性的因素，可以重新估定历史的基督教传统与真正的基督教信仰之关系，以便将那些不符合信仰的部分诉诸改革。他们并不讳言"读经"与教会的权威性诠释之间存在着冲突，而被他们重新读出的"上帝之言"，正是"从神学上准确理解基督教教义的……唯一标准(exclusive criterion)"①。

与关于"启示"的《圣经》诠释截然不同，新教思想者所谓的"独一《圣经》"之原则(sola scriptura)，在后世的研究者看来恰恰同宗教改革所反对的教会神学一样，是将《圣经》视为"圣灵"自身的清晰连贯的表达；甚至"那些明显的不连贯和歧义"，也被认为"不能否定对《圣经》之清晰性的信念，它们只是对有限的诠释者……所构成的持久挑战"②。然而近乎矛盾的是，他们又认为诠释者是作为一个个体研读《圣经》的，也是作为一个个体对文本的意义负责的。③"理性"与"信仰"的"戏剧性倾斜"，便是就此而言的。

马克思《黑格尔法哲学批判·导言》对路德的定位

路德战胜了**虔信**造成的奴役制，是因为他用**信念**造成的奴役制代替了它（Luther overcame bondage out of devotion by replacing it by bondage out of conviction）。他破除了对权威的信仰，是因为他恢复了信仰的权威（He shattered faith in authority because he restored the authority of faith），他把僧侣变成了世俗人，是因为他把世俗人变成了僧侣。他把人从外在的宗教笃诚中解放出来，是因为他把宗教笃诚变成了人的内在世界。他把肉体从锁链中解

① Werner G. Jeanrond. Theological Hermeneutics: Development and Significance. London: Macmillan, 1991: 31. 英文可以用不同的方式表示"唯一"，但是在"唯一标准"之中，"唯一"的直接含义正是"排他性"。

② Werner G. Jeanrond. Theological Hermeneutics: Development and Significance. London: Macmillan, 1991: 31-32.

③ 有研究者认为："这种个人主义的释经倾向……可以上溯到圣芳济各的个人主义的宗教自我理解。" Werner G. Jeanrond. Theological Hermeneutics: Development and Significance. London: Macmillan, 1991: 185-186.

放出来，是因为他给人的心灵套上了锁链。

——中共中央马克思恩格斯列宁斯大林著作编译局，编译．马克思恩格斯选集：第一卷．北京：人民出版社，1995：10.

注：括号中英文为引者所加。

后来伽达默尔对马丁·路德的基本立场做过如下归纳："《圣经》是自我诠释的，我们不需要依靠传统获得恰当的理解，也不需要什么诠释的艺术——比如关于《圣经》四重意义的古代信条，《圣经》的文本自身就包含着清晰的意义。……寓意的方法……只有在《圣经》本身给出了寓意性意指的情况下才是合法的，所以它只适合于那些比喻。《旧约》……则不能运用寓意性的诠释……只有通过字面的理解，《旧约》才能获得基督教的意义。"①

其实马丁·路德本人的释经原则，也未必没有自相矛盾之处。他在获得神学博士学位的第二年，就开始讲授《旧约·诗篇》②；据研究者认为，起初他是接受"四重意义"之释经方式的，几年以后才逐渐主张《圣经》的字面意义而排斥寓意式批评。③ 马丁·路德诠释《诗篇》的兴趣差不多伴随了他的一生，比如他早期的著作《诗篇注释》（1513—1516）已经讨论过《诗篇》第127篇，1524年再度撰文诠释同一篇章，1534年又"以拉丁文出版了一个更深、更渊博的解释"④。而在1532年前后注释的《诗篇》第101篇，马丁·路德还提出自己对关系到"这诗篇……特定意义的"的宫廷生活"毫无经验，也不了解其中流行的叛变和欺诈"，但是他相信凭借"他人努力的基础加上历史文献的辅助"，是可以"明白并解释诗篇中的字句之意义"的。⑤

然而马丁·路德并没有就此止步，新教和罗马天主教的真正分歧点不在于是否承认《圣经》的权威，而在于是否认为个人是《圣经》的真正解释者。马丁·路德所要做的，不仅是用《圣经》权威否定教皇权威，实际上还要将解释《圣经》的权利赋予人类的个体理性。

作为特别强调"上帝救恩"和"因信称义"的神学家，马丁·路德当然不会认为人具有绝对的自由意志，因此他才在1525年以《论意志的捆绑》回应伊拉斯谟的《论自由意志》，将人的有限意志与上帝的绝对自由严格区别开来。但是一旦涉及《圣经》或者"教会教规"的理解，他对个体理性的肯定似乎比伊拉斯谟的"自由意志"更为鲜明。比如，伊拉斯谟声称"不论我是否理解其含义，我一向都愿意在任何地方都全心全意地使我个人的情感顺服在《圣经》的权威和教会的规条之下"。马丁·路德则直截了当地指出："教会能定什么并非《圣经》所规定的律条呢？……正如保罗在《哥林多前书》14章29节所教导的：'就让其余的人来明辨'，明辨那些定规条之人的自由和权利到哪里去了？任何人都应该坐下来明辨教会的规条。……你以自己的例子剥夺我们评断规条的权利……并且使我们不加批判地顺服'人'，这是什么新宗教啊？……上帝的《圣经》在什么地方这样要求我们呢？……你会一点不在乎你是否理解其含义就顺服吗？但愿对向他发出之命令既不确定而又未理解的基督徒被开除教籍！他怎么能相信

---

① Hans-Georg Gadamer. Truth and Method. Garrett Barden，John Cumming，tr. New York：The Crossroad Publishing Company，1975：154.

② 路德年谱//罗伦培登．这是我的立场．陆中石，等译．南京：译林出版社，1993：364.

③ 这一讨论出自：Gerhard Ebeling. Die Anfange von Luthers Hermeneutik//Lutherstudien：vol. 1. Tübingen：J. C. B. Mohr，1971：4.；Miikka Ruokanen. Hermeneutics as an Ecumenical Method in the Theology of Gerhard Ebeling. Helsinki：Vammala，1982.

④ 叶泰昌，编．路德文集：信仰与社会．香港：协同福利及教育协会，1992：412.

⑤ 同④337.

他所未理解的呢？”①

如果每个人成为自己信仰的实际裁决者，如果人们对上帝、《圣经》和教规的理解不再受制于任何统一的模式，如果个人的理性取代了一切外在权威，那么马丁·路德对“意志”的“捆绑”，则恰好成为西方近代以后自由精神的奠基。

马丁·路德论“阅读”、“理解”和“讨论”的合法性

上帝和《圣经》是两件事，就如同创造者和受造物是两件事一样。……在上帝这方面，有许多是隐秘的，是我们一无所知的……但是在《圣经》这方面，“有些事是深奥无比的，并非每一件事都明了易懂”——这是不信上帝的诡辩家所共同散布的观念。……

当然，我承认《圣经》中有许多经文是模糊难解而且深奥无比的，但是这并不是因为这些经文本身高不可攀，而是因为我们对这些经文所用之字汇与文法的无知；不过这些经文绝对无法阻挡我们对于全本《圣经》本身的理解。……至高无上的奥秘也已显明，也就是说，上帝的儿子基督已经道成肉身为人了。……去掉基督，你还能在《圣经》里找到什么剩下的东西呢？

因此即使我们对其措辞的无知，使得一些经文仍然模糊难解，但是《圣经》本身却是相当容易入门的。……即使有些文句在某一处是模糊难解的，但在另一处却明了易懂。……有时候用明了易懂的文句表达，而有时候却像是仍然隐藏在模糊难解的文句中。……对许多人而言，很多事物仍然深奥无比，这是真实的情况；但是这并不是由于《圣经》的模糊难解，而是由于那些人的盲目和懒惰，不愿意不辞辛劳地去查考那最清楚之真理。

……《圣经》所包含或证明之事，不只是明了易懂，而且也是有用的，因此可以公开出版、教授，让人学习和了解，而不用担心。……（伊拉斯谟）认为在一般大众面前讨论这样的主题，不是理智的做法。……我们在此要讨论的不是大家要做什么，而是什么才是正当而且合法的；不是我们如何生活，而是我们应该如何生活。……就“某些事不应该公开讨论”而言……为什么你（伊拉斯谟）不遵循自己的忠告……呢？倘若讨论……是正当的，为什么你又公然抨击这样的讨论呢？倘若这是不正当的，那你为什么又要讨论呢？

——路德文集中文版编辑委员会，编．路德文集：第二卷．上海：上海三联书店，2005：309－311，327－328.

这样，西方文化当中的“理性”在路德所代表的宗教改革家手里完成了它的转化。如果说，迷惘的理性曾经导致非理性宗教的产生，经院哲学家的理性化神学体系，又使教权成为扼杀人类理性的外在的权威，那么非理性的神秘学说却恰恰包含着回归个体理性的最初萌芽，以至路德等人从肯定非理性的神秘、荒诞和歧义出发，终于打开了通往近代理性精神的那扇闭锁的大门——这是文艺复兴运动的一个重要基础。

二、意大利人对古希腊诗学的沿袭

文艺复兴时期意大利人的文论形态，往往是沿袭亚里士多德或者贺拉斯。比如特里西诺

① 路德文集中文版编辑委员会，编．路德文集：第二卷．上海：上海三联书店，2005：307.

(Gian Giorgio Trissino，1478—1550）的《诗学》，一方面继承贺拉斯“寓教于乐”的命题，一方面则按照亚里士多德的方式讨论悲剧和喜剧。

薄伽丘论诗的教化功能

有些蠢人反对诗人，说诗人所虚构的可厌而邪恶的寓言不符合真理，说诗人理应不用寓言而以别的方法显示其才能和教育别人……

……显然，劳而后获的东西比不劳而获的更可爱。平凡的真理，既然是一目了然，不难体会，虽使人愉快，但瞬即忘怀。然而，为了使真理因难得而显得更可爱，因而记得更牢固，诗人们往往把真理隐藏在表面看来好像与真理相反的事物之下。因此，他们就用寓言而不用别的方法来隐藏真理，因为寓言之美独能吸引哲学论证或雄辩之词所不能吸引的人们。那末，应该怎样看待诗人呢？能不能说诗人是疯子……当然不能；反之，应该说诗人们在其作品中运用了最深刻的思想和美妙辉煌的语言，前者犹如果中所藏的果肉，后者犹如果皮和叶子。

……神学与诗，如果有相同的主题，就可以说差不多是一回事；我甚至说，神学不过是上帝的诗。……不但诗是神学，而且神学也就是诗。……我信仰亚里士多德……他就曾说过，他发现诗人是最先写神学的人。

——薄伽丘．诗与神学．缪朗山，译．章安祺，编订．缪灵珠美学译文集：第一卷．北京：中国人民大学出版社，1998：327－329.

特里西诺论“诗人寓教于乐”

……大多数世人的性情，是对于教诲不愿洗耳恭听，而对于传奇稗史爽心乐事则喜闻乐见。所以我认为古代诗人值得大加赞美，他们考虑到娱乐与公益，寓关于人生的最好教训于描写战争的传奇稗史之中，这样就使人乐此不疲；但是如果这些教训不加以修饰，它们也许就不那么使人愉快了。所以，既然诗人寓教于乐，目的在于使人的生活美满，人人都理应把诗看作最美好的东西。若没有这个最正确的理由，我们又怎能够相信，诗会博得如此崇高的声望……

——特里西诺．诗学．缪朗山，译//章安祺，编订．缪灵珠美学译文集：第一卷．北京：中国人民大学出版社，1998：335.

关于悲剧，特里西诺《诗学》分设了五个小节：性格、情节、思考、恐惧、怜悯。其中前三节似乎与亚里士多德的悲剧六要素有所不同。

亚里士多德讨论的是情节、性格（人物）、措辞（台词）、思想（才智）、场景（情景）、音乐（歌曲），分别涉及“摹拟的手段”和“摹拟的对象”。特里西诺基本上是就“摹拟的对象”进行讨论，他所说的“思想”主要是“剧中的谈论，或者思考的表达”（类似于“台词”），同时也由此涉及“雄辩术”和“演讲词”所需要的“一切手段”。

唯一值得注意的是：特里西诺似乎将“情节”与“性格”的位置调换了一下，以“性格”为首。但是细读他关于“性格”的论述，可以发现他所强调的仍然是亚里士多德的一些看法，比如：“画家要描绘出他们所画的人物的真面目，但是……不妨把他们描绘得更美些。……诗人在摹拟愤怒者、怯懦者、懒惰者等等人物之时，还得把他们的精神面貌描写得更好些。……

正如荷马笔下的阿喀琉斯是愤怒的，但也仁爱而且善良。”这正是亚里士多德对悲剧人物之“四要素”的要求。

另外特里西诺还在“性格”一节提到“悲剧是要朗诵的，一举一动是给人看的，台词和音乐是给人听的”等等，其中已经包含了对“情节”“措辞”等不同的关注，并非专论“性格”。

关于后两节，特里西诺说得很清楚：“我想根据亚里士多德的《修辞学》谈谈……怜悯和恐惧……的性质和根源。”其中基本上是转述亚里士多德的意思，比如：“引起我们怜悯的人，往往是我们认识的，但并非至亲关系的人，因为当我们的亲人受难或行将受难之时，我们的哀感就仿佛为自己而悲。所以，亚里士多德说：阿马西斯的儿子被处死刑，他不为儿子而泣，但是当他看见一个朋友乞食时，他潸然流泪。因为看见朋友乞食是可怜的，而自己儿子的命运是悲惨的……”

特里西诺还讨论了喜剧的性质、喜剧的情节、喜剧与悲剧、滑稽与发笑、笑与缺陷、逗笑的手段等等。其中“喜剧是对邪行败德的摹拟，但并不摹拟极端的恶行，而仅仅摹拟丑态的、令人发笑的事情，那就是既无痛苦又非致命的丑陋的缺点”，以及“‘可笑’是一种适度的丑态”等等，自然让我们联想到亚里士多德的相关论说，如：“喜剧摹拟较今人为劣的人物”“可笑是一种……无痛苦或无伤害的丑态”。

特里西诺在“笑与缺陷”一节，还从心灵和肉体两方面的缺陷推导出心灵和肉体的两种丑态。他以阿里斯托芬的《云》为例：一对夫妇，丈夫是贪婪的农民，妻子是虚荣的市民，丈夫要给新生的儿子取名“省钱”，妻子则要取名“马主”；最后他们各退一步，商量好各为儿子取一半的名字，于是他们的儿子就叫作“省马”。如果这是心灵的丑态，那么剧中人的“生理缺陷”则是“肉体的丑态”。——这可能会使我们想到荷马史诗中的赫法伊斯托斯（跛足、被妻子欺骗，从而被诸神嘲笑）。

特里西诺论悲剧和喜剧的区别

悲剧的剧情和人名全部或大部分是真实的，而喜剧的剧情和人名则全是诗人所虚构，虽则普劳图斯写他的《安斐特吕翁》，并不是这样做，所以这出剧被称为“悲喜剧”。……在雅典，为了防止喜剧之滥用自由权，不允许公开指摘和嘲笑高尚的人物，就订了一条法律，不准作家在喜剧中直呼任何人的真姓名；由此产生了新喜剧的惯例，也就是说，喜剧不引用真姓名，一切人名都由诗人杜撰。

……喜剧的语言，不应像悲剧的语言那样务求崇高、堂皇、富丽，而应该务求平凡、清楚、机敏，所用的隐喻及其他修辞格也应该是平易近人，像平常谈话所惯有的那样……堂皇雕琢的文字反而淹没了思想和性格，况且不大常用的词句使人有高雅只是感，这是不适合于喜剧的。

——特里西诺．诗学．缪朗山，译//章安祺，编订．缪灵珠美学译文集：第一卷．北京：中国人民大学出版社，1998：344，350.

另一意大利文论家斯卡利格（Julius Caesar Scaliger，1484—1558）有《诗学》一部，论及诗的道德教化目的，诗“不限于叙述实有的事件”，诗人“像另一个上帝创造万物”，以及诗可以分类为“壮丽的或者崇高的风格”“卑微的风格”“中庸的风格”等等。读这部《诗学》，可能会使人感到其中杂糅了柏拉图、亚里士多德、贺拉斯、朗吉努斯甚至中世纪文论的多种因素。而他为文学“规定标准”的思路，则显然是在通往 17 世纪新古典主义的路向上。

斯卡利格根据“寓教于乐”的目的而建立的规则

……诗人的一切精力都集中在这两个目的上——教与乐。但是，为了实现这些目的，诗人的作品就必须依照某些原则。首先，他的诗章必须经过深思默想，而且首尾始终一致。所以他必须不辞劳苦务使一切章节丰富多彩。……诗的第三种特质只见于少数作家，我称之为生动活泼……我所谓“生动活泼”指思想和语言上的一种效能或力量而言，它迫使人乐于倾听。第四种特质是引人入胜，它缓和上述力量的热情，因为热情容易流于草率从事。洞察先见，丰富多彩，生动活泼，引人入胜——这四者就是诗的最主要的特质。

——斯卡利格．诗学．缪朗山，译//章安祺，编订．缪灵珠美学译文集：第一卷．北京：中国人民大学出版社，1998：364.

意大利人明图尔诺（Antonio Sebastiano Minturno，1500—1574）的《诗艺》，也收入《缪灵珠美学译文集》第一卷。其中关于古希腊史诗（英雄诗）与中世纪罗曼斯（传奇诗）的讨论，主要是用前者的标准批评后者。比如，他认为“无聊的传奇故事”之中“有许多枝节离题万丈，脱离了主要的情节”，传奇甚至都“不配称诗”；而“老百姓”之所以喜欢“罗兰的爱情和功勋”，是因为“他们不懂得诗是什么”。

明图尔诺就罗曼斯的起源进行分析，认为其题材可能配得上史诗，其“俗语”的性质也促成着欧洲文学的民族化和本土化：“罗曼斯……照西班牙语和普罗旺斯语，是指‘俗语’。在西班牙和普罗旺斯，因为有罗马的殖民地在，拉丁语一般流行甚广，所以当地的话都是罗马化了的。……他们用功学习罗马话，而且保留它，称它作罗曼斯，用它来写作。……用这种语言来描写武士们的功勋和爱情，比任何别的主题更多些，所以这一类主题的作品便叫作罗曼斯，即传奇。”

但是明图尔诺仍然对罗曼斯（罗曼司）评价甚低。他认为传奇诗与英雄诗存在着根本的区别：英雄诗“努力摹拟一个著名人物所完成的一件丰功伟绩”；传奇诗则描写“一群武士和贵妇……的事迹”，描写“种种不同的乡国，以及形形色色的事件”，总之要描写“那个虚构故事的期间所发生的一切”。他还提出：虽然荷马也描写诸多英雄，“但是他写的一切事情都由于一个起因而且归于一个结局”；虽然荷马写“阿喀琉斯一怒之后所发生的一切”，但是“这一主题之内……许多情节”，“彼此联结得恰到好处”。

因此他的结论是罗曼斯的题材也应该用古希腊史诗的“诗艺”去处理，“艺术规律”是“不变”的。他关于悲剧的讨论除去重申亚里士多德的话题之外，最终的落点也同样在于“摹仿古人”。

明图尔诺以古代史诗“同化”当代叙事诗的要求

如果现代歌体诗尚且能够步古代诗歌的后尘……如果今日的剧诗所以日益显得优美……只是因为它力求与古代剧诗同化；那么，难道以传奇诗为代表的叙事诗独不能取范于维吉尔和荷马作品所表现的意象吗？不能否认，虽然薄伽丘的《忒思达》所讲的不是武士们而是英雄们的恋爱和功绩（尽管诗中很少甚至没有和荷马史诗相似的地方），但是博雅通儒之士并不喜欢它，正如不喜欢……过去几年间浅薄的人们所爱读的任何一部传奇。……关于诗歌，我们应该怎样说呢？如果英雄事迹是值得咏之于诗的话，我们是否可以这样推断——说这类事迹必须是作者可以遵守第一流诗人处理史诗主题时所依照的规律来予以处理的呢？

——明图尔诺．诗艺．缪朗山，译．章安祺，编订．缪灵珠美学译文集：第一卷，北京：中国人民大学出版社，1998：379-380.

明图尔诺论“摹仿古人”

你以何种诗人放在眼前来摹仿，不是无关宏旨的事情，应为摹仿的作品往往比不上选来摹仿的范本。……如果我们以下品的诗人为模范，我们将一落千丈，不值得赞美。如果我们以商品的诗人为模范，即使我们落于其下，我们还可以留在备受赞美的诗人之列。……我不喜欢连篇累牍都是类似的字句甚或相同的字句的这种摹仿，除非是从别种语言的作家仿效来的，……像拉丁作家之仿效希腊作家，像我们的作家之仿效希腊拉丁作家，向来总是受到赞扬的，将来也会受到赞扬。

但是，谁会赞扬你摹仿现代作家呢？……至于摹仿者从范本中取法的东西，……我认为他首先应该效法的是诗的风格本身。……就是说，他并不采用原诗所写的事实和所用的字句，而是采用同样的取材和布局的方法，以及同样的语言方式。……从事摹仿的作家们在描写同样或类似的事物之时所使用的措辞和藻饰，也应该取自其摹仿的范本所取材的根源。

——明图尔诺．诗艺．缪朗山，译//章安祺，编订．缪灵珠美学译文集：第一卷，北京：中国人民大学出版社，1998：390－391.

文艺复兴时期主要由意大利人所代表的文论倾向，从总体上看更像是古罗马向17世纪新古典主义的一种过渡。其间唯一的不同声音，可能当属钦齐奥（Cinzio，1504—1573）对亚里士多德“金科玉律”的批判。

《〈狄多〉辩》是为他自己的剧作《狄多》而写给一位公爵的信。当时有人以亚里士多德的理论为依据，对钦齐奥的《狄多》提出“种种非难”。比如：亚里士多德反对在悲剧中使用神明，《狄多》分幕分场不符合“古希腊作家的正确法则”，《狄多》“没有写出《俄狄浦斯王》那样的形象”等等。钦齐奥一一加以辩驳。后来在《论传奇诗的创作》中，钦齐奥又对“效法古人”“古典规律”等传统看法进行了直接的批评。

钦齐奥对“效法古人”的批评

一般说来，我认为，有见识有技巧的作家不应让前人所定的界限束缚自己的自由，以至不敢稍越雷池一步。这种作茧自缚不仅是辜负了天赋的资禀，而且也使得诗不能越出一个作家所定的范围，不敢离开前人所走过的老路。所以，伟大的维吉尔……容许人们有所创新，有所增减，有所改革，他就此断定此种行为尤其适合于诗人……所以，维吉尔在许多方面证明：优秀的作家一边踏着古人走过的老路，一边也可能稍为离开已经铺好的正道……独辟蹊径走到诗神之山。这种精神，不但拉丁诗人有之，甚至希腊诗人亦有之。

……这就是我所以常常讥笑某些人的缘故，他们想强使传奇诗的作者墨守亚里士多德和贺拉斯所定下的诗艺的清规戒律，而绝不考虑这两个古人既不懂得我们的语言，又不懂得我们的创作方法。……传奇诗不应受古典的清规戒律约束，只应遵守我们那些使传奇诗威信远扬的诗人们所规定的范围。

——钦齐奥．论传奇诗的创作．缪朗山，译//章安祺，编订．缪灵珠美学译文集：第一卷．北京：中国人民大学出版社，1998：422－423.

不过另一方面，钦齐奥并没有完全脱离古典主义的总体思路，比如他所关注的仍然是“悲剧和喜剧的教育目的”、悲剧人物的“怜悯与恐惧”、“韵律与幕数”、“诗人的德教任务”、“论合宜原则”等。

三、古典主义倾向的流变及其与创作实践的差异

如果将西方文论的历史联系起来看，从贺拉斯提出“古典主义三原则”到17世纪法国文坛的“崇尚理性”“摹仿自然”，实际上构成了一个相对完整的过程。其间，文化基础的差异似乎使中世纪成为一个例外。文艺复兴时期则上承贺拉斯、下接布瓦洛，与其时间上的直接姻亲格格不入：无论特里西诺、卡斯特尔维特罗还是锡德尼，都为自己的理论打上了贺拉斯学说的深深印记。

贺拉斯提出古典主义的原则，是针对罗马诗坛的堕落。他认为堕落的原因有二：其一是罗马人重功利而缺少天才；其二是重功利的诗人必然要迎合大众，而大众的趣味又是低下的。如果说这是贺拉斯文论的基础，那么中世纪末至文艺复兴初期的社会文化，也许为新的古典主义的产生提供了相似的条件。

本来，中世纪自由意志的创造说、《圣经》文本的象征说、美在彼岸的超验说、上帝惩罚的审判说等等，明确肯定了精神活动的价值，排斥了世俗追求的意义；但是人既然可以通过自己的理解与上帝沟通，可以通过审美的体验认识完美的上帝，同时又由于“罪”而要为自己的命运承担责任，也就注定要肯定个体的权利和自然的本能。

另外，此时的基督教已经越来越明显地表现出任何宗教都难以摆脱的内在矛盾：一方面是神学领域的深奥思辨；另一方面则是世俗化的传播方式。因此在教会的权威建立以后，世俗性的诱惑或者威慑（比如劝诫、许诺、忏悔直至出售赎罪券），总是成为教会操纵大众的首选。

在文艺方面与之相应的，则是用通俗的艺术手段演示被极度简化的教义。这样，图解宗教故事、迎合市民趣味的种种“城市戏剧”应运而生，并且从教堂一直走向后来的集市和剧场。它也成功地使自己的风格延续到文艺复兴时期：当我们从薄伽丘、拉伯雷乃至莎士比亚等等伟大作家的笔下见到那些多少显得粗俗甚或下流的情节和对白时，也许会觉得文艺复兴时期产生贺拉斯式的理论是可以理解的。

中世纪至文艺复兴早期的戏剧

对于文艺复兴之前的人们，戏剧还没有失去与宗教仪式的联结，还关系到生长与死亡的季节更替，关系到崇拜、庆祝和振作精神的普遍需要。因此在这时的戏剧中，整个群体（既包括表演者，也包括观赏者）都参与其间。

——William Tydeman，The Theatre in the Middle Ages. London：Cambridge，1978：1.

中世纪以民族俗语写作的戏剧，最初也同样是宗教剧。其中英语和法语的宗教剧较早地出现于12世纪；一般而言，这两个语种的文学成就在中世纪后期也仍然比较突出。除去大量的宗教剧之外，英语的“民间戏剧”（Folk Plays）和法语的“非宗教剧”（Non-religious Plays）后来也曾形成了一定的模样，成为城市戏剧（Civic Drama）发展当中的重要因素。而用德语、西班牙语等民族俗语写作的戏剧作品，还较多地停留在圣餐仪式剧的阶段。（请

参阅：Carl J. Stratman. Bibliography of Medieval Drama. New York：F. Ungar，1972.）

在英语和法语的世俗戏剧中，古罗马的喜剧传统以及中世纪的宗教剧传统，都留有相当显著的痕迹。西方研究者认为：甚至在罗马帝国的早期，闹剧的色彩就已经深深地渗透到戏剧形式之中。

当时的闹剧与后世的“Farce”还不尽相同，而主要是从发源于西西里的希腊滑稽模拟剧（Mime）沿袭而来。对于这种闹剧形式的热衷，在极度世俗化的气氛中是非常自然的，因为按照通常的看法，希腊滑稽模拟剧就是“将闹剧情节中最粗俗的形式与一定的道德教训结合起来，并且使之关联到当下的现实生活”（Karl Young：*The Drama of the Medieval Church*，上卷，9 页）。也许只有这种戏剧形式最能同时满足两个方面的需求，其一是实际上比较低级的观众欣赏兴趣，其二是教会与戏剧创作者的执着的喻世目的。这也恰好符合中世纪晚期戏剧创作者的两种基本的观念背景，即他们一方面从硕果仅存的普劳图斯、泰伦斯、米南德等人的剧作中承袭了古代戏剧的娱乐性传统，另一方面也熟知正统基督教思想对罗马戏剧的一贯抨击，比如从德尔图良的《论表演》（*De Spectaculis*）开始就是如此。

哑剧（Pantomime）与闹剧（Farce）的起源不同，本来是受到上流社会欣赏的。最初的哑剧可能与文学性戏剧在一定程度上的衰落有关，人们试图为戏剧情节的叙述加入某些舞蹈和形体表演的成分，后来还伴有音乐。在戏剧对话尚不充分的情况下，甚至直到中世纪仍有一些戏剧是由一个演员高声朗诵，其他演员配合朗诵默默地做一些动作。

在整个中世纪的前半期，希腊戏剧和罗马戏剧湮没无闻，而只有上述的滑稽表演和哑剧得以保存。这或许是因为，它们较多地脱离了正式的戏剧舞台而融入了民间的娱乐活动当中。所以到中世纪戏剧兴起之时，哑剧、闹剧或滑稽模拟剧所承传的，首先都是一种民间的趣味。

另一方面，12 世纪以后的宗教剧常常离开教堂，采取一种露天表演的形式。这既使宗教剧当中受到教堂限制的因素进一步减少，又使更多的世俗观众有机会将世俗的接受习惯和鉴赏标准反馈给宗教剧。许多研究者认为：正是这种世俗化最终使中世纪的戏剧从教堂走向了城市。但是也有一些人提出证明：世俗因素的介入并不是中世纪戏剧离开教堂的原因，教会在戏剧进入城市的街头之后，仍然是中世纪戏剧的主要角色并继续参与其演出和创作；直到宗教改革时期，宗教剧才被迫停止。

……用欧洲民族俗语写成并在表演手段上也趋于多样化的宗教剧，为中世纪后期的世俗戏剧提供了与城市发展相适应的戏剧形式。与此同时，来自欧洲乡村的“民间戏剧”（Folk Plays）也将自己的特色融汇到城市的戏剧活动之中。

据研究者考证：在早期的农业社会，人们的生活方式与自然四季的更替联系极为密切；古代的原始宗教仪式以及种种庆典，在相当程度上都是对自然节令的表现和呼应。到基督教清除了异教的影响之后，中世纪欧洲乡村的节令庆典逐渐失去了原有的意义，而成为比较单纯的舞蹈和滑稽表演。民间戏剧就被认为是由此演变而来。

……据记载，欧洲的民间戏剧活动直到 16 世纪仍然存在。而中世纪晚期欧洲城市的进一步发展以及宗教戏剧更多地走出教堂，也使戏剧得到了一些新的功能和形式。在这一过程中，乡村习俗的庆典与城市街头的游行统统成为戏剧表演的特征，甚至相当多的宗教剧也采用这样的方式。……

在此基础上，一些新的戏剧作品逐渐占领了欧洲城市的街头。虽然它们大都还是演绎传统的宗教题材，而且带有相当明显的民间戏剧的特色，但是它们毕竟已经作为一种新的艺术活动，被赋予了“城市戏剧”（Civic Drama）的称谓。

城市戏剧的“世俗性”，实际上主要并不在于其题材，而是在于其表演形式。根据资料，当时到处都有城市戏剧的演出，但是剧作的内容不仅仍然与教堂中的宗教剧相似，而且在1378年前后甚至将《圣经》的主祷文也变成一种“主祷文剧”（Paternoster Play），1446年前后还有演绎布道文的“教义剧”（Creed Play）。不过，迎合城市化生活以及普遍的世俗趣味的表演方式，使这些宗教题材戏剧的神圣的意味越来越少了。对此，即使是教会中力图持守传统的虔敬者，也已经无力改变。

——杨慧林，黄晋凯．欧洲中世纪文学史．南京：译林出版社，2001：250-255.

在这一过程中，意大利诗人但丁提出了一些值得注意的文艺主张。他同样接续了古典主义者以“教化作用”整饬文艺的努力，同时又将注意力转向对艺术形式的讨论，分析了诗歌语言的性质、标准、风格等等。这种从教化原则到创作规则的文论脉络，在卫达、锡德尼那里亦有相近的表达，同17世纪的新古典主义的思路也大抵一致。

但丁（Dante，1265—1321）的文论思想历来受到较高的评价，除去他阐述“诗歌四重意义”的《致斯加拉亲王书》之外，还有著名的《论俗语》。《论俗语》在西方文论史上引起的注意比较多，许多研究者都对之进行过详尽的介绍。但是相对而言，《论俗语》在文艺学问题上的见解，大都没有超出古典主义的范围和模式，比如诗歌语言的标准、悲剧与喜剧的分界，以及对诗歌主题与风格的规范等等。从现代人的角度看，其历史意义或许大于那些理论本身的价值。不过艾科（Emberto Eco）曾论及现代作家乔伊斯对但丁的“终身迷恋”，并详细解释了乔伊斯与《论俗语》的可能关联。①

但丁《论俗语》

《论俗语》（*De Vulgari Eloguentia*）写于1303—1305年之间，早于《神曲》。《论俗语》看上去像是学术论文，其实却是作者对自身艺术创作方法的分析和评说，并以此作为所有诗歌语言的模式。

按照但丁的说法，在俗语出现之前……本来有一种亚当与上帝沟通、亚当的后裔相互沟通的完美语言，而巴别塔的变乱使语言多种多样，最初发生在不同的地理区域，接着又发生在我们所谓的罗曼司地区（romance area），*si*、*d'oc*和*d'oil*的语言出现了差异。*si*的语言即意大利语，又分成了多种方言，有时甚至在同一城市的不同区域都有差异。这源于人类的……风俗和言语习惯（his custom and verbal habits）。正是为了弥补自然语言中这些缓慢然而不可避免的变化，语法的发明者试图创造一种能在实践和空间中永远不变的语言，那就是中世纪大学所使用的拉丁语。但是但丁所追求的是一种意大利俗语，……《论俗语》的目的便是寻求更加庄严而高贵的语言。一旦最好的诗人都能离开其本地的方言，也就意味着有可能找到一种……配得上民族国家之宫廷的“高贵的方言”（noble dialect）、“杰出的俗语”

① Umberto Eco. On Literature. Martin McLaughlin, tr. New York: Houghton Mifflin Harcourt, 2002: 89.

(illustrious vernacular)、亦即“光辉的”语言(diffused light)。这种方言适用于意大利的所有城市而没有任何例外，这是一种诗人们最为接近的理想范式，而所有现存的方言都将据此评判。

……但丁所倡导的，似乎是一种与亚当的语言带有亲缘关系，而且正是他骄傲地认为是自己所创造的诗歌语言。……面对自然产生却并非普遍使用的现存方言、普遍使用却是人工而为的拉丁语，但丁的梦想是还原一种既自然又普遍的伊甸园语言，……以他自己的诗歌语言作为范式的“杰出的俗语”，便是帮助“现代”诗人疗救“后巴别塔”之创伤的。……由此亦可以解释为什么但丁并没有谴责语言的多样性，而是通过《论俗语》发掘其生命力及其随时更新的能力。……年轻的乔伊斯有许多狂傲的主张，似乎是要承担同样的使命，通过自己的文学创作还原完美的语言。……

但丁的设想有如关于“完美语言”的任何蓝图，意味着要去寻找一种能让人类逃离“后巴别塔”迷宫的语言。我们可以像但丁一样接受积极的语言多元性，不过“完美语言”应该是清晰而明澈的，却并非迷宫式的。乔伊斯的设想……则见于《芬尼根的守灵夜》所表达的世界，即：克服“后巴别塔”之混沌的并非拒绝混沌，而是将其接受为唯一的可能。乔伊斯从来不想置身“塔”外，却要置身其中，……《尤利西斯》之所以要从一座塔楼写起，绝非偶然地预示了他的最终目标：一个多民族、多语言的熔炉所代表的，不是语言混乱(*confusio linguarum*)的终结，而是语言混乱的胜利。

——Umberto Eco. On Literature. Martin McLaughlin, tr. New York: Houghton Mifflin Harcourt, 2002: 89-92.

在文艺复兴时期，上述古典主义的理论倾向与当时的创作实践差异甚大。其中最突出的例子莫过于莎士比亚与当时的主流戏剧理论之别。

在西方戏剧史上，喜剧观念经历过相当大的变化。但是就其总体倾向而言，“讽刺”构成了其中的主调，而莎士比亚的喜剧则处于另一个独特的位置。最早对悲剧和喜剧进行了分别论述的柏拉图，认为喜剧诗人是用可耻的事情和低级的人物来满足观众，并将观众欣赏喜剧时的体验称为一种“粗俗的快感”。亚里士多德进而指出“喜剧总是摹仿比我们今天的人更坏的人”。与之相应，古希腊、罗马时代的喜剧家，大都以讽刺恶人为己任；阿里斯托芬的政治喜剧、普劳图斯和泰伦斯的世态喜剧皆无例外。在米南德的“新喜剧”中，讽刺的因素似乎有所减少，而是更加注重一些有趣的误解。这标志着喜剧观念的第一次变化，以至在12世纪以后，文申·德·波维为喜剧提出了新的定义：“喜剧是……使一个悲哀的开端得到幸福的结尾。”从乔叟的《玫瑰传奇》到中世纪的城市戏剧，基本上属于这一变化的产物。但丁的《神曲》也正是因此才会有“神圣的喜剧”之称谓。

但是到文艺复兴时期，“讽刺”重新成为喜剧中的主导因素，许多学者和作家都从惩戒恶人的角度强调喜剧的作用。比如，锡德尼在《为诗一辩》中写道：“喜剧要描述我们生活中常犯的错误，诗人应竭力揭示生活中最可笑、最难堪的情节，于是任何观众都不愿再做这种人。”哈林顿也认为：“喜剧……可使观众厌弃罪恶，与之决裂。”这种观念的余音一直贯穿了此后的几个世纪，我们从哥尔多尼甚至柏格森的论述中，仍然可以看到一脉相承的见解。

库舍尔论“笑”

形势越压抑，戏谑妙语就越有创造性……禁忌越强大，打破禁忌的兴趣也就越大。……从本质上说，笑的精神似乎就是自由的精神。

——Karl-Josef Kuschel. Laughter. John Bowden, tr. New York: The Continuum Publishing Company, 1994: 104.

让·诺安论“笑”

世界上第一次笑乃是……奥林匹斯诸神的笑……正如荷马所说，任何话头都能使他们发出雷鸣般的笑声……他们越是非凡、神化，也就越爱笑。

……生理上的缺陷与感情上的不幸……是两个……永恒的笑的主题。

——诺安．笑的历史．果永毅，等译．北京：三联书店，1986：77，81.

斯塔尔夫人论两种不同的喜剧

君主政体中的喜剧……是嘲笑社会秩序或人类命运……因为君主政体中的这些秩序……还足够强大……攻击这些制度的嘲笑能被认为是大胆的行动。……而在一个不存在这些恶习的国家里，在一个自由的……政治平等已经建立起来的国家里……人们对这些……嘲讽恐怕都不屑一笑……从而……喜剧便……以人的缺点为对象。

——斯塔尔夫人．从文学与社会制度的关系论文学//章安祺，编．西方文艺理论史精读文献．北京：中国人民大学出版社，1996：466－467.

1598年，本·琼生的喜剧《人性各异》（*Everyone in His Humour*）获得了极大的成功。他所谓的“humour”，是指决定着人的不同性格的“体液”（如胆汁质、黏液质、抑郁质、多血质等四种气质类型）。

按照这种“体液”理论，性格被分为若干类型和倾向，每个人都会由于自己的“体液”而先天地具有某种性格特征。这种发现与柏拉图当年的讨论相关，被认为是自然科学在文艺复兴时期取得的进展之一，然而一旦用于文学分析，难免会导致过度的类型化和规范化，与莎士比亚式的艺术追求显然是有所区别的。尽管如此，《人性各异》毕竟得到了大众的接受，并且成为一种新的讽刺现实的喜剧标志；这种喜剧形式也因本·琼生的创作而被称为“癖性喜剧”（comedy of humour）。在西方喜剧的讽刺传统一度断裂之后，本·琼生所代表的“癖性喜剧”成为一座通向近代社会讽刺喜剧的桥梁。处于这座桥梁另一端的，则是新古典主义时代的“喜剧之父”——莫里哀。

关于“体液”理论的东方学说

人在有生中的一切作为，乃是心灵……和“自性”二者的工事之一交织，即“神我”和“自性”二者。“神我”……在自性中自表为……某种心灵力量。……这心灵力量……决定着我们的知觉体的形铸及我们本性的类型。……心灵流入于任何型范里，知识的、伦理的、爱美的、机动的、情命的和生理的心思之型范。……于是人便是属“萨埵性”、“剌阇性”或“答摩性”。……

……此三重功德，“萨埵”“剌阇”“答摩”……在人的心灵力量中……自表为……四重……“权能”(caturvyūha)。一知识之“权能”，一武力之“权能”，一交易活动的、生产关系和互换之“权能”，一工作、劳力、服务之“权能”。……古印度思想，觉知了这活动的人类人格和本性的四重典型，从之建立了四族姓，即婆罗门（Brahmana)、刹帝利（Kshatriya)、吠舍（Vaishya）和戍陀*（Shudra)，各有其在精神之进化等级上的地位、社会中的固定功能；精神方向、伦理理想，适当地陶成。若我们将我们本性的较微妙的真理过于机械化了、外化了……就……变成一坚硬固定的组织了，与人中微妙发展着的精神之自由、变易性、复杂性不相洽适。……心理学上的事实，是有此“精神”及其在我们内中的……四种活动权能和倾向……在我们形成更为完善的人格中居优势，乃给我们以主要倾向。……

这些事物的最外在的心理形式，乃本性的型模或轨道，趋于某些显著的倾向、能量、特性……心思和内中生活的性质、文化的人格或典型。

——阿罗频多．瑜伽论．徐梵澄，译．北京：商务印书馆，1988：128－131.

＊即首陀罗。——引者注

事实上，尽管莎士比亚代表着文艺复兴文学的最高成就，他在喜剧创作形式中继承的，却恰恰是被文艺复兴所阻断的中世纪喜剧观。

文艺复兴时期通行的文艺理论，在形式方面也有相当周密的规则，而这似乎同样为莎士比亚所不取。我们可以看到，莎士比亚的37部作品中有34都取材于前人，他似乎并不特别在乎情节本身对观众的诱惑力，而是要借助为人熟知的故事进行一番全新的心灵探索。使多少饱学之士俯首屈就的“祖宗成法”，在他眼里简直如同草芥。他常常毫无顾忌地随意选取场景、安排时间：既可以让奥赛罗漂洋过海，也可以让麦克佩斯往来于苏格兰和英格兰；既可以让哈姆雷特的复仇延宕了两个多月，也可以把一个“冬天的故事”讲上16年。高度紧凑的情节节奏是一般剧作家所求之不得的，而莎士比亚有时已经得到了这样的效果，却要反过来加以淡化：“威尼斯商人”们在法庭上的尖锐冲突曾赢得许多批评家的称赞，却也令他们不无遗憾地指出随在后面的“狗尾续貂”；麦克佩斯已经举起了杀人的刀子，却转而陷入哲学的沉思。他那些格调轻松的喜剧，更往往同时杂糅着好几个情节素材，在他潜心于人物性格的时候，甚至会让某些微不足道的角色显得比主人公更具光彩（如《皆大欢喜》中的“试金石”，《十二夜》中的小丑费斯特)。

艾略特论莎士比亚

你很难说莎士比亚究竟相信不相信文艺复兴的含混的怀疑主义。……要谈论莎士比亚，也许我们永远也不可能正确。

——Helen Gardner. Religion and Literature. New York：Oxford University Press，1971：13－14，69－76.

布鲁姆论莎士比亚

在上帝之后，莎士比亚决定了一切。

——Harold Bloom. Ruin the Sacred Truths：Poetry and Belief from the Bible to the Present. Cambridge：Harvard University Press，1989：the chapter of “Shakespeare”.

这一切，使得两百多年后的歌德忍不住发出长叹："我们还是不要讨论莎士比亚，一切提到他的话都是不够充分的。……他不是一个戏剧诗人，他从来没有把舞台放在心中；对于他的伟大心灵来说，舞台是太狭隘了。"莎士比亚所做的努力，无非是在戏剧效果上对情节因素的削弱和对性格因素的加强，这与文艺复兴时期被普遍接受的古典主义原则是互相对立的。

四、卡斯特尔维特罗和锡德尼

卡斯特尔维特罗（Castelvetro，1505—1571）是16世纪意大利批评家中较有成就的一个。他曾因异端罪被宗教裁判所缺席审判，由此流亡国外，潜心学问。他将亚里士多德的《诗学》译为意大利文，并做了相当详细的解说，是为著名的《亚里士多德〈诗学〉诠释》。他对亚里士多德的理解，以及他本人对文学本质和文学功用的看法，都蕴涵在这一著作中。

首先，卡斯特尔维特罗将想象和创造视为文学的根本特性。他明确地提出："格律并非诗的特征，而只是诗的外表或装饰而已……诗的题材……要靠诗人的才能去发现或想象出来……唯独诗人懂得如何处理自己所想象的故事，创造出从未发生过的事情……"

从西方文论在后世的发展看，对想象的创造的强调似乎是一种典型的浪漫主义的文学态度。比如华兹华斯所谓诗歌的对立面不是散文而是科学、韵律不是诗歌的本质而只是一种附加因素等等，看上去都与卡斯特尔维特罗的论述极为相似。但是实际上，卡斯特尔维特罗并不是以肯定想象力和创造为目的。他贬低格律的作用，意在突出内容对于形式的决定性；他突出内容的要素，又引向了对于文学题材的规定。因此，他的理论确实只能说是亚里士多德理论的一种"诠释"，其总体倾向是古典主义式的。

关于诗歌（亦即文学）的内容，卡斯特尔维特罗主要对两个方面进行了排斥，一是"历史的"，二是"科学技术的"。这两种题材之所以不能入诗，又是由于一种共同的原因：它们的基础都在于客观的真实。

就历史而言，其"题材并不靠史家的才能，而是得自于世界大事的经过"，史家所能给予的，只是一种表述历史过程的"推理所用的"语言。至于科学技术，一方面是"经过理性所认为必然的事"，另一方面又"经过哲学家和技术家的长久经验所证实"，这就具有了"与历史上曾经发生的事情同样的地位"。而文学艺术的真实，却不是在于它与客观事实的对应："诗的题材虽然应该近似历史的题材，但也应该有所不同。因为如果是一样，那就不是近似；如果不是近似，诗人在处理这些素材时就毫不费力……他就不配人赞美。"

关于语言"入诗"之标准的辩难

在18世纪的英国文坛上……"诗的字汇"已经完全定型了。一般来说，大致可以分两大类，一类是浪漫的，一类是古典的。浪漫的字汇，自斯宾塞（Spenser）的《仙后》（*Faerie Queen*），被18世纪摹仿斯宾塞的人士漫无节制地使用着，这种字汇是老旧而忧郁感很重的。古典的字汇，依文法的性质又可细分为三种：一、从字源上看，最明显的传承是文艺复兴留下的拉丁主义；即……德莱顿与其前辈们所翻译的维吉尔（Virgil）与奥维德（Ovid）的作品，往往沿用原作的字义。……二、从词类上看，最显明的趋势是形容词的增加，在拉丁文的引申字中尤甚。……三、从句法与逻辑关系看，最显明的趋势是结合某些形容词与名词，形成庸俗的套语或平铺语法，有时摹仿荷马的文体……变成累赘多余的文字。……这种语言的使用法，反映了一个稳定的宇宙观与一个有条理、有阶层的人生观所产生的哲学和科学。

……后期古典理论，转换……三种演说的文体为诗的三种文体，即史诗、田园诗与牧歌。……至18世纪，这三类文体被推至极致与简化，成为高尚文体与卑鄙文体。于是爱迪生（Joseph Addison）居然说出这样似是而非的话："……那些最容易明了的片语，以及那些日常谈话所用的片语，听起来太过熟悉，且由于一般人的滥用而变得庸俗鄙陋，所以一个诗人应该特别注意，不可采用口头成语写诗。"……蒲柏（Pope）也说："……不重重复复使用的语言，便免得沾染庸俗之气。今日的语言中虽有同样嘹亮铿锵或音质婉转的字句，它们还是比不上已死语言的诗意与奇特，原因是今日的语言经常流通在众人的唇舌之间，便不免使人生厌。"塞缪尔·约翰生（Samuel Johnson）……论莎士比亚……说："……一个术语，被下贱的行业（如屠夫与厨师们）所使用，则由这个术语所激起的情感必定大减。……"葛雷（Gray）为特定的"诗的字汇"作辩护……"当代的语言，永不能成为诗的语言，除掉法国人之外；而法国人的诗，当它缺乏思想与意象的支持时，便与散文无异。"

……后来反对"诗的字汇"者兴起。……古典主义者反对"诗的字汇"的学究气息与矫揉作态的文体，主张使用文雅的语言，即受过教育者的口头语。……浪漫主义者……主张使用原始的、天真的、情感充沛的语言，即自然的口头语。……蒲柏在《论批评》中也说："虚伪的浮华文章有如一座棱镜，处处在散播彩色粗鄙的光芒；我们再仔细明辨自然的真面目，一切混同闪灼、一切混同艳丽。"

……古典者的抗议，是持续一致的，但比较温和、含蓄，不带革命性。……浪漫主义者的反抗……是具有革命性的行为。

——卫姆塞特，布鲁克斯．西洋文学批评史．颜元叔，译．北京：中国人民大学出版社，1987：311－315.

总之，诗人所追求的，应当是"创造出从未发生过的事情，同时又能使这故事像历史那样可喜和真实"。卡斯特尔维特罗的这种理论，往上看是与亚里士多德"诗歌比历史更真实"的思想相衔接，往下看则发展为新古典主义的"像真性"的艺术要求。

关于文学功用的问题，卡斯特尔维特罗的观点代表着一种以"获得快感"为艺术目的的倾向，这与古典主义"道德教化"的目的论似有区别却又相互依仗，共同促成了西方文论史上的"实用说"传统。

他认为，哲学、科学和文学，都各有"给人娱乐或教益的方法"，但是又都有不同的侧重。哲学和科学是要发现"自然的或偶然的事物中所隐藏的真理"，因此它们需要"平民大众"所不能理解的"微妙的推理、分析和论断"。文学却并不追求如此严肃的目的，它所面对的正是那些"平民大众"。所以用他的话说："诗"只是要"逼真地描绘出人们的遭遇，以逼真的描绘来娱乐读者……我们发明诗完全是为了娱乐和消遣……诗是使没有教养的平民大众赏心的乐事。"

卡斯特尔维特罗对于"娱乐"的强调，同样是将艺术视为达到某种实用目的的手段；而针对"平民大众"的"娱乐"，实际上本身就是另一种意义的"教化"。这样便不难理解，为什么"娱乐说"会通过德莱顿而与后来的新古典主义自然地沟通。

卡斯特尔维特罗还常常被认为是“三一律”的最早的阐释者。其实他所阐释的“时间限制”，是指戏剧演出的时间，而并不是指“情节”意义上的时间。这与新古典主义者奉为圭臬的“三一律”有着明显的区别。但是“三一律”的这种失源误缀，同样表明了新古典主义与文艺复兴时期文艺理论之间的密切联系。

三一律

自从卡斯特尔维特罗于 1570 年发表《亚里士多德〈诗学〉诠释》后，自然主义的论点就成了三一律的主要支柱。奥比尼亚克（F. H. A. d'Aubignac，韦勒克认为是他确定了古典的三一律）在《戏剧实践》（1657）中主张行动的时间应限于 3 小时，即边沿的实际时间之内，他是批评家中始终坚持三一律的人。其他人让步到 12 小时或 24 小时，甚至（如高乃依和德莱顿）允许延长到 30 小时。同样奥比尼亚克在空间一致的问题上的主张也完全是始终一贯的，地点不能变，因为“同一形象（舞台）保持在同一情况下无法表现两件不同的事”。

……人们可以为规则进行一番令人信服的一般辩护，说规则是施加限制、制造困难，从而激励艺术家去克服困难，也可以说明三一律的引进如何使戏剧形式变得紧凑了……但是人们无法否认规则，特别是在戏剧和史诗这两种为人研究分析得最多的体裁中，即便对最伟大的艺术家也有着束缚……高乃依的例子就足以说明问题。他几乎毕生都不得不为自己艺术上的独立自主而战斗。……

……规则和三一律的问题在整个 17 世纪之内一直争论不休。在这些规则历久不衰地统治着舞台的法国，人们也不断提出异议。……就连布瓦洛也常常表示天才可以违背规则。基本的规则与武断的规则的区别渐渐明确。但是……在实践上，关于这两类规则的界线存在着很大分歧。举例来说，在三一律问题上，时间和空间一致不及行动一致重要，这种观点曾流行一时。再则，法国新古典主义一开始就替未知的神秘的东西留有余地。它被称为“隐然的美”、“非吾所知……超乎艺术之上的秀美”，它是批评家所无法归纳、理论家的理性主义所无法把握的一个领域。虽然当时的批评家几乎未能充分地认识到这一点，但这却意味着……承认他们所持的理论不够完备，仅能说明……一鳞半爪。

——韦勒克．近代文学批评史：第一卷．杨岂深，等译．上海：上海译文出版社，1987：18-19，25，27-28.

锡德尼（Sir Philip Sidney，1554—1586）是英国著名的作家、政治家，曾是伊丽莎白女王时代的朝廷重臣，后来不幸在英军突袭西班牙的战斗中阵亡。在文学创作方面，锡德尼的小说《阿卡狄亚》最为著名；代表着他的文艺思想的，则是《为诗辩护》（一译《诗辩》）。

英国正式的公共剧院，是在 16 世纪 70 年代逐渐出现的。而与此同时，也产生了对于文学艺术的种种攻击。其中比较引人注意的，是史蒂文·高森发表于 1579 年的一部题目冗长的小册子：《败德的学校——对诗人、吹笛手、演员、小丑及其他类似国家社会的蛀虫展开痛快的严惩——世俗作家高举反抗之旗，以自然理性与普遍经验，向上述各色人等的可恶行径宣战，并试图摧毁其顽强的壁垒——阅读本文对爱好学问者是一件快事，对维护道德者是一项益事》。这部小册子的封面上还注明：“献给高贵的绅士 P. 锡德尼先生”。锡德尼的《为诗辩护》完成于 1585 年，但通常被认为是对高森的答辩。

锡德尼

锡德尼是英国文艺复兴的发言人，他更新了古典传统的观念，并为文学的教化功能添加了新的理解。锡德尼的基本关注，在于文学所表达的真理。

如果说亚里士多德的诗学理论是锡德尼思想的骨架，那么柏拉图、贺拉斯和基督教则是其思想的其他来源。锡德尼视文学为真理，认为诗歌的理想目标就在于表达人类经验的真实。即使诗歌并不植根于真实的历史事件从而不能被视为文学的真理，文学也真实地揭示了人类活动的普遍形式和普遍意义。文学比哲学更有效，因为它为其所揭示的普遍真理提供了生动的形象。总之，诗歌是以“具体”表达“普遍”。

而锡德尼所说的真理，是比哲学或者历史的教导更为真实的真理。对他来说，一切知识的目的都在于美好的行为——一种根据人类真理来感受和行事的能力。这种“理想”范型，就是柏拉图的完美、绝对的理念，文学则将其表现为一种人可以追随的善的形象。换句话说，通过描绘一些令人信服的道德榜样，文学鼓励人们效法理想的人格。因此，表现道德的真理是文学的重要功绩。

——Edward H. Strauch. Beyond Literary Theory：Literature as a Search for the Meaning of Human Destiny. New York：University Press of America，2001：12.

在许多问题上，锡德尼的观点与卡斯特尔维特罗完全一致。比如他认为“押韵与用诗律，不能造成一个诗人”；又比如他宣称“只有诗人不屑于为自然所拘囚，但凭其想象创造的力量，自己生产并形成另一种境界：或者创造比自然更好的事物，或者创造自然没有的事物”等等。他们之间唯一的不同，在于锡德尼对“寓教于乐”的重新强调。

他首先以亚里士多德以来的“摹仿”传统为出发点，而他所谓的“诗是摹仿艺术”，却蕴涵着“摹仿说”在文艺复兴时期向“实用说”的暗中转移。如他所说：“诗是说话的图画，其目的是教导与愉悦。……一个诗人的明确标志，是创造引人入胜的意象，以表征道德、罪恶或其他，更于愉悦之中教导人心。”① 至于文学艺术作品可能产生的不道德效果，那也“不是诗糟蹋了人的才智，而是人的才智糟蹋了诗”。他甚至还提出：即使“被糟蹋的诗产生糟蹋人心的效果”，也不能认为“诗本身就该受诅咒”。这样，锡德尼为文学艺术所做的辩护，不仅重申了文艺的“快感”与“教化”的双重功用，而且表达着一种对于“诗”与“诗人”的特殊的信念：“自然的世界原是铜的世界，诗为人类铸造一个黄金的世界。”

锡德尼的“创造”观

意大利文艺复兴时期，佛罗伦萨学院的新柏拉图主义者……把隐喻扩展为一种理论，批评家斯卡利格就直截了当地对其做了阐述，在他看来，诗人“创造一个新的自然并因此把自己创造得犹如一个新神一般”。斯卡利格的理论是锡德尼爵士的理论源头，在《为诗辩护》一书中，锡德尼提出了相似的论断。……锡德尼的《为诗辩护》中的关键词“创造”，是以拉丁教会的那一意味着上帝从无中创造出世界的正统观念的常见词为基础的。……锡德尼提

① Sir Philip Sidney. An Apology for Poetry//Vincent B. Leitch，ed. The Norton Anthology of Theory and Criticism. New York：W. W. Norton &Company，Inc.，2001：326－362.

出了创造的美学隐喻概念，但立即又抛弃了它，因为如他所说，一种摹仿的诗歌定义或者说这一有关诗人作用的“真理”，“可能更容易为人所理解”。锡德尼迅速地从一种神学的艺术隐喻过渡到更为传统的镜子式的把握自然的艺术隐喻。这既是浪漫主义的出发点，又是它们与文艺复兴的先辈分道扬镳的起点。

——布鲁姆．批评、正典结构与预言．吴琼，译．北京：中国社会科学出版社，2000：167－168.

在没有多少创新的文艺复兴时期的文论中，锡德尼的信念确实使人感到些许热烈的激情和理想主义的色彩。而真正在理论上阐扬这种激情和理想主义的，注定还要等到两个世纪以后——紧随文艺复兴而来的新古典主义，实在与其前任的理论形态过于接近，从而不可能具备担此重任的必要力量。

第二节 17世纪的新古典主义文论

一、布瓦洛及17世纪新古典主义文论的源流

在《西方美学概念史》（即《六个概念的历史》，*A History of Six Ideas*）一书中，波兰学者塔达基维奇（又译塔塔科维兹）归纳出70多个“永恒的美学论题”，作为对各个时代、各种不同思想的基本描述。[①] 关于17世纪的古典主义，塔达基维奇认为包括这样一些内容：普桑的论题是关于“透视”的视觉理论，拉辛的论题是将“或然性”“像真性”视为摹仿性艺术的最高特征，布瓦洛的论题是以“规则性”作为艺术的普遍条件，笛卡尔的论题即是智者学派以来的“主观论”，休谟的论题是晚期希腊怀疑主义的延续，莱辛的论题则继承了古希腊至古罗马时代关于诗与画之关系的讨论。

塔达基维奇“永恒的美学的论题”举要

毕达哥拉斯学派的论题：美取决于尺度、数、和谐……或对称性。

俄耳甫斯的论题：美对享受艺术的人有着影响……使之在精神上得到净化。

赫拉克利特的论题：对立面的和谐。

苏格拉底的论题：现实在艺术中的理想化。

亚里士多德的论题：艺术摹仿现实。

斯多葛派的论题：以事物对某一目的的适用性来解释事物的美。

库兰尼学派的论题：美与艺术无价值。

① 塔达基维奇．西方美学概念史．褚朔维，译．北京：学苑出版社，1990：474－479.

智者学派的论题：美的主观性与艺术的相对性。
高尔吉亚的论题：美与艺术的根源在幻觉。
伊壁鸠鲁的论题：美与艺术都从属于生活的需要。
西塞罗的论题：艺术乃是一种多形式和多潜能的现象。
普罗提诺的论题：美是一种简单的属性，而不是各部分的排列与比例。
伪狄奥尼索斯的论题：美即光彩的规定。
奥古斯丁的论题：美便是秩序。
爱留根纳的论题：美的欣赏……不可缺少非功利的态度。
圣维克多的雨果的论题：美与艺术的等级结构。
托马斯·阿奎那的论题：审美经验与日常经验的对应。
但丁的论题：人的艺术与灵感的艺术之对应。
彼得拉克的论题：艺术是“诱惑人的虚构”。
拉斐尔的论题：艺术作品对于艺术家心中观念的依赖。
达·芬奇的论题：艺术完全从属于自然。
米开朗基罗的论题：艺术创作中的理智因素。
丢勒的论题：我们虽然接受了美，但却没有认识美的本质。
笛卡尔的论题：主观论的复活。
休谟的论题：怀疑论的美的多样性论题。
莱辛的论题：诗与艺术相区分。
普桑的论题：“透视的”视觉。
拉辛的论题：或然性是摹仿艺术至高无上的特征。
布瓦洛的论题：以规则性作为美的艺术最一般的条件。
维科的论题：诗的特殊真实。
柏克的论题：将美与崇高联系在一起。
康德的论题：审美判断总是个别的。
叔本华的论题：将审美活动解释为观照。
黑格尔的论题：美的辩证性，将“艺术意志”的概念运用到编年史之中。
车尔尼雪夫斯基的论题：承认现实中的特殊的美。
马克思的论题：社会对艺术的决定性。
克罗齐的论题：将美看作语言学。
里普斯的论题：移情理论。
瓦雷里的论题：诸种艺术的界限应当消除。

——塔达基维奇．西方美学概念史．褚朔维，译．北京：学苑出版社，1990：474-478.

塔达基维奇的归纳似乎相当清晰，但是这样的“清晰”也是来自“简化”，而看上去清晰的“简化”常常意味着“错误”。在许多表面上相似的论题之中，具体的推论过程可能是完全不同的；如果省略掉推论的过程，被抽象出来的论题根本无法说明作者的思想，从而也就没有多少实际的意义。

所谓“古典”一词有两个含义，一是时间上的，一是品质上的；就品质而言的“古典”，也包含历时久远的典范意味。产生于欧洲17世纪的新古典主义同时含有这两种含义，即以古代经典作为追求的目标、摹仿的对象和评判的标准。从根本上说，新古典主义是要效法古希腊-罗马的古典方法、文学风格和价值观念。就此而言，17世纪欧洲的新古典主义者也是15、16世纪文艺复兴的继承者。不过，许多新古典主义者反对文艺复兴时期一些人文主义作品中的夸张和矫饰风格、过于强烈的激情，特别是带有忧郁色彩的情绪，而是明确选择了上节所述的特里西诺、斯卡利格、明图尔诺、钦齐奥、卡斯特尔维特罗等追随亚里士多德传统的批评家。至于中世纪晚期的所谓哥特式风格以及紧随文艺复兴之后的巴洛克风格，则是新古典主义者激烈反对的东西。其中最为明显的例子就是莱辛和他的《拉奥孔》。

巴洛克时期的“非中心化”（decentralized）倾向，使神学中心的秩序（theo-centric order）和地理学中心的宇宙（geo-centric cosmos）都失去了意义，从而新古典主义（neo-classicism）实际上也是一种重建中心和秩序的努力（neo-centralization）。这就是人们常说的新古典主义拥护王权、崇尚理性和尊奉古人的总体倾向；就文学艺术本身而言，也可以说是对于有序、明晰和规范的追求。这与文艺复兴和巴洛克艺术对于感性和激情的推崇显然是不同的。

作为新古典主义背景的怀疑时代

莱昂纳多·达·芬奇……写到：“在权威基础上争论的任何人，没有使用他的智慧，未识使用了他的记忆”，……他在质疑整个经院哲学的知识大厦。……在经院哲学中，真理是已经知道的，也就是说，人从记忆来争论。然而莱昂纳多否认了简单的权威，要求艺术家由经验开始，由推理结束。……导致众多怀疑的文艺复兴以后的环境就像现代世界的环境。在16世纪前半期的航海发现打开了新的世界，动摇了传播了几百年的欧洲中心论。……这使很多16世纪和17世纪的知识分子感到困惑。而且在……伊拉斯谟的《愚人颂》中，传统（和大学）的知识是如此野蛮以至于从来没有恢复。马丁·路德和新教改革震动了作为欧洲精神中心的罗马天主教。在蒙田（1533—1592）怀疑被欧洲知识分子认为神圣和正确的每一点智慧和真理的时代，一切都是不肯定的了。

——米奈．巴洛克与洛可可：艺术与文化．孙小金，译．桂林：广西师范大学出版社，2004：310.

新古典主义文学理论和实践有两个密切相关的核心概念，即摹仿和自然。摹仿通常是以外部世界为对象，但是对新古典主义者来说，外部世界不仅是指自然事物，而首先是指同自然事物一样合乎规律的人的活动。这样，摹仿的观念成为新古典主义者对普遍的、非个性化的人的重新确认，以平衡文艺复兴人文主义者对个体的过多强调。另一方面，新古典主义者所谓的摹仿又特别是指摹仿古人和古代经典；这显然直接来自贺拉斯的古典主义。摹仿的这两个方面在新古典主义者（例如蒲柏）那里常常相辅相成，这在很大程度上是由于他们对于自然这一概念的认识。

在新古典主义者看来，自然（nature）是一种和谐的（harmonious）、有等级的（hierarchical）宇宙秩序。包括人类世界（world）在内的万事万物，都有恰当的、确定的位置。无论宇宙运行、自然变化，还是政治制度、社会习俗、创作原则，对于秩序的任何僭越都是不自然的。这一自然推而及人，便是“人的自然”亦即“人性”（human nature），同样是指某些核心、永恒和普遍的性质。这样，自然也就自然具有了道德的含义，得以统摄人类的活动并剔除那些被认为“不自然”的行为方式。新古典主义者认为荷马和维吉尔等古代作家就已发现和表达了自然的根本法则。虽然欧洲各国的新古典主义者对于自然的认识有所不同，但在精神实质上却是相通的，与后来的启蒙主义和特别是浪漫主义形成了鲜明的对照。于是对于自然的不同认识，也可以成为理解近代300年西方文艺理论思想的基点之一。

无论在文学艺术还是政治领域，新古典主义者都追求崇高，而这也为自己的迅速衰败和浪漫主义的必然崛起铺平了道路。从表面上看，崇高是理性精神的辉煌顶峰，但是在署名朗吉努斯的《论崇高》中，我们可以看出崇高亦是激情对于理性的超越甚至克服。事实上在《论崇高》出现以后，以贺拉斯《诗艺》为代表的古罗马古典主义也就结束了。具有讽刺意味的是，朗吉努斯《论崇高》的翻译者正是新古典主义的最重要代表布瓦洛（Nicolas Boileau Despreaux，1636—1711）。布瓦洛的译本使《论崇高》真正进入了人们的视野，而且不但在法国，也在英国和德国都引起了热烈的讨论。重新认识崇高的概念，必然导致重新认识美本身，这在从柏克到康德的著述中表露无遗，而这竟然成为启蒙主义和浪漫主义先后兴起的一个内在原因。

作为新古典主义文艺思潮的基本标志的17世纪法国和布瓦洛本人，当然也可以用一种相当简约的方式对之加以解读。因此一般认为，新古典主义思潮的政治背景在于君主专制制度，其思想基础在于笛卡尔所代表的理性主义哲学，其艺术倾向则被概括为“拥护王权、崇尚理性、尊奉古人”等等。

至于布瓦洛《诗的艺术》《书简诗》及其新古典主义的三原则，可以找到非常清晰的关联和线索，即从“理性的原则”、“自然的原则”和“道德的原则”推至布瓦洛的“美即真”、“真即自然”、“自然即人性”以及“自然即古典”的循环。

“理性的原则”实际上就是布瓦洛关于“美即真”的命题。“只有真的才是美的，只有真的才可爱，真应该统治一切，虚构也不是例外。”这一点在后来的浪漫主义文论中遭到了全面的颠覆，但是在17—18世纪，特别是在法国，“像真性”或者“逼真”的要求却是相当普遍的。正如布瓦洛所说：“愿你的一切文章，永远只凭着理性获得价值和光芒。”

俄国形式主义与布瓦洛的“真实”

细节的引入是求实错觉与艺术构成需要之间妥协的结果。……布瓦洛也曾讲过这个问题，他玩弄了这样的字眼：真实的有时像不真实的。其中“真实”是指具备求实印证的东西，而“不真实”则是指具备艺术印证的东西。

在求实细节印证方面，我们迎头便碰上对作品文学性的否定，……岂不知使用文学形式的事实本身，就已经意味着对艺术构成规律的肯定。每个现实的细节都应植根于叙述结构……

——托马舍夫斯基．主题//什克洛夫斯基，等．俄国形式主义文论选．方珊．等译．北京：三联书店，1989：131-132.

“自然的原则”是对“理性”之“真”的进一步解说。“美”的创造是通过“真”的追求，而“真”的也就是“自然”的。“唯有自然是真实……在一切事物中，人们喜爱的只有自然。”那么“自然”是什么？在布瓦洛的描述中，“自然”其实就在于“人性”：“作家啊……你们唯一钻研的就该是自然人性。”但是“人性”实际上被布瓦洛概括为以往戏剧实践中的几种普遍的性格类型，比如阿伽门农的“骄蹇而自私”，伊尼对天神的“敬畏”，青年人的“躁急”，中年人的“成熟”，老年人的“抑郁”以及“老实”“荒唐”“糊涂”“吃醋”等等。所以“摹仿自然”的最直接方式，也许就是“摹仿古人”，从而又有所谓的“自然即古典”——这同贺拉斯将“摹仿”转换为“借鉴”的思路完全一致。

从“自然”追索到“人性”和古人的典范，必然涉及诗人的人格修养和作品的道德要求。因此布瓦洛的“道德的原则”，一方面强调“著名的作品载着古圣的心传……利用诗向人类心灵输灌”；另一方面是主张“有德的作家具有无邪的诗品……要爱道德，使灵魂得到修养”等等。

对布瓦洛而言，上述的主张之间的关联是可以自圆的：求“美”先要求“真”，求“真”便是求“自然”，对“真”而言的“自然”体现于“人性”，“人性”的最佳表达则是“古典”的作品，而回到对“古典”创作的学习和借鉴，也就实现了新古典主义所要追求的“道德”之“美”。如果这样大致概括布瓦洛及其代表的新古典主义文论，那么我们可以明显地感受到贺拉斯以降的古典主义传统，其中似乎也无所谓“新”。难怪朱光潜说：在读过贺拉斯的《诗艺》后再读布瓦洛的《诗的艺术》，“我们感觉到这两部著作简直如同从一个鼻孔出气，尽管它们在时间上隔着一千七百年”。

布瓦洛《诗艺》与贺拉斯《诗艺》的相似框架

贺拉斯《诗艺》

诗意篇（poesis）：论统一，论朴素，论适当，论完善。

诗法篇（poema）：论题材，论词汇，论体裁，论台词，论传统，论创新，论剪裁，论性格，论情节，论歌队，论音乐，论谐剧，论悲剧，论格律，戏剧史。

诗人篇（poeta）：思想修养，铜臭害诗，寓教于乐，瑕不掩瑜，诗有如画，力争上游，诗人的任务，天才与艺术，阿谀的赞扬，善意的批评，佯狂的诗人。

——贺拉斯．诗话．缪朗山，译//章安祺，编订．缪灵珠美学译文集：第一卷．北京：中国人民大学出版社，1998：39-60.

布瓦洛《诗艺》

第一章：文学的一般原则

第二章：次要的诗体：牧歌、挽歌、颂歌、商籁、箴铭、歌谣

第三章：主要的诗体：悲剧、史诗、喜剧

第四章：诗人的修养

——贺拉斯．诗话．缪朗山，译//章安祺，编订．缪灵珠美学译文集：第二卷．北京：中国人民大学出版社，1998：2.

而在布瓦洛之后，18 世纪的西方文论仍然体现着类似的观念，按照韦勒克《近代文学批评史》的说法，18 世纪的伏尔泰是“法国古典主义后期最优秀的代表”，狄德罗、莱辛等等也都是“用新名词来重新阐释古典主义”。韦勒克做出这一判断的主要根据，是他认为新古典主义文论就是要为文学批评建立一种完整、系统的理性框架，而直到 18 世纪，西方文论的主流并没有脱离这一传统。

进而言之，我们或许可以从贺拉斯的古典主义和布瓦洛的新古典主义当中看到一种共同的倾向，即他们都为文学艺术设定了两种基本目的——“写实”的和“道德”的目的。这两种目的在文学理论上的落实，便是要为创作建立一套理性的规则。这可能是各种“古典主义”的共同特征。

二、新古典主义在欧洲各国的不同倾向

新古典主义最有代表性的理论和创作均产生于法国，而这一思潮在德国和英国的表现却有相当程度的不同。所谓“古典”，拉丁文 classicus 的原意是“典范”，这暗示着古典主义者力图效法古代创作的内在愿望。但是法国的新古典主义对“古人”的“摹仿”，首先体现为一种宫廷艺术的高度发展。它得益于宫廷艺术，也从题材和形式上总结和规范了宫廷艺术，因此其中的理论确实是同法国 17 世纪君主专制的基本秩序相呼应的。

事实上，历史上的统治者很少像 17 世纪法国的路易十四及其首相黎塞留那样重视艺术、网罗人才，而许多最著名的文学艺术家也都直接为宫廷服务。比如：拉辛和布瓦洛曾担任宫廷史官，普桑是宫廷中的画师，莫里哀的剧本上演前会呈请国王批准等等。1635 年还组建了法兰西学院，使“四十不朽者”成为此后各个时代的法国文化的标志。另一方面，新古典主义理论也确实接触到一些带有普遍性的艺术规律，使艺术创作得到了某种合理的参照，并且在一定程度上促进了艺术形式的发展和法国文化的繁荣。

值得注意的是，法国路易十四时代（1643—1715）同古罗马奥古斯都时代有着诸多相似之处。首先，当时都是在经过了一段混乱时期后出现了所谓的盛世。这样的时代通常是高度集权乃至独裁的，但往往又相对安定和繁荣。其次，这样的时代都需要文学艺术作为维护统治的工具，因而统治者也就采取较为开明的文艺政策。同奥古斯都时代一样，实际上出现的是统治者与知识分子的某种程度的“共谋”。同奥古斯都一样，路易十四和黎塞留也注重网罗人才，并成立了法兰西学院（Académie français），试图通过编撰字典和语法著作来确立一种规范化的语言，通过修辞学和诗学确立一种适用于理想社会的典雅、雄辩和崇高风格。布瓦洛、拉辛、高乃依、莫里哀、拉·封丹（La Fontaine）等，都为之做出过巨大贡献。而文学艺术家也是半真半假地迎合和歌颂统治者。一方面布瓦洛在《诗的艺术》中要求诗人齐声赞美贤明君主的辉煌业绩，另一方面《诗的艺术》其实是在路易十四审阅后才发表的，据说布瓦洛进入法兰西学院也经过了路易十四的直接干预。

17 世纪的法国文化与文学艺术

……宫廷中的侍臣……礼貌周到的上流人士……国王亲自给他们立下榜样。路易十四对女仆也脱帽为礼，圣·西门的《回忆录》提到某公爵因为连续不断的行礼，走过凡尔赛的庭院只能把帽子拿在手中。因此侍臣是礼节体统方面的专家，在难以应付的场合说话说得很好……永远不得罪人而常常讨人喜欢。——这些才能和这些意识，都是贵族精神经过上流社会的风气琢磨以后的出品。

……不难想象，在这种环境中成长的人一定会挑选合乎他们性格的娱乐。……17 世纪所有的艺术品都受着这种趣味的熏陶：普桑和勒舒欧的绘画讲究中和、高雅、严肃；芒沙和贝罗的建筑以庄重、华丽、雕琢为主；勒诺德尔的园林以气概雄壮、四平八稳为美。从……许多别的作家的版画中，可以看出当时的服装、家具、室内装饰、车辆，无一不留着那种趣味的痕迹。只要看一看那一组组端庄的神像、对称的角树、表现神话题材的喷泉、人工开凿的水池、修剪得整整齐齐……的树木，就可以说凡尔赛园林是这一类艺术的杰作。……但文

学受的影响更明显……琢磨文字的艺术从来没有讲究到这个地步。

……法国悲剧……都以讨好贵族与侍臣为目的。诗人从来不忘记冲淡事实，因为事实的本质往往不雅；凶杀的事决不搬上舞台，凡是兽性都加以掩饰；强暴、打架、杀戮、痰厥，一切使耳目难堪的景象一律回避，因为观众过惯温文尔雅的客厅生活。由于同样的理由，作者避免狂乱的表现，不像莎士比亚听凭荒诞的幻想支配；作品结构匀称，绝对没有突如其来的事故、想入非非的诗意。前后的场景都经过安排，人物登场都有说明，高潮是循序渐进的，情节的变化是有伏笔的，结局是早就布置好的。对白全用工整的诗句，像涂着一层光亮而一色的油漆，用字精练，音韵铿锵。

——丹纳．艺术哲学．傅雷，译．北京：人民文学出版社，1983：55－57.

但是，文学艺术最终还是需要更独立的品格。法国新古典主义与宫廷艺术之间过于密切的关系，可能已经决定了它对世俗权力和现世秩序的某种依附，决定了它更热衷于一种适合本时代王权秩序的艺术规范。对文学艺术来说，依附于比较开明的权力或者受制于比较严酷的统治，在逻辑上往往是等同的。路易十四时代对文化的宽容甚至扶持，并不能改变文学艺术自身的这一基本性质。法国新古典主义文论对于艺术形式的一些合理探索之所以会渐渐蜕变为刻板的公式，当与它对现世秩序的依附性有关。

黑格尔对莫里哀喜剧的评价

真正的喜剧家阿里斯托芬的基本原则是喜剧人物逗自己笑，不过在较晚期的希腊喜剧以及罗马时代普劳图斯和泰伦斯的作品里所采取的就是对立的方向，专逗听众笑了。近代闹剧把这个倾向又推到极端，以至大多数喜剧作品变成单纯的散文气味的笑柄，甚至刻毒到引起反感。……莫里哀的……喜剧作品里就有这种毛病。

——黑格尔．美学：第三卷：下册．朱光潜，译．北京：商务印书馆，1981：331.

另外，文学理论的发展常常就是“法因于弊而成于过”。17 世纪法国戏剧中高乃依、拉辛等人的作品，曾经使“三一律”的戏剧效果得到了充分体现，而且实际上也比较容易为后世的创作所把握和学习；但是一旦它成为“范式”，冲破这一“范式”的要求又成为必然。当然，“规则”本身并不一定意味着“束缚”；而且一定的“规则”往往与一定的艺术形式关联在一起，如果完全没有规则，相应的艺术形式也就不存在。因此在 200 年以后，当西方人自我中心的情绪和自我扩张的冲动几乎冲破了所有的规则时，T. S. 艾略特反而去强调诗人的“非个性”“逃离感情”“客观性”等等，乃至被视为新古典主义的某种“再生”。

波德里亚（Jean Baudrillard）论“客观性”

绝对的客观性恰好是科学的客观性的反面，一个是追求部分过程的合理性，另一个是追求整个过程的讽刺性。

——波德里亚．冷记忆．张新本，等译．南京：南京大学出版社，2012：161.

从总体上说，17 世纪法国的新古典主义更突出的正是“秩序”。在“古代典范”的意义上体现“古典主义”原义的，被认为是 18 世纪德国的古典主义者温克尔曼（Winckelmann，1717—1768）。

古典主义的象征理论

克罗依策的《神话学》第一卷对象征主义进行的伟大的理论探讨，仍然间接地对理解寓言具有巨大价值。……他焦急地要保持符号的现状，即符号与寓言所保持的距离，因此他以下列四种因素定义符号的本质：“瞬间性、总体性、本原的不可测知性和必然性”。……另一方面，“对象征的要求是……清晰……简洁……优雅和美”。这……揭示了克罗依策与古典主义的象征理论所共有的一种观点。这就是艺术象征的学说，这种象征由于其至关重要性，而……区别于严格的宗教甚或神秘象征。毫无疑问，温克尔曼对古希腊雕塑的崇拜对……克罗依策发生了决定性影响，在这种语境中，那些雕塑的神圣形象被用作典范。艺术象征是可塑的。克罗依策在可塑性象征与神秘象征之间的对比，体现了温克尔曼的精神：“这里起主导作用的是不可言表的东西，它在寻求表达的过程中，借助其存在的无限力量，最终将从过分脆弱的凡俗形式中爆发出来。但是，随之而来的，那清晰的视野即刻被破坏了，所剩下的只有那无言的惊奇。”

——本雅明．德国悲剧的起源．陈永国，译．北京：文化艺术出版社，2001：134－135.

温克尔曼的代表作是《古代艺术史》。其中第四卷“论希腊人的艺术”可见于温克尔曼著作的中译本《希腊人的艺术》（广西师范大学出版社，2001）。在这部著作中，温克尔曼着重从希腊的地理环境、社会制度等方面讨论了“希腊艺术的繁荣及其优于其他民族艺术的基础和原因”，并根据“远古的风格”、“崇高的风格”、“典雅的风格”和“摹仿者的风格”逐步分析了希腊艺术的发展和衰落。

温克尔曼论希腊艺术繁荣的原因

气候的影响应该使那些能够从中生长出艺术的种子复萌，从这个意义上说，希腊……是十分有利的。……许多对我们来说是一种理想的东西，在希腊人那里却是一种自然属性。大自然在经历了寒暑所有阶段之后，在希腊滞留了下来，这里的气温介于冬夏之间，处于适中状态。气候越接近适中的地方，那里的大自然就越发明亮和愉悦，便越广泛地表现在生气勃勃和聪敏机智的形象上，表现在果断和大有作为的特点中。大自然越少为霾雾和有害的瘴气所笼罩，她便越早地赋予人体以完美的形式；这种形式以结构庄重为特征，尤其女性更是如此。……因此在希腊人那里，凡是可以提高美的东西没有一点被隐蔽起来，艺术家天天耳闻目见。

……从希腊的国家体制和管理这个意义上说，艺术之所以优越的最重要的原因是有自由。在希腊的所有时代，甚至国王像家长似的管理人民的时代，自由也不缺乏。……尽管后来出现过暴君，但他们的权力仅局限于单个城市，而整个民族没有承认过任何人是唯一的统治者。……在自由中孕育出来的全民族的思想方式，犹如健壮的树干上的优良的枝叶一样。正如一个习惯思考的人的心灵，在敞开的门廊或在房屋之顶，一定比在低矮的木屋或拥挤不堪的室内更为崇高和开阔通达。享有自由的希腊人的思想方式，当然与在强权统治下生活的民族的观念完全不同。希罗多德引证说：自由乃是雅典城邦繁荣强盛的唯一源泉，而在此以前，它由于被迫承认独裁政权……无力与邻近的城邦匹敌。正是这个原因，希腊人的演说术只有在充分自由时才开始得到繁荣。

……由于艺术是专门地献给神祇或是用于祖国最神圣和最有益的目标的，由于公民房舍里的装饰崇尚简朴和适可而止，所以艺术家便不需要把自己的才能耗费在无关紧要或无意义的小事上，不必去适应狭小拥挤的住房的需要和满足它们主人的趣味。艺术家所做的，在整体上和全民族崇高的思想方式相吻合。

——温克尔曼．希腊人的艺术．邵大箴，译．桂林：广西师范大学出版社，2001：108，109－111，115.

特别值得注意的是：温克尔曼认为“摹仿鼓励了独立认识的欠缺”、迷恋于“细部的修饰”，从而“为了追求更好的而失去好的东西”。这与提倡“摹仿”之真实的莱辛构成了冲突，才引出一部针锋相对的《拉奥孔》。但是温克尔曼借助希腊艺术而强调的“崇高”“静穆”的风格以及其中的“理性”的“含蓄”，也许更能表达“古典”意味的艺术境界。

在英国，17世纪古典主义文论的主要代表是德莱顿（John Dryden，1631—1700）和稍晚一些的蒲柏，前者的《论戏剧诗》（*Essays on Dramatic Poetry*，1668）和后者的《论批评》（*An essay on Criticism*，1711）为重要文献。

德莱顿在英国的地位可比布瓦洛，他是桂冠诗人，后成为王室的史官。用约翰逊（Samuel Johnson）的话来说，德莱顿是“英国文学批评之父”（the father of English criticism），德莱顿的《论戏剧诗》是“现代英国散文的开端”（*modern English prose begins here*）。就是德莱顿将布瓦洛的《诗的艺术》翻译为英文，从而使以布瓦洛为代表的法国新古典主义的影响传播到欧洲其他国家和地区。就整体而言，德莱顿的思想与布瓦洛没有本质的区别，但二者又的确有所不同。相对于布瓦洛的《诗的艺术》，德莱顿的《论戏剧诗》在许多问题上都对法国式的新古典主义有所突破。这可能与英国自身的戏剧传统有关。事实可能不仅如此，这还涉及保卫英国自身的文化传统。

德莱顿的《论戏剧诗》

德莱顿的《论戏剧诗》表达了高雅、准确、整一、明晰等新古典主义的理想。他的关键词“适当”（propriety），在一定程度上意味着针对主题选择优雅的思想和辞藻。更重要的是，“适当”意味着“比例”（proportion），即局部服从于整体，方法服从于目的。“适当”所保证的是总体的和谐与作品的整一性。

在戏剧作品中，必须遵守某些规则才能达到必要的整一性，这就是著名的时间、地点与情节的三个整一：一出戏剧必须发生在24小时之内，必须自始至终保持一个基本的场景，必须具有一个完整的情节。忠实地运用三一律，才能获得更大的形式美。

然而与此同时，德莱顿又特别为现代英国作家辩护，而反对法国的悲剧诗人。在他看来，英国戏剧混合了悲剧和喜剧，并具有更多样的性格和情节，从而提供了更大的快感。因此，英国戏剧不仅表达了更多的真理，而且以其多样性增强了戏剧的美感。

——Edward H. Strauch. Beyond Literary Theory：Literature as a Search for the Meaning of Human Destiny. New York：University Press of America，2001：6－7.

1663年，一位法国人出访英国后曾经写道：“他们的喜剧不会受到法国人的欢迎。他们的诗人根本不顾地点与时间（24 小时）的统一。他们的喜剧情节，从头到尾需要 25 年。第一幕王子刚刚结婚，下一幕王子的儿子已经开始……建功立业了。”① 这些批评显然是针对莎士比亚的剧作，而德莱顿本人也曾为了使莎士比亚的作品更符合“三一律”的要求，将《安东尼与克利奥佩特拉》改写为五幕剧《一切为了爱》。但是无论如何，作为英国人的德莱顿绝不肯因为古典主义的“规则”而抛弃莎士比亚的传统。甚至当另一位英国古典主义者本·琼生批评莎士比亚“为约克与兰开斯特两家的世仇死战”的时候，德莱顿也会为莎士比亚辩护：“我们英国人绝不忍心让战争场面或者其他恐怖景象从舞台上消失。……我钦佩本·琼生，但是我热爱莎士比亚。”

关于莎士比亚的不同态度

伏尔泰论莎士比亚：莎士比亚的影响是英国剧坛的灾难，“尽管在这位作家的荒谬绝伦的闹剧中有些精彩、高贵和可怕的场面，但是却把悲剧的名称给予了闹剧。”……伏尔泰接着罗列出莎剧中最明显的悖谬之处：苔丝德蒙娜被窒息之后还在说话、《哈姆雷特》中掘墓人那一节、勃鲁托斯和凯歇斯出场的同时罗马补鞋匠却在打哈哈。……伏尔泰……用嘲弄的笔调复述莎士比亚剧本的内容……《哈姆雷特》……在他的概述中好像成了一个荒唐而又莫名其妙的谋杀故事。……他认为……高乃依跟莎士比亚一样，瑕瑜互见、天才横溢，不过高乃依的天才比莎士比亚更伟大，正如贵族的天才比百姓的更伟大。

德莱顿论莎士比亚：18 世纪下半叶，人们对于那些……在 17 世纪还遭到抨击的规则的争论变得更有力、更有效了。莎士比亚声誉日隆……起初的论调或则借口莎士比亚出于无知才违反规则，为之辩解开脱，认定了他如果遵循规则便可更上一层楼。……德莱顿划分出永久的与暂时的规则之间的界限，更常见的说法是：莎士比亚只是违背了 18 世纪奉为唯一准则的那些规则。……德莱顿称莎士比亚为“自然诗人”。……最终，莎士比亚被颂为不羁之才；他之所以无可非议，就是由于他的天才。

莱辛论莎士比亚：莱辛为一部早期选集《戏剧文库》翻译了德莱顿的《论戏剧诗》；著名的《文学通讯》第十七封信（1759 年 2 月 16 日）……声称“我们德国人宁可附和英国人的趣味，也不要法国人的趣味”……提出……“莎士比亚是比高乃依伟大得多的悲剧诗人，尽管高乃依精通古典作家而莎士比亚却对之几乎一无所知”。

——韦勒克．近代文学批评史：第一卷．杨岂深，等译．上海：上海译文出版社，1987：45－50，155，203，203－204.

《论戏剧诗》的结构非常有意思，作为一篇批评论文，它却具有一个戏剧化的场景和论辩性的叙事框架。如开篇“致读者”第一句话就说，这场讨论的主要目的就是为了证明“我们英国作家的荣誉”，以反驳那些把法国作家置于英国作家之前的不公正看法。其中，尤其是要挽救莎士比亚的盛名。这个场景本身也极具象征意义，四位批评家并不是在河上泛舟，而是搭乘一条驳船：“在那个值得纪念的日子……我们的海军进攻荷兰；那天，前所未有的两支最强大和最豪华的舰队为了争夺大半个地球、国家间贸易和宇宙财富的主导权展开了战斗。”② 当然，

① 卫姆塞特，布鲁克斯．西洋文学批评史．颜元叔，译．台北：志文出版社，1975：166.

② John Dryden. An Essay of Dramatic Poesy. Thomas Arnold, ed. New Deli: Atlantic Publishers&Distributors (P) Ltd, 1992: 7.

虽然双方同样损失惨重，但最后英国海军还是取得了胜利。这场胜利似乎已经预示了四位批评家在驳船上的辩论结果。

以对话的形式，德莱顿在《论戏剧诗》中对于当时的重大文学理论问题发表了自己的看法，它们包括：古人与今人的优劣，三一律的价值，新古典主义的法国与伊丽莎白的英国之间的不同，叙事与行动的关系，莎士比亚与本·琼生的比较等等。由于是四位虚构的批评家进行对话，德莱顿似乎从不同角度客观阐述了相关问题，而实际上，他的倾向性结论已经暗含其间。甚至可以说德莱顿不仅想就自己时代的问题得出结论，也试图得出一些可以适用于所有时代的结论。其基本思想显然是古典主义的，与布瓦洛没有什么不同。不过在讨论许多具体问题时（比如戏剧的性质和莎士比亚的创作），德莱顿的确表现出了一些不同于法国新古典主义的思想。

比如德莱顿这样界定戏剧：戏剧是人类本质之准确、生动的映像，表达着人的激情和癖性；同时戏剧也描述人类命运的逆转，为人提供娱乐和教益。在这一定义中，亚里士多德的“严肃、完整的行动”已经被人性的表现所替代；而亚里士多德所说的悲剧人物的命运逆转本来与人本身没多大关系，德莱顿却不动声色地将其关联于“激情和癖性”。

德莱顿为了遵守三一律的要求，曾经改写莎士比亚的作品，但是作为英国人的德莱顿决不肯因为古典主义的规则而抛弃莎士比亚的传统。为了求得统一，德莱顿在《论戏剧诗》中强调作品的“生动性”，声称正确的“像真性”是通过生动才能达到的：“法国戏剧诗……是使已经完美的更趋完美，却不能使不完美的东西（显得）完美。”所以他认为法国戏剧犹如雕像，不能表现活生生的人。至于法国戏剧之所以追求严肃、冷静和理性的目的，在他看来是因为法国人在日常生活中的轻佻；而英国人天性深沉，所以在艺术中需要寻找更多的娱乐性。这样，英国人自然将“取悦观众”视为戏剧的“第一目标”，“教训”仅仅成为“第二目标”。与布瓦洛的论述相比，这里的区别是显而易见的。

德莱顿论英法戏剧之不同

我们英国人更深沉（a more sullen people），所以要在戏剧中寻求消遣（come to be diverted at our Plays）；那些法国人比较轻浮（of an airy and gay temper），所以要通过戏剧使自己更严肃（come thither to make themselves more serious）。

——John Dryden. An Essay of Dramatic Poesy// Allan H. Gilbert. Literary Criticism：Plato to Dryden，Detroit：Wayne State University Press，1962：639.

在《悲剧批评的基础》关于性格的讨论中，德莱顿再度提到了西方传统的“四种体液”理论，但是他所强调的却是“性格是由许多原因形成的”，即决定性格的不仅是“体液”，也包括性别、年龄、气候、处境等等。总之，“一种性格，或者说一种把一个人和其他所有人区别开来的东西，不能认为只包括某一特殊的美德、恶行或激情；它是许多在同一人物身上并不矛盾的综合。”

与此相关，摹仿虽然再度得到强调，但实际上也有所修正。因为对于德莱顿来说，那种对于古人亦步亦趋的枯燥无味的摹仿是要不得的。相反，他更看重想象的作用，并强调与想象能力相关的巧智（wit）。在批评史上，德莱顿可能是最早明确谈论巧智的；而此后这不仅可以见之于蒲柏，而且成为浪漫主义者的一个主要论题。

真正和布瓦洛相通的英国新古典主义批评家是蒲柏（Alexander Pope，1688—1744）。蒲柏晚于德莱顿，其批评代表作《论批评》无论在形式还是内容上都与贺拉斯和布瓦洛一脉相传。

这篇论文发表时蒲柏年仅 23 岁，而据说作品完成于 19 岁。作为用诗体写成的批评论文，《论批评》本身就是对于古代典范的摹仿，甚至全诗结构也是分作三部分，尽管篇幅要短得多（只有 185 行）。即使如此，在蒲柏的思想中也有一些不同于布瓦洛。

简单说，蒲柏的《论批评》的中心主题是自然与艺术之间的关系。这个问题对于英国人来说，其实就是莎士比亚的艺术观与古典主义的自然观之间的区别。所以，一直到英国浪漫主义者那里，例如柯勒律治，仍然在讨论这个问题，仍然在强调莎士比亚不仅仅是自然的儿子。对于蒲柏来说，这集中表现在《论批评》的第二部分，即所谓“巧智与自然”。

Nature 这个词在《论批评》中一共出现了 21 次，而 wit 一词出现了 46 次。由此亦可体会蒲柏与布瓦洛、英国新古典主义和法国新古典主义之间的细微差别。所谓“巧智”其实就是指那种不同于自然禀赋的东西，因而后来才成为浪漫主义的论题。《论批评》一方面继承了新古典主义的某些说法：“对古人的规律要有正当估价，你要摹仿自然，也就无异是摹仿它”；另一方面却又与之完全不同，比如：“有些艺术的美至今还无箴规可依……只有妙手偶或得之”，所以诗人“可以大胆地离开那条寻常的途径，天才有时竟昂然把清规视若无睹”。他甚至还说：“我知道有种人，照他们狂妄的意思，觉得自由奔放的美也是一种瑕疵，有些形象似乎畸形丑陋、古怪离奇，皆因你只看片面，或者太近来赏识，相当的距离就看出形象，局格优美。”[①]类似这样的观点，都是英国古典主义所特有的。

如果说法国古典主义强调秩序，德国古典主义强调古代典范，英国古典主义所强调的或可说是平衡，即：规则与天才、古代与现代、自然与艺术、莎士比亚与本·琼生甚至理性与激情之间的平衡。有趣的是，英国人的这种思想在古典主义时代常常显得比较激进，但是到了浪漫主义时代，这一英国传统却显得异常保守。这是因为自然的概念到了浪漫主义时代已有极大变化，基本放弃了“自然即是体现在事物中的事之常理和体现在人性中的人之常情”这种观念。要而言之，法国人将自然同人类过去的原始存在状态等同起来，德国人将自然看作上帝无限神性的有限呈现或者是自我意识的延伸，英国人却可能将自然与现实的平庸生活联系在一起了。

三、“新古典主义精神”的实质

如果考虑到布瓦洛新古典主义文论观的局限，考虑到新古典主义在欧洲各国的不同倾向，那么我们是否还能为欧洲新古典主义的文学艺术及其理论找到一种共同的内在情绪？也就是说，新古典主义的精神应该如何把握？

西方人常常用“巴洛克”一词的含混，来比喻 17 世纪欧洲人在感性经验与理性要求、生命激情与信仰归宿之间的摇摆不定。也许正如英国玄学派诗人多恩（John Donne）所说：“我青年时代的情人是诗歌，晚年的妻子是神学。”在这样的矛盾和交错之中，17 世纪欧洲人的一条普遍通路可以说是转向自身寻求答案。

于是我们看到一系列宗教性的自我省察，比如特丽莎修女的《自传》；也可以看到相应的文学文体，比如帕斯卡尔的《思想录》、蒙田的《随笔》；与之同调的艺术现象则是“自画像”

① 此部分引文皆引自：蒲柏．批评论选．缪朗山，译//章安祺，编订．缪灵珠美学译文集：第二卷．北京：中国人民大学出版社，1998：20.

的流行：据说在当时的荷兰，几乎没有一个画家没有留下自己的画像，而伦勃朗甚至画过自己的每一个表情。这样，对自身的思索似乎成为17世纪的一种生命方式，由此了解笛卡尔的“我思故我在”，则可以体会他从“沉思”证实个体存在之确定性和无限性的苦心。

笛卡尔（René Descartes，1596—1650）的命题显然来自奥古斯丁的神学观念。奥古斯丁《独语录》中有这样的问答：“你知道你存在吗？知道。你如何知道的？我不知道。你是单一的还是复合的？我不知道。……你知道你在思想吗？我知道。因此你思想是真的？是真的。”①他在《论三位一体》中还提到：“尽管一个人可以怀疑自己有所意欲，他却不能怀疑这个怀疑本身。”笛卡尔几乎完全继承了奥古斯丁的推论方式，即在怀疑、在思想的我，是唯一可以确定“我”的“存在”之根据：“当我试图思考每一种谬误时，唯有在思考的我是确定的。”②

笛卡尔的理性主义与基督教神学

笛卡尔曾把他的著作献给黎歇留。他也和黎歇留一样，对法国作出十分重要的贡献，那就是把托马斯的经院哲学与新兴的……资产阶级思想结合起来。起初，他想复兴托马斯主义，但他受到加尔文主义及在天主教内与之相呼应的詹森主义（Jansenism）影响……结果出现的是一种奇特的理性主义。……它的魅力就在于笛卡尔思想的基本结构。笛卡尔通过意志的训练，得以控制自己，甚至在感情生活颠簸、精神不宁之中，依然方寸不乱。他把在时间之中的历史、自然世界与个人，同理性的神圣领域划分开。在30年战争期间，德国、荷兰、瑞士、意大利、匈牙利都淹没在非理性主义的波浪之中，民间深层的思想掀起了革命的属灵主义浪潮。笛卡尔看到这一点，被它吓坏了。1619年11月10日，笛卡尔……做了个梦，后来他追述在梦中“先被鬼追逐，后来又被巨风吹倒。他急急跑向附近一所学校的小教堂去躲避，才跑到教堂旁边的庭院里，就觉得自己被时间的巨浪击中了”。……这个梦反映了笛卡尔对自己承担的使命的沉重感。他所致力的是寻求一种思想方法，使人类的思想不致受幻觉、欺骗和邪恶的引诱而摇动。笛卡尔也和马丁·路德一样，在精神上一度经历了震动和恐惧，但他是以思想的力量来克服这种恐惧的。他用一种罗耀拉（Ignatius of Loyola）的精神训练方法锻炼自己，并且以事实证明：正确培养起来的理性可以掌握自然世界中的数学秩序、人的机体和动物的……机制。于是，用机械和数学方法解释宇宙的大门被打开了。

马丁·路德在面对不可知的神时，只能从“纯粹信仰”……“唯有靠信”……中寻求拯救。……笛卡尔则从理性中寻求救赎，但这种理性中还夹杂着不少马丁·路德时代来自民间的原始的“信赖感”。民众虽然在暴君统治下过着奴隶生活，对世界中有良善依然抱着信心。……笛卡尔把信仰置于理性基础之上，是由于考虑到一种可能：人受骗是被一个有大能的邪灵引诱到谬误中去。笛卡尔的理性主义建立在一个简单的论断之上，即神决不可能是一个说谎者。在接受这个论断之后，笛卡尔就能比较快地推论出神的存在和一个关于人的头脑的真正科学。正如《诗篇》作者所说：神安排世界时也像安排宇宙一样，有形、有数、有重量，使人思考神所安排的宇宙秩序，并明白自己就在其中。

---

① Augustine. Augustine：Earlier Writings. J. H. S. Burleigh，tr. Louisville Kentucky：Westminster John Knox Press，2006：41. 中译本可参阅：奥古斯丁．独语录．陈官泯，译．上海：上海社会科学院出版社，1997：34－35.

② Colin Brown. Christianity & Western Thought：A History of Philosophers，Ideas and Movements：Vol. I. Downers Grove，Illinois：InterVarsity Press，1990：180.

……笛卡尔的理性主义是一种负面的神学。这种负面神学显示出对神的权威敬畏崇拜，同时又把神的本质笼罩在缄默之中。笛卡尔……比阿奎那以来的任何一个思想家都更重视秩序。……他把自己的理性主义看作是神灵创造的一种灵性秩序。

——希尔．欧洲思想史．赵复三，译．香港：中文大学出版社，2003：439－441.

许多哲学史家都曾指出：奥古斯丁的著作中早已出现过与“我思故我在”（Cogito ergo sum；I think，therefore I am）相似的表达形式。但奥古斯丁主要的理论兴趣显然并不在此，而笛卡尔的论说引起了强烈的反响。值得注意的是：甚至在当时，对这一西方近代哲学基石的某些批判就是致命的。比如霍布斯调侃式地修改了笛卡尔的命题：如果可以说“我思故我在”（I am thinking，therefore I exist），那么也可以说“我动故我在”（I am walking，therefore I exist）。另一位哲学家阿耶尔（A. J. Ayer）则认为：“如果从‘我在怀疑’的事实出发，当然可以得出‘我思’和‘我在’的结论。因为这就等于说：如果存在着一个我这样的人，那么就存在着一个我这样的人；如果我在思想，那么我就在思想。”①

笛卡尔的“我思故我在”

路德的《信经》中说：“我在”（ergo sum），与笛卡尔所说“我思，故我在”（cogito，ergo sum）是有内在联系的。

……他的名言“我思故我在”常被援引，却常被曲解。这句话的真正意义是：我是“一个精神实体，没有任何物质性，我思考并存在，因为永不说谎的神把我创造为一个灵性的存在。神派我考察并控制这个物质世界”。笛卡尔确信：他自己的哲学与信仰相吻合，超过任何其他哲学。……早在1630年，笛卡尔以胜利的心情写信给麦桑说：“神把理性赐给人，因此一切人都应当认识理性、认识自己。为此我着手研究并深信，人可以用比几何学中的论证更有启发的方法来论证形而上学的真理，神创造自然律就像一位国王在本国建立法律一样。关于这一点，你尽可大声宣告，不必害怕。”

……路易十四的法国接过去马德里宫廷的排场，同时也接过去特伦特会议后的西班牙天主教理性主义。按照西班牙传统，国王对平民高高在上，才显出国王是一国之主。……笛卡尔的理性观念就是这种类型的国王，国王的意志叫真理要“真”，于是它就“真”了。然后，神圣之王就变成了理性。……大多数人崇敬神时，不注意要保持距离……不把神看作“无限而不可知的存在”……结果他们把自己变成了无神论者。……笛卡尔总是或多或少地自觉关注着加尔文的“前定论”教义。……“我们的信仰和全部创世说的基础就是自奥古斯丁经阿奎那传下来的一个信念：神不可能说谎。为此，我常奇怪何以这么多神学家继续违反这个命题。”

——希尔．欧洲思想史．赵复三，译．香港：中文大学出版社，2003：440－442.

问题还在于：笛卡尔的“理性”在文化艺术的领域里通向了法国人所代表的新古典主义，在国家政治的向度上通向了路易十四式的君主专制政体，从而可以说被发展得淋漓尽致；但是

① Colin Brown. Christianity & Western Thought：A History of Philosophers，Ideas and Movements：Vol. I. Downers Grove，Illinois：InterVarsity Press，1990：183.

在哲学本身的思考方面，笛卡尔的著作甚至没能清晰地区分德国人惯常讨论的“理性”（vernunft）与“悟性”（verstand），只是将他所说的“理性”（reasoning）界说为一种“世界上分配最公平”的“良知”（bon sens），即“正确判断和辨别真假”的“推理和思考的能力”。这使17世纪的“理性”从一开始就注定会滋生歧义。

比如许多研究者将笛卡尔的《方法论》视为思想领域里的“人权宣言”，因为《方法论》明确地提出了建构思想体系的四项基本原则：①

第一，“如果我对真实的东西不具有清晰的认识，就不能承认其为真实；也就是说，必须谨慎地避免任何草率的结论和偏见，只有当对象极为明了地呈现于我的思想以至无可怀疑的时候，才能做出判断。”

第二，要解决任何难题，都应当“尽最大可能地对其进行分解”，最后的解决方法才会凸现。

第三，认识的过程应当有序，即“从最易到最难”。

第四，“枚举必须完整，考察必须全面”，这样才可以确信无所遗漏。

在笛卡尔看来，如上方法的链条沟通着人类的全部真知，同时它所要求的能力又是人所共有的。就这一意义而言，笛卡尔的方法论原则确实如识家所言，是在思想的领域里确认了个人的权利。

但是接下去笛卡尔还指出：重构一套哲学的体系有如重建一座房子，仅仅拆除旧房子或者立即备料动工都是不够的。因为在重建的过程中，人们还需要一个临时的居所。笛卡尔为人类思想找到的临时居所，就是所谓“暂定的道德”。在真正的“理性证明”成为可能之前，他相信人们只能根据暂定的道德来规范行为；而依托这道德的，则是既有的法律、习俗和信仰。因此尽管个人的理性权利在逻辑上得到了肯定，人们应当实行的却是对自我的限制：“与其克服命运，不如克服自己；与其改变世界的秩序，不如改变自己的欲望。”

笛卡尔的理性悖论

笛卡尔强烈否认他和康帕内拉、布鲁诺这样的乌托邦主义者……或霍布斯这样的绝对主义者有任何共同之处。但他无法掩盖在他思想中的乌托邦因素和巴洛克时代的权力意志；这些主张渗入他的思想，以至现代路德宗存在主义哲学家雅斯贝斯（Karl Jaspers）和马里坦（Thomist Maritain）大为吃惊。笛卡尔在内心深处是一个独裁者，他把制订的秩序强加给外部世界，并独断地命令外部世界怎样存在。推到最后，笛卡尔想充当一名地上天使。他想一举完成对一切事物的认识，连同事物之间的因果关系。……而且想把一切现实都归结成几何数学公式和几何图形。在关于人性的理论中，他主张人的身体和灵魂是截然不同的因素所组成，这套理论完全是二元论。按这个理论，人的灵魂只在人脑的松果体那一点，才与肉体接触。

……加尔文和笛卡尔的生硬的二元论、严峻的道德和高傲的神气，通过詹森主义进入西欧的天主教社会。……对18世纪的专制君主来说，詹森主义十分有用，因为它提倡服从国家，还鼓吹科学进步和国家改革宗教，结果它在天主教国王宫廷里起着像路德派在新教国家中的同样作用。

——希尔．欧洲思想史．赵复三，译．香港：中文大学出版社，2003：443，445－446.

---

① Colin Brown. Christianity & Western Thought: A History of Philosophers, Ideas and Movements: Vol. I. Downers Grove, Illinois: InterVarsity Press, 1990: 179－180.

也许正是这样的“理性”，才使17世纪法国式的理性主义能与王权秩序达成一种自然的衔接。这在所谓的新古典主义文艺批评中表现得尤为突出。特别是在法国新古典主义者申言“理性”的时候，其意义其实并不在于独立的思索和判断，而常常是要抑制个人的放纵。他们一方面抽象出一种统一而稳定的人性、感受性抑或“理性”，另一方面又将其落实于文学批评中的种种创作规则。这些规则当然有其合理的内容，但它们不仅是以“理性”作为观念上的支撑，更是以“秩序”作为现实中的延伸。如果“秩序”延伸的路径实际上受制于专制政治，那么作为出发点的“理性”又何以能容身、何以不被扭曲呢？

笛卡尔显然知道自己面临的问题是多么棘手，所以他的运思始终是极其严肃的。据他自己回忆，在1619—1620年的冬天他曾躲进一个“炉子”里整日沉思；钻进“炉子”大概意味着“理性”的哲学还需要烘烤（half-baked），而当他钻出“炉子”，便是思考的框架已经成型（the basic form was set）①。于是有罗素的调侃：“苏格拉底惯常在雪地里终日沉思，但是笛卡尔的头脑只当他身暖时才起作用。”② 另有好事者进一步考证：笛卡尔钻进“炉子”的地方，是德国南部的一个小村落，时间是1619年11月10日；那“炉子”被认为是一间生炉子取暖的小屋，或者一个里面装有座椅的“大炉子”。

无论17世纪的“理性”会得到怎样的理解和践履，它的创思者笛卡尔绝不会满足于“临时的居所”。所以在完成“暂定的道德”之后，他于1629年去荷兰寻求隐居生活，以进行“形而上学的沉思”。这一住，竟长达20年，而“我思故我在”的“第一哲学原理”也就此产生。但是即便如此，单凭“沉思”来证实个体存在的无限性，仍然是困难的。笛卡尔在去世前一年，终于又在一定程度上离开原有的思路，发表了《灵魂的激情》。“激情”不是纯粹的思想，而是思想与感性欲望的交织。这激发出笛卡尔及其理性哲学的一种希望：“激情”也许可以成为“无限性”理想的可见形式。

然而如罗素所说：瑞典女王派一艘军舰将笛卡尔接到她的王国，因为她认为“自己既然是君主，就有权浪费伟人的时间”。同时，这位女王每天都要听笛卡尔讲课，“但是除在早晨五点钟以外她又腾不出时间”。北欧冬天的寒冷以及这种不习惯的早起，对于“体质羸弱的”笛卡尔显然有些勉强。而罗素似乎还想通过各种暗示和挖苦，对笛卡尔给予女王的热情表示怀疑：比如他专门提到笛卡尔曾经赠给女王“一篇关于爱情的论著，这是……他向来有些忽视的题目”，《灵魂的激情》也被罗素说成是笛卡尔送给女王的“一个论灵魂的种种炽情的作品”。撇开这一类的是非褒贬不谈，笛卡尔到达瑞典还不足半年，确实是因病去世了。他将一个没有说尽的“理性”连同人们对“理性”的一系列误解，统统留给了后来的思想者。

从“沉思”导向“激情”，包含了17世纪新古典主义精神的一种独到之处：它不是纯粹的思想，而是思想与感性欲望的交织。也许可以说，这种“交织”是“思”与“在”、“理性”与“自然”、“精神”与“欲望”可能通融的基本原因。在17世纪的法国文学中，这便是无所不在的“冲突”；在英国文学中，我们可以看到的则是一种班扬式的“心路历程”。

---

① Colin Brown. Christianity & Western Thought：A History of Philosophers，Ideas and Movements：Vol. I. Downers Grove，Illinois：InterVarsity Press，1990：179.

② 罗素．西方哲学史：下卷．马元德，译．北京：商务印书馆，1991：81.

关键概念

喜剧观念的演变、逼真与像真、新古典主义的三原则、我思故我在

思考题

1. 如何评价西方文艺复兴时期的文论成就？
2. 什么是“美即真”、“真即自然”、“自然即人性”以及“自然即古典”的循环？
3. 什么是“像真性”？

第二编

启蒙主义至现实主义时代

第五章

启蒙主义时代

本章分为三节。第一节从启蒙主义时代以个人经验为前提的理性话语出发，通过塞姆勒主张“历时性阅读”的释经学思想，介绍启蒙主义与现代诠释学的关联。

第二节通过两个方面讨论启蒙主义文论的哲学基础。第一个方面是介绍从洛克、贝克莱到休谟的经验主义认识论批判，从而分析这种基于感性经验的理性和自主性如何会导致后世对理性的质疑。第二个方面是介绍“自然法学派”的主要观点，并描述西方文化从文艺复兴时代肯定个人的感性权利、17世纪肯定个人的理性权利到18世纪将个体理性作为制度的出发点之发展过程。

第三节分别介绍狄德罗和莱辛所代表的18世纪文论成就，并在此基础上对启蒙主义的理性做出总体评价。

第一节
启蒙时代的现代诠释学雏形

一、启蒙话语与传统释经学的张力

达朗贝尔（Jean le Rond d'Alembert，1717—1783）在《哲学原理》一书中指出：文艺复兴始于15世纪；宗教改革运动在16世纪中叶达到高潮；而在17世纪中叶，由于笛卡尔哲学的胜利，人们对于整个世界的看法发生了根本转变。那么，“如果仔细考察一下……18世纪中叶，考察一下那些激励着我们，或者至少也对我们的思想、风俗、成就甚至娱乐活动产生了重大影响的事件，就不难看出，我们的观念在某些方面正在发生一种极为显著的变化，这种变化的速度之快，似乎预示了一种更为巨大的改变即将来临，唯有时间才能告诉人们这场革命的目标、性质和范围。”①

① 卡西尔．启蒙哲学．顾伟鸣，等译．济南：山东人民出版社，1988：1.

的确，所谓启蒙运动的影响，波及哲学、文学、语言、艺术、宗教、政治，在时间上持续了近一个世纪，即大约从1680年开始至18世纪末结束。启蒙主义思想家们对各种问题的具体看法不尽相同，唯一的共同点可能在于：他们都试图摆脱人类思想中的非理性偏见和迷信，将人类社会从封建束缚、政治专制、宗教禁锢中解放出来。这一宏大任务的基础，是对人类能力的全然自信。

曾在20世纪30年代流亡法国的俄国思想家科耶夫（Alexandre Kojève）[①]，对启蒙运动做过一种极其形象的评价："普遍化了的拉摩的侄儿——这就是启蒙运动。"[②] 他显然是认为：狄德罗小说中的这位主人公表达了启蒙理性所导致的极端个人主义。不过大概只是在20世纪，人们才可能如此认识启蒙主义。

笛卡尔与《拉摩的侄儿》的理性之别

当思想上的疑问陷入重大困境时，笛卡尔认为自己并没有发疯，尽管他在后来很长一段时间里承认，各种非理性的力量伺伏在他的思想周围；但是作为一个哲学家，他既然敢于提出疑问，就不可能是"疯人中的一员"。然而拉摩的侄儿却十分清楚地知道自己疯了。在他的种种转瞬即逝的判断中，只有这一点是最固执的。"在他开始说话之前，他深深地叹了一口气，双手举到前额，然后他恢复了平静，对我说：你知道，我既无知又疯狂，既傲慢又懒惰。"

18世纪的人不可能真正理解《拉摩的侄儿》所表达的意义。但是，恰恰在这本书写作的过程中，发生了一件预示着某中重大变化的事情。这是一件奇怪的事情：被送到禁闭隔离区的非理性又重新出现了，它带来新的危险，而且似乎被赋予了提出质问的新权利。……18世纪的人可能没有从拉摩的侄儿身上认出自己，但是……"我"是拉摩的侄儿的对话者。……这是自大禁闭以来疯人第一次成为一个社会的人，第一次有人与他交谈，而且受到询问。非理性再次作为一个种类出现了。

——福柯．疯癫与文明．刘北成，等译．北京：三联书店，2003：185－186.

当代西方思想界确实越来越倾向于严厉地批判启蒙主义运动。按照当代的普遍看法，甚至在康德对启蒙运动的理解中，"理性的自由……就居于核心和歧义的双重地位"——这是因为康德"自主性"（spontaneity）概念的问题之一，就是"假设了哲学向诠释学的转变"[③]。这里的意思是说："诠释学"就是"以个体理性含纳一切"的冲动，就意味着哲学所要追寻的一切真理都被化解为诠释。

所以有当代学者认为："无论我们从主体的自由活动开始（这是指康德），还是从随意的……自我解构开始（这是指德里达），纯粹的结果是同样的"，即"存在始终是而且必然是被诠释的存在"。在这样的意义上，我们会发现不仅"康德……通向了尼采"，而且浸透着启蒙精神的"自主性"也成为"德里达的时髦概念'延异'的历史先驱"。[④]

---

① 他在巴黎讲授黑格尔哲学时，听众中有梅洛-庞蒂、阿隆、拉康等等，所以有人认为他影响了整整两代法国知识分子。Vincent Descombes. Modern French Philosophy. Cambridge：Cambridge University Press，1983：9－47.

② Stanley Rosen. Hermeneutics as Politics. New York and Oxford：Oxford University Press，1987：95.

③ 同②24.

④ 同③26.

当代人的这种批评对于康德可能过于苛刻，但是要在启蒙时代的整体气氛中理解相关的文本诠释理论，上述批评可以提供重要的参照。

与17世纪（如笛卡尔）强调“内在观念”的“理性”相比，启蒙时代的“理性”带有明显的经验色彩。从而“个人”在宗教改革以来逐步被确认的“感性权利”和“理性权利”，至此汇合为一种对象化的延伸，即“个人”成为制度的出发点。这样，《圣经》关于上帝与人类“立约”的描写全然成为一个遥远的神话。在现实的世界上，一切“契约”的基础都是独立的个人，一切“契约”的签订都在人与人之间进行；国家、社会、道德，都只能作如是理解。

起源于基督教释经学的一切文本诠释，在此必须面对一种根本性的困难：一方面似乎是代表“意义”的上帝创造了理解“意义”的个人，另一方面却是“理解”的语境被个人化了，或者说“意义”被“理解化”了。因此启蒙主义的话语使一种对立格外鲜明地凸显出来：一方是“文本”和“意义本身”（比如作为权威文本的《圣经》），另一方面则是“读者”以及由读者作为主体的阅读活动。这正是从“自主性”导致“哲学向诠释学转变”的必然结果。

在这样的背景下，敬虔派运动（pietist movement）开始在欧陆产生广泛的影响。敬虔派运动的主要特征，就是将个人经验视为基督教信仰的基本需要，认为信仰者的经验可以带来真正的神学洞见。其代表人物甚至主张《圣经》意义要与读者的“灵恩体验”（charismatic experience）相结合，以便用其中的“启示教义”克服纯粹的文本阅读。[①] 因此伽达默尔认为：“诠释学的早期传统将其分为理解（understanding）和诠释（interpretation），敬虔主义添加了第三种因素，即应用（application）。”[②]

还有的敬虔派神学家声称：“一些异端所明白的真理比历代教会所明白的总数还多”，因为“异端者的灵性……高于……信徒教牧的灵性”[③]。这种“灵恩体验”的神秘和不可言说的性质，恐怕很难使其具有普遍的诠释学意义。但是它对“个人经验”的强调确实是与启蒙话语相应和，它在“理解”“诠释”之外添加的“应用”，则被认为是要解决“文本”与“读者”之间的紧张关系。这成为启蒙主义时代西方文论的一道独特风景，并且通过“现代诠释学之父”施莱尔马赫，对后来的早期浪漫派有所影响。

二、塞姆勒的“历时性阅读”

试图从另一条路径上协调启蒙语境与文本诠释的，还有德国的新教神学家塞姆勒（Johann Salomo Semler，1725—1791）。他与德国唯理主义的代表沃尔夫（Christian Wolff）和鲍姆嘉通（又译鲍姆嘉藤，Siegmund Jacob Baumgarten）同出于哈雷（Halle）大学，而且有直接的师承关系：鲍姆嘉通是沃尔夫的学生，塞姆勒又是鲍姆嘉通的学生。另外，沃尔夫和鲍姆嘉通要以理性标准维护新教信仰，这一努力也同塞姆勒的“理性神学”（rational theology）有所共鸣。

---

① Werner G. Jeanrond. Theological Hermeneutics: Development and Significance. London: Macmillan, 1991: 186-187, note 55.

② Hans-Georg Gadamer. Truth and Method. Garrett Barden, John Cumming, tr. New York: The Crossroad Publishing Company, 1975: 274.

③ 马有藻．基督教神学思想史导论．香港：天道书楼，1995：184.

不过塞姆勒结合宗教史及历史批判方法所进行的神学诠释，却是他的独特贡献。[①]

塞姆勒并没有详细描述文本诠释的方法，他只是提出：传统诠释活动的基础必须彻底改变。因为即使以《圣经》的文本为特定对象，诠释也不能仅仅是证明某种教义，而应当是对文本本身进行真正的批判式读解。这样，任何一种诠释也不可能幻想或期待“共时性的文本理解”（synchronistic text-understanding），而只能是“历时性的文本阅读”（diachronic reading of the biblical text）。也就是说，诠释者的任务在于揭示“文字和历史的意义”[②]（literal-historical sense）。

所谓“历时性阅读”亦即塞姆勒的“历史—批判性诠释”，其最基本的原则在于：诠释者必须意识到自己“与文本之间的历史间隔”（the historic distance between the interpreter and the text）。而一旦在这种“历史间隔”的基础上运用“普遍的诠释学原则”，便可以清晰地意识到“文本”与“读者”的张力。所以伽达默尔从塞姆勒的理论中看出：“诠释学就此摆脱了教义的限制……基督教的神圣文本成为历史资料的汇集，与文学文本无异，乃至不仅要服从语法，也要服从历史的诠释。”[③]

塞姆勒所代表的诠释方法，与启蒙时代的精神气质的确存在着较多的呼应。他所寻求的“真正科学的神学”，无非是要在《圣经》诠释中运用理性的批判方法；因此基督教神学不再可能是一种宗教的经验，而是“关于基督之宗教的理性话语”（a rational discourse on Christian religion）。游刃于其间的，则是“通行的、理性的方法论”[④]。在这样的意义上看，他的论说成为后人理解现代诠释学的重要背景。

第二节 启蒙时代文论的哲学基础

一、从“经验的理性”回到“怀疑”

要进一步读解18世纪启蒙主义文论，首先应当建立的“问题意识”必然关系到“理性”对17世纪与18世纪欧洲人的不同含义，即：作为同样崇尚理性的思想者，18世纪代表人物所说的“理性”究竟发生了怎样的变化？这种理性的世界观为现代西方文论提供了什么样的背景？“经验的理性”在何种意义上进一步张扬了个人的自主性，乃至成为当代人批判“现代性”

① Werner G. Jeanrond. Theological Hermeneutics: Development and Significance. London: Macmillan, 1991: 39. 关于塞姆勒的讨论，主要参考该书“Theological Hermeneutics in the Age of Enlightenment”部分。

② Werner G. Jeanrond. Theological Hermeneutics: Development and Significance. London: Macmillan, 1991: 39-40。

③ Hans-Georg Gadamer. Truth and Method. Garrett Barden, John Cumming, tr. New York: The Crossroad Publishing Company, 1975: 155.

④ 同②42.

和“主观主义的客观主义”之主要标靶？

以赛亚·伯林论启蒙

18世纪可能是西欧历史中仍然相信人类能够获取一切知识的最后一个时期。在18世纪，前一个世纪在物理学和数学方面所取得的前所未有的进展，转变为人们对于物质世界之性质和真正知识之性质的普遍看法，以至18世纪像一个障碍一样将我们和以前的时代隔开，使中世纪乃至文艺复兴的哲学思想似乎那样遥远、空幻，有时几乎难以理解。

—— Isaiah Berlin. The Age of Enlightenment: The Eighteenth Century Philosophers. New York: New America Library, 1956: 14-15.

塔纳斯（Richard Tarnas）《西方心灵的激情》（*The Passion of the Western Mind*）一书提到：“启蒙运动是从一种史无前例的、对人类理性的确信开始的。科学在解释自然界方面取得的成功，以两种方式影响了哲学的进路：（1）把人类知识的基础植根于心灵及其与物质世界的接触；（2）把哲学引向对人类心灵的分析。”这种主体与客体的对应以及对主体心理的关注，其实也正是启蒙主义之后的西方文论重心。其基础被认为是17世纪末期英国哲学家洛克及其《人类理解论》（1690），笛卡尔、斯宾诺莎和培根则为之提供了思想的铺垫。

如前所述，笛卡尔是以怀疑的方式开始思考的，即怀疑所有的事物，包括自己的感觉、理解和外部世界的实在性，直到追寻出一种可以确定的基础，于是有著名的命题“我思故我在”。所谓“身心二元论”由此而来，亦即将心灵看作思维实体，身体则归属物质的世界。这样，世界就可以用机械的或者数学的方式加以看待了。这一思想所隐含的意义，是信仰与科学理性相互分离。

斯宾诺莎（Baruch Spinoza，1632—1677）是出生在阿姆斯特丹的犹太人，他的理性主义的和非正统思想使其遭遇到许多麻烦，不仅作为异端被逐出犹太社区，也因其对《圣经》的看法受到了基督教的攻击。斯宾诺莎被视为“泛神论者”，却又不同于后来强调诗性想象的浪漫主义泛神论，而是从笛卡尔的理性前提出发。但是他认为“我思故我在”只是“自证为真”（self-evidently true），“唯一的本体”（only one substance）仍然有待论说。这似乎将斯宾诺莎引向了上帝，然而在他看来，“上帝亦即自然”（*deus sive natura*）。这意味着自然秩序与和谐神性是合一的，乃至其《伦理学》正是要指向自然和人自身所呈现的普遍之善。这一思想对于后来的启蒙思想家，无论是英国的洛克、休谟，还是法国的伏尔泰、狄德罗、达朗贝尔，或者德国的莱辛，都有深刻影响。晚年的莱辛甚至坦承自己是“斯宾诺莎主义者”。①

培根（Francis Bacon，1561—1626）在其主要著作《学识的进步》（*The Advancement of Learning*）和《新工具》（*The New Organon*）中系统阐述了归纳法（induction），并将其看作比演绎法（deduction）更可靠的认识途径。然而“必须穷尽一个有限的主题，才有完美的归纳”，因此还需要用证伪的方法检验结论。在培根看来，阻碍知识发展的陈规陋见已成为种种“思想的偶像”（idols of the mind），而要获取真正的知识，就必须打破这些偏见、局限、众声喧哗和思维

① Colin Brown. Christianity & Western Thought: A History of Philosophers, Ideas and Movements: Vol. I. Downers Grove, Illinois: InterVarsity Press, 1990: 188.

惯性所造成的偶像。[①] 接受美学的代表人物伊瑟尔（Wolfgang Iser）后来有“虚构作为假象”的讨论，就培根所区分的种族（idols of the tribe）、洞穴（idols of the cave）、市场（idols of the marketplace）和剧场（idols of the theatre）等四种“人类理解力的最大障碍”予以详尽分析。[②]

洛克（John Locke，1632—1704）的读书时代，牛津大学讲授的是“经院式的亚里士多德主义”据说洛克对此不以为然，却认为“阅读笛卡尔就像是呼吸新鲜空气”。[③] 但是与笛卡尔侧重“内在性”的理性分析完全不同，洛克试图将 17 世纪对“内在观念”的理性主义信仰转换为一种经验主义的原则：“在人的理智中，没有任何东西未曾在感觉中存在过……心灵如一块白板（white paper），经验在其上写下东西，从而心灵才取得合理的结论”；因此人类心灵中的“力量”是内在的，心灵中的“观念”却不是内在的，而是随“感觉”展开的“认识”。[④] 这一理论通过伏尔泰传到欧洲大陆，引起了对于“理性绝对主义”的更大怀疑。人们感到：即使是“科学”，也只能在“有关现象的假设之基础上”发现“或然的真理”，而并不能揭示事物的真实结构。这样，“理性”的种种假设甚至理性本身都随之动摇。我们可以从洛克到贝克莱《人类认识的原理》、休谟《人类悟性研究》看到一条有趣的线索。

为了解决上述问题，洛克不得不对“第一性的质”和“第二性的质”加以区分。前者是物体自身的性质（如重量、形状），或可称“对象”；后者是人对物体的主观经验（如色、香、味），亦即“印象”。正是由于这样的“质”是确定的，所以人类的科学认识才成为可能，科学认识的结论才具有一定的可靠性。

洛克论“理性与信仰”

理性是通过自然能力（即感觉和思考）而达成的思想的演绎，去发现那些命题或真理的确定性或可能性。信仰则与之对应，是赞同并非来自理性的演绎，而是由于信任提议者（比如上帝）的任何命题，……这种发现真理的方式，被我们称为*启示*(revelation)。

——Colin Brown. Christianity & Western Thought：A History of Philosophers，Ideas and Movements：Vol. I. Downers Grove，Illinois：InterVarsity Press，1990：223.

也许在洛克看来，通过这一区分，“经验理性”的基础就可以更加稳固，“经验理性”的认识就可以免遭怀疑。但是贝克莱（George Berkeley，1685—1753）并不相信这一点，并且尖锐地指出了洛克的漏洞。

贝克莱认为：无论“第一性的质”还是“第二性的质”，实际上都是人类心灵对于“质”的感觉，所以它们最终的体现不过是心灵当中的“观念”。而“观念”是否能真正代表它所表达的物质对象，甚至是否能真正相似于该对象，在“经验理性”中都不可能有最后的定论。那么进而言之，与这些“观念”相对应的物质世界是否真正存在，也是无法肯定的。这就是说：“经验”只能形成“观念”而不能证明“实在”；如果不能在“经验”之外找到其他正当的基础，人类的一切经验性认识就仅仅是心灵化的，却并不一定反映了客观的现实。总之，通过

① Colin Brown. Christianity & Western Thought：A History of Philosophers，Ideas and Movements：Vol. I. Downers Grove，Illinois：InterVarsity Press，1990：217.

② 伊瑟尔．虚构与想象．陈定家，汪正龙，等译．长春：吉林人民出版社，2003：135－138.

③ 同①222.

④ 同①222－223.

“经验”所了解的世界，其实不过是证据不足的假设：“除去心灵的感知，任何观念或者对象都不存在。”[①] 洛克试图从“经验”为理性认识提供辩护理由，结果却被贝克莱用“经验”消解掉了。

不过作为一位主教，贝克莱更需要从“经验”走向信仰，而不是彻底的怀疑。所以他最终要论证的，是个别心灵之上的“普遍心灵”——上帝。上帝一旦存在，人类的经验就可以不断去体会上帝所揭示的奥秘；如果这“奥秘”被视为“自然的定律”，那么理性的科学仍然是可能的。在这里，经验性认识的物质基础虽被质疑，毕竟还留下一重信仰的基础，从而对经验主义的认识论批判而言，贝克莱的怀疑还远非极致。于是随着经验理性的层层展开，休谟（David Hume，1711—1776）必然要出现。

休谟的起始性论题是对“印象”（impressions）与“观念”（ideas）的区分。这恰好处于洛克和贝克莱之间：他必须越过洛克的“对象”，因为那已被贝克莱证明为“观念”；他也必须撇开贝克莱的“观念”，因为它所归属的上帝仍然是“经验的理性”无法证实的。这样，感觉印象被确定为认识的基础：“印象先于观念”[②]。这一出发点似乎比贝克莱更加“经验”，但是它对“经验理性”和“既有真理”的否定却是毁灭性的。

根据休谟的论证，“感觉印象”是个别、散乱的；之所以可以从“感觉印象”达成被人类假定为“真理”的知识，仅仅是因为我们在“感觉印象”之上强加了心灵自身的秩序。这“秩序”就是“一切人类认识的假定基础”——因果关系（causality）。而问题在于，“因果关系”只能在表面上得到经验的肯定，就较为严格的意义而言，它从来没有也根本不可能真正得到直接的经验证实。人们所谓的“因果关系”，其实是来自多次重复却并未穷尽的经验积累，所以只能被视为一种对预期结果的揣测和心理期待。这就是他所谓“从思想的规定性转移到外在对象，假定外在对象之间具有某种实在的、可理解的联系”。[③]

休谟论“因果关系”

为什么我们认为一切都必然会有起始和原因？为什么我们认为特定的原因必然产生特定的结果？从一个推论到另一个推论以及我们从中寄托的信念，究竟意味着什么？……仅仅是根据经验，我们推断一个事物来自另一事物，……如果一个特定事件总是与另一个连接在一起，我们就会毫不犹豫地预言另一事物随之出现，并相信仅凭理性（因果推理）就可以确保我们把握事物及其存在。进而，我们将一个事物称为原因，另一个事物称为结果。……简单说，是心理的作用（the action of the mind）运作于此，我们只是感知到它们的不断关联而已。

——Frederick Copleston，S. J. A History of Philosophy：Modern Philosophy：The British Philosopers：Part Ⅱ. New York：Image Books，1964：84－87.

---

① Colin Brown. Christianity & Western Thought：A History of Philosophers，Ideas and Movements：Vol. I. Downers Grove，Illinois：InterVarsity Press，1990：229.

② Frederick Copleston，S. J. A History of Philosophy：Modern Philosophy：The British Philosopers：Part Ⅱ. New York：Image Books，1964：70－71.

③ 雅各布森．大卫·休谟论人类知识．曾晓平，译//布朗，主编．劳特利奇哲学史：第五卷：英国哲学和启蒙时代．高新民，等译．北京：中国人民大学出版社，2009：187.

在怀疑情绪日趋普遍的20世纪，休谟的论题或许已不会耸人听闻，但是当时的人们大概正如康德那样处于“理性独断论的沉迷”①（dogmatic slumber），休谟的怀疑确实相当可怕。“理性的推论”被他动摇了，任何有所“期待”的推论都不能自称与世界真相存在着必然联系；“理性的归纳”也被他动摇了，因为支撑着“归纳”的只是对个别例证的“揣测”。如果连“经验理性”的“归纳”也不能得到逻辑上的合法性，那么人类所渴望的任何真理或确定知识，便完全失去了可能。最为有趣的是，以休谟等人为代表的经验主义认识论批判，本来似乎是要将已经在自然科学研究中获得成功的“经验”方法推广到“人”的研究领域，结果却是在不断推翻经验科学的客观确定性。

上述思路中的休谟，要比洛克和贝克莱彻底得多。对于他，所有规律、真理、实体甚至上帝，都是理性所虚构的信念，而绝不是必然的。对于他，“真理的标准”一旦从“理念”转移到“经验”，便也意味着真理内容的彻底相对化、或然化。在休谟之后，西方人曾经拥有的一切“真理”，都不得不面临重新检点。20世纪以来“怀疑”和“否定”的普遍情绪，正是以此为枢纽。

二、从“理性的设定”到“合理化”

就正面的价值而论，宗教改革以后真正为近代西方人提供了一种新的世界观的，被认为是“自然法学派”的思想，如：斯宾诺莎（《伦理学》）、霍布斯（《利维坦》）、洛克（《人类理解论》）、孟德斯鸠（《论法的精神》）和卢梭（《社会契约论》）等。这正是启蒙主义文论的哲学基础。

所谓“自然法”（natural law）其实就是“理性”。按照自然法学派的看法，人类的自然状态、自然处境和自然权利是一种相互关联的逻辑前提；同样基于这种逻辑前提的不同个人，要在群体中与他人相处，便会通过相互制约达成一定的理性约束；这种理性的约束就是人与人的“契约”，就是“自然的律法”，也就是一切传统、道德、社会制度的基础。在这一逻辑线索中，自然状态的“个人”是一切法理的出发点，作为自然律法的“社会契约”，是理性的对象化结果；从而“个人”的独立价值可以与“理性”的要求相互说明。

现代欧洲的“自然法”影响

“反人类罪”……超越了“发生地点的国家法规”，因为……平等保护所有人的自然法，绝对优先于现行的成文法。……他们所秉承的标准是“自然的”，这与“人为”强加的约束截然不同。……所有积极的、“自然的”目标，都被认为是相互支持、相互协调的。

——James D. Wilkinson. The Intellectual Resistance in Europe, Cambridge: Harvard University Press, 1981: 150, 266.

---

① 此说出自康德《任何一种能够作为科学出现的未来形而上学导论》的序言，这一段话的英译文：I freely confess that it was the thought of David Hume which many years ago first interrupted my dogmatic slumber and gave me an entirely new direction to my inquiries in the field of speculative philosophy. 参阅：Frederick Copleston, S. J. A History of Philosophy: Modern Philosophy: The British Philosopers: Part Ⅱ. New York: Image Books, 1964: 13－14.

关于"个人"的逻辑预设显然并没有充分的根据，因此"自然法学派"的思想家对于个人的界说有时甚至完全相反。比如霍布斯将人的自然状态设想为相互敌对，洛克则认为自然的人应当是平等地享有各种权利。"自然法学派"作为一个思想的整体，也许只是在一个基本问题上相互呼应，即人类从自然状态向"公民社会"的发展，必须取道于理性的社会契约。

霍布斯认为："自然律是理性所发现的……一般法则"，它"禁止人们去做损毁自己生命或者剥夺自己生命手段的事情，并禁止人们不去做自己认为最有利于生命保全的事情"①。

洛克也曾说："理性，也就是自然法，教导着有意遵从理性的全人类：人们既然都是平等的和独立的，任何人就不得侵害他人的人生、健康、自由或者财产。"②

这实际上是说：基于自然状态的人，为了自己的最大利益和利益的稳定性，必然会合乎理性地与他人达成利益的平衡和相互的妥协，所以每一个个人都参与了社会契约的缔结，所谓国家也就是每一个个人相互结成的理性共同体。康德晚年所论的"伦理共同体"似乎有不同的落点，其实却可作对观③。进一步的溯源亦可涉及被抽象化的"共同体"概念（*communitas*）以及但丁时代的"人类共同体"（*humana civilitas or universitas*）④。至时当代，法国哲学家南希（Jean-Luc Nancy）则从"康德范畴论（共存和交互作用）意义上的共同体"，进深于主体并不具有"在场的实体意义"、不能"被给予"和"同一化"的"共与的存在"⑤。

布洛克论启蒙运动的方法论

启蒙运动的了不起的发现，是把批判理性应用于权威、传统和习俗时的有效性，不管这权威、传统、习俗是宗教方面的、法律方面的、政府方面的，还是社会习惯方面的。提出问题，要求进行试验，不接受过去一贯所作所为或所说所想的东西，已经成为十分普遍的方法论。

——布洛克．西方人文主义传统．董乐山，译．北京：三联书店，1997：84－86.

卡西尔论"理性"的力量

所有形形色色的精神力量汇聚到一个共同的力量中心。……当18世纪想用一个词来表述这种力量的特征时，就称之为"理性"。"理性"成了18世纪的汇聚点和中心，它表达了该世纪所追求并为之奋斗的一切，表达了该世纪所取得的一切成就。……18世纪浸染着一种关于理性的统一性和不变性的信仰。不过，他立即补充到："在我们看来，'理性'一词早就失去了它的一义性，即便我们大体赞同启蒙哲学的基本目的。每当我们用这个词时，总不免想到它的历史。我们不止一次看到，这个词的意义已经历了多么巨大的变化。"

——卡西尔．启蒙哲学．顾伟鸣，等译．济南：山东人民出版社，1988：4.

---

① 霍布斯．利维坦．黎思复，黎延弼，译．北京：商务印书馆，1985：97.

② 洛克．政府论：下．瞿菊农，叶启芳，译．北京：商务印书馆，1982：6.

③ 康德．纯然理性界限内的宗教．注释本．第三篇第一章．李秋零，译．北京：中国人民大学出版社，2012.

④ 康托洛维茨．国王的两个身体．徐震宁，译．上海：华东师范大学出版社，2018：424，605.

⑤ 南希．中文版序．夏可君，译//解构的共通体．上海：上海人民出版社，2007：2－5.

“自然法学派”的这些思想，显然是力图更加贴近古代式的“和谐”。乃至卢梭《社会契约论》所表达的某些理性，竟与黑格尔对古希腊社会的描述如出一辙：“要寻找出一种结合的形式……使每一个与全体相联合的个人只不过是在服从自己本人，并且仍然像以往一样地自由。”① 从这一意义上看，卢梭所谓的“回到自然”也就是回到理想中的古代“和谐”。

但是问题在于：这种从“个人”出发的“理性”，最终是通过“个人”与“理性”的统一，达成“个人与社会之间相对合理化的互制”。所以在启蒙理性背景下的“合理化”，往往并不是自我与群体、个人与社会的古代式“和谐”，却是重新成为外在权威、成为“环境”对“人”的规定性。

对启蒙主义理性的当代回应

批判理论、诠释学和解构主义，是当代欧洲思想对于现代性之理性危机的三种回应。哈贝马斯、伽达默尔和德里达的名字分别关联于这些学说。在交往理性和行为的理论中，哈贝马斯试图以一种更充分对话的、利益相关的理性观作为唯一的希望（如果不是最后的希望），对启蒙主义予以更新。与之相反，伽达默尔试图用理性的理想调和传统的至高无上和权威性，以实现启蒙主义的精神。更加相反的是德里达，他告诉人们所有的制度和传统都具有药理学的意味，也就是说既是良药也是毒药，从而对逻各斯中心理性的霸权开始“解构”。哈贝马斯强调我们有能力借助批判理性摆脱对于传统的归属；伽达默尔是将归属传统视为我们基本的、本体论的条件；德里达则主张我们不仅要摆脱整体性的、大写的传统，也要摆脱大写的理性。

——James H. Olthuis. A Hermeneutics of Suffering Love//Roy Martinez, ed. The Very Idea of Radical Hermeneutics. New Jersey: Humanities Press, 1997: 149.

也许就是因此，启蒙主义时代的文论在经验理性的基础之上，形成了一种对于“环境”因素的特别关注。在这条线索上，英国经验主义传统已经从方法论（培根）、认识论（洛克）、伦理学与政治学（霍布斯）方面对“环境”加以强调；法国人则是从社会学的角度（爱尔维修、霍尔巴赫）提出“人是环境的产物”以及所谓的“地理环境决定论”（孟德斯鸠）。具体到当时最为典型的文论思想，除去温克尔曼《古代艺术史》对古希腊地理环境和人文环境的分析之外，狄德罗、莱辛也都提出过相似的“情境说”。

阅读启蒙主义思想家的著作，我们会发现一个有趣的现象，即他们都兼通哲学、文学和美学。伏尔泰（《老实人》）、孟德斯鸠（《波斯人的信札》）、卢梭（《爱弥尔》）和狄德罗（《拉摩的侄儿》）都写小说，莱辛以及后来的席勒和歌德就更是如此。这种现象绝非偶然，卡西尔曾就此写道：“真理的性质问题同美的性质问题是不可分割的，因为二者的根据和终极原理是一致的。全部美都是真，但只有通过形式的意义，也就是通过美的意义才能了解全部真。在艺术创造和欣赏之后，所存在的正是……一种不为任何‘利益’所驱使的思索。……由于这种力量，人实现了真正的自我，获得了所能获得的最高的甚至唯一的幸福。”②

但是另一方面，也有论者认为并不存在一种严格意义上的启蒙主义文论，就文论史而言，

① 卢梭．社会契约论．何兆武，译．北京：商务印书馆，2003：19.

② 卡西尔．启蒙哲学．顾伟鸣，等译．济南：山东人民出版社，1988：148.

这段时期的文艺思想多被称作18世纪文论。换句话说，这一时期的文艺思想更多地显现为承前启后的过渡，却未必形成了独立的内容。比如韦勒克就曾说："18世纪中叶至19世纪30年代的文学批评史是十分明确地提出我们现今仍然尚未解决的批评上的所有基本问题的时期。它是从古代继承下来并在16、17世纪的意法两国得到发展和定为古典的新古典主义批评的庞大体系逐渐解体，而酿成19世纪早期浪漫主义运动的种种新运动竞相涌现的时代。"① 的确，当真实、虚构、想象、灵感、天才、趣味、教化等一系列问题都得到明确的讨论时，它们往往只是以新的形式重述古典主义的思想。

第三节
狄德罗与莱辛

一、狄德罗

狄德罗（Diderot，1713—1784）的一生著作丰富，自1746年出版第一部著作《哲学思想录》起，先后写出了《怀疑论者的散步》（1747）、《论盲人书简》（1749）、《对自然的解释》（1754）、《达朗贝尔与狄德罗的谈话》、《达朗贝尔的梦》（1769）和《关于物质和运动的哲学原理》（1770）等哲学著作；创作了《宿命论者雅各和他的主人》、《修女》和《拉摩的侄儿》三部哲理小说，以及戏剧《私生子》和《一家之主》。这两部戏剧作品未必很成功，但是为这两个剧本写的《关于〈私生子〉的谈话》（1757）和《论戏剧诗》（1758）却同《演员奇谈》一起，成为重要的戏剧理论作品。

歌德对《宿命论者雅各和他的主人》赞不绝口，后来米兰·昆德拉的剧本《雅各和他的主人》不仅取材于狄德罗的作品，也是同狄德罗的对话。而《拉摩的侄儿》影响更为深远，对于那个十分矛盾的人物形象——音乐家拉摩，狄德罗说："他是高傲和卑鄙、才智和愚蠢的混合物"，"没有比他自己更不像他自己的了"，因为"他毫不夸张地表露了自然赋予他的优秀品质，但也毫无羞耻地表露了他所接受的恶劣品质"，"这种人打破了我们的教育、我们的社会习俗、我们关于礼貌的惯常观念所造成的令人厌恶的常规。如果在一群人中出现了这样一个人，他会像一颗酵母一样，开始发酵，每个人便都恢复了他的自然个性的一部分。"② 后来，歌德亲自将《拉摩的侄儿》译成德文，马克思称其为"无与伦比的作品"。黑格尔《精神现象学》中的若干思想则与之相关，乃至以黑格尔研究著称的科耶夫将启蒙运动概括为"普遍化了的拉摩的侄儿"。

---

① 韦勒克．近代文学批评史：第一卷．杨岂深，等译．上海：上海译文出版社，1987：1.

② 狄德罗．狄德罗哲学选集．陈修斋，等译．北京：三联书店，1956：200－201.

狄德罗的文论著作内容丰富，分别涉及了美的分析、戏剧理论和艺术理论，包括他所撰写的百科全书条目“美之根源及性质的哲学研究”，还有《论戏剧诗》《关于〈私生子〉的谈话》《演员奇谈》《画论》《沙龙随笔》等。就其主要观点而言，可以大体分为“美在关系”学说、论“文学的教化作用”、论“文学的真实性”、论“人物与环境”以及关于“创造和虚构”的讨论。

“美在关系”的命题见于狄德罗为百科全书撰写的“论美”条目，即“美之根源及性质的哲学研究”。他认为以往一切关于“美”的定义，只有用“关系”的范畴才能涵盖。他所谓的“关系”分为四种：第一，个别事物内部的自身关系，即比例、对称等形式因素；第二，事物之间的相对关系，即就不同对象之比较而言的美或者不美；第三，个别事物与整体、与环境之间的关系，即在特定环境之下的美或者不美；第四，对象与主体意识之间的关系，即最终的美或者不美在于审美主体的感受。这四种关系就对象之于主体、对象之于环境的依赖性，做出了相当独到的分析。

艾柯论狄德罗的“关系”

狄德罗……秉持其典型的折衷主义，视美为有感知力的人与自然，在种种令人惊奇且多变的关系中的互动，而且认为，对这关系的体会是一切审美判断的基础。……狄德罗《论美》：“同一事物，全世界可能没有两个人在其中察觉完全相同的关系，看见同样的美。……美并不全来自一个有智慧的肇因，……在彼此比较的各种存在里，运动每每决定令人惊奇的关系。……关系因此是出自各种结合的结果。”

——艾柯，编著．美的历史．彭淮栋，译．北京：中央编译出版社，2007：254-255.

与“美在关系”的命题相应，狄德罗认为艺术真实的三种标准亦在于生理与物理的规律、社会生活的规律、精神生活的规律。质言之，这三种规律正是分别指向艺术活动的对象、环境和主体。三者各自的规律及其构成的关系，便也决定了文学的真实与否。

另外，狄德罗还提出“戏剧的基础是……历史的艺术”。这并不仅仅是说戏剧是一种“时间性的”叙事艺术，在狄德罗看来，“人们曾把诗和绘画相比……但是把历史和诗相比可能更有益、更富有真实性”①。从“真实”的角度将“诗”与“历史”相比，狄德罗显然是要在亚里士多德的意义上重申“艺术真实”的实质，即“诗里的真实是一回事，哲学里的真实又是一回事”②。

其中的区别何在？狄德罗认为：“比起历史学家来，他（诗人）的真实性虽少些，而逼真性却多些。……历史家只是简单地、单纯地写下了所发生的事实。……如果是诗人的话，他就会写出一切他认为最感人的东西。……他会对历史添枝加叶。对于他，重要的一点是做到奇异而不失为逼真。”③ 这里的论说既与亚里士多德的“必然律和或然律”一脉相承，又通过“逼真”的概念而与布瓦洛的“像真性”如出一辙。难怪韦勒克认定狄德罗是用新的词句重复古典主义的观念。

---

① 狄德罗．狄德罗美学论文选．桂裕芳，译．北京：人民文学出版社，1984：156.

② 同①196.

③ 同①157.

关于“文学的教化作用”，狄德罗提出了建立“严肃剧”的主张。“严肃剧”针对从英国传入的“感伤剧”而言。狄德罗声称这是介于悲剧和喜剧之间的一个“中间剧种”。其基本含义包括两层：第一是指“以美德和责任为对象”的“严肃喜剧”；第二是指描写小人物和家庭不幸的“家庭悲剧”。

狄德罗对这种戏剧的教化作用寄寓着厚望，他有这样一段有趣的论说：

> “正派的严肃剧到处都会获得成功，而且在风俗败坏的民族中间的成功……必然超过其他任何地方。”因为那些风俗败坏的人们“只有在观剧的时候才得以摆脱坏人的包围……只有在戏院的池座里，好人和坏人的眼泪才会融在一起。在这里，坏人会对自己可能犯过的恶行感到不安……那个坏人走出包厢，已经比较不那么倾向于作恶了，这比被一个严厉而生硬的说教者痛斥一顿有效得多”。
>
> “所以我再重复一遍：要正派，要正派。它会比那些只会引起我们的轻视和笑声的剧本更亲切、更委婉地感动我们。诗人呦，你是敏锐善感的吗？请拨动这根琴弦吧，你会听见它发出声音来，在所有的心灵中颤动。”
>
> “那么，人的本性是好的了？”
>
> “是的，朋友，而且很好。……应该谴责的是那些败坏人们的可恶成规，而不是人类的本性。”①

文学的教化作用如此之大，以至狄德罗甚至认为：“人物可以在舞台上讨论最重要的道德问题，而不至妨害剧情迅速的发展。”因为“戏剧诗人……所要争取的真正喝彩不是一句漂亮的诗句之后徒然发出的掌声，而是长时间静默的抑压以后发自内心的一声深沉的叹息”②。这当然只能是道德教化作用使然。

关于“人物与环境”的讨论，狄德罗的看法非常明确：

> “把人物刻画得好，他怎么会不获得成功？可是人物性格要根据情境来决定。”“真正的对比是人物性格和情境之间的对比。”
>
> “人物的境遇愈棘手、愈不幸，他们的性格就愈容易确定。考虑到你的人物所要度过的 24 小时是他们一生中最动荡、最严酷的时刻，你就可以把他们安置在尽可能大的困境之中。情境要有力地激动人心，并使之与人物的性格发生冲突……使一个人不破坏别人的意图就不能达到自己的目的。”③

虽然这里仍然可以辨认出一些新古典主义的色彩（比如“24 小时”），但是从根本上说，狄德罗首先侧重的还是“环境”对“人”的规定性。

狄德罗所讨论的“创造和虚构”，是同他对“想象”的肯定联系在一起：“想象，这是一种素质，没有它，人既不能成为诗人，也不能成为哲学家、有思想的人、有理性的生物，甚至不能算是一个人。”

他由此再度回到亚里士多德“戏剧比历史更真实”的论题：“有三种东西。一是历史，其内容都是已经发生的事。二是悲剧，诗人在这里可以凭个人想象在历史以外加上他认为可以提

---

① 狄德罗．狄德罗美学论文选．桂裕芳，译．北京：人民文学出版社，1984：137.

② 同①139.

③ 同①179.

高兴趣的东西。三是喜剧，可以完全出于诗人的创造。由此可见，喜剧诗人是最地道的诗人。他有权创造。他在他的领域中的地位“就跟全能的上帝在自然界中的地位一样。从事创造的是他，他可以无中生有。……他用以感动我的那些痛苦是虚构的；不错，但是他毕竟把我感动了。”

狄德罗所谓的“喜剧”当然是指他的“严肃喜剧”。然而他所提到的喜剧诗人的地位“就跟全能的上帝在自然界中的地位一样。从事创造的是他，他可以无中生有”等等，则让我们不能不想到中世纪神学家对“创造”和“摹仿上帝”的论述。

狄德罗涉及了各种艺术问题，不过在韦勒克看来：将狄德罗当作一位批评家来讨论，是一个茫无头绪的题目。这首先是因为他兴趣过于广泛，更重要的则是其早年和后期的著作存在着明显的不同，甚至自相矛盾。因此韦勒克认为，要系统地总结狄德罗的观点几乎是不可能的。①

其实，在狄德罗文艺思想中存在的种种矛盾可能不仅是气质和个性所致，也是其时代精神的结果。比如启蒙运动本身的内在矛盾，似乎使表现情感的文学艺术必须服从理性的要求。因此，在艺术真实与想象和虚构、个人创作与道德教化、人物性格与普遍人性，古代经典与现代趣味等方面，启蒙思想家都显得犹豫不定。在很大程度上，这些矛盾也表现为理性与情感之间的冲突。在18世纪许多思想家和批评家那里，实际上都可以找到类似的情况，较为明显的例子包括卢梭、约翰逊、温克尔曼、莱辛、歌德和席勒等。这一点，是了解启蒙时代文艺思想时需要留意的。

歌德笔下的温克尔曼

温克尔曼痛苦地埋怨同时代的哲学家们，埋怨他们的影响的扩散；……在学人当中，凡是去肯定由那位康德开导的哲学运动……的人，没有不受到惩罚的，大概只有真正的古代研究者们除外。……正是因为它们研究的是世界上创造出来的最优秀的东西，而他们察看那些无关紧要的甚至更为次要的东西的目的，仅仅是为了与这些优秀的东西作比较。这样，他们的认识具有如此充实的判断力，如此的信念、趣味，如此的坚定性，以至在周围人的圈子里，他们被认为是有教养的、值得惊叹和赞美的人。……温克尔曼……以智慧和坚忍不拔的精神在活动。他的工作几乎完全没有节奏，他为自己的本能和激情所缠绕。……他在事业上显示出古代的性格：出发点的确定性和为之而行动的目的的不确定性，以及深入研究的不充分和不完善。

——歌德．评述温克尔曼．草稿//温克尔曼．希腊人的艺术．邵大箴，译．桂林：广西师范大学出版社，2001：253，257.

二、莱辛

莱辛（Gotthold Ephraim Lessing，1729—1781）的主要文论著作就是著名的《拉奥孔》和

① 韦勒克．近代文学批评史：第一卷．杨岂深，等译．上海：上海译文出版社，1987：105.

《汉堡剧评》。《拉奥孔》直接针对温克尔曼出版于1755年《古代艺术史》，其副标题即为“论画与诗的界限，兼论《古代艺术史》的若干观点”。温克尔曼尤其对雕塑中的拉奥孔没有张开嘴表达痛苦感兴趣。与之相比，维吉尔在史诗中描写的拉奥孔则是大声哀号的。那么为什么雕塑和文学作品中的拉奥孔有所不同？在温克尔曼看来，这乃是因为“希腊杰作有一种普遍的和主要的特点”，即“高贵的单纯和静穆的伟大”，亦即古希腊的“节制”（restraint）的理想所致。

莱辛则进一步讨论雕塑、绘画与诗的基本差异。按照他的分析，“画和诗无论是从摹仿的对象来看，还是从摹仿的方式来看，都有区别”。简单地说，这区别就在于雕塑和绘画没有时间的维度，诗却能表现时间中的动作。前者长于形象在空间中的铺展，后者长于事件在时间里的延伸。

雕塑和绘画“可以摹仿动作，但只能通过暗示并以形体为手段”，所以要去表现“最富孕育性的顷刻”。

诗可以描绘形体，但也是要“通过暗示并以动作为手段”，因此诗歌“对形体性的对象之描述格外简洁”。①

关于古希腊以来“诗是有声画”的类比，西方学者认为：这通常是在强调“艺术家的灵感和激情”在艺术创作中的核心作用，乃至一切艺术形式都被认为是共同“意义”的流溢。这种趋势后来得到了浪漫主义思潮的推助。就此，莱辛可能并没有太多新见，关于诗歌与绘画的界限问题也早就有人讨论过，例如西蒙尼德有“诗是有声画，画是无声诗”的说法，亚里士多德也在诗歌和绘画之间做过比较，贺拉斯的“诗如画”更是广为人知②。即使“最富孕育性的顷刻”（most expressive moment），也可以追溯到舍夫茨伯里（Shaftesbury）“领悟和认识”的“一霎间”等等③；后世学者已有相关的梳理④。但是，莱辛的确首次提出了时间和空间艺术的不同以及两种艺术之间可能的转化，并加以详尽讨论。虽然莱辛反对温克尔曼的“诗画同一”的古典主义立场，倾向于“诗高于画”、亦即“真高于美”的启蒙主义立场，但后来被浪漫主义者和象征主义者更多接受的，却是莱辛关于不同艺术媒介之间可能相互转化的思想。

同启蒙时代所有艺术理论一样，莱辛的《拉奥孔》也需要从当时的现实政治角度加以理解。如朱光潜在《拉奥孔》译后记中已经指出的，莱辛要求变革现实的世界观必然不满意节制和静穆的理想，不满意与现实妥协的静态的人生观。其实，歌德早就看到了这一点，所以他说：“我们必须回到青年时代，才能体会到《拉奥孔》对我们的影响。这部著作把我们从一种幽暗的静观境界中拖出来，拖到爽朗自由的思想境界。”⑤ 席勒也一再提到莱辛的《拉奥孔》，并特别赞赏希腊英雄们那种“强烈而深刻地感受到他们的痛苦而又不为痛苦所压倒”的精神，他认为这才是德国知识分子真正需要的东西。

莱辛关于诗-画界限的理论只影响到少部分批评家，比如席勒在《素朴的诗与感伤的诗》之中对空间艺术和时间艺术的区别⑥。莱辛的探讨之所以同温克尔曼相对立，是因为他将艺术的基本特征视为摹仿，而“真”的追求又被视为这种摹仿艺术之根本。但是关于时间中的动作

---

① 莱辛．拉奥孔．朱光潜，译．北京：人民文学出版社，1979：84.

② 参阅本书第一编第二章第三节“贺拉斯”部分。

③ 章安祺，编订．缪灵珠美学译文集：第二卷．北京：中国人民大学出版社，1998：27.

④ 比如：韦勒克．近代文学批评史：第一卷．杨岂深，等译．上海：上海译文出版社，1987：166.；吉尔伯特，库恩．美学史：下卷．夏乾丰，译．上海：上海译文出版社，1989：405-406.

⑤ 歌德．歌德文集4·诗与真：上．刘思慕，译．北京：人民文学出版社，1999：323.

⑥ 同③242，254-256.

与静态表达之间的关系，现代西方艺术提出了诸多挑战和问题。所以在一些当代研究者看来，莱辛的主要价值，仅仅是“强调了任何艺术媒介都有其独特的局限性和可能性”[①]。

塞尚的挑战

梵高笔下的人物还可以描述出来，而塞尚的人物却只能用笔画出来。……塞尚唯一的问题是如何将那些纯粹且无辜的尘世之物加以实现（realisation）。……所谓的“实现”……是对物体的……转化和隐藏，……不是通过某种宗教仪式，而是通过作为画家的秘密出现的信仰形式。

——汉德克．缓慢的归乡．周新建，梁锡江，译．上海：上海人民出版社，2015：234，185，237.

对莱辛的评价较高的研究者，则认为莱辛诗-画理论的最重要思想，是在于将画的最高标准视为“美”，而将诗的最高标准视为“真”。这样，莱辛在“摹仿说”线索上的意义，便被更多地凸显。

值得注意的是，莱辛论诗之“真”的概念，仍然是布瓦洛和狄德罗都曾使用的“逼真”，如“诗特别要产生逼真的幻觉”等等。在这一意义上，他的讨论可能必然暗示着“诗高于画”的潜台词，正如他自己所说：“生活高出图画有多么远，诗人在这里也就高出画家多么远。”

莱辛的戏剧观

戏剧和戏剧评论恰恰成为莱辛外向的生平业绩达到的高峰。在他看来，正如在其未能完成的《拉奥孔》续篇中所指出的，戏剧之所以是文学乃至整个艺术的最高样式，乃是“因为一切艺术必须力求直接表现自然，诗艺仅仅能够靠话语来间接描写和表现，只有在戏剧中，诗艺才上升为对生活、对演进着的行为，对正在进行中的言说、情感和激情的真正摹写或者模仿”。……戏剧（与法国古典主义相反，莱辛立论的依据是索福克勒斯和莎士比亚）可以被认为是对某种行动的文学描述，……从本质上得到表现的，是这些人物的心灵活动，这种心灵活动的景象不可避免地在观众内心引发共鸣和同情，从而迫使观众认识到，在同一情况下，处在同一心境中，他们也必然会像剧中人物那样行动。由于戏剧……不是将事件本身，而是将作为启示的事件演示给人，并通过这种演示在另一些人的心灵中唤起同感，……莱辛让自己的戏剧具有接近生活的素材、紧凑的布局和情节、简洁而意味隽永的对白。……从莱辛的这种艺术观中，我们同时可以看到其人生观最深层的内涵：人、人的行动，或者反过来说，行动、作为人的行动的行动，是莱辛的特殊问题和主题。

——巴特．论莱辛//历史与启示．朱雁冰，译．北京：华夏出版社，2006：302－303.

莱辛的《汉堡剧评》，是他担任汉堡民族剧院之艺术顾问时，为其第一年演出的 52 出戏撰写的 104 篇评论。《汉堡剧评》是对狄德罗文论主张的全面呼应，其理论形态也极为相似。比如莱辛不仅针对古典主义戏剧提出了建立“市民剧”的呼唤，而且也像狄德罗的“严肃剧”一样，直指文学的社会功用。另外，莱辛同样将他对“环境”的关注落实于“情境”理论，认为文学所应当展现的，就是“每一个具有特定性格的人在特定的情境中将要做什么”。

---

① Hazard Adams, ed. Critical Theory since Plato. New York: Harcourt Brace Jovanovich Inc., 1971: 348.

俄国形式主义论现代戏剧的变迁

在现代戏剧的草创时期（17 世纪法国古典主义），……悲剧的显著特征是历史英雄、“崇高的”主题、“悲剧性的”结局；……喜剧选择现代的主题、“鄙俗的”题材、幸福的结局。……在 18 世纪，体裁的种类与日俱增，在严格的戏剧体裁之外出现了许多鄙俗的、“市井的”体裁；……喜剧分化后派生出“话剧”。话剧用以表现现代风俗题材，但已不带有专门的“喜剧味道”（“市民悲剧”或“流泪的戏剧”）。18 世纪末，对莎士比亚戏剧的认识影响到悲剧手段。19 世纪初的浪漫主义把悲剧引入了喜剧程序（繁杂的表演和角色、作为主体的对话、适于普通朗诵的较自由的诗），人们开始研究并模仿莎剧和西班牙戏剧，不再尊崇三一律的悲剧规范。……与心理小说和风俗小说的演变相呼应，话剧有力地排挤着 19 世纪的其他体裁。

——托马舍夫斯基．主题//什克洛夫斯基，等．俄国形式主义文论选．方珊，等译．北京：三联书店，1989：153-154.

三、对启蒙主义“理性”的简单评价

在 18 世纪的启蒙主义运动中，“理性”同样是一面高扬的旗帜。但是与 17 世纪相比，其中有至关重要的两点不同。

第一，启蒙思想家对“理性”的确认，已不是笛卡尔那种对于“内在观念”的理性主义信仰，而是在洛克经验主义哲学的基础上，从个人的感觉经验重建真理的体系。

第二，如果说 17 世纪的法国最典型地体现了以“理性”的规范理顺个人和社会的信仰，从而“理性”的绝对性实际上与专制主义制度相呼应，那么 18 世纪的启蒙主义者正是要反抗这种荒谬的结果。可惜的是，他们将这结果重新推上“理性的法庭”，试图让它们“为自己的存在作辩护，或者放弃存在的权利”，他们的后人却看到：这只是达成了一种个人与社会之间相对合理化的互制，只是改变了上述荒谬结果的存在方式，问题本身仍然没有解决。

海德格尔论“理性”的灾难与“存在”的遗忘

在最早的历次讲座中（1936—1939），海德格尔根据对“此在”的分析解释尼采，表现出与尼采的根本一致性，而 1939—1941 年的讲座则是争辩性的。……在与尼采争辩的外表下发生的是海德格尔对自己的一种解释，是一种抛弃自己激进主义时期的意志论倾向的尝试。

无论如何，在与尼采的争辩中进入核心位置的，是一种思考形而上学历史的新道路。在基础存在论中，要点是解构过去哲学中固有的偏见和混乱，以便解放并完成作为“存在”意义的科学的形而上学。现在，要点是把形而上学的发展思考为一种灾难性的命运，并为克服它做准备。这命运的标志是“存在”的持续遗忘，在尼采的权力意志和同一者的永恒轮回中达到顶点，海德格尔把它解释为虚无主义。

在西方思想的开端，……真理成了一件正确看见“理念”的事情。相应地，“存在”……被降级为心灵沉思与本质的一致性。对“存在”的形而上学遗忘的第二阶段发生在中世纪，……柏拉图关于理智与“存在者”的“存在性”相符合的真理观，在基督教关于创造以及受造物对造物主的依赖性的思辨中得以恢复。……第三阶段出现于现代的开端，伴随着主体性的发明。……笛卡尔的“我思”（cogito）单靠自己的力量确定自身并取得支配地位，……*cogito* 把自己设想为“存在者”据以呈现其“存在性”的唯一基础。……*cogito* 成了唯一的 *subjectum*（主体），主体性的统治开始了。……这意味着……对“存在者”的整体设计，既是一种对所有“存在者”的主体化（通过把其归于 *cogito*），又是一种对所有“存在者”的客体化（使它们都成为同样可计算的、可控制的）。

——塔米尼奥．存在哲学 1：海德格尔．陈官泯，译//柯尔内，主编．劳特利奇哲学史：第八卷：20 世纪大陆哲学．鲍建竹，等译．北京：中国人民大学出版社，2016：63－65.

“自然法学派”的理论推演，是 18 世纪“理性”意义的集中代表。所谓的“自然法”，实际上是以基督教观念中的人的自然处境和自然本性为逻辑前提，这种自然处境和自然本性又连及人类的自然权利，由此产生的理性约束以及合乎理性的社会契约，便是自然的律法。自然的律法之所以可以得到保证，乃是因为每一个基于同样自然状态的人都必须合乎理性地与他人缔结一定的同盟关系，共同遵守一定的契约，否则就无法持久地获得最大的利益。经过这样的解释，国家只能是理性的产物、只能以合理的契约为基础、只能是个人自愿结成的共同体。然而也正是因此，“理性”仅仅成为利益的合理化，却不再具有内在的价值。

这样的“理性”国家，既反映着人类对于自身弱点有了更加透彻的认识，又至少在理论上证明了国家对每一个个人的依赖性关系；但是当“利益”能够最根本地解释“理性”的时候，它的代价必然是绝对正义的缺失。

也许可以粗略地说：前文所述的 17 世纪，主要是通过“理性”的要求去克服意志和私欲，结果是个人归顺于社会以成全封建式的个人与群体的和谐；而 18 世纪的西方人则希望“个体本位”超越外在的权威，以便在资产阶级的“国家”神话中实现个人与社会的合理化互制。后者对前者的冲击相当有力，然而“合理化”一旦成立，个体的理性就已经受制于“合理化”本身。所以像 D. H. 劳伦斯这样的作家，竟也会推导出“民主＝野蛮”之类的骇世惊俗之论。根据他的“理性”思考，结论是极端荒谬的：如果连不平等、不博爱的自由都没有，哪里还有什么自由？

“理性”的种种演化和多义，使思想者逐渐领悟到这样一个问题：最需要用“理性”加以反抗的，或许并不是外在的对象，而正是“理性”本身的异己性。

简单说，17—18 世纪“理性”内涵的种种变化或可用 reason 与 rationality 的区别加以体会。后世“非理性主义”（irrationalism）所否定的，从来不是 reason 的精神能力，而是 rationality 所包含的对象化秩序。

另外还应当注意到：就“理性”或者“个人与社会的合理化互制”所能蕴涵的可能性而言，启蒙时代的文论似乎还未能充分反映“理性”观念的转变。更多体现“个人”意识的文论思想，被推延到德国古典美学和浪漫主义的时代。

关键概念

历时性、共时性、敬虔派、读者与文本的历史间隔、自然法学派、合理化、经验理性、美在关系、严肃剧、情境、空间艺术与时间艺术、最富孕育性的瞬间

思考题

1. 什么是“历时性”和“共时性”？
2. “空间艺术”与“时间艺术”主要是指什么？
3. 什么是“自然法”？

第六章 德国古典美学（上）

本章分为三节。第一节分别讨论英国的经验主义传统和德国的唯理主义传统对于康德学说的前提性意义，同时着重介绍康德对这两种传统的协调以及由此引出的认识论革命。

第二节主要介绍康德“三大批判”的根本思路及其美学在这一思路中的地位和作用，同时也通过当代西方学者对康德的评价，归纳其思想的独特价值。

第三节分别对《判断力批判》的“导言”、“审美判断力批判”和“目的论判断力批判”等三个部分予以介绍，着重讨论其“人是目的”“自然的合目的性”等命题以及他对美与崇高的分析。

第一节 德国古典美学的理论背景

一、英国经验主义传统所引出的问题

一般而言，1760—1860年的欧洲历史是由两个重大事件所支配的，这就是法国大革命和英国工业革命，它们共同预示了浪漫主义的出现和形成。其实，与此同时，还有一场意义同样甚至更为深远的革命，那就是德国唯心主义哲学的出现，其核心正是所谓的德国古典美学。这个以康德、黑格尔等哲学家为代表的美学流派，与德国古典哲学互为表里，具有以往的美学和文论难以比拟的系统性和思想深度，对于后世文学艺术的影响无论怎样形容都不过分。但是其中的“古典”与“古典主义”或者“新古典主义”有所不同，并没有复兴古代传统的意义，所以也有研究者主张将其译为“经典美学”。

艾布拉姆斯《镜与灯》一书，将西方文论的发展归纳为摹仿说、实用说、表现说和客观说。而“实用说”无论是强调文学的“教化作用”还是“快适作用”，就它们总结和指向的艺术精神而言都没有离开西方古代的“摹仿说”传统。因此从总体上说，18世纪以前的西方文论主流，大致的逻辑都是向外而求“真”。其间除去中世纪以神学为背景的独特思路外，即使启蒙运动所张扬的“理性”，也基本上是认为理性的人可以正确认识现实的“真”。一些当代批

评家（如C. Belsey）所谓的“表现的现实主义”（expressive realism），便是暗指这种其实与“摹仿说”并无根本区别的“表现说”。

真正使“表现”成为一种新的艺术精神之标志的，应该说是康德。而康德所涉及的“表现”之所以有别于其他，首先是由于英国经验主义的认识论批判及其对“真”的质疑。其中对康德产生了明显影响的，是上一章有所涉及的休谟以及本来更多关注政治问题、却以“崇高”的论说留名文论史的柏克。

休谟（David Hume，1711—1776）《人性论》的框架结构，基于亚里士多德对知识的分类。其中第一卷“论知性”是讲认识论原理，第二卷“论情感”连及艺术和美学，第三卷“道德学”即是讨论“意志”问题。这种知、情、意的格局，也正是康德的“三大批判”所要涉及的。另外，休谟关于“印象”与“观念”的划分，也使他的“知觉经验”直接关联到康德所强调的“美感”问题。其要点可以表示如下：

【印象】1. 感觉印象（或原始印象）：直接从感官的刺激而来，如冷热、饥渴、苦乐等。

2. 反省印象（或次生印象）：感觉印象所留下的“复本”，如欲望、希望、恐惧、厌恶等新的印象。

“反省印象”通过“记忆”和“想象”便成为“观念”。

【观念】1. “观念”刺激起相应的“情感”——这是“情感原因的表象”。

2. “观念”又从“情感”落实于“自我”——这是“情感对象的表象”或“载体”。

这样，“美”具有一种可以引起情感的性质；而这种“可以引起情感的性质”，又寓存于某种与“自我”相关的对象。

【美感及美的对象】1. “美”就是引起情感活动。

2. 情感活动通过“自我”而与“对象”相通。

因此当休谟说“美依存于人性”的时候，他实际上是说“美”依存于人的情感。而人的情感说到底要从“观念”追溯到“印象”和“经验”；同时“情感”的主体——“自我”又必然相对于某种“对象”而言。也许可以说，这种关于“美”的看法，是在论证“感觉”→“观念”→“自我”→“对象”的循环。

休谟的基本概念

《人性论》……是关于人类本性的科学（a science of human nature），……那些与知性（understanding，或译作理智或理解力）直接相关的部分在《人类知性研究》（*An Enquiry Concerning Human Understanding*）中获得了最清楚的阐释。……关于观念的理论，用他自己的术语来说就是一种关于知觉（perception）的理论。知觉包括感觉（sensation）、情感和情绪（emotion）。……知觉就是印象（impressions），……对印象的微弱意象……就叫作观念（ideas）。

印象或者来自感觉，或者来自反省（reflecxion），……观念的两个特定的源泉：记忆力和想象力。……想象力与记忆力不同，它可以自由似置换和改变它的观念。

——雅各布森．大卫·休谟论人类知识．曾晓平，译//布朗，主编．劳特利奇哲学史：第五卷：英国哲学和启蒙时代．高新民，等译．北京：中国人民大学出版社，2009：175-177.

鲍桑葵在《美学史》中评价说："休谟的出发点是孤立的感官印象……在他的全部论证范围和方法方面还受到一种抽象分析精神的指导；这种精神使得他在谈到美学的时候成为一个功利主义的理性主义者，虽然他又是一个最极端的感觉主义者。"①

尽管有这种感觉主义和理性主义的内在矛盾，休谟在"经验"基础上重新建构认识论的模式仍然对康德产生了至关重要的影响。正如康德的本人所说："我坦率地承认，正是多年以前对休谟的回想，才打断了我对理性独断论的沉迷（dogmatic slumber），并在思辨哲学的研究上给了我一个完全不同的方向。"②

柏克（Edmund Burke，1729—1797）同样在英国经验主义的传统中讨论美学的问题。他对康德的主要意义，在于他是西方文论史上第一个严格区分了"美"与"崇高"的思想者。这见于柏克《关于崇高与美两种观念之根源的哲学探讨》，亦称《论美与崇高的两种根源》。柏克的看法与休谟相似，认为美和崇高的观念都与人性相关。而在柏克看来，属于人性的种种情感大体涉及两类基本的"情欲本能"。

第一种是"自我保全的本能"，由此关联着危及自身安全时产生的情感，比如痛苦、恐惧等，这是"消极的"情感。

第二种是"相互交往本能"，即有利于自身生存的处境所产生的情感，比如爱恋、欢乐等，这是"积极的"情感。

柏克论"恐惧"、"痛苦"与"崇高"

恐惧是崇高达到极致时的心理效果，次一些的效果为钦慕、崇敬和尊敬。没有哪种情绪能像恐惧那样有力地支配心灵的一切感受和推理。……希腊文中的 hαμβos 既指"恐惧"又指"奇伟"；δεεινós 既有"可怖"之义又有"可敬"之义；αiδεω 既指"崇敬"又指"惧怕"。拉丁文中的 vereor 与希腊文中 αiδεω 一词的情形一样。stupeo 是个表示强烈惊异情绪的词，罗马人既用以指涉单纯的"畏惧"，也用以指涉"惊异"。……法文中 étonnement 以及英文中的 astonishment 和 amazement，不是同样明白无误地表示着诸多与"惧怕"和"奇伟"相关联着的同类情绪吗？

具有崇高性的其他东西都是强力的某种变体。……乍看起来，强力观念……既可将其归之于痛苦，同样也可将其归之于快乐，然而实际上，极大的强力观念所引发的感触绝对不会是中立的。……臻于极致的痛苦要比臻于极致的快乐强烈得多，……痛苦观念总会占据优势。……另外我们从经验中知道，在享受欢乐时，无须强力起多大作用，而且……那种作用还会使我们颇为扫兴。因为欢乐必须使顺手取来的，而非外力强加的。……一般而言，许多我们从中感受到欢乐的东西，其力量是远远逊于我们自己的力量的。

——柏克．自由与传统．蒋庆，等译．北京：商务印书馆，2001：311－312，319－320.

简单地说，分别与这两种情感相联系的，是两种关于"美"的不同观念。前者是来自"痛感"的"崇高"，后者则是来自"快感"的"美"。在朗吉努斯提出那种修辞学意义的"崇高"之后，直到柏克才真正将"崇高"视为一种与"美"相对应的观念，并且从审美心理的角度进行分析。这成为康德《判断力批判》的一个主要论题。

---

① 鲍桑葵．美学史．张今，译．桂林：广西师范大学出版社，2009：157.

② 康德．任何一种能够作为科学出现的未来形而上学导论．庞景仁，译．北京：商务印书馆，1982：9.

另外，柏克从他的“情欲本能”还谈及“爱慕”和“欲望”的区别。“我所说的美，指的是物体借以引起人们爱慕或某种类似激情的……品质。……我同样把爱慕与欲望和色欲区别开。爱慕指的是心灵在观照任何美的事物时所产生的满足，而欲望和色欲指的是促使我们想去占有某些对象的一种心灵力量——那些对象所以影响我们，不是因为它们……美，而是由于完全不同的原因。”① 从康德后来关于“美”的“无利害”性质的论说中，也可以看到他与柏克的一定关联。

二、德国唯理主义传统与“美学”的诞生

与英国式的经验主义相对应，在德国思想界占有统治地位的始终是唯理主义传统。其中与美学和文论直接相关的，主要是鲍姆嘉通。鲍姆嘉通的老师沃尔夫，将人的认识能力分为理性和感性的高低两级。而在其哲学体系中，哲学被等同于逻辑学，即研究人类高级认识能力（理性）的学问，所以较低级的感性认识实际上被哲学研究所排斥。因此在1725年的一部著作中，哲学家贝尔芬格尔就曾主张建立一种“以想象力为研究对象的逻辑学”（即哲学）。

鲍姆嘉通沿着这一思路，在1735年出版了《关于诗的哲学默想录》。他在其中断言：逻辑学的扩展可能会产生一门关于感性认识的科学。“哲学把低级的认识能力归于诗人名下，这种感性的确允许和需要普通意义上的逻辑学的引导；但是谁知道我们的逻辑学，谁就知道这个领域是多么狭窄。那么我们为什么不想扩展这种限制得过分狭窄的逻辑学呢？由于这种扩展，哲学就会得到机会去探求一种手段——通过它们，低级的认识能力也能得到培育和有效的使用。……这样一种低级认识能力的科学，就可能是一种感性认识的科学。”②

艾柯评鲍姆嘉通的“美学”概念

……鲍姆嘉通用这样的方式描述美学：感性知识的科学、文学的理论、较低层次知识的认识论、审美思维的规则、通过类比来判断的规则。

——Umberto Eco. The Aesthetics of Thomas Aquinas. Hugh Bredin，tr. Cambridge：Harvard University Press，1988：2.

在此基础上，鲍姆嘉通将认识论学说分为两种：关于高级认识能力、理性认识、一般思维规律的科学，是逻辑学；而涉及低级认识能力、感性认识和想象之规律的科学，则是“关于感性的科学”（aesthetics），后来译作“美学”。正如他后来在《美学》一书中所说：“美学的目的是感性的完善，感性认识的完善就是美。”

从1742年开始，鲍姆嘉通就在大学里讲授aesthetics。据说他的一位同事曾征得他同意，将其讲授的内容整理为一本《一切美的科学的基础教程》率先出版。而鲍姆嘉通本人是在1750年才出版自己的讲稿。鲍姆嘉通将他的讲稿正式命名为*aesthetics*，从而标志着美学作为一门独立学科的出现。《美学》开篇第一句就明言：“美学是感性认识的科学。”接着鲍姆嘉通又提出了四条解释性的定义：

第一，美学是自由艺术的理论（“自由艺术”是与“技艺”相区别的纯艺术）。

---

① 古典文艺理论译丛编译委员会，编．古典文艺理论译丛：第五册．北京：人民文学出版社，1963：38-72.

② 鲍姆嘉藤．美学．王旭晓，等译．北京：文化艺术出版社，1987：169.

第二，美学是低级的认识论（这是针对研究思维规律的哲学-逻辑学而言的）。

第三，美学是美的思维艺术（“美的思维艺术”指向的是“想象的规律”）。

第四，美学是与理性相类似的思维的艺术（这也许是德国唯理主义传统所注定的）。

值得注意的是，尽管鲍姆嘉通以“感性学”界说美的规律，他却并不认为美学理论可以来源于艺术发展的实际和美的对象。所以鲍姆嘉通在整理前人的有关思想时，显然是根据美的主观因素和心理依据为取舍标准，并以此作为自己的研究基础。乃至赫尔德在他的《批评之林》（1769）中，指出鲍姆嘉通实际上“不是从艺术思考美”，而是“从美思考艺术”。这样，作为“感性学”的美学，也就在德国唯理主义传统的惯性下，成为一种关于“美感”的科学。

每一历史转型期都以知识分子的思想启蒙为先兆，德国古典美学家的思想也反映着资产阶级革命的时代精神。不过德国在17—18世纪被分成300多个各自为政的诸侯小王国，直到19世纪仍是30多个诸侯国并立。这种落后的历史处境使德国资本主义的发展受到压抑，德国资产阶级的力量也相对弱小，乃至德国资产阶级既无力像英国一样进行工业革命，又不敢像法国一样进行政治革命，而只能把应当在实践中解决的革命任务转移到意识形态领域，就如恩格斯所说的，他们用抽象的思维活动伴随各国的发展，而没有参加这种发展的实际斗争。

然而观念的力量也不可忽视。以赛亚·伯林在《自由的两种概念》中曾写到：“一百多年以前，德国诗人海涅曾警告法国人不要低估观念的力量：在宁静的教授书斋里孕育的哲学观念可以摧毁一个文明。”① 事实也是如此，康德的《纯粹理性批判》被视为处决德国自然神论的宝剑，正如卢梭的《社会契约论》成了法国大革命的利器。

三、康德的认识论革命及其影响

据说，康德（Immanuel Kant，1724—1804）为了解决经验主义与理性主义在认识论上的对立花费了12年工夫，但在思考成熟后，仅用了几个月时间就完成了《纯粹理性批判》。他在第一版序言中声称：“我敢断言，至今未解决的或者至少尚未提出解决关键的形而上学问题一个也没有了。”② 在第二版序言中，他更自比哥白尼，声称自己完成了哲学中的哥白尼革命。

海涅论康德的“哥白尼革命”

从前理性像太阳一样围着现象世界转，努力想把它照亮；但康德却让理性这个太阳停止不动，于是现象世界围着理性转起来，并且只有转进了太阳的光照范围，才能受到照耀。

——古留加．黑格尔传．刘半九，等译．北京：商务印书馆，1995：29.

黑格尔论康德的“哥白尼革命”

自从太阳进入天空，诸行星围绕着它旋转以来，人们从来没有认识到，人的存在以他的头脑为中心，也就是说，以他的思想为中心。……这是一个光辉的精神黎明。一切有思维能力的存在都分享这个时代的喜悦。……一种精神的狂热贯穿世界。

——阿伦特．精神生活·意志．姜宇辉，译．南京：江苏教育出版社，2006：49.

---

① Isaiah Berlin. Liberty-Incorporating Four Essays on Liberty. Oxford：Oxford University Press，2002：166.

② 康德．纯粹理性批判．李秋零，译．北京：中国人民大学出版社，2004：6.

如果说马克思称康德哲学为法国革命的德国思想，那么如何理解康德这样一种抽象哲学思考中的革命意义呢？其中最重要的关键词就是“自律”（autonomy）。对于康德来说，对于自律的诉求就是启蒙运动的核心内容。在发表于1784年的一篇重要文章《什么是启蒙运动?》中，康德说：“启蒙就是人从自我设置的桎梏中解放出来。桎梏是指人没有能力在不接受他人指导下运用自己的理解力。”[①] 这一观点所具有的政治内涵是很明显的，尽管康德的主要关注点在于哲学的认识论革命，而非现实的政治革命，但是对康德来说，人的自由和理性是不可分离的，正是理性使人可以通过克服他律（heteronomy）而进入自律状态，从而摆脱自己的桎梏。从他律到自律的进展，是在理论上和实践上同时展开的，这也就是康德所划分的人的精神能力的两个部分：知性（认知理性）和理性（价值理性）；前者为理论哲学（自然哲学），后者为实践哲学（道德哲学）。

英国经验主义和德国唯理主义的两种传统，为康德提供了一种思想的平台。按照鲍桑葵的说法，康德就是在这样的平台上，以三个根本的问题作为自己的目标：第一，康德要论证自然秩序的存在，即人的理解力和自然的必然律之关系。第二，康德要论证道德秩序的存在，即人的理性和精神自由的问题。第三，康德要论证上述两种秩序的相互协调，即精神的自由可以作用于自然的必然，人可以作用于对象世界。

这样的问题，正是来自英国和德国所分别代表的两大思想传统。然而按照第一种线索，是从感受、知觉、认识推出“实在”，最终却要回到“自我”。按照第二种线索，是以“抽象的普遍性”作为“实在”，最终推出的则是某种“形而上”的“绝对者”。柯拉柯夫斯基（Kolakowski）《形而上学的恐怖》所指出的两种困难，恰好与此相应：“如果除了绝对者之外没有什么事物真实地存在，那么绝对者就是虚无；如果除了我自己之外没有什么事物真实地存在，那么我就是虚无。”[②] 因为“在仅仅适合于诸多事物的世界的话语里”，“非某物”（not something）或者“非物”（no-thing）其实也就是“无”（nothing）。康德试图解决这两种困难的“三大目标”，被西方人认为是一场“哥白尼式的认识论革命”。

康德的“形而上学问题”

形而上学是否可能？……这一问题其实在于形而上学能否扩展到我们关于现实的知识。对康德来说，形而上学的关键是上帝、自由和永恒，因此这一问题可以作如是的表达：形而上学能否就上帝的存在和本质、人类的自由以及人是否具有精神性的不朽灵魂为我们提供确定的知识？

——Frederick Copleston S. J. A History of Philosophy：Modern Philosophy：The British Philosopers：Part II. New York：Image Books，1964：7.

从一般的意义上看，康德所面临的挑战是无法调和的。一方面，世界的确定性和认识的真实性是经验科学的基础，而经验主义的认识论批判分明告诉我们：作为知识之基础的“经验”并不能带来“确定”和“真实”。另一方面，经验科学所证实的“自然”完全是由“必然律”所决定的，但是人类的道德和精神自由似乎又并不是什么自然的规律。这两种难以调和的矛盾，实际上反映着理性和形而上学所遭遇的一次深刻的危机。

在康德看来，那些只能得到逻辑支持的纯粹理性的命题，其实也很容易受到逻辑的反对。

---

① 康德．历史理性批判文集．何兆武，译．北京：商务印书馆，1990：22.

② 柯拉柯夫斯基．形而上学的恐怖．唐少杰，等译．北京：三联书店，1999：23.

以往的形而上学历史之所以充满了逻辑上的争论却并未积累起多少进步，是因为人的认识需要经验的证据，而形而上学的命题是非经验的（比如超越时间的“永恒”、超越空间的“无限”、超越形式的“绝对”），人不可能凭借认识能力予以证明。这是休谟对康德的提示。

然而问题在于，当时以牛顿为代表的经验科学为什么可以获得一定程度的“确定”知识？康德的回答必须同时满足哲学所导致的怀疑和科学所带来的自信，否则就无法解决经验主义和理性主义的对立。从根本上说，康德所采取的是一种“做减法”的方式，即并非重建理性的信念，而是限定理性的范围，不是要扩张自我，而是要限制自我。

在康德之前，笛卡尔等人的理性主义传统虽然也在“怀疑”，其实还是假定了心灵与世界之间的对应关系，而不是仅仅停留于“我们所思所信的心理学解释”（a psychological explanation of our belief or persuasion）[①]。康德就此提出：心灵与世界的对应关系，在自然科学中被证明是正当的；但是承认其正当性的前提在于，科学所说明的“世界”其实是一个被人类认识能力所规定了的世界，而并不是“世界本身”。

这样，休谟的推论可以被接受：人的观察和认识并不是揭示自然的规律并且将这规律赋予人，相反，人所能认识的规律正是心灵自身规律的反映。但是另一方面，“心灵将自身的秩序强加于自然”又未必就毁灭了“知识的确定性”，因为“知识”的对象本身（世界）也已经被限定。一切认识活动都只是在这一被限定的范围之内才会有效，不承认这一范围，就是“对理性独断论的沉迷”。

在康德所限定的“世界”上，规定着“世界”的“心灵结构”或者“心灵范畴”被他称为“人的感觉的先天形式”，即“先验理性形式”（priori form）。他的第一个例证就是：如果将来自经验的一切内容都排除，“空间”和“时间”的概念依然存在。这说明“时空”不是来自经验的，其本身也不能被经验所观察到；但是一旦没有“时空”的观念，“世界”就无法被描述。因此，“时空”应当是“经验的前提”。由此，康德将这一类“先验理性形式”归纳为12组“范畴”。

什么是“范畴”？按照康德的说法，“范畴”就是“纯概念”，或者说是“非经验的纯概念或者范畴”（non-empirical and pure concepts or categories）[②]：“纯综合……乃是给予我们知性的纯概念的。纯综合是以先天的综合统一性为根据的。我们将……知性的纯概念……叫作范畴。”他按照“质”、“量”、“关系”和“形式”四个方面，将范畴分解如下：

“量”（Quantity）：1. 统一性（Unity或译“单一性”）
2. 多数性（Plurality）
3. 全体性（Totality）

“质”（Quality）：4. 实在性（Reality）
5. 否定性（Negation）
6. 局限性（Limitation或“限制性”）

“关系”（Relation）：7. 依存性与自存性（Inherence and subsistence，or substance and accident或实体与偶性）
8. 因果性与隶属性（Causality and dependence，or cause and effect或原因与结果）

---

① Frederick Copleston，S. J. A History of Philosophy：Modern Philosophy：The British Philosopers：Part Ⅱ. New York：Image Books，1964：23.

② 同①25，30.

9. 协同性（Community or reciprocity between agent and patient 或主动与受动）

“形式”（Modality）：10. 可能性-不可能性（Possibility-impossibility）
11. 存在-不存在（Existence-non-existence）
12. 必然性-偶然性（Necessity-contingency）

“这就是知性先天地包含于自身的全部根本的、综合性质的、纯概念的表。……只有利用这些概念，才能认识直观的多样性里的任何东西。也就是说，才能思想直观的对象。”这也就是所谓的“人为自然立法”。

因此人的“判断力”与上述的“范畴”一一对应：

“量”（Quantity）：1. 全称的（Universal）
2. 特称的（Particular）
3. 单称的（Singular）

“质”（Quality）：4. 肯定的（Affirmative）
5. 否定的（Negative）
6. 无限的（Infinite）

“关系”（Relation）：7. 定言的（Categorical）
8. 假言的（Hypothetical）
9. 选言的（Disjunctive）

“形式”（Modality）：10. 或然的（Problematic）
11. 实然的（Assertoric）
12. 必然的（Apodictic）

但是即使对“先验理性形式”本身，康德仍然要限定，即“先验理性形式”仅仅对经验的世界有效，如果超出经验的范围，企图用“先验理性形式”去认识“世界”本身，就会不可避免地陷入矛盾，即“二律背反”。以康德论证的四种“二律背反”之一为例：

关于“时空的有限与无限”

正题：世界在时间里有开始，在空间里有界限。	反题：世界在时间里没有开始，在空间里没有界限。
论证之一：世界的开始是世界存在的必要条件。	论证之一：如果有开始，就等于说在此之前就已经有一种世界存在之前的“空”的时间，而“存在”不可能在“空”的时间里发生。
论证之二：世界是就一个“同时存在的整体”而言，“实在物的无限聚集”不能算是“同时存在的整体”，所以世界不能“无限聚集”，而应当是在一定的界限之中。	论证之二：世界既然是一个整体，就不能说在它之外还存在着其他对象。而空间的界限，只是相对于另一个空间而言才成立。

对于经验性的认识能力来说，“正题”和“反题”的论证同样是正确的，是为“二律背反”。康德的结论是：从终极的意义上看，“世界本身”如同“形而上学的命题”一样，超越了人的认识能力。人不可能真正洞察“世界本身”，人所谓的“实在”，其实只不过是心灵结构的限度。

在柏拉图那里，感觉是理念的“摹本”；在休谟那里，“观念”被颠倒为“感觉印象”的“模糊的复制”。相比之下，康德的认识论发生了又一次重要的逆转：不是人的知识与对象相一致，而是对象与人认识能力相一致。康德强调主观心灵的作用，但也正是因此，“世界”被限定为“人的世界”。

另一方面，限定了“人的世界”，其实又是确认一个人的认识能力所“不可知”的“世界本身”的存在。前者被康德称为“现象界”或者“认知之物”（things as known），后者则是他所说的“物自体”（things in themselvs）。与康德遥相呼应的，有柏拉图的“现象界”（phenomenon）和“存在界”（noumenon），亦有基督教观念中的“渐进的存在”（becoming）和“存在本身”（being）。而在康德进一步的努力中，人的精神能力也被相应地分解为“知性”（认知理性）和“理性”（价值理性）两个部分。

康德承前启后的认识论革命，在西方文论的历史上成为通向 20 世纪的根本枢纽。20 世纪西方思想尽管流派众多，但是在一个关键点上却极为相似，即人的理性并不能客观地理解宇宙秩序。所以逻辑实证主义认为形而上学的命题没有意义；现象学和存在主义把认识限定于暂时、个别的经验；语言学批评从“能指”和“所指”的关系去解析符号；诠释学和关于阅读活动的理论则必然会挑战“文本的固定意义”。这一切深刻变化的起点，都是汇聚了经验主义和唯理主义传统的康德。

第二节 康德哲学中的美学思考

一、康德美学的哲学基础

康德的思想被称为“批判哲学”，其中的“批判”也就是“检验”“考察”，亦即对“理性”的重新检点，尤其以康德的《纯粹理性批判》、《实践理性批判》和《判断力批判》为代表。一般认为，康德是在 1770 年（时年 46 岁）发表申请教授职位的《感觉世界和理性世界的形式和原理》之后，才进入了思想上的“批判时期”。至其 1781 年完成《纯粹理性批判》时，已是 57 岁；《实践理性批判》（1788）和《判断力批判》（1790）则分别完成于 64 岁和 66 岁。如果说康德主要是通过《判断力批判》而涉及美学问题，那么他的美学理论确实代表着“批判哲学”的最高阶段。

杨祖陶、邓晓芒编译的《康德三大批判精粹》（人民出版社，2001）曾经论及：康德在撰写《纯粹理性批判》时，并没有想到要写以后的“批判”，所以他是将“理性”的各层含义（认知理性—理论理性、道德理性—实践理性）都包括在“纯粹理性”之中。后来他逐渐发现这里存在着两种不同的领域，或者两类不同的哲学。从而要分别讨论“纯粹的认知理性”、“纯粹的行为理性”和“纯粹的判断力”（这部分内容也可以参阅《判断力批判・导言》）。

这一基本思路，可以被概括为康德对哲学的划分。对知识的划分以及关于三种“立法”的讨论如下：

哲学的划分——理论哲学（自然哲学）
实践哲学（道德哲学）

认识的划分——自然诸概念的领域
（由知性立法，属理论理性，针对认识能力，诉诸对象世界）
自由诸概念的领域
（由理性立法，属实践理性，针对欲求能力，诉诸主体行为）

三种“立法”——知性颁布“自然的必然性”原理
理性颁布“道德的目的性”原理
判断力颁布“自然的合目的性”原理

后来康德将他的相关思考列为表格，从这一表格中可以清晰地了解其“三大批判”的各自领域和思维框架：

内心的全部能力	诸认识能力	诸先天原则	应用范围
认识能力	知性	合规律性	自然（知）
愉快和不快的情感	判断力	合目的性	艺术（情）
欲求能力	理性	终极目的（人）	自由（意）

《判断力批判·导言》正是要通过如上的表格说明：“知性和理性的各种立法，通过判断力而联结”。因此人们通常认为：《判断力批判》并不是针对现实生活中的审美活动或者创作经验而涉及美学问题的，其实质是要在“纯粹理性”和“实践理性”之间架设一座桥梁，以完成康德的哲学体系。那么《判断力批判》为什么可以成为这样的桥梁呢？

康德所谓的“纯粹理性”，主要是要为认知活动解决合法性的问题。所以《纯粹理性批判》在“绪论”中首先讨论了“纯知识”与“经验知识”的区别。康德认为：“一切知识都从经验开始……按时间先后说，先于经验……没有知识。……但是这不等于说一切知识都来自经验。”[①] 他的理由在于：经验永远不能将严格的“普遍性”带给经验判断；“经验的普遍性”其实只是“把一种在大多数情况下的有效性任意推广为适用于一切情况的有效性”。如果说一个判断具有严格的普遍性，那么这个判断就不应有任何例外；而经验是不可能穷尽的，所以“严格的普遍性”无法来自经验，却只能来自“先天有效的……纯知识”。由此则推出“纯概念”—“范畴”—“先验理性形式”。关于“自然的必然性”原理，从而被证明是由人颁布的；也可以说，这是“知性”在“自然诸概念的领域”中“立法”。然而这只是“内心的全部能力”的一个方面，只涉及“现象界”，而“理性”还要求超出这一范围、达到“自由诸概念的领域”。这只能由“实践理性”来承担。

“实践理性”实际上是“意志作用于对象”的精神过程，它主要是针对“知性”所无法认识的“物自体”。在康德那里，“物自体”可以找到三种形象的表达：灵魂、世界和上帝。“灵魂”是“精神现象的完整统一”，亦即通过“永恒”“不朽”等概念对“时间”的超越。“世界”是“物理现象的完整统一”，亦即通过“无限”的概念对“空间”的超越。“上帝”是“精神现象与物理现象的完整统一”，亦即通过“绝对”的概念对“形式”本身的超越。

如上三者都不是“知性”可以企及的，都不是经验性的。然而“意志”的作用，毕竟使这些形而上的关注表达了“我们”的“欲求”。从而至少在这一点上，人的意志能力超越了经验

① 康德．纯粹理性批判．邓晓芒，译．北京：人民出版社，2004：1.

世界的“必然律”，而指向“自由的概念”。在康德看来，这就是“理性”所颁布的“道德的目的性”原理。“自由的概念”通过人的“欲求”而诉诸人的行为，也就在“终极目的”（人）的意义上体现为普遍的道德律令。

所以在康德关于“实践理性”的讨论中，“道德”的问题首先是“意志自由”的问题，而不是行为规范本身。人最根本的道德欲求即是自由。只有在“理性意志”摆脱了“自然的必然律”之束缚，也摆脱了同样受制于自然律的内心欲念时，人才有“自由”可言；因此“道德的意志”也就是“自由的意志”。从这两个方面看，“道德”都是“理性的自律”，是“理性”在“自由诸概念的领域”为一个“非经验”的世界“立法”。

通过以上讨论，“人”实际上也被分作了两半。作为“现象界”的一员，人的一切认识活动都具有经验世界的特性，所以要从属于自然律，谈不上自由。但是人在道德意志上又只遵从理性的法则，并不受制于自然律，所以又可以获得意志的自由。至于这两个方面的沟通，康德找到了“判断力”。

康德所说的“判断力”是指一种“反思的判断力”，即不是从“普遍性”原理推导出来判断，而是通过个别对象去寻找贯穿其间的“普遍性”。其中最基本的例证是“审美判断”，重要的概念则是“自然的合目的性”。

“自然的合目的性”亦即“对象”对于“主体”的“契合”。康德认为：这一“契合”的最典型表现是在人的审美过程中。审美判断的达成总是针对某一具体的自然对象，但是一个审美判断实际上却可以排除任何经验世界和“自然的必然性”原理，只是以人自身的主观目的为依据；由此产生的快感或不快感，又反过来参与了人的“欲求”。这样，既诉诸“对象世界”，又诉诸“主体行为”；既与“认识”相关，又不同于经验认识的规则。如此的“反思判断”或者“审美判断”，便暗示了必然与自由、对象与主体相互沟通的可能。

另一方面，与“道德目的”或者“价值目的”无关的对象性认识活动，通过“反思判断”而与“主体的目的”相“契合”、与作为价值主体的人相“契合”，也就对人显示出价值。对于“判断力”的这种“批判”一旦成立，康德便完成了“自然诸概念的领域向自由诸概念的领域之过渡”。

二、康德哲学体系的独特意义

康德通过“反思判断力”沟通现象和本体的努力，使美学在其哲学体系中占有了关键性的位置。这一方面是要在经验主义的认识论批判和唯理主义的理性独断之间寻找一条通道，另一方面也与启蒙主义所强化的“主-客二元”的传统思维模式有关。林塞·沃特斯（Lindsay Waters）《美学权威主义批判》一书，曾就此做过一些有趣的分析。

> 我们曾经倾向于相信，人类的本质是某种内在的精神；而非人类的本质也是某种内在的东西，它们的意义只有人类能够领悟，而且人类可以通过精神的力量在理想的认识环境中直接地把握这种东西。
>
> ……所以我们总是先入为主地认为，把认知主体和知识客体联结起来是如此重要的一件事，传统美学研究把这样一种劳作视为自身的当然职责。但是我们从来没有自问过，是否真有必要在主体和客体之间架设一座桥梁？①

---

① 沃特斯．美学权威主义批判．昂智慧，译．北京：北京大学出版社，2000：160.

沃特斯称之为“自作多情的桥梁工程”：“把主客体连接起来构成一个完整的自我，这似乎曾经是我们的哲学的主要神话。”① 但是只要仍然刻意区分主体与客体的界限，在沃特斯看来“美学就仍然是一种在自造的分裂物之间寻找和谐性的努力，仍然是……摹仿式的游戏”。而“摹仿”这一词语在现代美学中的消失给人造成了一种错觉，以为现代美学已经取得了一些进步、已经奠定了新的基础。其实并非如此。“我们区分了主体和客体、语言和事物、形式和内容、字面意义和比喻意义……这与其说是一种本质，还不如说是一个幻觉。但是，它的影响力却是真实的。……简而言之，我们制造了这一分裂，以便能够制造一座沟通它们的桥梁。”②

不过尽管沃特斯如此刻薄地批评“桥梁工程”，他还是将康德视为一种例外。为什么是例外？沃特斯引证保尔·德曼的话：“在康德的哲学思想中从没有思想、内在与某个外在相呼应这回事。”他认为康德并不主张区分主体和客体，并不是“天赐神话”的倡导者，却恰恰是它的摧毁者。

因为同笛卡尔相反，“对于康德来说，最重要的是体验”。也就是说，“所有人类在自然中寻找到的那些结构、法则和形象都只是存在于人类自身之中，而非存在于自然之中”。“对于康德的误读主要是因为，那些读者们头脑中充满了笛卡尔哲学里的某些假想性前提，这使得它们无法认识到——康德哲学从根本上是同唯心主义相对立的。”③

总之，“康德试图用一种物质主义来瓦解顽固的理念美学的自鸣得意。这种物质主义认为：在表象之下并没有其他东西。”这在保罗·德曼看来，是“一种康德的后辈还没有勇气接受的物质主义”；亦即海德格尔所说：“现代主观主义完全误解了创造力，把它看作是自主的主体的天才表演……结果，我们得到了主体高于客体的‘本体优先权’。”

沃特斯的以上分析，对于中国学人理解康德可能是特别重要的。而且也正是基于上述的意义，沃特斯才高度评价了康德在“艺术思想上的哥白尼式革命”：“从美学史来看，德国‘大革命’……与英国国王查理一世和法国国王路易十六被斩首等历史事件具有同等意义。康德为这场自由民主运动撰写了最初的独立宣言。”④

第三节 《判断力批判》

一、以“人”为中心的目的论

《判断力批判》的基本框架，包括一个长篇的“导言”、“审美判断力批判”和“目的论判

① 沃特斯．美学权威主义批判．昂智慧，译．北京：北京大学出版社，2000：162.

② 同①170.

③ 同①166.

④ 同①167.

断力批判”三个部分。其中“导言”总括地讨论“审美判断力批判”和“目的论判断力批判”，将前者称为“自然的合目的性的审美表象”，将后者称为“自然的合目的性的逻辑表象”。“审美判断力批判”部分又分为“审美判断力的分析论”和“审美判断力的辩证论”两章。“审美判断力的辩证论”篇幅较小，主要是运用“二律背反”的理论，讨论它在审美活动中的表现及其解决。比如：

鉴赏的二律背反表现

正题：鉴赏判断不是建立在概念之上的，否则就可以通过证明来决断。

反题：鉴赏判断是建立在概念之上的，否则就不可能要求他人的必然赞同。

鉴赏的二律背反的解决

鉴赏判断基于某种概念之上，但从这概念中不能对客体有任何认识和证明，因为它本身是不可规定的、不适用于认识的。鉴赏判断正是通过这样的概念获得对每个人的有效性，因为这判断的规定根据就在那可以被视为人性的、超感官基底的东西的概念中。

“审美判断力批判”部分的第一章“审美判断力的分析论”，包括“美的分析论”和“崇高的分析论”两卷；通常，这是西方文论所要涉及的最主要内容。

在“目的论判断力批判”部分，康德首先就“自然界的客观合目的性”进行简要的论说，然后又分作“目的论判断力的分析论”“目的论判断力的辩证论”以及作为附录的“目的论判断力的方法论”三章。

“审美判断”与“目的论判断”（aesthetic and teleological judgement）

《判断力批判》同时关注审美判断和目的论判断，并小心地予以区分。前者是纯粹主观的，这并不是说没有全称判断，而是说无论对于自然的对象还是艺术作品，审美判断的基础……都是由再现对象所引起的情感，而不是由于任何观念。因此康德便可以说：“审美判断是一种根据规则而不是根据观念判断对象的特殊能力”。但是目的论判断是客观的，这是因为它证明一个特定对象符合了一个预设目的或自然目的，而与主体的某种情感无关。所以康德告诉我们：达成目的论判断的“不是什么特殊的能力，却仅仅是一般的反思性判断”。

——Frederick Copleston S. J. A History of Philosophy: Modern Philosophy: The British Philosopers: Part II. New York: Image Books, 1964: 146 - 147.

在讨论“无目的的合目的性”（purpossiveness without purpose）时，康德曾经给出了两个例证，一个来自自然界，一个来自文化领域，即“活的有机体”和艺术品。在“目的论判断力的分析论”中，康德指出：“关于界定有机体意指什么这一原则的说明如下：一个有机的自然产物是这样一种产物，于其中每一个组成部分都互为手段和目的。在这样一种产物中，没有任何东西是无用的、没有目的的，或者说归属于盲目的自然机制。”① 这也就是说，如果有机体的存在是一种“没有目的”的合目的性，那是因为有机体的目的不过就是有机体自身。在这样的有机体中，手段和目的内在地联系在一起，成为一种相互的构成，从而产生了一种和谐的一致性。康德所说的这种“内在目的论”（inner teleology），亦即“活的有机体”所体现的自然的

① Immanuel Kant. Critique of Judgement. James Creed Meredith, tr. Oxford: Oxford University Press, 2007: 204.

“客观合目的性”。

当内在目的论由自然领域移入文化领域，其就呈现为美的艺术品。在康德看来，由于艺术活动是一种自由的创造，艺术家不服从于任何外在的影响，不由任何超出其自身的目的所决定；这就是艺术家的“自我决定”和“自律”。而理性和自然的统一之所以能通过艺术品得以表现，就在于主体与客体之间的“内在相符”。艺术家通过对象并在对象中将自己和对象联系在一起，自然也通过艺术活动并在艺术活动中将自己同艺术活动联系在一起。于是艺术家的主体性“客观地”实现了自身，而自然的客体也在主体的艺术活动中得到实现。这可能正是马克思后来在《1844年经济学哲学手稿》中所说的“人化的自然”和“自然的人化”。不过对康德而言，这仅仅局限在心灵活动的范围之内，马克思则把它看作是劳动（实践）的结果。

对于康德来说，艺术的创造只能是天才的创造。那么什么是“天才”（genius）？按照他的说法：“自然和自由的同一”在天才身上体现出来，而天才就是自然的能力。进而言之，“天才就是天赋的能力，它给艺术制定法则。既然天赋的才能作为艺术家天生的创造机能，它本身就是属于自然的，那么人们就可以这样说：天才是天生的心灵禀赋，通过它自然给艺术制定法则。”[①] 这样，自然实际上将法则给予了天才，又恰恰是通过天才而成为艺术的法则、通过艺术家来呈现自身。这就是自然和自由的同一，也就是“无目的的目的性”的表现。

从文论的角度看，《判断力批判》之中最主要的论说似乎集中于康德对“美”和“崇高”的分析，但是“目的论”的部分并不是可有可无的。说到底，康德为“美”所设定的正是“人”的重心；而“人”的“目的性”，则是其中的根本。

从“导言”开始，康德就将“审美判断力”与“目的论判断力”相并列，认为它们都体现着“自然的合目的性”，体现着“对象形式”与“主体心灵”的“契合”。

作为“自然的合目的性的审美表象”，“审美判断力”是“单纯反思到对象的形式”并由此产生快感。其根据在于审美对象的形式符合了审美主体的目的性，所以康德说这种“自然美……是形式的（单纯主观的）合目的性概念的表现”。

作为“自然的合目的性的逻辑表象”，“目的论判断力”并不涉及主体对于对象形式的把握，而只涉及知性的、逻辑的认识，所以康德认为这种“自然目的……是实在的（客观的）合目的性的概念的表现”。

总之，“前一种判断力被理解为通过愉快和不愉快的情感对形式的合目的性（另称之为主观合目的性）作评判的能力，后一种判断力则被理解为通过知性和理性对自然的实在的合目的性（客观合目的性）作评判的能力。”[②]

然而无论哪一种“合目的性”，其实都要通过“人”的精神活动，都是“对象”与不同心理功能的“契合”。因此可以说康德的主旨必然要归于“人”的问题。

关于“人是目的”的命题，康德在《实践理性批判》就曾经写道：“人类诚然是够污浊的，不过他必须把寓托在他的人格中的人道看作是神圣的。在全部宇宙中，人所希冀和所能控制的一切东西都能够单纯用作手段，只有人类……才是一个自在的目的。”[③]

如果说在《实践理性批判》中，“人是目的”还主要是就“自由诸概念的领域”而言，那

---

① 康德．判断力批判：上卷．宗白华，译．北京：商务印书馆，1985：152.

② 康德．判断力批判．邓晓芒，译．北京：人民出版社，2002：29.

③ 康德．实践理性批判．关文运，译．北京：商务印书馆，1980：89.

么到了《判断力批判》，作为“目的”的“人”就必然延伸到“自然诸概念的领域”。因为整个自然界都是“按照目的规则的一个系统”，“没有什么是无用的、没有目的的”；而在一切目的性之中，需要追问的是“最后的目的”或者“自在的目的”，康德认为，这就是“作为本体的人”。

康德在《判断力批判》中说：“世界……都是有所依靠的……这就需要一个按照目的而行动的……最后目的；这个时候，人就是……最后目的。”“在世界上只有一类存在者……是向着目的的……并且不依靠自然的任何东西……这类存在者就是人……是作为本体……的人。”[①]

本来，“自然诸概念的领域”和“自由诸概念的领域”之间“存在着一个不可逾越的鸿沟”，“反思判断力”之所以能将它们沟通，正是由于“自由概念应该把它的规律所赋予的目的在感性世界里实现出来”——其中的关键只能在于“人”。

在以“人”为中心的目的论之中理解康德的美学思想，还应当特别注意他与一般意义上的“主观论”之区别。这可以从康德的认识论革命中得到清晰的参照，上一节关于沃特斯的引述也正是针对这样的误读。否则，康德以后的“主体”问题，很容易被浪漫主义化（比如强调“表现”），甚至意识形态化（比如强调文学与“教化”的对立）。而这可能并不是康德的意思。

二、“美”的分析论

康德对于“美”的分析，并不是探讨一个对象在何种条件下才美，而是关注“主体”在何种条件下才能形成一定的审美判断（或者“鉴赏判断”，judgement of the taste）。他的注意力始终在于审美活动之主观的、情感的方面。

他根据质、量、关系、形式四组范畴来分析美，称之为四个“契机”（moment，要素）。

“审美判断”或者“鉴赏判断”的四个契机

鉴赏判断关涉于理解，但是在康德看来，它本身并非逻辑判断。不过通过对鉴赏判断之四个契机的分析，可以使美得到部分的界说。……康德对四个契机的讨论其实与判断力的四种逻辑形式没有多少关联，而是有其自身的意味。

——Frederick Copleston，S. J. A History of Philosophy：Modern Philosophy：The British Philosopers：Part Ⅱ. New York：Image Books，1964：149.

根据“第一契机”即“鉴赏判断按照质来看的契机”，康德认为“那规定鉴赏判断的愉悦是不带任何利害的”（*entirely disinterested* satisfaction or dissatisfaction）。

他由此推得的“美的说明”则是：“鉴赏是通过不带任何利害的愉悦或不悦而对一个对象或一个表象方式作评判的能力，一个这样的愉悦的对象就叫作美。”

其中的要点在于：“要说一个对象是美的……这取决于我怎样评价自己心中的这个表象，而不是取决于我在哪方面依赖于该对象的实存。……我们必须对事物的实存没有丝毫倾向性，

① 康德．判断力批判．邓晓芒，译．北京：人民出版社，2002：99－100.

而且在这方面完全抱无所谓的态度”[①]，才有可能形成纯粹的审美判断。在鉴赏一个对象时夹杂任何利害、功利观念，都不是真正的审美态度。

这一观点其实已经潜在于康德的“道德自律”和“意志自由”当中：道德意志的“自律性”选择，一方面当然是自觉的而不是被迫的选择，另一方面也不能是基于个人欲念的选择。个人欲念即一定的功利需求，如果由此进行选择，则同样会导致“他律”。

为了说明审美活动的这一特点，康德区分了三种不同的“快感”：

“对快适的愉悦”是包含“利害感”的，因为“快适”是对感官的满足。也许可以说这是一种“官能上的利害感”。

“对于善的愉悦”也是包含“利害感”的，比如“好的”“有益的”对象所带来的满足。相对而言，这是一种“理性上的利害感”。

另外才是“美”所带来的愉悦。相较而言，“快适”以“病理学上的……刺激作用……为条件”，“善”则“不只是对象（的形式），而且连对象的实存也是令人喜欢的”。所以“快适”就是“使人快乐的东西”，“善”是“被尊敬的、被赞同的东西”，其中都包含着一种客观价值。“美”则只是使人“喜欢”。

三者之中，“快适”与“爱好”（inclination）相关，“善”与“归因于客观价值的敬重”相关（the good is the object of esteem：it is that to which objective worth is attributed）；而与“美”相关的“不能是任何嗜好或欲望”（without any reference to appetite or desire），于是有康德所说的“惠爱”（charity），他认为其中体现的“美”是“唯一自由的愉悦”。康德的例子十分独特：

人们常说“饥饿是最好的厨师”，人在饥饿的时候吃什么都觉得“快适”，只有当“饥饿”的问题被解决、人的生理需要得到了满足以后，才能分辨出“品位”的高低。这恰恰说明“快适”的判断是不自由的。

至于“善”的判断，康德也列举出“无德行的风尚”“不带友好的客气”“缺乏正直的礼貌”等等。总之，“关于什么是该做的事，客观上……并没有任何自由的选择”。

这里也许需要注意两点：

第一，康德将“美”在质上的特点归结为无利害感，从而把审美快感与其他快感相区别。单从这一节看，好像他完全排斥了“美”的功利性，以至常被夸大。其实这一节应当同康德的其他讨论关联起来看。

“无利害”的中的“利害”

康德还指出：当他用“无利害”言说审美判断时，并不是说其中不能有或者不应有任何利害。社会中的人在审美经验中体会到的快感当然有某种利害，康德称之为美当中的经验的利害（an empirical interest in the beautiful）。然而尽管利害可能伴随着或者融合于鉴赏判断，却不是决定性的。

——Frederick Copleston，S. J. A History of Philosophy：Modern Philosophy：The British Philosopers：Part Ⅱ. New York：Image Books，1964：150.

① 康德．判断力批判．邓晓芒，译．北京：人民出版社，2002：39.

第二，康德所说的“无利害感”有其特定的含义。比如柏克也曾谈到相似的问题，但他仅仅是将“利害关系”理解为“占有或利用一个对象的欲望”，所以他甚至会举出这样的例证：“我们会对一个貌不出众的妇女怀有强烈的欲望，可是男子或其他动物的最非凡的美，虽然能引起爱慕，却一点也不激起欲望。”柏克通过这样的方式，证明“显示出那种美的东西以及美所引起的我们称之为爱慕的那种激情，是和欲望有所不同的”。而康德认为：凡是与一个对象之“实存”有关的，都在“利害关系”之列。所谓审美判断无利害感，不仅意味着没有占有或利用一对象的欲望，而且更重要的是对于该对象的“实存”或者“性质”全然淡漠：“要说一个对象是美的……这取决于我怎样评价自己心中的这个表象，而不是取决我在哪方面依赖于该对象的实存。……我们必须对事物的实存没有丝毫倾向性，而且在这方面完全抱无所谓的态度。”① 因此在康德的论述中，“无利害的快感”是一种 disinterested pleasure，其中更重要的一层意思，在于强调审美快感的主观性。

康德的“第二契机”是“鉴赏判断按照其量来看的契机”。据此，康德认为“美是无概念地作为一个普遍愉悦的课题被设想的”，亦即他“从第二个契机推出的美的说明”：“美是那没有概念而普遍令人喜欢的东西”（that which pleases universally，without a concept）。这通常被归纳为“美具有不带概念的普遍性”。

康德在“美”、“快适”和“善”之间进行了比较，他指出：“快适……建立在私人感受之上……对一个人来说紫色是温柔可爱的，对另一个人来说它是僵硬死板的……每个人都有自己独特的口味。”② 另外，“善……虽然……有权要求对每个人都有效，但善只是通过一个概念而被表现为某种普遍……的客体。”从“快适”的缺乏普遍性和“善”必须凭借“概念”的特性上看，它们都与“美”完全不同。

审美判断是对一个个别事物的属性做出的判断。而一方面，单称判断一般来说不能具有普遍性；另一方面，有价值的审美判断又应当能得到普遍的赞同。

解决这一矛盾的方式，已经潜在于康德关于“第一契机”的分析之中。因为，“无利害”的审美特性其实可以引申出这样的推论：假如一个人感到一个对象使他愉快而并不涉及任何利害感，那么他有理由假定这一对象也令别人感到愉快。所以康德说：“既然……判断者在他对于这对象愉快时，感到自己是完全自由的，于是他就不能得到私人的、只和他的主体有关的条件作为这愉快的根据，因此他必须认为这种愉快是根据他所设想的人之共有的东西。结果他也必须相信他有理由设想每个人都同样感到此愉快。”③

这样就如同康德所言：“愉悦的普遍性在一个鉴赏判断中只表现为主观的”。如果说“客观的普遍性”不可能离开“概念”，那么“不带概念的普遍性”就只能通过“主观的普遍性”来实现。更重要的是，康德认为这种“表现为主观的”普遍性，亦即“主观的普遍有效性”，来自人类认识能力中的一种“普遍可传达性”（shareability or communicability）。

他说：“鉴赏判断不依赖于概念而就愉悦和美这个谓词来规定客体，所以那种关系的主观统一性只有通过感觉才能被标明出来。……感觉……激活……想象力和知性（又译“知解力”）……它的普遍可传达性是鉴赏判断所设定了的……对任何人类……都是有效的。”④ 这就

① 康德．判断力批判．邓晓芒，译．北京：人民出版社，2002：39.

② 同①47.

③ 同①46.

④ 同③.

是说：一种表象如果符合人的想象力和知性（知解力），引起了它们的自由活动，造成二者的和谐，那么此种“可传达的”内心状态就会导致普遍的美感。

康德的“第三契机”是“鉴赏判断按照它在里面所观察到的目的关系来看的契机”。他从“一般的合目的性”“合目的性形式”等方面入手，最终推出另一种“美的说明”：“美是一个对象的*合目性*的形式，如果这形式是*没有一个目的的表象*”（*Beauty* is the form of the *purposiveness* of an object，so far as this is perceived *without any representation of a purpose*）。这通常被表达为：从关系方面看，美具有“无目的的合目的性”。

如同康德对“普遍性”的辨析一样，这里的“目的性”也是被分为两种：“客观目的性”既包括“外在的目的性”也包括“内在的目的性”。“外在的目的性”涉及对象的客观价值和外在的有用性，已经被“无利害”的性质所否定。“内在的目的性”则是一事物对它所从属的概念而言的完满性，这种完满性只能凭借相应的“概念”来衡量，所以也已经被“无概念”的特性所否定。

排除了以上的“目的性”，那么也许可以简单地说：“无目的的合目的性”，就是“无客观目的的合主观目的性”。

“无客观目的性”，也就是说一切涉及审美对象本身性质的东西（外在有用性、内在完满性）都没有意义，从而审美活动与“对象”的内容无关，只涉及对象的形式。这就引出了后来常被人引用的“美在于形式”的命题。

“美在于形式”（Aesthetic pleasure is connected with form）其实并没有形式主义或者唯美主义的含义。它的要点在于强调“主观目的性”，即对象的形式唤起主体的意识活动，从而产生美感。康德当然知道，只涉及形式不涉及内容的美是不可能的。正是因此，他在此提出了“自由美”“依附美”以及何种美才是“美的理想”等问题。

“自由美”亦即纯粹的美，它“不以任何有关对象应当是什么的概念为前提”，是完全“独立存在的”。比如“花朵是自由的自然美……就连……植物学家……通过鉴赏来对此作判断时……也决不会考虑到……自然目的。所以这一判断是不以任何一个物种的完善性、不以……任何内在合目的性为基础的”。“鸟类”、“海洋的贝类”、“无标题的幻想曲”和“全部无词的音乐”也可以“归入这种类型”。[①]

但是“一个人的美、一匹马的美、一座建筑的美”却并不纯粹，因为它们“都是以一个目的的概念为前提的，这概念规定着此物应当是什么，因而规定着它的一个完善性的概念”，所以我们只能将它们归于“依附美”。

重要的是，前一种美虽然更纯粹，但是后一种才是“理想的美”或“美的理想”。康德对“美”进行的抽象分析（质、量、关系、形式）显然与他的“审美标准”的讨论不同。他明确地提出：“只有……在自身中拥有自己实存的目的的东西……才能成为美的一个理想”。这样，美的理想应该满足两方面的条件。

第一是“审美的规格理念”，第二是“审美的理性理念”。

“规格理念不是从采自经验的各种比例……中推导出来的，而是……悬浮于一切单个的、以种种方式各不相同的那些个体……之间的整个类的形象；大自然将这形象奠立为……该类物

---

① 康德．判断力批判．邓晓芒，译．北京：人民出版社，2002：65.

种……的原型，但……在任何单个个体中都没有完全达到它。”[①]

“理性理念”强调“美的理想只可以期望于人的形态”，从而“理想就在于表达道德性”；西方文论的讨论中常常被提到的“美是道德的象征”之谓，就是由此而来。如果没有“道德性”的表达（或者“象征”），康德认为“美的对象”就不会“普遍地……积极地……使人喜欢”。他甚至强调：要想“表达……在内心支配着人们的那些道德理念……就需要……在内心中结合着理性的纯粹理念和想象力的巨大威力。……这就证明，按照这样一个尺度所做的评判决不可能是纯粹审美的”[②]。

康德的“第四契机”是“鉴赏判断按照对对象的愉悦的形式（或译模态）来看的契机”。其结论在于：“美是那没有概念而被认作一个必然愉悦的对象的东西”（The *beautiful* is that which without any concept is recognized as the object of a *necessary* satisfaction），即所谓“美应当具有不带概念的必然性”。

与论证“不带概念的普遍性”一样，康德所能确认的还是“主观的必然”。值得注意的是，康德在这里再次提出“普遍可传达性”的问题，并称之为“共通感”（common sense）。他认为：“在一个鉴赏判断里所想到的普遍赞同的必然性，是一种主观必然性，它在某种共通感的前提之下被表象为客观的。”

通过以上的分析，康德得出的结论是：审美判断作为一种特殊的反思判断，首先与利害无关，因此不是功利性的实践活动；其次，它与概念无关，因此不是认识活动；最后，它与客观目的无关，因此不是道德活动。作为心灵全部能力的一种，它只是主体想象力与理解力和谐自由运动与对象形式相契合而产生的愉悦或快感，由于自我反思的主体心灵—情感活动所具有的可传达性而具有普遍性和必然性。

在这个结论中，前一部分强调的是审美活动在心灵诸种能力之中的特殊性，后半部分则表明审美活动与认识活动和道德活动的联系与不可分割性。因此，审美判断显示出一系列的二律背反现象。它不涉及利害关系和功利欲念，不是实践活动，却产生了类似实践活动的快感；它不涉及概念，不是认识，却需要诸认识能力的自由活动，从而同一种“不确定的概念”有关；它没有明确具体的目的，却又符合目的性；它是主观的和个别的，却又带有普遍性和必然性。其中最重要的当然是，它不是认识活动却类似认识活动（即含有认识活动对真的追求），不是实践活动却类似实践活动（即含有意志活动对善的追求）。因此从理论上说，审美判断（或鉴赏判断）作为批判哲学体系的重要组成部分，确实成为知识判断和道德判断的中介和桥梁。

另外将康德从质、量、关系、形式四个方面的分析联系起来看，他的兴趣显然不在于“形式”，而是要一步步地论证审美活动中的主观性因素：

“无利害”则不在乎对象的性质和存在，却是从对象的形式中使主体得到满足；

“无概念”又要具有“普遍性”，则区别于官能反映对象而生的快感和道德赞许而生的快感，使对象的形式仅仅成为引起主体意识活动的媒介；

“无目的”否定了对象的功用和内容意义，再次突出引起主体活动的“形式”；

“合主观目的”进一步将审美活动的核心置于审美主体；

“美的理想”之两个条件，则强调了主体观念中的“规范”和道德内容。

---

① 康德．判断力批判．邓晓芒，译．北京：人民出版社，2002：71.

② 同①72.

总之，上述论证中所涉及的“美在形式”，核心是要否定和抽出“对象”所含的自身功用和自身内容，只留其“形式”，而最终目的是要代之以审美主体的观念内容，所以“美”要“表达（或者象征）道德”，所以对美的抽象分析与审美的标准必然有所不同。

就此康德写道：“通过在想象力中对形式的把握，即想象力的和通过想象力的作用，对象只是作为形式进入判断。这样，在对象和心灵能力之间的关系不只是对象对主体的单纯外在关系，而是一种心灵能力，即想象力，已经卷入其中的关系。这样，所谓对象与诸心灵能力的和谐，就已经涉及诸种心灵能力的和谐了。”所以，这种构成美的先在的和谐感，产生于“诸种认识能力的自由运动”[①]（the free play of cognitive powers）。

自由运动，就是相互符合、相互协调。而英译文中的“运动”一词（play），又正是“游戏”。其实康德多次使用这样的概念说明审美现象，例如诗是想象力的自由游戏，音乐和绘画是感觉游戏的艺术，以及各种感觉常在变化的自由游戏经常是满足感的来源等等[②]。只有当游戏者不受任何外在因素的影响时，游戏才是自由的；因此在审美判断中，主体就是通过将自身（即想象力）呈现于自身（即理解力）而与自身游戏。换言之，审美愉悦就是审美主体对于自身内在和谐的体验。[③] 如此，西方文论传统中的摹仿概念则被彻底推翻了。

“形式”与“游戏”

在以形式令人满足的对象中（in the formally satisfying object），想象辨认出自己的表达（the imagination recognizes an expression of itself），那是想象本身通过自由、或者想通过自由得出的东西，尽管这与理解力的规律……也是相互协调的。这样，对象的形式将一种“先验性”与两种认识官能的和谐感受连接起来（Thus the form of the object is connected a priori with the feeling of the harmony of the two cognitive faculties），而这种和谐的感受正是无利害的审美快感。……审美的快感……关涉于形式、而非性质（aesthetic pleasure … is connected with form，not quality）。形式是“完形”（*Gestalt*），即视觉对象的结构；形式也是“游戏”（*Spiel* or play），即时间过程的结构（比如音乐）。

——比厄斯利．美学史：从古希腊到当代．高建平，译．北京：高等教育出版社，2018：358－361.

注：此处的译文根据英文本稍做改动。

在康德的艺术分类中，处于最高位置的是诗。他曾说：“在一切艺术中占首位的是诗。诗的根源几乎完全在于天才，它最不愿意受陈规和范例的指导。诗开拓人的心胸，因为它让想象力获得自由；……诗也振奋人的心胸，因为它让心灵感到自己是自由的，独立自在的，不取决于自然的；……诗用它自己随意创造的形象显现来游戏，却不是为着欺骗，因为它说明自己只

---

① Immanuel Kant. Critique of Judgement. James Creed Meredith，tr. Oxford：Oxford University Press. 2007：50.

② 同①155.

③ 休谟的反省印象，其实也就是对于自己心灵的感知。而早在波拿文都拉（St. Bonaventure）那里，整个感觉世界通过理解以三种对象形式进入人的灵魂：1. 外部的感觉对象通过五官进入灵魂，但此时它们不是以它们的实质，而是以它们的相似或者形象（likeness）进入灵魂的。2. 在灵魂对于这种外部感觉对象的把握中，伴随而来的是内部感觉对象（整一、和谐、鲜明等，这正是后来托马斯·阿奎那的“美的三要素”）与外部感觉对象之间的相符所带来的愉悦。3. 随后，灵魂要对愉悦的事物和感觉进行判断。这是一种通过纯化和抽象过程而展开的理解活动，在这种理解活动中，灵魂被导向感觉对象的源泉——第一原理。参阅：肯尼，编．牛津西方哲学史．韩东晖，译．北京：中国人民大学出版社，2008：131－132.

是为着游戏，但理解力却可以利用这种游戏来达到它的目的。”① 康德强调诗的无限与自由可以超越感性世界而进入理性世界，这应该是后来浪漫主义关于诗歌本质之看法的最早表达。这种对于诗歌的解释，也将摹仿的问题从主客体之间的关系转移到自由活动的主体间的关系，从而摹仿成为一种自由与另一种自由之间的同一。

康德在一系列抽象分析中对主观性的强调，以及人们通常感到的形式-道德之矛盾，还可以从他对崇高的分析中得到更清晰的认识。

三、“崇高”的分析论

关于“从对美的评判能力过渡到对崇高的评判能力”，康德写下了这样一段话：“当我们把任何一个自然对象称为崇高的时候，我们的表达是根本不对的。……我们能说的仅仅是：对象适合于表现一个可以在内心中发现的崇高；因为真正的崇高不能包含在任何感性的形式中，而只针对理性的理念，这些理念虽然不可能有与之相适合的任何表现（形式），却正是通过这种可以在感性上表现出来的不适合性而被激发起来。”②

早在1764年，康德就在《对于美好和崇高感情的观察》当中做过相关的研究。据说该书当时就再版了八次，引起轰动。《判断力批判》关于“崇高”的分析，则同康德关于“美”的分析一脉相承，并从“崇高”的形式特征、“崇高”的来源、“崇高”的性质等三个方面讨论了“崇高”与一般审美活动的不同。

首先，他认为“崇高”在形式上的特性正是“无形式性”。对象的“形式”即是主体可以通过感官对于对象的把握，这是一般审美活动的基本媒介。而“无形式”也就是形式的无限性，它是指对象的形式超越了人的感觉能力，不能通过感官加以把握。如果说“美”涉及对象的“形式”，崇高就正是涉及对象的“无形式”。二者的逻辑联系在于：“美的分析”使对象只剩下“形式”，“崇高的分析”则使对象连“形式”也不剩，进一步从远离形式（无形式）的方面透视美的主观基因。所谓“真正的崇高不能包含在任何感性的形式中，而只针对理性的理念”，就是对此而言。

康德从“数学的崇高”和“力学的崇高”分别讨论了“崇高”的“无形式”特性。

“数学的崇高”是指数量或体积上的无限大，即“崇高是与之相比较一切别的东西都是小的的那个东西”。比如山峦、冰峰、大海，也比如埃及的金字塔和罗马的圣·彼得大教堂。康德特别提到“第一次走进……圣·彼得大教堂时向参观者突然袭来的那种震惊或困惑的性质”，参观者之所以会感到“震惊或困惑”，是因为对象的无限形式超过了人的感受能力，与人的认识功能相抵触，亦即康德所说的“想象力为了表现它而感到不适合，在这一理念中想象力达到了它的极限”③。

---

① Immanuel Kant. Critique of Judgement. James Creed Meredith, tr. Oxford: Oxford University Press, 2007: 155.

② 康德．判断力批判．邓晓芒，译．北京：人民出版社，2002：83.

③ 同②90.

康德的艺术经验

康德对艺术本身的欣赏，无论在深度还是在广度上都是有限的。在音乐方面尤其如此，他似乎对音乐的魅力完全无动于衷；即便是文学，他的兴趣好像也仅限于一个狭窄的范围；由于终生居住在哥尼斯贝格，关于绘画、雕塑和建筑领域的成就他几乎没有直接的认识。尽管如此，这些限制并没有妨碍康德对审美经验的性质和来源产生浓厚的兴趣。

——加德纳．康德《判断力批判》李静韬，等译//所罗门，等主编．劳特利奇哲学史：第六卷：德国唯心主义时代．储昭华，等译．北京：中国人民大学出版社，2016：117.

"力学的崇高"是指威力的无限大。比如"险峻高悬的……山崖……火山……毁灭一切的暴力，飓风连同它所抛下的废墟，无边无际的被激怒的海洋，一条巨大的河流的一个高高的瀑布"等等，总之"我们与之对抗的能力在和它们的强力相比较时，成了毫无意义的渺小"。康德还特别提到："只要我们处于安全地带，那么这些景象越是可怕，就只会越吸引人。"至于为什么会通过"数量"或者"威力"的无限大而产生"崇高"，就涉及康德对"崇高"之来源的分析。

"崇高"的来源，莫如说是"崇高感"的来源。因为其中最基本的要素便是主体心灵的参与。康德认为："崇高"对象的"无形式性"使得主体不可能直接感受其形式，从而只能在心灵中完成其形式。

> 自然界的美建立于对象的形式，而这种形式成立于限制之中……崇高却只能在对象的无形式中发见……它身上的无限……被表象出来，并又被设想为一个完整体。
>
> 超越一切感官尺度的大……与其说是容许把对象（评判为崇高），倒不如说是容许把在估量对象时的内心情调评判为崇高。
>
> 真正的崇高必须只在判断者的内心中，而不是在自然客体中去寻求，对后者的评判是引起判断者的这种情调的。
>
> 我们从自然界的不可测度性……发现了我们自己的局限性，然而却同时也在我们的理性能力上发现了一种非感性的尺度……发现了某种胜过……自然界本身的优势。……对自然中的崇高的情感就是对于我们自己的使命的敬重，这种敬重……通过某种偷换而向一个自然客体表示出来（用对于客体的敬重替换了对我们主体中人性理念的敬重）……
>
> 所以崇高不在任何自然物中，而只是包含在我们内心里——如果我们能够意识到我们对我们心中的自然并因此也对我们之外的自然……处于优势的话。这样一来，一切在我们心中激起这种情感……的东西，都可称为……崇高。①

关于"美"，主体可以从对象的形式得到引起意识活动的根据；而"崇高"由于其"无形式"，则只能更多地诉诸主体心灵。按照康德的说法，在"美"的审美判断中，对象的形式好像已预先被规定着，恰好适应人的想象力和知解力的和谐活动，从而成为愉快的对象。至于"崇高"，对象的无限形式与人的认识功能相抵触，不能和谐。正是这种不适应性，正是由于感官不能把握对象，才激起了人们内心的理性观念，因为只有高于知性的理性才可以超越感官、达到彼岸、从整体上把握看不见的东西。

---

① 康德．判断力批判．邓晓芒，译．北京：人民出版社，2002：82.

因此，“数学的崇高”就是主体的理性能力超越了有限的感觉能力，从而把握了无限的“量”；“力学的崇高”则是主体的理性能力超越了弱小的肉体存在，从而可以压倒可怕的对象，把可怕的东西当作自己的对象。

最后康德还指出：来源于主体心灵的“崇高感”，在性质上是一种由痛感转化而来的间接的快感。一般的美感是直接的、积极的、平静的快感；由痛感转化而来的崇高感，则是消极的、间接的、激动的快感。“痛感”不是“痛苦”，而是人的心灵感受到的惊异、迷惑、激荡、震慑或康德所言的“生命力在瞬间的阻滞”。“它经历着一个瞬间的生命力的阻滞，而立刻继之以生命力的更强烈的喷射。……崇高同媚人的魅力不能和合，而且心情不只是被吸引着，同时又不断地反复被拒绝着。对于崇高的愉快不只是含着积极的快乐，更多是惊叹或崇敬，这就可称作消极的快乐。”①

在这一问题上，康德对柏克的论说有所发展。他纠正了柏克关于崇高起源于恐怖的简单说法，认为在“崇高感”当中，崇敬克服了恐怖；同时他强调理性对“崇高感”所起的重要作用，这与柏克过于强调人的生理本能以及感性活动之作用的观点也有很大差别。康德的分析，成为后世西方所有此类论述的基础（如席勒、黑格尔、布拉德雷）。

席勒和黑格尔论“崇高”

席勒在其《论崇高》中说，崇高是一个对象或一个再现之作，在其面前我们的肉体感觉到自己的局限，我们的理性则感觉自己优越于、独立于一切局限。……席勒：“自然给我们两种天赋来陪我们度过此生，……以第一种天赋，我们知觉我们的美的意识；以第二种，我们体认我们对崇高的意识。美的确是自由的表达，但不是将我们提升超越自然、使我们脱离一切物质影响的那种自由；……我们面对美时感到自由，因为我们的感官本能与理性的定律相互和谐，因为精神在这里仿佛只受它自己的法则约束。崇高意识则是一种混合的情感，……彼此矛盾的情感结合为一种情感，是我们道德独立的铁证。……经由崇高意识，我们发现我们的心智状态未必受我们感官知觉的状态决定，自然律未必是我们的法则，我们拥有独立于所有感官情绪的自主原则。”……黑格尔在其《美学：艺术演讲集》（*Aesthetics: Lectures on Fine Art*，Ⅱ，2）则说，现象界之物不足以表现无限，于是而有崇高。

——艾柯，编著．美的历史．彭淮栋，译．北京：中央编译出版社，2007：296-297.

康德的其他论题

在《审美判断力的分析》的最后几小节，康德从塔的主要论点转向了较为分散的一些论题：艺术与自然、艺术的分类、天才以及幽默。对所有这些论题，他都说出了有趣而有挑战性的东西。在这些小节中，有些段落注定要对浪漫主义美学产生相当的影响。康德在对天才的分析中拾起了他以前的一些思考，……通过天才，“自然给艺术提供规则”（Nature gives the rule to art），……天才也是“审美理念”的官能（faculty of *aestheticalideas*）。

——比厄斯利．美学史：从古希腊到当代．高建平，译．北京：高等教育出版社，2018：369.

① 康德．判断力批判．邓晓芒，译．北京：人民出版社，2002：95.

从康德对“崇高”的分析中，可以更深刻地理解他对审美主观性的强调以及将审美同道德、理性相连接的方法，从而更好地感受到其美学理论之于认识和伦理之间的桥梁作用。这一分析在200多年以后居然又引起了新的关注，其中最值得注意的，是利奥塔德《艺术论坛》(1982)之中“呈现无法显示的东西——崇高”一节，中译文被收入《世界文论》第二辑《后现代主义》(社会科学文献出版社，1993)。

利奥塔德试图通过“崇高”为后现代主义艺术辩解，认为后现代主义艺术的标志是“崇高”而不是“美”。他提出：“就公众欣赏力而言，先锋派绘画作品是‘怪异’、‘无形式’、纯‘负面’的非实体（我用的是康德在描述引起崇高感的物体时所使用的词汇）。”所以“在晚近的60年代的先锋派文本中都出现了崇高这个词”①。

为什么先锋派的艺术需要康德所说的“崇高”？在利奥塔德看来，“来自观念”的东西是无法显示的。“宇宙无法显示出来，人性、历史消亡、此刻、物种、善、正义等康德所说的‘一般绝对事物’，也无法显示出来。”但是这些“无法显示”的“绝对事物”，是“可以证明其存在”的。如何证明？——“通过康德称为‘抽象’的‘负面表象’。”②。比如“1910年以来的抽象画”，就是“对视觉所不可见的事物的间接的……暗示。这些作品凭崇高感而不是美感取胜”。

总之，“绝对事物”无法表现，“绝对事物”也并不能令人满足。所以当艺术试图企及“绝对”的时候，只能“用可感知的去表现不可言喻的”。利奥塔德为追求“崇高”而不是追求“美”的后现代艺术找到了一种理由：“在我们的科技工业世界中，真、善、正义、无限等，并没有连贯一致的象征。……19世纪末的资产阶级现实主义、20世纪的社会主义及民族社会主义现实主义……企图再引入象征主义，给公众提供可以看懂的艺术品，使公众能与具体观念（民族、社会主义、国家等）产生认同。……所以它们总要号召消除先锋派。而先锋派的做法，正是不遗余力地……设法完全无视通过视觉象征手段统一趣味、给予集体身份感的文化责任。”③

齐泽克论《阿甘正传》

……阿甘从成功走向成功，从不停步，也从未理解。正如齐泽克所说：在电影《阿甘正传》中，“意识形态明摆在桌面上，其功能的奥秘昭然若揭，而且仍然在发生作用”。阿甘……正是“无主体的主体性”或者“绝对的无产者”之完美代表。

——Val Hill, Peter Every. Postmodernism and the Cinema//Stuart Sim, ed. The Routledge Companion to Postmodernism. London and New York: Routledge, 2001: 110.

进而，利奥塔德甚至相信：“现实本身最终将被置换。当前的时代精神当然不是纯欢愉的精神：时代的使命仍然是内在崇高的使命、暗示无法显示的东西的使命。”④

---

① Jean-François Lyotard. The Inhuman: Reflection on time. Geoffrey Bennington, Rachel Bowlby, tr. California: Stanford University Press, 1992: 125.

② 同①126.

③ 同①125.

④ 同①128.

关键概念

美学、美感、先验理性形式、二律背反、现象界、物自体、先验理性形式、人为自然立法、自然诸概念的领域、自由诸概念的领域、无目的的合目的性、崇高的无形式性

思考题

1. 如何理解康德所谓“知性和理性的各种立法，通过判断力而联结”?
2. 康德关于“美”和“崇高”之分析的关联何在?
3. 何谓“二律背反”?

第七章

德国古典美学（下）

本章分为四节。第一节主要通过当代西方学者的相关研究，讨论黑格尔与康德的不同立场；同时也对黑格尔的早期思想（特别是宗教思想）予以介绍。

第二节是以黑格尔关于“绝对理念”之发展过程的完整描述为基础，关联到他对艺术发展阶段的相应分析，由此揭示其美学理论的主旨。

第三节从黑格尔对“美”的界说入手，通过其“实践”“人的对象化”等观念，着重讨论其“情境”“情致”“冲突”“性格”等最基本的理论命题。

第四节是黑格尔关于悲剧和喜剧之讨论。

第一节 黑格尔美学的理论背景

一、黑格尔与康德的不同立场

在古典形态的西方文论向当代延伸的过程中，康德和黑格尔无疑是影响最为深刻的。后世所广泛涉及的“意义的独一性”（univocity，univocal）与“多义性”（polysemy，polysemic）问题，甚至种种语言学和符号学理论，从一定意义上看都深深地植根于德国古典美学的传统之中。如果将它们还原，我们常常会更清晰地感受到康德与黑格尔的不同立场。

文学文本（广义的艺术作品）究竟在何种程度上可以明晰地表达思想或者意义？这是20世纪的西方文论经常追问的根本问题之一。它首先应该回推到语言学—符号学的思考。齐玛（Peter V. Zima）《现代文学理论的哲学》详细描述过相关背景，并梳理了康德-黑格尔以降的思想线索。①

相信语言符号是由能指（signifier）和所指（signified）共同构成的理论，自索绪尔之后逐

① Peter V. Zima. The Philosophy of Modern Literary Theory. London & New Jersey：The Athlone Press，1999.

渐成为文论领域的普遍话题。其联系的随意性，保证了它们各自的独立，即“能指”无法被缩减为概念（或者索绪尔所说的“所指”）；而“所指”也并不依附于一种特定的“能指”，并不依附于一个特定的语音单元。一个孤立的“能指”（比如字典中的一个单词），可以具有多种含义，这就是多义性。反之，一个概念也可以在不同的能指中得到表达，这就是同义词。

后来，索绪尔学派的语言学家和符号学家马丁内（André Martinet）非常明确地指出：语言包括两个互补而又独立的层面——“能指”即是语音的层面，“所指”即是语义的层面。他试图证明：“能指”的层面只是被随意地连接于“所指”的语义层面，两个层面之间的变易完全是可能的。接着，丹麦语言学家和符号学家叶尔姆斯列夫（Louis Hjelmslev）又进而提出两个新的概念，以便更容易区分“能指”的语音层面和“所指”的语义层面：“表达层面”（expression plane）和“内容层面”（content plane）。他同样相信，这两个层面是各自独立的。

如果说，从索绪尔语言学所导出的是一种语言的二元论，那么可以与之相比的，也许就是现代文论再次回推到的康德的知识二元论，特别是康德关于概念认知与审美认知之关系的二元论看法。

康德的出发点，被一些 20 世纪的批评家视为“审美认知不能被缩减为概念认知”。正是由于审美判断不能从概念的和逻辑的理性中推出，所以美带给人类心灵的快感才是“无概念”的。他关于美的看法，与语言学家关于“表达层面”的看法不无相似：既不是由概念所决定，也不能被缩减为概念认知。就此而言，可以说黑格尔对康德关于美的二元论观念提出了挑战，并且明确否定了文学艺术中的“表达层面”的独立性。

黑格尔对康德的批判及二者的分歧，对于现代文学理论是极为重要的。康德和黑格尔从来没有使用过语言学或者符号学术语，但是现代文学理论中分别受到康德和黑格尔影响的学派，却都在使用相关的概念。

黑格尔认为康德割裂了感觉与观念。他与康德不同，并不是从美感或审美判断的研究入手，也不是从欣赏者或读者的方面考察艺术和美，而是侧重于创造者或艺术家的方面。在黑格尔看来，创造者或者艺术家表达着特定的历史意识（historical consciousness），表达着其时代的意识。就人的精神活动而言，这是黑格尔所说的“普遍力量”；就“绝对理念”的循环而言，这又是后世西方人所批判的“总体性”观念。这样，艺术和个人的艺术创造不再是超越或者外在于概念，而恰恰是历史意识和历史内容的表达。

黑格尔论“思想与实在的平行”

黑格尔所谓的“凡是现实的就是合理的，凡是合理的就是现实的”这一论断，……可以再一次体会到由一种平行的辩证法所统一起来的、内含（或曰隐而不显）的思想与历史的平行主义。……他也曾指出，当我们用我们的理性来认识世界时，世界也相应地向我们展示其合理性［《历史哲学·引论》（*Introduction to the Philosophy of History*）14 页］。他向我们表明了，所谓理性的内容也即是世界的辩证结构——我们之所以能把握它，就在于它本身与我们思想的辩证结构相平行。

——劳赫．黑格尔：精神与政治．储昭华，译//所罗门，等主编．劳特利奇哲学史：第六卷：德国唯心主义时代．储昭华，等译．北京：中国人民大学出版社，2016：292.

黑格尔的出发点在于：历史的发展也就是人类意识的发展，亦即所谓“世界精神”的发展。他试图在《美学》中表明：古代埃及、印度、波斯之建筑所体现的象征型艺术是不完美的，因为其物质形式（能指）与观念内容（所指）不相匹配。正是这种物质与观念之间的根本矛盾（即象征的模糊性），导致了古代象征型艺术的衰落。黑格尔认为，古典型的古希腊的雕塑克服了这种模糊性，其中物质形象与观念基础是统一的，这正是德国古典学说和德国理性主义传统的理想：意义不再是别的，而就是存在于外部形式之中的东西，于是“形式非他，即内容回转到形式；内容非他，即形式回转到内容”。

真理是“绝对”的自我认知（Truth is the Absolute's knowledge of itself）

这是黑格尔关于美的理论的基础。……关于艺术的真正的哲学理论，必须显示艺术的存在是如何必然地取决于现实本身的性质。……为了在认识的每一个层次展示自己，理念的显现必须包括精神（Spirit）的全部资源。不仅如此，为了有助于从那种假定自然存在的自我异化中复原，精神要求一个理念在感性形式中显示自身（亦即精神认识自身）的过程。

——比厄斯利．美学史：从古希腊到当代．高建平，译．北京：高等教育出版社，2018：392-393.

注：此处引文根据英文本有所改动。

但是问题在于：在象征的、寓意的艺术中，形象所表达的，当然总是超出附着于这一形象的思想。较之康德所说的“形象大于思想”，这还需要更细致的辨析。

黑格尔反对“模糊性”、强调所谓的“明晰性”，就是指物质形象（能指）与观念内容（所指）的一致性，这种一致性必然带来艺术符号的独一意义。如果使用现代符号学的术语，或许可以这样翻译黑格尔的思想：他实际上是在假定“能指”与“所指”、“表达层面”与“内容层面”的统一性或者一对一的关系。

黑格尔在论及古希腊的雕塑时，没有讨论文字艺术。不过当他讨论到浪漫型艺术时（不仅包括欧洲的或者德国的浪漫派，也包括中世纪艺术和现代艺术），则涉及了文字艺术。事实上，在黑格尔的著作中，“浪漫型艺术”的概念大致等同于中世纪的“基督教艺术”。在黑格尔看来，基督教艺术或者浪漫型艺术以文字的文学形式见长，因为古希腊-罗马古典型艺术的形式-内容之整一关系遭到了解体。所以黑格尔讲到浪漫型艺术时，又将其细分为三个阶段：（1）单纯宗教阶段：基督的生活和人的赎罪史；（2）骑士风尚阶段：精神的神性转入尘世，崇尚荣誉、爱情、勇敢、忠实等品质；（3）人物性格独立发展的阶段：不在乎高于人性的原则和道德，按照人的本性发展人物。上述整一性在这里的解体，使物质形式与观念内容的均衡被文字所直接表达的观念所取代。

从黑格尔关于文学作品的评价可以看出：他基本上否认符号学家所说的“表达层面”，而是完全专注于观念，即“内容层面”。他甚至认为：“阅读一首诗和听人朗诵一首诗没有什么不同，诗甚至可以被翻译成其他语言而不损失任何价值。”也正是由于对观念和内容的强调，中世纪基督教文学的观念化使黑格尔得出结论：作为历史意识的较低级的表达形式，艺术将让位于哲学。“哲学与艺术和宗教具有同样的内容和目的，而哲学是理解绝对理念的最高级方式，因为这最高级的方式就是概念（notion）本身。”

康德与黑格尔的不同立场，在20世纪的人文学术乃至文学批评中都有所体现。按照齐玛的看法：现代马克思主义批评和种种文化批判理论其实就是坚定地捍卫黑格尔的立场，将艺术作品视为政治理念、意识形态或者哲学学说的明确表达。比如卢卡契和戈德曼的理论，被认为是将文学作品翻译为观念系统。在这一脉络之上的，还有巴赫金、德里达等。

与之相反的，则被认为是康德式的思路，包括英美新批评派、俄国形式主义、布拉格语言学派（捷克结构主义）等。而康德对理性的限定，在海德格尔、伽达默尔的讨论当中同样有所体现，比如常被引用的“语言是存在的居所”，“能被理解的存在就是语言”等等。总之，语言的有限性，也就是人的理解的有限性。

相应于上述两种立场的另外一极，被认为是在尼采的基础上，以浪漫主义的态度批判美学领域的黑格尔主义和理性主义。在这一思路上最早向黑格尔将艺术附属于观念之说发起挑战的是谢林（F. W. J. Schelling），谢林的浪漫主义美学观又直接影响到施莱格尔兄弟。在谢林的哲学系统中，艺术占有核心的位置，因为艺术可以表达概念所不能表达的内容。在一些论著中，谢林甚至认为艺术高于哲学思辨，是理想世界的最高潜能。

谢林论“艺术是哲学的器官”

1798年，谢林接受了在耶拿的学院职位，留在那里一直到1803年。……他与费希特经常接触，但与他交往更加密切的是一个更加年轻、更加具有艺术倾向的圈子，包括施莱格尔兄弟、蒂克和诺瓦利斯。……他这一时期的哲学对于“德国浪漫派”的诞生产生了根本性的影响，……后者也深深地影响了谢林自己思想随后的发展。

……谢林把自然看作是“可见的精神”，把精神看作是“不可见的自然”。这样看来，自然就不再是作为遵循机械的秩序、无生命的非我的领域而出现，而是成为一个……自我发展的有机整体，在其中包含了自身目的或意图，即创造出更高的自然形式，最终达到心灵本身。

……在艺术天才的创造性活动中，……先验理念论的本质洞见（即理想与现实的同一）才彰显于经验意识之中。所以，这就是那句再三被引用的论断的意义：艺术是“哲学的唯一真实而又永恒的器官和证书”

……1841年谢林迁居柏林，被任命为宫廷枢密顾问和哲学教授，……令行政权威和他的听众（包括克尔凯郭尔、巴枯宁和恩格斯）失望的是，……他将这些演讲几乎全部用来阐发他的新的启示哲学和神话学。由此，他开始将他的新立场称为“肯定的哲学”（positive philosophy），以区别、对立于康德、费希特和黑格尔的纯粹“否定的”（negative）哲学。

——布雷蔡勒．耶拿时期的费希特与谢林．郭大为，译//所罗门，等主编．劳特利奇哲学史：第六卷：德国唯心主义时代．储昭华，等译．北京：中国人民大学出版社，2016：172－179.

与之相应，黑格尔的哲学体系也遭到过不少质疑。比如“移情说”（Empathy）的代表者费舍尔（Friedrich Vischer）曾批评黑格尔将一切美学的和自然的现象都还原为观念，乃至实际上又在一定程度上回到了康德的立场。如果进而将后来本雅明、阿多诺的学说在康德和黑格尔的立场之间加以理解，那么可以说黑格尔较多强调艺术所表达的真理，却比较忽视艺术形式的含混和多义；康德坚持美的非概念性质，艺术表达真理的可能性却没有什么位置。

就意义的叙述而言，尼采也与黑格尔有所区别。如果说黑格尔的体系是不断克服意义表达中的含混和矛盾，力图将其整合到更高的一致性之中，那么尼采却恰好要在欧洲形而上学的核心价值和观念中揭示二元对立、自相矛盾的性质。如同他在《超越善恶》所说：形而上学的基础，就是本质与现象、真理与谎言、善与恶、美德与败坏之间的对立；而事实上，美德包含着败坏的特性，道德之善包含着恶的根源，真理的基础就是谎言。所以尼采更多强调现实和语言的含混性和多义性。

齐玛《现代文学理论的哲学》正是以康德、黑格尔和尼采作为 20 世纪西方文论的基本圆心，并围绕着他们的不同立场、论题及其形成的张力，描述了俄国形式主义、英美新批评、符号学、诠释学与现象学、解构主义直到后现代主义批评的完整线索。

二、黑格尔的早期思想

黑格尔（G. W. F. Hegel，1770—1831）被认为是德国古典哲学和古典美学的集大成者。他始终强调“每个人都是他的时代的产儿，哲学……是被把握在思想中的……时代”，从而其理论风格和思维方式与康德式的纯粹思辨有很大不同，被恩格斯称为是基于“巨大的历史感”。

黑格尔的青年时代深受康德哲学的影响，同时他又曾在德国图宾根大学学习神学和哲学，早期的研究兴趣当然离不开这样的背景。《耶稣传》《基督教的权威性》等论著就是明显的例子。

《耶稣传》写于康德《纯然理性界限内的宗教》（又译《单纯理性限度内的宗教》）发表两年以后。研究者通常认为：这是在康德“实践理性”的基础上对基督教进行的重新阐释。

《耶稣传》一开篇就提出：“那打破一切限制的纯粹理性，就是上帝本身。……世界的规划一般来讲是按照理性制定的，理性的功能在于使人认识他的生活的使命和无条件的目的。诚然。理性常常被弄得晦暗了，但却从来没有完全熄灭过，即使在晦暗之中，理性的微弱的闪光也还是保存着。”①

黑格尔的以上论说，有两点特别值得注意。第一，“打破一切限制的纯粹理性”“生活的使命和无条件的目的”似乎完全是康德的术语，但是黑格尔要以理性规划世界的思路，可能已经暗示了他与康德的最终区别。第二，黑格尔谈及“世界的规划一般来讲是按照理性制定的”之时，专门注明这一判断是根据《圣经·新约》中的《约翰福音》第一章；而且“即使在晦暗之中，理性的微弱的闪光也还是保存着”等等措辞，也确实同《约翰福音》第一章十分相似。不过如果细读这两个文本，会发现其中的含义已经完全不同。

《约翰福音》第一章中说：“太初有道，道与神同在，道就是神。……万物是藉着他造的……生命在他里头，这生命就是人的光。光照在黑暗里，黑暗却不接受光。”在英文“新修订标准版”《圣经》中，“黑暗却不接受光”被译为“the darkness has not overcome it”，即“黑暗却没有吞没这光”——这就同黑格尔的叙述更加接近了。

问题在于：《约翰福音》所说的“道”被明确解释为“神”（即“上帝”），所以甚至直接用“他”（而不是“它”）来指称“道”。黑格尔的“道”却从一开始就被置换为“理性”，乃至他以“理性”为耶稣作传的时候，也使整个基督教的传统成为其理性哲学的注脚。

这样，黑格尔认为古希腊时代最典型地体现了“理性”对世界的“规划”。当时的原始信仰被他描述为“自由人的宗教”。作为“自由人”，古代希腊的公民也遵守法律，但这法律是他们自己制定的；也服从长官，但这长官是他们自己推举的；也参加战争，但这战争是他们自己选择的。因此“古代人的性格已经消融在自己的国家之中”，“国家是人的更高实在”，这也是

① 黑格尔．黑格尔早期神学著作．贺麟，译．北京：商务印书馆，1988：79.

黑格尔《法哲学原理》作为“客观化了的精神”之“国家”。[1] 在黑格尔看来，这种个人与群体的高度和谐，使古希腊人不需要保持“个性”和“灵魂的不死”，从而也就没有对于“彼岸”的要求。当古代的和谐解体以后，当人不再成为“自由人”以后，基督教才会产生。

因此黑格尔将耶稣与苏格拉底加以对照。“苏格拉底的朋友们……都从多方面发展他们的才能。……他们敬爱苏格拉底是因为他的道德和哲学，而不是因为敬爱他个人才敬爱他的道德和哲学。……他们不仅是苏格拉底的学生……他们和苏格拉底同样是自立的伟大人物。”相比之下，“耶稣的门徒……对国家不很关心……他们整个的兴趣只限于耶稣的人格。……他们似乎离开他（耶稣）不过几天，以这样短的时间……至多可以……传播……奇异的事迹。但在道德的征服方面，他们是不会取得很大的胜利的。”[2]

基于耶稣与苏格拉底的比较，黑格尔认为古希腊人信奉的是“自然宗教”，而基督教只是一种“权威宗教”。他肯定古希腊人的信仰方式，原因则在于“人性”和“理性”：“只有一个自然宗教（因为人性只有一个），而权威宗教可以有很多。……权威宗教包含着超出知性和理性的概念和知识，没有自己本身的兴趣。”

在黑格尔的如上论述中，“知性和理性”始终是他一切判断的准绳。这其实也正是他后来诸多论著中的主题。

第二节 黑格尔的“绝对理念”与艺术发展阶段论

一、“绝对理念”的自我发展

黑格尔的《精神现象学》已经包含了其《哲学全书》[《逻辑学》（又称《小逻辑》）、《自然哲学》和《精神哲学》] 的基本轮廓。这实际上也就是黑格尔对“绝对理念”之自我发展的描述。所以马克思将《精神现象学》称为“黑格尔哲学的真正起源和秘密”，称为“黑格尔的圣经”。

《精神现象学》是黑格尔第一部纯粹的哲学著作，是其所谓科学体系的第一部分，按照他自己在《小逻辑》中的说法，“在我的《精神现象学》一书里，我是采取这样的进程：我从最初的、最简单的精神现象——直接意识开始，进而从直接意识的矛盾进展逐步发展以达到哲学的观点，完全从意识矛盾进展的历程以指示哲学观点的必然性。（也就因为这个缘故，当那书出版的时候，我把它认作科学体系的第一部分）……因为哲学的观点本身是最丰富最具体的观点，乃是经过许多历程而达到的结果。所以哲学须以意识的许多具体形态，如道德、伦理、艺

---

① 劳赫．黑格尔：精神与政治．储昭华，译//所罗门，等主编．劳特利奇哲学史：第六卷：德国唯心主义时代．储昭华，等译．北京：中国人民大学出版社，2016：312.

② 黑格尔．黑格尔早期神学著作．贺麟，译．北京：商务印书馆，1988：185.

术、宗教等为前提。”关于科学体系的提法也显露出黑格尔的一个思想，亦即要使哲学具有科学的形态。正如《精神现象学》前言所说：“我在本书里所抱的目的，正是要使哲学接近于科学的形式——哲学如果达到了这个目标，就可以不再叫作对知识的爱，而就是真实的知识。”①

“绝对理念”是黑格尔的基本概念，又译为“绝对精神”“世界精神”等。在他看来，一切都是“绝对理念”的不同形态，自然界如此，人的精神世界同样如此。整个世界其实都体现着“绝对理念”的自我发展。“绝对理念”既是世界的起点，也是世界的目标。

“绝对理念”的发展被黑格尔分为三个阶段。

“逻辑阶段”是“绝对理念”以纯粹思维的形式而存在的阶段。这时除去抽象的逻辑概念之外，还没有任何可以把握的经验内容，所以一切都只能是逻辑学研究的对象。其中可以包括关于“存在”“本质”“概念”的研究。

存在论是关于“有”的讨论。而最纯粹的“有”的概念，必然是没有任何具体内容的“纯有”，否则就不能作为真正的开端。而不包含任何具体内容的“纯有”，其实也就是“无”。这被称为“一方直接消失于另一方的运动”。“质”和“量”的概念也是如此：“质”是“存在”不可缺少的根本内容，而“质”的规定又离不开“量”的限制；突破一定的“量”也就导致新的“质”。在二者的矛盾和变易中，毫无规定性的东西获得了一定的“尺度”和特征，从而成为“存在”。这样的存在论，被认为是黑格尔关于“质量互变规律”的论证。

本质论从存在论发展而来。如果说存在论是通过“一方直接消失于另一方”来证明“存在”，那么本质论更强调各种对应范畴之间的相互联系。其中，一个概念不仅过渡为另一个概念，而且正是在“差异”中达成“同一”。这一点，通常被认为是关于“对立统一规律”的论证。

可以从概念论特别体会的，是“否定之否定”的规律，即概念由于自身的充实和丰富，必然要将自身“外化”为自己的反面（即“异己化”），而这种“外化”或者“异化”的过程是不会终结的，从而就形成了一种主观—客观—理念之矛盾中的发展。最终“绝对理念”又“外化”为实存的“自然”，使“自然”成为可以被“直观”的“理念”。这样便引出了《小逻辑》的最后一句话：“这种存在着的理念，就是自然。”

黑格尔《逻辑学》的框架

Ⅰ. 存在论（The Doctrine of Being）
　A. 规定性（质）［Determinateness（Quality）］
　　1. 存在（Being）
　　　a. 存在（Being）
　　　b. 无（Nothing）
　　　c. 变（Becoming）［下略］
　　2. 定在（Determinate Being）
　　　a. 定在自身（Determinate Being as Such）［下略］
　　　b. 有限（Finitude）［下略］

① 黑格尔．精神现象学：上卷．贺麟，王玖兴，译．北京：商务印书馆，1981：3.

c. 无限（Infinite）［下略］

3. 自为的存在自身（Being-for-self）

a. 自为的存在自身（Being-for-self as such）［下略］

b. 一与多（The One and the Many）［下略］

c. 排斥与吸引（Repulsion and Attraction）［下略］

B. 量［Magnitude（Quantity）］［下略］

C. 度（Messure）［下略］

Ⅱ. 本质论（The Doctrine of Essence）

A. 作为自身之内反思的本质（Essence as Reflection within Itself）［下略］

B. 现象（Appearance）［下略］

C. 现实（Actuality）［下略］

Ⅲ. 概念论（The Doctrine of Concept）

A. 主观性（Subjectivity）

1. 概念（The Concept）［下略］

2. 判断（The Judgment）［下略］

3. 推理（The Syllogism）［下略］

B. 客观性（Objectivity）

1. 机械性（Mechanism）［下略］

2. 化学性（Chemism）［下略］

3. 目的性（Teleology）［下略］

C. 理念（The Idea）

1. 生命（Life）［下略］

2. 认识的理念（The Idea of Cognition）［下略］

3. 绝对理念（The Absolute Idea）［下略］

——德福里斯．黑格尔的逻辑学与精神哲学．储昭华，译//所罗门，等主编．劳特利奇哲学史：第六卷：德国唯心主义时代．储昭华，等译．北京：中国人民大学出版社，2016：265－273.

“绝对理念”从“逻辑阶段”过渡到“自然阶段”，又被分为机械性的、化学性的和目的性的三种状态。黑格尔的《自然哲学》也相应分为三段：讨论时间空间以及物质与运动的辩证关系，讨论光、热、声、磁、电等现象的矛盾发展关系，讨论地质自然界、植物有机体和动物有机体。而经过“有机的”植物、动物发展到人，也就意味着“精神”的出现。从而自然界的形式又被否定，“绝对理念”进入了人类精神的阶段。

“绝对理念”的“精神阶段”，即是“绝对理念”以人类精神的形式存在着。这属于精神哲学研究的范围。黑格尔认为：这是“绝对理念”由“外化为自然”返回其自身的形态。这一“精神阶段”又包括主观精神、客观精神和绝对精神。

在《精神现象学》中，黑格尔已经勾勒了精神发展的诸多阶段，其中某些说法似乎略有出入，黑格尔自己可能也没有意识到。至于《逻辑学》和《哲学全书》的复杂框架，有研究者注意到：“在黑格尔去世之前成功地修订了存在论部分，这一修订使得它与《哲学全书》第三版中的逻辑学内容得以协调一致。但《逻辑学》中的本质论部分未能修订，在一些方面它与《哲学全书》版中的内容有显著的差异。”[①]《精神现象学》中译本的译者贺麟先生认为，大致来看可分成五个阶段：（1）意识；（2）自我意识；（3）理性；（4）精神；（5）绝对精神。由于意识、自我意识和理性属于主观精神的三个环节，精神在这里是指客观精神，这样就已经有了后来精神哲学的三大阶段的雏形：主观精神、客观精神、绝对精神。作为抽象概念和自然由对立而统一的结果，绝对理念的展开显示了整个世界从开端到终点的运动过程。《精神现象学》就是对于绝对理念运动过程进行详尽分析的一个准备，是整个哲学体系的一个导言。这也就是说，它已经包含了后来的《哲学全书》的基本轮廓。不过，这个导言本身就是一个体系，同时又是整个体系的一个重要环节。

根据科耶夫（Alexandre Kojève）的讲解，黑格尔最初对于体系的设想是：逻辑学—形而上学—自然哲学—精神哲学。后来，逻辑学和形而上学被看作是等同的。于是便有了以下结构：

《精神现象学》（即整个体系的导论）逻辑学← 自然哲学
精神哲学

而在贯通逻辑学、自然哲学、精神哲学的《哲学全书》中，自然哲学和精神哲学的平行关系被抛弃，逻辑学和自然哲学具有了平行关系，于是就有了另一种结构：

逻辑学
自然哲学 →精神哲学

在《哲学全书》中的精神哲学又分为：

Ⅰ.——主观精神：个人的个人因素
　　A.——灵魂（人类学）
　　B.——意识（现象学）
　　C.——精神（心理学）
Ⅱ.——客观精神：仅仅在社会中实现的因素
Ⅲ.——绝对精神
　　A.——艺术
　　B.——宗教
　　C.——哲学

这里，Ⅰ.B 相当于《精神现象学》的最初两章，即意识和自我意识，Ⅰ.C. 相当于《精神现象学》的其他部分。

读《精神现象学》会注意到，在前面的所有部分，黑格尔都有具体的分析和精彩的论述，但最后一部分“绝对知识”只有十几页，而且几乎没有什么内容，只是前面谈过的东西的概述。这也许是因为绝对哲学没有外在的对象，它本身就是自己的主题。所以当精神返回到自身即发展到最高阶段时，历史就结束了。就历史而言，精神已经实现了自身，但精神必须意识到

---

① 德福里斯．黑格尔的逻辑学与精神哲学．储昭华，译//所罗门，等主编．劳特利奇哲学史：第六卷：德国唯心主义时代．储昭华，等译．北京：中国人民大学出版社，2016：275 注释［22］.

自己，这就是精神以黑格尔的名义在思考精神发展的历史，这也就是《精神现象学》对于精神现象的显现。

从《精神现象学》的主要内容，特别是前五章讨论主观精神的部分，可以最清楚地看到黑格尔的异化和否定的辩证法思想，在第六、第七章讨论客观精神部分又可以最清楚地看到这些思想的在历史中的展开。其中有许多段落极为精彩，例如对“主人与奴隶”的关系及其转化的分析，对于宗教“苦恼意识”的分析，对于近代浮士德式的“快乐意识”的分析，对于知识分子的“文学理想国”的分析，对于拉摩的侄儿式的分裂意识和启蒙运动的分析等等。

如果作一简要的归纳，那么可以说“主观精神”即个人意识。黑格尔与此相关的研究包括人类学（分为自然灵魂、感情灵魂、现实灵魂）、精神现象学（意识、自我意识、理性）、心理学（分为理论精神、实践精神和自由精神）。在黑格尔看来，作为“个人意识”的“主观精神”是内在的、有限的，所以必然要转化为“客观精神”。

“客观精神”即社会意识。黑格尔与此相关的研究包括法哲学和历史哲学（如《法哲学原理》和《历史哲学讲演录》）。

在“客观精神”阶段，黑格尔认为最初标志出法理和自由的，只能是“私有财产”，亦即“意志自由借外物实现自身”。而道德习俗的出现，标志了一定的“主观自由”。最终则是内在的道德良心与外在的财产权利相结合，使“自由意志”得到具体的实现。因此从家庭、市民社会直至国家的伦理制度，便寓托了黑格尔的“客观精神”。乃至他认为“国家是伦理观念的现实”。

但是，作为“社会意识”的“客观精神”虽然克服了“主观精神”的“内在性”，却由于其外在的依赖而仍然是有限的。要彻底克服“有限性”还必须进入“绝对精神”。

“绝对精神”是与绝对理念同一的。“主观精神”“客观精神”都有发生、发展和过渡的历史，而“绝对精神”则通向永恒。“主观精神”是内在的、潜伏的，因而是有限的、片面的，要外化为“客观精神”；“客观精神”依赖于外在条件，也是有限的、片面的。“绝对理念”完全克服片面性、达成二者统一，便发展为“绝对精神”。

这样，《哲学全书》中的第一部分逻辑学实际上也就是大小《逻辑学》，第二部分自然哲学没有专门的著作，而在精神哲学部分的主观精神实际上就是《精神现象学》，客观精神为《法哲学原理》和《历史哲学讲演录》，绝对精神部分是《宗教哲学讲演录》、《艺术哲学讲演录》（即《美学》）和《哲学史讲演录》。由此可见，《精神现象学》的确是后来哲学体系的一个重要组成部分。

不过具体而论，体现“绝对精神”的艺术、宗教和哲学，仍有其发生、发展、过渡的历史。“绝对精神”自身的三个阶段是这样的：

> 艺术是“绝对理念”以直观形式（客体性相）认识自己、实现自己、回复到自己。
> 宗教是“绝对理念”以表象形式（主体性相）认识自己、实现自己、回复到自己。
> 而哲学是“绝对理念”以更自由的思想形式（概念）直接认识、实现和回复到自己。

在《宗教哲学讲演录》中，黑格尔对于宗教史的分析有助于我们理解上面所说的艺术的三个发展阶段。宗教的第一个形式是自然宗教，最初作为巫术而出现，后来成为偶像崇拜。在那里，巫师和祭司被看作一种普遍精神力量的感性存在。随后出现的较为高级的宗教形式，无不具有这种自然的性质。例如，在被黑格尔称为“度的宗教”的中国宗教中，他认为世界整体是作为一种感性观念而存在的，同时人的内在世界又被外在的礼仪所取代。又如在被称为“想象的宗教”的古代印度宗教中，神人同形同性。在佛教中，一切产生于无又转化为无，但神却是确定的感性存在的人。在埃及的“迷的宗教”中，死后的秘密成为崇拜的对象，金字塔就是这种信仰的体现。

第二种宗教形式是艺术的宗教，即希腊人的宗教。在那里，人的一切显示需要和精神性活动都出现在诸神身上。精神性和美深入到日常生活中去，他们崇拜的是理想化了的艺术性享受。

然而罗马人摧毁了以上所有宗教形式的幸福与宁静，以一种实用的宗教将一切感性的和精神性的活动压制为千篇一律的国家制度，这就是普遍痛苦的起因，而所谓普遍痛苦就是基督教出世时的阵痛。

于是第三种宗教形式是绝对的宗教，也就是基督教。在黑格尔看来，神和人在基督教中发生了真正的和解。宗教成为神的自我意识，神同自身区别开来，但在这区别中又绝对地与自身同一。在基督教的自我意识发展中，纯粹精神性的自我显现，就是三位一体（Trinity）的学说。简单说，三位一体其实就是主体通过自我意识的个别形式，将一种绝对的概念置于不同的“位格”之前；因此圣父、圣子和圣灵的三种“位格”既是“区别和区分”，又在本质上“没有差异”。恰恰是借助圣子这样的具体存在，抽象的、不确定的圣父才得以自我实现；而圣灵使二者相互连接，乃至成全其精神性。如果用黑格尔的逻辑概括这三种形式，那么：通过自身而呈现的永久存在，即普遍形式；作为他者而呈现的具体存在，即特殊形式；从具体呈现返回自身的存在，即绝对的个别性。由此展开的，也就成为“绝对精神”自我显现的典型过程。

如上所述，艺术与宗教分别要借助“形象”和“表象”，仍未摆脱有限的痕迹，因此都难以充分实现自己；而只有哲学才能使绝对理念通过思想的形式完全认识自己。这样，黑格尔绝对理念的体系是以抽象的概念开始，又必然以概念的自我认识告终。其全部过程恰好形成了三种循环——（1）由“理念”外化为“自然”，再由“自然”过渡到“精神”（逻辑学）；（2）由“自然”延展出“精神”，再由“精神”推移到“理念”（自然哲学）；（3）由“精神”深入“理念”，再从“理念”去建构“自然”（精神哲学）。黑格尔相信：“真理就是全体。”他由此完成的演绎亦如他所解说的三位一体，同样是无限的完满。

二、艺术发展的三阶段

黑格尔的《历史哲学》把辩证法运用于社会生活现象的研究，阐述了他对人类社会历史的看法，即理念、精神是历史的基础。所以他认为历史人物的表面动机和真实动机都不是历史事件的最终原因。按照他的描述，精神文明和世界史从亚洲开始。他以狮身人面像作为这一阶段的象征：“从母体里探出人头，这表示‘精神’开始从单纯的‘自然’的东西里提高自己，摆脱了自然的约束，比较自由地翘首回顾……但是还没有从自然……枷锁里完全解放出来”[①] 然后文明的历史转移到西方（希腊、罗马是世界历史的中心）；到日耳曼世界（尤其是普鲁士国家）为高峰；终结于日耳曼世界（东欧、俄国、亚洲……都被排斥在世界精神之外）。整个过

① 黑格尔．历史哲学．王造时，译．上海：上海世纪出版集团，2006：243.

程恰如太阳从东至西的升沉。总之，世界历史也是理性的发展过程。

如前所述，在《精神现象学》中已经有了后来精神哲学的三大阶段的雏形：主观精神、客观精神、绝对精神。问题是，在那里绝对精神只表现为宗教和绝对知识（即哲学）两个部分，艺术还未作为组成部分纳入其中。这里的主要原因，可能在于耶拿时期的黑格尔还未能形成自己对于美学和艺术的系统看法。事实也是如此，一直到 1817 年黑格尔才开始在海德堡讲授“艺术哲学”。而《艺术哲学讲演录》即我们今天看到的《美学》，是在黑格尔去世后根据学生的笔记整理出版的。尽管如此，黑格尔关于艺术、宗教和哲学共同构成绝对精神的基本思想，确实早已有之，比如他在《小逻辑》中就曾提及：“哲学知识须以意识的许多具体的形态如道德、伦理、艺术、宗教等为前提。”

从哲学的角度加以把握，绝对精神在艺术中的自我呈现可以分为三个阶段：象征的、古典的和浪漫的。在黑格尔对这三个阶段的分析中，他给出了一个不同艺术形式的发展顺序表，即从建筑到诗歌，中间经过雕刻、绘画和音乐。显然，这复现了艺术的整体发展过程，但是对黑格尔来说，更为关键的是由此体现了物质到精神、低级向高级、精神不断战胜物质的过程。

（1）象征型艺术：用动物和自然物象征神圣的东西。这时理念只得到模糊的表现，艺术的表现形式（能指）压倒精神内容（所指）。比如东方的原始艺术、神庙、金字塔等等。其特点就是暧昧和神秘。

（2）古典型艺术：用人的身体之感性形式表现理念。理念在其中得到明确的表现，艺术的精神内容与表现形式相互统一。最典型的例子是希腊雕塑。其特点在于理念的人形化、清晰化，从而在艺术上产生出一种“和悦静穆”的静态美，内容明确、形式稳定、技巧完善。

（3）浪漫型艺术：通过精神工具表现精神。这种理念的表达更加直接、更具主观抒情的特性，艺术的精神内容压倒了表现形式。所以黑格尔也将浪漫型艺术称作“心灵和内心生活的艺术”。

通过上述的发展，艺术的内容（所指）最终是要压倒形式（能指），而离开后者，艺术也就不成其为艺术。因此这意味着艺术必然向更纯粹的精神工具——哲学——过渡。

浪漫型艺术的发展本身，也浓缩着这一必然过程。简单地说，浪漫型艺术首先经历了所谓的“宗教题材”阶段，比如描写基督的生、死、复活以及人的赎罪史等等。接下来是“骑士风尚”阶段，这是“精神”的神性转入尘世的阶段，比如中世纪文学作品对荣誉、爱情、勇敢、忠实等精神品格的崇尚。最后是“人物性格独立”的阶段，即文学的描写已经不在乎高于人性的原则和道德，而是关注人的本来面目，按照人的本性进行描写。

最终，主体“自己以精神的方式进行活动……而不再和客观世界……结成一体”。这也就通向了黑格尔所说的“艺术发展的最后阶段”——喜剧。由于“绝对理念”越来越少地依赖于艺术的“客体性相”（即表现形式或者能指），“到了这个顶峰……就马上导致一般艺术的解体”。

黑格尔对艺术发展类型的描述，是以其中的某种基本关系及其变化为依据的。20 世纪的一些相关理论，或许都可以被视为这一逻辑的变种。

比如弗莱（Northrop Frye）《批评的解剖》（*Anatomy of Criticism*，1957）所归纳的五种“叙述类型”：“神话”是主人公的品质和能力优于他人，优于环境；“浪漫故事”是主人公的品质和能力在程度上优于他人和环境；“悲剧”是主人公的品质和能力优于他人但不优于环境；“现实主义”作品是主人公的品质和能力不优于他人，也不优于环境；“反讽”文学是主人公的品质和能力低于他人和环境。

又如史柯尔斯（Robert Scholes）《文学结构主义》（*Stucturalism in Literature*，1974）将小说模式分为“虚构世界”与“经验世界”的三种关系：浪漫小说是“虚构世界”胜于“经验世界”，历史小说是“虚构世界”等于“经验世界”，讽刺小说是“虚构世界”不如“经验世界”。

上述两种分类都是围绕着某种基本关系的变化，都是以两项基本要素作为区分文学类型的坐标。尽管黑格尔的艺术发展阶段论受到许多挑战，但是其中的逻辑力量看来是对后世有所影响的。

第三节 黑格尔的“人物与环境”理论

一、从“美”到“情境”

黑格尔的全部美学思想都是从其美的定义出发，即美是“理念的感性显现”（*Sensuous Semblance* of the Idea）。所谓“理念”即是美的内容、目的和意义；“感性显现”则是指内容的外显即意义的表现。用后世西方文论的说法，这也就是“能指”和“所指”的统一。至于“理念”如何达成“感性的显现”，便涉及黑格尔关于“人的对象化”之命题。

在西方文论史上，一般认为是康德最先将主体与客体联系起来，视之为审美活动的根本。黑格尔则进一步将人与物、主体与客体、观念与对象联系起来。

根据黑格尔的看法，只是在“人”出现以后，“绝对理念”才发展为一种自觉的“理念”；至其从“逻辑阶段”“自然阶段”进入“精神阶段”的时候，才会出现艺术、宗教和哲学的“绝对精神”之高级形态。也就是说：只有出现了人，“理念”才可能被显现为感性形象；只有人才能发现美、创造美和欣赏美。那么人为什么需要美？

总的来说，黑格尔的确不太看重自然美，对此他说得很明确：“我们可以肯定地说，艺术美高于自然美。因为艺术美是由心灵产生和再生的，心灵和它的产品比自然和它的现象高多少，艺术美也就比自然美高多少。”① 而且，这不仅是量的区别，而是一种质的不同。因为“只有心灵才是真实的，只有心灵才涵盖一切，所以一切美只有涉及这种较高境界而且由这种较高境界产生出来时，才真正是美的。就这个意义来说，自然美只是属于心灵的那种美的反映，它所反映的是一种不完全、不完善的形态”②。黑格尔的确曾提到过寂静的月夜和雄伟的

① 黑格尔．美学：第一卷．朱光潜，译．北京：商务印书馆，1995：3.

② 同①5.

海洋那一类“感发心情和契合心情”的自然美，但只是轻描淡写地说了一句“这里的意蕴并不属于对象本身，而在于所唤醒的心情”。

黑格尔与康德一个似乎相关的表达也许更能说明问题。康德说：有两个东西使他敬畏，一是头上的星空，一是心中的道德律令；而黑格尔则在《哲学全书》中说：星空“这种发光的斑疹像人生的一种斑疹一样，或者像一群苍蝇一样，并不值得惊叹”。

关于“人”的描述的确存在着黑格尔美学中一个重要的观点，即实践的观点。在这里，存在着真正能使主体和客体统一起来的可能性。如黑格尔所论：奴隶在劳动中既改造物体，又改造自己。改造物体和改造世界正是自我教育、自我成形，与之相伴的则是物体和世界的成形。所谓“成形”也可以说是“赋形”，亦即实践活动使实践的主体和实践对象同时被“赋予形式”。因为在实践活动中，劳动者既意识到对象的独立性，也意识到自我的“自为存在”，由此达到的直观，则是在其中直观自己。换言之，劳动产品是劳动者的成果，是其计划和理想的实现，他在产品中和通过产品实现自己，在产品中和通过产品看到自己，亦即在直观产品的同时直观自身。沿着这样的逻辑加以推衍，那么如果没有实践活动，即使人发生了变化也只能是内部的、纯粹主观的、仅仅向自己显现的，却不会真正“成形”。

总之，只有在生产了一件产品（人工产品）时，人才更实在、更客观地成为作为“自为存在”的自己，从而不同于“自然的存在”。也只是在客观的产品中，人才真正认识到自己主观的实在性。这就是说，在劳动所改变的世界中，劳动者“认出”他自己的成果，也“认出”他自己，看到了自己的实在性，发现了他的人性及其主观观念的实在性，并且可以将这一切显示给他人。所以，通过劳动，也仅仅通过劳动，人作为人实现自己。

这种劳动创造出一个非自然的、文化的、历史的、人的世界，由此人才过着一种不同于动物在自然界的生活。这个不同于自然界的世界是人的认识对象和实践对象，人在认识和实践中把内在的理念转化为外在的实在，也就在外在现实世界中打下了人的烙印。

在这方面，最著名的例子就是黑格尔所讲的那个扔石头的孩子。“例如一个男孩把石头抛在河水里，以惊奇的神色去看水中所显的圆圈，觉得这是一个作品，在这作品里他看出他自己活动的结果。这种需要贯穿在各种各样的现象里，一直到艺术品里的那样形式的在外在事物中进行自我创造。”① 这就是把内在的理念转化为外在的现实，而“把他的心灵的定性纳入自然事物，把他的意志贯彻到外在的世界”，“把他的环境人化”。这就是马克思后来在《1844 年经济学哲学手稿》中谈到的“人的本质力量的对象化”和“自然的人化”。

综上所述，黑格尔认为人作为理念发展之最高阶段的体现者，需要认识到自己的存在。认识自己的存在有两种方式：一是通过思维，二是通过实践。所谓实践，即是人作用于外物，在客观世界打下精神意志的烙印，使对象复现人的性格，成为人的“外在现实”。人欣赏自己的“外在现实”并产生惊奇和快感——这就是艺术的诞生，就是艺术带来的美感：“把存在于自己内心世界的东西……化成观照和认识的对象时，他就满足了。……心灵自由的需要……就是人的自由理性，它就是艺术的……必然的起源。”②

黑格尔将“实践”的问题引入美学领域，由此讨论的“美”与“艺术”当然都是以人为主体。不仅如此，黑格尔还认为“自然美的巅峰是动物的生命”，但是动物的兴趣受食色本能的

---

① 黑格尔．美学：第一卷．朱光潜，译．北京：商务印书馆，1995：39.

② 同①40.

统治，其生命贫乏、抽象、无内容，不能使理念外化为观念、表达无限与自由的精神内容。即使是人，作为有限的存在，其实也不能直接通过自身观照到真正的自由。心灵要直接观照真正的自由，只有在一个更高的领域中才可能实现，黑格尔说："这个领域就是艺术，艺术的现实就是理想。"

黑格尔的"审美行动"

黑格尔《谈诗对话录》："我可以确言，理性的至高行动，包含全体理念的行动，是一种审美行动，真与善只有在美里才密切融合。……这将是人的终极、最高贵成就。"

——艾柯，编著．美的历史．彭淮栋，译．北京：中央编译出版社，2007：318.

所以黑格尔的讨论从"美"转入"艺术"，而艺术的核心问题则是"环境"中的"人"。黑格尔认为人是一定社会历史环境的产物，艺术作品中的人物动机，应当是时代和社会力量推动的结果。所以他首先要分析的是环境，包括一般世界情况和情境。

第一种是所谓"一般世界情况"，即文艺作品当中人物借以出现的总体背景，包括一个时代的伦理、道德和宗教。在他看来，"一个社会的理想得到普遍尊重，个人为社会负责，而每个人又有自己的自由意志，即社会的普遍理想与个人的自由意志达到统一的时候，是最理想的一般世界情况。"这当然是指古希腊。而他自己所处的时代，被认为缺乏伟大理想，人与社会理想的矛盾尖锐，从而是最不适合于艺术发展的"一般世界情况"。

第二种是情境，它是"一般世界情况"的具体化，也可以说是文艺作品当中人物借以出现的具体环境和直接机缘。由情境而导致冲突、推动动作、显示性格。情境包括三种：

（1）无定性的情境。

这是指人物性格尚未与外部环境发生联系，处于禁闭状态，所以也就不能显示性格特点。如：古代庙宇、基督教神像、中世纪人物画。总之只能"呆滞地"表现"性格的整体"，常常只是表达一种严肃、静穆、崇高的气氛，不能表达性格的特点，从而缺乏"规定性"。

（2）平板状态的情境（有定性而无冲突）。

亦即一种"无害状态"（没有矛盾）。如古代雕塑、品达的抒情诗等。在此情境中，人物已与外界发生了联系，但没有冲突，所以只能表现人物的一些表情、动作，却不能表达性格的复杂方面。抒情诗一般都被黑格尔归于此类。

（3）导致冲突的情境。

这才是最理想的情境，它能引起矛盾冲突，使人物性格的发展得到推动力，使动作得到机缘。黑格尔认为：人物性格的深度、广度，就取决于情境的矛盾冲突的深度、广度。冲突越激烈、矛盾越尖锐，就越能深刻地表现人物性格。

黑格尔将此种情境引起的冲突又分为三种：

一是消极的自然情况所产生的冲突，如生老病死、天灾人祸。欧里庇得斯的悲剧《阿尔克斯提斯》便是一个例子：女主人公的丈夫得了不治之症，阿波罗请求命运女神准许由别人替死，于是阿尔克斯提斯自愿替丈夫去死，后被赫拉克勒斯从死神处救出。剧中人物性格的心灵冲突是由自然疾病引起的，但是黑格尔认为：只有当自然灾祸引起人物心灵的矛盾和分裂时，才能成为艺术表现的对象，如果仅仅是灾祸就没有意义。

二是积极的自然条件所产生的冲突，即由于家庭出身、等级差别、争夺继承权以及种种主观情欲而导致的冲突。这也“以自然条件为基础”，但是自然灾祸是外来的，而这却更多地与人物心灵发生关系。如：《圣经》中该隐杀亚伯的故事，以及索福克勒斯《安提戈涅》、莎士比亚《奥赛罗》等。

三是心灵内在差异所产生的“真正重要”的冲突，黑格尔认为这种由内部原因而不是由外部原因引起的冲突，是最理想的情境。它又可以包括三种：第一种可以概括为“无意而为的冲突”，即行为本身是无意识的，而后来导致了意料不到的结果。如索福克勒斯的《俄狄浦斯王》。不过这种无意而为的冲突是在无意中犯了命定的罪过，尚未摆脱“积极自然条件产生的冲突”之模式，所以另外两种冲突可能更为深刻。于是黑格尔提出第二种“有意而为的冲突”。这是指人物通过有意的行为导致某种矛盾后果。如莎士比亚《哈姆雷特》和埃斯库罗斯《俄瑞斯忒斯》（三部曲）之中的复仇。第三种是“在一定条件下导致的冲突”，即就其行为本身而言不一定导致冲突，但是在一定条件下，这种冲突却无法避免。黑格尔在这里引证了莎士比亚的《罗密欧与朱丽叶》。其中主人公追求幸福与爱情本是正常的，但由于两家的世仇和一些巧合，破坏了和谐理想，导致悲剧性结果。从一般意义看，黑格尔对此剧的重视似乎有些奇怪。因为在《罗密欧与朱丽叶》当中，主人公并不是像莎士比亚其他悲剧那样处于冲突的支配地位，该剧的毁灭性结局也不是出于主人公的自觉选择，甚至不能归咎于任何其他人的直接过错。故事留给人的首先是对于本可避免而又未能避免的悲剧结局的遗憾，却还不是对人类社会和人类本性中的必然性悲剧因素的思考。所以就悲剧而言，它远不是莎士比亚的最好作品。而黑格尔借此强调的“理想冲突”，也许主要是突出他自己的意思，即冲突不仅是来源于错误，“合理的行为”有时也会潜藏着冲突。

黑格尔从“情境”的分析中找到“导致冲突”的最理想类型，又从“心灵的内在差异”一步步使我们看到性格自身所包含的内在力量。他认为“只有当情境所含的矛盾揭露出来时，真正的动作（即情节）才算开始”；而对情节的论述一经展开，他便立刻回到“发出动作的人”，即“情致”和人物性格。

二、情致与性格

黑格尔将“情致”称为“存在于人的自我又渗透到他的全部心情的那种理性内容”。“情致”原作 pathos，即一种激情，一种充溢于人物性格、推动其动作的感情。关于这一概念的歧义颇多，艾布拉姆斯（M. H. Abrams）的《文学术语词典》甚至将其解释为“激情、痛苦或深沉的情感”（passions，or suffering，or deep feeling），并用莎士比亚《李尔王》特别说明“并不是对痛苦的细致描写，而是以含蓄和暗示的表现手法来获得其效果”（do not dwell on the details of suffering but achieve the effet of pathos by understatement and suggestion），乃至中译本干脆用作“悲伤感”。[①] 那么究竟应该如何理解黑格尔的“情致”概念呢？

如上一小节所述，黑格尔认为“情境”是很重要的，然而只有理想的“情境”还不能构成艺术形象，还不能体现艺术的美，因为环境是为表现性格服务的；艺术的目的在于表现性格，而不是仅仅表现事件和环境的变化，“性格是理想艺术表现的真正中心”。他说的“性格”是要

① 艾布拉姆斯．文学术语词典．吴松江，等编译．北京：北京大学出版社，2009：408－409.

通过“动作”（即情节）得到具体的反映，是在动作的展开当中予以展示。那么是什么推动人物的动作、决定人物的行为方式呢？是一定历史条件下的伦理、宗教、道德等价值观念，这些价值观念亦即一定的“普遍力量”（或者“伦理理想”），它们在艺术作品中与个别人物的具体结合、在个别人物性格上的体现，也就是“情致”。黑格尔认为：一个人物的性格被一种“情致”所笼罩时，其性格便丰满；最充分地表现了“情致”的性格就是理想的性格。

那么怎样才是充分表现了“情致”呢？黑格尔提出了人物性格应当具有的三个条件。

第一是“丰富性”，即性格要有一“主导情致”，但又不能是“单一情致的抽象品”，不能单一地表现“主导情致”，不能使“主导情致”成为性格的全部内容。

从一定意义上说，这可以被视为对亚里士多德“心地善良、适合身份”之人物性格论的否定。关于人物性格的“丰富性”，黑格尔大量引证了荷马，指出荷马史诗中“每个人本身就是一个世界”等等。同时他也提到莎士比亚那些“聪明伶俐”、充满“天才式幽默”的小丑，称赞莎士比亚对人物的“丰富性”表现得最突出：“纵使主体的全部情致集中在一种单纯的情欲上，莎士比亚也不让这种抽象的情致淹没掉人物的丰富的个性。”

布鲁姆对黑格尔等“莎士比亚论”的评价

没有什么能够解释莎士比亚，或者说没有什么能把他解释清楚。对莎士比亚的历史化……很快就失效了，因为充满竞争的诗剧作家在莎士比亚时代是一个巨大的群体，同样的文化因素对他们既恰当又不恰当。形形色色的总体性理论（……弗洛伊德主义、女性主义等等）也都太过简化。转而依赖语言的批评则只剩下了语言，甚至维特根斯坦的唯一贡献不过是把莎士比亚称为“语言的创造者”；实际上卡罗尔、乔伊斯等人以及莎士比亚时代的本琼生和斯宾塞也都是语言的创造者。

关于莎士比亚的最深刻思考之一……来自卡莱尔，他断言莎士比亚的才智比柏拉图或者黑格尔更为广博而精妙。如果说古代的诗歌与哲学之争促使柏拉图把荷马驱逐出理想的城邦，黑格尔则拒绝参加这一声名狼藉的争辩，并认为莎士比亚的人物就是“自由的艺术家本身”。受此启发，布拉德雷将福斯塔夫、哈姆雷特、伊阿古、奥菲莉亚列为自由中的最自由者（the freest of the free）。

——Harold Bloom. Where Shall Wisdom Be Found. New York：Riverhead Books，2004：99－100.

许多人往往不能理解性格的多重性，所以常借此论证莎士比亚等人思想中的矛盾。即如黑格尔所说，人们常常“用抽象的方式单把性格的某一方面挑出来，把它标志成为整个人的唯一准绳。凡是跟这种片面的统治的特征相冲突的，凭知解力来看就是始终不一致的。但是……这种始终不一致正是始终的一致”①。

第二是“明确性”，这与“丰富性”相辅相成。即性格应当丰富，但又不能杂乱模糊，不能使人弄不清人物的主要特征，而应有一个突出特征和“主导情致”体现于性格当中。

第三是“坚定性”，这常常被解说者混同于“明确性”。其实结合黑格尔在不同段落的相关论述，人物性格的“坚定性”应当被理解为人物形象所具有的“定性”。所谓“定性”，也就是说：人物性格“必须具有一种一贯忠实于他自己的情致所显现的力量和坚定性”，因为“一种

---

① 黑格尔．美学：第一卷．朱光潜，译．北京：商务印书馆，1995：306.

真正的人物性格必具有勇气和力量，去对现实起意志、去掌握现实”。如果这样看，那么“坚定性”首先是强调理想的人物性格应该有力量根据自己的自由意志发出动作，并对自己的行为承担责任。

如果说亚里士多德是将导致悲剧的原因归结为两种“过失”，即“无意的失误”（如俄狄浦斯）或者“自觉的错误”（如美狄亚），那么黑格尔最为肯定的应当是一种“自觉的失误”。所谓“自觉”，是说人没有推卸责任的余地；所谓“失误”，则是要在片面的人类价值中否定纯然的“善”和“恶”。这一点，在黑格尔关于悲剧的讨论中得到了最充分的展开。

第四节 黑格尔关于悲剧和喜剧的讨论

一、悲剧论

黑格尔悲剧理论篇幅并不大（见《美学》第三卷下册），但十分重要。因为在黑格尔的美学体系中，悲剧被置于一切艺术形式之上，是最高的艺术形式；同时黑格尔将悲剧视为全部艺术发展的总结；另外，悲剧理论最充分地体现了黑格尔的辩证法思想，他对悲剧问题的研究完全是建立在他的哲学基础之上的。

黑格尔悲剧理论的要点可以分为两个方面。第一，悲剧冲突是两种“普遍力量”的冲突，因而冲突双方各具片面的正义性。第二，悲剧冲突应当是无可排解的必然性冲突，因而冲突的双方必然在悲剧中共同毁灭。

关于两种“普遍力量”的冲突，黑格尔明确提出：理想的悲剧冲突，不应是由于个人原因和偶然因素而形成的；如果不能分别代表一定的“普遍力量”（即一定的伦理理想），就没有形成冲突的足够理由。另外，冲突双方所代表的“普遍力量”或者伦理理想，都必须具有一定的正义性和合理性，如果一正一邪、一善一恶，也不会成为理想的悲剧性冲突。

例如他说：“冲突中对立的双方各有它那一方面的辩护理由，而同时每一方拿来作为自己所坚持的那种目的和性格的真正内容的，却只能是把同样有辩护理由的对方否定掉或破坏掉。因此，双方都在维护伦理理想之中而且就通过实现这种伦理理想而陷入罪过。”[①] ——各有自己的“辩护理由”却要毁灭“同样有辩护理由的对方”，一种“伦理理想”却要破坏另一种“伦理理想”，这就是黑格尔所说的“片面的正义性”，亦即“维护伦理理想”所导致的“罪过”。他以索福克勒斯的《安提戈涅》为例。《安提戈涅》之所以是一出理想的悲剧，就因为一方代表着骨肉亲情，一方代表着国家利益；就任何单独一方而言都是合理的、正义的，但是这

① 黑格尔．美学：第三卷下．朱光潜，译．北京：商务印书馆，1995：286.

两种合理、正义的“普遍力量”却恰好都必须破坏对方。

由于建立在两种“普遍力量”的对立上，悲剧冲突的双方都会认为自己所代表的是正义、合理，从而都坚持自己的理想，互不相让。这就引出了黑格尔关于“必然性冲突”的判断。他进而认为：在必然性冲突中获胜的不可能是任何一方，理想的悲剧应当是冲突双方共同毁灭、同归于尽，这才是悲剧的结局。

悲剧的必然性，是因为冲突双方都坚持自己代表的“普遍力量”的片面合理性，而“永恒的正义”必然要否定和克服冲突中两种“普遍力量”的片面性。所以悲剧人物的毁灭是必然的，也是合理的。在悲剧中失败毁灭的，只是双方“普遍力量”的片面性，而“普遍力量”本身是胜利的，并且正是由于在冲突中克服了自己的片面性，才又重新取得了和谐。

黑格尔这一判断的关键，仍然在于“片面的正义性”问题。悲剧冲突的双方既是无罪的（因为他们都代表着一定的“普遍力量”），也是有罪的（因为他们的“普遍力量”都是片面的、都要毁灭另一方）。这种片面的“普遍力量”，就其自身而言是正义的、全面的，但是对一个“绝对理念”而言，对“永恒的正义”而言，却只能是片面的、相对的。悲剧冲突双方的共同毁灭，体现着“绝对理念”和“永恒正义”对悲剧人物所坚持的那种片面性的一种否定。所以在悲剧冲突中获胜的，永远都应当是一种更高的“普遍力量”，即“绝对理念”和“永恒的正义”。在黑格尔看来，这也就是毁灭性冲突、悲剧性结局居然可以为观众带来快感的根本原因。

黑格尔的悲剧理论明确地否定了善与恶、正义与非正义之冲突的悲剧意义，否定了传统的善恶报应和命运观，这一点对后世西方文论的影响是非常深刻的。

就个体的人而言，黑格尔悲剧理论的根据在于“善恶一体”的基督教人类观，即通过悲剧而集中凸显“理想人物”的片面性和“不合理行为”的合理性，从而文学的悲剧也成为对于生活乃至“自由意志”的一种形象的解说。

就群体的社会而言，黑格尔悲剧理论包含着对于各种现世价值的片面性、不完满性甚至自相矛盾性的透彻洞悉；而“绝对理念”和“永恒正义”，似乎又回到了黑格尔早年所设定的“那打破一切限制的纯粹理性”，即“上帝本身”，并且使这一设定成为唯一的价值坐标。

将黑格尔的悲剧理论简单地看作“客观唯心主义哲学的演释”是非常可笑的。恩格斯曾经在写给施米特的信中劝其读《美学》，并且有这样的评价：只要稍微读进去，就会赞叹不已。

二、喜剧论

黑格尔认为：悲剧人物是有真实内容的，有某种“情致”推动其行动，因此其行动都具有一定的目的。而喜剧人物所追求的目的本身没有“实质”（即没有真实内容），“主体一般非常愉快和自信超然于自己的矛盾之上，不觉得其中有什么不幸。凭他的幸福和愉快的心情，就可以使他的目的得到解决和实现”。喜剧人物“单凭自己而且就在自己身上获得解决。从他们的笑声中我们就看到他们富有自信心的主体性的胜利”。

为什么喜剧会是这样的？黑格尔分析了产生喜剧效果的三种情形。

第一，主体非常认真地去追求一个本身渺小、空虚的目的。但也正是因为它无足轻重，当主体所追求的意图失败时，实际上不会感到受了什么损失，从而可以高高兴兴地不把失败放在眼里，并且觉得超然其上。

关于这一点，黑格尔特别强调：“一方面……应引起痛感，而另一方面单纯的嗤笑和幸灾乐祸都还在起作用的地方，照例就没有喜剧性。”这是针对莫里哀式的喜剧而言的。如贪吝者真的把“贪吝”看作其生活的全部意义，只会在“贪吝”破灭时引起“痛感”，却绝不可能“超然其上”。从而莫里哀的剧作被黑格尔视为“可厌的抽象品”“缺乏真正的喜剧核心”。

第二，人物本想追求一种有意义的目的和性格，但是他们的性格及使用的手段“却是起完全相反作用的工具”，即永远不可能实现自己的追求，于是“目的”与人物性格及其追求目的的手段“产生喜剧性的对比”。如阿里斯托芬的喜剧《妇女公民大会》：雅典妇女乔装打扮召开公民大会，要求参政议政，但是她们“还照旧保留妇女们的全部情趣和情欲”，显得与参政议政的目的格格不入。

第三，外在的偶然事件使“情境”迅速变化，使人物性格与环境形成鲜明的对比，其中的冲突之所以要导致“喜剧式的解决”，是因为它与主人公自身的正确或错误的选择并不直接相关，而只是环境的变化使然。

总之，喜剧的出发点在于人物对“目的”从不报以严肃的态度。他们似乎只是在游戏，自己制造矛盾、显出可笑处，又自己挫败自己的目的以至最终通过自己来解决矛盾。

这样，黑格尔所说的喜剧人物便是“与观众一起笑”（laugh with …），而不是“被观众所嘲笑”（to be laughed）。这同西方以“讽刺”为基调的传统喜剧观是有所不同的。因此黑格尔不仅批评莫里哀的喜剧，而且还以西班牙喜剧为例，认为近代喜剧是“把人物旨趣的偶然和乖讹、可笑的行为、失常的习惯、愚蠢的表现描绘给观众看”；观众感到可笑，是因为他们以为自己看出了喜剧人物所看不出的矛盾。

基于这样的独特观念，黑格尔成为西方文论史上第一位从根本上肯定了莎士比亚的思想者。因为在他看来，真正具有古代喜剧那种“爽朗精神和丰满性格”的，只有莎士比亚。但是与他在悲剧理论中对莎士比亚作品的大量举证不同，黑格尔在这里说：“我只想再一次举出莎士比亚，却不能进行详细的分析。”[①]

关于喜剧的思想，也要在黑格尔的哲学体系内加以考虑。对于黑格尔来说，喜剧在本质上是近代的，即基督教社会的。基督教的世界当然也有冲突，甚至是不可解决的善恶冲突，但是对黑格尔来说这种冲突已经不是悲剧性的，因为这种冲突是有意识的而非不得已的，如果有人试图在这种冲突中坚持下去、保持不变，就会产生喜剧的效果。

马克思曾在《路易·波拿巴的雾月十八日》的开篇处写到：“黑格尔在某个地方说过，一切伟大的世界历史事变和人物，可以说都出现两次。他忘记补充一点：第一次是作为悲剧出现，第二次是作为笑剧出现。”[②] 此处的“笑剧”（farce，亦译“闹剧”）在该书英文版下文的其他段落也作“喜剧”（comedy）[③]。中文版的编者则专门作注：“在 1852 年版中这一段是这样写的：……第一次是作为伟大的悲剧出现，第二次是作为卑劣的笑剧出现”。2009 年，齐泽克（Slavoj Žižek）正是以此为题出版了新著《第一次是悲剧，第二次是笑剧》（*First as Tragedy*，*Then as Farce*）[④]。

---

① 黑格尔．美学：第三卷下．朱光潜，译．北京：商务印书馆，1995：334.

② 中共中央马克思恩格斯列宁斯大林著作编译局，编译．马克思恩格斯全集：第八卷．北京：人民出版社，1961：121.

③ Karl Marx. The Eighteenth Brumaire of Louis Bonaparte//Surveys From Exile. Harmondsworth：Penguin，1973：146.

④ Slavoj Žižek. First as Tragedy，Then as Farce. London：Verso，2009.

他提醒我们“悲剧”“笑剧”或“喜剧”是反复出现在马克思笔下的修辞方式（a rhetorical figure which had already haunted Marx years earlier），比如《黑格尔法哲学批判·导言》也说过“在埃斯库罗斯的《被锁链锁住的普罗米修斯》里已经悲剧式地受到一次致命伤的希腊之神，还要在琉善的《对话》中喜剧式地重死一次”。如果两相对照，也许更容易理解其中的含义。

关于“悲剧”，《黑格尔法哲学批判·导言》的一段话至关重要：“当旧制度本身还相信、并且也应当相信自己的合理性的时候，它的历史是悲剧性的（Its history was tragic … as long as it believed，and had to believe，in its own privileges）；当旧制度作为现存的世界制度同新生的世界进行斗争的时候，旧制度犯的就不是个人的谬误，而是世界性的历史谬误。因而旧制度的灭亡也是悲剧性的。”

但是马克思提到的“现代制度”与之相反。参较英文版，其中的关键意思当在于：“它只是想象自己还相信自己，并且要求全世界分享它的幻想（It only imagines that it still believes in itself and asks the world to share in its fantasy）”；于是它只能扮演一个“丑角”，于是“世界历史形式的最后一个阶段就是喜剧（The last phase of a world-historical form is its comedy）”。①

马克思从“喜剧”升华而来的这一绝妙议论，仅仅在黑格尔的简短解说中可能还难以体会。但是如果说黑格尔的悲剧理论已经超越了一般意义的文学批评、显示出对于现世人生的透彻洞悉，那么借助马克思的视角重读黑格尔的喜剧理论，又何尝不是如此？

按照黑格尔对“绝对理念”之“绝对精神”阶段的分析，“到了喜剧发展的成熟阶段，也就到达了美学这门科学研究的终点”。尽管这一说法很容易遭到质疑，但是就黑格尔自身的逻辑线索而言，“绝对理念”正是由此而自圆。

关键概念

语言二元论、知识二元论、能指、所指、绝对理念、主观精神、客观精神、绝对精神、象征型艺术、古典型艺术、浪漫型艺术、理念的感性显现、人的对象化、情境、冲突、情致、人物性格的丰富性、人物性格的明确性、人物性格的坚定性、普遍力量、片面的正义性

思考题

1. 黑格尔关于人物性格之“明确性”和“坚定性”的论说区别何在？
2. 黑格尔悲剧理论最根本的特征何在？
3. 如何理解黑格尔与康德的不同立场？

---

① 这段话通行的中译文是：“它只是想象自己有自信，并且要求世界也这样想象。如果它真的相信自己的**本质**，难道它还会用一个异己本质的**外观**来掩盖自己的本质，并且求助于伪善和诡辩吗？现代的旧制度不过是**真正主角**已经死去的那种世界制度的**丑角**。历史是认真的，经过许多阶段才把陈旧的形态送进坟墓，世界历史形态的最后一个阶段是它的**喜剧**。”中共中央马克思恩格斯列宁斯大林著作编译局，编译．马克思恩格斯选集：第一卷．北京：人民出版社，1995：5.

第八章 浪漫主义时代

本章第一节首先讨论浪漫主义与启蒙主义在精神气质上的根本区别，进而通过诺瓦利斯“世界的浪漫化”、施莱格尔兄弟“只有诗是自由的和无限的”等命题，界说德国早期浪漫派文论的最根本价值。同时还从施莱尔马赫的诠释学思想入手，介绍浪漫派文论留给20世纪的问题。

第二节是以英国最重要的浪漫主义诗论家华兹华斯和柯尔律治为线索，介绍他们的浪漫主义文学观念以及20世纪对相关命题的重新读解。

第三节以斯塔尔夫人和雨果为例，介绍法国浪漫主义时期的主要文学观念、法国浪漫主义与德国和英国的明显区别及与法国自身传统的独特联系。

第一节 德国早期浪漫派

关于是否存在着统一的浪漫主义概念，在文学批评史上曾经有很大的分歧，其中最引人关注的就是在洛夫乔依（Lovejoy）和韦勒克（Wellek）之间的争论。前者认为，考虑到欧洲各国的不同情况，特别是所谓浪漫主义在各国的不同内容，实际上并没有统一的浪漫主义文学运动或思想。后者则坚称，欧洲各主要国家的浪漫主义运动事实上形成了一个理论、哲学和风格的统一体；反过来，这些因素又显现为一种连贯一致而又互相关联的思想观念。这场争论在今天可能已经没有什么意义，因为我们实际上已经在谈论作为一个统一思想运动的浪漫主义了。不过，这场争论至少说明浪漫主义的形成和内涵确实需要细致的梳理。

简单说，“罗曼司”（romance）一词最初是指用一种法语写成的叙事作品，而这种法语来自古罗马语方言的拉丁语（the French language which envolved from a dialect of the Roman language, Latin），故而得名；所谓“浪漫的”（romantic）则是从“传奇般的”（romance-like）转化而来。文艺复兴时期阿里奥斯托和塔索最著名的叙事诗都是描写中世纪的骑士故事，与更早的中世纪骑士传奇密切相关，因此“罗曼司”有时也直接用作“骑士传奇”（chivalric romance）或者“中世纪传奇”（medieval tomance）。在17世纪，“浪漫的”和“哥特的”两词还可以交替使用，与之相对的则是“古典的”。最早将浪漫主义和古典主义这两个概念放在一起使用的，是《英国诗史》的作者华顿，他在该书引论中谈到但丁的诗歌时，认为但丁既使用了古典神话又使用了骑士传奇的母题，因此将《神曲》称为“古典主义与浪漫主义想象的奇妙混合”①。这种用法传入德国以后很快就流行起来，并逐渐具有了我们今天所说的浪漫主义的全部含义。

在德国，赫尔德（J. G. Herder）首先将“浪漫的”与“哥特的”并用，而且提到基督教与骑士制度的混合，将会产生一种“宗教的、虔诚的、浪漫主义的趣味”。当席勒写出《论素朴的诗和感伤的诗》时，“感伤的诗”实际上就是我们今天说的浪漫主义的诗，“素朴的诗”则被认为是古典主义的诗。值得注意的是，席勒的用语也含有后来浪漫主义的一个特征，即对情感和内心世界的强调；这种内省性的“感伤”有时甚至会达到病态的程度。所以，歌德说是席勒首先发现了这两种诗歌之间的差别，施莱格尔兄弟不过是重新将它们称为“古典的”和“浪漫的”而已。席勒的思想显然对施莱格尔兄弟产生了影响，但二者对类似概念的使用实际上也有不同。例如，席勒认为莎士比亚是素朴的，也就是古典的，但施莱格尔兄弟却称莎士比亚是浪漫的。我们今天所说的浪漫主义可能更接近施莱格尔兄弟，正是从施莱格尔兄弟开始，浪漫主义概念才逐渐传播到欧洲其他国家。

一、浪漫主义与启蒙理性之别

以赛亚·伯林（Isaiah Berlin）曾经提出：“柏拉图之后的许多思想者，包括文艺复兴时代、斯宾诺莎、18—19世纪的思想者，都相信可以获得某种即使不是绝对也接近于绝对的知识，以此理清整个世界，建立某种理性的秩序，从而审慎地运用普遍的理性，最终避免那些在以往造成破坏的悲剧、罪恶和愚蠢。……这是从基督徒到经院哲学家、从启蒙主义到20世纪的实证主义传统的共同命题，而这种西方主流传统的根基，正是浪漫主义所要打破的东西。”伯林敏锐地看到浪漫主义是一种根本性的思想变革：“浪漫主义的重要性在于，它是西方世界迄今为止发生的最大最深刻的思想上和生活方式上的转向。……后来19世纪和20世纪发生的其他转变在重要性上相对较小，而且无不深受它影响。”因此浪漫主义运动引发思想的革命，从那以后，一切都变了样。伯林就此总结了浪漫主义的基本原则：理性传统坚持自然或道德的唯一性，浪漫主义则强调意志和创造性，在艺术家的创造之前，艺术作品并不存在；理性传统以为事物皆有一定的结构和秩序，浪漫主义则认为一切都是断片和瞬间：“你甚至不能说（世界）自己创造了自己，因为根本没有什么自己，只有创造的活动”。伯林称此为浪漫派运动的本质、浪漫主义的核心。②

较之西方的理性传统，浪漫主义确实包含着截然不同的精神气质。塔那斯（R. Tarnas）在《西方心灵的激情》（*Passion of the Western Mind*，1991）一书中，特别辨析了启蒙主义和浪漫主义各自对世界、人本身以及认识活动的描述，并认为它们对“理性经验”和“感性经验”的不同侧重，分别影响到后来的世俗主义和“反文化论”潮流。这一基本看法可以简要概括如下：

---

① 韦勒克．批评的诸种概念．丁鸿，等译．成都：四川文艺出版社，1988：129.

② Isaiah Berlin. The Roots of Romanticism. Princeton：Princeton University Press，1999：2，21-22.

第一，浪漫主义将世界视为“统一的有机体”，认为世界是无限的、无止境的，支配其间的是一种神秘的灵感；启蒙主义则倾向于将世界视为“原子论的机器”，认为世界是可分析、可预测的，支配着世界秩序的是启蒙的理性。

第二，浪漫主义和启蒙主义似乎同样崇尚人的意志能力，同样推崇英雄，但是它们对人的肯定方式却有不同。一般而言，前者认为人的基本价值在于想象、意志、情感的深度、艺术的创造力和自我表现；而后者强调的是人的理性以及理解和利用自然规律的能力。

第三，对浪漫主义者来说，自然是“精神的容器”；对启蒙主义者来说，自然却首先是观察、认识甚至控制的对象。因此，前者注重关于“性质”的认识，追求认识过程的暗示性；后者则倾向于“定量”的分析，追求认识结果的明晰性。

浪漫主义独特的精神气质，成就了它的“内省”的特征。所以它对“无限”的探究，实际上首先是探究人类心灵的非理性方面，探究“内心深处存在的阴影”，比如梦幻、爱欲、恐惧、冲动、无意识、自相矛盾等等。“科学所构造和设想出来的实在”，也被浪漫主义者认为“归根结底是象征的”。总之在后世看来，浪漫主义的思维方式标志着心灵与外部世界的分裂，而这恰好是“现代性”的一个源头。

塔那斯的论说，实际上直接对应着赫兹里特（William Hazlitt）关于自然与诗的一种浪漫主义的真实观：“自然是由各种关系所编织的流体（a state of flux），人类的真理与之相似，是我们多种欲望、情感和思想的交互作用的产物。”如果说这是一种“表达了人类本质”的“动态真理（dynamic truth）”，那么“悲剧中对英雄构成挑战的情境和事件”，就正是相应于自然的“诗的真实”。在赫兹里特看来，“艺术就像是精神的显微镜，将我们周围的每一种对象聚合为一个小宇宙。因此文学作品会强化我们对真理的感知，会放大我们了解生命之细微真理的力量”。由此，赫兹里特以“偏好”（gusto）描述人类“界定对象的力量或冲动”。“偏好”所带来的是“人类情感的真理”，是对人的本质、想象和欲望的表达。从而“诗歌是我们最深层本质的流溢（emanation）”，“想象”则通过“对生活的同情性确认”以及“对真理的更强烈感知”，使我们“将经验转化为持久的真理”。因此赫兹里特总结说：“艺术、趣味、生命，都取决于情感，而不是理性。”①

浪漫主义与启蒙主义之别，实际上也被认为是浪漫主义与西方主流传统的根本差异。因为按照以赛亚·伯林的说法，“一切真正的问题都是可以回答的”、“一切答案都是可知的”以及“一切答案都是彼此协调的”这“启蒙主义的三个基本命题”，也正是“整个西方传统借以立足的三条腿”，“这不仅限于启蒙主义，但是启蒙主义赋予它们一种独特的形态，并以一种独特的方式转化了它们”②。

上述三个命题，与古希腊智者高尔吉亚的“无物存在”、“有物存在也不可认知”、“有认知也不可传达”之论说恰好相反；而它们最终不仅成为“启蒙主义的理想”，其实也代表了西方传统中的普遍观念。特别是在近代以来，“既然人类在物理学、化学的世界中获得了辉煌成就，这一原则没有理由不能适用于更为复杂的政治学、伦理学和美学领域。……正如数学家要处理绝对的圆，雕塑家和画家也要处理绝对的形式。这是大多数 18 世纪美学家的理性信念。”③

---

① Edward H. Strauch. Beyond Literary Theory：Literature as a Search for the Meaning of Human Destiny. New York：University Press of America，2001：17-18.

② Isaiah Berlin. The Roots of Romanticism. Princeton：Princeton University Press，1999：21.

③ 同②23，28.

于是一些“绝对形式”的例子被人津津乐道，比如：人们重提古希腊画家宙克西斯所画的葡萄，因为其逼真的程度竟可以引得鸟儿落在上面去啄；拉斐尔所画的金子，据说也被旅店老板当作真金，乃至画家不付房钱就溜之大吉。总之人们甚至开始相信：“如果出自几何学家之手，政治、道德、批评甚至文学作品都可能更好，因为他们懂得事物之间的理性关联。”①

这种与赫兹里特“诗的真实”全然相反的“真实”观念，在18世纪诗人蒲柏的诗句中得到了最经典的表达：

古老的法则是被发现、而不是被设计的，
法则依旧是自然，是被“方法化”了的自然。（诗行88～89）②

据认为，蒲柏所代表的古典主义诗人正是将这种自然看作终极的源泉、目的和艺术之真实与否的最后检验。为了表明“规则”如何相应于“自然”的终极标准，蒲柏还解释说：

首先要追随自然，以自然的标准
匡正你的判断，使二者相合；
自然的圣辉，
纯洁、永恒、普遍的光芒，
传递给生命、力量与美，
成为艺术的源泉、归宿和检验。（诗行68～74）③

这样的背景为浪漫主义诗人提供了批判的标靶，也成为浪漫主义文论之基本问题得以产生的前提。

二、耶拿浪漫派

德国浪漫主义应该从哈曼（Johann Georg Hamann，1730—1788）说起。作为德国最早否定启蒙运动的思想家之一，哈曼被认为是赫尔德的精神之父。严格说来，哈曼不是一个文艺批评家，甚至也不是一个哲学家，而是一个神秘主义思想家。他把16世纪神秘主义思想家波姆（Jakob Bohme，1575—1624）的思想、新柏拉图主义思想和德国的敬虔派思想等混杂在一起，写出了一些晦涩生硬的文字，长时间来并不为人重视，甚至鲜为人知。不过作为赫尔德的老师，他在当时的知识界有很大影响，歌德和雅可比都曾向他求教，黑格尔也对他表示过尊敬。就文学而言，哈曼主要强调的是诗歌语言问题。在他看来，整个世界都是上帝的语言，所以诗歌无非就是对这种语言的摹仿（这一点深刻影响了本雅明）。因此诗歌只是通过意象来说话，“除了意象，感觉和激情无法表达和理解一切事物”。另外哈曼也特别强调天才，因为天才代表着感受、想象、激情、灵感、独创性和创造性：“想剥夺艺术的任性和幻想的人，乃是扼杀艺术无上荣光和生命的刽子手”。虽然哈曼的文学思想没有太多新意，但至少就其极端的反理性

① Isaiah Berlin. The Roots of Romanticism. Princeton：Princeton University Press，1999：26.

② Those rules of old discovered not devised are Nature still，but Nature methodized.

③ Edward H. Strauch. Beyond Literary Theory：Literature as a Search for the Meaning of Human Destiny. New York：University Press of America，2001：13.

而言，的确可以说是后来德国浪漫主义运动的源头。

后世所说的德国早期浪漫主义，实际上就是指所谓耶拿浪漫派（Jena Romantics）。在1790年前后，一群文学家、诗人、艺术家、哲学家聚集在当时德国魏玛公国的小城耶拿，他们之中包括赫尔德（Herder）、歌德（Goethe）、施莱格尔兄弟（F. Schlegel and A. Schlegel）、诺瓦利斯（Novalis）、蒂克（Ludwig Tieck）、费希特（Fichte）、席勒（Schiller）、荷尔德林（Hölderlin）、谢林（Schleiermacher）、施莱尔马赫（Schleiermacher）和黑格尔（Hegel）等。这些人与浪漫主义的形成都有着密切的联系，即使是似乎反对浪漫主义的歌德和黑格尔也是如此。

布鲁姆论歌德

在歌德看来，……“我们研究自然，成为泛神论者（pantheists）；写诗，成为多神论者（polytheists）；追求道德，则为一神论者（monotheists）。”……在歌德的时代，“科学研究”是对隐喻的研究，而弗洛伊德的“科学”则是构成强大诗歌的喻指结构（figurative structure），却不再有歌德或者威廉·布莱克那样普遍的权威。……歌德的格言具有不经意的感染力：“如果你想否认自然是一个神圣的容器（a divine organ），你就会否认所有的启示。”这种斯宾诺莎式的泛神论太过老套，已经过时了，但是歌德还有很多警句仍然是适用的。

——Harold Bloom. Where Shall Wisdom Be Found. New York：Riverhead Books，2004：177－178.

至于歌德的名言“古典的是健康的，浪漫的是病态的”，很容易让人认为他是反浪漫主义的，但这多半是因为他与施莱格尔兄弟之间的个人分歧。其实在歌德的著作中，影响最大的还是《浮士德》、《威廉·迈斯特》和《少年维特之烦恼》，它们无一不充满浪漫主义的精神，因此确实可以说：“歌德与这场欧洲的浪漫主义运动是契合无间的。”①

三、诺瓦利斯

一般认为，德国早期浪漫派的最初文献是瓦肯罗德（W. H. Wackenroder，1773—1798）所写的《一个热爱艺术的修士的内心倾诉》。其中特别强调的，是不受理性约束的艺术与上帝之间的神秘沟通。在他看来，“造物主在地球每一个角落的每一部艺术作品中，都看到了来自上天的火花”，而如果“企图通过理智编制出严格的体系，企图强迫所有的人……按照规定和法则去感受”，则连“迷信”也不如。这种将“美”的语言比之于“出自上帝之口”的艺术期待，再次回应了中世纪神学的一种论说：“智者的教诲只能打动我们的头脑，艺术却……把精神的和非感性的东西融化到可见的形体之中……比道德体系和神学思辨更能净化我的情感，更能在我的内心注入神圣美德的良知”。②

与瓦肯罗德灵犀相通的年轻诗人诺瓦利斯，同样是要在艺术与“绝对”之间寻找神秘的通道。他的诗文相当典型地表达了早期浪漫派对于文学艺术的普遍看法，其中最基本的观念与

① 韦勒克．批评的诸种概念．丁鸿，等译．成都：四川文艺出版社，1988：157.

② 瓦肯罗德．一个热爱艺术的修士的内心倾诉．谷裕，译．北京：三联书店，2002：49，52，67，68－69.

“真应当统治一切”的新古典主义信条完全相反：“诗歌”才是“纯粹的绝对的实在”，“纯粹的诗人无所不知”，“越是具有诗的性质就越是真实”①；“数字和图形不再是一切造物的钥匙”，人们终将是“从童话和诗句认识真实的世界历史”②；正如“孩子是一种变得可见的爱”，正如“我们本身是自然与精神或艺术之间一个变得可见的爱的萌芽”③。总之，“第一个人就是第一个看见神灵的人，儿童新奇的目光比最神妙的先知的预感更具有穿透力”④。

基于这样的观念，诺瓦利斯认为当人们“不再把世界苦苦思索”，而是“从自身求得永恒智慧的宝石”时，才真正变得聪慧。因为人们“世世代代寻找”，“真理”却总是被“掩蔽”，直到“有一个人”（即德尔斐神庙的主人）终于领悟了“认识你自己”——他“撩起女神的面纱，看见奇迹中的奇迹”，那便是“他自己”⑤。

为什么在这个时代率先强调“感受”之“美”的恰好是一位修士？为什么正是这位修士重提“感受性”艺术把“非感性”的精神融化为“可见的形体”？为什么从“童话和诗句”退回“自我”的诗人却要通达“真实”、“真理”或者“纯粹的绝对实在”？这确实与瓦肯罗德、诺瓦利斯及其所代表的早期浪漫派诗人对于世界的宗教式思索有关。

与赫兹里特“将经验转化为持久真理”的呼唤相应，诺瓦利斯的心路历程是从幻灭的经验世界返回“自我”对于“无限”的渴望，又从“经验的自我”祈想“绝对的自我”。这种通过“有限”而体认“无限”、通过“内化”而达至“超验”的诗人之思，来自诺瓦利斯对生命之脆弱的直接体验。

1794 年，22 岁的诺瓦利斯遇到 12 岁的索菲，据说“仅仅一刻钟”他就爱上了这个女孩，并且在 4 个月以后“经过双方父母同意……非正式地订婚”⑥。然而不久索菲一病不起，不到 15 岁便去世了。根据记载，从诺瓦利斯认识索菲到索菲去世，总共只有一年六个月零两天，但是他的许多诗文都与索菲相关，他甚至想过自杀。而差不多正是在诺瓦利斯以日记和诗文表达痛苦的同时，他又与另一位姑娘订婚。有研究者认为“诺瓦利斯的第二次爱情……跟他同索菲的相遇并没有什么矛盾，反倒以那段超越经验的、将凡人的相遇提升到一个更高层面的‘索菲体验’⑦ 为前提”，不过在关于这段感情的描述中，有时似乎也流露出一丝不经意的戏谑：“索菲去世了，那时她的未婚夫并不在身边。”⑧

从今人的角度看，诺瓦利斯通过“爱”与“死”所体验的“精神的真实”，或许多少有些诗人式的夸张成分。他毕竟从小羸弱而敏感，直到去世之前的几个月，仍在日记中提醒自己要

① 巴特．论诺瓦利斯//刘小枫，选编．夜颂中的基督：诺瓦利斯宗教诗文选．林克，译．香港：道风书社，2003：207.

② 诺瓦利斯．如果数字和图形不再是……//刘小枫，选编．夜颂中的基督：诺瓦利斯宗教诗文选．林克，译．香港：道风书社，2003：53.

③ 诺瓦利斯．断片//刘小枫，选编．夜颂中的基督：诺瓦利斯宗教诗文选．林克，译．香港：道风书社，2003：126.

④ 同③120.

⑤ 诺瓦利斯．认识你自己//刘小枫，选编．夜颂中的基督：诺瓦利斯宗教诗文选．林克，译．香港：道风书社，2003：53.

⑥ 魏尔．诺瓦利斯及其隐微诗文//刘小枫，选编．夜颂中的基督：诺瓦利斯宗教诗文选．林克，译．香港：道风书社，2003：4-5.

⑦ 即通过爱与死的经验，发现一种“神性的”“精神的真实”。参阅：魏尔．诺瓦利斯及其隐微诗文//刘小枫，选编．夜颂中的基督：诺瓦利斯宗教诗文选．林克，译．香港：道风书社，2003：21.

⑧ 同⑥5.

"克服病态的软弱和恐惧，例如害怕社交"[①] 等等。这种伴随其一生的孤独感，使他力图"接近和探询索菲的孤独，以超越有限的自身孤独"。《夜颂》便是缘此而作。

但是"爱"与"死"之于诺瓦利斯，也可能正是将世界"浪漫化"的一部分。如他所说："爱是世界历史的终极目的，是宇宙的宇宙"；而如果"爱"成为"绝对的爱、不依附于心的爱、建立在信仰上的爱"，那么"爱就是宗教"。在这样的意义上，诺瓦利斯认为"爱可以通过绝对的意志转化为宗教"，"最高的本质"则"只有通过死才有价值"[②]。就此而言，"诗人和教士起初是合一的……真正的诗人始终是教士，一如真正的教士始终是诗人"。所以不仅"光是纯粹沉思的象征"，"圣餐是一种象征性的联合活动"，"血是……某种崇高的象征"，而且"一个恪守教规的人的生命"也"必须始终是象征性的"[③]。

诺瓦利斯发现：能超越有限之"生"的恰恰是"死"，正如能穿透短暂"白昼"的恰恰是"夜"。"白昼"固然是"生"的状态，但是"站在凋敝的墓旁"，却分明感到这"生"的世界是一个"狭窄幽暗的空间"[④]。"夜"却与之相反，"古老的世界垂向终点"[⑤]，"夜"的时钟也"终将指到时间的终点"[⑥]，然而"白昼"的时间"已经被限定"，"夜的统治却超越时空"；因此"永恒的是睡眠的延续"[⑦]，"永恒的生命"是"在死亡中彰显"[⑧]。

在这一颂歌中，"夜"亦如"死"，而当"我"在"夜里死去"时，却"怀着神圣的激情"。诗人由此"赞美永恒的安眠，赞美永恒的夜"，甚至"渴望死亡"——尽管"没有哪个孤独者这般孤独"，尽管"他们的坟墓结束了我们的人生"[⑨]。诺瓦利斯像当时的浪漫派青年一样，使死亡的体验大大超越了纯粹的个人意义，因为死亡意味着"有限的存在物"注定要毁灭。如果想超越这一事实、达到生命的绝对意义，就必须征服"死亡"所代表的"有限性"。诺瓦利斯由此而寄希望于"超越时间、存在于时间之外的绝对欢乐……这就是无条件（无限）的生命"。其方式在于："在与时间相处时，我们必须做的便是对无限的自我意识。"[⑩]

从奥古斯丁开始，基督教神学就认为永恒、绝对只存在于有限的生命之外，存在于时间之外；对有限的人而言，永恒和绝对就是一种"超越性的无限"的意识。但是诺瓦利斯则认为："个体（即有限的物）是通向无限的媒介"，所以是要在"有限"之中追寻"无限"。这被解释为"渴望创造一种'存在物'与'超存在物'、'确定性'与'非确定性'的统一体"。这正是德国早期浪漫派的总体精神。

关于有限的个体如何能成为通向无限的媒介，诺瓦利斯认为，"人，只是一个通向'绝对自我'的'自我意识'"。按照他的看法，意识只有作为一个"反映的产物"才是可能的，即自

---

① 诺瓦利斯．日记摘录//刘小枫，选编．夜颂中的基督：诺瓦利斯宗教诗文选．林克，译．香港：道风书社，2003：190.

② 诺瓦利斯．断片//刘小枫，选编．夜颂中的基督：诺瓦利斯宗教诗文选．林克，译．香港：道风书社，2003：114.

③ 同②117－118，123－124，115.

④ 同②93.

⑤ 同②99.

⑥ 同②95.

⑦ 同②93.

⑧ 同②100.

⑨ 诺瓦利斯．夜颂//刘小枫，选编．夜颂中的基督：诺瓦利斯宗教诗文选．林克，译．香港：道风书社，2003：97，104，93，106.

⑩ 刘小枫，选编．20世纪西方宗教哲学文选：下卷．上海：上海三联书店，1987：1285.

我需要一个对象物，从而才能使自我意识得以存在。所以，人本身的有限存在是“经验自我”（empirical ego），而它之所以被视为“有限”，就是因为其“内在核心里有着‘绝对自我’（absolute ego，即上帝）的根源”。这样，“我们所谓的自我并非真正的自我，而仅仅是自我的映像”。因此“上帝”也是“自我”，其“无限性”亦即“可分性中的总体性”；“分解的自我”则是“位格”（person）。在“上帝—自然—自我”的序列中，“自然必须经由上帝上升到位格，位格必须经由自然上升到上帝。……斯宾诺莎一直上升到自然，费希特一直上升到自我位格，而我则一直上升到上帝的命题。将自然中的形式或受间接决定之物完全抽象化之后，留给我们的就是自然之纯粹概念或者上帝”①。这种通过“感觉与超感觉的统一”来确认“有限的存在”之方式，就是诺瓦利斯所说的“世界的浪漫化”。

“世界必须被浪漫化，这样人们才会发现本真的意义。浪漫化无非是一种质的强化。……当我给卑贱物一种崇高的意义，给寻常物一副神秘的模样，给已知物以未知物的庄重，给有限物一种无限的表象，我就把它们浪漫化了。……在这个活动中，低级的自我与一种更完善的自我同一化了，好像我们自身就是这样一种质的乘方。”②

通过“世界的浪漫化”，诺瓦利斯相信久已被“凡俗”所麻木的“灵魂”将得以释放，重新见到一种“神性的美丽”：“一道神圣的面纱将远古掩蔽起来，使凡俗人不得窥见，可是命运从源泉的缓缓流淌中造就了凡俗人的灵魂，这灵魂凭借魔镜看见远古在神性中的美丽。”③ 这是“非寻常的感官所能窥见”的，而一旦窥见了这种“神性中的美丽”，“就不会再回到熙熙攘攘的尘世，再回到光所居住的那个永不安宁的国度”④。

也有研究者认为：“世界的浪漫化”体现于浪漫派对文学和诗的看法，即是“有限和无限在意识中相互结合，通过光明和黑暗的混合来完成‘对神的视觉、知觉体验’”。“当意识的种种对象在黑暗中失去清晰的轮廓时，便产生了一种对神秘的模糊感情”。从而有限与无限便“统一为宏大的总体”。

或许是为了用“模糊”消解理性所习惯的“明晰性”，并且更多地体验这种“模糊”之中的“有限与无限的相互结合”，诺瓦利斯还特别提出了一些耸人听闻的途径，比如鸦片、酒精和性爱：“一切终将是肉体/一个肉体/在天堂的血中/漂游着那极乐的一对”；因此若要“参透……尘世肉身的崇高的意义”，就要“从灼热的可爱的嘴唇嘬取生命的呼吸”，乃至“世界海洋已经染红，峭壁耸入芳香的肉身里！……还不够深切，还不能尽享。益发娇嫩的嘴唇，使这份享有变得更密切更亲近。炽烈的快感令灵魂颤抖，心也变得更饥饿更渴望”⑤。这与他所歌颂的“夜”和“死亡”相互关联，因为浸泡在“棕色的罂粟汁里”的“夜”，正是“团团浮荡于娇柔少女的酥胸，使怀腹成了天堂”⑥；“凡是我们所触及的”，也都会“变成酥软柔嫩的乳

---

① 诺瓦利斯．断片//刘小枫，选编．夜颂中的基督：诺瓦利斯宗教诗文选．林克，译．香港：道风书社，2003：111-112.

② 同①119.

③ 同①111.

④ 同①94.

⑤ 诺瓦利斯．颂歌//刘小枫，选编．夜颂中的基督：诺瓦利斯宗教诗文选．林克，译．香港：道风书社，2003：39-41.

⑥ 同⑤93.

房，狂放的情欲的奉献”[①]；当“情欲”成为“我的存在的生殖力”“当情欲点燃我体内的火种”之时，也便是“极乐的神化瞬间”，从而“我”才超越了“时间”的限定，“向着天国飞升”[②]。

在诺瓦利斯看来，上述“宏大而神秘的总体”本身，也是一种情感上的陶醉与渴望、欢乐与痛苦的结合。它不能体现于一个单一的事物，也不能完全具体化为情感，所以为了使这种情感产生，需要提供某种“否定、痛苦和饥渴的要素”。即“思想努力使自己溶解为纯粹的无限，就要为一种完全毁灭的情感所吞没”。

比如，“酒神狄奥尼索斯的强烈欲望和情感之所以会产生，是由鸦片或酒使然”，而“精神活动的绝对目的，也可以表现为某种女性的存在”。他说：“女性同无限的事物十分相似，因为她们不能被度量，相反，只能通过相似性去发现。……她们尽管绝对地可理解，但却没有被理解；她们的存在是绝对地需要的，而通常又不是必需的。”其《精神之歌》甚至用性的体验阐述宗教的体验：“爱情永远无法满足自己/爱并不能完全内在和具体地/占有被爱者/……燃烧的情欲/使灵魂充满生命力/心灵/变得异常饥渴/于是从永恒到永恒/不得不忍受爱的诱惑/那些已经尝到爱的欢乐/如今变得严肃的人们/会抛弃一切/走向渴望的餐桌。”他还写过更极端的诗句：“压抑越强烈，欢愉的瞬间之火焰也越旺，增加些氧气吧……性是最大的欢愉，女性则是我们的氧气。”当他描述上帝的时候，甚至认为“上帝就是医生、牧师、女性和朋友”；而“基督的宗教”也就是“本真的性欲的宗教”，“人们愈觉得自己有罪，就愈信基督教”[③]。

应当承认，这种多少带有一点神经质的、病态的感受，恰好是一部分浪漫派诗人所追求的境界。诺瓦利斯认为：“在一个人开始去热爱病态与痛苦的瞬间里，他的怀抱里就会涌起最刺激的情欲，最高的欢乐就会渗透他的全身。疾病难道不能成为更高级的综合手段吗？痛苦越剧烈，包含在其中的欢乐也越大。”

如果从积极的方面理解，这应当被视为“世界浪漫化”的极端表达。浪漫派诗人无所不用其极，但是当“病态”作为一个诗学概念而不仅仅是生活态度的时候，它主要是指“常态”的对立面。如果不满足于有限的常态，浪漫派诗人认为只能在“否定”的因素中肯定理性所不能企及的“无限”。所以早期浪漫派的总体气质，也许注定会通向后世的“反文化”的诗学。

诺瓦利斯所代表的这种极端的浪漫派态度，被研究者归纳为：“朝向上帝的运动，就是朝向死亡的革命。”[④] 正如他在《死亡之歌》中所写的：“上帝的深切悲哀/已在我们心中扎根/永恒地被伤害的美好事物/把我们汇入同一条溪流。”

四、施莱格尔兄弟

施莱格尔兄弟（F. Schlegel，1772—1829；A. Schlegel，1767—1845）是德国早期浪漫派

---

① 诺瓦利斯．死者之歌//刘小枫，选编．夜颂中的基督：诺瓦利斯宗教诗文选．林克，译．香港：道风书社，2003：44.

② 诺瓦利斯．阿斯特拉利斯//刘小枫，选编．夜颂中的基督：诺瓦利斯宗教诗文选．林克，译．香港：道风书社，2003：50－51.

③ 诺瓦利斯．断片//刘小枫，选编．夜颂中的基督：诺瓦利斯宗教诗文选．林克，译．香港：道风书社，2003：135.

④ 刘小枫，选编．20世纪西方宗教哲学文选：下卷．上海：上海三联书店，1987：1309.

的最重要代表。其文论思想主要见于他们与诺瓦利斯、施莱尔马赫、蒂克等人共同创办的《雅典娜神殿》(*Athenaeum*)。按照诺瓦利斯的说法，他们是意识到“历史不过是工具”并为了寻求一种“关于未来的福音”而相互“结盟”的。[①]

《雅典娜神殿》出版于1798年5月至1800年8月之间，共出版六期，后合为三部年鉴；其中第二卷包括451条“断片”，史称“雅典娜神殿断片集”。“雅典娜神殿断片集”中的第116条，被视为早期浪漫主义文学纲领的概括，集中表达了施莱格尔兄弟关于浪漫主义文学的主要观点。

他们将诗人定义为“人类的精神器官”。而诗人之所以能够作为整个人类的“精神器官”、之所以能够表达“人类的完整性格”，则是通过表达诗人的自我而实现的。因此浪漫主义文学所承认的唯一法则，就是“听凭诗人的兴之所至”。听任诗人去表达自我，也就使人类的完整性格得到了表达。

艾柯论施莱格尔

德国浪漫主义……主张真由美而生。……施莱格尔与年轻的赫尔德林、谢林以及黑格尔殊途同归，……尤其施莱格尔，将“反讽”或“反语”(irony)的概念与这种特殊的美相连。……反语的立场使主体能够对客体做亦进亦退的双重运动，……于是主体能够与客体互入。……施莱格尔《谈诗对话录》:“唯心主义就是这么诞生的，仿佛从无中生出，……人的元气由此播散，……散布到所有科学、所有艺术。”

——艾柯，编著．美的历史．彭淮栋，译．北京：中央编译出版社，2007：317-318.

支撑上述逻辑的，显然是浪漫派诗人关于“诗歌是最高真实”的信念。所以施莱格尔兄弟认为“浪漫主义的诗”必须充分体现文学的这一基本性质。在他们看来，文学作品一经完成，“其他种类的诗已经结束了自己的发展，完全听凭于分析了。浪漫主义的诗却仍旧处在形成的过程中；况且它的实质就在于：它将永远在形成中，永远不会臻于完成。它不可能被任何理论彻底阐明，只有眼光敏锐的批评才能着手描述它的理想”[②]。

“听凭分析”的诗，亦即对“明晰性”的可能肯定；而“不可能被任何理论彻底阐明”，才是浪漫主义文学所追求的理想境界。从根本上说，浪漫主义文学的这种理想是与“明晰性”毫不相容的，即使是“眼光敏锐的批评”也只不过可以“着手描述”它。更重要的是，施莱格尔兄弟并非把浪漫主义的诗视为文学的一个“种类”，而是认为这代表着整个文学的本质：“它是诗的全部总和，因为任何诗在某种意义上都是而且也应当是浪漫主义的”。这样，西方文论传统中对于“写实的目的”和“道德目的”的要求，便连同“明晰性”一起遭到了否定。

为了说明文学所应具有的这种“未定性”和“暗示性”，施莱格尔兄弟还特别提出了“艺术形式的朦胧、奇异、散漫和混合”的问题。最能显示这一性质的艺术形式，当然是音乐。“音乐家的语言是情感的语言，它独立于一切外界事物而存在；文字的语言则相反，只能间接地表达情感。”后来当所谓“理想破灭的浪漫主义”(即唯美主义)兴起之时，沃尔特·佩特

---

① 诺瓦利斯．断片//刘小枫，选编．夜颂中的基督：诺瓦利斯宗教诗文选．林克，译．香港：道风书社，2003：132.

② 诺瓦利斯．雅典娜神殿断片集．李伯杰，译．北京：三联书店，2003：73.

(W. Pater) 甚至预言“一切艺术都将以音乐为旨归”，其中对音乐的兴趣正在于施莱格尔兄弟所提出的这种文学理想。如果可以通过浪漫主义与启蒙主义精神的比较来凸显其中的关键，那么将文学比之于音乐，实际上就是强调它在情感表达上的“直接性”、在意义生成上的“未定性”。

与理性的秩序相比，这种浪漫主义文学的最大特征就是“自由”。基于这一点，施莱格尔兄弟还对“浪漫主义的诗”怀有更高的期待。

在《雅典娜神殿》创办的三年以前，席勒（1759—1805）已经在《论素朴的诗与感伤的诗》之中提到了相近的意思。用席勒的话说，“体现自然”的诗人就是“素朴的诗人”或“古代的诗人”，“寻求自然”的诗人则是“感伤的诗人”或“近代的诗人”；前者以“现实性”取胜，但是“观念力量的绝对自由则有利于感伤的诗人”。

后来席勒又在《美育书简》中进一步从“美”与“艺术”论及“自由”的问题：“人对美只应是游戏，而且只应对美游戏。……唯有当他是充分意义的人的时候，他才能游戏；唯有当人游戏的时候，他才是完整的人。”在席勒的论述中，“完整的人”是同自由的“游戏”相互说明的。而能与这种“完整”和“自由”相联系的，唯有“美”以及艺术活动之中的“审美的人”。①

席勒所谓的“游戏冲动”（the play impulse or Spieltrieb）

在谈到游戏时，……席勒首先考虑的是康德笔下认识官能的和谐。……他并不想要将艺术归结为普通意义上的游戏，……相反，他从这些活动中发现……那种独特的自由与必然的结合，进入到自愿地服从于规则并从中取得乐趣。……“只有当人是完全意义上的人，他才游戏；只有当人游戏时，他才完全是人。”因此，“正是通过美，人们才可以走向自由”，并且，通过美我们才在可能的范围内实现我们的人性（即我们作为人的理想性）。“只要理性据此作出断言：应该有人性存在，那么它因此也就提出了这样的法则：应该有美。”

——比厄斯利．美学史：从古希腊到当代．高建平，译．北京：高等教育出版社，2018：381.

施莱格尔兄弟的“浪漫主义的诗”同样对艺术寄托着“自由”的理想，他们认为：“只有诗是无限的，就像只有诗是自由的一样”，“追求自由就是追求诗”。但是按照他们的逻辑，“诗的救世功能”并不在于鼓动外部的抗争，也不在于通过文学的想象来维护正义、惩恶扬善，却在于“使人生成为诗”。这也正是诺瓦利斯“使世界浪漫化”、席勒“审美的人”的理想。后来雨果的浪漫主义戏剧纲领将“文学自由”与“政治自由”相互关联，应该说是在德国早期浪漫派的主张中已经埋下了种子。

用“自由”界说“艺术”，又通过“艺术”去实现“自由”，这条线索可能是施莱格尔兄弟以及整个德国浪漫派文论的最重要价值。正如诗人诺瓦利斯在《雅典娜神殿断片》中写给施莱格尔的那段话：“如果有任何人适合做我们时代的使徒并已经诞生，那就是你。……你了解时代的秘密，你其实是这场出现在人间的神圣的革命——一个复数的弥赛亚——的一个不可见的环节。”②

---

① 席勒．美育书简．徐恒醇，译．北京：中国文联出版公司，1984：90.

② 诺瓦利斯．断片//刘小枫，选编．夜颂中的基督：诺瓦利斯宗教诗文选．林克，译．香港：道风书社，2003：131.

五、施莱尔马赫

施莱尔马赫与施莱格尔兄弟的诗人群体关系密切，并曾参与《雅典娜神殿》的活动。另一方面，他在西方文论的历史上又被称为“现代诠释学之父”，因为作为神学家，他使关于“解释”的理论不再仅仅限于释经活动，却要诉诸普遍的人类理解问题，从而使诠释学成为“理解的艺术”。

施莱尔马赫首先以近似于康德的方式确认了解释“理解过程”的两个基本坐标：主体的/心理的维度，以及客体的/语言学的维度。前者的作用在于整体地把握对象；后者则是“在语言之中并且借助语言的帮助，寻找某一话语的特定含义”。

关于施莱尔马赫的这一区分，后来的研究者又进一步强化了其中的现代诠释学意味：“施莱尔马赫详尽地分析人类交流的语言学本质。一切理解都以语言为前提，我们是在语言中思考并通过语言而交流。没有语言就没有理解，因此无论诠释学与修辞学有多少区别，二者都是不可分的。任何文本的生成（text-production），都是对语言规则的特定选择之结果；任何文本的接受（text-reception），也都基于对理解模式的特定选择。文本就是选择和规则共同生成的新的意义整体。”①

由上述两个坐标所决定的理解活动，必然会在两个方面涉及诠释学的基本问题。其一是意义的开放性，其二则是解释的循环。

关于意义的开放性，施莱尔马赫在他的诠释学手稿中已经做出了相当前卫的“解释”：解释的实质，就在于“对给定陈述（a given statement）的一种历史的与直觉的（divinatory）、客观的与主观的重构（reconstruction）”②。对于通过解释活动来寻求意义的人类，这种“重构”实际上意味着只能无限趋近却不可能最终获得被解释的对象；从而所谓“意义”并非其自身，而仅仅成为被理解的意义。

与施莱尔马赫的“理解过程”之坐标相呼应，“意义重构”之中的“历史的”和“客观的”要素，正是其“客体的/语言学的维度”之延伸，它侧重的是意义生成中的“规则”性。而“直觉的”“主观的”要素，则导源于他的“主体的/心理学的维度”，它强调的是意义生成中的“选择”性。后者显然更为关键，因为“解释者对文本的解读必须勇敢地承担一种风险……没有任何解释可以穷尽文本的独特意义，理解是一个永无止境的任务和挑战。一方面直觉不能逃避语义学的事实；另一方面，又不可能对文本之语言学构成形成客观的认知，以取代解释者把握文本整体意义的职责——尽管这种把握最多只能通向一种趋近性的重构”③。

---

① Werner G. Jeanrond. Theological Hermeneutics：Development and Significance. London：Macmillan，1991：45-46.

② Kurt Mueller-Vollmer. The Hermeneutics Reader：Texts of the German Tradition from Enlightenment to the Present. London：Blackwell，1986：83.；Werner G. Jeanrond. Theological Hermeneutics：Development and Significance. London：Macmillan，1991：46.

③ 同①47. 关于这种“趋近性重构”，伽达默尔认为“并不是对一种被意指意义的不断接近”。见：加达默尔．哲学解释学．夏镇平，等译．香港：道风书社，2003：81.

关于“解释循环”的分析其实古已有之[①]，它通常可以被概括为两种形式。第一，我们需要某种前理解（pre-understanding）才能进入文本；没有前理解和问题，就没有理解和回答，也就无从获得意义。第二，通过局部才能理解整体，而只有理解整体才能准确地理解局部。施莱尔马赫在此基础上提出：有两种相关的方式同时作用于这一循环，即直觉的方式和比较的方式。而在他的具体分析中，“直觉的”和“比较的”方式无非还是上述两个维度、两种要素的进一步阐发。因此有研究者径直将这两种方式分释为二，前者是对“文本自身”（text）的直觉感受，后者是对“文本语境”（context）和“语法关系”（grammatical dimension）的判别与认知。尽管施莱尔马赫所言的“文本间比较”被认为已经涉及后世讨论的“互文本性”（intertextuality）问题，但是他的侧重点毕竟在于：“文字和内容的解说并不是解释本身，而只是提供了解释的条件；解释仅仅开始于意义的确定，尽管它需要借助于这些条件。”[②] 如果就此推演，那么最终能从“循环”中把握意义的，当然还是解释主体的心理直觉。

如上的描述可以使我们看到：施莱尔马赫使脱胎于“释经”的“解释”扩展为普遍的理解活动之后，首先为“理解过程”标定出主客相成的坐标，然后通过“意义重构”替代了“意义本身”，继而以解释者的“直觉”来统领这种“重构”，又似乎要用直觉的“感受性”去引导循环之中的认知。其中，“对象与主体相契合”的康德式旨趣是显而易见的。在这样的逻辑链条上，他为“理解”和“解释”设定了一种影响颇为久远的目的，即：“理解文本，进而比作者更好地理解文本。”[③]

从施莱尔马赫到狄尔泰的浪漫主义诠释学

施莱尔马赫极大地扩展了诠释学的范围。他把诠释学视为一种全面的理论，要制定理解的规则和程序，而这种理解不仅是文本的意义，而且是一般而言的文化意义。根据这种浪漫主义传统，施莱尔马赫往往被看作“诠释学之父”。他强调诠释学的“心理学”功能或“卜筮”功能——解释的目的是“卜筮”作者的意图，或者换句话说，是从心理学上重构作者的精神世界。……这被施莱尔马赫等同为作者的原始意图。……这一观点，在那个世纪末经威廉·狄尔泰得到了更为充分的发展。

——麦迪逊．诠释学：伽达默尔和利科．鲍建竹，译//柯尔内，主编，劳特利奇哲学史：第八卷：20世纪大陆哲学．鲍建竹，等译．北京：中国人民大学出版社，2016：311－312.

如果施莱尔马赫的这种思路仅仅是就文学文本而言，那么直接的结果可以见于他本人参与其事的《雅典娜神殿》以及他所影响的施莱格尔兄弟等人的早期浪漫派理论；其中最响亮的命题之一，便是“浪漫主义的诗始终在形成之中，永远不会臻于完成，不可能被任何理论彻底阐明，唯有它是无限的和自由的”。但是这并没有超出康德、黑格尔关于美的艺术之“无限性”

① Hans-Georg Gadamer. Truth and Method，Garrett Barden，John Cumming，tr. New York：Crossroad，1975：154.；布尔特曼也曾提到亚里士多德对“解释的循环”和“前理解”的论述（见：Rudolf Bultmann. The Presence of Eternity. Westport：Greenwood Press，1975：111.）

② Werner G. Jeanrond. Theological Hermeneutics：Development and Significance. London：Macmillan，1991：48，188 note，103.

③ Kurt Mueller-Vollmer. The Hermeneutics Reader：Texts of the German Tradition from Enlightenment to the Present. London：Blackwell，1986：83.；Werner G. Jeanrond. Theological Hermeneutics：Development and Significance. London：Macmillan，1991：47.

和“自由性”的界说。

其间接的结果，则在20世纪的西方文论中贯穿于福柯的“作者之死”（the disappearance or death of the author）、伽达默尔和姚斯的“期待视野”（horizon of expectations）以及“视野融合”（fusion of horizons）、伊瑟尔的“未定性”（indeterminacy）和“文本的空白”（gaps or blanks）、赫奇的“意义”与“意味”之辨（meaning and significance reinterpreted）、杜夫海纳的“作者的原意只是可以确定的X”等等。而在狭隘的文学文本之意义上，这至多可以被视为德国古典美学以来的讨论在细节上的发散而已，现代诠释学的落点似乎并不在这里。

要从更根本的意义上解读施莱尔马赫理论的可能性，或许必须将他的诠释学思路还原于他的宗教观。当同样的诠释学原则也被运用于神学解释，进而敦促神学解释放弃一切特权的时候，现代诠释学的革命性意义和人文学价值才能彰显到极处。

施莱尔马赫并没有专门展开神学诠释学的研究，只是认为“启示无须判定，因为判定本身就建基于解释”。同时他发表于1810年的《神学研究纲要》，也曾提出神学解释应当服从普遍的诠释学（universal hermeneutics）原则。值得注意的是，他一方面否认神学解释具有任何特权，一方面却未曾对神学诠释学多置一辞，这显然同他以“敬虔”为本的宗教态度有关。也就是说：在关涉到“圣言”的时候，他对教会传统中的“释经权威”和“权威性释经”的怀疑，可能必然会指向受制于语言逻辑的人类理解活动本身。正如他在《圣诞节座谈》中所描述的那样：“这种讲论真是用不着的。……一切形式都已变成僵硬，一切言谈亦太沉闷而冰冷。”①

如果可以用施莱尔马赫的宗教观来补足其神学诠释学的“未定性”和“空白”，应当说他是要离开语言逻辑的制约而另辟蹊径，即最终将神学意义的更恰当解释，让渡给美的体验和情感的分享。在几位热衷思辨却输于才艺和感受力的“男客”高谈阔论之后，施莱尔马赫通过一个沉默许久的人物这样表达了他的理想——一种或可被称为“神学诠释学”的理想：“女客们……本将为你们歌唱何等美丽的乐曲，歌唱蕴涵着你们所论说的虔诚的乐曲……她们可以透过充满真爱与喜乐的心情，使论说富有更多的魅力……比你们庄严的议论更让人愉悦。……这不可言说的时刻在我心中产生一种不可言说的喜乐。”②

施莱尔马赫在《论宗教》《基督教信仰》等著作中，一向是从“敬虔的情感”“绝对的依赖感”③ 等方面来界说宗教的本质，用“诗意”“深情”④ 等字眼来描述《圣经》的内容。乃至其著作的中文翻译者谢扶雅专门指出：“宗教”与“敬虔”两词在德文中相通，“英文里的形容词religious也和pious无甚区别”⑤。

就语言逻辑所注定的解释限度而言，施莱尔马赫的“普遍的诠释学原则”一旦进入神学解释的领域，可以获致的结论似乎必然是语言载体对于独一“圣言”的无奈。关于这种容不得任何歧义的特殊的解释对象，浪漫主义的诗学观念和文学诠释学的“视野融合”显然都是无效的。神学诠释学在这里不得不做出断然的选择：或者放弃“圣言”的最终意义，或者放弃与解释活动俱在的语言逻辑。施莱尔马赫从“解释”重新转向情感的体验，应当说是试图解脱于

① 施莱尔马赫．宗教与敬虔．谢扶雅，译．香港：基督教文艺出版社，1991：465－478．

② 同①516．译文略有调整。

③ 同①59，309．

④ 同①55－56．

⑤ 谢扶雅．《宗教与敬虔》导论//施莱尔马赫．宗教与敬虔．谢扶雅，译．香港，基督教文艺出版社，1991：11．

“语言牢笼”的一种努力。

克里斯蒂娃论“诗性话语”

科学的程序是建立在希腊（印欧）句法的基础之上：从主语—谓语开始，再通过辨识、判断和因果关系而延展。从弗雷格（G. Frege）和皮阿诺（G. Peano）到卢卡西维茨（J. Lukasiewicz）、阿克曼（R. Ackermann）和彻奇（A. Church）的现代逻辑，都脱胎于0—1的序列（out of a zero-one sequence）。……而这一切在诗性语言的领域里都是无效的，……诗性的逻辑……显示为0—2的区间。……语言的、心理的、社会的禁律（prohibition）就是1，比如上帝、法则、定义（God，Law，Definition）；而逃离禁律的唯一语言实践（the only linguistic practice to ‘escape’ the prohibition），就是诗性话语（poetic discourse）。

——Julia Kristeva. Desire in Language：A Semiotic Approach to Literature and Art. Leon S. Roudiez，ed. Thomas Gora，Alice Jardine，Leon S. Roudiez，tr. New york：Columbia University Press，1980：70.

当施莱尔马赫论说“解释”之时，他是通过主体的选择、意义的重构、直觉的感受一步步地消解了传统教会的真理观。这开启了现代诠释学的思路，而他自己实际上又游离于这条思路，让“圣言”的独一性通过敬虔的情感得以成全。他大约已经意识到：沿着“解释”的线索继续推演，只能导致“意义”的层层退让，却无法使任何一种信仰“恒真”。

他借助情感、诗意的体验所获得的落点，似乎带有相当的浪漫主义色彩和美学意味，但是这与浪漫派诗学和文学诠释学存有一种极大的差异，即后者并不寻求意义的确定性，甚至恰好是要张扬诗意或阅读中的非确定性；而施莱尔马赫则是要将“解释”诉诸普遍的宗教经验，以避免诠释学的追踪拆解掉信仰的基础。

但是另一个问题也随之产生：如果神学的解释可以摆脱教会的权力和语言的链条，可以重新落实于宗教的经验，那么一种同一、普遍的“宗教经验”是否真的存在？这种经验又何以得到辨别？

普遍的“宗教经验”与康德建立在“认识诸能力的自由活动”之上的人类“共通感”相似；它只能被设定，却无法获得证明。但是施莱尔马赫从神学角度对相关问题的讨论，毕竟大大深化了浪漫派的思考，并且更多地显示出浪漫派文论与20世纪之间的衔接。

第二节
英国浪漫主义文论

如果我们把浪漫主义定义为一个有意识形成的纲领和有明确目的的活动，那么在耶拿浪漫派活动时期，英国并不存在一个相应的浪漫主义运动，尽管这个术语最初来自英国。另外，虽然柯尔律治在1811年的讲演中就使用了“古典的”和“浪漫的”之说法，但那被认为是来自施莱格尔兄弟。奥古斯特·施莱格尔的《戏剧与文学讲演录》在1815年有了英文译本以后，英国批评家就都使用施莱格尔的概念了。不仅如此，据说当时没有一位英国艺术家称自己是浪漫主义者，就连拜伦也是如此。因为在他看来古典的与浪漫的区分只是发生在欧洲大陆的一场论争，却并未意识到自己会成为浪漫派最重要的代表。根据韦勒克的考证，直到1850年，英国浪漫主义才成为一种确定的现象。也正因此，勃兰兑斯《19世纪文学主流》关于德国和法国的两卷分别题为《德国的浪漫派》和《法国的浪漫派》，论述英国文学的一卷却是《英国的自然主义》。

一、华兹华斯

华兹华斯（W. Wordsworth，1770—1850）在1798年与柯尔律治共同出版《抒情歌谣集》以后，曾为1800年的第二版和1815年的新版分别撰写了序言，这是其诗论的主要内容。另外，随着他日益感觉到自己与柯尔律治在若干方面的观点分歧，华兹华斯还不断对序言进行修改，如1802年、1830—1832年等，甚至直到1845年诗人75岁时，还有过大段改动。许多华兹华斯的研究者认为：从1798年的简介、1800年的序言到1802年的修改，其观点日益模糊，逻辑上也矛盾更多。

华兹华斯最初对诗歌词汇的要求，将他引向对韵律的探讨，进而得出结论，认为韵律不是诗歌最重要的因素，而是附加性的成分。这就把他带到一个最容易受到攻击的境地，即似乎认为韵文与散文没有什么质的差别。后来，其序言又发展到分析诗人的创作活动，即1802年第三版时加入的“诗人是什么”一节。据乔治·沃特森（George Watson）的《文学批评》（1972）一书考证：这是最“柯尔律治化的部分”。原因可能是柯尔律治在《文学传记》17～20章表示了一些不同意见，而华兹华斯在1802年的修改中注意到了这些意见并适当进行了调整。华兹华斯起初对诗歌语言的要求已经很难与他关于诗人的讨论相协调，以至在1802年加入的“附录”中，他又提出“最早的诗人的语言，是非常情况下的语言，然而它是人们真正使用的语言”等等。

华兹华斯似乎也感到了自己的逻辑困境，所以此后在1815年的序言中，不再提“使用口语”的问题，1815年以后他更是不再写批评文字。毕竟，他从未想过要成为一个批评家。不过他的诗歌创作本身，其实在许多后世的理论描述中得到了很高评价。

康德、费希特与华兹华斯的《序曲》

康德认为理解力本身为我们的经验提供了形式（the form of our experience is contributed by the understanding itself）并且将先验范畴赋予感觉材料（imposing its priori categories upon the data of sense），费希特认为现实本身是一个“自我”所设定的“非我”（reality is itself an non-Ego posited by the Ego）——这些理论都使心灵在现实的生成中扮演了角色，乃至在一定程度上说，心灵在对现实的认识中，辨认出自己的作品（in coming to know reality it recognizes its own work）。这正是华兹华斯《序言》（*The Prelude*，II，250-260）似乎要表达的……

——比厄斯利．美学史：从古希腊到当代．高建平，译．北京：高等教育出版社，2018：418-421.①

尽管后世对华兹华斯贬斥颇多，但柯尔律治自己的话也许更为客观。柯尔律治曾在给葛德文（Godwin）的信中写道：“如果我死了以后，书商们要为了我而给您什么报酬，请您务必对他们说：华兹华斯对柯尔律治的访问就像是从上帝那里传来的‘认识你自己’的福音，使他知

① 此处引文根据英文本有所改动。

道了什么是真正的诗，使他知道了他自己并不是一个诗人。”

《抒情歌谣集·序言》的主要观点，可以分为以下几方面进行简要的介绍。[①]

诗歌的题材——“微贱的田园生活”

华兹华斯主张诗歌要取材于“微贱的田园生活”，是与他对西方最早的工业文明之感受相关的，乃至有研究者认为华兹华斯的《抒情歌谣集》虽然远离了法国大革命的政治背景，却表现出诗人对同样深刻的英国工业革命的反映。华兹华斯为诗歌取材于“微贱的田园生活”列举了几点理由：

（1）“在这种生活里，人们心中主要的热情找着了更好的土壤，能够达到成熟境地，少受一些拘束”；

（2）“我们的各种基本情感共同存在于一种更单纯的状态之下，因此能让我们更确切地对它们加以思考，更有力地把它们表达出来”；

（3）“田园生活中的各种习俗”是从人们“各种基本情感”中萌芽的，在田园生活中，“这些习俗才更容易为人了解，也更能持久”；

（4）在“微贱的田园生活”里，“人们的热情是与自然的美而永久的形式合而为一的”。

与之相对应的城市文明，在华兹华斯看来却是“把人们的分辨能力弄得迟钝起来”。他写道：“在城市里，工作的千篇一律使人渴望非常的事件。这种渴望，只有迅速传达的新闻能时时刻刻予以满足。这种生活和习俗的趋势，我国的文学和戏剧曾力求与之适应，所以以往作家的非常珍贵的作品已经被抛弃了。”为此，他呼唤一种心灵当中“天生的不可毁灭的品质”“天生的不能消灭的力量”，而这正是“微贱的田园生活”所能培育的一种对于工业文明的抵抗。

诗歌的本质——“强烈感情的自然流露”

华兹华斯认为：诗起源于原始的情感流露，“一般说来，各民族最早的诗人都是出于由真实事件所激发的热情而写作的”，所以他们“写得自然”“感受强烈”。因为诗歌就是“感情的历史和科学”。

华兹华斯所谓的“诗”其实是泛指文学，所以他认为诗的对立面不是散文，而是非情感性的科学。作为文学的不同体裁，“真正的诗”和“真正的散文”都是情感的载体，其目的就是要通过语言手段表现自然、真实的情感，以便使读者的感受力、同情心和情感变得敏锐并得到发展。这样，诗的本质不再在于摹仿，也不再为了给人以慰藉和教益，而只是源于情感，也只是为了培养人们天性中的情感成分。

华兹华斯又强调说：诗所表现的已不是直接的情感感受，而是“在平静中回忆起来的情感”，因为“我们的思想改变着和指导着我们情感的不断流注”，以至“我们的思想事实上是我们以往一切情感的代表”。他认为：“不断重复和继续这种动作”（即在平静中回忆情感），作品

① 有关引文参见：章安祺，编订．缪灵珠美学译文集：第三卷．北京：中国人民大学出版社，1998：5.；刘若端，编．十九世纪英国诗人论诗．北京：人民文学出版社，1984：8，22，28，36.

才能使读者的理解力有某种程度的提高，情感也必因此而增强和纯化。

诗歌的语言——“人们真正使用的语言”

华兹华斯反复强调一种“更纯朴有力的”、“从屡次的经验和正常的情感产生出来”的、“人们常用的”、“由热情的产生的”、“接近人们的语言”的诗歌语言，而刻意避免所谓“诗的词汇”。这在英国诗歌史上可能具有特别重要的意义。

20世纪“新批评派”的维姆塞特和布鲁克斯曾就此考证：在18世纪，英国两种主要的“诗歌词汇”已经定型。一是浪漫的、忧郁的，即斯宾塞（Spenser）《仙后》的传统，当时被人们毫无节制地效仿。另一是古典的，即荷马、奥维德、维吉尔等的翻译作品中遗留下的痕迹，以至使“荷马式的比喻”成为种种平庸的套语。而那些流行于寻常巷陌的市井口语，则被认为不能入诗。乃至18世纪的英国诗人普遍认为：“诗人应该特别注意，不可采用口头成语写诗”；“今日的语言经常流通在众人的唇舌之间，便不免使人生厌”，“比不上已死语言的诗意与奇特”。著名诗人蒲柏甚至声称：“一个术语，被下贱的行业，如屠夫与厨师们使用，则由这个术语所激起的情感必定大减。”诗人葛雷也说：“当代的语言，永不能成为诗的语言。”

后来反对“诗歌词汇”的主张逐渐增多，最有趣的是，法国诗人蒂奥多·德·邦维尔在其《法国诗歌浅议》中专门设有“诗的特权”一节，而其中只写着一个词：“不存在”。华兹华斯也坚决反对“诗歌词汇”，但是他所根据的似乎正是蒲柏当初反对日常口语的逻辑。他明确提出：“我必须丢掉许多历来认为是诗人们应该继承的词句和辞藻……因为这些词句虽然是很适合的而且（是）优美的，可是被劣等诗人愚蠢地滥用以后，便使人十分讨厌。”

不过通常认为华兹华斯对“使用日常口语”的强调有些极端，以至推导出“最好的诗中最有趣味的部分的语言，也完全是那写得很好的散文的语言”，“散文的语言和韵文的语言并没有也不能有任何本质上的区别”。

后来柯尔律治曾指出：华兹华斯诗中的下层百姓说话时，其实也已经带上华兹华斯的口气，否则如果“真正摹仿一个郁闷无聊、喋喋不休的人说话，他的诗也就无法避免同样的郁闷无聊和喋喋不休”。

20世纪以来，对于“诗歌词汇”的反抗比浪漫主义更为强烈，而T. S. 艾略特的话可以被视为这一公案的小结：“一个民族的诗，从该民族的口语中获得生命，同时也给予该民族的口语以生命。”

诗人的特征——五种能力

华兹华斯谈到“诗人是什么”的时候曾经提出：诗人比一般人具有更敏锐的感受性，更热情，更了解人的本性，灵魂更开阔；诗人喜欢自己的热情和意志，内在活力使他比别人更快乐；诗人喜欢观察宇宙中相似的热情和意志，喜欢在没有它的地方创造这种热情和意志；诗人比别人更容易被不在眼前的事物感动，所以能表达并非直接来自外在刺激的思想和感情。在1815年的序言中，他在此基础上加以发展，明确提出了诗人所应具有的五种能力：

（1）观察和描绘的能力（被动的能力，亦即济慈所说的“消极能力”）；

（2）强烈的感受能力（主动的能力，即可以被不在眼前的事物感动）；

（3）沉思的能力（在平静中回忆起来的情感）；

（4）想象和幻想的能力（想象所创造的比喻是启发我们天性中的永恒的部分；而幻想只是外在的、偶然的相似，给人的新奇印象是短暂的，只能激发天性中的暂时的部分）；

（5）虚构的能力。

最后他还谈到一种"判断的能力"，即上述五种能力的综合。

华兹华斯的诗歌创作和理论的中心毫无疑问是自然，但是他所说的自然是什么需要加以辨析。事实上，正是对自然的强调，才使华兹华斯成为浪漫主义的一位代表人物，但也正是在自然问题上，可以看出华兹华斯的浪漫主义以及他所代表的英国浪漫主义，与德国的浪漫主义有着极大的不同。华兹华斯的全部诗论，都可以关联于他对"自然"之神秘性的看法。如他自己所说：自然是他的守护神。在这一点上，柯尔律治确实与华兹华斯有所不同。柯尔律治曾将"自然"描述为"一堆死气沉沉的事物"，即"作为客体的客体"（objects qua objects）之集合；后来又在《文学生涯》中称之为"僵死之物"（fixed and dead）。因此有研究者认为，华兹华斯注重自然的神秘，柯尔律治则强调"自然活在我们的生活中"。而"我们生活中"的"自然"与华兹华斯的"田园生活""自然情感""日常语言"的最大区别，就在于柯尔律治力图以"思想"激活"自然"，即"思想对转变这个堕落世界负有义不容辞的责任"①。

海德格尔对"自我"的反省

《艺术作品的本源》最终版的第二部分标志着真理观上的改变。在前三版中，海德格尔的要点是……真理把自身置于艺术作品中，……在真理观上坚持"此在"的优越性。与之相反，最终版把"去蔽"刻画成一个人类归属于它、且向它袒露的"澄明"（*Lichtung*）。……最终版的最后部分力图不根据……自我主张来界定创造。……创造者不再是一个暴力的奋斗者，而是某种"澄明"的接受者。

——塔米尼奥．存在哲学 1：海德格尔．陈官泯，译//柯尔内，主编，劳特利奇哲学史：第八卷：20 世纪大陆哲学．鲍建竹，等译．北京：中国人民大学出版社，2016：62.

简单说，华兹华斯诗歌中和理论思想中的自然，在很大程度上，就是他所生活于其中的那种田园环境。尽管在他对自然的理解中，也包含着一种泛神论的东西，也含有人与宇宙融合为一的超验思想，但是，从根本上来说，他所说的自然是指与喧嚣的城市工业文明相对应的平静、淳朴的乡村自然生活。从积极的方面来看，我们可以说他的诗歌虽然远离了法国大革命的政治背景，但也表现出对英国工业革命的深刻反省。这也就是说，他围绕着自然的创作和思想也是对工业文明所带来的一切弊病的反抗。不过，即使从这个角度来理解，华兹华斯的反抗也仍然显得过于无力和肤浅。例如，席勒也曾在这方面发表过明确的看法，即在《美育书简》中那段关于现代工业文明带来的破碎状态的著名言论，他的审美游戏说也是这样一种反抗，虽然也没有能够实现，但至今仍然不失为一种启迪和鼓舞。另外，从总体上说，如我们已经看到的，德国浪漫主义者虽然也诉诸自然，也有明显地返回自然的原始状态的倾向，但他们或者是将自然视作上帝无限神性的有限呈现，或者将自然看作自我意识的延伸或者创造。从康德开始，自然实际上就没有什么独立的意义，这在他关于"崇高"的思想中已经表现得很清楚，黑

① 爱德蒙森．文学对抗哲学：从柏拉图到德里达．王柏华，等译．北京：中央编译出版社，2000：40.

格尔更是如此，因为自然的一切意蕴全在于心情。在诺瓦利斯、施莱格尔兄弟和施莱尔马赫那里，自然实际上是超自然的东西，是上帝—自我的意志的扩张。当然，这种东西是很危险的，事实上也的确孕育出了恶的果子，那就是浪漫主义与后来法西斯主义的内在关系。与德国人不同，华兹华斯在谈论自然时虽然也强调其中的诗意，即诗人对自然的感受，但他过于看重自己的生活环境，过于在意自己的田园生活在诗歌中的表现。因此，他的诗歌有时的确写得很美，很有诗意，但过于平静，过于被动，看不到人自身的意义。在这方面，华兹华斯的诗歌创作和理论和我们的古代诗人更接近一些。

华兹华斯一直活到 80 岁，但是在他之后的许多英国浪漫主义诗人认为：最晚在 1830 年以后，作为诗人的华兹华斯已经不存在了。不过《抒情歌谣集·序言》的主体部分，毕竟完成于 1815 年以前，那个时代甚至因此被称为“华兹华斯的时代”。

二、柯尔律治

柯尔律治（S. T. Coleridge，1772—1834）在西方文论史的研究中，通常被提及的是其《文学生涯》（又译《文学传记》）、《莎士比亚评论集》、《欣赏批评的原理》等。这些诗论以及柯尔律治最好的诗歌作品，都作于他在 1797 年与华兹华斯相识后。因此阿瑟·彼蒂（Arthur Beatty）在《19 世纪早期的浪漫主义诗歌》中说：“华兹华斯使柯尔律治懂得了艺术家的力量不在于复制别人的见解，也不在于图解神学或哲学的抽象体系，而在于形象地描写诗人自己的意念。”他还指出：华兹华斯与柯尔律治讨论的结果，是“诗歌词汇”的提法从华兹华斯的文论中渐渐消失，而柯尔律治也不再像早期那样使用一些空洞抽象的词语。据说华兹华斯还将读到的一部游记《海上航行》推荐给柯尔律治，使其最重要的诗作《古舟子咏》（又译《老水手之歌》）得到了最初启发和主题。

华兹华斯和柯尔律治在诗歌创造和理论上有着密切的合作，两个人之间的文学交往对各自的发展都起到了重要的作用。根据柯尔律治的记述，在两个人结识后的最初几次谈话中，就已经确定了他们所认为的诗歌的两大要素：第一，忠实于自然的真实以唤起读者注意的能力；第二，借助于想象的色彩变化以新奇异常而引人入胜的能力。由此，诗歌可能以两种方式取胜，即以自然主义的手法来写自然的题材，或者以自然主义的手法来写超自然的题材。根据两人的分工，第一种方式由华兹华斯来尝试，第二种由柯尔律治来实验。显然，后一种方式更接近德国的浪漫主义，而前一种则是典型的英国式的浪漫主义。

柯尔律治的文学思想与华兹华斯有诸多相似之处，但也存在着许多不同，有时候可能只是表面上的或者用语上的不同，但有时候确实存在者本质上的差异。例如，在关于自然的认识上，华兹华斯更强调真实（或者说现实）的自然环境，柯尔律治则强调自然的精神或创造力。关于散文与韵文的区别，两个人的不同也很明显，虽然柯尔律治最终也没能说明二者的何在，但明确为韵律做了辩护。另外，柯尔律治对于象征和神话极为重视，当然这也是德国人的普遍看法。由此可以说，华兹华斯更多地接受了英国的经验主义传统，而柯尔律治深受德国理性主义传统的影响。不过，尽管有分歧，两个人在创作和理论方面还是相得益彰，他们作的《抒情歌谣集》也的确代表了英国浪漫主义文学的最高成就。其中收有柯尔律治写得最好的诗歌《古舟子咏》，而那是真正梦幻性的浪漫主义作品。

自英美新批评特别是理查兹（I. A. Richards）以来，当代西方似乎对柯尔律治产生了异乎寻常的关注和全新的评价。他甚至被列为“大批评家”之一，被视作哲学家和“《圣经》学者”；人们讨论的不再仅仅是他的诗作，而是他的“伦理哲学”、“自然哲学”以及“关于神学的哲学诠释”①。

的确，柯尔律治其实留有相当数量的理论著作，比如《边注》（*Marginalia*）、《论教会与国家的体制》（*On the Constitution of Church and State*）、《哲学演讲》（*Philosophical Lectures*）、《1808—1819 年的文学演讲》（*Lectures 1808—1819 in Literature*）、《笔记》（*Notebooks*）、《书信集》（*Collected Letters*）、《短文及残篇》（*Shorter Works and Fragments*）、《席间文淡》（*Table Talk*）、《思之助》（*Aids to Reflection*）等等。1803 年，柯尔律治甚至计划写一本《英国形而上学的历史》，并自称“严格说这不是形而上学的，而是历史的”。也许是由于这些材料在很长时间里没能获得文学研究者的足够重视，西方文论史对柯尔律治的传统描写似乎并不完整。

据说柯尔律治曾致力于康德哲学，并译介过康德著作。他在《文学生涯》第九章提到“这位哥尼斯堡的圣人”时，还学着康德的方式声称，他“比其他任何人的作品都更为迅速地启迪了我的知解力”。基督教的“十诫”也被柯尔律治用康德的术语改写，其中第一诫就是：“无条件地服从纯粹理性的意志，服从良知——上帝的真实。‘我是主，你的上帝，除去我不可有别的神。’在这里，上帝之整体得到纯粹理性之整体的支撑和证实，这不仅是可靠的，而且是最好的。让意志专一地、无条件地服从纯粹理性吧。这是命令，而不是劝导。”据说柯尔律治的这段笔记还有以下句子：“这是命令，不是劝导。去做吧，不是因为这样或那样的理由，是为了律法而实践律法。”②

吉尔伯特和库恩的《美学史》则认为：柯尔律治对康德“进行了自由的解释和神秘的完善”，并由此找到了解开心理活动（包括诗人的想象）的迷宫的线索。在柯尔律治写于 1814 年的论文《欣赏批评的原理》中，关于快感、趣味、美、无功利等观点，显然也与康德的理论相关。但是柯尔律治对康德的读解毕竟还相当有限，人们通常认为：柯尔律治受益于康德的，并不在于康德的具体美学观点，而在于《纯粹理性批判》中关于“知性”（知解力）和“理性”的一般论述。

比如，柯尔律治将想象划分为第一性的（外物在我心灵中的重现）与第二性的。第二性的想象是对第一性想象的回声和进一步的理解、融化，从而诗人凭借第一性想象所观察而来的感受，通过第二性的想象被转化为一系列观念的具体表达，如自我、绝对存在、世界、上帝等。这些观念原来以抽象形态存在于理性之中，而想象的活动，则使它们与艺术得以沟通。柯尔律治的这一类看法不可能得之于华兹华斯，相反却可能对华兹华斯有所影响。总之，柯尔律治与华兹华斯的交往之所以被认为是英国诗歌史上的一个“事件”，正是因为这对他们两人的诗论具有一种双向的作用。

---

① David P. Haney. The Challenge of Coleridge: Ethics and Interpretation in Romanticism and Modern Philosophy. Pennsylvania: The Pennsylvania State University Press, 2001: xii.

② 同①177，216.

“原发想象”和“次级想象”

“我将原发想象（primary IMAGINATION）看成是活的力量和所有人的知觉的原初动因，是处在无限在‘我在（I AM）’之中的永恒创造行动在有限心灵里的一次重复。我认为次级想象（secondary imagination）是前者的回声。”（《文学生涯》第13章，I，202）这里的“原发想象”是受谢林的影响，是无意识而自发的，但又是积极而有创造性的，既存在于自然过程，也存在与人的知觉之中；而“次级想象”是有意识的诗意的力量。

——比厄斯利．美学史：从古希腊到当代．高建平，译．北京：高等教育出版社，2018：425.

柯尔律治的诗论，可以分为“诗的本质”、“诗人的本质”以及“想象-隐喻”等主要问题。关于“诗的本质”，华兹华斯曾以“强烈感情的自然流露”界定诗，同时认为韵律不是诗所固有的要素，只是“附加在自然语言之上的迷人之物”。柯尔律治则更明确地把艺术创造视为一种有意识的活动，认为“艺术传达我们想要传达的一切”，“它是思维领域中的形象化的语言，它和自然的区别，就在于所有组成部分被统一于某一思想或概念之中”①。

这样，诗并不仅仅是感情的自然流露，甚至形象本身也不就是诗。“形象本身无论多么美，多么忠实地由自然抄袭下来，多么准确地用词语表达出来，都不能说明诗人的本质。”只有“当形象受到了一个主导热情的陶铸”，“当形象能够化多样为统一”，或“当形象从诗人的精神中接受过来一种富有人性和理性的生命的时候”，“形象才变成独创天才的印证”。总之，“具有最高价值”的诗，要“把诗人心中占首要地位的情境、激情或性格”有意识地表现出来。这就需要特别强调“思想的深度和活力”，“如果不是一个深沉的哲学家，决不会是个伟大的诗人。”

柯尔律治就此以莎士比亚为例，认为莎士比亚并不是“灵感的消极工具”，并不是“被精神所掌握而不掌握精神”。他自己的创作体验也同样如此：“当我思考之时，注视自然界的事物，我就像看到远处的月亮把暗淡的微光照进那结满露珠的玻璃窗扉，此时与其说我是在观察什么新事物，毋宁说我像是在寻求，又似乎是要求一种象征语言，以表达那早已永恒地存在于我内心的某一事物。”

汉德克（Peter Hanke）“对所见之物的思考”

月亮出来了，出现在“对所见之物的思考之中”（塞尚曾经这样形容他的工作方式），出现在与另一个月亮的对比中（那是在一个类似的宁静夜晚，我把近处地平线上方的月亮看成了某个谷仓前发出黄色亮光与影的门拱）。……什么也没有发生，而且什么也不需要发生。……广延的形式和关于这个形式的观念，……同时表示出来游戏的规则与规则的游戏。

——汉德克．缓慢的归乡．周新建，梁锡江，译．上海：上海人民出版社，2015：186，209.

柯尔律治据此认为艺术创作是“把全部事物形象安置在人类心灵的一切疆域中，进而从形象所具的形式本身得出和引出与之十分相似的那些道德见解，使外在的变成内在的、内在的变

① 有关《文学生涯》未注出处的引文，参见：章安祺，编订．缪灵珠美学译文集：第三卷．北京：中国人民大学出版社，1998：31－51.

成外在的、自然变为思想、思想变为自然”。至于诗歌中的语言因素，即华兹华斯纠缠不清的“日常语言”和“诗歌韵律”的问题，柯尔律治认为那只是诗歌所使用的诸多手段之一：“韵律”从根本上看仍然是源于心灵，它是“心灵为了抑制热情的奔放而自然获致的平衡”。而在这样的意义上，“我”又“应当没有自我”，因为“客体与主体、存在与知识都是同一的，双方都包含着对方并以对方为前提”。

海德格尔《艺术作品的本源》

在《艺术作品本源》的三个版本中，海德格尔都坚持，在深入艺术作品本源的研究中有一个循环。……若说艺术家是作品的本源是真的，那么说作品是艺术家的本源也就是真的，因为谁都不能没有另一个而存在。然而，两者都根据艺术本身而是其所是，……若不根据艺术的本质，我们就不可能认识一个艺术作品本身。因此，对艺术作品本源的询问在一个循环中运动。……但在最终版中，……“存在”既非被限制在“存在者”中，也非不需要它们而存在；既非被囊括在“此在”中，也非不需要它而存在。

此外，早先几个版本强调日常性自我主张与创造性自我主张的对立，与此相反，……《艺术作品的本源》最终版的第一部分……这样说：“朴实无华的物最顽固地躲避思想。……”换句话说，日常性不再是为了直面“生存”的无家可归而不得不由“决断”来克服的熟悉领域，它变得陌生了，需要在其熟悉的外表下作出沉思。……这证明了一种“存在”自身中的“去蔽”和“隐蔽”的神秘的相互作用。这就是海德格尔在沉思梵高的一幅画着一双鞋子的油画时力图暗示的东西。

——塔米尼奥．存在哲学1：海德格尔．陈官泯，译//柯尔内，主编，劳特利奇哲学史：第八卷：20世纪大陆哲学．鲍建竹，等译．北京：中国人民大学出版社，2016：61-62.

其实华兹华斯后来也说诗人所要流露的并不是一般的情感，而是“平静下来以后回忆起来的强烈感受”；华兹华斯还提出：创作要经过“长时间的沉思”，情感才能“受到思想的修正和指引，思想才真正代表我们过去所有的情感”等等。只是华兹华斯更多地侧重于强调情感的自然、纯朴等方面，而柯尔律治则特别重视“艺术起源于艺术家的内心活动”。可以说，这正是前者论“自然的神秘”与后者论“自然活在生活中”的区别。

因此柯尔律治将重点置于形象、情感与理念三方面。他认为：如果不能熟练处理对外在世界的感受，就不能成为诗人；如果不是首先受到情感的驱使，就“永远是艺术大地上贫穷、不成功的耕作者”；如果那朦胧的冲动不能渐变为明确的理念，艺术就“不会取得伟大的进步”。在形象、情感和理念三方面所构成的结构中，诗人的心灵活动不断起到关键的、主导的作用，因此“一首诗不是静止的，它是思索的过程而不是思索的结果”。

但是柯尔律治同时也指出：诗歌的基本目的毕竟是“愉悦”而不是“真理”。所以“思想的深度和活力”以及艺术所“引出”的“道德见解”，并不意味着诗歌要僭越（usurp）道德说教的位置，不应该期待诗歌直接置换为“真实生活”，不应该机械地改造趣味，不应该人为地使其成为“应然”（make it what it ought to be）。相反，当审美趣味与哲学真理之间鸿沟尚存的时候，诗人应该“保持普遍存在的原状，却不是首先使之成为‘应然’的样子，然后让愉悦追随其后”①。

柯尔律治在论述了“一首诗”意义上的诗之本质后，又提出“一首诗”并不能代表“总体的诗”，而要评判作为创造心灵之最高成就的“总体的诗”，他认为实际上是要去审视诗人。所以：“诗是什么？这无异于问：诗人是什么？……因为诗的特点正是天才诗人的特点。”②

而关于“诗人的本质”，柯尔律治的名言常常被人引用：“良知是诗才的躯体，幻想是它的衣衫，运动是它的生命，想象则是它的灵魂。”

其中的“良知”（good sense 或者 conscience）与中文的通常意义不同。《文学生涯》上一段引文中的“良知”是用 good sense，指诗人对于外界的良好、敏锐的感受力。柯尔律治借此又一次强调“内在”与“外在”、“主体”与“客体”之间的相互融合，这在他的《论信仰》以及《短文及残篇》中也有相关的表达：“根本不存在没有你的我，只有将我等同于你的时候，你才成为可能；而等同（equation）又不是相同（sameness）。……通过一种自由的行为将你等同于我，通过否定相同来建立这种等同，这就是良知（conscience）的定义。良知是一切意识（consciousness）的基础。”③

至于“幻想”、“运动”和“想象”等其他三种“诗人”的要素，也需要以柯尔律治的独特思路予以理解。比如“幻想”曾被华兹华斯描述为“诉诸天性中暂时的部分”，柯尔律治则认为“幻想”只是“一种回忆”，“通过联想的法则取得现成的素材”，其意义主要是与“想象”相对而言。“运动”是指主体与客体之间的交互作用，即柯尔律治所说的“自然变为思想、思想变为自然”的不断演进。最重要的是“想象”，它被柯尔律治视为“物我统一”的中介，并称为“善于综合的神奇力量”。因此，“想象”理所当然地成为诗歌创作的核心。

当代研究者注意到：“柯尔律治试图使‘想象’与‘幻想’相分离，使技巧（或创造的知识）在艺术和生活中都服从伦理的意识，以解决其中的紧张关系。在他看来，‘第二性’想象之中的诗性的创造过程，并不仅仅是技巧，而是‘意识的意志’（the conscious will）对自我意识之生活行为的一种添加，是‘有限的心灵对自有永有的无限创造行为的重复’（repetition in the finite mind of the eternal act of creation in the infinite I AM）。”④

而从相当程度上说，“想象”的问题在柯尔律治诗论中首先具有一种语言学的意义，这就是想象与隐喻的联系。

隐喻（metaphor）来自希腊语的 metaphorain，其字源 meta 意思是“超越”，phorain 意思是“传送”，也就是将一个对象的特征“传送”到另一对象，使之得到“超越”其自身的某种意义。修辞学中的一切比喻，都被认为是隐喻的变体，而“隐喻”作为对字面意义转向比喻意义的基本程序之概括，又是西方文论中的一个重要课题。

浪漫主义作家普遍认为：想象的能力，首先就是把不同事物会聚在一起，确立一些相似点和连接点，从而领悟并创造整体。诗歌正是想象能力的表现。而会聚不同事物，寻找其相似点、连接点和相同之处的想象过程，也就是隐喻的过程。想象把自己纳入人类语言机制的方式，也正是凭借隐喻。

---

① David P. Haney. The Challenge of Coleridge：Ethics and Interpretation in Romanticism and Modern Philosophy. Pennsylvania：The Pennsy Wania State University Press，2001：32.

② 章安祺，编订．缪灵珠美学译文集：第三卷．北京：中国人民大学出版社，1998：36.

③ 同①184.

④ 同①31.

在柯尔律治之前，德国狂飙突进时期的批评家赫尔德曾发表《论语言的起源》，提出语言本身从一开始就与隐喻联系在一起，原始人就是通过隐喻和象征来思维的。更早一点的意大利学者维柯（G. Vico，1668—1744）在1725年出版的《新科学》当中，则已设想出一种原始人，他们具有本能的“诗歌智慧”，这种智慧通过隐喻、象征和神话向现代人抽象、分析的思维模式发展。维柯的著作没有受到同代人的注意，而研究者发现柯尔律治是最早阅读和思索维柯著作的人之一。

在想象和象征的意义上理解“隐喻”，就使浪漫主义诗人不可能像其前人那样，仅仅把隐喻看作一种可以添加的语言修饰。这可以用英国诗人德莱顿曾经有过的尝试作一对比。德莱顿在1649年为黑斯廷斯勋爵死于天花而写下这样的诗行：

除去天花——这潘多拉盒子中的罪恶，
难道就没有什么出路更加温和？
我们维纳斯的疆域里竟有那么多痣点似的斑迹，
难道这都是装点一块瑰宝的层层衬底？
红疹在肌肤里傲慢地吐蕊，
就像是贴在百合花瓣上的玫瑰花蕾。
每一颗脓疱都含着一滴泪珠，
哭诉着自己犯下的错误。
它们如同与主人相争的叛逆，
用一场暴乱把勋爵的生命夺去。
或许，这些花蓓是受命来美饰他的皮肤？
是盛敛一颗博大灵魂的小屋？①

这里的隐喻似乎很贴切，却只能引起感官上的厌恶而毫无美感可言。在浪漫主义时代的诗人看来，问题就在于德莱顿的“隐喻”只是与语言相分离的附加手段。

柯尔律治则将隐喻视为“想象的活动方式”，后来“新批评”的代表理查兹专门写下《柯尔律治论想象》。按照理查兹的说法，柯尔律治“把人类思维看成一个积极的、自我形成、自我实现的系统，这是一种名副其实的革命”。

在柯尔律治的系统中，想象是人类思维“创造性地影响物质世界”的第一手段。他将“想象”设定为“在一个统一的过程中对主客双方进行联系、渗透、调解、和谐的工作”，而这统一的过程被他称为“黏聚”（esemplastic）。

“黏聚”的字头es（即ex），有“完全”“彻底”之义，emplastic的意思是“黏性物质”。用柯尔律治自己的话说：这个词也就是“合而为一”；用雪莱的话说，“黏聚”的过程，其实是“标明了事物间以前尚未被人领会的关系，并使这种领会永远保留下来”。而这正是后人所理解的“隐喻的过程”。

柯尔律治在阐述关于想象的理论时，具体分析了隐喻。其中特别就莎士比亚作品中的隐喻进行了富于启发性的分析。他认为，莎士比亚作品中的隐喻含着一种独特的思维形式，实际上是通过莎士比亚的心灵转向了我们自己的心灵，并要求我们参与进去完成其中的隐喻。而这样

① 霍克斯．隐喻．穆南，译．太原：北岳文艺出版社，1990：33-34.

的隐喻吸收了读者，把读者包容在它自身的过程之中，也就形成了想象的双重参与——得之于想象，也诉之于想象，亦如“将你等同于我”的“良知”。由此柯尔律治为莎士比亚留下一句著名的评价：“你感到他是个诗人，是因为他已经使你暂时成了诗人——成了一个积极的、富于创造性的人。”这种关于莎士比亚的批评，被比之于“施莱尔马赫的主体性诠释”，即“以一种浪漫主义的观念，主张‘重构’作者的主体”；同时也被比之于伽达默尔所代表的后世诠释学，即“强调语言在观念建构中的作用，强调诠释的对话性质”，这又使柯尔律治区别于“浪漫主义或者‘前浪漫主义’的渊源”①。

从柯尔律治的上述讨论回溯到德莱顿，我们可以得到这样的印象：在柯尔律治这里，两种不同的隐喻鲜明地体现了“幻想”与“想象”的区别。与传统意义上的“隐喻”相比，柯尔律治将“读者”引入“隐喻”的关系，并把读者的想象性反应视为“隐喻”过程的最后环节。

“想象”与“幻想”

关于想象的浪漫派理论的最为著名的成果，是柯尔律治在“想象”（imagination 你）和“幻想”（fancy）之间进行的令人困惑的区分。他相信，“幻想与想象是两种独特的、并且有着广泛差别的官能……”

——比厄斯利．美学史：从古希腊到当代．高建平，译．北京：高等教育出版社，2018：425.

在想象和隐喻的问题上，柯尔律治认为 18 世纪以前缺少对语言力量的恰当估计，即没有认识到语言可以成为想象的手段，可以征服视觉世界以外的“非可感”世界。在他看来，语言可以通过想象吐露内在的现实，并以之影响外在的世界，把人类心灵投射到世界上。因此，用语言来表达的现实就不仅是物质的，而且是想象的。

柯尔律治在 1827 年的一封信中写道：“语法学家和作家在语法和语言学说方面的根本错误，就是假定词语及其句法是事物的直接代表，或者假定它们与事物相对应。词语是同思想相对应的，词语的正常顺序和联系是同思维的法则以及思想者心灵的活动与情感相对应的。”

在这样的意义上，想象既然通过隐喻的语言学手段扩展了现实，从而也扩展了心灵，隐喻也就不再是附加的、润饰思想的外衣，而是本身就成为一种思想。这种对隐喻的浪漫主义解释，既是用想象论证隐喻在语言中的本体性位置，也是用隐喻论证想象在文学乃至全部人类创造性精神活动中的核心作用。至 1870 年，当后来成为象征主义诗人的中学生兰波写下“话说我”的诗句时，人们或许已经忘记他可能从柯尔律治那里得到了某种灵感。

从康德到浪漫主义思潮，最有代表性的思想家们都在强调人类主体对于自然世界的作用及与其之间的联系，而柯尔律治对想象及其实现手段——隐喻的分析，则为这种作用和联系打上了一层永久的语言学的印记。所以理查兹说：“由于……全部对象……都是人类兴趣的投射，由于宇宙……是在心灵对外界的映像中……产生的，由于这种映像……都通过语言而发展……所以对语言模式的……研究，就成为一切研究中最根本、最广阔的。……柯尔律治对想象和幻想的区分……形成整体的研究。……随着柯尔律治，我们跨入了一种关于语言的一般理论研究的大门。”②

① David P. Haney. The Challenge of Coleridge: Ethics and Interpretation in Romanticism and Modern Philosophy. Pennsylvania: The Pennsylvania State University Press, 2001: 86.

② 理查兹．柯尔律治论想象//霍克斯．隐喻．穆南，译．太原：北岳文艺出版社，1990：99.

从“想象”到“隐喻”的论说之所以深深吸引了当代批评家，正在于这种“语言的建构性作用”得以凸显。而在语言的“建构”下，“自然的意象与词语之间”已经“没有什么不同”。如柯尔律治所说：“词语就是一种自然，而自然也是一种词语”。有研究者做出解释：“柯尔律治将词语等同于‘自然’，意在反对谢林和华兹华斯，意在表明‘自然’不是根本——至少在其物质的意义上不是根本。……这一立场同伽达默尔相关联，因为……柯尔律治认为普罗提诺所说的‘理解’（σμνιεναι）就是‘跟随我’，并发现这是哲学直觉的恰当表达。伽达默尔的对话模式，也是在‘随他者思’的过程中强调亚里士多德式的‘同情的理解’。……伽达默尔强调：语言是世界中的‘事件’，而不是一种‘符号’的结构。这也分享着柯尔律治的一种渴望，即在意指过程的观念性和切身经验的现实性之间，弥合它们的鸿沟。柯尔律治希望‘将词语提升为事物，提升为活生生的事物’；伽达默尔则申明语言是‘事件’而不是符号：‘与希腊人的逻各斯不同，词语是纯粹的事件’。”总之，“柯尔律治的‘自我意识’近似于伽达默尔的另一概念，即倾向于他者的‘自我理解’；而由于良知是自我意识的基础，自我意识又成为主体的诠释学基础和伦理基础，却不是向内的自我认识。”①

柯尔律治关于这一问题的许多思考，确实是超越了他自己的时代，而与当代人的关注相应和。他在1826年的笔记中写道：“无论谁说话，都会使自己的语言适应听讲者的已知经验和能力或者被假定的经验和能力。因为说话是为了被理解，一旦词语到达听众的耳朵，就是由他们的心灵来理解了。即思想被声音所取代，那不再是他自己的思想——除非可以同他们的思想同一。听讲者的心灵确实可能被他们听到的词语所润饰和扩张，但那必须首先是词语，却不仅仅是声音，才会产生这种效果。而声音变成词语，只能产生于听讲者的意象、思想或者已经存在的理解。”似乎很难想象，这些论说居然是来自一位自我张扬的浪漫派诗人。应该承认，柯尔律治的诗论已经呈现出一种完全不同于德国早期浪漫派的旨趣和形态。

第三节 法国浪漫主义文论

虽然法国大革命被视为浪漫主义运动的源头，但这场文学革命却迟迟没有在法国发生。对此勃兰兑斯有过生动的描述：法国人“对外界的一切安排都有强烈的变革愿望，一旦决心要满足这一愿望时，就无法停留在适度的范围之内，而与此同时，在有关文学的各方面都相当保守……法国人已建立了一个共和国，推翻了基督教的统治，却还没有想到对布瓦洛的权威提出疑义，伏尔泰把传统打翻在地，用悲剧做武器……向专制制度和教会发起进攻，却从来没有打破旧例，让剧情的发展持续24小时以上，或是让一出戏剧发生在两个地方。他对天上地下什么都不尊重，却严守诗歌的格律”②。

---

① David P. Haney. The Challenge of Coleridge: Ethics and Interpretation in Romanticism and Modern Philosophy. Pennsylvania: The Pennsylvania State University, 2001: 84-86, 179.

② 勃兰兑斯．十九世纪文学主流：第一分册．张道真，译．北京：人民文学出版社，1980：2-3.

伏尔泰的追求与质疑

伏尔泰……所追求的是思想的自由，是宽容、理性、和平、人类的幸福，是铲除一切不公正和压迫，总而言之就是一种启蒙，不仅是理论上的，也是行动上的。“只要可能，就让我们带一点微弱的光亮给这堕入谬误的黑暗中的世界。”尼采因此称他为“伟大的人类解放者”。

伏尔泰的敌人主要是教会，他不知疲倦地发掘基督教教义中的悖理之处，……上帝“创造了世界又把它溺死，……他把父辈们溺死后，自己又为他们的后代死去，死得没有任何价值”；……这个无限热爱他的孩子们的父亲，这个按照他的意志创造了人的万能的主，只是为了……让他们受到诱惑，只是为了让他创造的不朽的生物死去，为了带给他们的后代不幸和罪愆？……后来用自己独子的死拯救了人类，……为何又带给他为之死去的全人类无尽的可怕的苦难？用哲学家的眼光去看基督教教义，你就会发现它是如此恐怖，它使上帝成为恶本身。

——魏施德．后楼梯：大哲学家的生活与思考．李贻琼，译．北京：华夏出版社，2000：146.

因此如上所述，还是德国的浪漫派首先改造了文学并重新创造了诗歌，据信“这是因为在德国尽管什么都不自由，思想却有自由。”就浪漫主义运动的发展来说，一直到1818年法国人司汤达才声称：“我是一个狂热的浪漫主义者，那就是说，我支持莎士比亚，反对拉辛，支持拜伦爵士，反对布瓦洛。”[①] 在那之后又过了十几年，一直到1830年，雨果《欧那尼》的上演才标志了浪漫主义在法国的胜利。

一、雨果

雨果（Victor Marie Hugo，1802—1885）著有《论莎士比亚》，但是研究者通常认为《〈克伦威尔〉序》和《〈欧那尼〉序》代表了他的主要文论思想。

雨果一生的思想几经变化，并亲身经历了法国1830年的七月革命、1848年的二月革命和1871年的巴黎公社革命。社会生活的这些剧变必然影响到他的思想。雨果曾在古典主义和浪漫主义之间摇摆不定，并声称自己搞不懂古典的和浪漫的到底指什么，但是从始至终，其思想一直有某种浪漫主义的因素，那就是对于强烈情感的喜爱。使雨果明确转向浪漫主义的直接事件，是英国剧团于1827年在巴黎上演的莎士比亚戏剧。正是在这次演出的影响下，雨果写出了被称作法国浪漫主义宣言和纲领的《〈克伦威尔〉序》。至1830年2月《欧那尼》上演时，雨果已成为法国浪漫主义与古典主义决战的精神领袖。

在《欧那尼》上演之前，据说反对浪漫主义的人们甚至先行上演了一部歪曲摹仿的剧作；《欧那尼》正式演出时，这些人还预定了一些包厢以便去起哄或者让演出冷场。雨果原来决心不雇用捧场的人，而在演出前三天，终于不得不安排了300个座位由自己支配。他的追随者（包括诗人戈蒂叶）对这部浪漫主义剧作的演出投入了极大的热情。据说当时每天都会有两个年轻人做他的义务保镖。这样，《欧那尼》在起哄和喝彩中连续上演了100个晚上，最终奠定

① 韦勒克．文学思潮与文学运动的概念．刘象愚，译．北京：中国社会科学出版社，1989：120.

了浪漫主义戏剧在法国的地位。

勃兰兑斯曾在《19 世纪文学主潮》中就此评价说："法国是绝无仅有的一个国家，能够没有任何有形的团体而显示出团体精神，能够具有这样为了别人的事业和荣誉而奉献的忘我的忠诚。"① 从另一方面看，法国浪漫主义登上历史舞台的这一艰难过程，也同法国所独具的古典主义的深刻传统有关。

在《〈克伦威尔〉序》之中，雨果首先通过对于文学发展阶段的描述，论证了浪漫主义戏剧的必然性。今天来看，这个历史大纲基本上是站不住脚的，但仍然具有其意义。他把文学的历史划分为三个阶段：原始阶段，主要文学形式是抒情短诗（歌谣），如《圣经》；古典时代，以叙事诗（史诗）为主要形式，如荷马的作品；然后是基督教产生以后的近代，主要形式是戏剧，如莎士比亚的作品。

他认为，在原始时代，诗就随着人而"觉醒"了。"面对着使他陶醉的大自然的奇迹，他最先的话语只是一首赞歌；那时他离上帝还很近，所有的沉思都出神入化，一切遐想都成为神的启示。"因此《圣经》中的《创世记》正是这种"原始的诗"的典型形式。而"最初的人"也就是"最初的诗人"，"他年轻，富有诗情；祈祷是他全部的宗教，颂歌是他仅有的诗章"②。

但是随着社会的发展，宗教与艺术终于相互分离，"族长制的公社"也被部族国家所取代。各个部族之间的冲突及其迁徙，使歌唱历史、英雄和国家的史诗得以产生，从而原始文学的"抒情"也就过渡为古代文学的"叙事"。不过按照雨果的看法，"史诗的时代已经日薄西山……它所表现的社会也面临末日，这种诗……时日已久而陈旧过时；罗马摹仿希腊，维吉尔摹仿荷马……史诗在最后的分娩中消亡了"③。

这样，"世界和诗的另一个纪元即将开始"，这就是近代的浪漫主义文学。雨果认为：如果以"抒情短歌"代表原始的诗，以"史诗"代表古代的诗，那么"近代诗的顶点……就是戏剧"。其实大自然也是这样，"朝阳初升像一首赞歌，艳阳当空像一篇光华灿烂的史诗，而夕阳西沉则像一出晦暗的戏剧，其中有着日与夜、生与死的斗争冲突"④。

"抒情短歌歌唱永恒，史诗传诵历史，戏剧描绘人生。第一种诗的特征是纯朴，第二种是单纯，第三种是真实。……抒情短歌中的人物是伟人（亚当、该隐、诺亚），史诗的人物是巨人（阿喀琉斯……俄瑞斯忒斯），戏剧的人物则是凡人（哈姆雷特、麦克佩斯、奥赛罗）。抒情短歌靠理想而生，史诗靠雄伟而存在，戏剧则以真实来维持。总之，这三种诗来自三个伟大的源泉，即《圣经》、荷马和莎士比亚。"⑤ 重要的是，只有在基督教产生后，随着灵与肉的冲突，戏剧才可能出现。戏剧作为真正的诗，就在于它能使矛盾的事物圆满地达致和谐。在这个意义上，基督教是悲剧与喜剧，丑与美的统一的真正基础。

类似这样的看法，可以在施莱格尔和斯塔尔夫人那里反复读到，甚至黑格尔也早有类似的说法。不过值得注意的是：雨果将"我们时代的诗"、"近代的诗"或者"戏剧"直接称为"从基督教中诞生出来的诗"，其理由就在于"戏剧以同一种气息融和了滑稽丑怪和崇高优美、可怕与可笑、喜剧和悲剧"。

---

① 勃兰兑斯．十九世纪文学主流：第五分册．李宗杰，等译．北京：人民文学出版社，1978：30.

② 雨果．论文学．柳鸣九，译．上海：上海译文出版社，1980：23.

③ 同②26.

④ 同②42.

⑤ 同②40.

在他看来，“近代的诗神也如同基督教一样，以高瞻远瞩的目光来看事物……万物中的一切并非都是合乎人情的美……丑就在美的旁边，畸形靠近着优美，丑怪藏在崇高的背后，美与恶并存，光明与黑暗相共”。所以在这一意义上说，“基督教把诗引到真理”，“宗教的出发点也总是诗的出发点”①。雨果在这个问题上较为独特的贡献是，他特别强调了对立的和谐，也就是他所说的“对照的原则”。基督教关于人、世界和善恶的观念，由此而与“戏剧”相应和，成为“对照原则”的契机。

雨果所说的“对照”，被他视为“浪漫主义文学的最高原则”；因为“滑稽丑怪作为崇高优美的配角和对照，要算是大自然给予艺术的最丰富的源泉”。他以画家鲁本斯“在国王加冕典礼中……也安插进几个丑陋的宫廷小丑的形象”为例，认为“崇高与崇高很难产生对照，人们需要任何东西都要有所变化，甚至对美也是如此”。所以“靡菲斯特”要“在浮士德左右周旋”，“鲵鱼衬托出水仙”。与之相应，“戏剧糅合了一切最相反的特性，才能够……既深刻而又突出，既富有哲理而又不乏诗情画意”②。

在小施莱格尔那里，我们虽然看到过对于滑稽的强调，但雨果却把这扩大到一切美学的和艺术的范畴：滑稽与崇高、丑怪与优美、可怕与可笑，甚至善与恶、光明与黑暗等。特别是他对于丑的强调，已经到了极端的程度，他相信，美只有一种，丑却千奇百怪。这实际上还是回到了德国浪漫主义关于自由、无限的艺术理想：如果说连丑也是宇宙和谐的组成部分，那么还有什么不能纳入艺术？形式、体裁、媒介之间的区别还有什么意义？那些刻板的规则当然就没有存在的理由。这样，不仅可能有一种包容一切的总体艺术或统一艺术，而且没有典范、没有需要遵循的规则，只有绝对的自由和无限的可能。《〈欧那尼〉序》也正是针对古典主义的戏剧规则，提出“秩序与自由和平共处”问题，并且认为秩序“甚至就是自由的产物”。由此，“自由”成为浪漫主义文学的一面旗帜。如雨果所说“浪漫主义……真正的意义，不过是文学上的自由主义而已”③。

“丑”作为“美的另一张脸”

从艺术的观点看，卢梭造文明的反，……尤其是造正牌古典主义者拉斐尔的反。这场造反从康斯坦布尔延续到德拉克洛瓦，……直到拉斐尔前派（Pre-Raphaelites）。拉斐尔前派的暧昧、道德主义、情色的美，以及阴郁、阴森的倾向，是美从古典主义正典解放而产生的效果之一。……丑因而不再是美的否定，而是美的另一张脸。……浪漫主义艺术以丑怖对崇高的理论大师雨果，给我们一系列令人难忘的画像，一系列令人退避的角色，从钟楼怪人，到《大笑的人》畸形的脸，再到因受尽贫穷和生活蹂躏而仇视天真青年的那种纤柔之美的女性。……但是……同样这个形式，后来淘空了自由和反抗的内容，构成20世纪法西斯主义所说的“美丽的死亡”的媚俗包装。

——艾柯，编著．美的历史．彭淮栋，译．北京：中央编译出版社，2007：321-322.

尽管雨果相当鲜明地提出了上述浪漫主义的文学主张，但是法国自身的传统以及法国浪漫主义与德国、英国之浪漫主义的明显区别，同样在雨果的文论中有所体现。比如他时常流露的

① 雨果．论文学．柳鸣九，译．上海：上海译文出版社，1980：44，30.
② 同①35.
③ 同①92.

“美为真服务”的思想、他对艺术家之社会责任的强调等等。在雨果的文学思想中，乃至在整个法国浪漫主义思想中仍然存在着一种完全属于法国人的东西，即在种种最为激烈的言辞背后，总还是有着一种潜在的古典主义。这主要表现在对于内容与形式或者秩序与规则的理解。甚至《〈欧那尼〉序》关于秩序与自由的讨论，也含有这方面的意思。后来雨果好像特别强调内容与形式之间的关系，称一个思想总是只有一个与之相应的形式，抹杀形式就等于抹杀思想。这一点在司汤达那里表现得更为明显，他一方面声称“我是一个狂热的浪漫主义者，那就是说，我支持莎士比亚，反对拉辛，支持拜伦爵士，反对布瓦洛”①；另一方面又反复强调，作家在有关题材的一切方面都应该是浪漫主义的，但在表现题材的方式上，在词汇和风格方面，却仍然应该是古典主义的。而这些，都与法国浪漫主义的另一个特点紧密相关，即注重文学与现实社会的关系。

二、斯塔尔夫人

斯塔尔夫人（Staël，1766—1817）的主要文论著作有两部，都同她在法国大革命前后的特殊处境相关。斯塔尔夫人出身显赫，父亲是路易十六时代的财政大臣，丈夫是瑞典驻法国大使。在法国大革命最动荡的时期，她曾流亡瑞士。这一经历可能影响到她关于文学艺术的一些思考，因此她发表于1800年的第一部文论著作便是《从文学与社会制度的关系论文学》。

在拿破仑专政期间，斯塔尔夫人的自由派言论也仍然与当局很难调和，据说拿破仑本人曾经对她说：“如果我把没收您父亲的全部财产退还，您是否可以停止发言？”这肯定是遭到了拒绝，因为斯塔尔夫人正是在这段时间被驱逐出巴黎的。《德意志论》（即《论德国》）发表于1810年，其中第二部分是“关于德国的文学和艺术”。该书获得了很大的成功，但是刚刚出版即被拿破仑政府查禁，据说仅留下一份清样，直到几年以后才在英国重新出版。

斯塔尔夫人的文论思想，首先是包含着对于浪漫主义精神的论证和呼唤。在不同时代、不同国度的种种比较之中，她始终在强调文学要表达自然与自由的情感，这同法国自身的古典主义传统针锋相对。

在《论德国》中有一章就题作“论古典诗和浪漫诗”，这立即就让人想起德国人在这方面的论述。甚至有人认为，在这方面，她不过是在复述施莱格尔的思想。的确，看一看她在古典的和浪漫的之间所做的区别，便可以发现这种影响。例如，她谈到浪漫的诗歌是骑士制度和基督教所产生的诗歌；古典的诗歌是古代的诗歌，浪漫的诗歌是现代的诗歌；古典诗歌与雕刻相似，浪漫诗歌与绘画相似；在古典诗歌中，主宰一切的是命运，在浪漫诗歌中，则是神意；在古典诗歌和浪漫诗歌之间进行选择，就是在机械摹仿和自然启示之间进行选择；浪漫文学是唯一有改善余地的文学（即在发展中的），等等。不过，斯塔尔夫人也表达了一个具有她自己特色的思想，即：古典诗歌从艺术角度来说更为纯净，浪漫诗歌则更令人垂泪，即更加哀婉忧郁。事实上，早在《从文学与社会制度的关系论文学》中，她已经就明确提出了自己的诗歌概念，即诗歌是情感、感受性、悲怆、忧郁、淡淡的悲痛、灰色的沉思。这也就是说，文学要表

---

① 韦勒克．文学思潮与文学运动的概念．刘象愚，译．北京：中国社会科学出版社，1989：120.

达自然与自由的情感。这种看法当然与法国的新古典主义传统格格不入，一旦在德国发现了浪漫主义的诗歌，她就以极大的热情宣传和呼吁这种新的文学。

《论德国》对德国浪漫派的传播

奥古斯特·威廉·施莱格尔提出了浪漫主义诗歌和艺术的概念，用它来和古典主义的诗歌和艺术相对立：……浪漫主义的诗歌体现了一种对于无限的追求；它源自基督教，并且以一种内在精神的分离，一种实际与理想分离的感受，以及随之而来的不满足的渴望为标志。施莱格尔所作出的区分经由斯塔尔夫人的《论德国》……传到英国（以及其他国家），产生了巨大的影响。

——比厄斯利．美学史：从古希腊到当代．高建平，译．北京：高等教育出版社，2018：407.

在她看来，"诗"本来就是最自然的，"未开化的民族总是先会作诗；只要有一种激情在内心激荡，连最平庸的人也会不知不觉地用形象比喻说话"。在这一意义上，她认为所谓的教养、礼仪不仅无益于诗，反而会限制自然的表达。因为"天才如同爱情一样，是以感受者激情的深度来衡量的……天才只是听命于大自然"①。

基于这样的前提，布瓦洛所代表的法国古典主义风尚注定会受到斯塔尔夫人的批评："布瓦洛一方面使趣味和语言都臻于完善，另一方面无疑使法国人的思想极不利于诗的发展。他……所强调的只是理应如何和……分寸，将某种学究习气引进文学，而这对艺术崇高的激情是很有害的。"新古典主义文论所鼓励的，大多是"写诗技术上的杰作"；但是从浪漫主义的立场上看，这恰恰是新古典主义"极不利于诗的发展"之要害。

所以斯塔尔夫人反复强调："怎么能把写诗技术称为'诗'呢？……漂亮的句子并不等于诗。"至于真正应该与"诗"相关的"才华"，斯塔尔夫人的看法也同古典主义完全相反，她认为理论只能去描述一种"才华"，却不能为之"规定若干教条"。浪漫主义文学植根于我们自己的土壤上，是唯一能够成长并再度蓬勃发展的文学；它表达我们的宗教，它追忆我们的历史，它运用我们的切身感受来感动我们，使它产生灵感的天才直接诉诸我们的心灵。关于"诗人……受到自身观念的激动……把凡人朦胧的希望变为光辉夺目的形象"等等描述，则几乎是在重申德国早期浪漫派的观点。

但是从另一方面看，斯塔尔夫人对浪漫主义的呼唤，又与法国自身的文学传统构成了一种微妙的联系。在法国，启蒙思想的影响根深蒂固而且又真正经历了大革命的震荡，在斯塔尔夫人对于诗歌或文学的情感性的强调中，始终融合着一种对于社会现实的关注，对于臻于完美的信心和对于进步的狂热信仰。所以法国浪漫主义文论更多地包含了对现实的关注。斯塔尔夫人《从文学与社会制度的关系论文学》考察文学的思路正是如此。仅就理论价值而言，许多研究者认为《从文学与社会制度的关系论文学》远不如后来的《论德国》。但是正如韦勒克所说：《从文学与社会制度的关系论文学》之所以不同凡响，是因为它试图证明"宗教、风俗、法律对文学的影响，以及文学对宗教、风俗、法律的反影响"。斯塔尔夫人在讨论文学时着眼于文明的发展，她相信人类能够不断进步，社会制度也会不断完善。只是由于学养所限，她未能很好地说明这一纲领。其中心论点在于，自由的社会环境必然导致文学的发展，如果一个社会为

① 以下引文参见：章安祺，编．西方文艺理论史精读文献．北京：中国人民大学出版社，1996.

自己赢得了自由，却仍然让条条框框束缚住文学，那是荒谬可笑的。显然，这是指革命后的法国。

《从文学与社会制度的关系论文学》一书以荷马与希腊社会的关系、莎士比亚与英国社会的关系为例，论证天才是环境的产物、天才的水平只能相应于他所处的时代的水平，因而一定的审美标准和审美能力，也被认为取决于社会、时代的环境。在一些具体的分析之中，“社会制度”始终是斯塔尔夫人理论的基本依据。比如她对喜剧的分析。同样在法国，斯塔尔夫人认为“君主政体”和“共和制度”分别成就了两种不同的喜剧。前者的“喜剧效果”是“嘲笑社会秩序或人类命运所产生的”；而正是因为君主政体中的这些秩序“还足够强大”，才使得“攻击这些制度的嘲笑能被认为是大胆的行动”，也才能产生效果。相反，“在一个不存在这些恶习的国家，人们对以这些偏见为对象的嘲讽恐怕都不屑一笑”。这样的喜剧，应当说是一种“社会喜剧”；其喜剧效果的最主要根基，实际上在于人的自由思想与不自由的专制制度所形成的对比，是自由人对不自由社会的嘲笑。

但是如果在“一个自由的国家里”“在政治平等已经建立起来的国家里”，斯塔尔夫人认为像前一种喜剧那样的“可笑事物”就会“少得多”。于是在“自由国家”背景下的喜剧，应当是“以人的缺点为对象”的“性格喜剧”。

斯塔尔夫人对后一种喜剧评价甚高。因为既然喜剧的背景不再是专制制度的荒诞，而已经是一种“政治制度合乎理性的国家”，那么“可笑事物”就从外在的不合理转向了人自身的内在缺点。从而喜剧就不必再“描绘某些缺点的可爱，描绘可尊敬的品质的迂腐”，却应该“使一切东西都按真正自然的方向重建起来”。如她所说：“在政治制度合乎理性的国家……恶行是与愚蠢相结合，而天才是与德行相联系的”，所以“应该嘲笑的东西就是应该蔑视的东西……这是对罪恶的渊薮的唯一惩罚”。这样，文学的教化功能、西方喜剧的“讽刺”传统等等，都从“社会制度”“社会背景”的角度重新得到了说明。

另外，斯塔尔夫人不仅比较了不同时代的社会制度对于文学的不同影响，而且还以“地域”作为另一种比较的坐标。在“古典诗和浪漫诗”的一开始，出现了一对后来引人注意的词，即北方与南方。这段话是这样说的：“如果不承认分享文学王国领地的多神教与基督教，有北方与南方，有古代与中世纪，有骑士制度与希腊罗马体制，那就永远不可能从哲学观点来评判古代趣味与现代趣味。”① 当她讨论“古典诗”与“浪漫诗”的时候，这不仅是指“古代趣味”和“现代趣味”的区别，也是指“北方”与“南方”的区别。

事实上，在她之前，已经有人提到过北方文学和南方文学的区别。但是，斯塔尔夫人的确是首先将作为地域概念的北方与南方同作为时代与社会制度的希腊罗马体制与中世纪骑士制度、作为文化形态和宗教观念的多神教与一神教等联系在一起对人加以考察的。相对而言，她认为“南方文学”是同古希腊—罗马文化和拉丁民族的传统关联在一起的，法国文学就是典型的例子。“法兰西民族是拉丁民族中最有教养的，倾向于从希腊、罗马人那里学来的古典诗。”“北方文学”则关联于基督教的骑士制度和日耳曼民族的传统，英国文学和德国文学都属于此类。不仅如此，她甚至还谈到了环境和气候的影响，用“多雾气候下的居民那种激昂的悲伤气氛”来描述北方文学，称南方文学充满“新鲜的意象，清亮的小溪，遮没烈日的浓荫”。

一般认为：斯塔尔夫人论说“南方文学”和“北方文学”的背景是 19 世纪前 10 年，当时

---

① 斯塔尔夫人．论德国//章安祺，编．西方文艺理论史精读文献．北京：中国人民大学出版社，1996：479.

作为“北方文学”代表的德国和英国已经是浪漫主义的天下，而法国浪漫主义思潮的初次亮相被认为是1830年雨果《欧那尼》的上演。所以当我们发现（作为法国人的）斯塔尔夫人对“北方文学”情有独钟的时候，应该想到：这是同她对浪漫主义的呼唤相关的。

因此她认为南方式的“古典诗”主要具有“简单纯朴”的特点，但是“古人的简朴是生机勃勃的”，现代人的简单化却“很容易转化为冷淡和抽象”。“如果迫使今日的艺术也如古代那样简单纯朴，那么我们既得不到古人那种原始的力量，又会失去我们的心灵所能达到的深刻丰富的激情。”相比之下，“浪漫诗和骑士诗”则是“发端于想象与思想的本源”，“能使场景发生丰富多彩的变幻”。

在这样的基础上，南方与北方（地域）、古希腊—罗马体制与中世纪的骑士制度（时代及社会制度）、多神教与一神教（文化形态和宗教观念），都被斯塔尔夫人纳入浪漫主义文学性质的讨论。

而通过她的比较，我们会发现种种因素最终都指向了“情感的”而非“秩序的”文学追求。“在古典诗中，主宰一切的是命运；在浪漫诗中，则是神意。命运观视人类感情如草芥，而神意则仅根据感情判断行动。”这也就是斯塔尔夫人所说的“基督教确立之前”和“基督教确立之后”的区别，是“从唯物主义……到唯灵主义……从大自然到神”的“人类思想的发展过程”。斯塔尔夫人无疑是倾向北方文学的，这当然是出于对浪漫主义的推崇，但是，最终，世界主义战胜了狭隘的地域观念和民族主义。她在比较了不同地域和民族的文学和文化后，提出了一种更为宽广的世界主义思想，称“各个民族应起相互师法的作用”，每个国家都应该“欢迎外来的思想，因为在这方面来者不拒的态度会使接受者受益不尽”。斯塔尔夫人的这些观点，后来在泰纳的种族、环境、时代等“文学发展三要素”中得到了某种契合。这也有助于我们理解法国浪漫主义与现实主义之间的奇特联系。

如果要做一个简单的概括，也许可以说：德国是一种神秘主义的浪漫主义，英国是自然主义的浪漫主义，法国则是古典主义的浪漫主义。这场运动以弥合人与自然、世界和上帝之间的破碎关系为最初目的，最终导致的却是一个更为破碎的现实和心灵世界。但也正是因其如此，浪漫主义才具有了独特的意义。

关键概念

世界的浪漫化、自由与游戏、历史的与直觉的、诗人的“消极能力”、隐喻、想象与幻想、南方文学与北方文学、社会喜剧与性格喜剧、对照原则

思考题

1. 浪漫主义与启蒙主义是否存在着根本的精神差异？
2. 席勒在西方文论史上的意义何在？
3. 如何解释法国浪漫主义与现实主义文论的内在联系？

第九章

文艺复兴至新古典主义时代

本章分为三节。第一节是就别林斯基所奠定的俄国现实主义文论进行总体梳理，并重点分析其理论形态和话语方式。

第二节主要讨论车尔尼雪夫斯基对黑格尔美学的全面批判、由此建立的“美是生活”命题及其现实主义的文学观念。

第三节主要介绍泰纳关于种族、时代、环境的“文学发展三要素”学说，以及他考察文学的三种基本背景和在此基础上形成的文学批评标准。

在文艺理论史上，现实主义时代是指19世纪中期。作为对于浪漫主义一种反拨，现实主义艺术的许多重要特征同浪漫主义正相对立。概括而言，现实主义抛弃了浪漫主义对于有生命的大自然的关注，代之以对于现实社会生活的关注；抛弃了浪漫主义对于抽象自我的推崇，代之以对于具体的人的关心；抛弃了浪漫主义对于想象的强调，代之以对于客观观察的重视；抛弃了浪漫主义对于象征手法的喜爱，代之以如实的描述；等等。这似乎是对古典主义的重新确认，而现实主义也反对和抛弃了许多古典主义的东西。例如，现实主义排斥古典主义关于普遍人性的理想，强调具体社会生活中的典型；现实主义反对古典主义的高雅题材，主张到一般民众的生活中寻找创作题材。

就影响和成就而言，法国、英国和俄国的现实主义都很重要，但是表面上相似的现实主义文学可能有着极为不同的思想和文化根源。例如，现实主义作为一个运动，在法国和俄国都首先出现在艺术领域，即法国的枫丹白露画派、俄国的巡回展览画派。但是法国的现实主义是在自然科学和哲学实证主义的影响下发展起来的，而俄国的现实主义则是在民主主义革命的要求下发展起来的。如果要深入理解现实主义思想，这一点是不能忽视的。

现实主义在法国获得较大的发展并非偶然。近代科学的实证主义思想首先出现在法国，特别是自然史、动物学、植物学、医学、解剖学、生理学和心理学等的迅速发展，使人们对于作为人的精神活动的文学现象，甚至对于人本身的认识都有了深刻的变化。一个最好的例证是巴尔扎克在《〈人间喜剧〉前言》中的一段论述。虽然今天人们常常对《人间喜剧》与但丁的《神曲》（神圣喜剧）进行对比，但巴尔扎克却声称：“‘人间喜剧’……这个意思的起因是在人类和动物之间的一次比较。……布封想写一部书讲述全体动物，他完成了一部卓越的著作，我们不是也该写一部这类的作品吗？……我努力使人认识我们美丽的国家各个不同的地域。我的作品有它的地理，正如它有它的谱系和它的家族，它的场所和它的物产，它的人物和它的事件一样。”

1855年，围绕着枫丹白露画派，特别是画家库尔贝的争论，使“现实主义”这个词突然成为人们注意的中心。由于作品遭到官方沙龙的拒绝，库尔贝在朋友的支持下举办了自己的个人展览，他在展览的目录中声称：“我被戴上现实主义者的头衔，正如1830年时人们被戴上浪漫主义的头衔一样。……我不愿意摹仿，也不愿意抄袭，我的思想更不要表达为艺术而艺术的无聊目的。能够表达我的时代的风俗、观念、面貌……这就是我的目的。”随后，在1856年出现了一本名为《现实主义》的杂志，但只存在了不到一年的时间；库尔贝的支持者，作家尚弗勒里则于1857年出版了论文集《现实主义》。与此同时，围绕着作家福楼拜的小说《包法利夫人》，文学界也展开了一场类似的争论。在这些相关文献中，已经可以看到现实主义艺术的基本主张：艺术应该是现实世界的真实再现，艺术家应该通过细致的观察和深入的分析探索当代的生活和习俗，艺术家在这样做时应该持冷静、客观和中立的态度。不过严格来说，即使在法国当时也并不存在一个统一的现实主义文学艺术运动。无论是库尔贝还是福楼拜，都没有承认自己是现实主义者。库尔贝认为，那是被人加上的标签；福楼拜甚至声称，尽管人们把他看作现实主义的代表人物，但大家认可的现实主义的一切都与他没有关系。不过无论如何，这个时期的确出现了一些持有相似见解、使用相似手法进行创作的艺术家和作家，如司汤达、巴尔扎克、福楼拜等。后来，他们就被称作现实主义者，他们的创作和理论活动被称作现实主义运动。

就19世纪现实主义的发展来说，俄国是除了法国以外最有成就的国家。而俄国的现实主义首先是基于民主主义革命的要求，即通过文学来批判现实，提高思想，推动革命。在这一过程中，产生了赫尔岑、别林斯基（Belinsky，1811—1848）、车尔尼雪夫斯基（Chernyshevsky，1828—1889）和杜勃罗留波夫（Dobrolyubov，1836—1861）等代表人物。他们的理论具有鲜明的针对性、倾向性和革命性，因此被统称为激进派批评家。19世纪60年代民主运动的高涨，也对俄国绘画艺术的发展产生了决定性影响。1863年，一批有才华的美术学院高年级学生同只准画神话和《圣经》题材的学院传统决裂，退出美术学院，成立了彼得堡的“自由画家协会”，后来在1870年改组为“巡回展览派画家协会”。“巡回画派”画家提倡面对现实，主张艺术要有思想性，绘画艺术应该参加改造现实生活的斗争。这也成为俄国现实主义的重要背景。

第一节
别林斯基

在20世纪以前，俄罗斯思想长期处于西方文论的主流之外。而在19世纪，俄罗斯文化不仅得到了一种特殊的发展背景，而且其美学和文论也同当时民主主义革命的实际进程密切地联系在一起，对社会思想及文学自身的发展都起到了独特的作用。如果从西方文论史的角度看，既与传统的文论资源有所关联，又能反映19世纪俄国社会特征的文论家，当属别林斯基和车尔尼雪夫斯基。作为俄国近代最出色的知识分子和文学评论家，别林斯基只活了37岁，但却留下了一千多篇文学批评文章。别林斯基为俄国现实主义文论奠定了基本的理论形态和话语方式。在一定程度上说，对于别林斯基的认识也将标志出俄国现实主义文论的总体定位。

西方学者关于别林斯基的介绍，通常是将其列入“19世纪的社会理论”（Social theory of

19th century)，与之相应的则是阿诺德（Matthew Arnold）以及泰纳和马克思所代表的社会学批评（sociological criticism）。[①] 尽管其间有非常明显的差异，比如别林斯基及其追随者往往是激进的，而阿诺德则倾向于保守，别林斯基等人着眼于未来，阿诺德却总是回顾往世；但是其基本的理论框架确实有几分相似，即他们同样重视文学的社会作用，同样"为文学和文学批评赋予拯救世道的重大使命"[②]。至于泰纳和马克思，则被认为基于赫尔德、黑格尔关于文学要反映"民族精神"（Volksgeist）和"时代精神"（Zeitgeist）的学说，基于德·桑克提斯（De Sanctis）、布吕纳蒂耶（Brunetière）、勃兰克斯（Brandes）等文学史家将一个民族的文学或文体关联于特定社会历史的学说，使文学被直接界定为社会的产物（the product of a society）。[③] 从这样的意义上说，"社会理论"确实可以作为这些并不相同的文学批评的共同称谓。

别林斯基的社会关注，首先在于19世纪俄国的独特历史条件。当时的书报检查制度仍然非常严格，但是与来自西欧的现代影响相伴，不同的知识分子群体创办了大量期刊。研究者普遍认为：这些期刊所发表的文学论文和书评往往含蓄地传达着某种政治理念，而又比较容易逃过书报检查官的眼睛，所以"不仅文学的讨论自然转向了政治讨论，政治讨论也通过文学讨论的中介，为自己找到了一个出口"[④]。

而在具体的行文中，别林斯基像许多才华横溢而又英年早逝的批评家一样，常常警句迭出，却对前人之说多有化用。比如他提出"在轻松读物中，外部目的可能具有巨大的利益和重要的意义，而在艺术中，唯一的目的只有艺术本身"，但他真正的意思可能恰好相反："把艺术设想成……排他的东西，这种想法是抽象而空幻的。……纯粹的、超然的、无条件的……绝对的艺术，在任何时候、任何地方都是不存在的。……艺术……不得不让位于对人类更重要的别的利益，艺术高贵地为这些利益服务，做它们的喉舌。"[⑤]

他有时相当尖刻地将德国人称为"思辨的、思索的和梦想的人民"，而认为俄国是"社会性给一切人提供出广泛的积极活动园地"，俄罗斯人是"实事求是的人民"；但他那些不同于德国人的看法，往往采取非常德国化的论说方式，比如在其文章中俯拾皆是的"内容与形式""普遍与特殊""一切现存的东西……都不过是思维的形式和事实"等等。

黑格尔对别林斯基的影响

别林斯基是怎样把黑格尔哲学运用于自己的文学评论，可以从他在《聪明误：A.C.格里鲍耶陀夫的作品》（1839）一文对诗的理解的阐述中看出：……"诗是以直观形式表现出来的真理，它的创作体现的是观念，可见的、直观的观念。这也就是说，诗同样是哲学，是思维，因为它具有同样的内容——绝对的真理，只不过它不是以观念对自我本身所作的辩证发展的那种形式，而是以观念在形象中的直接显现的形式出现的。"

——洛斯基．俄国哲学史．贾泽林，等译．杭州：浙江人民出版社，1999：62-63.

---

① Richard Harland. Literary Theory from Plato to Barthes：An Introductory History. New York：St. Martin's Press，1999：81-95.

② 同①90，87.

③ 同①91.

④ 同①83-84.

⑤ 别林斯基．1847年俄国文学一瞥//章安祺，编．西方文艺理论史精读文献．修订本．北京：中国人民大学出版社，2003：543.

他还会大谈“灵感”甚至“天启”，声称“除了思维什么都不存在”；但他同时也会说莎士比亚、弥尔顿、歌德都是“时代的产物”，艺术“是从属于历史发展的过程的”，诗人不仅是一个人，而且是“祖国的公民、时代的子孙”①。

有鉴于此，在我们借助别林斯基为俄国现实主义文论进行总体的定位时，首先应当对别林斯基本人的思路予以定位。这可以大致概括为“民族性”与“普遍性”、“理想的”与“现实的”两种论说框架。而别林斯基由此展开的全部讨论，都直接联系于他所关注的文学之“真”、文学的使命、文学所表达的时代精神等等。其中最核心的命意，或许在于文学批评必须涉及那些在“文学”自身和“政治生活”中“同样伟大的事情”②。至于他无暇品味的艺术形式或者艺术风格等问题，据说别林斯基早有直言：“唯有内容，而不是语言或风格，能使一位作家不被遗忘。”③ 即使在“内容与形式”的辩证之中，其实我们也会发现他所讨论的并非严格意义上的形式，有时甚至是将“内容”对应于“普遍性”，而将“形式”等同于“民族性”。④

一、“民族性”与“普遍性”

别林斯基的基本倾向，是同浪漫主义诗人判然相悖的。后人常常会谨慎地回避他与前辈诗人们针锋相对的名言：“诗人是他的对象的奴隶，因为不管是对象的抉择或是它的发展，他都无权过问……”⑤ 其实这不能不说正是他的本意，他所谓的“无目的而又有目的”与康德“无目的的合目的性”完全不同，而是强调创作对创作者的依存只不过像梦对做梦者的依存一样，“被理智所支配的意志”在其中是不起作用的。⑥

因此，“无论一个人的内在生命多么丰富多彩……如果不能使自己得到外部世界、社会和人性的滋养，也是不完整的。”⑦ 与这一忠告相应的反例，是“另外一种从作者个性出发的独创性”，别林斯基认为：那不过是“作者用有色眼镜看世界的结果”⑧ 而已。总之，这种个人的意志、“诗人”的“内在生命”或者“从个性出发的独创性”，并不能通向真实。

别林斯基的上述诠释，在现实主义悄悄取代浪漫主义的过程中增添了一个虽嫌激烈，却带有根本性的注脚。如果说浪漫主义所张扬的个性和主体仍然在现实主义文学中得以延续，并体现为现实主义小说中的个性化人物、个性化细节、个性化心理描写，或者被认为是“绝对如此

---

① 别林斯基．对民间诗歌及其意义的总的看法，1847年俄国文学一瞥//章安祺，编．西方文艺理论史精读文献．修订本．北京：中国人民大学出版社，2003：449，454，457，459，453，450，443，455-459.

② 同①449.

③ Richard Harland. Literary Theory from Plato to Barthes：An Introductory History. New York：St. Martin's Press，1999：85.

④ 同①450.

⑤ 别林斯基．论俄国中篇小说和果戈理君的中篇小说//章安祺，编．西方文艺理论史精读文献．修订本．北京：中国人民大学出版社，2003：438.

⑥ 同⑤438.

⑦ 同③84.

⑧ 同⑤441.

的生活”（the sheer thusness of life）[①]，那么俄国现实主义的个性和主体实际上已经转换为某种非个人化的关注。对别林斯基而言，这种关注已经不再是“个体”而是“民族性”，亦即“真正表达俄罗斯精神的民族文学”。由此“真实”亦可达致，因为“如果生活描绘是忠实的，那就也必然是民族的”[②]。

别林斯基与《卡拉马佐夫兄弟》

别林斯基预先想到了陀思妥耶夫斯基的辩证法，伊万·卡拉马佐夫常常几乎是逐字逐句地重复别林斯基给博特金（俄罗斯作家和批评家，1812—1869）的信。在别林斯基那里已经展示了关于人的个性与世界和谐的生存辩证法的全部矛盾：反抗一般和普遍对人的个性的统治，以及人的个性对新的一般和普遍的服从……

——别尔嘉耶夫．论人的奴役与自由．张百春，译．北京：中国城市出版社，2002：100.

但是另一个问题在于：别林斯基相信民族性只是“真正艺术作品必备的条件”，而“算不得是优点”，同时他也并不认为俄罗斯精神的表达在于追溯传统，传统的俄罗斯民谣在他看来甚至可能是同农奴制的罪恶联系在一起的，比如他特别提到“社会的污泥、民间的渣滓”，“怪物、不学无术者、下流东西、无知之氓”，等等。这显然不是别林斯基所称赏的民族文学，相反，这种描绘“越是自然，越是逼真，在我看来，这些描绘就也越是令人厌恶，毫无意义”[③]；而“真正的俄罗斯精神还有待于充分地界定和实现，别林斯基正是冀望于能够就此有所承担的作家”[④]。于是他试图以一个“对立的方面”限定“民族性”，这就是“当作‘一般人类事物’来理解的‘普遍事物’”。

按照别林斯基的定义，文学是“一个民族在它的灵智和幻想的文辞作品中历史地表现出来的民族意识”，而真正能够产生文学的民族，必定是“在……民族性发展中表现出人类的发展，因而，支配万物的命运要托付他们在全世界历史的伟大戏剧中扮演人类代表的崇高角色”。他再三强调并非每一个民族都“有过文学”，“在所有的古代民族中，只有希腊人和罗马人才曾经有过自己的文学”，“光有书籍、作家和读者，还不足以构成文学”[⑤]，等等。其中的潜台词在于：俄罗斯的古代传统中并没有真正意义上的文学，俄罗斯要“扮演人类代表的崇高角色”，还必须重塑自己的民族精神，并且分享普遍的人类理想。这当然首先是在谈文学，但是别林斯基的政治关切和社会承担也是显而易见的。

有趣的是，别林斯基之所以要限定“民族性”，是因为“民族性”所含有的“观念”性质：“它像任何真正的观念一样，就其本身来说，是一种片面性，只有在跟对立方面调和起来的时候，才显现为真实的东西。”而被他用来克服“片面性”的“对方”又是什么呢？别林斯基的

---

① Richard Harland. Literary Theory from Plato to Barthes：An Introductory History. New York：St. Martin's Press，1999：81.

② 别林斯基．论俄国中篇小说和果戈理君的中篇小说//章安祺，编．西方文艺理论史精读文献．修订本．北京：中国人民大学出版社，2003：440.

③ 别林斯基．对民间诗歌及其意义的总的看法//章安祺，编．西方文艺理论史精读文献．修订本．北京：中国人民大学出版社，2003：449.

④ 同①84.

⑤ 别林斯基．文学一词的一般意义//章安祺，编．西方文艺理论史精读文献．修订本．北京：中国人民大学出版社，2003：446-448.

回答很清楚："'普遍事物'是什么东西？——万物的本质，一切多样性的统一，宇宙的灵魂，一切过去发生过、现在发生着、将来要发生的事物的起源和结束，总而言之——概念。"① 至少从字面上看，要用一个"概念"去克服一种"观念"，尚需要更多的论说予以自圆。但是如果我们不去深究具体的措辞，别林斯基所要表达的意思还是可以被把握的。简单地说，这恐怕同别林斯基以"非个人化"的"民族性"取代"从个性出发的独创性"一样，要通过"普遍性"为"真实"搭建一层更高的台阶。

因此，"哪里有生活，哪里就有诗歌；可是，只有在有概念的地方才有生活……必须抓住这种生活的概念。"② 如果我们用别林斯基对"概念"的解释翻译他的这段话，那么他实际上是说：缺乏普遍性的生活并不是真实的生活，并不是文学应该描绘的生活，正如纯粹的个人感受只是"用有色眼镜看世界"一样。由此，别林斯基最终从独创性、民族性过渡到了典型性，并视之为"普遍事物在艺术作品中的特殊化"的基本条件。至于何谓"普遍事物在艺术作品中的特殊化"，或者何谓"典型性"，别林斯基再次回到了他的"概念"，其命题形式则又是与他所反对的德国浪漫派诗人如出一辙："在它的有限的形式中表现了无限的、普遍的、永不消逝的东西——概念、精神。……"③ 通过典型，似乎可以将客观真实和社会理想，将现在和未来联系起来。在这方面，别林斯基有一段著名的言论："创作独创性的，或者更确切点说，创作本身的最显著标志之一，就是典型性——如果可以这样说的话——这就是作者的纹章印记。在一位真正有才能的人写来，每一个人物都是典型，每一个典型对于读者都是似曾相识的不相识者。"这样的人物，尽管是鲜明的个性，但是又有普遍意义。使用他那有力的语言，别林斯基曾经列出了一系列他所认为的成功的文学典型。例如，"你不必说：这是一个具有壮阔灵魂、强烈情欲、渊博智慧，但理性褊狭的人，他爱妻子爱到疯狂的程度，只要有一点不忠贞之嫌，就会用手去扼死她，——你可以简短扼要地说：这是奥赛罗！你不必说：这是一个深刻地懂得人的使命和生活的目的，努力为善，但丧失了灵魂的活力，做不成一件好事，由于感到自己的无力而痛苦着的人，——你可以说，这是哈姆雷特！……果戈理君构思这种字眼是怎样的能手啊！……我只想讲到他的这样一个小小的字眼——庇果罗夫！……这就是整个等级、整个民族、整个国家！呵，独一无二的、无可比拟的庇果罗夫，典型之典型，原型之原型！"④ 这最后一句话暴露出别林斯基典型理论的一个问题，至少在初期是如此，那就是混淆了典型与原型之间的关系。

细读别林斯基的文章，有时我们会感到他像是在一团并不清晰的线索中不断擦出思想的火花。其中有重复、有歧义，也有极端的断言，但是基本的指向及其现实情怀始终是明确的，那就是诗人必须关注"最高的真实"，关注自己时代处境中的根本性问题，最终"把握未来的潮流"（catching the wave of the future）并"决定民族的未来方向"⑤。

---

① 别林斯基．对民间诗歌及其意义的总的看法//章安祺，编．西方文艺理论史精读文献．修订本．北京：中国人民大学出版社，2003：449-450.

② 同①449.

③ 同①451.

④ 别林斯基．论俄国中篇小说和果戈理君的中篇小说//章安祺，编．西方文艺理论史精读文献．修订本．北京：中国人民大学出版社，2003：440-441.

⑤ Richard Harland. Literary Theory from Plato to Barthes：An Introductory History. New York：St. Martin's Press，1999：85.

二、“理想的”与“现实的”

如果说别林斯基是通过“民族性”和“普遍性”追索“最高的真实”，那么与此互为补充的则是“理想的”与“现实的”两个命题。在别林斯基看来，这两种方法虽然“引向同一个目标”，却是“互相对立的”。前者的所谓“理想”，实际上只是决定于诗人自身“对……世界、时代和民族的态度”，后者则要忠实于现实世界的“一切细节、颜色和浓淡色度”，忠实于“全部赤裸”的“真实”；前者要求“诗歌和感情一致”，后者则要求“诗歌和……生活的真实一致”。这就是“再造生活”和“再现生活”的根本区别，乃至成为两种不同的文学。

尽管别林斯基认为这两种文学可以“不分轩轾”，但是他反复强调“现实的诗歌”是作为“积极的时代精神的结果而产生”，“更能满足时代精神的支配的需要”，“更是我们时代的诗歌”，“更符合我们时代的精神和需要”，等等。因此他通过文学史的具体实例，从两个方面为“现实的诗歌”张目。

第一个方面是从文学的演进、文体的交替，论证“现实的诗歌”之产生和发展的必然。别林斯基的这一逻辑，其实同雨果对浪漫主义戏剧的论证极为相似，同时也夹杂着黑格尔“浪漫型艺术”之三阶段论的许多因素。①

雨果将《圣经》、荷马和莎士比亚视为原始时代、古代和近代文学的三大源泉，从而推导出结论：浪漫主义戏剧是历史的必然。两相对照，我们会发现这几乎也正是别林斯基关于“现实的诗歌”之论证。别林斯基所梳理的第一阶段同样是“古代世界的幼年”，其标志是“对于神和奇妙事物的信念”以及“英雄主义的精神”，而那时的诗歌中包含着一种“崇高的直率”，包含着“朴素的、高贵的、平静和庞大的壮伟”。第二阶段大约是欧洲的中世纪，即产生了“人”的概念的“现实生活时代”。这时，“精神旺盛的人类走上了另外一条路”，“行吟诗人描写爱情痛苦忧闷的村女和被囚公主的哀怨的阴郁之歌，爱、仇、正直行为的故事——这一切都得到了响应”，于是长诗变成了“骑士风尚”的长篇小说，其中混合着“曾有的和未曾有的事物、可能的和不可能的事物”。第三阶段是文艺复兴所标志的“艺术方面最后的改革”。别林斯基以塞万提斯和莎士比亚为例，认为“无与伦比的《堂·吉诃德》击败了诗歌的虚伪理想倾向，莎士比亚则使诗歌和现实生活永远调和、结合了起来”。别林斯基对这一时期的总体评价同样是雨果式的：“真实，最高的真实”。

至于雨果所描述过的文体变迁，别林斯基则更进一步。他不仅认为行吟诗人关于“人”的复杂描写取代了“世界幼年”对“神”的朴素信念，不仅认为后来的长篇小说又取代了骑士风格的叙事诗，而且将更具“写实”色彩的历史小说代表作家司各特称为“莎士比亚第二”，甚至预言“有一天历史会变成艺术作品，取长篇小说而代之”。

经过上述论证，“现实的诗歌”“生活的诗歌”“现实性的诗歌”也就成为“我们时代真实

---

① 按照黑格尔的说法：浪漫型艺术首先经历了所谓的“宗教题材”阶段，比如描写基督的生、死、复活以及人的赎罪史等等。接下来是“骑士风尚”阶段，这是“精神”的神性转入尘世的阶段，比如中世纪文学作品对荣誉、爱情、勇敢、忠实等精神品格的崇尚。最后是“人物性格独立”的阶段，即：文学的描写已经不在乎高于人性的原则和道德，而是关注人的本来面目，按照人的本性进行描写。从别林斯基的相关讨论来看，黑格尔和雨果可能都对他产生过比较明显的影响。参见：杨慧林．西方文论概要．北京：中国人民大学出版社，2003.

的、真正的诗歌”；而“现实诗歌的倾向”以及“艺术与生活的密切结合”，也当然会“主要在我们的时代里得到了发展”。别林斯基的主要文学思想是强调文学与现实的关系，虽然他没有使用现实主义这个词，但他对当时俄国自然派的分析实际上就是对于现实主义的分析。在《论俄国中篇小说和果戈理君的中篇小说》、《诗的分类》和《1847 年俄国文学一瞥》等文章中，他系统地阐发了这种思想。

别林斯基论“文学要无条件的真实”

这便是诗歌的另一面，这便是现实的诗歌，生活的诗歌，现实性的诗歌，最后，也就是我们时代真实的、真正的诗歌。它的显著特点，在于对现实的忠实；它不再造生活，而是把生活复制、再现，像凸面玻璃一样……把生活的复杂多彩的现象反映出来……既然这样，那么，这现实诗歌的倾向，艺术与生活的密切结合，主要在我们的时代里得到了发展，难道还有什么可奇怪的吗？一般说来，新作品的显著特点在于毫无假借的直率，生活表现得赤裸裸到令人害羞的程度，把全部可怕的丑恶和全部庄严的美一起揭发出来，好像用解剖刀切开一样，难道还有什么可奇怪的吗？我们要求的不是生活的理想，而是生活本身，像它原来的那样。不管好还是坏，我们不想装饰它，因为我们认为，在诗情的描写中，不管怎样都是同样美丽的，因此也就是真实的，而在有真实的地方，也就有诗。

——别林斯基．论俄国中篇小说和果戈理君的中篇小说//章安祺，编．西方文艺理论史精读文献．修订本．北京：中国人民大学出版社，2003：435－436.

以别林斯基的基本倾向而论，他的描述虽然融会了与他并不相同的雨果、黑格尔等的论说，但是得出上述结论确实如他自己所说：“没有什么可奇怪的”。略微有一点奇怪的是，如此彻底的现实主义立场，在别林斯基笔下居然可以借助“神的创造”来表达：“今天难道大家还不公认：神的创造物高于一切人的创造物，它是我们所想象的最神妙的长诗，高超的诗歌不是要去装饰它，而是要十足真实和正确地把它再现出来？”自柏拉图以来，这一类说法似乎始终是被用于相反的推断，别林斯基似是而非的化用并非无懈可击；而当别林斯基将它纳入自己的特定逻辑时，那些曾经将他开除出莫斯科大学的饱学之士，或许早已被这位气势如虹的年轻批评家所震慑，来不及细细思索了。

别林斯基为“现实的诗歌”予以辩护的第二个方面，还在于他以“真实”作为评价文学作品的基本标准。如他所说：“我们要求的不是生活的理想，而是生活本身，像它原来的那样。不管好还是坏，我们不想装饰它，因为我们认为，在诗情的描写中，不管怎样都是同样美丽的，因此也就是真实的，而在有真实的地方，也就有诗。”① 17 世纪新古典主义的“真即是美”以及浪漫派诗人与之针锋相对的“美才是真”，在别林斯基这里好像已经融为一体，甚至可以相互论证。这或许又是他所惯常的“六经注我”。类似这样的文字，在别林斯基的著述中有很多。诸如，“诗就是生活的表现，或者说得好一点，诗就是生活本身”；“诗就是现实本身”；

① 别林斯基．论俄国中篇小说和果戈理君的中篇小说//章安祺，编．西方文艺理论史精读文献．修订本．北京：中国人民大学出版社，2003：435－436.

“哪里有生活，哪里就有诗歌”；等等。它们听上去有些简单和绝对，但是考虑到当时俄国的现实情况，即那种既没有真正的生活也没有真正的诗的情况，这种说法或要求也并不过分。其实，在这里存在着俄国现实主义，乃至整个现实主义的一个内在矛盾，那就是：当要求作家关注现实生活，要求作家客观地描述现实之时，已经就隐含着一种倾向性，已经就隐含着一种改变现实的要求。这个矛盾在所谓社会主义现实主义的思想中，表现得最为明显，那就是一方面要求作家按照本来的样子描写社会生活，一方面又要求作家必须把社会生活描写为应该是或者将要是的样子。

当然，与“哪里有生活，哪里就有诗歌”的断言一样，别林斯基会用“有概念的地方才有生活”予以补充。乃至研究者认为：“对于在文学与生活之间建立联系，现实主义是别林斯基所必需的，但是接下来这种联系便是有条件、有结果的。因为别林斯基对作为目的本身的现实主义并无兴趣……（文学）与生活的联系，首先是与当代生活的联系；在别林斯基看来，文学作品必须符合其所创作的历史时刻，越是符合，作品就越好。”① 不过，在“真实”的问题上，别林斯基并没有为自己留什么余地，不仅果戈理小说的“显著特征”之一被他视为“十足的生活真实”，作为另一个“显著特征”的“民族性”也被他用“生活描绘的真实”予以界定；同时他还以此揭示果戈理“诗歌的秘密”和“艺术的魔力”：“当你一直读到那悲喜剧的结局的时候，为什么会……那么忧郁地叹息呢？这里便是诗歌的秘密！这里便是艺术的魔力！你看见的是生活，看见了生活，就不得不叹息！”②

别林斯基的后继者，主要是车尔尼雪夫斯基、杜勃罗留波夫和皮萨列夫（Pisarev）。其理论形态并没有根本的变化，具体论说无非是更加强调文学为社会服务，更加强调文学来自生活等等。这在车尔尼雪夫斯基对黑格尔的批判中表现得尤为鲜明。不过这三位后继者往往比别林斯基更为激烈。

比如较之别林斯基对浪漫主义文学观念的种种借用或化用，他的后继者显然更强烈地冀望于理性。皮萨列夫在1865年发表《美学的毁灭》一文，声称“美的观念最终可以被化简为生物学的需求”，这样，“不同的鉴赏趣味是不需要争辩的，在生物学的层面上这只是个人的生物法则而已……从而对文学的反应被彻底的相对论所主宰”③。这种理论恐怕只能产生于某种特定的历史环境，而注定不会留下什么痕迹。另外关于批评家的角色，别林斯基认为他们可以同作家—艺术家一样把握现实、改造社会。而他的后继者也是更进一步，“赋予批评家至高的理性力量，认为他们对于现实的和想象的世界之本质，都比作家看得更清楚”。杜勃罗留波夫还特别提出了一条原则：“在我们看来，重要的不是作家想要说什么，而是他说了什么。……至于解释艺术作品背后的意义，则完全是批评的功能。”④ 凡此种种，使他们被后世称作“三位激进分子”（the three radicals）。

---

① Richard Harland. Literary Theory from Plato to Barthes：An Introductory History. New York：St. Martin's Press，1999：84.

② 别林斯基．论俄国中篇小说和果戈理君的中篇小说//章安祺，编．西方文艺理论史精读文献．修订本．北京：中国人民大学出版社，2003：441.

③ 同①86.

④ 同①87.

第二节
车尔尼雪夫斯基

车尔尼雪夫斯基最主要的文论代表作，是《艺术与现实的美学关系》《俄国文学果戈理时期概观》《现代美学概念批判》等。其中的基本思路，可以说是直接针对着黑格尔的美学理论，在批判的基础上阐发一种现实主义的文学观。

一、对黑格尔的批判

车尔尼雪夫斯基对黑格尔的批判，是从关于“美”的定义开始的。他的基本前设显示出非常重要的现代意识，即：“作为形而上学体系的结果和一部分”，黑格尔的“美的概念”已经“随那体系一同崩溃”。他进一步认为：即使“离开那现已崩溃的形而上学体系单独来看，流行的美的概念也仍然经不起批评”[①]。应该说，这一起点同许多现代的美学思考是大体一致的。然而车尔尼雪夫斯基究竟是如何描述这种“流行的美的概念”呢？

黑格尔的命题“美是理念的感性显现”，被车尔尼雪夫斯基进行了重述。他相信这意味着“在流行的美学体系中发展起来”的一种定义，即：“美是在有限的显现形式中的观念；美是被视为观念之纯粹表现的个别的感性对象，因此在观念中没有一样东西不是感性地显现在这个别的对象上，而在个别的感性对象中，又没有一样东西不是观念的纯粹表现。从这方面说，个别的对象就叫形象……美就是观念与形象之完全的吻合。”也就是说，“一件事物如果能够完全表现出该事物的观念来，它就是美的”。

经过这样的重述，车尔尼雪夫斯基又将它“翻译成普通话”：“凡是出类拔萃的东西，在同类中无与伦比的东西，就是美的。”[②] 几经转换之后，实际上这已未必能传达黑格尔关于“理念”的看法，但是无论如何，我们至少还可以通过车尔尼雪夫斯基的批判看出他自己所要表述的意义。

他对黑格尔的批判主要在于原定义的“空泛”和“狭隘”两个方面。他之所以认为黑格尔的定义“空泛”，是因为“出类拔萃”的概念是“空泛”的，缺乏应有的限定。他首先肯定：“一切美的东西都是出类拔萃的东西”，比如：“玫瑰是美的，但也只有‘好的’、鲜嫩艳丽、花瓣盛开时的玫瑰才是美的”；“森林可能是美的”，而“布满残枝断梗，树木枯萎、低矮而又疏落的森林是不能算美的”。“好的”玫瑰和“好的”森林，就是所谓的“出类拔萃”。但是另一方面，“并非所有出类拔萃的东西都是美的”。比如“田鼠类中的出色标本”意味着一只“田鼠”的“出类拔萃”，但是它“绝不会显得美”。不仅如此，“这一类动物……的观念表现在它身上越完全，从美学的观点看就越丑”。除去“田鼠”以外，车尔尼雪夫斯基的例子还有“沼泽”。

---

① 车尔尼雪夫斯基．艺术与现实的美学关系//章安祺，编．西方文艺理论史精读文献．修订本．北京：中国人民大学出版社，2003：464.

② 同①463－464.

黑格尔美学定义的“狭隘”，是由于它不能说明“美”的多样性。车尔尼雪夫斯基认为：要求美的对象完全呈现“美”的观念，这在植物界尚可，例如“橡树只能有一种美的性质”，即干高叶茂；“可是在动物里面，当它们被养驯的时候，同一种类中间就表现出多种多样的典型来了。在人身上，这种美的典型的多样性更加显著，我们简直不能设想人类美的一切色调都凝聚在一个人身上”①。

这样，黑格尔的“空泛”使他不能说明“为什么最好的事物和现象才似乎是美的”；黑格尔的“狭隘”又好像是要求“美的事物要包含所有……好的东西”。我们姑且认为车尔尼雪夫斯基可以由此推翻黑格尔的定义，那么他自己的定义究竟是什么呢？

车尔尼雪夫斯基在一条注释中专门强调：“我是说那在本质上就是美的东西，而不是因为美丽地被表现在艺术中所以才美的东西；我是说美的事物和现象，而不是它们在艺术作品中的美的表现。一件艺术作品，虽然以它的艺术的成就引起美的快感，却可以因为那被描写的事物的本质而唤起痛苦甚至憎恶。”这一注释明确地表达了车尔尼雪夫斯基对传统美学观念的决绝态度，但是要由此推出一项定义似乎并不像表明态度那样简单——正如他自己所说：“建立新的没有破坏旧的那么容易，防卫要比攻击困难。”

车尔尼雪夫斯基为“美”所下的定义直截了当：“美是生活”；其根据也很朴素：“世界上最可爱的，就是生活”。在车尔尼雪夫斯基看来，甚至被推至最后的底线，“生活”仍然是美的。被他用来界说“美”的生活，无非包括两个层次：“首先是……所愿意过……所喜欢的那种生活”；“其次是任何一种生活”——“因为活着到底比不活好”。②

有时，后人倾向于从《艺术与现实的美学关系》选出更具学理性的词句，来说明车尔尼雪夫斯基“美是生活”的完整定义。比如：“任何事物，凡是我们在那里看得见依照我们的理解应当如此的生活，那就是美的；任何东西，凡是显示出生活或使我们想起生活的，那就是美的。”其实我们必须承认，车尔尼雪夫斯基用不同措辞来描述的“生活”，仍然没有超出他为之界定的两个层次。即：“应当如此的生活”不过是人们“愿意过的、喜欢的生活”；而退一步说的“显示出”或者“使我们想起”的生活，其底线正是“活着”而已。

车尔尼雪夫斯基的“合理利己主义”

车尔尼雪夫斯基……对达尔文关于生存竞争是进化因素的理论极为轻蔑。……他是“合理利己主义”理论的拥护者，……车尔尼雪夫斯基在《怎么办》这部小说中对自己的伦理理论做出了最令人信服的阐述：……“人不是注定要献身的，……怎样做你感到愉快，你就怎样去做。”有人把这一论调看作是对享乐主义伦理学……的证明，但是实际上蕴含着误解。我们一切行为的目的都是为了达到某种实际的或想象的价值，而我们体验到的满足感则只是达到此目的的象征，但它当然并不是目的本身。……车尔尼雪夫斯基这样一些人……试图用利己主义动机来解释自己的行为，这往往被说成是谦逊的结果，这种谦逊使他们不好意思使用“良心”“荣誉”“理想”等等这类崇高的字眼。

——洛斯基．俄国哲学史．贾泽林，等译．杭州：浙江人民出版社，1999：74－75.

---

① 车尔尼雪夫斯基．艺术与现实的美学关系//章安祺，编．西方文艺理论史精读文献．修订本．北京：中国人民大学出版社，2003：464－465.

② 同①465－466.

车尔尼雪夫斯基随后的解释，恰好说明了我们有时愿意替他掩饰的意思：“在普通人民看来，‘美好的生活’、‘应当如此的生活’就是吃得饱、住得好、睡眠充足。”如果说当他发现“出类拔萃”的“田鼠”并不美的时候忘记了“主体”的相对性论证，此时他却恰好是用不同的“主体”去证明“任何生活”都是美的。他写道：

在农民……生活而不劳动是不可能的，而且也是叫人烦闷的。辛勤劳动、却不致令人精疲力竭那样一种富足生活的结果，使青年农民和农家少女都有非常鲜嫩红润的面色——这照普通人民的理解，就是美的第一个条件。……因此农家少女体格强壮，长得很结实——这也是乡下美人的必要条件。“弱不禁风”的上流社会美人在乡下人看来是断然“不漂亮”的，甚至给他不愉快的印象，因为他一向认为“消瘦”不是疾病就是“苦命”的结果。

如果换一种“审美的主体”，车尔尼雪夫斯基则意识到“美”情形和“美”的判断会完全相反：“假如上流社会的妇女大手大脚，这不是她长得不好就是她并非出自名门望族的标志”。总之对于上流社会的“主体”，“连疾病也成了一件有趣的、几乎是可羡慕的事情”——比如车尔尼雪夫斯基提到的“头痛”——因为它正是“我们所喜欢的那种生活方式的结果”。所以他特别引用了一行诗句：“可爱的是鲜艳的容颜……但是苍白的面色、忧郁的症状，却更为可爱。”①

车尔尼雪夫斯基认为：这就说明“美”只是“生活”，说明“我们所喜欢的生活方式”最终决定了“美”或“不美”。严格地说，这一论证的逻辑困难其实是十分明显的。他对“主体”的区分固然是要论证“任何生活”都可以美，结果却使“生活”不得不回到不同主体对于生活的主观感受，而已经无所谓“生活”本身。这就像普罗塔哥拉斯“人是万物的尺度”，就像智者诡辩中的“审美标准各从其类”，就像皮萨列夫“不同的鉴赏趣味不需要争辩”，就像车尔尼雪夫斯基提到的那只“出类拔萃”的“田鼠”也会为自己做出的证明。从深层上说，“美是生活”最终推出的可能只是一个相对化的论题。

然而，车尔尼雪夫斯基显然不想去解决这样的困难，却径直从“美是生活”引出自己关于文学现实主义的一系列阐述。或许这正是那一代俄罗斯批评家的历史宿命：他们可以使文学批评直接成为开发民智的思想启蒙，他们可以使美学论说振聋发聩、惊世骇俗，他们可以用激扬的文字登高一呼，他们也可以敏感地在诸多创作中辨珠识玉、沙里淘金；但是从后世的角度看，“美是生活”之类的理论仍然只能显示出不可替代的历史价值，却很难面对严格的辨析或者质疑。

二、现实主义的文学观

既然“美是生活”，那么车尔尼雪夫斯基当然相信：“艺术的第一个作用，一切艺术作品毫无例外的一个作用，就是再现自然和生活。”

① 车尔尼雪夫斯基．艺术与现实的美学关系//章安祺，编．西方文艺理论史精读文献．修订本．北京：中国人民大学出版社，2003：466-467．

以“再现自然”说明艺术的功能，对于现实主义的文学立场而言当然无可厚非。但是车尔尼雪夫斯基对这一态度的表述却相当极端，甚至可以令人联想到柏拉图对于摹仿性艺术的批判。比如车尔尼雪夫斯基说：“艺术作品对现实……的关系，正如印画对它所复制的原画的关系、画像对它所描绘的人的关系。印画是由原画复制出来的，并不是因为原画不好，而正是因为原画很好；同样，艺术再现现实，并不是为了消除它的瑕疵，并不是因为现实本身不够美，而正是因为它是美的。印画不能比原画好……同样，艺术作品任何时候都不及现实的美或伟大。”

既然艺术如此不堪，为什么还需要艺术？车尔尼雪夫斯基的回答实在像一个刁难老师的顽童或者巧舌如簧的智者，他居然认为：这只不过是因为“原画只有一幅”“现实中的美”并非人人都可以见到，于是为了让“每个人都可以随意欣赏它，不必离开他的房间，不必从他的沙发上站起来，也不必脱下身上的长袍”，我们才需要复制品。这样，“艺术的再现……固然陋劣、粗糙、苍白，但毕竟是再现出来了，……艺术作品……并不修正现实，并不粉饰现实，而是……充作它的替代物”。①

除去“再现生活”之外，车尔尼雪夫斯基认为“艺术……还有另外的作用，那就是说明生活”。本来，“说明生活”的主要意思是为事物“赋予活生生的形式”，以便人们“更易于认识它，更易于对它发生兴趣”。车尔尼雪夫斯基显然已经读过美国小说家库柏的《最后一个莫希干人》，专门提到其小说对于认识土著人的生活“比人种学上……的叙述和议论更为有用”。这种评价方式，确实同恩格斯对巴尔扎克的分析有几分相似。

但是这一层次上的“说明生活”，还并非车尔尼雪夫斯基的本意。因此他要继续追索“说明生活”最终意味着什么：“人既然对生活现象发生兴趣，就不能不有意识或无意识地说出他对它们的判断；诗人或艺术家……对于他所描写的事物……不能不做出判断；这种判断……就是艺术作品的新的作用，凭着这个，艺术成了人的一种道德活动。”

车尔尼雪夫斯基相信：作家描写的他所“感兴趣的生活现象”应该也是同时代人的兴趣所在，“因为一个有思想的人决不会去思考那种除了他自己以外谁都不感兴趣的无聊的问题”。这样，“说明生活”、对“感兴趣的生活现象做出生动的判断”，就会“为有思想的人提出或解决生活中所产生的问题”；在不同的艺术门类中，“有充分的可能去表现一定思想”的“诗”，尤其如此。从而不仅“艺术成了人的一种道德活动”，艺术家也就“成了思想家”。

就此，车尔尼雪夫斯基归纳出一种较为完整的“艺术观”：“艺术的主要作用就是再现生活……说明生活，对生活……下判断。”②

需要注意的是：这一“艺术观”的表达，并非要修正“生活高于艺术”的前提。关于这一点，车尔尼雪夫斯基特别予以说明：“艺术对生活的关系，完全像历史对生活的关系一样”，历史学家的第二个任务也是“说明生活”，否则就不能“成为思想家”；但是“历史并不自以为可以和真实的历史生活相抗衡，它承认它的描绘是苍白的、不完全的、多少总是不准确的或至少是片面的”。基于同样的理由，艺术永远也不可能超过现实。

因此所谓“对生活下判断”之说，并不是认为艺术可以高于生活、指导生活，否则岂不是

① 车尔尼雪夫斯基．艺术与现实的美学关系//章安祺，编．西方文艺理论史精读文献．修订本．北京：中国人民大学出版社，2003：467-468.

② 同①468-470.

同“美是生活”的信念有所冲突？“对生活下判断”的确切含义，只能根据车尔尼雪夫斯基“艺术成了人的一种道德活动”之思路，从中理解现实主义文学对“时代精神”、对作家使命的强调。关于这一点以及车尔尼雪夫斯基在前文提及的“应当如此的生活”，应该说常人的误解是始终存在的。

好像是要为此提供更多的佐证，车尔尼雪夫斯基不仅将艺术比之于历史，同时也提到了科学。在他看来，科学当然与艺术和历史一样，“所展示的一切都可以在生活中找到”，而他所特别强调的，正是“生活比任何科学家和诗人的作品都更完全、更真实甚至更艺术”。科学和艺术所能做的，只不过是生活“不想”做的，即：“生活并不想对我们说明它的现象，也不关心如何求得原理的结论：这是科学和艺术作品的事”。尽管对生活的“说明”及其“结论”与“生活所呈现的”相比都还“并不完全”，但是车尔尼雪夫斯基认为这毕竟是“天才为我们探求出来的”，否则“我们的结论会更片面、更贫弱”。问题的关键在于，科学、艺术，当然也包括历史，都“并不想隐讳”自己的缺陷；唯一主张“艺术高于生活”的，只有那种流行的“美学”。[①] 由此可见，车尔尼雪夫斯基关于“再现生活、说明生活、为生活下判断”的现实主义文学观，始终是力图以“生活”为唯一的标准。

所以在《俄国文学果戈理时期概观》当中，车尔尼雪夫斯基突出讨论了文学要同“社会要求”保持“活的联系”等问题。他提出：“艺术……以时代的普遍要求为条件的时候，才会得到辉煌的发展”；“文学不能不是某一种思想倾向的体现者……不能不是时代愿望的体现者，不能不是时代思想的表达者”。这一类论说既是针对着“纯艺术论”的批判，也代表了“美是生活”之命题的真正诉求。为此，车尔尼雪夫斯基毫不掩饰地赞扬贝朗日、乔治·桑、海涅、狄更斯、萨克雷等关注现实的作家，也直截了当地批评“与时代追求大异其趣”的大仲马。[②]

了解了车尔尼雪夫斯基最终的理论落点，或许我们就不需要对他批判黑格尔时的逻辑漏洞过多苛责。这不仅因为他当时只是一个申请硕士学位的 27 岁的青年，而且也是因为他毕竟需要一个新的理论支点，以便从“生活”直接走入“现实”当中的社会矛盾。这可能就是真实的 19 世纪的俄国。

第三节 泰 纳

有研究者认为：从文学表达“时代精神”到文学被视为社会产物的批评范式，在 19 世纪必然转向某种自然科学的方法论，其代表者便是泰纳（或译丹纳，Hippolyte Taine，1828—1893）。而在 19 世纪 60 年代以后，泰纳在欧洲也是唯一可以同圣佩韦（Sainte-Beuve，1804—

① 车尔尼雪夫斯基．艺术与现实的美学关系//章安祺，编．西方文艺理论史精读文献．修订本．北京：中国人民大学出版社，2003：470－471．

② 车尔尼雪夫斯基．俄国文学果戈理时期概观//章安祺，编．西方文艺理论史精读文献．修订本．北京：中国人民大学出版社，2003：472－475．

1869）的声誉相提并论的批评家。[①] 泰纳关于文学发展的“三要素”以及文学批评之“三个总体”的学说，对后世产生了非常重要的影响。

圣佩韦被视为近代文学批评的创立者。他早年学习医学，熟悉生理学和解剖学，这对于他后来的文学思想显然不无影响。就文学活动而言，圣佩韦最初是一位出色的诗人，后来不再进行创作，专门从事文学批评，主要批评著作有《文学家评传》、《星期一漫谈》和《新星期一漫谈》等。圣佩韦深受孔德（1798—1857）实证主义的影响，并自觉地将实证主义方法运用到文学批评中去。他明确主张，文学批评也是一门科学，应该力求准确。就如他在《泰纳的〈英国文学史〉》一文中所说的：“我们这些主张在文学中应用自然科学方法的人，按照各自的局限，来应用这个方法；我们这些同一门科学的工作者和服务者，都在争取使这门科学尽可能地准确。因此就让我们继续拒绝那些模糊概念、空泛言词的诱惑，观察、学习和检验那些以不同理由而著称的作品所具有的各种情况，以及天才所表现的无限变化的形式；就让我们迫使它们为我们透露真理，告诉我们怎么样以及为什么，它们会属于这一式样，而不属于另一式样。”[②]为此，批评需要发掘和研究有关文学家和文学史的确实的或者实证的事实。因为，要了解一个作家和他的作品，就需要了解他的种族、国家和时代，他的出身、家庭、教育和交往等。他特别注意对于作家的研究，主张通过作家来了解作品，声称“不去考察人，便很难评价作品，就像考察树，要考察果实。关于一位作家，必须涉及一些问题，它们好像跟研究他的作品不相干。例如：对宗教的看法如何？对妇女的事情怎样处理？在金钱问题上又是怎么样？他是富有还是贫穷？他有什么样的生活习惯？……每一答案，都和评价一本书或它的作者分不开”[③]。由此可见，圣佩韦的文学批评实际上是建立在所谓“作家论”之上的，即通过对于作家的性格和心理的研究，进而了解一部作品。他曾经表示：难道文人、历史家和道德家只是一些演员，除了按照他们为自己选择和规定的角色而外，我们就无权研究他们了吗？难道不可以勇敢而温和地插进解剖刀，指出他们的弱点，指出才华和灵魂之间的不相符之处吗？这可能是圣佩韦对于自己批评思想的最好概括了。也正因为如此，今天他才被认为是所谓传记式批评的创立者。

在一般意义上，了解了被泰纳视为老师的圣佩韦的思想，泰纳本人的思想相对也就很容易理解了。

泰纳的研究方法

泰纳的文学研究方法，正如他的《英国文学史》序言中所解释的，……是18世纪后期的文学研究之历史学方法的延续，这在赫尔德和施莱格尔兄弟那里都得到过有效的运用。……根据其“实证哲学”，孔德认为文学作品……完全是由它们的语境所决定，也应该可以用语境来解释，……这正是泰纳力图澄清和证明的。他把相关的因果性和解释性因素归结为三类：……“种族、时代和环境”（race，milieu，moment）。

——比厄斯利．美学史：从古希腊到当代．高建平，译．北京：高等教育出版社，2018：487.

① Richard Harland. Literary Theory from Plato to Barthes：An Introductory History. New York：St. Martin's Press，1999：91.

② 佩韦．泰纳的《英国文学史》//伍蠡甫，主编．西方文论选：下卷．上海：上海译文出版社，1979：205.

③ 佩韦．新星期一漫谈//伍蠡甫，主编．西方文论选：下卷．上海：上海译文出版社，1979：195.

无独有偶，泰纳也是学医出身。事实上，两个人的思想基本上是一致的，都是将文学当作自然史加以研究和认识。如果说两人之间有什么不同，那就是圣佩韦更重视作为个人的作家性格和心理研究（这可以说是文学作品产生的内部环境），而泰纳较为重视作为整体的文学的外部环境研究，即其著名的种族、环境和时代“三要素”。圣佩韦在评论泰纳的《英国文学史》时已经清楚地指出了这一点。他说：“任何一部伟大作品，只能由一个灵魂，一个独特的精神状态产生——这是一般的规律。”寻找这个规律，就是圣佩韦为自己确定的任务。而泰纳则有所不同，他要寻找的是产生作品的那种普遍精神状态的一般规律。因此圣佩韦称：“泰纳先生尽管善于应用他的方式方法，这种方式方法却没有触及这个重要之点（即独特的精神状态）。他始终停留在外部，让所谓才能、天才的独特性从网孔中漏了出去。”①

一、文学发展的“三要素”

从 20 世纪的角度看，现实主义文论的历史价值可能已经大于其理论本身的价值。但是相对而言，泰纳的文论思想还是具有相当的深度和理论魅力。一般认为，泰纳的理论兴趣比较明显地受到孔德实证主义的影响。相应于孔德所区分的知识发展之三阶段——神学阶段（虚构的阶段）、形而上学阶段（抽象的阶段）、实证阶段（科学的阶段），泰纳正是将实证的方法运用于文学艺术的研究当中。

泰纳的文论代表作是《英国文学史·序言》（1864）和《艺术哲学》（1865）。其中前者主要阐述了他著名的文学发展“三要素”学说。而种族、环境和时代之所以被视为决定着文学发展的要素或者“根源”，是因为泰纳认为它们分别代表了文学发展的“内部主源”、“外部压力”和“后天动量”。②

作为“内部主源”的“种族”（race），是指人“天生遗传的那些倾向”，即“不同的天性”。比如“某些人勇敢而聪明，某些人胆小而存依赖心，某些人能有高级的概念和创造，某些人只有初步的观念和设计……正如我们遇见这一类的狗优于另一类的狗——这些狗会追逐，那些狗会战斗，那些狗会打猎，这些狗会看家或牧羊”。在泰纳看来，人或动物的这种先天倾向同样是根深蒂固而且易于辨别的。一个古老的种族尽管可以受到文明历程的种种影响和改造，尽管可以“经过 30 个世纪的变革而起着变化”，“然而在它的语言、宗教、文学、哲学中，仍显示出血统和智力的共同点”，这种“原始模型的巨大标记仍然存在”。这就是我们辨别和区分一定文化传统及其特性的根据。而当种族的天性不断积淀为一定的习俗和传统时，其文学的想象、表达及其风格也必然留下这种“原始的印记”。

作为文学发展之“外部压力”的“环境”（milieu，英译本亦用 the surroundings）要素，实际上被泰纳分作两个方面，即“物质环境”和“社会环境”。所谓“物质环境”主要是指不同族群在“气候”“地理”等方面的自然处境。如同斯塔尔夫人的“南方人”与“北方人”之分一样，泰纳也是将“希腊民族与拉丁民族”作为一方面，以“日耳曼民族”作为另一方面。他

---

① 佩韦．泰纳的《英国文学史》//伍蠡甫，主编．西方文论选：下卷．上海：上海译文出版社，1979：204，205．

② 以下关于泰纳《〈英国文学史〉序言》的引文，均参见：章安祺，编．西方文艺理论史精读文献．修订本．北京：中国人民大学出版社，2003：480－483．

认为这种“南方”和“北方”之间的“深刻差异”，首先就是因为他们所处环境的不同。

比如，“有的住在寒冷潮湿的地带，深入崎岖卑湿的森林或濒临惊涛骇浪的海岸，为忧郁或过激的感觉所缠绕，倾向于狂醉和贪食，喜欢战斗流血的生活”；另一种处境则是“住在可爱的风景区，站在光明愉快的海岸上，向往于航海或商业，并没有强大的胃欲，一开始就倾向于社会的事物、固定的国家组织以及属于情感和气质方面的发展……”

“社会环境”的例子，泰纳举证了“国家政策”所决定的“意大利的两种文明”。第一种“倾向于行动、征服、政治、立法”，这来自罗马帝国的强盛；第二种“倾向于对快乐和美的崇拜”，泰纳认为这是由于地方政府的分权、教皇世界的独立和外族的入侵导致了“没有统一的政治局面和任何巨大的政治野心”。另外，英国的“政治秩序”“地中海周围”的不同宗教，也是“社会环境”的表现。这些“持续的局面以及周围的环境、顽强而巨大的压力”，都被认为“使一个人类集体受到……陶铸和塑造”。

除去“种族”和“环境”的要素，泰纳认为作为“后天动量”的“时代”（moment，英译本亦用 the epoch）构成了“第三级的原因”。比如：高乃依和伏尔泰同是法国人、埃斯库罗斯和欧里庇得斯同是古希腊人、达·芬奇和伽多同是意大利人，但是由于所处的“顷间”（即时代位置）不同，他们的创作还是会显示出不同的意义。按照泰纳的分析，他们作品中“一般的思想并没有变”，“主题”“人的类型”“诗句的格式”“戏剧的结构”等等也都没有变，而根本的差异就在于：“一个艺术家是先驱者，另一个是后继者；第一个没有范本，第二个有范本；第一个面对面地看事物，第二个通过第一个来观看事物。”总之，“某个观念已经占了优势，人们……为他们自己提供了……某种理想模范……当它以毫不自觉却又成为体系的一些作品覆盖了世界以后，它就消萎了、死去了，而一个新的观念……注定要占据同样的支配地位。”

也许可以说：泰纳对于“后天动量”的分析，既是试图揭示文学观念在不同时代的传承和更替，也与他在《艺术哲学》中以“正确的摹仿”否定“借鉴古人”的论说相互呼应。这就涉及泰纳的文学标准问题。

二、文学及文学批评的标准

《艺术哲学》是泰纳的文论名著，其中与文学批评最直接的关联，是考察文学的三种背景、文学真实的标准以及文学批评的相应标准等内容。

泰纳认为：“现代的”美学和“旧美学”不同的地方，便是“从历史出发而不从主义出发，不提出一套法则让人接受，只是证明一些规律”。这样，所谓“艺术哲学”的“唯一责任”就应该是“罗列事实”并“说明这些事实如何产生”。《艺术哲学》首先提出这种“方法的出发点”，即：任何艺术作品都不是孤立的，要进行研究和评价，就必须“找出艺术品所从属的并且能解释艺术品的总体”。如泰纳所说：“艺术品的目的是表现某个主要的或突出的特征，也就是某个重要的观念，比实际事物表现得更清楚更完全；为了做到这一点，艺术品必须是由许多互相联系的部分组成的一个总体，而各个部分的关系原则是经过有计划的改变的。在雕塑、绘画、诗歌三种摹仿的艺术中，那些总体总是与实物相符的。”①

① 丹纳．艺术哲学．傅雷，译．北京：人民文学出版社，1983：28.

至于什么是“总体”，泰纳讲到了三个方面。

第一，“一件艺术品，无论是一幅画、一出悲剧、一座雕像”，都属于“作者的全部作品”这一“总体”。用泰纳的话说，这就好比一个父亲所生的几个女儿，“彼此有显著的相像之处”。只有了解这一“总体”，才能把握作者的一定风格。这是说，一个艺术家总是有自己的发展演变过程，并因而形成了一定的形式和技法特征，即风格。只有对这种总体风格加以把握，才能对个别作品做出判断。就像泰纳所说的，面对一件艺术品，能够说出作品属于哪位艺术家，属于那位艺术家哪个时期或发展阶段的作品。

第二，“艺术家本身连同他……的全部作品，也不是孤立的”，从而第二个“总体”就是作者“所隶属的艺术宗派或艺术家家族”。这显然是指艺术流派，或者没有意识到这种相似性的艺术家群体。由于他们生活和创作的环境相同，他们在创作内容上和形式上便必定有着某种能够相互说明的联系。比如莎士比亚并不是“天上掉下来的奇迹”，而是可以在他周围发现本·琼生、马洛、弗莱彻等作家群，泰纳认为他们是“用同样的风格、同样的思想感情写作”的。

第三，一定的作家群周围还有一定的社会公众和读者群体，而由于“风俗习惯和时代精神”的作用，公众与作家应当是趣味相投的。“他们都有同样的习惯、同样的利益、同样的信仰，种族相同、教育相同、语言相同”，乃至“只因为有了这一片和声，艺术家才成其为伟大”。根据泰纳的考察，“某种艺术是和某些时代精神与风俗情况同时出现、同时消灭的”；“群众思想和社会风气压力，给艺术家定下一条发展的路，不是压制艺术家，就是逼他改弦易辙”①。

在这样的总体背景下评价文学，便关联到文学发展“三要素”学说中的“时代”因素。因为一定作品所体现的风格、习俗或者时代精神，说到底正反映着那种“后天动量”。在确定了这三点之后，泰纳声称：“由此我们可以定下一条规则：要了解一件艺术品、一个艺术家、一群艺术家，必须正确地设想他们所属的时代的精神和风俗概况。这是艺术品最后的解释，也是决定一切的基本原因。这一点已经由经验证实：只要翻一下艺术史上各个重要时代，就可以看到某种艺术是和某些时代精神与风俗情况同时出现，同时消灭的。”② 在这方面，泰纳举了许多例子，例如，希腊悲剧的产生与消亡的时间正好与希腊人战胜波斯人和败于马其顿人的时间大致相同。哥特式建筑的兴起伴随着封建主义的兴起，而君主制度的出现则带来了哥特式建筑的消亡。荷兰绘画黄金时代的出现与荷兰在政治上的独立和经济上的繁荣紧密相关，而其衰落也恰逢荷兰在政治经济上的衰退时期。再有，法国新古典主义悲剧的出现，正是君主政体，连同贵族和宫廷生活礼仪在路易十四统治下达到最高峰的时候，而当这些风气被大革命一扫而光时，法国悲剧也就随之消亡了。

为了进一步说明这种联系，泰纳用地域和气候与植物的关系做了一个比较。他指出，假如从南方向北方进发，就会发现每一个地域都有特殊的植物。如果你跨越了那个地域，其所特有的植物也就随之消失不见了。由此可见，地域是某些植物存在的条件。而所谓地域不过就是某种温度、湿度和地理形势。所以，“自然界有它的气候，气候的变化决定这种那种植物的出现；精神方面也有它的气候，它的变化决定了这种那种艺术的出现”。总而言之，“精神文明的产物

---

① 丹纳．艺术哲学．傅雷，译．北京：人民文学出版社，1983：55－57.

② 泰纳．艺术哲学//章安祺，编．西方文艺理论史精读文献．修订本．北京：中国人民大学出版社，2003：485.

同动植物界的产物一样，只能用各自的环境来解释”[1]。整部《艺术哲学》，泰纳的全部艺术思想，基础就在这里，方法就在这里，目的也就在这里。对此，我们只要大致看一看泰纳对某一民族在某一时期的艺术的研究就可以了。例如，在探讨意大利文艺复兴绘画时，他首先关注的是产生艺术品的种族。例如意大利人的想象力的特点，对比拉丁民族与日耳曼民族在想象力上的不同；再考察历史背景，即意大利人的天赋与历史环境之间的一致；然后是对产生一流绘画的条件的分析，包括精神方面的修养、对形象的特有把握能力以及促使艺术表现人体的环境，等等。

泰纳解析了米开朗基罗分别于青年和晚年为西斯廷教堂所画的壁画，他认为米开朗基罗画于晚年的《最后的审判》一方面“惊人的姿势越来越多……透视技术越来越巧妙”，另一方面“生动的创造、表现的自然、热情奔放、绝对真实等优点……至少丧失了一部分”，“和他过去的成就比已经大为逊色了”。其中的根本问题就在于“滥用成法”“技巧高于一切”。高乃依的剧作同样如此，到了后期，“作者不再去找活的模型，不更新他的创作灵感……只凭诀窍写作……只依赖文学理论。……抄袭自己、夸大自己。……不再直接观察激昂的情绪与英勇的行为，而用技巧、计划、成规来代替”[2]。

西斯廷礼拜堂的天花板

早在1506年尤里乌斯二世就打算绘制西斯廷礼拜堂的天花板了，但是米开朗基罗直到1508年才签订合同。……米开朗基罗站在一个桥式的脚手架上绘制天花板，直到1512年才完工。……米开朗基罗的风格在绘制天花板是有所改变，从男女预言家的形象中可以明显看出。他们的身体变得很大，越接近祭坛顶端，他们的姿势就越活越。……米开朗基罗用虚构的建筑物装饰了礼拜堂光滑的拱顶区域，……在天花板的端点出现了细条状蓝色天空，似乎是建筑物的开口，让人产生了天花板拱顶外还有无限空间的错觉。尤其在天花板的祭坛那端，大型未加框的叙事画板面似乎融入房间范围外的空间中，三组大小交替的叙事板面画延伸了天花板的长度，……这些绘画针对的是正对祭坛的观众。

——帕雷提，等．意大利文艺复兴时期的艺术．朱璇，译．桂林：广西师范大学出版社，2005：393

在泰纳看来，一旦“忘掉正确的摹仿、抛弃活的模型”，也就不再是“创造”而是“制造”了。在这一意义上，泰纳并不排斥古典主义文学对于“真实”的要求，然而他主张通过“正确的摹仿”追求一种“绝对真实”。

什么才是“正确的摹仿”？用泰纳的话说就是“全神贯注地看着现实世界”。每个“大师”和“大的艺术宗派的历史”，都可以“证明摹仿活生生的模型和密切注视现实的必要”；离开这一点，泰纳认为一切宗派都没有例外地会衰落。

他的例子正是法国新古典主义的戏剧。“路易十四时代，法国文学产生了一种完美的风格，纯粹、精雅、朴素、无与伦比”，但是“到一个世纪之末”则“情形大变”。即：“不再观察活的人物，而只研究描写那些人物的悲剧，用作模型的不是人而是作家”，因此“刻板的语言、学院派的文体、装点门面的神话、矫揉造作的诗句”便成了“重重束缚”。在这里，尽管泰纳

---

① 泰纳．艺术哲学//章安祺，编．西方文艺理论史精读文献．修订本．北京：中国人民大学出版社，2003：485.

② 丹纳．艺术哲学．傅雷，译．北京：人民文学出版社，1983：59-60.

对拉辛本人的新古典主义剧作评价很高，但我们完全可以看到：他所说的“不再观察活的人物，而只研究描写那些人物的悲剧”等等，正是在批判新古典主义用“借鉴古人”解说过的“摹仿”。这也正是高乃依后期剧作“只依赖文学理论”的问题所在。

泰纳还进一步指出：“正确的摹仿”不仅与“借鉴古人”格格不入，而且还应该摹仿出一种有意义的“关系”和性格中的“逻辑”。比如“野心”“吝啬”“激烈”等不同的性格，都应当与相应的行为“保持正确的比例”。泰纳所说的“关系”与雨果“对照原则”的最大不同，就在于从性格与行为的逻辑关系直接转向了“表现事物的主要特征”。他甚至直言：在现实生活中“特征不过居于主要地位，艺术却要使特征支配一切”。

泰纳以拉斐尔所画的《林泉女神》（又译《泉》）为例：当时“给他做模特的乡下姑娘”，双手因为劳动而粗糙，脚被鞋子磨坏了，还由于不习惯模特的职业而表现出“羞涩”和“惊惶”。所以拉斐尔实际上完全是按照“自己心目中的形象”来作画的。于是泰纳认为：“艺术品的本质在于把一个对象的基本特征……表现得越占主导地位越好，越明显越好；艺术家为此特别删节那些遮盖特征的东西，挑出那些表明特征的东西，对于特征变质的部分都加以修正，对于特征消失的部分都加以改造。”

由此推及文学批评，泰纳同样是以“特征”作为基本的标准。从而他提出：“作品中特征越是显著、越是占支配地位，作品越精彩”；“作品所感染、所表现的特征越居于普遍的、支配一切的地位，作品越美。”[①] 这些讨论还被他引申为“特征的重要”“特征的有益”“效果集中的程度”等。如上所述，泰纳认为：“艺术品的本质在于把一个对象的基本特征……表现得越占主导地位越好，越明显越好；艺术家为此特别删节那些表明特征的东西，挑出那些表明特征的东西，对于特征变质的部分都加以修正，对于特征消失的部分都加以改造。”由此推及艺术批评，泰纳的确也是用“特征”作为基本标准。由于“艺术品的目的是使一个显著的特征居于支配一切的地位。因此，一件作品越接近这个目的，越完善；换句话说，作品把我们提出的条件完成得越正确越完全，占的地位就越高”。笼统而言，这种特征的思想的确与所谓典型的说法极为相似，本身也没有什么新奇之处。值得注意的是作为批评者如何才能够发现和确定作品的特征。正是在这里，我们可以再一次看到泰纳文学思想的独特特征。他说：“什么是显著的特征？在两个特征中如何知道一个比另外一个更重要？一提到这个问题，我们就进入了科学的领域。”因此，在说明艺术的特征时，泰纳首先借用了自然科学的评价原则，即动物学和植物学所运用的分类原则“特征的从属原理”。在这样做时，要区分的是两种特征，一种是深刻的、内在的、先天的、基本的，一种是表面的、外部的、派生的、从属的。前者显然更为重要，由于不易发生变化，这些特征有更大的抵抗能力，更能够抵抗一切内在和外在因素的袭击，不易于变质或解体。在把这个原则应用于人的精神生活方面，以及以精神生活为对象的艺术和文学时，泰纳又借用了地质学的原理，通过历史的分析，层层剥除时间留下的表层，以暴露出精神上的地质形态，寻找最为深层、最不易变化、最基本和最重要的特征。按照他的看法，浮在人的精神生活表面的是持续三四年的一些生活习惯与思想感情，是流行的风气、暂时的东西，时装的变化正好衡量这种精神状态的变化。这是人的特征中最肤浅和最不稳固的。下面一层略微坚固一些，可以持续二三十年、四五十年。它构成了整整一代人的思想感情，要等那一代人过去之后，这种特征才会逐渐消亡。他举的例子正是正在逐渐消失的浪漫主义一代的思想和感

① 丹纳．艺术哲学．傅雷，译．北京：人民文学出版社，1983：27.

情。再往下就是非常广阔和非常深厚的一层了，那是一个完全的历史时期，比如中世纪、文艺复兴和古典主义时代。这时，同一精神状态会统治好几百年的时间，即使受到剧烈的冲击，仍然会屹立不动。由此，附带着或引发出一系列的主义和思想感情。宗教、政治、哲学、艺术、文学，乃至爱情和家庭生活，无不留有这一主要特征的痕迹。“而这整个精神状态所构成的一个大的典型，将要在人类的记忆中永远保存，因为（它）是人类发展的主要形态之一。”这些东西以民族的精神为具体表现，成为原始的花岗岩，寿命与民族一样长久。不仅如此，泰纳还指出：“倘使再往下探索，还可以发现更深的基础，那是一些巨大无比、暧昧不明的地层，语言学正在开始发掘。”在这里，泰纳已经看到了现代语言学将要在人文科学研究中所起的重大作用。而且，在他的描述中，我们也可以看到类似福柯所谓“知识考古学”的影子。

通过这样的分析，泰纳得出的结论是：“文学价值的等级每一级都相当于精神生活的等级。别的方面都相等的话，一部书的精彩程度取决于它所表现的特征的重要程度，就是说取决于那个特征的稳固的程度与接近本质的程度……文学作品的力量与寿命就是精神地层的力量与寿命。”

孔德的艺术观

孔德在他的《实证主义概观》中概述了他的艺术哲学。对他来说，脱离生活、为艺术而艺术的倾向，意味着艺术的自我摧毁。……“理性已经同感受力和想象力分离很久了”，实证主义的政治体系就是用来弥合这样的裂痕。在孔德所规划的社会中，艺术将成为教育的基础；艺术将与工业相结合，为人们塑造出新的满足；……艺术是“事实的理想再现，旨在培育我们对完美的感受”，……这才是社会秩序的真正基础。

——比厄斯利．美学史：从古希腊到当代．高建平，译．北京：高等教育出版社，2018：500－503.

由此，如果“缺少这些特征，一个大作家的作品就降为二流的，有了这些特征，才具平常的作家也可以产生第一流的作品”①。在泰纳所举的一些例证中，我们的确可以看到较为生动有力的概括和说明。例如，他谈到在16世纪末和17世纪初的西班牙文学中，在流浪汉小说和卡尔德隆的戏剧中，就有两种活生生的人物出场，即流浪汉和骑士，在他们身上可以看到那个奇特文化的一切悲惨、伟大和疯狂的面目。而法国17世纪君主政体之下的全部思想感情，都可以在拉辛的作品中找到。至于近代的两部史诗，即但丁的《神曲》和歌德的《浮士德》，又是欧洲历史上两个重要时期的缩影，一个指出中世纪的人生观，一个指出近代的人生观，它们表现出两个最高尚的心灵在各自时代中所能达到的最高真理。“但丁的诗歌描写人离开了短促的尘世，周游超自然的世界……带他去的是两种力量：一种是狂热的爱情，那在当时是支配生活的主宰；一种是正确的神学，那在当时是支配抽象思维的主宰。他的梦境忽而可怖之极，忽而美妙之极，明明是一种神秘的幻觉，但在当时是理想的精神境界。歌德的诗篇描写人在学问与人生中受了挫折，感到厌恶，于是彷徨，摸索，终究无可奈何地投入实际行动；但在许多痛苦的经历和永远不能满足的探索中，仍旧在传说的帷幕之下不断地窥见那个意境高远的天地。”关于莎士比亚，他的评论是：“最大的心灵创造者、最深刻的人类观察者，眼光最敏锐，最了解情欲的作用，最懂得富于幻想的头脑如何暗中酝酿、如何猛烈爆发、内心如何突然失去平

① 丹纳．艺术哲学．插图珍藏本．傅雷，译．桂林：广西师范大学出版社，2000：377.

衡，最能体会肉与血的专横、性格的左右一切的力量、促成我们疯狂或健全的暧昧的原因。”[①] 正是由于这些作品表现了具有主导地位的精神生活特征，作品中的人物才成为人类历史上永远的典型，作品本身也就具有了最高的价值。在西方文论史的线索上，这种对古典主义文学既有批判又有延续的理论，通向了后来一些关于“典型”的颂扬。

泰纳常常被视为社会学批评的肇始者，但是后世认为他“更多地是以命题而不是实践启发了现代的社会学批评”。正如阿尔都塞（Louis Althusser）所说：泰纳未能找到一个适合其社会学方法的特定对象，真正为后来的社会学批评建立了参照系的，则是马克思。[②]

泰纳的理论在当时就产生了很大的影响，一个直接的结果就是为自然主义文学的出现铺平了道路。这主要在于将文学看作如同自然科学一样的现象，重视环境与遗传的作用，以及要求客观地描绘等观点。例如，左拉就声称：“作家和科学家的任务一直是相同的。双方都必须以具体的来代替抽象的，以严格的分析取代单凭经验所得的公式。”“自然主义小说不插手对于现实的增删，也不服从一个先入观念的需要……我们只需取材于生活中的一个人或一群人，忠实地记载他们的行为。”“形而上学的人已经死去了；由于生理学的人的来临，我们的整个领域都被改变了。”[③] 在法国，现实主义和自然主义之间并没有明确的区别。

关键概念

种族、时代、环境、正确的摹仿、活的模型、性格逻辑、特征、美是生活、再现生活、说明生活、时代精神

思考题

1. 如何评价别林斯基为俄国现实主义文论所奠定的话语方式？
2. 应该如何看待车尔尼雪夫斯基批判黑格尔时所暴露的逻辑困难？
3. 泰纳与斯塔尔夫人的论题有无相似之处？
4. 如何把握泰纳对文学艺术作品的比较性研究？

---

① 丹纳．艺术哲学．插图珍藏本．傅雷，译．桂林：广西师范大学出版社，2000：383.

② Richard Harland. Literary Theory from Plato to Barthes：An Introductory History. New York：St. Martin's Press，1999：93.

③ 左拉．戏剧上的自然主义，实验小说//伍蠡甫，主编．西方文论选：下卷．上海：上海译文出版社，1979：246，248.

第三编

20 世纪的西方文论

第十章 20 世纪西方文论的范式延伸

本章分为四节。第一节通过对俄国形式主义、英美新批评、结构主义与叙事学、符号学等相关批评方法的介绍，梳理其中对结构关系的共同关注。

第二节主要介绍心理分析批评、原型批评、接受理论及读者-反应批评，着重分析其中对"意义生成机制"和"被理解的意义"之强调。

第三节沿着新历史主义批评、女性主义批评和后殖民主义批评的线索，介绍其中对历史本身及其意义系统的质疑。

第一节 以语言、结构、文本为圆心的形式批评

在整个的西方文论史上，20 世纪是一个相当独特的阶段。虽然它就时间而论并不一定特别突出，但是其流派和学说的众多似乎已经可以和古典文论平分秋色。西方文论史的课程学习，首先应当结合古典文论的逻辑线索，对 20 世纪西方文论的基本范式予以归纳。

以下关于"以语言、结构、文本为圆心的形式批评""以创作、接受、阅读为圆心的意义批评""以话语权力、意识形态为圆心的文化批评"三个部分，可以参阅 *Studying Literature: The Essential Companion*, edited by Paul Goring, London: Arnold, 2001。

《文学研究》简介

《文学研究》(*Studying Literature: The Essential Companion*, by Paul Goring, London: Arnold, 2001) 实际上是一部 20 世纪西方文学批评的教材。全书 411 页。该书所引资料的翔实以及编者对客观化叙述的追求，可能会给读者留下深刻印象。从以下各章的编排及其所占篇幅，即可看出上述特点：

1. 文学研究指南（约 60 页）。
2. 网上资料指南（约 30 页）。
3. 20 世纪五大批评类型概要（约 60 页）。

(1) 形式批评：俄国形式主义、布拉格学派、新批评。

（2）诠释学传统：诠释学、现象学、接受理论、读者-反应批评。

（3）结构主义及其延伸：符号学、后结构主义、解构、话语行为理论。

（4）心理学批评：心理学批评、原型批评。

（5）“主义”批评：马克思主义理论和批评、法兰克福学派、新历史主义和文化唯物主义、后殖民主义、女性主义、同性恋理论。

4. 文学与文学理论关键词（约 110 页）。

5. 批评家及批评文选（约 90 页，48 位批评家）。

一、从俄国形式主义到布拉格学派

西方人为“形式主义”（formalism）所下的定义通常包括两点：第一，在文学中排除或者缩减社会的、历史的、政治的或意识形态的因素；第二，将作品、文体乃至整体的文学视为一个相对封闭的系统。另外，“形式主义”也常常意味着更重视文学的形式-技巧方面，而不大重视意义和主题。

但是如果我们将 20 世纪西方几种相关的形式批评贯通起来，将其看作一个相互联系的范式，应当可以发现其中超越“形式”的意义。在这条线索上，有俄国形式主义和布拉格学派，有英美新批评，有结构主义和叙事学，也有符号学理论。

一般认为，俄国形式主义的形成时间为 1915 年（雅克布森和什克洛夫斯基的回忆是 1914 年）。当时，在俄国先后成立了两个研究组织，一个是“莫斯科语言小组”，一个是“彼得堡诗歌研究会”。前者以雅克布森（R. Jakobsen）为首，主要成员有布里克（O. Brik）、托马舍夫斯基（B. Tomashevsky）等；后者以什克洛夫斯基（V. Shklovsky）为首，主要成员有埃亨巴乌姆（B. Eichenbaum）、梯尼亚诺夫（Y. Tynyanov）、日尔蒙斯基（V. M. Zhirmunsky）等。当时，他们大多是莫斯科大学和彼得堡大学的青年学生。他们与未来派诗人马雅可夫斯基等有密切的联系，他们中的一些人本身也从事文学创作，比如雅克布森和什克洛夫斯基都出过诗集，梯尼亚诺夫是出色的小说家。另外，《民间故事形态学》（*Morphology of the Folktale*）的作者普洛普（V. Propp），在西方文论研究中也常常被归入俄国形式主义。

值得注意的是，俄国形式主义的全过程发生在俄国革命前后的一段特定时期。在“莫斯科语言小组”和“彼得堡诗歌研究会”初期活动期间，第一次世界大战正在进行，俄国处在革命的动荡岁月中，这些年轻的文学研究者虽然生活在书斋中，但他们的热情同样高涨。他们相信自己也在开创历史，如埃亨巴乌姆在 1924 年所说：“在文学领域里，形式主义是革命运动，因为它把这门学科从古老而破旧的传统中解放出来，并迫使它重新检验所有的基本概念和体系。”在这里，我们似乎可以发现俄国革命民主主义者的传统，尽管他们讨论的东西不一样，目的可能也不一样，但精神和气质是一样的。

埃亨巴乌姆发表于 1925 年的论文《“形式的方法”之理论》，开篇便点明了俄国形式主义的主旨：“关于文学理论和文学史的这一思想流派被称为‘形式的方法’，它来自一种保卫文学研究之自主性和具体性的努力。”埃亨巴乌姆所说的“自主性”（autonomy）和“具体性”

(concreteness)，后来也成为英美新批评的论题。

俄国形式主义在当时的主要针对性质疑在于：文学批评是否一定要依赖于有关作者及其时代背景的传记式考察？从而，与英美新批评相似，俄国形式主义力图在历史、哲学、传记、心理学等研究之外，为文学批评建立独立的规则。如同埃亨巴乌姆所说："形式主义者具有一种科学实证的精神，即抛弃哲学的假定、抛弃心理学或者美学的解释。"这也就是他所引用雅克布森之说：文学研究的对象不是"文学"，而是"文学性"(literariness)。

"悲剧"与"悲剧性"

席勒所提出的悲剧定义，几乎是对亚里士多德的重复，但他的定义中有一句话倒是很有意思："其目的在于享受怜悯的艺术才可以叫做悲剧。"这里没提恐惧，并且也不单纯是怜悯，而是享受怜悯。……一个啼哭不已的悲剧观众是对艺术家的可怕的判决。对艺术家来说，重要的是善于唤起观众心中的特殊形式的怜悯感；……席勒的思想显然是这样的："悲剧所生的痛苦与其说是其内容的结果，不如说是成功地应用悲剧形式的结果，……艺术家的真正秘密在于用形式消灭内容。排斥内容和支配内容的艺术愈是成功，内容本身也就愈是宏伟、诱人和动人，……观众就愈是为之倾倒。"

——埃亨巴乌姆．悲剧与悲剧性//什克洛夫斯基，等．俄国形式主义文论选．方珊，等译．北京：三联书店，1989：34－35.

俄国形式主义尤其为20世纪的西方文论提供了新的研究视角，比如文学语言与日常语言的区分，"陌生化"(defamiliarization)的概念，以及它对现代叙事学(narratology)的启发。20世纪20年代后期，俄国形式主义的主要代表纷纷流亡国外，从而使布拉格学派成为它的理论延续。布拉格学派亦称"布拉格语言小组"，其主要成员包括从苏联流亡至布拉格的雅克布森，以及穆卡洛夫斯基(J. Mukarovsky)、韦勒克(R. Wellek)等人。许多研究者都认为，布拉格学派是在俄国形式主义和后来的结构主义之间架设了一座桥梁。其中最主要的通道，在于他们将索绪尔的语言学理论运用到文学研究之中。

比如，穆卡洛夫斯基的《标准语言与诗性语言》一文，将"诗性"和"非诗性"的语言作为不同的语言功能加以区分。"诗性的语言"在他看来"只有其自身的意义"，而并不承担任何社会功能。因此"求真的问题与诗歌作品的主题无关，对于诗歌也没有任何意义"。就此而言，布拉格学派是从语言学的角度将文学作品界定为一种自身的结构，这也正是英美新批评后来所崇尚的"文本细读"(close reading)之根源。关于其中可能产生的偏颇，西方学者一般认为：俄国形式主义和布拉格学派都是为了回应当时正统马克思主义批评的压力，才过多强调了文学作品的内部关系，而忽略了文学作品与作者、读者以及社会—历史环境的外部关系。

另外，俄国形式主义的"陌生化"概念，被布拉格学派进一步引申为相似的"凸显"(foregrounding)。这被认为是布拉格学派最重要的贡献之一，尤其是对叙事学批评有所影响。所谓"凸显"其实也是与"诗性语言"和"日常语言"的区分有关，按照穆卡洛夫斯基的说法，诗性语言的功能，就是"使表达最大限度地凸显出来"。布莱希特(B. Brecht)的"间离效果"(alienation effect)理论，与此一脉相承。

二、英美新批评

所谓新批评是20世纪起源于英国后发展到美国的一种形式主义文学批评流派，其发生与俄国形式主义同时，但延续的时间要更长一些。大约是从1915年至1955年的40年时间。不过，俄国形式主义的结束是外部原因造成的，而新批评的结束完全是文学理论自身发展的结果。

简单说，新批评的理论建筑在对于所谓三R关系的独特理解上。所谓三R关系是指作者（writer）、作品（writing）和读者（reader）之间的相互关系。在新批评看来，在这三者关系上的不同侧重，就产生了不同的批评。如果关注作品的产生过程，追寻作者个人经历与作品的相互印证，就是传记式批评；如果追究作品所产生的社会历史条件，就是历史—社会式批评；如果关注作品对读者的影响，当读者是指自己时，就是印象式批评，当读者是广大受众时，就是社会学批评。而这些都是新批评者不认可的方法，他们相信，需要关注的只是作品自身。因为作品即本体，包含着自身的全部意义和价值。他们甚至也不考虑作品与作品的关系，那涉及文类研究和主题学研究，是属于文学史的对象，与批评无关。这样，读者、作者和其他作品都可以被排除出去，批评只与某一作品有关。的确，以往还没有哪一个批评流派表明这样绝对的客观主义态度。早期的新批评还承认，这样做多少是出于批评策略的考虑，后期的新批评则试图从理论上对此加以彻底的说明和贯彻。

新批评虽然起源于英国，但却在美国获得长足的发展。在这个过程中，兰色姆（J. C. Ransom）是一个承先启后的人物。早在1921年，在美国田纳西州一所大学任教的兰色姆就开始关注诗歌问题，并与当时的三个学生长期保持通信来往，一起从诗歌创作转向文学批评。这三个人就是后来成为新批评主将的泰特（Allen Tate）、布鲁克斯（Cleanth Brooks）和沃伦（Robert Warren）。他们在20世纪30年代中期后发表了一系列批评论著，其中影响最大的是布鲁克斯和沃伦合著的《怎样读诗》（1938）。由于这些著作的出版，一个文学批评学派已经形成，只是当时不叫做新批评，而被称为“南方批评派”。等到兰色姆于1941年出版《新批评》一书，新批评便被用来指“南方批评派”，“新批评”之谓也就由此而来。

新批评的另一位代表布鲁克斯则在其论文《寻求新的批评》之中承认“新批评是不容易描述或者界定的”：兰色姆“将温特斯（Y. Winters）的批评目的和方法视为‘逻辑的’，将艾略特的批评视为‘历史的’，将理查兹的批评视为‘心理学的’……但是他既没有为新批评下定义，也不想去下定义。他只是在最后一章用了这样的标题：‘寻找本体论的批评’”。

实际上理查兹本人也是新批评的重要肇始者，而且他恰好十分重视“文本细读”的方法和批评的实践层面。他的学生燕卜荪（W. Empson）则早在1930年就出版了《含混的七种类型》一书，并被列为新批评的理论家之一。

理查兹论诗歌真实的标准

在《诗歌原理》（*Doctrine in Poetry*）中，理查兹描述了我们检验自己对诗歌之反应的方式。对诗歌的检验，在于其真实性及其在一种植根于永恒人类处境的存在性真理中所激发的情感。看一首诗是否涉及以下的真理和人类关注，就可以检验文学作品的真实性：

1. 人类在宇宙中的孤独感。

2. 无法解释的生死悖论。

3. 不可思议的宇宙之美。

4. 人在时间中的处境。

5. 愚昧（ignorance）所导致的残暴。

对理查兹而言，这些就是人类思想中最不可理解又最不可穷尽的对象。通过思索这些存在性的真理，理查兹得出了大胆的结论：愚昧……只能是人自身的错误，因为他未能深入到伟大的文学和生活本身业已充分显示的悖论式真理之中。

——Edward H. Strauch. Beyond Literary Theory：Literature as a Search for the Meaning of Human Destiny. New York：University Press of America，2001：20-21.

《含混的七种类型》是典型的“文本细读”之作。其基本内容就是“对诗歌进行分析性的细读”（close and analytical readings of poetry）。所以布鲁克斯说：燕卜荪式批评的要义，就在于“批评要在诗作为诗的结构中处理诗的意蕴”；而以往的批评则倾向于“用散文的方式寻找诗的‘善’和‘真’，使诗成为哲学或者科学”。在布鲁克斯看来，燕卜荪的批评是要告诉人们：诗歌的隐喻承担着“功能性”而不是“修饰性”的作用（functional not decorative role），诗歌的韵律和词句“也都成为诗歌展示意义的积极力量”。

沿着这样的线索，维姆萨特（W. K. Wimsatt）和伯兹里（M. Beardsley）在1946年和1949年发表了两篇重要的论文：《意图谬见》（The Intentional Fallacy）和《效果谬见》（The Affective Fallacy）。“意图谬见”和“效果谬见”的基本意思，都是强调“就诗歌本身去阅读和分析诗歌”，如果文学批评只考虑作者的“意图”或者作品对于读者的“效果”，必然带来“谬见”，从而成为“非法的”。

“意图谬见”和“效果谬见”

文学作品一经出版或传播就归属于公众，而公众是以自己时代的艺术感觉去切近作品的。……文学评价的主观因素来自读者一时的心境和好恶，对这些素材的历史批评必须将其与时代的态度相分离，因为我们要认知的对象应该具有历史的共性。

——Paul Garvin，edited and translated. A Brague School Reader on Esthetics，Literary Structure and Style. Washington：Georgetown Univevrsity Press，1964：71.

上述英国批评家的理论后来在美国得到了一定的承接，从而新批评亦被称为“英美新批评”（anglo-American new criticism）。曾经作为布拉格学派成员之一的韦勒克后来移居美国，并于1949年出版了他与沃伦合著的《文学理论》，新批评在美国达到了最高发展阶段，这正是新批评开始在美国产生巨大影响的时代。由于维姆萨特、韦勒克、布鲁克斯和沃伦长期在耶鲁大学任教，美国后期的新批评学派又被称为耶鲁学派。从那以后，新批评在美国成为最主要的批评学派，长期占据了学院的舞台，对于文学理论的发展施加了巨大的影响。一直到20世纪50年代末，随着结构主义的兴起，新批评才逐渐销声匿迹。

作品之外的批评要素

许多批评家和理论家不同意新批评派的观点，认为文学研究需要超越“作品本身”。谨将作品之外的一些要素开列如下：

作者（社会背景、个人背景、教养、信仰等等）

写作过程（预期目的、一般制约、灵感）

运作系统（出版者、审查制度、可能的读者/观众）

单一的文学文本

同一作者的全部作品

文体

对某一作品的特别回应

读者对作品的理解及其在不同时代的变化

对作品的解释以及解读方式的历史变化

作品背后的意识形态

文学经典的存在及其品质

文学在某一特定社会的作用

作者的性别、性别在作品中的体现、性别在作品阅读过程中的变化

作者或读者所处社会中的政治和权力关系

——Paul Goring，Jerrmy Hawthorn，Domhnall Mitchell. Studying Literature：the Essential Companion. London：Arnold，2001：137.

三、结构主义与叙事学

结构主义是20世纪60年代出现在法国的一种思潮，就文学理论本身而言，可以说是继20年代俄国形式主义、30年代布拉格学派之后的第三个重要阶段。事实上，这三个学派之间也存在着内在的联系。如前所述，俄国形式主义由于政治原因在20年代末就结束了，虽然其思想在捷克斯洛伐克和波兰等东欧国家得到了延续，形成了布拉格学派，但俄国形式主义本身仍然长期没有对西方产生影响。维克多·埃利希（Victor Erlich）在50年代中期出版的英文著作《俄国形式主义的历史和理论》并没有立即引起重视。但是，10年以后，当来自东欧的托多洛夫（Tzvetan Todorov）翻译出版了法文的俄国形式主义文集《文学的理论》后，却立即引起激烈的反响。从此，从莫斯科到布拉格再到巴黎，从俄国形式主义到捷克斯洛伐克早期结构主义再到法国结构主义，20世纪思想的一条重要发展脉络终于清晰可见了。当然，这并不是一夜之间发生的事情。我们已经看到，当布拉格学派的主要成员之一韦勒克在战后来到美国后，立即同英美新批评发生了联系，并使其在理论上获得了长足的发展。与此同时，布拉格学派的代表人物之一雅克布森也到了美国。但是，他似乎并没有像韦勒克那样迅速地融入美国学界，而是同欧洲保持着密切的联系。在40年代，雅克布森在纽约结识了法国人类学家列维-斯特劳斯（C. Lévi-Strauss），两人后来成为朋友和合作者。如果说韦勒克和沃伦的结识，使原本没有任

何思想渊源的俄国形式主义与英美新批评有了思想的联系，那么，雅克布森和列维-斯特劳斯的结识，则使俄国形式主义、布拉格学派和法国结构主义有了思想上的联系。另外，托多洛夫和克里斯蒂娃（Julia Kristeva）等年轻一代东欧学者定居巴黎也促进了东西欧思想的交融。需要注意的是，较之个别思想家的出现和交往而言，更为重要的是一种深层的思想联系，那就是：这三个学派都得益于索绪尔的语言学思想和方法。这样，从莫斯科开始，经由布拉格，最终形成了巴黎在20世纪下半期的群星灿烂，而结构主义以及后来的后结构主义成为现代思想史上最有影响的学派，其对包括文学在内的人文学科的影响至今还可以感受到。

结构产生新的品质（Sturcture gives rise to new qualities）

结构主义既不是理论也不是方法，而是一种认识论的观念。这起始于一种观察，即：在一个给定的系统中，每一个概念都是由这一系统的其他概念所决定，而并非单独具有意义；唯有融入它所从属且安身其间的系统和结构，才会消除歧义。……对结构主义而言，客观实证和哲学假设之间的关系是相互的，而不是单方面的依赖。……简单说，结构产生了新的品质，因此绝不仅仅是对内容特征的机械性总结。

——Paul Garvin，edited and translated. A Brague School Reader on Esthetics，Literary Structure and Style. Washington：Georgetown Univevrsity Press，1964：vi.

第二次世界大战以后，布拉格学派对“结构”的诉求成为后来意义上的结构主义（structuralism）。其中最主要的代表，通常会追溯到法国的结构主义人类学家列维-斯特劳斯以及文学批评家罗兰·巴特（R. Barthes）。另外，热奈（G. Genette）关于叙事学的研究、拉康（J. Lacan）关于“无意识”的研究，也被认为以结构主义为根基。简单地说，结构主义以及与之相关的理论，都更重视关于结构或者系统的“共时性”研究（synchronical studies），都受到索绪尔语言学的影响，都关注“意义”如何形成，而不是“意义”本身。

普洛普出版于1928年的《民间故事形态学》被视为最早运用结构主义方法对文学进行的研究。该书最大的特点就是从文本中归纳出典型的结构，如“7种神话角色”“31种叙事功能”等；再借此解释具体的文本。与此相应，列维-斯特劳斯将相似的方法用于解析文化，罗兰·巴特则进而提出“阅读代码”（codes of reading）的问题。总之，他们都注意到有一种预先存在的系统，使个别的表达得以组合。正如热奈在《叙事的话语》（1980）中所说：罗兰·巴特等人的结构主义理论，“是要发展一种（新的）诗学……它并不试图解释个别的作品意蕴何在，而是要探询……使作品获得其形式和意义的……系统”。

在结构主义批评中，罗兰·巴特无疑是最引人注目的人物之一，被称为“60年代以来法国和整个西方最有影响力的文学批评家和文学理论家之一”。同时，他也是现代符号学的建立者之一，而他对所谓当代神话学的讨论实际上走向了文化研究的方向。他的名字与结构主义文学理论紧紧联系在一起，但又正是他率先对结构主义文学批评方法提出了怀疑和批评，从而深刻地影响了后结构主义文学理论的产生和发展。了解巴特的文学思想，可以使我们对结构主义、叙事学和符号学在文学中的应用有一个基本的了解。

人们一般认为（巴特自己也的确这样讲过），“从作品到文本”部分地说明了巴特从结构主义到后结构主义的转变。但实际上，那只是这一转变的外部表现，其内在动力仍然是写作自身的变化。这不仅可以由巴特的新写作观表现出来，甚至也可以从巴特自己的写作风格中得到说明。特里·伊格尔顿（Terry Eagleton）已经看到：巴特的写作风格就“意味着写作在某种程度上超越了结构主义研究方法的严格性”。不过，从巴特的文本观也可以更清楚地看到巴特的写作观和文学观的实质。概括而言，巴特认为“文本”不同于“作品”，它不是放在那里的一本书，而是指一个领域和一种活动，即写作实践（后来德里达著作中有一章便题为“书的终结，写作活动的兴起”）。其次，巴特认为文本不是一个封闭的意义实体，而是一个没有什么内在结构、没有终极意义、没有固定所指和外部范围的能指群。在这里，所谓“互文性”将写作的“个性”和“独创性”全部取消，最后也就推翻了作者在作品意义方面的权威。从而“作者的死亡”和“作品终极意义的消失”是联系在一起的：“一个文本不是发出某种单一的神学式意义（作者-上帝的信息），而是一个多维空间，在其中的各种‘写作’中，没有一个是始源性的，这些不同的‘写作’互相混合并冲突，文学文本只是引自无数个文化中心的各种引用语的编织体。”① 这样，写作和阅读在巴特那里必然成为一个过程。不同于传统“作品”将读者和批评家当作被动消费者置于脱离写作的阅读阶段，“文本”要求他们作为生产者参与写作，共同创造意义。

巴特的论题及其思想关联

罗兰·巴特像梅洛-庞蒂一样，在1952年也准备对萨特的文学理论作出回应。《写作的零度》（*Writing Degree Zero*）具有打破陈规的价值，为理解写作的作用和地位I提供了一种完全不同的思路。写作不再是一种交往行为，而是一种把风格和语言连接起来的表达。作者的风格（浪漫派的、超现实主义的或存在主义的）和作者的语言相匹配。……语言不是异质的，在巴特看来语言分享了一种社会环境和经验，语言和风格的交叉标志着写作的地位。

……由于1964年《符号学原理》的出版，巴特终于把他的批判实践和索绪尔的理论性写作联系起来。……巴特勾画了符号理论：能指/所指关系、语言/言语链接、历时分析和共时分析……以及内涵和外延的对立。但关键的一念是1966年，这一年巴特发表了他自己的《批判与真理》（*Criticism and Truth*），拉康发表了《文集》（*Ecrits*），福柯发表了《词与物》（*The Order of Things*）。……在巴特完成《写作的零度》10年以后，结构主义终于成年了。……巴特认为1966年是一条分界线，在接下来的那一年，让-吕克·戈达尔（Jean-Luc Godard）生产了他的革命性电影《中国姑娘》（它预示了1968年的学生-工人运动），德里达发表了他的《言语与现象》（*Speech and Phenomena*）、《论文字学》（*Of Grammatology*）和《书写与差异》（*Writing and Difference*）。所以，1967年，一个全新的阶段开始了，由于缺乏一个更准确的术语，人们就把它称作后结构主义。

——西福尔曼．法国结构主义及其后继者．鲍建竹，译//柯尔内，主编，劳特利奇哲学史：第八卷：20世纪大陆哲学．鲍建竹，等译．北京：中国人民大学出版社，2016：422－423.

在晚年，巴特越来越喜欢使用带有性爱意味的语言，来谈论写作和作为写作的阅读/批评活动的快乐、极乐和狂喜等，这使其“写作思想”中最后一个重要观点逐渐凸现出来，即写作

① Roland Barthes. The Death of the Author//Image，Music，Text. London：Fontana Press，1977：146-147.

本质上是一种审美享受。《文本的欢乐》(《文本的快感》)这一标题就带有双重含义，这里的欢乐（或快感）既在于文本本身，也在于我们从文本之所得；其中欲望的问题再度浮现出来，甚至成为巴特理论的核心。

许多结构主义理论家都以索绪尔的语言学为依据，认为“结构”如同“语言”一样，既不受制于外部世界，也不能改变甚至“意指”外部世界，从而完全是自我封闭的。这体现出结构主义强调“形式”的一个极端的侧面。其实后世许多研究者都指出：索绪尔并没有只看重“共时性”而忽视“历时性”的维度，却恰恰认为二者都是必要的。即使在结构主义的文学批评本身，也有人注意到“罗兰·巴特实际上也从结构分析关联到外部的社会、意识形态和政治的现实”。

一般认为，结构主义在文学批评领域的最大成就在于叙事学研究。叙事学的称谓据说是托多洛夫在1969年提出的。20世纪70年代这一称谓被结构主义理论家广泛使用，被视为一种“关于叙事的结构主义分析”(structuralist analysis of narrative)。

热奈作为结构主义叙事学的最主要代表，试图将“语言学范式”(linguistic paradigm)扩展为一种“叙事的语法”(grammar of narrative)。他认为：结构主义是对以往文学理论的一种“矫正”，“文学已经太久地被视为没有符号的意义，因此现在有必要将它视为没有意义的符号”。所以从总体上看，热奈认为所谓的结构主义，也就是“俄国形式主义、法国‘主题学批评’(thematic criticism)、英美新批评……所代表的一个运动”。

四、符号学

应该说，符号学也是一种对于“形式”的理论关注。表示“符号学”的有两个不同的词：semiotics一词来自美国哲学家皮尔士（C. S. Pierce）对自己研究领域的描述；semiology则是索绪尔的术语，意指“在社会范围内研究符号的生命”(to study the life of signs within society)。后来这两个词一般都可以互换，前者多用于英国和其他欧洲国家，后者主要用于美国和加拿大。

在20世纪60—80年代，符号学的概念和方法被文学批评普遍接受。至少在文学批评的领域内，符号学研究在“形式-结构”这一线索上的传承关系是相当明显的。所以卡勒（J. Culler）曾在《符号的研究：符号学、文学、解构》(1981)一书中指出：“符号学……是一种动物学的追求，符号学家要发现符号的种类、差异、功能……在过剩的文本面前……不是去寻求一种意义，而是试图界定符号并描述符号的功能。”

这样，语言学范式也成为符号学分析的关键，比如罗兰·巴特《符号学原理》认为：语言的第一系统是自然语言，即“确指语言”；在第一系统之外，又有第二系统，即“泛指系统”。文学文本实际上是“泛指系统”中的“能指”。这种“语言的二级系统”构成了一种“符号链”。如下图：

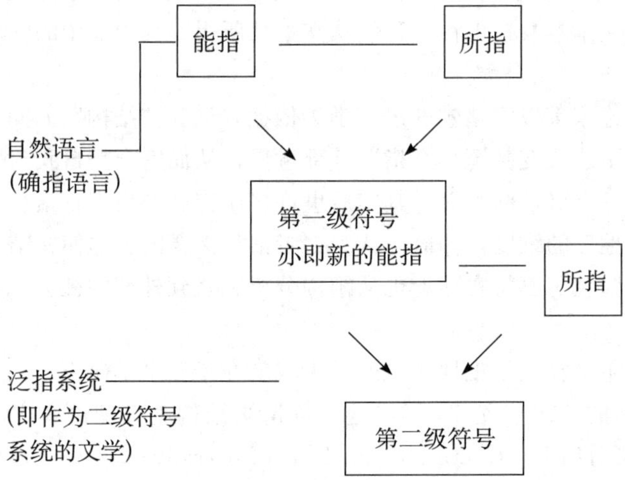

图中“第一级符号”又是“第二级符号”的“能指”，它与“第二级符号”的“所指”共同构成“第二级符号”的“意指行为”（signification）。巴特认为：由上还可衍生出三级、四级乃至无限的符号系统，没有终极。

罗兰·巴特还就此提出了五种“阅读代码”，认为读者在阅读活动中通过语言学式的不同“代码”来贯通情节、解释情节、理解形象、建构象征，并以外部世界作为参照。卡勒对此不以为然，认为读者“是要解释句子，而不是为这些句子解码”。不过后来的研究者却注意到其中的一种重要变化，即：初起之时的文学符号学研究，大都与英美新批评具有相似的倾向，主要关注文本的内部规则而不大重视外部的语境。但是到其后期，一些符号学家的兴趣开始转向读者，从而对“符号”的研究更多地成为关于“代码”的研究。而“代码”与“符号”的不同，就在于“代码”是“使人类能将某种事件……作为符号来理解的系统”。

巴赫金论“代码”

符号学主要是研究用现成的代码传达现成的信息。而在实际言语中，严格地说，信息是在传达过程中首次创造出来的，实质上没有任何代码。……语境就其潜能说是不可完成的，代码则应是可以完成的。代码只是信息的技术手段，它不具备创造性的认识意义。代码是故意设定的、已僵死的语境。

——巴赫金．1970 年—1971 年笔记．晓河，译//巴赫金全集：第四卷．石家庄：河北教育出版社，1998：412－413.

由此我们便可以理解克里斯蒂娃对符号学的引申。她曾在 1968 年发表论文《符号学：批评的科学还是科学的批评》，提出文学并不是为了符号而存在，却只是“一种特殊的符号活动”，“语言学要处理规范的、表达性的词语（言语）……而作为规范语言学的一种对象，文学只能被设定为不可化约的”。克里斯蒂娃还在 1974 年的《诗学语言的革命》当中，将“符号”和“象征”予以区分。她认为：在希腊文的意义上理解“符号”，即有“独特的标志、线索、引得、证明、形象化”等含义；因此“符号”与“意指过程”（signifying process）密切相关，从而对体现着等级权力的“象征”具有颠覆作用。

从形式、文本、结构、代码，到克里斯蒂娃以“符号”颠覆“象征系统”的解释，我们可以感受到“形式批评”的线索上可能潜藏着的一种根本性的批判精神。

第二节
以创作、接受、阅读为圆心的意义批评

一、心理分析批评

西方文论史上关于艺术创造活动的最早记载，大都强调“灵感”，突出艺术过程的某种神秘意味。而经过弗洛伊德（S. Freud）的心理学分析，艺术活动中的心理状态却得到了完全不同的解释。

“弗洛伊德的历史地位可以说是对统治18、19世纪西方思想的两种矛盾力量——浪漫主义和理性主义——进行了创造性的结合。”[①]在弗洛姆看来，弗洛伊德首先是一个理性主义者，甚至可以说是西方理性主义传统的最后一位伟大代表。同在他之前的斯宾诺莎、康德、卢梭和伏尔泰一样，弗洛伊德也狂热地信仰理性；他们都感到负有共同的使命，要为一个新的、真正文明的、自由的、合乎人性的世界而战斗。弗洛伊德感到，理性是唯一的工具或武器，只有运用它才能理解生活的意义，消除幻象，摆脱权威的桎梏。所以，精神分析运动的目的就是帮助人们用理性来控制自己的非理性激情。

弗洛姆评弗洛伊德

尽管如此，弗洛伊德也给理性主义一个致命的打击。由于人的活动源泉在于无意识，在于不可观察的深层，人的有意识思想只是在很小程度上控制自己的行为，这就暗中破坏了理性主义者的信念，即理性无可怀疑地支配着一切。就此而言，弗洛伊德是浪漫主义的继承人，即试图深入到非理性领域的那一运动的后继者。

更重要的是，精神分析竭尽全力试图在人身上实现的理性在弗洛伊德生活的时期彻底失败了。两次世界大战和纳粹主义与斯大林主义的胜利，都表明理性的失败。

在本质上他是一个悲剧式人物，他自己也敏锐地看到这一点；他想给人类指出理性和和谐的希望之地，而他却只能从远处眺望。

——弗洛姆．弗洛伊德的使命．尚新建，译．北京：三联书店，1986：134，133，139.

心理分析批评被分为三个阶段，每个阶段都侧重于弗洛伊德的不同著作，而批评的重心也

① 弗洛姆．弗洛伊德的使命．尚新建，译．北京：三联书店，1986：135.

有一个从作品到作者再到读者的转移。心理分析批评的第一个阶段是将弗洛伊德的《释梦》当作主要文本，甚至是一本密码本，以寻找种种象征含义，然后再将这些象征含义对应于文学艺术作品，来尝试解开作者隐秘的心理，特别是隐秘的性欲望。第二个阶段侧重于弗洛伊德对于本我、自我和超我形态的分析，特别是它们之间的紧张关系在创作中的反映，以考察艺术家的创作过程，即艺术家如何在创作中达到个人愿望与社会伦理道德之间的平衡并获得升华。第三个阶段主要依据弗洛伊德的《文明及其不满》，批评的重心则转向了读者。这类批评将阅读看作一种积极的活动，相信阅读可以使读者发现自身，而不是发现文学；因为作家的无意识通过作品得到象征性表现，获得了愿望的满足，读者则可以通过阅读过程中的自居作用，设身处地地去感受，从而得到同样的满足。

弗洛伊德从"非常态的精神活动"推及整个人类的心灵世界。他多次告诫同行：梦的解析本身并不是目的，也许解析人类才是目的。而他通过"一些非常善良的人也做极其邪恶的梦"的事实，愈发相信"对精神病患者的行为和一般人类行为的解释，存在着共同的基础"；所以他对人类的艺术活动进行描述时，"里比多"(libido) 的本能冲动仍然是根本的动因。

弗洛伊德在《精神分析引论》的"绪论"一节，便提出了心理分析的两个命题。第一，"心理过程主要是潜意识的"；第二，"性的冲动"不仅是精神病的重要起因，而且"对人类心灵最高文化的、艺术的、社会的成就，做出了最大的贡献"。这种贡献的具体方式，就是"性的精力被升华……舍却了性的目标，而转向他种较高尚的社会目标"。

有人认为弗洛伊德的"里比多"主要是强调艺术家在创作活动中的专注和投入，所以可比于柏拉图的"迷狂"。其实柏拉图讲的是内在的"灵感"，而弗洛伊德却强调物质的"本能"。从根源上看，柏拉图的"灵感"是"神灵"所赐，弗洛伊德的"本能"则来自社会意识对人类内心的压抑；从结果上看，柏拉图似乎并不想否定意义的确定性，弗洛伊德对心灵"防卫机制"的复杂描述则意味着我们应当对一切文本背后的"隐念"重新进行读解。

哈罗德·布鲁姆评弗洛伊德

弗洛伊德直到死都坚持认为摩西是一位埃及人，并认为假冒莎士比亚之名写作那些戏剧和诗歌的人是牛津伯爵。……当然，没有什么比这更为愚蠢的了。

……哈姆雷特并没有什么俄狄浦斯情结，但弗洛伊德确实有某种哈姆雷特情结，也许精神分析本身就是一种莎士比亚情结！……我不知道该如何评价莎士比亚对弗洛伊德的影响……莎士比亚影响弗洛伊德就像爱默生影响惠特曼……我们已经看到了弗洛伊德在莎士比亚问题上的焦虑……弗洛伊德对莎士比亚作的文学批评是一个天大的玩笑。

……莎士比亚是审美自由和创造力的顶峰。弗洛伊德对莎士比亚的焦虑是因为他从后者那里了解了焦虑，如同他从那里了解了心理矛盾、自恋和自我的分裂。

——布鲁姆．批评、正典结构与预言．吴琼，译．北京：中国社会科学出版社，2000：122，126，146.

弗洛伊德实际上是根据外部的"合理化"秩序分析内部的"无意识"冲动。也许正是因此，心理分析的最主要成就未必在于艺术创作心理的研究，却首先将问题引向了"意义"的生成机制以及文本背后的过程。所以后来心理分析理论自然得到了关于"意义"问题的不同引申。西方研究者一般认为：在第二次世界大战以后，心理分析批评越来越多地包含了马克思主义、解构主义和女性主义等多重视角。

其中从弗洛伊德心理学转向后期心理分析批评的枢纽，被认为是拉康（Jacques Lacan）。

拉康的主要贡献，在于为心理分析理论引入了语言学的范式，将“无意识”的结构与“语言”的结构相并列，使其直接导入一种关于“无意识”的语言/结构研究。比如在拉康的“镜像”理论中，幼儿自身的“能指”与其映像的“所指”之间，随父亲的介入而从“和谐”至“分裂”，从而“语言符号是对客体本身的直接取代”。但是拉康本人运用此种理论对爱伦·坡小说的分析，并没有获得太好的评价，甚至有人认为那根本不是真正的文学批评，而只是将文学作为心理分析的材料。拉康在文论史上的意义，可能主要在于他对后人的启发。

巴丢论拉康

自1950年代末以来，拉康始终是我学术旅途上的伙伴，既不可或缺、又非常难懂。……之所以难懂，是因为拉康总是通过笛卡尔、康德、黑格尔、克尔凯郭尔而同柏拉图、亚里士多德直到海德格尔的哲人们“共同”思考，但是他自己不仅拒绝被人当作哲学家（在其思想体系形成后就更是如此），而且还故意渲染心理分析话语和哲学话语之间的巨大差别。他重新启用了一个18世纪的概念，对自己的立场作了终极性的总结：“反哲学家”（anti-philosopher）。既然精神分析诊所的严格实践是作为他思想基础的“真”（the real），那么他从哲学话语当中就只能看到一种远离了“真”的思想假象。

——Alain Badiou. Lacan：Anti-philosophy 3. Reinhard，Susan Spitzer，tr. New York：Columbia University Press，2013：x.

20世纪80年代以后，心理分析批评常常是与女性主义理论相结合而进入文学研究领域的。心理分析作为一种独特的手段，被用来讨论女性性别的形成及其表达。其中主要强调的，是“女性所处的文化和语言结构，决定着她们成为一种性别主体”；从而借助心理分析的方法，女性主义批评家发现“女性的性别身份”实际上是“一种不确定的状态”。

这样，拉康对心理分析的发展便在女性主义批评中显示出特殊的价值：因为拉康“拓展了理解性别差异的方式……使男性和女性的本质成为社会的、象征的结果，而不是生物学的、强制性的。从政治的观点看，这种立场对女性主义者具有直接的吸引”。另一方面，“拉康关于俄狄浦斯情结的描述，也转向了父权与法律、文化和象征化（symbolisation）的关系，于是被压制的母权便得到了一个心理分析的重要维度”。

直到90年代，心理分析式的文学批评仍然有一定的发展。比如彼得·布鲁克斯（Peter Brooks）的著作《心理分析与故事讲述》（1994）。布鲁克斯认为：“文学研究中的心理分析一再搞错了分析的对象”，即：或者分析作者，或者分析读者，或者分析文本中的虚构人物。在他看来，其中的问题就在于“我们总是幻想心理分析与文学批评的会合”，而这是因为“我们以为文学形式与心理过程之间应当会有……某种联系，以为美的结构……总会在某种程度上与心理结构……相重合”。那么心理分析在文学研究中的对象究竟应该是什么？布鲁克斯否定了“文学形式”与“心理过程”的平行，似乎是要侧重“对分析者讲故事”与“对读者讲故事”之间的平行。他甚至相信：心理分析“可以为叙事性的理解暗示出一种恰当的动态模式；借此，我们得以超越形式主义的‘叙事学’，再度把握某种叙事的参照。这种参照不是对世界的命名，也不是文本的外在关联，而是在叙事从讲述者向倾听者转换时……的参照系的移动”。

布鲁克斯的意思是说：心理分析所关注的是“病人”的故事，对于其中的矛盾、暗示、不连贯等等，必然还要通过心理分析重构为另一种叙事话语；另一方面，“病人”的故事是对心理分析者而言的，因此“故事”的逻辑规则是由心理分析者规定的。如果将“叙事的参照”设定在心理分析者和读者之间，那么决定这种“参照系的移动”的，也就在于一般逻辑与实际阅读活动所形成的张力。也许可以说，这种心理分析批评，已经兼容了心理学、叙事学、接受理论和读者-反应批评等多种因素。

二、原型批评

“原型批评”（archetypal criticism）必然涉及心理分析批评的传统，比如弗洛伊德所谓的“俄狄浦斯情结”，实际上正是体现了一种普遍的、跨文化的原型。在讨论心理分析批评的一章中，伊格尔顿提起了这样一件事情：“一天，弗洛伊德看着他的孙子在童车里玩耍，他注意到，孙子喊着‘走了！’把一个玩偶扔出童车，然后又叫着‘来了！’把玩偶用线再拉回来。弗洛伊德在《超越快乐原则》（1920）中把这一著名的离开—回归游戏解释为幼儿对不在自己身边的母亲的象征性支配；但是这也可以看作故事的第一道闪光。离开—归来也许是我们所能想象的最短的故事：一件事物失而复得。不过，即使最复杂的故事也可以作为这一模式的变体来读：标准的叙事形式，是原来的安排被打乱而又最终得到恢复。”不仅如此，“故事是安慰的来源：丧失的事物是造成我们焦虑的来源，因为它们象征着某些更深层的潜意识的丧失物，而发现这些丧失物安全复归原位总是令人愉悦的。……在拉康的理论中，正是一个最早的丧失物——母亲的身体——驱使我们讲述自己的生活，强迫我们在欲望的无穷无尽换喻运动中寻找这个失去的乐园的替代品。对于弗洛伊德来说，正是一个想返回我们不会受到伤害的地方，即返回先于一切意识生命的无机存在的欲望（子宫和死亡），使我们不断向前挣扎。”① 也许可以说，这两个方面就是原型批评的心理分析来源和基础。

另外，瑞士心理学家荣格（C. G. Jung）以“集体无意识”（collective unconsciousness）解释不同时代、不同文化中相似的神话和原型，这也对原型批评和神话批评（mythic criticism）产生了明显的影响。荣格的“集体无意识”理论，被较早运用于鲍德金（M. Bodkin）的《诗歌中的原型模式》（1934）。鲍德金将柯尔律治的《古舟子咏》与《旧约》中约拿的故事相比，从中归纳出“再生”的原型。

原型批评的另一奠基人是弗雷泽（J. Frazer），其代表作《金枝》也是对历史上的艺术、宗教和神话的相互关联进行穷尽性研究。他的理论被默里（G. Murray）运用于《诗歌中的古典传统》（1927），其中论及莎士比亚的《哈姆雷特》与古希腊欧里庇得斯《俄瑞斯威斯》（三部曲）的相似性。比如：老国王均被人谋杀，谋杀者均娶了王后，主人公均受到神的启示去复仇，但也都导致了母亲死亡。默里认为这两个故事的原型不可能是相互摹仿的：前者出自斯堪的纳维亚传说（北欧神话），后者是希腊神话。所以他相信这背后的共同处只能是“我们可以称之为金枝国王的……仪式或习俗”，即弗雷泽所说的“老国王被新国王、新国王又被后来的新国王所杀”的循环模式。这种“模式”通过不同的文学叙述凝聚在“民族记忆”之中，便是荣格的“集体无意识”。

不管是人类最早的欲望和满足的表达，还是最早的故事和叙事结构，都可称为神话。所以，原型批评的全称是神话—原型批评。在浪漫主义时代，特别是在德国浪漫主义者那里，我们已经看到了对于神话的极端重视。弗里德里克·施莱格尔要求恢复作为一种诗歌对应物和象征系统的神话，称神话是浪漫主义诗歌的一种巧智。它可以使艺术家撇开逻辑的理性作用，返

---

① 伊格尔顿．二十世纪西方文学理论．伍晓明，译．西安：陕西师范大学大学出版社，1987：203.

回到“美妙的万象纷呈的想象，太初时期人之天性的混沌状态”。沿着这样的思路，他最终将诗歌同自然、宇宙、哲学和宗教混同为一。后来，尼采更认为近代文化的衰微就是由于神话的毁灭，而文化的复兴取决于神话的复兴。与此同时，随着人类学、心理学和语言学的发展，西方人对于神话的研究和认识有了前所未有的进展。这些，为神话批评或神话—原型批评的产生奠定了坚实的基础。

1957年，加拿大批评家弗莱（N. Frye）出版《批评的解剖》一书，使原型批评理论得到更为系统的阐发。弗莱相信，文学本身是一个系统（也正因此，他的理论可以算作广义的结构主义），而它并非是散布于历史中的各种作品的随意堆积，如果仔细考察，就会发现这个系统依据某些客观规律而活动。这些规律就是各种模式、原型、神话和文类，一切文学作品都是根据这些规律结构起来的。

现实的悖论与弗莱对文学的寄托

人仅仅是忠实于自己的群体、宗教或者政治信念、阶级身份。……我们愿意活着，但是我们卷入战争；我们崇尚自由，但是我们容忍大量的公民低人一等；……既剥削人类、也剥削自然的恶习（bad habits of … exploitation both of human beings and of nature），已经使我们面临生存还是毁灭的抉择。……唯有文学作品可以超越空间、时间和文化，……文学的关键作用当具有全新的社会意义。

——Northrop Frye. Myth and Metaphor：Selected Essays，1974—1988，Robert D. Denham，ed. Charlottesville and London：University Press of Virginia，1990：21，120，268.

在弗莱看来，神话是“文学的结构要素，因为文学总的来说就是‘移位的’神话”。移位（displacement）是指变形置换，即是说同样的主题在神话、宗教和文学中的不同表现。例如，俄狄浦斯悲剧不过是更古老的克洛诺斯杀父娶母神话的变换，而俄狄浦斯悲剧又成为后来中世纪圣乔治屠龙传奇的原型。事实上，弗莱认为，那个神由生而死而复活的神话，就已经包含了文学的一切故事。所以，弗莱极为赞赏地引用了诗人格雷夫斯的两行诗：“有一个故事而且只有一个故事/真正值得你细细地讲述”。为了说明这点，《批评的解剖》将文学归纳为五种叙述模式和四种基本原型。五种叙述模式如下：

文学形式	特　性	例　　证
神话	主人公在本质上优于他人和环境	《圣经》、荷马史诗中的神话部分
罗曼司（即浪漫故事）	主人公在程度上优于他人和环境	部分英雄史诗、中世纪的传奇、民间故事、民谣
高级摹仿（即悲剧）	主人公在程度上优于他人，但不优于环境	大部分史诗以及《仙后》《被解放的耶路撒冷》《失乐园》
低级摹仿（即现实主义文学）	主人公既不优于他人也不优于环境	大部分长篇小说和短篇小说
反讽（现代文学）	主人公在力量或智力上劣于我们自己	反讽性小说：陀思妥耶夫斯基《白痴》、乔伊斯《都柏林人》

“四种基本原型”的根据，是一年四季的更迭规律、日出日落的循环往复以及人的生命“青年—壮年—老年—死亡”的演变。从而归纳出分别与之相应的喜剧、传奇、悲剧和讽刺文

学。总之，文学乃是“移位的神话”，文学发展亦是此种“循环”。

对于神话-原型批评的评价不一，对于弗莱的《批评的解剖》也是如此。就文学批评本身的发展而言，原型批评正好与新批评构成了相反的两极，这从所谓“远观”（stand back）和“细读”（closing reading）这两个术语就可以看出。这就是说，原型批评反对的就是新批评的过于琐细，过于拘泥于个别作品，过于强调作品的形式方面。与之相反，原型批评注重从宏观上把握文学，强调作品之间的联系，同时在内容上将神话、仪式、传说等纳入文学的考察范围。这固然令人眼界开阔，但也容易失之粗略。与此直接相关，原型批评经常受到两点指责：一是不能细察和把握作品的精微奥妙之处，二是不能明辨作品艺术价值的高下。

伊格尔顿评弗莱

弗莱的著作实际上是在强调文学的空想本质，因为他的著作的特征就是对于实际社会生活的深刻恐惧，对于历史本身的极度厌恶。……对于弗莱来说，实际的历史是桎梏和决定论，而文学则是一片保留下来的领地，在那里我们可以自由自在。值得追问的是，对于这个理论来说，我们经历的哪一种历史能令人哪怕勉强地信服？这一理论的方法的美在于，它将极端的唯美主义与有效进行分类的“科学性”灵巧地结合起来，从而在按照现代社会的方式使文学批评受到尊敬的同时，又将文学作为现代社会的一个想象代替品维持下来。它像一个偶像破坏者那样轻快地对待文学，以计算机般的效率把每部作品投进它事先准备好的神话学小孔，但是它又将此与最具浪漫主义的渴望混在一起。从一种意义上来说，它是轻蔑地“反人道主义的”，它将个别主体从中心位置移开，却使集合的文学系统本身成为一切的中心；从另一种意义上来说，它又是一个忠诚的基督教人道主义者的著作，对他来说，推动文学与文明的力量——欲望，只有在上帝的王国中才能最终实现。

——伊格尔顿．二十世纪西方文学理论．伍晓明，译．西安：陕西师范大学出版社，1987：102-103.

如果说在20世纪50年代以前，英美新批评仍然处于文学批评的主流，那么弗莱使“原型批评”真正确立了自己的地位，并且结束了新批评的统治。

三、接受理论与读者-反应批评

现代西方文学批评的发展可以大致分为三个阶段：集中注意于作者阶段（浪漫主义和19世纪）、全然关心于作品阶段（新批评和结构主义）、将重心转向读者阶段（接受理论或接受理论）。没有读者的阅读与接受，文学作品根本是不成立的，文学的过程、原型的移位，都不仅在于创作活动，而且也在于完整的阅读活动。随着这样的问题被越来越多地意识到，最终出现了接受理论（reception theory）和读者-反应批评（reader-response criticism）。有的批评家甚至认为，20世纪真正产生了广泛影响的批评理论只有三种，即马克思主义批评、女性主义批评和读者-反应批评。其中最重要的理论家是姚斯（H. R. Jauss）、伊瑟尔（W. Iser）和斯特尔利（K. Stierle）等。

接受理论和读者-反应批评主要是德国人的思想（其中的读者-反应批评是美国人对接受理论的发展），与此前的胡塞尔现象学、海德格尔和伽达默尔的阐释学思想有直接的渊源关系。但是就文学理论的发展来说，它是作为对巴黎结构主义和所谓太凯尔小组的反驳而出现的。接受理论和读者-反应批评认为，文学作品不是为了让语言学家去进行分析才创造出来的，也不是一个封闭的系统，不管叫符号结构还是叫文本结构都一样，文学作品必须诉诸读者的理解、阐释与接受，而人的理解、阐释与接受都是历史的存在。因此，文本必须被敞开，必须被置于人的历史经验中。这就是接受理论和读者-反应批评产生的理论环境和历史环境。在逻辑上，接受理论和读者-反应批评是相辅相成的。按照斯特尔利 1980 年的论文《小说文本的阅读》所做的归纳，接受理论所使用的“接受”一词，“就是指阅读活动、意义建构以及读者对其所读文本的反应”。

在诠释学的意义上，伽达默尔其实已经论及“期待视野”（horizon of expectations）的问题，而姚斯对此问题的重申，则代表了接受理论与读者-反应批评的基本取向。在文学文本的阅读活动中强调“期待视野”，也就使“视野的融合”（fusion of horizons）成为“意义”产生的关键；伊瑟尔的“未定性”（indeterminacy）和“文本的空白”（gaps or blanks）、赫奇（E. D. Hirsch）的“意义”与“意味”之辨（meaning and significance reinterpreted）也都是由此而生。

接受理论必然会指向“文本的开放性”，这也正是伊瑟尔 1974 年的论文《隐含读者》所特别讨论的。“隐含读者”（the implied reader）突出了读者对文本的积极参与。如伊瑟尔所说：“两个凝视夜空的人也许都在看同样的星群，但是一个人看见犁的形状，另一人则看出了铲子。‘星星’在文学文本中是固定的，但是连接它们的线却有所不同。”这些理论在美国批评家费什（S. Fish）那里，又延伸为“解释的群体”（interpretive community）与“期待视野”的区别。他认为：“创造意义的既不是文本也不是读者，而是解释的群体”所占有的“解释策略”。组成“解释的群体”的，是“那些并非为了阅读而是为了写作的……分享着解释策略的人们。换言之，这些策略先于阅读活动而存在”。在费什看来，如果读者对文本达成相同的解释，是由于“同一解释群体的成员必然意见一致，因为他们会看到一切都与其群体既定的目标相关”；相反，如果读者对文本的解释不同，则是由于“不同群体的成员必然与之意见相左”。总之，“意义”其实是取决于读者所属的群体身份。

在以创作、接受、阅读为圆心的意义批评之线索上，无论各种理论的侧重有多么不同，在文本与读者之间建立一种意义关系的努力是总体的趋势。费什在 1980 年回顾这一过程时曾经说：“20 年前的文学批评所不会做的事情之一，就是去讨论读者”；但是到了费什对此感慨之时，文学读者的身份和作用已经是任何文学理论都无法忽视的了。

第三节
以话语权力、意识形态为圆心的文化批评

一、新历史主义批评

从“形式批评”到“意义批评”的轨迹，始终体现着 20 世纪西方文论追寻“意义”的过

程。这一过程也自然延伸到文化批评的领域，通向了新历史主义、女性主义以及后殖民主义等批评理论。

新历史主义批评是20世纪80年代在美国和英国出现的一种批评流派，人们通常把1980年算作新历史主义产生的确切时间。在那一年，美国新历史主义的两位主要代表人物格林布拉特（Stephen Greenblatt）和蒙特罗斯（Louis Montrose）发表了他们的开创性著作：格林布拉特的著作《文艺复兴的自我形塑》（*Renaissance self-Fashioning: From More to Shakespeare*）和蒙特罗斯的重要论文《伊丽莎白一世：牧人的女王》（Elizabeth I，Queene of Shepheardes）。另外，对于新历史主义批评来说，1983年也是十分重要的。在那一年的2月，格林布拉特和由13名学者（全部来自加州大学伯克利分校）组成的编辑委员会创办了《再现》（*Representations*）杂志，它后来成为新历史主义批评的主要阵地。从那以后，新历史主义（new criticism）便逐渐发展成为一个重要文学批评学派。

简单地说，新历史主义批评主要是力图抛弃结构主义以来的“共时性”方法，主张在美学、文化和历史的张力之中研究不同的文本。当然，这是非常简单的说法。从这个术语本身可以看出，这种文学批评侧重的是文学与历史的关系。这一理论倾向在美国亦被称为“文化诗学”（cultural poetics），在英国则有“文化唯物主义”（cultural materialism）之说。所谓“文化诗学”主要是格林布拉特自己使用的一个术语。就是在《文艺复兴的自我形塑》这部著作中，他在提出新历史主义的提法后，又表示“文化诗学”可能是一个更好的说法。但是，这一点似乎并没有得到其他人的认同。至于“文化唯物主义”则不同，它是指在英国出现的一个学派，与美国的新历史主义有诸多不同，但由于思想倾向相似，也被纳入广义的新历史主义。不过一般而论，人们通常是用“新历史主义”对它予以概括。

主要由于结构主义的影响，共时性的批评方法在20世纪一度占据了主导地位，因此西方文学研究一向重视历史批评。新历史主义批评主要就是针对共时性研究的问题而发，与此相关的则是对于结构主义的形式主义倾向的反对，因此我们把它放在以话语权力、意识形态为圆心的文化批评的第一部分。

新历史主义“新”在何处？这首先是在于对历史的看法。在以往的历史主义文学批评中，文学和历史（literature and history）、文本和语境（text and context）是一种二元关系。如果一方是稳定而清晰的，另一方就可以以某种方式反映它，或者说成为它的映像。对于传统的历史主义来说，一般而言，文学总是历史的一种反映。新历史主义则从一开始就拒绝把历史看作外在于文本的一系列事实，却主张对同一历史时期的文学文本和非文学文本加以平行的阅读，进而探讨二者之间的复杂关系。这种态度最为明确地体现在蒙特罗斯的“文本的历史性”（the historicity of texts）和“历史的文本性”（the textuality of history）两个概念之中。

格林布拉特认为：“文本的历史性”和“历史的文本性”之核心价值，就在于要将“通常只限于文学文本”的阅读活动转向“一切文本性的历史踪迹”。这也就是说，一切“阅读”都不仅是针对文学文本，而且也将包括全部社会的、历史的、意识形态的内容，因为“作品的生产和消费……总是涉及多种利益……这恰恰因为艺术是社会性的，从而体现着多种意识。一定的价值和利益是在社会和政治生活的斗争中产生的，在面对过去的艺术时，无论我们是否愿意，都不可避免地要记住价值和利益的转换”。将“文本性”赋予历史，不仅意味着文学与历史的相通、文本与阅读的互动，也意味着历史文献与文学文本同样具有叙事性甚至虚构性，从而“客观历史”是不可能存在的。

第二次世界大战以后的“新史学”，也与新历史主义的态度颇为契合。所谓“新史学”主要是指法国的“年鉴学派”，特别是该派的第三、第四代成员。他们的研究涉及历史的各个方面，有所谓心态史学、即时史学、结构史学和对我们来说特别重要的想象史学等。新史学更加重视从现时出发来探讨历史问题，为此必须进入到文学艺术等想象的领域，了解这一领域与历史现实的复杂关系。这一点，对于新历史主义尤其具有启发性。后来新史学同后结构主义思想一起，对于法国以外的人文学研究产生了重大影响。就美国来说，一个重要人物就是海登·怀特（Hayden White）。

至于新历史主义与英国“文化唯物主义”之间的区别，也曾有西方学者进行过辨析：“文化唯物主义更关注当代文化的实践，而新历史主义的焦点在于过去；文化唯物主义往往公开……自己的政治意图，新历史主义则倾向于掩饰这一点；文化唯物主义的理论和方法部分地来自威廉斯的文化批评……和马克思主义文化分析的英国传统……新历史主义则……直接承袭了‘后结构主义’的理论和哲学模式；文化唯物主义接受……相当宽泛的‘文本’材料，而新历史主义主要致力于……书写的文本。”一般认为，文化唯物主义一词是在1985年开始流行的，那一年文化唯物主义的两位主要代表人物多利摩尔（Jonathan Dollimore）和辛菲尔德（Alan Sinfield）编辑出版了论文集《政治莎士比亚》（*Political Shakespeare: New Essays in Cultural Materialism*），在副标题中明确使用了文化唯物主义一词。在该书的前言中，他们指出文化唯物主义的四个基本关注点：历史语境、理论方法、政治承诺、文本分析。其中特别强调：与莎士比亚相关的历史并不是指400年前，而是指莎士比亚产生和再产生的包括我们时代在内的历史。所以，文化唯物主义主要关注的是那些把莎士比亚带给我们的机构的作用，诸如皇家莎士比亚剧团、电影工业以及为大中学校编定印制教科书的出版社等等。

英国马克思主义批评家雷蒙·威廉斯（Raymond Williams）于1973—1984年在剑桥大学教授戏剧文学，对于多利摩尔和辛菲尔德有直接影响，格林布拉特实际上也是他的学生。威廉斯在1958年发表了重要著作《文化与社会：1780—1977》，他在这部著作中指出，文学只是我们记录经验的一部分，历史、建筑、绘画、音乐、哲学、神学、人类学、自然科学，乃至制度、习俗、行为方式和家庭记忆等都是我们经验的形式。他把表达人类经验的所有这些形式叫作文化，并于1977年首次使用“文化唯物主义”一词来指对于这些形式的研究。就是在这部著作中，威廉斯开始勾勒一些关键词汇的历史，它们包括“工业或产业”、“民主”、“阶级”、“艺术”和“文化”等；后来在出版于1983年的《关键词：文化与社会的词汇》中，又做了进一步的详尽探讨。在这些意义不断变化的词语中，威廉斯看到了不断变化的社会的反映，更确切地说，看到了在经济、政治社会中出现的一个强有力的制度网络的反映。他相信，作为社会和文化表达的语言的变化不过是物质实践变化的结果。这些看法为文化唯物主义的出现打下了基础。

霍加特与威廉斯及“伯明翰学派”

霍加特的《识字的用途》……可以与雷蒙·威廉斯的《文化与社会》相媲美。不过，威廉斯的著作追溯了思想的历史传统，……而霍加特却试图密切关注他亲身了解的工人阶级生活的细节，审视并质疑战后英国出现的“大众文化”的较新形式。

……英国的文化研究在20世纪70年代发生了相当大的变化，既由于出现了阿尔都塞、巴特以及葛兰西的译著，也由于伯明翰中心的新主人斯图亚特·霍尔创新性的、明晰的理论著作。

……霍加特对英国文化论证的贡献，并不仅限于他的学术著作和他在伯明翰大学文化研究中心的领导作用。例如，他在1960年的“《查特莱夫人的情人》审判案”中作为证人出庭，为该书进行辩护，当时王室未能成功按照“淫秽出版物法案”禁止出版劳伦斯的小说。他于1960年在“广播委员会”任职，该委员会在1962年的报告中提出了对公共广播的批判分析，明确批评了1955年以来广告业对新的国家电视网络体系的资助。

——科内．研究文化：反思与评价//霍加特．识字的用途．阎嘉，译．北京：商务印书馆，2020：405-406.

在具体的文学批评方面，新历史主义的主要素材是莎士比亚的作品——尽管严格地说，许多研究者认为新历史主义并非纯粹意义上的文学批评，而只是关于后现代社会历史和意识形态的文化批评。甚至有人指出新历史主义的主要代表都曾是60年代反对越战、参加街头政治运动的激进青年；即使他们从街头转入书斋，理论中仍然充满政治术语，比如权力、共谋、颠覆、斗争等等，他们最关心的话题，也仍然是文化与权力的关系。

一篇典型的新历史主义论文通常会把文学文本放置在一个非文学文本的框架之内。格林布拉特的主要创新，就是把文艺复兴时期的戏剧同那个时期欧洲列强追求的殖民政策并置在一起。在他的著作中，通常先对与戏剧有关的历史文献进行分析，以使读者注意到“被压迫他者的边缘化和非人化”。格林布拉特本人将这类相关历史文献称作“佚事”（anecdote）。以这样的“佚事”开始，新历史主义者还常常会将那些已经确立了的对于文学作品的学术探讨观点的“帽子”抛在一边。例如，蒙特罗斯的著名论文《〈仲夏夜之梦〉和伊丽莎白文化的构成幻想：性别、权力、形式》的开头就是一个典型的例子，其第一句话是：“我将考察一个伊丽莎白时期的梦——不是莎士比亚的《仲夏夜之梦》，而是西蒙·福尔曼（Simon Furman）在1597年1月23日做的一个梦。”这种富于戏剧性的开头通常会有时间和地点，因此具有文献的、当事人亲眼所见的、超出“历史”的活生生经验的力量。更重要的是，由于这些历史文献并不从属于那种作为语境（context）的背景，而是作为文本（text）加以分析，所以，与其说它们是语境（contexts），还不如说它们是“并存文本”（co-texts）。在新历史主义者那里，所使用的文本和并存文本被看作同一历史时刻（historical moment）的表达，并由此加以分析。

格林布拉特对《李尔王》的分析，或许也可以作为一个典型的例子。帕克（P. Parker）等人主编的《莎士比亚与理论问题》（1985）一书，收有格林布拉特的论文《莎士比亚与驱魔者》。他从“历史的碎片”中仔细考察了1585—1603年间关于一次非法“驱魔”活动的记录，认为这与《李尔王》的创作有许多关联。格林布拉特所要强调的并不是莎士比亚借用了其中的一些素材，而是两个文本之间、艺术与现实之间的互动关系。通过这种关系，历史的事实化解为艺术的虚构，艺术的虚构又参与甚至重塑着历史和文化的现实。

具体地说：“驱魔”活动当时实际上被视为建立合法性神圣的一种方式；如果能有效地“驱魔”，“驱魔人”当然会借此获得神圣的地位，成为新的权威（即所谓“卡里斯马”）。对于伊丽莎白时代的世俗权力和英格兰教会，这都是无法容忍的。这也正是“驱魔”活动遭到禁止的原因。在格林布拉特看来，《李尔王》对上述素材的借用，恰好是以戏剧的方式消解“卡里斯马”之源的神圣感，从而可以得到高度的认同。比如，这部作品“完全没有《理查三世》、《裘力斯·恺撒》和《哈姆雷特》中的鬼魂，也没有《麦克佩斯》中的巫师。人们一再吁求异教的神明，那些神明却沉默不语。……没有谁来应答人类，没有什么能激起敬畏和恐惧。……剧中对异教神明的求告，只是证明了并无神明”。格林布拉特认为：这种文化与文本之间的互动关系，就是“官方教会将一种危险的‘卡里斯马’权力机制让渡给演员；反过来演员又使这一机制戏剧化，进而成为虚幻”——这也就形成了一种“共谋”。①

从格林布拉特对莎士比亚剧作的分析来看，新历史主义批评的重点确实早已不在于文本自身，而在于文化和历史所能给予文本的生命和意义。

二、女性主义批评

在英文中，生理学意义上的“女性”是用 femaleness，而文化意义上的“女性”则是 femininity。“女性主义”（feminism）一词与后者相关，被解释为“一种政治立场”，原指 19 世纪美国妇女争取平等权利的运动。

1848 年美国女性发表宣言，从性别的角度提出 15 项对于政治和法律制度的不满；宣言起草人斯坦顿（E. C. Stanton）又在 1895 年出版了重新注释过的《圣经》，称为《妇女圣经》。她认为《圣经》的启示中渗透着男性作者的意识形态，所以必须对有关妇女的所有经文重新予以阐发。后来在 1963 年，美国女记者费丽丹（B. Friedan）出版了《女性的奥秘》一书，成为美国女性组织发起大规模堕胎运动的源起。而作为一种社会政治运动的女性主义，主要是在 20 世纪 60 年代末至 70 年代初活跃于西欧和美国。

还有一些出版于 1968 年法国学生运动前后的著作，也讨论到“性别关系与社会政治结构”问题。比如玛丽·达利（Mary Daly）的《教会与第二性》，凯特·米莱（Kate Millet）的《性别政治》等。从 1996 年玛丽·伊格尔顿（Mary Eagleton）编辑出版的《女性主义理论读本》，可以清晰地看到女性主义理论与政治的密切关联，比如其中涉及“黑人问题”“资产阶级”“马克思主义”“社会主义”“唯物主义”“激进主义”“分离主义”等等。

今天的女性主义批评可以说是 20 世纪 60 年代妇女解放运动的直接产物，因为这一运动从一开始就意识到了传统的文学文本和历史文本对女性形象的异化，并质疑和反抗这类形象的真实性和合理性。

女性主义的历史重构

男性中心主义的文本与语言现实结构，不能被误认为是整个人类的历史、文化与宗教的可信证据。……女性主义的批判诠释学必须从男性中心主义文本转向社会历史文本。它不仅应该宣布为争取解放而斗争的当代女性团体乃是其启示之所在，还必须重新关注那些曾经作为牺牲品和历史主体参与到父权制文化当中的先辈姐妹们。……它不应在男性中心主义文化与历史的边缘创造出一种女性中心主义的生活中心，而是要将男性中心主义的人类史和圣经史重新用作女性自己的历史。……为我们描述出这样一种女性主义诠释学形象的，不是女性主义的哲学家或者神学家，而是女性主义诗人……

——费奥伦查．记念她：基督教起源的女性主义神学重构．宋旭红，译．香港：道风书社，2016：101－102.

① Patricia Parker，Geoffrey Hartman，ed. Shakespeare & the Question of Theory. New York：Routledge，1990：163－187.

70年代的女性主义批评主要探索父权机制及其文化心态，批评的重点是那些由男性作家创作的、典型的女性形象。到了80年代，女性主义批评开始吸收和借鉴后结构主义、符号学、社会学、马克思主义、后精神分析和解构主义理论，将目光投向语言、意识形态、阶级、性别、家庭、种族、身体和心理欲望、历史记忆等诸多领域。与此同时，女性主义批评的重心也从攻击男性世界转向对于女性世界的探寻，试图重建被压制的女性经验。

女性主义理论被运用于文学批评领域，比较集中地体现为关于“女性写作”问题的分析。比如伊莲娜·肖娃尔特（Elaine Showalter）1977年出版《她们自己的文学》一书，提出“女性的写作”（feminine stage of women's writing）长期摹仿着主流传统中的支配性符号，并且将其“内化”为自己的艺术标准；“女性主义写作”（feminist stage of women's writing）则是要凸显少数群体的权利和价值；她还用“女性写作”（female stage of women's writing）一词，来描述女性在这一过程中自我发现和寻找性别身份的阶段。肖娃尔特清楚地描述了上述转变过程，她将其称为从男性文本（androtexts）到女性文本（gynotexts）的转变。就此，她杜撰了一个词“gynocritics”即“女性批评”，来指对于女性文本的研究。她声称，女性批评的对象是“历史、风格、主题、文类和女性写作的结构，女性创造力的心理动因，个别或集体女性职业生活的轨迹，以及女性文学传统的演化和法则”。除此以外，她还在现实的历史中分辨出三个不同的女性写作阶段：首先是feminine phase（1840—1880），即女性作家主要摹仿主导性的男性批评规范和美学标准；接着是feminist phase（1880—1920），即女性作家坚持一种激进的、通常是与男性传统相分离的立场；最后是female phase（1920年以后），即女性作家特别关注女性自身的写作和体验。肖娃尔特的理论中有不少生硬艰涩的用语，可能是因为女性主义批评特别需要建立一套术语，以获得理论的形态。①

70年代以后，女性主义批评出现了多种不同的立场和声音。她们讨论的问题主要围绕着三个方面展开，即：理论的角色、语言的性质、心理分析的价值。而中心问题则始终在于：是否真的存在着女性写作？是否存在着本质上属于女性的语言形式？对此，女性主义者有着长久的争论。

其实伍尔芙（Virginia Woolf）《一间自己的房间》（*A Room of One's Own*）就不仅提到“女性从事写作的前提是稳定的收入和一间自己的房间”，也已经在讨论女性不同于男性的写作，语言的使用是有性别区分的，女性在写作中往往没有共有的语言可供使用等等。她甚至举了一些男性作家的作品为例证，称那些都是男性的句子，不适合女性作家使用。比如，简·奥斯汀就拒绝使用传统的语言，而创造了适合于她自己的女性语言。至于什么是属于女性的语言，伍尔芙并没有做出明确的解说。但是，传统语言是男性的（masculine），女性作家因不得不使用这种为实现男性目的而创造的工具而痛苦这种观点却得到普遍的承认。例如，斯本德尔（Dale Spender）在80年代初发表《男人制造的语言》（Man Made Language）就发展了这一观点。她声称，语言不是一种中性的媒介，它包含着的许多特征都反映了其作为工具的角色，通过它，父权等级制度找到了自己的表达。②

---

① 以上可参阅：Paul Goring，Jeremy Hawthorn，Domhnall Mitchell，ed. Studying Literature：The Essential Companion. London：Arnold，2001：193，387－388.

② 同①298－399，193－194.

布鲁姆论伍尔芙的文学批评和文学传承

如今伍尔芙常常被视为“女性主义文学批评”的奠基者，……我没什么把握判断女性主义批评，……在我看来，伍尔芙本人的文学批评是非常混杂的，尤其是她对同代作家的论断。比如她认为乔伊斯的《尤利西斯》是“彻底的失败”(disaster)，劳伦斯的小说缺少“能使事物完全体现于自身的决定性力量”，这些都不是我们期待从伍尔芙这样博学、敏锐的批评家那里所听到的。但是……在《奥兰多》的序言一开篇，她向笛福、托马斯·布朗、劳伦斯·斯特恩、瓦尔特·司各特、麦考利勋爵、艾米莉·勃朗特、德·昆西、瓦尔特·佩特表示谢意，……佩特或许应该是这一名单上的第一位，因为《奥兰多》是我们这个时代“最为佩特”的叙事。就像王尔德和年轻的乔伊斯一样，伍尔芙处理和表达经验的方式完全是佩特式的。……除佩特之外，对伍尔芙影响最大的可能是斯特恩。但是似乎只有佩特才能激起伍尔芙的某种“影响的焦虑”。

——Harold Bloom. The Western Canon. New York：Riverhead Hooks，1994：403－404.

如果传统语言被看作是以男性为主导的工具，那么是否可以有一种逃离这种偏见的语言形式，或者是否甚至可以有一种倾向于女性的语言呢？对此，英美女性主义批评的态度是：实际上存在着明确的女性文学传统，只是被埋藏在文学史中，需要做的不过是将它挖掘出来。换言之，她们试图到历史中去寻找女性传统、语言和写作。法国的一些女性主义批评则提出：女性写作存在于无意识之中。

尽管伍尔芙《一间自己的房间》“预示了法国女性主义的论说”（foreshadows French feminist discussions），一般认为“女性写作”（écriture féminine）这一术语是由西克苏（Hélène Cixous）在她的著名论文《美杜萨的笑声》（Le Rire de la Médusa，1975；英译本 The Laugh of the Medusa，1976）中提出的。西克苏认为：“根本不可能去界定一种女性的写作实践……因为这种实践永远不能被理论化、被规范化、被符码化……它总是超越那规范阴茎中心的（男性主导的）体系的话语。它的确已经出现或将会出现在那些从属于哲学—理论主导的领域之外的所有领域。”在她看来，这种在一种松散语法结构中增强意义的自由游戏的写作与女性密切相连，而且这种写作是女性生理的独特产物：“女性必须通过她们的身体写作，她们必须创造不可动摇的语言，这种语言将摧毁和拆除立场、阶级和理论、规则和符码，她们必须消除、克服和超越那终极的保留话语。”① 这样，女性写作本质上就是超越性别的、超越规则的、狂喜的。西克苏的观点产生了很大的影响，但也引发了许多问题。例如，说身体领域是免于社会规范的和不受性别条件限制的，因而成为女性本质的体现，这样的本质主义显然无法和女性主义将女性特征看作一种社会化产物的观点相吻合。再者，如果女性特征是社会构成，必定在不同文化中有不同表现，那么究竟谁是那些必须通过身体写作的女性？②

在克里斯蒂娃（Julia Kristeva）那里，女性写作的问题得到了进一步的讨论。在《系统和言说主体》一文中，她使用象征的（symbolic）和符号的（semiotic）这两个术语来区别语言的

---

① Hélène Cixous，Keith Cohen，Paula Cohen. The Laugh of the Medusa. Chicago：The University of Chicago，1976：886.

② 以上亦可参阅以上可参阅：Paul Goring，Jeremy Hawthorn，Domhnall Mitchell，ed. Studying Literature：The Essential Companion. London：Arnold，2001：324－325.

两个不同方面。在她看来，话语的象征的方面与权威、秩序、父亲、压迫和控制相连。与之相反，话语的符号的方面不是以逻辑和秩序为特征，而是以“替换、滑动和凝缩”为特征，那表明一种更为松散、更为随意的连接方式。她借用柏拉图在《蒂迈欧篇》中使用的chora概念，即一种先于词语的语言状态，来指这种话语的符号方面，同时将它同母亲而不是父亲联系起来。对于克里斯蒂娃来说，这种符号性质是在语言之内的一种力量或活动，是所谓“前俄狄浦斯阶段”残留下来的东西。这一阶段的婴儿还没有接触语言，但在他们的身体内已经有一条欲望之流；这种流动还没有意义，却仍然可以被看作是一种语言，而为了使真正的语言产生，又必须切断这条欲望之流。因此在进入“象征”的父系秩序时，母系的“符号”过程就受到压抑。作为诗歌语言的表现，与之相对的是散文语言的表现；诗歌语言更接近女性，散文语言则属于男性。需要强调的是，“象征的”和“符号的”不是指两种不同种类的语言，而是指语言的两种不同方面。克里斯蒂娃关于这两个概念的区分，吸取了拉康（Jacques Lacan）的思想，特别是拉康关于“想象界”和“象征界”的区分。

在拉康那里，“想象界”正是婴儿处在前俄狄浦斯和前语言的阶段，自我还没有从对象中区分出来，与世界相分离的身体意义还没有确立。随着父亲的介入，婴儿才意识到了性别的差异，同时也开始发现语言，从而进入了“象征界”。由于象征秩序实际上就是现代阶级社会中父权的、性的秩序，由政府权力、文化价值、性别关系和语言的标准语法等所体现，所以克里斯蒂娃将对应的双方从“想象”和“象征”替换为“符号”和“象征”；而“符号”也就被看作“象征秩序”的威胁。由此可知，女性写作要突出语言的“符号”方面，其中的政治含义是不言而喻的。①

对于有些女性主义者来说，这种符号的女性世界和语言的价值，在于提供了一种另类的想象，乃至颠覆父权的等级制度。但是对于另外一些女性主义者来说，这不过是将理性的世界拱手让与男性，而只为女性留下了一个传统上赋予女性的情感的、直觉的、私人化的领域。

由此也涉及了女性主义与心理分析的关系。上文已有提及，女性主义批评家米莱出版于1968年的《性别政治》（*Sexual Politics*）一书，将弗洛伊德视为女性主义必须反抗的父权等级制度的主要理论来源。在女性主义者中间，这种看法广有影响。当然，女性主义内部后来也出现了一些重要著作为弗洛伊德辩护，例如米切尔（Julie Mitchell）的《心理分析和女性主义》（*Psychoanalysis and Feminism*，1974）。其中特别值得注意的，可能是性（sex）和性别（gender）之间的不同。

这对概念对于女性主义者来说至关重要。简单说，性属于生理学范畴，而性别则是社会的产物。这一区别在波伏瓦（Simone de Beauvoir）《第二性》开篇的第一句话中就得到了明确的阐述：“一个人不是生来是女人，而是变成女人。”（“One is not born a woman; rather, one becomes a woman.”）

波伏瓦与萨特谈“女性”

波伏瓦：在您和女人的关系中是不是还有某种皮格马利翁的成分？

萨特：这要看您说的皮格马利翁是什么意思了。

---

① 以上可参阅：Paul Goring, Jeremy Hawthorn, Domhnall Mitchell, ed. Studying Literature: The Essential Companion. London: Arnold, 2001: 360-364.

波伏瓦：塑造一个女人，领她看世间万象，让她进步，教会她一些东西。

萨特：肯定有这方面成分。这意味着一种暂时的优越。……

波伏瓦：……皮格马利翁现象吸引您的模式也不完全像您说的那么道德而辩证。……这里面有更为感性的东西，有一种真正的快乐。……会有这样的女人，她们对任何形式上的塑造都逆反至极。……女人往往是……国家的最好体现，……她们有感性，而且她们是有点被社会边缘化的，却又很了解这个社会。如果具有知性，她们的视角就比这个国家里的男人有趣得多。……

——波伏瓦．告别的仪式．孙凯，译．上海：上海译文出版社，2019：370－373.

米切尔将自己的观点看作是对于《第二性》的继续阐发。她认为，弗洛伊德并没有简单地把女性特征看作一种给定的自然性质。弗洛伊德《性学三论》等著作恰恰是要说明女性的性别特征并不是从一开始就自然地存在，而是由早期经验和认识所产生和构成的。因此，所谓的“男性生殖器钦羡”实际上也是社会权力和优势地位的象征。后来吉尔伯特（Sandra Gilbert）和顾芭（Susan Gubar）使用“社会阉割”（social castration）这一术语，就是由此指称女性缺少社会权力。

从这个角度思考，大概也可以拉康的新心理分析理论为什么会受到女性主义者的青睐。就像加洛普（Jane Gallop）在《女性主义和精神分析》（*Feminism and Psychoanalisis*，1982）一书中所说，在弗洛伊德那里较为隐晦的东西，在拉康那里往往变得比较明确。比如拉康清楚地将性器官看作是社会权力的象征，并且将这种社会权力与语言密切联系在一起。

如果从女性主义批评推衍到后殖民主义批评，那么至少在“少数群体”的意义上，“女性写作”与“非经典文学”的写作几乎是可以互换的。女性主义批评几乎就是从“弱势性别”的角度对后来“弱势文化”之立场的一次预演。

女性主义批评与新历史主义批评也有一种有趣的关联，即：二者往往都是从重读经典开始，并在自己的立场上剥离出曾被湮没的意义。格登伯格（J. Goldberg）在《莎士比亚时代的铭文：权力的言说》当中，引述过林达·兰伯（Linda Bamber）等人对莎士比亚剧作的女性主义读解。林达·兰伯于1982年发表论文《喜剧的女性、悲剧的男性：莎士比亚剧作的性别与文体研究》，认为莎士比亚所采用的文体本身，已经表达了某种“等级文化”或者“父权文化”的观念；而作为男性作者，莎士比亚实际上不可能了解女性的心灵和身体。林达·兰伯的论文还引出了另外一些关于莎士比亚剧做的比较激进的读解，乃至莎士比亚被认为是“一个缺乏女性经验的牺牲品”。

格登伯格本人则注意到：当人们论说莎士比亚时代的父权主义时，忘记了一个事实——在文艺复兴时代的现实生活中，男孩和女孩小时候都穿女性的服装；而在莎士比亚戏剧的舞台上正好相反，全部角色都由男演员扮演。这两种情形恰好从不同的方面体现了同样一种权力机制的“戏剧化”。因而被“戏剧化”的权力机制其实也就凝聚为“文体”（或者“服装”）本身。但“文体”绝非那样简单地以喜剧、悲剧的区分构成父权文化的等级，而是代表着一种对于意义生成的“专断的限制”。①

① Patricia Parker，Geoffrey Hartman，ed. Shakespeare & the Question of Theory. New York：Routledge，1990：116－137.

经过格登伯格的分析，女性主义批评从“性别”角度寻求的话语权力似乎又被还原到内在于“语言”的权力结构。但是我们不能不承认，无论女性主义批评的出发点是否被接受，无论是“性别”还是“文体”代表了“权力”，这种“权力”都并非它所陈述的“意义”本身，都可以成为读解的对象，从而也都是可以被颠覆的。

三、后殖民主义批评

关于“后殖民主义”（post-colonialism）的理解是不尽相同的。实际上它在西方人自己的文论研究中所得到的评价也并不高。虽然后殖民主义批评在 20 世纪 90 年代才开始流行，但类似的意识早就出现了。在这方面，非洲裔法国作家、思想家、精神分析家范农（或译法农，Franz Fanon，1925—1961）是公认的早期代表人物。他的《大地的不幸者》（*The Wretched of the Earth*）和《黑皮肤白面具》都是经典之作，特别是《大地的不幸者》由萨特作序，已被翻译成十多种文字。这部著作讨论的是法国在非洲的殖民战争，被称作“文化抵抗”的宣言。范农认为，殖民地人民寻找自己的声音和身份的第一步应该是重新声言自己的过去。因为，在许多世纪来，欧洲殖民主义者将殖民地国家的过去，即前殖民时代，看作是前文明的过渡状态，甚至是历史的真空状态，以此来贬低殖民地国家过去的历史。殖民地国家的儿童所接受的教育是：历史、文化和进步都随着欧洲人的到来而开始。如果说第一步是重新找回自己的过去，那么，第二步就是消除那贬低殖民地国家过去的殖民主义意识形态。不过，范农的著作受到广泛重视是近年来的事情。

按照古戈尔伯格（G. M. Gugelberger）“后殖民文化研究”（1994）之词条的说法，这“并不是一种批评流派，而是一个特殊的问题……是少数群体话语……第三世界研究……等问题的抽象结合。……所有这些研究都达成了一种重要然而迟到的共识，即：‘少数群体’的文化其实就是‘多数群体’的文化，而霸权化了的西方（欧美）研究，是由于政治原因才得到特权的”。①

但是也有许多人认为，“后殖民主义”的概念本身就是有问题的。比如，“后”是指时间上的还是意识形态上的超越？如果不是就时间而是就意识形态方面而言，那么是否“仍然处于殖民统治状态的地区，才会有后殖民主义的文学”？另外如果追溯“殖民主义”，那么澳大利亚、加拿大甚至包括美国也都曾有过被“殖民”的历史，为什么“后殖民文化研究”却专指“第三世界”的“少数群体”？

真正开创了后殖民主义批评的还是赛义德（Edward Said）在 1978 年出版的《东方主义》（*Orientalism*）。在这部著名著作中，赛义德有力地展现了欧洲中心的普遍主义的内容和实质，这种普遍主义理所当然地将欧洲的或西方的东西看作是高等的，非欧洲和非西方的东西则是低下的。他特别指明了一种欧洲的“东方主义”文化传统，这种文化传统是一种特定的和长久存在的将东方看作低于西方的“他者”的意识形态。在赛义德看来，这个“东方”既是一个地理概念，更是一个文化概念，作为西方的对立面，即异己的“他者”而存在。赛义德指出，在西

① Paul Goring，Jeremy Hawthorn，Domhnall Mitchell，ed. Studying Literature：The Essential Companion. London：Arnold，2001：192.

方人的头脑中，东方不过是一种替代性的自我，这就是说，东方成为西方人在他们自身所不愿意承认的那些劣质方面的存储之地和投射对象。但与此同时，东方又常常被西方人看作是一个吸引人的异国情调和神秘莫测的地方。另外，西方人通常还把东方人看作是一种同一化的群体，而非个人，他们的行为由本能的情感而不是由有意识的选择决定。而且，这类情感或反应总是来自种族的考虑而非个人地位或境遇，等等。总之，伴随着欧洲殖民主义海外扩张的狂热，西方文化中的“父权”意识空前地膨胀起来。就文学艺术表现而言，这种意识形态的帷幕就是异国情调的“东方主义”。它同欧洲经济、政治和文化霸权的确立始终有着密切的联系。赛义德准确地将其定义为一种表达体系，通过它欧洲“在后启蒙时期得以在政治上、社会上、军事上、意识形态上、科学上以及想象上管理甚至制造出东方”。这种表达体系在文学上的反映被赛义德称作“想象力的帝国主义”。

赛义德与福柯

《东方主义》是建立在福柯“权力-话语”理论的基础之上并加以拓展，对这一理论的涉及也形成了赛义德早期著作《开端：意图与方法》（*Beginnings*：*Intension and Method*）的部分内容。对赛义德而言……东方主义并不是关于东方文化的研究，而是一种来自帝国权力、也与帝国权力共谋的典型产物。

——Paul Goring，Jeremy Hawthorn，Domhnall Mitchell，ed. Studying Literature：The Essential Companion. London：Arnold，2001：383.

尽管“后殖民主义”的概念已经成为当代西方文论所不能回避的，但是在许多西方研究者看来，“后殖民主义”批评的最主要的意义，仅仅是“在体制内为各种非经典文学（non-canonical literatures）的研究创造了空间”，同时也使“学术研究和出版商注意到新的发展”。一般来说，后殖民主义批评使人们关注到文学文本中的文化差异问题。在这个意义上，它与马克思主义批评、女性主义批评和同性恋批评属于一种类型，因为它们分别关注的是文学文本中的阶级差异、性别差异和性倾向差异。所以，后殖民主义批评的最积极影响在于：它进一步质疑和摧毁了早期自由人文主义批评家们所声称的普遍性原则，即伟大的文学作品具有无时间性的普遍意义。后殖民主义批评告诉我们，这样的声称实际上贬低和无视文化的、社会的、地区的和种族的体验的差异，实际上是倾向于使用一种假定普遍的标准来判断所有的文学。例如，人们常常说那些欧洲伟大现实主义小说家作品中的地方场景不过是一个背景，作家在这个背景中描绘人类状况的基本的和普遍的方面。这样，这些作品便不被看作是地区性、历史性、男性、白人的或者工人阶级的小说，而只是被看作小说。由此，这种写作方式和再现现实的方式被假定为无可置疑的普遍准则。后殖民主义反对这样的看法，并认为每当一部作品被赋予普遍意义之时，便是白人的和欧洲中心的准则和实践得到高扬之时。

不过我们终究是要就20世纪西方文论的大致历程进行总结，是要将这一最后出现的批评模式纳入新历史主义、女性主义及其借文学反观历史、由文化解析权力结构的文化批评之线索，所以我们还是可以通过后殖民主义批评看到一定的积极意义：它至少为我们增添了一个新的标志，从而更清晰地展示出当代西方文论从“理论”到“批评”、从狭义的“文学”到广义的“文化”之总体进路。

从古典到当代的西方文论，始终可以在其理论形态的嬗变中发现一种“问题意识”的渐进线索；换言之，理论在这其中对于文学的问询是在不断深化，或者至少是不断变化的。

起初，人们的主要兴趣在于了解“对象是怎样的”，与之相伴的理论形态正是关于“摹仿”、“和谐”和“功用”的一系列传统命题。

当人们逐渐意识到“对象”只不过是对人而言的“对象”时，问题则被转换为“人是怎样认识和表达对象的”以及“表达本身又是怎样被认识和接受的”。从康德到各种浪漫主义的表现说，乃至20世纪的形式批评和意义批评，都与这样的问题转换相关。

上述问题被推向极致的时候，必然会使传统的意义系统及其秩序发生动摇，因而下一个问题便指向“表达和接受意义的语言结构究竟是什么”。由此，“语言”和“历史”都成为某种“权力”的神话，文论也就成为一种全面的文化批判。

从通常的意义上看，这样的线索似乎使“文论”越来越远离“文学”本身。但是如果将“文论”置于“人文学”的总体背景，则可以通过这一理论范式的延伸，感受到人文学术执着地持守着它与现实生存之间的绝对张力。毕竟，在肇始于古希腊时代的西方文论当中，文学问题的实质始终是“文学”与“真理”的关系问题；而“真理”的根本，最终只能在于它与我们之间的张力。这也应当是我们从西方文论的整体过程中特别加以把握的。

关键概念

俄国形式主义、布拉格学派、文学性、诗性语言、陌生化、凸显、新批评、文本细读、意图谬见、效果谬见、结构主义、叙事学、共时性、语言学范式、叙事的语法、符号学、阅读代码、符号与象征、心理分析、无意识、叙事的参照、原型批评、集体无意识、移位的神话、接受理论、读者-反应批评、期待视野、隐含读者、解释的群体、解释策略、新历史主义、文化诗学、文化唯物主义、文本的历史性、历史的文本性、女性主义、女性写作、后殖民主义、少数群体

思考题

1. 20世纪的各种形式主义批评是否有着某种共同的关注？
2. 20世纪的接受理论和读者-反应批评，是否同后来的文化批判存在着逻辑关联？
3. 新历史主义、女性主义和后殖民主义批评，在何种意义上彼此相关？

阅读书目

1. 吉尔伯特，库恩．美学史：上，下．夏乾丰，译．上海：上海译文出版社，1989.
2. 塔塔科维茨．西方美学概念史．褚朔维，译．北京：学苑出版社，1990.（W. Tatarkiewicz. A History of Six Ideas. Warsaw：University of Warsaw Press，1980.）
3. 塞尔登．文学批评理论：从柏拉图到现在．刘象愚，等译．北京：北京大学出版社，2000.
4. 希尔．欧洲思想史．赵复三，译．香港：中文大学出版社，2003.
5. 李伯赓．欧洲文化史．赵复三，译．香港：明报出版社，2003.
6. 威廉斯．关键词：文化与社会词汇．刘建基，译．台北：巨流图书公司，2003.
7. 章安祺．缪灵珠美学译文集．北京：中国人民大学出版社，1998.
8. 章安祺．西方文艺理论史精读文献．修订本．北京：中国人民大学出版社，2003.
9. 张秉真，章安祺，杨慧林．西方文艺理论史．北京：中国人民大学出版社，1994.
10. 中国社会科学院外国文学研究所．世界文论：丛刊．北京：社会科学文献出版社，1993.
11. 复印报刊资料・外国文学．北京：中国人民大学书报资料中心．
12. Hazard Adams. Critical Theory since Plato. New York：Harcourt Brace Jovanovich，Inc.，1971.
13. Hazard Adams，Leroy Searle. Critical Theory since 1965. Tallahassee：Florida Sate University Press，1986.
14. Paul Goring. Studying Literature：The Essential Companion. London：Arnold，2001.
15. Frank Lentricchia，Thomas McLaughlin. Critical Terms for Literary Study. Chicago：University of Chicago Press，1990.
16. David Lodge，Nigel Wood. Modern Criticism and Theory：A Reader. New York：Pearson Education，Inc.，2000.
17. Walter Brogan，James Risser. American Continental Philosophy：A Reader. Bloomington：Indiana University Press，2000.
18. Joel Weinsheimer. Philosophical Hermeneutics and Literary Theory. New Haven：Yale University Press，1991.

相关批评术语与自测练习

扫码查看
“相关批评术语”

扫码查看
“自测练习”

后　记

本书的两位作者都曾在中国人民大学文学院学习西方文论史课程，尽管他们的最后学位都与之没有直接关系，但这门课程确实为二人的学术发展打下了扎实基础。对此，作者始终心存感激。

1990 年以后，两位作者一直承担着中国人民大学文学院西方文论史课程的讲授。职责所在，不敢懈怠，教学相长，时有收获。翻阅往日讲稿，年年皆有增删，便总希望能等一等，待讲稿更为完善再行刊付。其间，这门课程先后获得国家级教学成果二等奖、国家级精品课程、国家级优秀教学团队等褒奖，更使作者慎之又慎，不敢草草付梓。如是，拖拖拉拉已近十载。

本书是三十多年来两位作者共同学习、授课并从事相关研究的小结，也是他们学术合作的又一成果。作者拟借此书以为纪念，同时也向修习过这门课程的历届同学表示感谢，没有他们的参与和反馈，本书可能不会是今天的面貌；在读博士生殷振文还为此书查阅了大量原著，核对了全部引文和注释，令作者深受感动。

最后，作者还应特别感谢中国人民大学出版社的几位编辑，包括李颜、黄海飞等，没有他们的辛勤劳动和多次催促，本书的出版可能还需要更多时日。

杨慧林
耿幼壮

图书在版编目（CIP）数据

西方文论概览/杨慧林，耿幼壮著．--2版．--北京：中国人民大学出版社，2022.1
新编21世纪中国语言文学系列教材
ISBN 978-7-300-29978-5

Ⅰ.①西… Ⅱ.①杨… ②耿… Ⅲ.①文艺思想一思想史一西方国家一高等学校一教材 Ⅳ.①I109

中国版本图书馆CIP数据核字（2021）第204883号

国家级精品课程教材
北京市高等教育精品教材立项项目
新编21世纪中国语言文学系列教材
西方文论概览（第二版）
杨慧林　耿幼壮　著
Xifang Wenlun Gailan

出版发行	中国人民大学出版社		
社　址	北京中关村大街31号	邮政编码	100080
电　话	010－62511242（总编室）		010－62511770（质管部）
	010－82501766（邮购部）		010－62514148（门市部）
	010－62515195（发行公司）		010－62515275（盗版举报）
网　址	http://www.crup.com.cn		
经　销	新华书店		
印　刷	北京昌联印刷有限公司	版　次	2013年1月第1版
规　格	185 mm×260 mm　16开本		2022年1月第2版
印　张	22.25 插页1	印　次	2022年1月第1次印刷
字　数	565 000	定　价	59.00元

关联课程教材推荐

书号	书名	作者	定价（元）
978－7-300-27217-7	马克思主义文艺论著选讲（第六版）	陆贵山	59.80
978-7-300-14072-8	新编马克思主义文论	冯宪光	38.00
978-7-300-24495-2	新编文学理论（第二版）	童庆炳	45.00
978-7-300-24346-7	文学理论实用教程（第二版）	杨守森　周波	34.00
978-7-300-27216-0	新编西方文论教程（第二版）	杨守森　孙书文	48.00
978-7-300-22528-9	美学概论（第四版）	牛宏宝	32.00
978-7-300-21232-6	中国现当代文学（第三版）（数字教材版）	刘勇	69.80
978-7-300-22348-3	中国现当代文学史（1898—2015）（第三版）	曹万生	89.00
978-7-300-27600-7	中国文学史（第三版）（上下）	袁世硕　张可礼	99.00
978-7-300-20316-4	外国文学简编（欧美部分）（第七版）	朱维之　赵澧　黄晋凯	45.00
978-7-300-15854-9	中外现代诗歌导读	王家新	28.00
978-7-300-19270-3	中国当代文艺思潮（第三版）	陆贵山	55.00
978-7-300-29661-6	中国民间文学概论（第四版·数字教材版）	黄涛	59.90
978-7-300-19996-2	比较文学概论（第二版）	曹顺庆	35.00
978-7-300-22350-6	儿童文学概论	谭旭东	28.00
978-7-300-15215-8	影视文学教程（第二版）	陈阳	39.00
978-7-300-24379-5	电影导论	陈涛	65.00
978-7-300-29638-8	中文学科论文写作（第三版）	卢卓群	49.00

配套教学资源支持

尊敬的老师：

衷心感谢您选择人大版教材！相关的配套教学资源，请到中国人民大学出版社官网（www.crup.com.cn）下载。部分教学资源需要验证您的教师身份后，才可以下载。请您登录出版社官网后，点右上角“注册”，填写“会员中心”的“我的教师认证”项目，等待后台审核。我们将尽快为您开通下载权限。

如您急需教学资源或教材样书，也可以直接与我们的编辑联系。

联系人：龚洪训　电话：010-62515637　电子邮箱：6130616@qq.com

欢迎加入全国汉语言文学教师群（QQ群号：1062057602），交流教学心得，分享教学资源。

全国汉语言文学教师群

扫一扫二维码，加入群聊。

俯仰天地　心系人文

www.crup.com.cn

中国人民大学出版社

欢迎登录浏览，了解图书信息，下载教学资源